ullstein

Linnea
Hartsuyker

GOLD UND SPEER

DIE FJORDLAND-SAGA

Historischer Roman

Aus dem Amerikanischen
von Edigna Hackelsberger

Ullstein

Besuchen Sie uns im Internet:
www.ullstein-buchverlage.de

MIX
Papier
FSC® C083411

Deutsche Erstausgabe im Ullstein Taschenbuch
1. Auflage Februar 2020

Titel der amerikanischen Originalausgabe: *The Golden Wolf*
(Harper, an imprint of HarperCollins Publishers, LLC)
Umschlaggestaltung: zero-media.net, München
Titelabbildung: © FinePic®, München
Karte: © 2018 Laura Hartman Maestro
Gesetzt aus der Quadraat Pro powered by pepyrus.com
Druck und Bindearbeiten: CPI books GmbH, Leck
ISBN 978-3-548-28929-8

The Golden Wolf
Iceland
Reykjavik
Arctic Circle
Norwegian Sea
Faroe Islands
Shetland Islands
Orkney Islands
Hebrides
Atlantic Ocean
Scotland
Ireland
Dublin
North Sea
Frisia
Trondheim Fjord
Halogaland
Smola
Geiranger Fjord
Nidaros
Trondelag
Naustdal
Møer
Tafjord
Sogn
Sogn Fjord
Hordaland
Hardanger Fjord
Norway
Modern day border
Sweden
Hafrsfjord
Rogaland
Vestfold
Oslo Fjord
Skagerrak Strait
Jutland
Ribe
Skane
Roskilde
Kilometers
0 100 200 300 400
0 100 200 300
Miles
map © 2018 by Laura Hartman Maestro

Kapitel 1

Freydis Solvisdatter saß auf einer Ruderbank nahe dem Achterdeck des Schiffs. Den Kettfaden ihrer Webarbeit hatte sie an ihrem Gürtel befestigt, das andere Ende war um ein gebrochenes Ruder gebunden. Für die Zeit, während der sie segelten, hatte sie sich ein einfaches Webmuster ausgesucht – der Wellengang des Schiffs und die Rufe der Schiffsleute lenkten sie zu sehr ab, um etwas Komplizierteres zustande zu bringen.

Auch ihre Gefährtin lenkte sie ab. Dota war die Tochter von Aldi Atlisson, des Verwalters von Sogn, sie war fast genauso alt wie die vierzehnjährige Freydis, hatte aber ein ganz anderes Temperament als sie.

»Findest du auch, dass unser Schiffsführer sehr gut aussieht?«, fragte Dota Freydis, und als Freydis keine Antwort gab, fuhr sie fort: »Er ist noch sehr jung für einen Schiffsführer – meist sind das doch eher grauhaarige alte Männer. Aber ihr in Tafjord, ihr seid sicher viel schönere Männer gewohnt. Es heißt, die Söhne von König Ragnvald sehen noch besser aus als Haralds Söhne, obwohl ich das kaum glauben kann. Gudrod Haraldsson hat vergangenen Sommer Sogn besucht, und der ist so hübsch wie eine Frau. Was meinst du? Welcher sieht am besten aus?«

Freydis entdeckte einen Fehler in ihrer Webarbeit und musste ein paar Reihen ihrer Schussfäden herausnehmen. »König Ragnvalds Sohn Einar«, sagte sie ruhig. Er war der älteste von König Ragnvalds Söhnen, ein Krieger und Dichter und von einer herben Schönheit, die Freydis kaum je ansehen konnte, ohne zu erröten. Man munkelte, er bevorzuge Jungen und ignoriere die meisten Mädchen in Tafjord. Aber Freydis gegenüber hatte er sich immer freundlich gezeigt, und sie hatte sich schon oft gewünscht, ihm ähnlicher zu sein, stark und unberührbar.

»Was ist mit Ivar?«, fragte Dota. »König Ragnvald hat versprochen, Ivar würde mich eines Tages heiraten, damit meine Söhne Könige von Sogn werden können.«

»Auch Ivar sieht gut aus«, meinte Freydis.

»Den habe ich noch nie gesehen – sieht er König Ragnvald ähnlich? Ist er auch so groß und schaut so grimmig drein?«

»Nein«, erwiderte Freydis. »Er sieht viel besser aus. Und er schaut nett und freundlich drein. Alle, die ihm begegnen, bewundern ihn.« Und Freydis mochte ihn auch, denn er behandelte sie wie eine jüngere Schwester, er machte Späßchen mit ihr und beschützte sie, aber er zog ihre Blicke nicht so sehr auf sich wie Einar.

»Nett und freundlich – das klingt langweilig«, meinte Dota. »Aber wenigstens ist er wohlhabend. Bist du nicht aufgeregt, dass du jetzt nach Vestfold segelst? Ich bin noch nie so weit gereist.«

Auch für Freydis war es die erste weite Reise. Sie hatte in Sogn das Licht der Welt erblickt, aber ihr ganzes Leben, bis vor einem Jahr, in den Hallen von Tafjord verbracht. Dort kannte sie jeden Stein, jedes Lebewesen und all die kleinen Geister der Schluchten und Täler von Tafjord. Dann hatten Hilda und Alfrith sie nach Sogn geschickt und ihr gesagt, sie würde dort glücklich sein, und nun schickte man sie nach Vestfold, wie einen Sack Getreide, ohne sie gefragt zu haben.

»Nun?«, fragte Dota nach. »Du bist schon aufgeregt, oder?

In Vestfold gibt es mehr junge Männer. Alle Söhne Haralds sind dort und auch Harald selbst. Ich habe gehört, Prinzessin Gyda sei die schönste Frau in ganz Norwegen, obwohl sie jetzt wohl auch schon älter wird. Trotzdem ist es eine wunderschöne Geschichte, findest du nicht? Harald hat ganz Norwegen für sie erobert.«

Der Wind flaute ab, und das Schiff begann in den Wellentälern zu schaukeln. Freydis Magen machte sich unangenehm bemerkbar. Sie band ihre Webarbeit los, wickelte sie um ihre Hand und richtete den Blick starr auf den Horizont. Ihr Cousin Rolli, einer von Köng Ragnvalds jüngeren Söhnen, hatte ihr beigebracht, wie man auf diese Weise Seekrankheit vermeidet. An den zwei Tagen ihrer Reise letzten Sommer von Tafjord nach Sogn hatte sie sich während der gesamten Überfahrt übergeben müssen, was ihre Mutter erzürnt hatte. Sie hätte gerne eine Tochter gehabt, die das Meer ebenso liebte wie sie selbst.

»Was meinst du, wen wirst du heiraten, Freydis?«, fragte Dota. »Du bist ziemlich hübsch, und du bist König Haralds Stieftochter. Das sollte dir von Nutzen sein.«

»Ich weiß nicht«, erwiderte Freydis. Ihr Traum war, Priesterin der Freya zu werden, eine Frau, die in die Zukunft sehen konnte und für die Fruchtbarkeit des Landes sorgte. Manchmal wurden diese Priesterinnen die Geliebten der Könige und gebaren deren Kinder, wann immer sie sich dafür entschieden. Aber König Harald und König Ragnvald hatten beide zu viele Söhne und zu wenige Töchter. Freydis würde eines Tages eine Ehe eingehen müssen, um ein Bündnis zu schmieden, diesem Schicksal musste sie sich beugen.

Freydis' grau-braun getigerte Katze Torfa kroch unter der Ruderbank hervor und stürzte sich auf die losen Fäden der Webarbeit in Freydis' Hand, dann rannte sie mit dem Stück Tuch in der Schnauze davon. Freydis raffte ihre Röcke und rannte ihr hinterher, aber Torfa geriet zwischen den Beinen der Schiffsleute, denen sie ausweichen musste, immer mehr in Panik und verkroch sich unter einer Ruderbank.

Freydis war halb unter die Bank gekrochen, um Torfa hervorzulocken, als das Schiff plötzlich eine abrupte Wende machte und den Wind aus den Segeln verlor. Sie stand schnell auf und schlug sich dabei fast den Kopf an der Reling an, dann hörte sie den Schiffsführer rufen: »Angreifer! Von Norden!«

Freydis drehte sich um und sah das Schiff, das schnell auf sie zusteuerte. Es war klein und schmal, fast zu klein für ein Drachenschiff, obgleich es die Schilde außen an den Seiten zur Schau stellte und die Galionsfigur am Bug ihre Zähne fletschte, was Angriff bedeutete. Das Boot glitt durch die Wellen, links und rechts sprühte die Gischt hoch, und der Abstand zwischen den beiden Schiffen verringerte sich rasch. Vor ihnen verlangsamte Aldis anderes Schiff seine Fahrt, das ihn selbst und die Mehrzahl seiner Krieger an Bord hatte, und bereitete die Wende vor, um sein schwächeres Begleitschiff zu verteidigen.

Aldis' Sohn Kolbrand, der neben Freydis stand, zog sein Schwert. »Am besten tun wir so, als hätten wir keine Frauen an Bord«, sagte er zu ihr und seiner Schwester Dota. »Verkriecht euch unter die Bänke.« Er packte Dota am Ellbogen und schob sie darunter, dann warf er ein paar leere Säcke über sie. Dota ergriff Freydis' Hand. Es wurde heiß in ihrem Versteck, während sie dort verharrten. Dotas Atem ging keuchend, und Freydis kniff die Augen fest zusammen, um nicht wie Dota in Panik zu verfallen.

Das angreifende Schiff krachte gegen ihres, und eine Stimme rief herüber: »Wenn ihr nicht flieht, werden wir euch gegenüber Gnade walten lassen.«

Jetzt, wo Freydis den Horizont nicht sehen konnte, verschlimmerte sich ihre Übelkeit. Sie versuchte ihre missliche Lage aus der

Ferne zu betrachten, so wie sie es immer tat, wenn sie unter Aufsicht ihrer Tante Alfrith eine Wunde nähte. Beim Anblick von Blut und Fleisch drehte sich ihr der Magen um, wenn sie mit gleichmäßigen Stichen die Haut zusammenzog und die Wunde schloss. Sie streichelte Dotas kaltschweißige Hand. Ein Schiff gegen zwei. Aldi und seine Männer waren im Vorteil, nicht die Angreifer.

Etwas Schweres landete auf der Planke über Freydis' Kopf. Sie drehte sich um und spürte, wie die Spitze eines Enterhakens, der durch die Bank gedrungen war, ihre Kopfhaut aufschürfte. Das Schiff schaukelte, als die Angreifer die Boote aneinanderzogen, damit sie an Bord springen konnten. Dota begann zu wimmern, verstummte aber, als Freydis wieder ihre Hand drückte.

Das Schiff schaukelte erneut, als die Stiefel der Männer aufs Deck polterten. Von ihrem Versteck aus konnte Freydis nicht viel sehen; Füße kamen in ihr Blickfeld und verschwanden wieder. Sie hörte einen Mann aufschreien, und ein Körper stürzte in den Raum zwischen den Bänken, seine toten Augen starrten sie an, und Blut floss quer übers Deck zu ihr hin.

»Wir sind König Haralds Männer«, schrie der Schiffsführer. »Ihr dürft uns nicht angreifen.«

»Das sagen Plünderer immer«, erwiderte ein junger Mann in vertrauter, wohlklingender Stimme. »Wir sind König Haralds Männer und König Ragnvalds.«

»Das war Aldis Sohn Kolbrand, den euer Riese getötet hat«, schrie der Schiffsführer zurück, und seine Stimme war schrill vor Panik. »Dafür werdet ihr alle sterben.«

Freydis versuchte, den Kloß im Hals herunterzuschlucken, denn die Furcht schnürte ihr die Kehle zu. Dota begann wieder ängstlich zu wimmern. Freydis holte tief Luft, streichelte ihre Hand und versuchte, sie damit zu beruhigen, aber welchen Trost hatte sie zu bieten? Ihr Bruder Kolbrand war tot. Er hatte nie viel

Zeit für Freydis gehabt, war aber seiner Schwester zugetan gewesen und hatte ein fröhliches Gemüt gehabt. Dotas leises Weinen war das Einzige, was Freydis vor Panik bewahrte. Dota brauchte sie, um ruhig zu bleiben.

Der Schlachtlärm legte sich, und Freydis hob das Stück Sackleinen, das sie verbarg. Doch als sie den Knöchel eines Mannes in hellen Gamaschen sah, schreckte sie zurück und biss sich auf die Wange, um ihr Zittern zu unterdrücken. Sie durfte ihrer Furcht nicht nachgeben. Sie war die Tochter einer von König Haralds mächtigsten Frauen und die Nichte des mächtigsten Mannes in Norwegen neben dem König. Dota war die Tochter von Aldi, den König Ragnvald erwählt hatte, um sein südliches Königreich zu verwalten. Von diesen Plünderern hatten sie nichts anderes zu erwarten, als in Geiselhaft genommen zu werden.

Freydis versuchte, ihre Fassung wiederzugewinnen, indem sie darüber nachdachte, was sie sagen müsste: Meine Mutter Svanhild ist König Haralds Frau. Ich bin eine wertvolle Geisel. Alfrith hatte ihr immer wieder eingeschärft, dass die Worte von Frauen die Macht hatten, das Schicksal zu wenden, besonders die Worte von Frauen, die sich mit Kräutern und Magie auskannten. Auf der Insel Smola war sie eine einfache weise Frau gewesen, bevor König Ragnvald sie dort sah und sie als Konkubine und Mutter seiner jüngeren Söhne erwählte. Vielleicht müsste Freydis gar nicht mehr zu den Angreifern sagen. Sie hoffte es, denn sie wurde immer rot und begann zu stottern, wenn sie mit Männern reden musste.

Ein Paar Füße ging vor ihr einige Male auf und ab, dann erstarrte sie, als plötzlich der Sack, der sie und Dota bedeckte, fortgerissen wurde und mit ihm Freydis' Kopftuch. Sie schrie auf und griff unwillkürlich danach. Jemand packte sie an ihrem Zopf und zerrte sie grob an den Haaren aus ihrem Versteck, dann stieß er sie wieder von sich, mit dem Bauch gegen eine Bank, sodass sie würgen musste und nach Luft rang.

»Hier sind Frauen – Mädchen«, rief der Plünderer mit dieser vertrauten, wohlklingenden Stimme. »Reich gekleidet.«

Einer der Männer zerrte Dota weg, als sie schrie. Freydis krümmte sich auf dem Deck. Sie sah ihr Kopftuch in Reichweite auf dem Boden liegen und streckte die Hand danach aus, aber der Mann packte sie am Arm und drehte ihn brutal auf den Rücken. Sie spürte, wie etwas knackte und ein furchtbarer Schmerz durch ihre Schulter schoss.

Der Mann ließ ihre Hand los, und Freydis fiel mit einem Ruck auf die Seite zurück. Gebrochen oder ausgekugelt, hörte sie im Geiste Alfriths kühle Stimme sagen. Sie biss die Zähne fest zusammen, um nicht vor Schmerz aufzuschreien, und schützte ihren Arm mit der anderen Hand. Das Blut rauschte in ihren Ohren, und Zorn über ihre Hilflosigkeit wogte in ihr auf.

»Freydis, bist du das?«, fragte der Mann.

Sie blickte hoch und erkannte Hallbjorn Olafsson, den Halbbruder ihres Cousins Einar, mit dem sie aufgrund der verworrenen Familienbande allerdings nicht blutsverwandt war. Er hatte dasselbe rotblonde Haar und die hohen Wangenknochen wie Einar, die sie beide von ihrer Mutter, Vigdis, geerbt hatten, obwohl Hallbjorns Gesichtszüge gröber waren.

Hallbjorn war vergangenen Sommer nach Tafjord gekommen und unter anderem der Grund dafür gewesen, dass man Freydis nach Sogn geschickt hatte – ihre Tanten hatten gemeint, er schenke ihr zu viel Aufmerksamkeit. Freydis hatte auch gehört, dass er König Ragnvald gerne tot sähe, weil der seinen Vater Olaf ermordet hatte, aber er würde seine Rache nie ausführen, nicht gegen einen so mächtigen König.

»Freydis?«, fragte er noch einmal.

Freydis nickte. »Ja«, erwiderte sie mit heiserer Stimme. Sie schluckte und sagte dann, an Hallbjorns Füße gerichtet, ihre vorher zurechtgelegten Worte auf: »Die Tochter von Svanhild, der Frau König Haralds. Ich bin eine wertvolle Geisel, solange ich unverletzt bin. Wenn ich getötet oder geschändet werde, wird man mich rächen. Dota ist Aldis Tochter. Er ist Verwalter von Sogn, eingesetzt und unterstützt von König Ragnvald. Auch sie ist als Geisel von großem Wert.«

»Freydis, du musst keine Angst haben«, beruhigte Hallbjorn sie. Er fasste sie sanft am Kinn und hob ihr Gesicht an, sodass sie ihn ansehen musste. Er hatte braune Augen, während Einars blau waren, aber dasselbe freche Lächeln, und seine Berührung machte sie verlegen. Freydis entwand sich ihm und senkte wieder den Blick.

»Bleib hier«, sagte er, und sie hörte, wie sich seine Schritte von ihr entfernten.

Einen Augenblick später sah sie ein noch viel größeres Paar Füße, und als sie aufblickte, erkannte sie ihren Cousin Rolli Ragnvaldsson, einen wahren Riesen von einem Jüngling. Ihre Mutter Svanhild hatte Rolli im vergangenen Jahr sein eigenes Schiff gegeben, und seither hatte er mit seinen Freunden Wikinger gespielt. Natürlich war er immer dort zu finden, wo Hallbjorn war. Auch Rolli war immer freundlich zu ihr gewesen. Er würde sie gut behandeln. Sie sank erleichtert nach vorn, zuckte aber sogleich zusammen, als sie ihre Schulter bewegte.

»Freydis, was machst du hier bei diesen Plünderern?«, fragte Rolli. Er hatte ein fröhliches, offenes Gesicht und eine breite Stirn, die nun von Sorge umwölkt war.

»Plünderer?«, fragte Freydis. Rolli beugte sich zu ihr, um sie besser zu verstehen. »Ich bin hier nicht bei irgendwelchen Plünderern.«

»Dieses Schiff – wem gehört es?«, wollte Rolli wissen.

»Es gehört Aldi Atlisson – dem Verwalter von Sogn«, erklärte Freydis noch einmal.

»Das ist das Schiff meines Vaters – ich würde es überall erkennen«, erwiderte Rolli, »und es war nicht sein Schiffsführer, der es segelte. Wo ist mein Vater? Wo ist König Ragnvald?«

»Das solltest du Aldi fragen«, erwiderte Freydis. Ihr wäre es lieber, er würde mit einem der Männer an Bord sprechen anstatt mit ihr. »Er ist auf dem anderen Schiff. Wir segeln nach Vestfold. Was macht ihr hier, Rolli?«

»Wir – ich dachte, ihr wärt Plünderer«, sagte er. »Ich dachte, jemand hätte das Schiff meines Vaters gekapert.«

Nun war Freydis alles klar: Rolli hatte das Boot gesehen und gemeint, er müsse die norwegische Küste beschützen. Aldis Schiffe waren weit genug vom Festland entfernt gesegelt, um Verdacht zu erregen, denn bei diesem guten Wetter nutzten sie die starken Winde vor den Küsteninseln.

»Das war töricht.« Freydis Stimme klang scharf vor Schmerzen. »Warum habt ihr nicht gefragt? Ihr habt Aldis Sohn Kolbrand getötet – das ist ein schweres Verbrechen.«

»Hallbjorn«, wandte sich Rolli an seinen Freund, und in seiner Stimme schwang Panik mit, »das hier sind keine Plünderer. Was sollen wir jetzt machen?«

»Wir bringen sie an Land«, entschied Hallbjorn. »Nehmt das Schiff. Das andere wird uns sicher folgen. Dann können wir alles klären.«

• • •

Dota und Freydis schmiegten sich eng aneinander, während Hallbjorn Aldis Schiff an die Küste einer schmalen Düneninsel steuerte und dort an Land ging. Die Insel hatte keine Bäume, nur gelbes Gras, das sich wie in Wellen im Wind wiegte, und auf der anderen Seite war das Meer. Das Schiff lief knirschend auf dem Sand auf und kam zum Stehen. Rolli stellte eine Leiter auf, und Hallbjorn winkte Freydis herbei, damit sie hinunterkletterte.

Dota folgte ihr hastig und schluchzte auf, als Hallbjorn sie zurückstieß. »Du bleibst an Bord«, befahl er Dota. »Ich habe gehört, dass du eine gute Geisel abgibst.«

Rolli musste Freydis die Leiter hinunterhelfen, da sie nur eine Hand gebrauchen konnte. Hallbjorn befahl einigen seiner Gefolgsleute, Aldis Männern Handfesseln anzulegen und sie zu bewachen. Andere junge Krieger von Rollis Schiff legten die vier Krieger, die im Kampf gefallen waren, in einer Reihe auf dem Strand ab, die Füße zur Brandung gerichtet. Die Gesichter der toten Männer verfärbten sich bereits grau, und ihre blutigen Wunden stachen von der Blässe des Todes ab. Kolbrand unterschied sich nicht groß von den anderen, der Tod ebnete die Unterschiede an Rang und Alter unter ihnen ein. Rollis Fehler würde nicht leicht wiedergutzumachen sein.

Ein starker Wind wehte vom Festland herüber und erschwerte Aldis Schiff, die Insel zu erreichen. Nicht einmal die Ruderer konnten viel gegen diese heftige Küstenbrise ausrichten. Freydis saß auf einem Stück Treibholz, während Rolli und Hallbjorn ihr Schiff endgültig aus den Wellen zogen. Einer ihrer Männer entzündete ein Feuer, und Rolli und Hallbjorn setzten sich davor und wärmten daran ihre Hände.

Freydis nahm all ihren Mut zusammen und setzte sich neben sie auf ein Stück Treibholz. Sie strich mit den Fingern über ihr geschwollenes Schultergelenk, und schon bei der kleinsten Berührung durchfuhr sie ein stechender Schmerz.

»Cousin«, sagte sie zu Rolli mit gedämpfter Stimme, um das

Zittern darin zu unterdrücken, »dein Freund hat mir die Schulter ausgekugelt. Ich muss sie schnell wieder einrenken, sonst …« Ihr heftiges Schluchzen hinderte sie daran, ihnen ihre Befürchtung zu schildern, dass sie sonst verkrüppelt und hilflos würde und schlechtere Aussichten hätte, gut zu heiraten, und dass sie so nur eine wertlose Geisel sei.

Hallbjorn eilte zu ihr und setzte sich neben sie. Er legte ihr den Arm um die Schulter, und bei seiner Berührung schrie sie auf. »Wir haben keine Heiler dabei. Du wirst warten müssen.«

»Lass sie los!«, befahl Rolli. »Du tust ihr weh.«

Hallborn nahm den Arm von ihr. Das plötzliche Nachlassen des Schmerzes ließ sie nur noch heftiger weinen. Sie versuchte, den Schmerz wegzuatmen, bis sie ihr Schluchzen unterdrücken konnte.

»Ich … ich bin selbst Heilerin, zumindest so weit, dass ich mir die Schulter wieder einrenken kann.« Ihr Gesicht juckte von den Tränen, die darauf trockneten. »Ich weiß, wie es geht, aber ich brauche Hilfe.«

»Dein Wert ist ja wirklich nicht zu unterschätzen«, staunte Hallbjorn. »Sag mir, was ich tun soll. Ich hab dir Schmerzen verursacht, und ich möchte das wiedergutmachen.« Er nahm Freydis' Hand, hielt sie sanft und streichelte ihre Haut. Seine Berührung verursachte ihr Übelkeit.

»Nein«, sagte sie. »Nicht du – mein Cousin Rolli. Er ist stärker.« Hallbjorns freundliches Lächeln verschwand, wie Wasser in einem Korb, aber er ließ sie los.

Freydis wies Rolli an, ihr Handgelenk festzuhalten, dann bewegte sie sich gegen den Druck, den er ausübte. Sie biss die Zähne zusammen, als ihre Arm- und Schulterknochen gegeneinanderknirschten. Alfrith würde jetzt sagen, Schmerz sei nur ein Gefühl, und sie müsse durch ihn hindurchgehen, als watete sie durch eine wilde Brandung. Sie konnte das aushalten und überließ Rolli mehr und mehr von ihrem Gewicht, dann riss sie sich mit einem Ruck von ihm los. Sie spürte ein Knacken und einen stechenden Schmerz, als hätte ihr jemand ein heißes Messer durch die Schulter gejagt.

»Lass mich los!«, befahl sie Rolli. Er gab ihr Handgelenk frei, und sie kniete sich auf den Sand und hielt sich vorsichtig den Arm. Dann wartete sie reglos, bis sie hörte, wie sich Rolli und Hallbjorn wieder auf ihre Holzstücke am Feuer setzten, und stand auf.

Beim Bewegen tat ihr Arm immer noch weh, aber jetzt waren es nur noch Schmerzen, doch er fühlte sich nicht mehr wie gebrochen an. Als sie spürte, dass sie es ertragen konnte, hob sie ein Stück Treibholz auf und riss damit einen Streifen von ihrem Rock ab. Sie band den Stoff zu einer Schlinge und legte sie sich um den Hals. Ihr Arm wollte ihr nicht gehorchen, also musste sie ihn mit dem anderen in der Schlinge lagern, und schließlich ließ der Schmerz nach.

Rollis Männer hatten sich am Feuer um ihn versammelt, während Freydis abgelenkt gewesen war. Rolli saß da, kaute auf einem Streifen Trockenfleisch herum und ignorierte sie, bis einer seiner Männer das Wort ergriff: »Wir werden Ärger bekommen«, meinte er. »Das war der Sohn eines Königs, den du getötet hast.«

»Es war ein Versehen«, sagte Rolli. »Mein Vater wird das Manngeld zahlen.« Er klang nicht überzeugt, und das aus gutem Grund – Ivar war König Ragnvalds Lieblingssohn und sein Erbe, während Rolli häufig abgehauen war, um mit den Kindern der Fischer zu spielen, obwohl er eigentlich das Handwerk eines Königs lernen sollte. Sein Vater war vielleicht nicht bereit, einem Sohn zu helfen, der so lange rebelliert hatte. Wenn das der Fall wäre, könnte Rolli von seinem Land und seiner Familie verbannt werden, und jeder könnte ihn töten, ohne dass er für seinen Tod zur Rechenschaft gezogen würde. Viele überlebten auch eine kurze Zeit der Verbannung nicht.

»Wenigstens wird deine Mutter dir helfen«, sagte Hallbjorn und brach in Gelächter aus. Niemand fiel darin ein, obwohl Freydis zögernd lächelte. Rolli war der Liebling seiner Mutter, ihr zauberhafter, hünenhafter Sohn, und auch er liebte sie abgöttisch. »Keine Sorge, Jungs«, fuhr Hallbjorn fort. »Wie Klein-Freydis mir versichert hat, haben wir wertvolle Geiseln bei uns.«

Gegen Abend drehte der Wind, und endlich konnte auch Aldis Schiff zu ihnen segeln. Rolli stellte seine Männer am Ufer auf, und sie zogen ihre Schwerter, als der Schiffskiel knirschend am Strand auflief. Das Boot neigte sich zur Seite, als Aldis Männer an die Reling eilten und ins seichte Wasser sprangen. Rollis Männer rannten auf sie zu und drängten Aldi und seine Gefolgsleute gegen das Schiff.

Im Gemenge von Kriegern und Waffen konnte Freydis nicht sehen, was sich dort abspielte, aber sie hörte über die Brandung hinweg Aldis zornige Stimme. »Rolli Ragnvaldsson, was hast du getan?«, schrie er. »Dein Vater wird sich schämen.«

Einige von Rollis Männern zuckten bei diesem Vorstoß zurück, aber dann stürzte sich Rolli auf ihn, und im Nu hatten seine Männer Aldis Krieger entwaffnet und trieben sie den Strand hinauf.

»Wo ist mein Sohn?«, schrie Aldi. Zwei von Rollis Männern hielten ihn an den Armen fest. »Wo ist meine Tochter?«

Rolli öffnete den Mund, blieb aber still, bis Hallbjorn vortrat. »Dein Sohn ist tot«, sagte Hallbjorn zu Aldi, »und deine Tochter ist unsere Geisel. Du solltest dir überlegen, was du uns im Tausch für ihr Leben geben willst.«

Das Blut wich aus Aldis Gesicht, er kippte nach vorn und ließ seine Arme von den Händen der Männer, die ihn gefangen hielten, herunterhängen. »Was ist mit den anderen Gefangenen?«, fragte Aldi und blickte zu Rolli auf. »Du hattest kein Recht dazu, sie festzunehmen. Hält dein Vater so wenig von mir, dass er dich schickt, um dich über mich lustig zu machen?«

»Mein Vater hat mich nicht geschickt«, wehrte sich Rolli. »Ich dachte, ihr wärt Plünderer – warum segelst du in seinem Schiff und ziehst das falsche Banner auf?«

»König Ragnvald hat mir sein Schiff geliehen«, erwiderte Aldi und starrte Rolli wütend an. »Dafür wirst du geächtet werden.«

»Ich könnte dich jetzt töten«, sagte Rolli unsicher.

»Ja, töte ihn – sieh nur, er kniet schon vor dir und erwartet den Hieb«, sagte Hallbjorn, »und wir verkaufen die Überlebenden als Sklaven in den Süden. Dein Vater braucht von dieser Sache nie zu erfahren.«

»Nein«, sagte Rolli. »Du hast mich heute in eine schlimme Lage gebracht, Hallbjorn.«

Aldi rappelte sich hoch auf die Füße und wandte sich hastig ab. »Dein Freund hat recht – das Beste, worauf du hoffen kannst, ist Ächtung. Es wäre besser, wenn du mich jetzt tötest, oder ich nehme dir das Leben als Preis für das meines Sohnes. Ich hätte deinen Vater damals töten sollen, als er den Tod meines Vaters Atli verursachte, aber ich war bereit, meine Rache gegen Land einzutauschen. Aber diesmal nicht.«

»Ich habe einen Fehler gemacht«, sagte Rolli mit brüchiger Stimme. »Mein Vater wird das verstehen.«

»Wenn wir geächtet werden ...«, grollte Hallbjorn.

»Hör auf damit!«, befahl Rolli. »Der Verwalter meines Vaters kann die Leiche seines Sohnes haben und seine Tochter. Die Übrigen werden unsere Geiseln sein, um sicherzustellen, dass er in Frieden abreist.«

»In Frieden!«, höhnte Aldi. »Nach dem hier wird es keinen Frieden geben.«

»Geh, Hallbjorn, und finde seinen Sohn«, befahl Rolli. »Wir werden dieses Schiff behalten, und du kannst ihm das Schiff meines Vaters zurückgeben.«

»Dein Vater wird für diese Sache einstehen müssen, wenn du es nicht tust«, drohte Aldi. Er sah zu Rolli auf, und sein Gesicht war weiß und voller Gram. Rollis Männer bargen die Leichen vom Strand, und Rolli half Dota vom Schiff hinunter.

Freydis watete hinaus in die Brandung und reichte Dota einen Arm, dann ging sie mit ihr dort hinüber, wo Aldi mit seinen Männern stand. Als sie an Hallbjorn vorbeigingen, packte er Dotas Arm, zog sie von Freydis weg und stieß sie auf Rolli zu.

»Wir brauchen mehr Geiseln«, sagte Hallbjorn zu Rolli, »oder dieser Mann wird dich töten.«

Rolli stieß sie zurück und fragte Hallbjorn: »Willst du Harald zwingen, mich zu ächten?«, dann sagte er an Aldi gewandt: »Es tut mir leid für deinen Sohn. Ich werde das in Ordnung bringen.«

»Wer hat hier das Kommando?«, wollte Aldi wissen. »Wer ist verantwortlich für dieses Verbrechen?«

»Ich«, erwiderte Rolli.

Hallbjorn stürzte sich plötzlich auf Dota, die erschreckt aufschrie. Freydis wirbelte herum und sah, dass er Dota wieder gepackt hatte und ihr einen Dolch an den Hals hielt. Dotas Augen waren vor Furcht geschlossen, und auch Hallbjorns Blick schoss panisch zwischen Aldi und Rolli hin und her. »Ich kann nicht zulassen, dass du das tust«, rief Hallbjorn. »Wir brauchen Geiseln, sonst werden wir geächtet.«

Freydis trat vor. Ihre Mutter setzte gegen die Schwerter der Männer oft ihr Wort ein. Auch Freydis konnte das jetzt tun. »Ich bin König Haralds Stieftochter«, sagte sie in ruhigem Ton. »Wenn du eine Geisel brauchst, dann hast du mich doch schon.«

»Lass sie gehen«, befahl Rolli.

Hallbjorn stieß Dota zu ihrem Vater, dann packte er Freydis' unverletzten Arm und zog sie an sich, sodass sie die Wärme seiner Haut spüren und seinen Schweiß und seine lederne Kleidung riechen konnte. »Das ist wahr«, sagte Hallbjorn zu Aldi. »Wir haben eine viel bessere Geisel als deine Tochter. Und nun geh, bevor ich's mir anders überlege.«

Kapitel 2

Am Tag als Ragnvald mit seinen Leuten an der Küste Jütlands ankam, war der Himmel wolkenverhangen. Ribe, König Eriks Hauptstadt, lag etwas flussaufwärts, dort, wo das Flussbett sich zu einem Sumpfgebiet ausweitete. Ragnvald ging zusammen mit seinem Sohn Thorir und Haralds Sohn Gudrod von Bord. Sein Stiefbruder Sigurd blieb zurück, um dafür zu sorgen, dass das Schiff sicher vertäut wurde.

Die einwöchige Reise in Richtung Süden hatte sie vom Winter ins Frühjahr entführt. Während der letzten paar Monate in Vestfold hatte Thorir sich die ersten Ansätze eines Bartes stehen lassen, die allerdings noch eher verrieten, dass er ein kaum sechzehnjähriger Grünschnabel war, als wenn er sein Gesicht glatt rasiert hätte. Er war fast so hochgewachsen wie Gudrod, obwohl dieser drei Jahre älter war. Dafür hatte Ragnvald Hilda zu danken, denn seine Frau hatte ihre hohe Statur allen ihren Söhnen vererbt.

Viele der Häuser von Ribe waren so neu, dass die Baumrinde noch von den Balken blätterte – was einen viel angenehmeren Geruch verbreitete als das Sumpfland. König Eriks Wachen führten Ragnvald und seine Begleiter durch die Stadt zu dem Platz, an dem Erik Hof hielt. Er saß auf einem grob behauenen Stuhl neben einer jungen Frau, deren fahlblondes Haar ungebunden herabhing. Ragnvald hielt sie daher für Eriks Tochter Ragnhilda, die der Zweck seiner Reise war.

Ein junger Wachmann mit breiter Brust und lauter Stimme kündigte ihn an: »Ragnvald Eysteinsson, Ragnvald der Mächtige, König von Møre und Sogn. Bei ihm sind Gudrod Haraldsson und Thorir Ragnvaldsson.« Ragnvald verbeugte sich zur Begrüßung vor König Erik. Eine Brise wehte über die Lichtung und wirbelte ihnen die Blätter des letzten Herbstes um die Füße.

»Willkommen, König Ragnvald von Norwegen«, sagte Erik, ein kleiner, freundlich dreinblickender Mann mit rundem Gesicht, hellem Haar und hellen Augen. Wind und Sonne hatten seine Wangen glatt poliert, sodass er jünger wirkte. Er war jedoch mindestens zehn Jahre älter als Ragnvald, und die meisten dieser Jahre hatte er mit Kämpfen gegen andere Dänenkönige verbracht.

»Ich bin nur König über ein paar Distrikte«, stellte Ragnvald richtig. »Ich komme im Auftrag König Haralds von Norwegen.«

»Oh?«, erwiderte Erik. »Das habe ich aber ganz anders gehört.«

Ragnvald verbarg seine Besorgnis. »Was hast du denn gehört?«, fragte er. Er war gekommen, um eine Heirat für Haralds Sohn Gudrod und ein Bündnis für Norwegen zu verhandeln, aber er hatte auch sagen hören, dass Haralds Ältester Halfdan zu Erik gekommen war, um gegen seinen Vater zu intrigieren. Wenn Ragnvald Beweise für Halfdans Rebellion vorlegen könnte, dann müsste Harald seinen Sohn bestrafen – ihn für vogelfrei erklären oder zumindest irgendwohin weit fortschicken.

Erik lächelte. »Ich habe sagen hören, dass du es bist, der in Wirklichkeit Norwegen regiert, während Harald sich mit seiner neuen Konkubine im Bett vergnügt.«

»Wer hat dir denn so etwas erzählt?«, fragte Ragnvald.

»Das weiß doch jeder, dass Harald seinem Sohn Halfdan die

finnische Konkubine ausgespannt und sie geheiratet hat«, erwiderte Erik. »Das wurmt dich doch sicher, oder? Norwegische Händler erzählen hier, dass Harald früher nichts ohne deine Zustimmung gemacht hat.«

»Manchmal wünschte ich mir, es wäre so«, sagte Ragnvald im jovialsten Ton, den er aufbringen konnte. »Aber Harald ist nun mal sein eigener Herr.«

»Trotzdem, man sagt, du bist für ihn Auge und Ohr und dass in Norwegen nichts geschieht, ohne dass König Ragnvald Bescheid weiß«, sagte Erik.

Ragnvald nickte zu diesem Kompliment. »Ich könnte meinem König noch besser dienen, wenn ich tatsächlich überall Augen und Ohren hätte.« Zwar bereiste er jeden Sommer zusammen mit seiner Schwester Svanhild ganz Norwegen, traf sich mit den örtlichen Herrschern und kümmerte sich um jeden Aufruhr, doch gab es auf dieser von Fjorden zerklüfteten, gebirgigen Halbinsel immer noch viel zu viele Männer, deren Absichten ihm unbekannt waren. »Ich bin gekommen, um dir ein Bündnis mit König Harald anzubieten«, fuhr er fort, »das wir mit einer Heirat besiegeln sollten ...«

»Einer Heirat mit dir?«, fragte Erik. »Etwas Besseres könnte meiner Tochter gar nicht passieren, als den Mann zu heiraten, der Norwegen wirklich regiert.«

Ragnvald biss die Zähne zusammen. König Erik war darauf aus, ihn zu reizen. Seine Andeutungen bezogen sich auf die Schattenseite von Ragnvalds Beinamen: Ragnvald der Mächtige, dessen Macht die Haralds überstrahlen konnte, oder Ragnvald der Weise, dessen Weisheit durchaus verschlagen sein konnte. »Willst du dir mein Angebot anhören, oder willst du mich beleidigen, indem du die Loyalität zu meinem König infrage stellst?«, fragte er Erik. Eriks Höflinge flüsterten untereinander.

»Man hat mir schon berichtet, dass du schnell etwas übel nimmst«, sagte Erik, »aber mir war nicht bewusst, dass sich das auch auf Lobpreisungen bezieht.« Er lächelte. »Nun, lasse dein Angebot hören.«

»Die Könige von Jütland und Vestfold sind natürliche Verbündete«, begann Ragnvald. »Gemeinsam können wir den Zugang zur Ostsee kontrollieren und von unseren Vettern in Skane und Roskilde Steuern eintreiben. Ich bin mit Haralds Sohn Gudrod hergekommen, um ihn mit deiner Tochter Ragnhilda zu vermählen. Die Hochzeit kann beim Mittsommerfest in Vestfold stattfinden, wenn Harald sich mit Gyda von Hordaland vereint, seinen Schwur einlöst, ganz Norwegen zu erobern, und dann sein Haar schneidet.«

»Ich habe gehört, du sollst ganz wild darauf sein, dass er sich den Kopf rasiert, weil er dann das Schwert beiseitelegt und deinem Machtstreben nichts mehr im Wege steht.«

Ragnvald griff nach seinem Schwert. »Soll ich Harald berichten, dass du ihm nichts weiter bietest als Beleidigungen?«

»Beruhige dich doch«, beschwichtigte ihn Erik. »Solchen Gerüchten schenke ich natürlich keinen Glauben.« Ragnvald ließ die Hand wieder sinken. »Ich denke über dein Angebot nach«, fuhr Erik fort. »Aber lieber würde ich sie mit einem König verheiraten, mit dir oder deinem Harald, wenn dir das lieber wäre.«

Ragnvald lächelte dünn. »Ich habe schon eine Ehefrau mit dem Namen Ragnhilda«, sagte er. »Zwei Frauen mit demselben Namen, das würde sich kein Mann freiwillig antun.« Außerdem hatte er in jungen Jahren, bevor er berühmt und mächtig war, Hilda geschworen, dass er nie eine weitere Frau heiraten würde, und dieser Schwur hatte ihn schon manches Mal vor Ärger bewahrt.

»Das wäre gar kein Problem«, meinte Erik, »denn meine Tochter wird Ranka gerufen.« Er sah sie liebevoll an, und sie warf ihr Haar zurück.

»Ich frage mich, ob es denn keinen andern Sohn gibt«, sagte Ranka und stand auf. Ragnvald sah, dass sie die Statur ihres Vaters geerbt hatte: klein und rundlich. Sie lächelte geziert. »König Harald hat doch mindestens zwanzig weitere Söhne, und einige sind sicher größer.«

Ragnvald sah kurz zu Gudrod hinüber. »Was passt dir nicht an Gudrod Haraldsson?«, fragte er. Halfdan war größer als Gudrod – vielleicht hatte Ranka ihn gesehen und verglich die beiden nun miteinander. »Gudrod war die meiste Zeit seiner Jugendjahre mein Ziehsohn. Für seinen Charakter kann ich bürgen.«

Erik wandte sich seiner Tochter zu. »Er ist jung und sieht gut aus«, bestätigte er wahrheitsgemäß. Die Skalden nannten ihn Gudrod den Strahlenden, weil er Haralds leuchtend goldenes Haar geerbt hat und dazu mehr Schönheit, als für einen Mann gut sein kann. Hinter seinem Rücken wurde er als *ergi* bezeichnet, als Mann, der gern die Aufmerksamkeit anderer Männer auf sich zieht, als wäre er eine Frau. Doch solche Dinge wurden schon oft über schöne junge Männer kolportiert.

Ranka grinste herablassend. »Er ist zu jung und hat noch keine Kampferfahrung, sonst wäre er dafür berühmt statt für seine Schönheit. Vater – sag ihm, ich kann etwas Besseres finden.« Auch aus diesen Worten hörte Ragnvald Halfdan heraus. Ranka fuhr fort: »König Harald ist noch nicht zu alt und hat viele Frauen. Er sollte mich dazunehmen. Er ist ein kampferprobter Krieger.«

»Gudrod ist Harald so ähnlich, wie es nur ein Mann sein kann«, sagte Ragnvald. »Er wurde im letzten Jahr bei Kämpfen gegen den schottischen Wikinger Melbrid Tooth verwundet, der unsere Küsten unsicher machte. Was braucht es da noch weitere Beweise?«

»Ich kann das nicht sofort entscheiden«, sagte König Erik. »Wie lange bleibt ihr hier in Ribe?«

»Eine Woche«, erwiderte Ragnvald. »Zu Haralds Hochzeit am Mittsommerfest wollen wir zurück in Vestfold sein. Ich hoffe, dass es auch das Hochzeitsfest deiner Tochter sein wird, aber vielleicht sind die Könige von Skane oder Roskilde eher an diesem Bund interessiert.«

»Du willst mich unter Druck setzen«, sagte Erik. »Muss der Junge denn so dringlich verheiratet werden?«

»Ich trachte danach, meinem König ein Bündnis und eine Schwiegertochter als Hochzeitspräsent mitzubringen«, erwiderte Ragnvald. »Wenn dir eine Woche nicht genügt, dann schicke einen Boten nach Vestfold, wann immer du dich entschieden hast. Vielleicht steht das Angebot dann noch.« Ragnvald verbeugte sich und trat zurück neben Sigurd in der Menge. Erik begrüßte weitere Ankömmlinge: ein paar friesische Priester, die ihrem Christus in Ribe eine Kirche errichten wollten, und danach einen Händler aus Spanien mit dunklem Haar und buschigen Augenbrauen.

Danach entließ Erik seinen Hofstaat, und Ragnvald folgte einem von Eriks Dienern in die Halle, wo sie schlafen würden. Thorir ging im Gleichschritt etwas hinter ihm, mit Gudrod an seiner Seite. »Eine Woche, Vater?«, sagte Thorir. »So schnell?«

»Hat der König von Skane wirklich eine Tochter?«, fragte Gudrod. »Mir wäre es lieber, ich müsste diese Ranka nicht nehmen. Sie ist zwar hübsch, aber sie hat ein mürrisches Wesen.«

Ragnvald wünschte sich, Gudrod könnte wenigstens so tun, als interessierte ihn das Mädchen, zumindest so lange, bis er herausfinden konnte, ob Halfdan hier gewesen war. Aber seine Befürchtungen hatte er weder Gudrod noch sonst jemandem mitgeteilt, außer seinem Sohn Einar und seiner Schwester Svanhild, den einzigen Menschen, denen er absolute Verschwiegenheit zutraute.

»Erik ist nicht sehr gut informiert«, erwiderte er. »Es gibt gar keinen König von Skane, zumindest keinen, der seine Krone länger als einen Sommer lang auf dem Kopf behalten kann. Doch durch Haralds Bemühungen könnte sich ein stärkerer Mann finden.« Ragnvald hatte Svanhild nach Skane entsendet, um festzustellen, ob Halfdan auch dort gewesen war, um diese Position für sich selbst in Anspruch zu nehmen. »Die Sippen in Skane wählen alle paar Jahre einen neuen Anführer. Harald würde natürlich allzu gerne seinen eigenen Mann dort einsetzen, falls Erik kein Bündnis mit ihm eingeht.«

»Das ist wirklich clever, Vater«, sagte Thorir. Ragnvald sah ihn stirnrunzelnd an. Thorir hatte sich von einem stillen Kind zu einem Jugendlichen entwickelt, der jeden Stärkeren rückhaltlos bewunderte. Lieber hätte Ragnvald seine beiden ältesten Söhne Einar und Ivar mitgenommen, aber er hatte sie damit beauftragen müssen, Haralds Verlobte Gyda für die Hochzeit an den Hof zu eskortieren.

»Gudrod, dein Vater braucht dieses Bündnis«, sagte Ragnvald. »Wenn du dir diese Ranka ein wenig geneigt machst, dann ist das eine große Hilfe. Wie es scheint, lässt sich ihr Vater von ihr ziemlich beeinflussen.«

»Sie ist mir zu alt«, sagte Gudrod. »Sie ist mindestens schon zwanzig. Ich frage mich überhaupt, warum sie noch nicht verheiratet ist.«

»Sie ist nicht so alt«, widersprach Ragnvald, »und sie ist eine Prinzessin. Hör mir gut zu: Frauen mögen es nicht, wenn man über ihr Alter spricht, genauso wenig, wie junge Kerle es gern hören, dass sie zu jung sind. Wenn du sie dir nicht geneigt machen kannst, dann suche ich mir einen andern unter Haralds Söhnen aus. Dein Vater kann dir dann eine Frau mit niedrigerem Rang finden, dann brauchst du dir keine Gedanken mehr um die Herrschaft über Dänemark zu machen.«

»Warum soll ich denn in Dänemark regieren, wenn ich über Norwegen herrschen kann?«, fragte Gudrod und warf sein Haar zurück. Er und Ranka würden bestimmt wunderbar blonde Kinder bekommen, wenn sie sich zusammentäten.

»Habe ich da etwas verpasst, und alle deine Brüder sind gestorben?«, fragte Ragnvald. »Wie kommst du darauf, dass du über Norwegen herrschen wirst?«

»Meine Chancen darauf sind jedenfalls größer, wenn ich nicht weit weg in Jütland bin«, wandte Gudrod ein.

»Ein König muss Bündnisse schließen«, sagte Ragnvald. »Wenn du das nicht verstehst, wirst du nie ein König.«

• • •

Wie Ragnvald erwartet hatte, wurde das Wetter am Abend stürmisch. Erik hatte ein Festmahl zu ihren Ehren ausgerichtet und pries Ragnvalds vergangene Erfolge. Ranka warf immer wieder Blicke zu Gudrod und Thorir hinüber und verglich wohl Gudrod mit Halfdan.

Halfdans Aufmüpfigkeit hatte damit begonnen, dass er seine neue Konkubine Snaefrid, eine finnische Hexe, nach Vestfold an Haralds Hof brachte. Harald hatte nur einen Blick auf sie werfen müssen, um zu sehen, dass er sie für sich selbst haben wollte; schon am Tag ihrer Ankunft war sie in seinem Bett gelandet. Ragnvald hatte sich damals in Møre aufgehalten, und als er zurückkam, war das Unglück schon geschehen: Halfdan war wutentbrannt geflohen, und Harald hatte eine Frau geheiratet, die nichts weiter aufzuweisen hatte als ihre Schönheit. Er hatte damals mit Harald so heftig gestritten, dass ihre Beziehung seither beeinträchtigt war, aber er hoffte, dass sich alles wieder einrenken würde, wenn er mit einem neuen Bündnis nach Norwegen zurückkehrte.

Zunächst hatte Ragnvald gedacht, Halfdan sei nur wegen der Demütigung geflohen, doch dann wurden die ersten Gerüchte laut: ein junger König ohne Königreich, der seine Machtbasis ausbaute, Norwegen wieder am Rande des Krieges, und alles, was Ragnvald aufgebaut hatte, war nun wieder zerstört.

Nachdem Eriks Frauen das Essgeschirr weggeräumt und süßen Wein eingeschenkt hatten, stand Thorir auf und brachte einen Trinkspruch auf Rankas Schönheit aus. Hier fand sein Talent zur Bewunderung eine passende Anwendung. Von allen seinen Söhnen sah Thorir Ragnvald am ähnlichsten – er hatte dasselbe dunkle Haar und dasselbe schmale Gesicht. Dabei war er weder so hübsch wie Gudrod und würde deshalb auch nie dafür gehänselt werden, noch war er so hager und blickte so draufgängerisch wie Einar, Ragnvalds ältester Sohn. Aber er sprach gut, und Ranka nickte und errötete bei seinen Worten, wie es sich geziemte.

In dieser Nacht träumte Ragnvald wieder von der Vision, die ihn vor fast zwanzig Jahren dazu gebracht hatte, Harald Gefolgschaft zu leisten: eine Halle in den Tiefen des Meeres und ein goldener Wolf mit stumpfem, verfilztem Haar. Alle Männer in der Halle berührten den Wolf, und dabei fingen Teile seines Fells an zu glänzen, und auch die Männer begannen zu glänzen. Als Ragnvald ihn berührte, verbrannten die Flammen seine Hände, dann seine Schultern, sie flackerten schließlich hoch hinauf und setzten das Dach der Halle in Brand. Als es krachend über seinem Kopf zusammenstürzte, erwachte er mit klopfendem Herzen.

• • •

Am nächsten Tag hatte sich der Sturm verzogen, und der Himmel war hell und wolkenlos. Ragnvald verbrachte den Vormittag auf dem Marktplatz von Ribe, um für Hilda und Alfrith Schmuck einzukaufen und gleichzeitig nachzusehen, was die Waffenschmiede im Angebot hatten. Es war hier viel leichter, an fränkische Schwerter zu kommen als in Norwegen, da die Händler nicht über das Skagerrak segeln und Abgaben an Seeräuber zahlen mussten.

Einer der Waffenschmiede erzählte Ragnvald, dass er vor Kurzem eine große Anzahl Schwerter an einen ruppigen Kerl in einfacher Kleidung verkauft hatte. Ragnvald fragte ihn weiter aus, und nach der Beschreibung vermutete er, dass vom Wikinger Melbrid Tooth die Rede war: einem gut aussehenden Mann, dem aber ein missgestalteter Zahn unter der Oberlippe hervorstand. Es handelte sich also nicht um Halfdan, wie Ragnvald befürchtet hatte. Trotzdem fand er die Nachricht alarmierend. Für gewöhnlich kauften Seeräuber nicht so viele Schwerter auf einen Schlag, Kriegsherren aber schon, wenn sie etwa frisch trainierte Krieger ausrüsten wollten.

Ragnvald ging zu Eriks Halle zurück, um nach Thorir zu suchen, mit dem er für den Nachmittag zum Kampftraining verabredet war. Er fand ihn im Gespräch mit Ranka vor dem Frauengemach und musste lächeln, als er Thorirs Kopf mit seinem dunklen Haarschopf über Rankas blondes Haar gebeugt sah.

Als Ragnvald sich näherte, blickte Ranka auf. »Dein Sohn und ich sind uns einig, König Ragnvald«, sagte sie. Sie hatte eine klare Stimme, aber ziemlich tief für eine Frau, was sie attraktiv machen würde, selbst wenn ihr Gesicht einmal von Altersrunzeln durchzogen war.

»Dann überlasse ich ihn deiner angenehmen Gesellschaft«, meinte Ragnvald und schickte sich an weiterzugehen.

Ranka rief ihm nach: »Er stimmt mir zu, dass ich gut genug bin, um König Haralds Braut zu sein, und zu gut für einen Sohn, der vielleicht nie auf dem Thron sitzen wird.«

Ragnvald drehte um. Thorir lächelte ihn unsicher an. »Ich kann doch mit einer Frau nicht über ihren Wert streiten«, meinte er verlegen.

Ranka lächelte triumphierend. Ragnvald trommelte mit den Fingern auf seinen Schwertgriff. »Das Wetter hat sich so weit gebessert, dass wir üben können«, sagte er zu seinem Sohn. »Komm mit!«

Thorir folgte Ragnvald mit schwerfälligem Schritt zum Übungsplatz. Einige von Eriks Männern trainierten Axtwerfen auf eine Zielscheibe, aber es gab noch genügend Platz für Schwertkämpfer. Ragnvald massierte seine Hände, die seit seiner Gefangenschaft mit Folter vor fünfzehn Jahren bei jeder Wetteränderung steif und schmerzhaft wurden. Die gebrochenen Knochen waren zwar verheilt, doch seine Knöchel blieben geschwollen. In den letzten Jahren hatte er auch die Fingerfertigkeit verloren, die es ihm erlaubt hatte, an den langen Winterabenden zum Zeitvertreib zierliche Schnitzereien herzustellen.

Thorir stellte sich ein paar Schritte von Ragnvald entfernt auf. Er hatte sich ein Übungsschwert genommen, ließ nun jedoch die Spitze zu Boden sinken.

»Hat sie die Wahrheit gesagt?«, fragte Ragnvald leise. »Findest du tatsächlich, Ranka sollte Harald heiraten?«

Thorir bohrte die Schwertspitze in die Erde. »Ich hab mich doch nur mit ihr unterhalten. Ich wollte, dass sie mich sympathisch findet.«

»Und glaubst du jetzt immer noch, dass das die richtige Entscheidung war?«, fragte Ragnvald.

»Nein«, antwortete Thorir zögerlich. »Ich hätte wohl eher …«

»Du hättest versuchen sollen, sie davon zu überzeugen, dass Gudrod ein passender Mann für sie ist, wenn du schon mit ihr reden musstest. Und jetzt: Verteidige dich!«

Ragnvald konnte alle seine Söhne auf dem Übungsplatz immer noch schlagen, wenn er auch manchmal das Gefühl hatte, dass Einar ihn gewinnen ließ. Normalerweise kämpfte Einar bei jedem Gefecht, auch auf dem Übungsplatz, als ginge es um sein Leben – außer mit seinem Vater. Stattdessen erkundigte er sich höflich bei Ragnar nach bestimmten Taktiken, versprach, sich beim nächsten Mal zu bessern, und ließ Ragnvald mit dem unsicheren Gefühl zurück, dass sein Sohn ihn damit veräppelte, dass er nur gegen ihn verlor.

Thorir hingegen stellte kaum eine Herausforderung dar. Er sah schon von vornherein geschlagen aus, wie er da in einer Ecke des Übungsplatzes stand, mit hängenden Schultern, den Blick zu Boden gerichtet. Ragnvald bedeutete ihm, in die Mitte des Übungsplatzes zu kommen, damit sie mehr Raum hätten, und tat selbst einen Schritt vorwärts. Thorir machte einen Schritt zurück.

»Vergiss alles andere, was heute passiert ist«, sagte Ragnvald. »Jetzt ist nur das hier wichtig.« Er machte wieder einen Schritt nach vorn, und Thorir zog sich weiter zurück. »Hab doch keine Angst, ich will dich doch nicht verletzen. Nicht wie ein echter Gegner.«

Ragnvald hörte Gudrod hinter sich lachen. »Ich glaube nicht, dass er sich vor einer Wunde fürchtet, König Ragnvald«, sagte er.

Am liebsten hätte Ragnvald ihn weggeschickt. Thorir war am besten ohne Zuschauer, aber andererseits musste sein Sohn auch lernen, Ablenkungen auszublenden.

»Du kommst nach ihm dran, Gudrod«, kündigte Ragnvald an. Haralds Sohn wäre zumindest eine größere Herausforderung für ihn. »Komm, greif an!«, rief er Thorir zu.

Thorir machte einen plumpen Ausfallschritt, dem Ragnvald geschickt auswich und dabei mit dem Holzknauf seines Übungsschwerts auf Thorirs Hand schlug, sodass dieser die Waffe fallen ließ und durch seinen Schwung nach vorn zu Boden stürzte. Er warf Ragnvald einen sauertöpfischen Blick zu, als dieser ihm die Hand hinstreckte, um ihm aufzuhelfen.

Wieder griff Thorir auf dieselbe Weise an, doch als Ragnvald sich daranmachte, ihn zu entwaffnen, schoss ihm ein jäher Schmerz durch die Finger, und sein Schwert fiel neben Thorirs zu Boden. Mit finsterem Blick rieb sich Thorir das Handgelenk und war zu sehr mit sich selbst beschäftigt, um zu bemerken, wie Ragnvald vor Schmerz zusammenzuckte, als er sein Schwert aufhob.

»Was lief da falsch?«, fragte Ragnvald mit leiser Stimme, um seine Schwäche zu kaschieren.

»Du hast mich entwaffnet«, antwortete Thorir.

»Zweimal«, rief Gudrod.

Ragnvald ignorierte ihn. »Und wie hättest du dich dagegen wehren können?«, fragte er Thorir.

»Ich hätte dich gar nicht angegriffen«, erwiderte Thorir mürrisch, »dann hättest du mich auch nicht entwaffnet.«

Gudrod lachte höhnisch auf.

»Du musst dein Schwert fester halten«, riet Ragnvald. »Lass deinen Feind nie aus den Augen. Aber vielleicht solltest du besser mit Sigurd üben.« Er beugte vorsichtig die Finger seiner schmerzenden Hand. Seit Jahren schon hatte er mit einem ständigen dumpfen Schmerz zu tun, den er auch im Kampf aushielt. Doch solch ein plötzlicher Anfall wie eben könnte ihn das Leben kosten.

»Müssen wir die ganze Woche lang hierbleiben, Vater?«, fragte Thorir und massierte sich die lädierte Hand. »König Haralds Hochzeit ist doch bald, und das Zurücksegeln ist vielleicht nicht so problemlos wie die Herfahrt.« Sein Übungsschwert lag am Boden. Ragnvald blickte so lange darauf, bis Thorir es aufhob.

»Wir reisen bald ab«, erwiderte Ragnvald. »Besonders nach deiner Unterhaltung mit Ranka ...« Thorir sah so niedergeschmettert aus, dass Ragnvald nicht fortfuhr. »Bald. Halte dich bereit.«

• • •

Ragnvald befürchtete, dass ihm die Woche, die er Erik bis zur Entscheidung gelassen hatte, lang werden könnte, zumal in Gemeinschaft mit einem mürrischen Thorir und einem Gudrod, der sich partout nicht um Ranka bemühen wollte. Wenigstens schlug sich Thorir im Training wackerer gegen Sigurd und die jüngeren Krieger Eriks. Nur bei seinem Vater verlor er die Nerven.

Ragnvald war froh, eine Ausrede zu haben und kein Schwert mehr in die Hand nehmen zu müssen. Am nächsten Morgen suchte er ein Badehaus auf in der Hoffnung, die Wärme würde seinen Händen guttun. Zumindest verginge so die Zeit schneller.

Vor dem Badehaus traf er Erik an, also machte Ragnvald Anstalten, ihm das Holzgebäude mit seiner Privatsphäre zu überlassen, doch der König lud ihn ein, mit ihm hineinzugehen. Nachdem sie sich in der Hitze niedergelassen hatten und die Diener verschwunden waren, beugte sich Erik vor und sagte: »Ich würde meine Tochter lieber mit einem deiner Söhne verheiraten als mit einem von Harald. Deine Söhne besitzen Land und haben eine

Zukunft. Haralds Söhne sind ein Rudel Wölfe, die sich gegenseitig an die Gurgel springen werden, um über Norwegen zu herrschen.«

»Hast du denn Haralds andere Söhne schon getroffen?«, fragte Ragnvald.

»Woher soll ich das wissen?«, antwortete Erik. »Es sind ja so viele!«

»Gudrod ist einer der Lieblingssöhne von Harald«, sagte Ragnvald. Die Hitze des Bads wirkte entspannend auf sein Gemüt und wohltuend für den Schmerz in seinen Händen.

»Soso, einer der Lieblingssöhne«, zitierte ihn Erik. »Und warum sollte ich einem von Haralds Söhnen einen Thron schenken?«

»Weil du selbst keine Söhne hast«, erwiderte Ragnvald. »Was denkst du, was mit Jütland passiert, wenn du es nicht mehr beschützen kannst?«

»Deshalb hätte ich lieber einen deiner Söhne«, sagte Erik. »Wenn nicht Thorir, dann einen der anderen. Einem Mann, der von dir erzogen wurde, würde ich vertrauen.«

Das war das schönste Kompliment, das Erik ihm seit seiner Ankunft hier gemacht hatte. Ob wohl Einar der Sohn sein könnte, der nach Eriks Vorstellung war? Ragnvald könnte Einar auf diese Weise ein Königreich außerhalb Norwegens verschaffen, wo er ihm schon keines in Norwegen geben konnte.

Oftmals hatte sich Ragnvald gewünscht, Einar sei weniger begabt und nicht in allem besser als seine Brüder. Er war gewandter mit dem Schwert und der Axt als viele kampferprobte Männer; er konnte aus dem Stegreif ein einigermaßen gutes Epos dichten und ein richtig gutes, wenn man ihm Zeit ließ. Er hatte alle Gesetze Norwegens von Hildas Vater auswendig gelernt und sich so beim gemeinsamen Unterricht mit Hilda ihre Sympathie erworben. Ragnvald liebte Ivar für sein freundliches und fröhliches Wesen, doch Einar wäre bestimmt ein besserer König.

Ragnvald seufzte auf. Wenn er seinen Bastardsohn mit König Eriks Tochter verheiratete, würden sich alle Gerüchte über seine Ambitionen bestätigen. »Du versuchst schon wieder, mich zum Verrat an meinem König zu bewegen«, sagte er. »Ich wollte dir aber nur Gudrod Haraldsson anbieten, keinen anderen.«

»Ich habe eine andere Idee«, fuhr Erik fort. »Lass doch diesen Gudrod einen Sommer lang bei mir – und deinen Sohn auch, wenn du magst – sodass ich ihn als Mensch besser kennenlernen kann. Wenn er mir gefällt und meine Tochter sich in ihn verliebt, dann gibt es nächstes Jahr eine Hochzeit.«

Ragnvald runzelte die Stirn. »Ich glaube nicht, dass Harald es gut fände, wenn ich dir seinen Sohn hier als Geisel zurücklassen würde.«

»Bei all den Söhnen, die Harald hat? Da bist du doch bei Weitem die wertvollere Geisel«, erwiderte Erik.

»Bin ich das?«, fragte Ragnvald zurück und verspürte trotz der Hitze des Bads einen eisigen Schrecken. Er nahm den Schöpfer aus dem Eimer neben sich und goss Wasser auf die Kohlen, sodass sich eine Dampfwolke ausbreitete. »Ich dachte eigentlich, wir sind deine Gäste.«

»Kann ich mich auf deine Diskretion verlassen?«, fragte Erik.

»Meinst du damit, ob ich Harald alles erzähle?«, stellte Ragnvald als Gegenfrage. »Ich erzähle Harald das, was er meiner Meinung nach wissen muss.«

Erik grinste ihn von der Seite her an und hörte das heraus, was Ragnvald ihm andeuten wollte. »Haralds Sohn Halfdan rebelliert offen. Er behauptet, Harald stürzen zu können, und damit hat er wohl recht. Ein Bündnis mit dir könnte das Zünglein an der Waage sein. Wenn du ihn unterstützt, dann wird er gewinnen.

Wenn nicht, dann gibt es Krieg – alle Distrikte in Norwegen geraten in Aufruhr, und wer gewinnt dann? Du nicht, Harald nicht und Halfdan auch nicht, nur Norwegens Feinde.« Sein Grinsen wurde breiter. »Ich zum Beispiel.«

Ragnvald war nicht bewusst gewesen, dass Halfdan schon so weit gegangen war und bereits so viele Verbündete gewonnen hatte. Es konnte natürlich auch sein, dass Erik übertrieb, um ihn aus der Reserve zu locken. »Wenn du mit mir nach Vestfold kommst und das alles König Harald erzählst, belohnt er dich reichlich, und du hast dir damit meine lebenslange Freundschaft verdient«, bot Ragnvald an.

»Das wäre für keinen von uns beiden besonders gut«, erwiderte Erik. »Harald hat einfach zu viele Söhne. Wenn Halfdan sich nicht auflehnt, dann tut es eben ein anderer, vielleicht sogar sein viel zu schöner Gudrod.«

»Wenn Halfdan Erfolg haben will, müsste er alle seine Brüder töten«, sagte Ragnvald nachdenklich.

»Genau«, sagte Erik. »Aber wenn du König wärst ... Du hast eine übersichtliche Anzahl von Söhnen, und du hast auch die meisten norwegischen Bündnisse der letzten Jahre zuwege gebracht. Du und deine Schwester Svanhild.«

»Was schlägst du vor?«, fragte Ragnvald.

»Schlage dich zunächst auf Halfdans Seite, aber kämpfe gegen ihn, sobald er alle seine Brüder aus dem Weg geräumt hat.« Er sah Ragnvald in die Augen. »Denn eins ist sicher: Er wird sich dann auch gegen dich wenden.«

»Warum soll ich nicht einfach das Ende des Aufruhrs abwarten und dann den Scherbenhaufen übernehmen?«, fragte Ragnvald. Er würde bald rausgehen müssen, bevor ihm die Hitze den Kopf vernebelte.

»Ich habe dich genau beobachtet, als du in Norwegen aufgestiegen bist, während ich hier in Dänemark aufstieg. Du hast dir ein starkes Königreich aufgebaut und willst bestimmt nicht zusehen, wie alles wieder kaputtgeht.« Erik stand auf. »Ich bin hier fertig.«

Er wickelte sich in ein Tuch ein und ging nach draußen. Ragnvald folgte ihm in den Vorraum, wo er sich mit kaltem Wasser übergoss und dann trocken rieb. Erik hatte ihm schöngetan und geschmeichelt, was guttat, aber auch gefährlich war. Dennoch hatte er nur die eine Seite der Geschichte beleuchtet, denn Harald war derjenige, den die Götter auserwählt hatten. Er war der goldene Wolf, den Ragnvald in seinen Visionen gesehen hatte, und er selbst war nur einer von vielen, die bei seiner Berührung hell aufleuchteten, dann aber verbrannt und vernichtet wurden.

»Ich erwarte keine Antwort jetzt gleich«, sagte Erik. »Aber denke über das nach, was ich dir gesagt habe.«

»Und du bist nicht bereit, Ranka mit Gudrod zu vermählen?«, fragte Ragnvald. »Da bist du dir schon sicher?«

»Das werde ich auf keinen Fall«, erwiderte Erik. »Würdest du das an meiner Stelle tun?«

Ragnvald fiel nichts ein, was er sagen könnte, das sowohl wahr wäre und ihn nicht gleichzeitig in Gefahr brächte. Immerhin hatte Erik durchblicken lassen, dass er ihn als Geisel hierbehalten könnte. Wenn er merkte, dass Ragnvald Harald nie verraten würde, ließe er ihn bestimmt nicht wieder gehen.

Erik lachte über Ragnvalds Schweigen. »Siehst du. Nimm meine besten Wünsche mit für die Hochzeit deines Königs – und dass seine Braut fruchtbar sei, auch wenn sie schon so alt ist. Er zeugt ja Söhne, als meinte er, sie wären eine Armee, die ihn schützen könnte. Sie sind aber Wölfe, die ihn in Stücke reißen werden.«

Kapitel 3

Einar Ragnvaldsson ritt auf einer struppigen, übellaunigen Schindmähre, der er aufgrund ihrer Gewohnheit, über den Boden zu scharren, wenn sie ungeduldig war, den Spitznamen Krafla – Kratzbürste – gegeben hatte, auf die Festung von Hordaland zu. Das Pferd seines Bruders Ivar hingegen kam aus einem von König Haralds besten Ställen und entstammte der Zucht mit einer rassigen Stute von den Höfen seines Vaters.

Neben Ivar ritt Dagfinn, einer von Haralds erwachsenen Söhnen. Er hatte das schmale Gesicht seiner Mutter, den breiten Mund seines Vaters und eine blassere Gesichtsfarbe als beide. Sein Pferd schien ihn nicht sonderlich zu mögen, und als es gegen Ivars tänzelte, trat er lachend nach Ivar und gab ihm die Schuld für den Zusammenstoß. Einar warf einen Blick auf die beiden zurück, um sicherzugehen, dass alles nur ein Spaß war.

»Alles in Ordnung bei den beiden«, beruhigte ihn Bakur. Er hob eine dunkle Augenbraue, als er Einar anblickte, und Einar wandte den Blick mit einem Kopfnicken ab. Bakur war der Sohn eines spanischen Erkundungsreisenden und einer irischen Sklavin, der an Haralds Hof aufgewachsen und viel zu hübsch war, als dass sich Einar in seiner Gegenwart wohlfühlen könnte.

Ein eisiger Wind fegte von den Skanden über die Ebene von Hordaland. Der Tag war stürmisch und das Wetter unbeständig gewesen, heftige Regenschauer hatten sich abgewechselt mit Sonnenstrahlen, die durch die Wolken brachen und auf die Stoppelfelder der letzten Heuernte goldene Streifen zeichneten. Einar hatte am Morgen die große Festung in der Ferne erspäht, doch obwohl sie den ganzen Tag darauf zugeritten waren, schien sie nicht näher zu rücken. Er hatte gehofft, sie würden sie bei Sonnenuntergang erreichen.

Sobald sie dort ankämen, hätte Einar anderes zu tun, als sich den Kopf darüber zu zerbrechen, ob Bakurs Blicke mehr bedeuteten als bloße Freundlichkeit. Wenn nämlich Gyda ihnen feindlich gesinnt war, dann drohte ihnen bei ihrer Ankunft vielleicht eine Attacke.

Ivar und Dagfinn hatten aufgehört, sich gegenseitig zu treten, sie gaben sich nun Spekulationen über die Frauen hin, denen sie in Gydas Halle begegnen würden. »Ihre Nichten sind alle meine Halbschwestern«, klagte Dagfinn. »Ich kann in Norwegen nirgendwo meinen Schwanz in eine Möse stecken, ohne einen Inzest zu riskieren.« Harald hatte mit Gydas Schwester Kinder gezeugt, nachdem ihm Gyda geschworen hatte, bis zu ihrer Heirat Jungfrau zu bleiben.

Einar erlaubte seinem Pferd, langsamer zu werden, damit er neben ihnen herreiten konnte. »Dann geh doch nach Übersee«, schlug er Dagfinn vor. Sein Vater sähe es gern, wenn Dagfinn dabliebe, um Hordaland zu bewachen, aber noch glücklicher wäre er, wenn Dagfinn Norwegen ganz verließe.

Dagfinn erwiderte Einars Grinsen. »Inzest sollte dir nichts ausmachen, bei deinen Eltern«, feixte er, ein vertrauter Scherz, denn Ragnvald hatte Einar mit seiner eigenen Stiefmutter gezeugt, was sich Einar bei seinem ernsthaften Vater nur schwer vorstellen konnte, bei dem jede Entscheidung bestimmt schien von einer wahren Skalden-Litanei an Sprichwörtern. Einar presste die Kiefer zusammen, bis er sah, dass ihn Ivar nachsichtig anlächelte. Er sollte sich eigentlich mittlerweile an diese Scherze gewöhnt haben.

Ivar trat spielerisch nach Dagfill. »Dein Vater heiratet so viele Frauen, wenn du es nicht mit deiner Schwester treibst, dann schläfst du vielleicht stattdessen mit deiner künftigen Stiefmutter«, sagte er zu Dagfinn.

»Stimmt«, räumte Dagfinn ein. »Du weißt, man sagt, die Götter Frey und Freya seien manchmal Geschwister, manchmal aber auch Geliebte. Wenn es den Göttern gestattet ist …«

»In Gydas Festung wird es allerdings nicht gestattet sein«, unterbrach Einar die beiden in scharfem Ton.

Einar ritt langsamer, und Ivar tat es ihm gleich. »Warum so schlecht gelaunt heute Nachmittag?«, fragte Ivar.

»Vater hat uns eine schwierige Aufgabe gestellt«, erklärte Einar. »Was ist, wenn Prinzessin Gyda von der dämlichen Heirat Haralds mit dieser Finnin gehört hat. Was, wenn sie nicht mit uns kommen will? Was, wenn sie sich gegen uns erhebt?«

»Hast du diese Fragen nicht bereits beantwortet?«, entgegnete Ivar. »Sowohl du und Vater – ihr hattet so viele Vermutungen, dass mir der Kopf schwirrte.«

»Das war nur Gerede. Jetzt aber müssen wir handeln, und wer weiß, was uns erwartet?«

»Ja, wer weiß!«, pflichtete ihm Ivar bei. »Also warum sich verrückt machen? Du wirst Vater stolz machen, da bin ich mir sicher.«

Für Einar galt das nicht – König Ragnvald fand oft etwas an ihm auszusetzen –, aber Ivars Zutrauen tat ihm gut. Ivar spornte sein Pferd an, um Dagfinn einzuholen, und Einar ritt wieder neben Bakur her, bis die zunehmende Unwilligkeit seines Pferdes ihm sagte, dass sie weit genug geritten waren und das Nachtlager aufschlagen sollten.

Er fand einen ebenen Flecken Erde und begann, die Steine wegzuräumen, um für sich und Ivar das Zelt aufzustellen. Bevor er damit fertig war, kam Bakur angerannt, verfolgt von Kundschaftern aus der Festung. Der vorderste von ihnen stellte seine Reitkünste zur Schau, indem er aus dem Galopp stehen blieb und aus dem Sattel sprang, bevor Einar sein Schwert ganz aus der Scheide ziehen konnte. Ivar und Dagfinn stellten sich rechts und links von ihm auf, ebenfalls mit gezogenem Schwert.

»Keine Angst, junge Prinzen«, sagte der Anführer, ein hagerer grauhaariger Mann mittleren Alters. »Meine Königin Gyda von Hordaland wollte euch eine Eskorte für eure restliche Reise schicken. Ich heiße Radulf. Meine Gefährten und ich stehen euch zu Diensten.«

»Wenn du weißt, wer wir sind, dann weißt du sicher auch, warum wir hier sind«, sagte Einar.

»So ist es, Sohn von Harald«, bestätigte Radulf und verbeugte sich vor Einar.

Dagfinn trat vor. »Du kennst uns nicht so gut, wie du meinst. Ich bin Dagfinn Haraldsson. Das ist Ivar Ragnvaldsson, und das sein Halbbruder Einar.«

»Mein Fehler«, meinte Radulf. »Ich hatte gehört, die Söhne von König Ragnvald seien alle dunkelhaarig.« Er warf Einar einen Blick zu, nach dem dieser sich fragte, ob er das absichtlich getan hatte, um Unfrieden zu stiften.

Radulf wandte sich ab, um das Gepäck von seinem Pferd abzuladen. Er stellte ein geräumiges Zelt auf, schöner als die von Einar und seinen Gefährten, und packte Trinkschläuche mit Wein und Bier aus. Einar steuerte das letzte Stück von seinem frischen Fleisch für den Eintopf bei. Radulfs Kundschaftergefährten ließen die Bierschläuche kreisen, und vor Sonnenuntergang trank und feierte Einars Reisetrupp mit den Neuankömmlingen fröhlich.

Nach dem Abendessen stand Ivar auf und hob seinen Becher. »Einen Trinkspruch auf Prinzessin Gyda von Hordaland – wenn sie uns in der Wildnis so gut bewirtet, wie viel besser werden wir dann in ihrer Halle speisen!«

Die anderen Männer und auch Einar schlossen sich dem Trinkspruch an – er war gut ausgebracht. Radulf setzte sich neben Einar. »Ich dachte, du wärst König Haralds Sohn, weil du hier anscheinend der Anführer bist«, sagte er. »Ich wollte damit niemanden kränken.«

»Wen solltest du durch deinen Irrtum gekränkt haben? Mich oder ihn?«, fragte Einar.

»Ich dachte auch, du wärst der Anführer, weil du so misstrauisch warst«, sagte Radulf lachend. »Hatte ich mich darin geirrt?«

»Hat deine Königin vor, Hönig Harald zu heiraten, oder rebelliert sie gegen ihn, wie wir gehört haben?«, fragte Einar. Er wartete auf eine Antwort von Radulf. Sein Vater hatte ihn gelehrt, dass ein Mann, der bereit war, längere Zeit zu schweigen, Macht besaß, die einem redseligen Mann fehlte.

»Meine Königin ist gegenüber König Harald ebenso loyal wie er ihr gegenüber«, sagte Radulf schließlich.

Einar lachte. »Also fühlt sie sich geringschätzig behandelt, weil König Harald sie noch nicht geheiratet hat. Sag mir, hat sie sich schon einen neuen Mann genommen, oder sucht sie noch nach einem geeigneten Kandidaten?«

»Weder noch«, erwiderte Radulf und trank einen Schluck Bier. Das war wohl eine Lüge – Radulf hatte seinen Becher dazu benutzt, seinen Mund zu verbergen, eine Entschuldigung des Körpers für das Fehlverhalten der Zunge. Wenn sie bereits verheiratet war, dann ritten Einar und seine Begleiter in Hordaland direkt in eine Falle. Ivar und Dagfinn wären wertvolle Geiseln, um sie vor Haralds Rache zu schützen. Einar musste die beiden von ihr fernhalten.

»Das ist gut«, sagte Einar. »Dann können wir unsere Ankunft fröhlich genießen und den ganzen Weg nach Vestfold feiern.« Er bot Radulf ein Stück von seinem letzten Honigkuchen an, den seine Stiefmutter Hilda gebacken hatte. Als sie ihn Einar gegeben hatte, hatte sie ihm einmal mehr das Versprechen abgenommen, Ivar zu beschützen, als hätte Einar das nicht schon vor den Göttern geschworen. Radulf nahm den Kuchen an und kaute ihn bedächtig.

Die Dämmerung brach herein, und Radulf zündete eine Fackel an als Signal, das über die grasbewachsene Hochebene zurück zur Festung weitergegeben wurde. Einar ging ruhelos um die Zelte herum, und Bakur schloss sich ihm an. »Ich habe dich auf dieser Reise oft beobachtet, Einar Ragnvaldsson«, sagte er.

Einars Gesicht fühlte sich heiß an, und in seinem Bauch verspürte er ein angenehmes Kribbeln. »Und was hast du gesehen?«, fragte er.

»Ich habe gesehen, wie du mich beobachtet hast«, antwortete Bakur. Seine Hand strich an Einars vorbei.

Einar trat einen Schritt zur Seite, um die Distanz zwischen ihnen zu vergrößern. »Ich bin sicher, das tun viele«, sagte er. »Du siehst nicht wie ein Wikinger aus.«

Bakur zuckte die Schultern. »Vielleicht«, erwiderte er. »Aber das ist nicht der Grund, weshalb du mich ansiehst. Ich werde heute Nacht allein in meinem Zelt schlafen. Komm zu mir, wenn du magst.«

Einar schluckte. Er wünschte sich, er könnte Bakurs Einladung annehmen, doch während sich ein einfacher Mann vielleicht einmal mit einem Kriegskameraden vergnügen mochte, wenn keine Frauen verfügbar waren, und man ihn deswegen nicht verurteilte, so galt das nicht für einen Sohn von König Ragnvald. Außerdem hatte er für heute Nacht andere Pläne.

Einar ging in sein eigenes Zelt, während die anderen Männer sich in ihre Mäntel wickelten, um auf dem Boden zu schlafen. Die Gespräche verstummten, und einige der betrunkeneren Männer begannen zu schnarchen. Ivar wünschte Radulf und seinen Gefährten eine gute Nacht und gesellte sich zu Einar.

»Bruder, ich muss bald rausgehen«, sagte er, als Ivar die Zeltklappe zur Seite zog.

»Ich dachte, du schläfst«, sagte Ivar lachend und ließ sich aufs Lager fallen.

»Leise«, mahnte er Ivar. Selbst im dämmrigen Licht eines Sommerabends erkannte er, dass Ivars Wangen vom Trinken gerötet waren. »Prinzessin Gyda will uns gefangen nehmen, um damit Zugeständnisse von unserem Vater und von Harald zu erreichen. Das können wir nicht zulassen. Ich werde mit ein paar Männern zur Festung schleichen. Wir werden sie gefangen nehmen, wenn wir das schaffen, aber vermutlich wird sie eher uns überwältigen. Vor Einbruch der Dämmerung musst du Radulf und seine Männer gefangen nehmen.«

Ivar setzte sich auf seine Fersen. »Du hast geschworen, dass wir nie getrennt voneinander kämpfen.«

»Ich hab geschworen, ich würde dich beschützen«, widersprach Einar. »Das ist kein Kampf. Es ist ... schlimmstenfalls wird sie mich als Geisel nehmen. Unserem Vater bedeute ich nicht so viel, als dass er wegen mir Krieg führt, aber sie wird dennoch verhandeln müssen.«

»Du weißt, unser Vater schätzt dich sehr«, versicherte ihm Ivar.

»Dich schätzt er mehr«, entgegnete Einar.

»Ich wünschte, es wäre anders«, murmelte Ivar.

Die alte Wunde schmerzte Einar, aber er konnte jetzt nicht darüber nachgrübeln. »Ich werde zulassen, dass mich Prinzessin Gyda gefangen nimmt«, sagte er, »und ich werde ihr sagen, dass du bereits einen Boten mit der Nachricht ihres Verrats an Harald geschickt hast. Wenn sie sich in deine Hände begibt, dann erzählst du Harald einfach, ihr Verrat sei nur ein Gerücht gewesen. Wenn sie das nicht tut, wird Harald die Streitkräfte aller seiner Verbündeten gegen Hordaland führen.«

»Warum musst du dafür gefangen genommen werden?«, fragte Ivar.

»Jemand muss ihr die Nachricht bringen – je weniger von uns in Gefahr geraten, desto besser. Und wenn sie mich hat, wird sie das Gefühl haben, verhandeln zu können, und es ist wahrscheinlicher, dass sie in einen Handel einwilligen wird.«

»Warum reiten wir nicht einfach dorthin, wie ursprünglich geplant?«

»Ich misstraue ihr, dass sie uns willkommen heißt und in ihrer Halle bewirtet. Vielleicht mischt sie uns etwas ins Essen, oder ihre Männer ermorden uns im Schlaf. Denk daran, was unser Vater uns aufgetragen hat. Wenn sie noch nicht verheiratet ist, bringt ihr sie nach Vestfold für die Hochzeit. Aber wenn sie verheiratet ist ...«

» ... dann tötet sie und ihren Mann, wenn möglich, und wenn nicht, kehrt wenigstens ihr lebend zurück«, ergänzte Ivar. »Ich mag deinen Vorschlag nicht. Wir sollen uns nicht trennen.«

»Ich habe geschworen, für deine Sicherheit zu sorgen, und diesen Schwur werde ich erfüllen.« Er umarmte seinen Bruder flüchtig und gab ihm einen Kuss auf die Stirn. Leise weckte er Uffi, einen der Krieger seines Vaters, anschließend Bakur. Sie führten ihre Pferde am Halfter, bis sie weit genug entfernt waren, dass das Rauschen des Windes und das Rascheln des Grases verhinderte, dass das Lager sie hörte, dann stiegen sie auf und ritten über die Ebene.

• • •

Bei Tagesanbruch erreichten Einar und seine Männer die Festungswälle, steile, aufgeschüttete Erdhänge, dreimal so hoch wie Einar. Rundherum hatte man einen sumpfigen Graben gezogen, der Pferden oder Menschen den Zugang verwehrte. Einige von Gydas Kriegern eilten über den Wall und legten Planken über den Graben, damit Einar und seine Männer zu Fuß herüberkommen konnten, die Pferde mussten jedoch außerhalb bleiben.

Dann trat, als Silhouette vor dem Himmel, die Prinzessin selbst auf den Wall, eine schmalhüftige Gestalt mit für ihre Größe breiten Schultern. Während Einar auf sie zuging, konnte er die Einzelheiten ihrer Schönheit ausmachen, die aus den Schatten heraus sichtbar wurden: hohe Wangenknochen, ein Mund wie eine Blumenknospe und schräg gestellte Augen, so wie Einar sich vorstellte, dass ein Elfenmädchen aussehen könnte. Sie trug eine lederne Rüstung, die ihre Taille betonte, und ein kurzes Schwert hing an ihrer Hüfte. Einar fragte sich, ob sie damit umzugehen wusste. Sie beobachtete alles misstrauisch, fast wie ein Krieger.

»Meine Kundschafter berichteten, es gebe noch mehr von euch«, sagte sie, als er auf Armeslänge unterhalb von ihr stehen blieb – also das war die Nachricht von Radulfs Leuchtzeichen in der Dämmerung gewesen. »Wo sind sie?«

Einar verbeugte sich. »Sie und einige meiner Männer sind auf die Jagd gegangen. Euer Gefolgsmann Radulf meinte, das Wild sei gut genährt und zahlreich.« Er zuckte die Schultern und versuchte damit anzudeuten, dass es ihm gleichgültig war, ob sie die Lüge glaubte.

»Ach ja?«, meinte Gyda.

Jetzt konnte Einar die Linien rund um ihre Augen und eine Härte bei ihren Händen und dem Kiefer erkennen, obgleich das ihrer Schönheit irgendwie keinen Abbruch tat. Einar sah Schönheit öfter bei Männern als bei Frauen, aber Gydas kühle Art und ihre Stärke erschienen ihm ebenso attraktiv wie Bakurs gefälligeres Aussehen.

»Nun«, fuhr Gyda fort, »du und deine Männer, ihr seid willkommen, und wir werden auch die anderen festlich bewirten, wenn sie ankommen.«

»Vielleicht kommen sie nicht, aber mich kannst du festlich bewirten. Ich bin Einar, der Sohn von König Ragnvald von Møre und Sogn, Sohn von Eystein von Sogn, Sohn von Ivar, König von Sogn«, stellte er sich mit stolzgeschwellter Brust vor, als wäre er der wichtigtuerische junge Mann, der er zu sein vorgab. »Ich bin gekommen, um dir mitzuteilen, dass König Harald von Norwegen, der Sohn von König Halfdan dem Schwarzen von Vestfold, euch an seine Seite ruft, um die lang hinausgeschobene Heirat einzugehen. Das ist meine Botschaft. Wir brauchen auf niemand anderen warten, nur auf dich, dass du dich bereitmachst, seine Braut zu sein.«

Gydas Lippen zuckten. »Hältst du mich für einfältig, Einar Ragnvaldsson? König Harald würde niemals so wenige Männer schicken. Nicht für mich.«

Einars Körperhaltung entspannte sich. »Ich wurde gesandt, um herauszufinden, ob du noch immer König Haralds Verlobte bist oder ob du ihn verraten hast. Meine Gefährten werden nicht hierherkommen, bevor ich nicht wieder zu ihnen zurückreite und ihnen Bescheid gebe, dass es sicher für sie ist herzukommen.«

Gydas Blick verdüsterte sich. »Und meine Kundschafter?«, fragte sie.

»Sind gefangen«, erwiderte Einar. Er streckte ihr seine Handgelenke hin, dabei dachte er an die Geschichten, die sein Vater von seiner eigenen Gefangenschaft und Folter erzählt hatte. Gyda würde ihn sicher gnädiger behandeln als Solvi der Seekönig seinen Vater. »So wie ich jetzt dein Gefangener bin, schöne Prinzessin Gyda. Willst du mir Fesseln anlegen, oder bin ich dein Gast, geschützt durch Gastfreundschaft und Gastrecht?«

»Du bist mein Gast«, sagte Gyda nach leichtem Zögern. Sie knabberte an ihrer Unterlippe, eine allzu menschliche Geste, die Einar berührte. Sie hatte Angst vor etwas – etwas Bedeutenderem als Einars Ankunft. »Als mein Gast«, wiederholte sie, »darfst du innerhalb meiner Mauern nicht morden, ganz gleich, wen du dort vorfindest.«

»Sollte ich das wollen?«, fragte Einar ruhig. »Vielleicht solltest du mich gefangen nehmen, wenn es dort jemanden gibt, den ich töten muss.«

Gyda sah ihn prüfend an. »Vielleicht hast du recht«, sagte sie. Sie gab einem ihrer Männer ein Zeichen, der ihr daraufhin ein Lederband reichte. Sie nahm einen Augenblick Einars Hände in ihre, und er fühlte die Schwielen auf ihren Handflächen, bevor sie das Band um seine Handgelenke schlang und ihn fesselte. Sie drang mit dem Finger unter das Band, um die Festigkeit der Fesseln zu prüfen, und er erschauerte. »Komm mit«, sagte sie.

Er folgte ihr den Wall hinunter und in die Festung, dabei bewegte er die Fessel um seine Handgelenke, bis er die Stelle fand, wo Gyda ein Ende untergeschoben hatte. Sie hatte nicht einmal ihre Männer gebeten, ihm oder seinen Gefährten die Schwerter abzunehmen. Er wechselte einen Blick mit Bakur, der ihn belustigt ansah. Er hoffte, dass Bakurs und Uffis Fesseln ebenso locker saßen.

Die Mauern der Festung hielten den Wind von der Ebene ab, daher war es viel wärmer, als sie erst einmal den Wall nach innen hinabstiegen. Die Stadt, die von einem Erdwall umgeben war, erinnerte Einar an Haralds nördliche Hauptstadt Nidaros – eine Welt, die sich selbst genügte, mit Handwerkerhäusern und Ställen für Tiere, die rund um eine Halle in der Mitte angelegt waren.

Drei Krieger saßen draußen in der Sonne, abseits von den übrigen Gruppen. Einer reparierte gerade eine lederne Rüstung, ein anderer schärfte sein Schwert, und der dritte bespannte seinen Bogen neu. Sie unterschieden sich von den Männern, die Gyda zum Wall begleitet hatten, sie sahen verwitterter aus und waren ungekämmt.

»Du überbeanspruchst unsere Gastfreundschaft, Ottar«, sagte Gyda voller Verachtung. »Wann kehrt mein Verlobter Frode zurück?« Einar drehte es den Magen um. Sie war verlobt – er war tatsächlich in eine Falle gegangen und könnte nun bei ihr sterben, wenn Harald nicht herkäme, um sich zu rächen.

»In ein paar Tagen«, antwortete Ottar, der sein Schwert mit einem Tuch polierte. Bakur stieß Einar mit der Schulter an. Einar blickte auf seine Hände hinunter und sah, dass die Fesseln nur lose angelegt waren, und das Einzige, was seine Handgelenke zusammenhielt, war sein eigener Wille.

»Wer sind die?«, fragte ein anderer der Männer und deutete auf Einar und seine Gefolgsleute.

»Boten von Harald Schönhaar«, antwortete Gyda. »Er sagt, er habe seinen Eid erfüllt und sei hergekommen, um mich zur Braut zu nehmen.«

Die drei Männer lachten. »Eine Beleidigung, dafür nur drei

Boten zu senden«, spottete Ottar. »Wir können sie leicht töten, vor allem, wenn sie gefesselt sind.«

»Ist ein Bote denn nicht den Göttern heilig?«, fragte Gyda.

»Mir ist nur mein eigener Hals heilig«, sagte Ottar. Er legte sein Poliertuch ab und ging mit dem Schwert in der Hand auf Einar zu. »Sie sind jung und schön – den Göttern werden sie gefallen.«

Einar schluckte und bewegte vorsichtig die Hände. Hatte Gyda Ottars Reaktion vorhergesehen und Einar und seine Männer zu diesem Zweck freigelassen? Er würde sich blitzschnell bewegen und zielgenau angreifen müssen. Bakur holte zuerst aus, noch bevor er sein Schwert zog, und rollte sich auf der Erde zur Seite, als Ottar zum Schlag gegen ihn ausholte. In dem Moment, den Bakur ihm Zeit verschafft hatte, ließ Einar die Fessel von seinen Händen gleiten, zog sein Schwert und hieb es in Ottars Nacken, bevor der Zeit hatte zu bemerken, dass Einar eine Bedrohung darstellte.

Die anderen beiden von Frodes Männern zogen ihre Waffen und gingen auf Einar und seine Wachen los. Einen Augenblick lang umkreisten sich die fünf rund um die Leiche auf dem Boden, doch dann machte Uffi ein Täuschungsmanöver darüber, und als sein Gegner ausholte, trat Bakur vor, um ihn zu töten.

Als der dritte Mann erkannte, dass keiner von Gydas Kriegern ihn retten würde, floh er Richtung Wall. Einar holte ihn ein, als er hinaufkletterte, und rang ihn zu Boden. Bakur kam ihm zu Hilfe und gab Einar die Fessel, mit der seine Hände gefesselt gewesen waren. Einar legte sie dem Mann an und brachte ihn dorthin zurück, wo seine Gefährten erschlagen auf dem Boden lagen.

»Verräterin!«, schleuderte der Gefangene Gyda entgegen.

»Fesselt ihn gut«, befahl Gyda ihren Männern. »Steckt ihn und seine Gefährten in die leere Scheune, wo er über seine Treuepflichten nachdenken kann.«

Einar fühlte sich schwach von dem überraschenden Kampf, der so plötzlich begonnen und geendet hatte. »Wie steht es mit deinen Treueverpflichtungen, edle Gyda?«, fragte er. Sie hatten nach ihren vermeintlichen Wünschen gehandelt, aber sie konnte leicht dem Haufen noch drei weitere Leichen hinzufügen.

»Kommt in meine Halle, esst, trinkt und seid meine Gäste«, sagte sie.

»Wo ist dieser Frode, dein Verlobter?«, fragte Einar.

»Er wird noch ein paar Tage in den Bergen sein, um seine Fallen zu kontrollieren«, erwiderte Gyda. »Zeit genug, um zu entscheiden, was getan werden soll. Ich bin sicher, wir können eine Übereinkunft treffen.«

»Wie das, meine Königin?«, fragte Einar. »Ihr habt König Harald verraten.«

Gyda lächelte ihn an. »Will dein Harald Schönhaar, dass seine überaus bekannte Königin, die eine, für die er geschworen hat, Norwegen zu erobern, als Rebellin stirbt, oder will er, dass sie – als seine Frau – zur lebenden Legende wird? Du kannst es dir aussuchen, Einar Ragnvaldsson, und von deiner Entscheidung entweder profitieren oder mit ihr untergehen.«

Kapitel 4

Als Aldis Schiff vom Strand ablegte, kickte Rolli so lange gegen ein Büschel Seegras, bis er es vollkommen entwurzelt hatte. Und Freydis wünschte sich, sie könnte sich genauso leicht verbergen wie ihre Katze Torfa, die sich hinter ihren Beinen verkrochen hatte.

»Es war einfach ein Missverständnis«, rief Rolli aus. »Ich habe doch nur versucht, die Küste zu schützen und die Schiffe meines Vaters vor Räubern zu bewahren.«

Hallbjorn ging neben ihm auf und ab. »Aldi segelt jetzt zu deinem Vater nach Vestfold, und dann werden wir beide für vogelfrei erklärt – oder noch Schlimmeres«, jammerte er. Freydis fand, dass er Einar immer weniger ähnelte; seine Schultern waren breiter und runder im Vergleich zur hageren Statur seines Halbbruders, und sie hatte Einar auch nie in solch weinerlichem Ton reden hören. Mehr denn je wünschte sie sich, sie hätte etwas von Einars Selbstbeherrschung. Er wüsste sicher, was jetzt zu tun wäre, und müsste nicht nur mit den Tränen kämpfen.

Rolli machte ein entschlossenes Gesicht. Für gewöhnlich hatte es einen eifrigen, glücklichen Ausdruck, und dieser plötzliche Ernst stand ihm gar nicht. »Mein Vater sieht sicher ein, dass ich nur versucht habe zu helfen.«

Hallbjorn verdrehte die Augen. »Das macht Aldis Sohn auch nicht wieder lebendig.«

»Mein Vater ist der bedeutendste Mann in ganz Norwegen.« Rolli kickte gegen ein anderes Grasbüschel.

»Dann schützt er vielleicht dich«, meinte Hallbjorn bitter, »und bestraft mich dafür.«

Rolli sah ihn unsicher an. »Aber ich war es doch, der Kolbrand getötet hat. Ich werde ihm auf jeden Fall die Wahrheit sagen.«

»Meinst du denn, das juckt ihn?«, fragte Hallbjorn. »Er hat doch schon immer nach einem Vorwand gesucht, mich loszuwerden. Ich werde für vogelfrei erklärt, und was dann? Was meinst du, wie schnell er mir jemanden hinterherschickt, um mich zu töten? Vielleicht beauftragt er sogar Sigurd damit.«

»Das würde Sigurd nie tun. Er ist doch dein Halbbruder«, protestierte Rolli.

»Dann eben Arnfast oder irgendjemanden von diesen ganzen Typen, die sich bei deinem Vater einschleimen wollen. Ich würde es noch nicht mal über die Küsteninseln hinaus schaffen.«

Rolli hörte auf, das Gras zu malträtieren, und sah Hallbjorn besorgt an.

»Wir können unmöglich zu ihm gehen«, fuhr Hallbjorn fort. »Zumindest nicht gleich. Wir sollten nach Süden segeln und alle Augenzeugen als Sklaven verkaufen.« Hallbjorn zwinkerte Freydis verschwörerisch zu, was sie hoffen ließ, dass er sie nicht als Sklavin verkaufen würde. Aber er hatte ihr die Schulter ausgerenkt, also konnte der Blick alles Mögliche bedeuten.

»Das Schiff könnten wir auch verkaufen«, schlug Hallbjorn vor. »Dann findet keiner je heraus, was wir getan haben oder wohin wir verschwunden sind.«

Freydis schluckte trocken, ihr Hals war ganz ausgedörrt. Wenn ihre Mutter hier wäre, dann hätte sie wohl schon die richtige Lösung gefunden – eine, die dann alsbald von Skalden besungen würde. »Ich werde mich für dich einsetzen«, sagte sie leise zu Rolli. »Ich erkläre Onkel Ragnvald, dass du versucht hast, mich zu retten.«

»Das könnte funktionieren«, sagte Rolli. »Meinst du nicht, Hallbjorn? Ich glaube, das könnte hinhauen.«

»Dann musst du aber immer noch eine Menge Wergeld für den Tod von Aldis Sohn zahlen«, wandte Hallbjorn ein. »Wenn du jedoch mit Gold zurückkehrst, sieht die Sache schon besser aus – und schließlich kannst du dieses Schiff hier und die Leute darauf verkaufen.«

»Aber macht das alles nicht noch schlimmer?«, rief Freydis aus.

»Davon verstehst du nichts, du bist doch nur ein Mädchen«, bemerkte Rolli abschätzig.

»Sie ist die Tochter der großen Seekönigin Svanhild«, widersprach Hallbjorn. »Was sollen wir deiner Meinung nach tun, Freydis? Freydis Svanhildsdatter?«

Ein Kind wurde nur mit dem Familiennamen der Mutter gerufen, wenn der Vater unbekannt war, und Freydis' Vater war Solvi Hunthiofsson, dem so gut wie jeder Raubzug entlang der norwegischen Küste zur Last gelegt wurde. Für Freydis war er über die Jahre zu einer Art Spukgestalt geworden und kein Mann aus Fleisch und Blut mehr.

»Mein Vater«, sagte sie zögerlich. Sie hatte ihn nie gesehen. Dann räusperte sie sich und fuhr mit festerer Stimme fort. Ihre Worte hatten Dota gerettet, vielleicht würden sie auch jetzt ihre Wirkung zeigen. »Warum gehen wir nicht zu meinem Vater, dem großen Wikinger Solvi Hunthiofsson in Island. Du kannst mit ihm Raubzüge unternehmen und dann reich nach Norwegen zurückkehren.«

»Island? Woher willst du denn wissen, dass er dort ist?«, fragte Hallbjorn.

Freydis stieg das Blut in die Wangen – sie hatte keine Ahnung, wo Solvi sich gerade befand, aber auf einer Reise nach Island hätte sie größere Chancen, befreit zu werden, als auf einer Fahrt in den Süden. »Er ist doch mein Vater«, sagte sie.

»Solvi Klofe«, sagte Hallbjorn. »Solvi der Seekönig. Ja, das könnte uns retten.« Er ging nervös auf und ab.

»Solvi ist der Feind meines Vaters«, protestierte Rolli. »Er hat ihn gefoltert.« Er krümmte die Finger ineinander auf eine Art, wie er es oft bei Ragnvald beobachtet hatte. Freydis hatte die Gerüchte und Tuscheleien gehört, dass König Ragnvald unter Solvis Folter zusammengebrochen war. Das jagte Freydis Angst vor ihrem Vater ein, denn sie kannte keinen stärkeren Mann als ihren Onkel.

»Also dort wird uns niemand suchen«, sagte Hallbjorn. »Solvi wird uns helfen, um seiner Tochter willen. Und wenn du reich zurückkommst, dann kannst du dich von Aldi freikaufen und von allen andern, die dir Ärger machen.«

»Ziemlich dünn, das alles«, sagte Rolli.

»Im Gegenteil, das ist deine beste Chance«, hielt Hallbjorn dagegen. »Dafür sind wir doch schließlich ausgefahren. Oder willst du etwa zurück nach Tafjord oder gar nach Vestfold, wo du die nächsten zehn Jahre im Schatten deiner Brüder leben wirst?«

Freydis musste fast darüber lachen. Rolli war einfach zu groß, um im Schatten von irgendjemandem zu leben.

»Und wie sollen wir dorthin kommen?«, fragte Rolli. »Wir haben keine Seeleute dabei, die übers offene Meer segeln können.«

Daran hatte Freydis nicht gedacht; sie hatte nur so handeln wollen, wie es ihre Mutter wohl getan hätte. »Die Nachricht verbreitet sich nicht so schnell. Wir können immer noch nach Nidaros fahren und ein Schiff finden, das nach Island segelt«, schlug sie vor, bevor sie es sich noch einmal überlegen konnte. »Dorthin sollten wir zuerst reisen.«

»Das Mädel ist gar nicht so dumm«, sagte Hallbjorn anerkennend.

»Die will doch nur gerettet werden«, meinte einer von Rollis Leuten – ein Junge namens Arn, den Freydis aus Tafjord kannte. »Sie hält sich für wichtig.«

»Sie ist ja auch wichtig«, erwiderte Rolli. »Niemand wird ihr etwas antun.«

»Außer wenn sie gegen uns aussagt«, sagte Arn. »Auf Weiber kann man sich nicht verlassen.« Freydis sah ihn stirnrunzelnd an und versuchte sich daran zu erinnern, was sie ihm getan hatte, dass er ihr so ablehnend gegenüberstand.

Rolli zuckte mit den Schultern. »Aldi ist ja schon mit genügend Augenzeugen davongesegelt«, gab er zu bedenken.

»Nach Nidaros können wir nicht gehen; dort schnappen sie uns leicht«, warnte Hallbjorn. »Aber wir können uns einem Schiff anschließen, das nach Island segelt. Der Gedanke ist gar nicht so schlecht. Wir warten einfach vor dem Trondheimfjord, bis wir auf eines stoßen.«

• • •

Nahe einer Insel am Zugang zum Trondheimfjord schob sich ein bauchiges Handelsschiff durch die Wellen. Es lag tief im Wasser, und sein Segel war viel zu klein für die Ladung, die es mit sich führte. Rollis kleineres Schiff holte auf und segelte auf gleicher Höhe, während Hallbjorn in dem von Aldi gestohlenen Boot hinterhersegelte. Sie drängten das Handelsschiff auf die Insel, und der Schiffsführer ließ sich mit ihnen auf einen Handel ein: sein

Leben und einen Teil seiner Waren im Tausch gegen ein größeres Segel und eine Eskorte nach Island.

Während der Händler das Segel tauschte und Rolli und Hallbjorn die Waren auf den Schiffen verteilten, hielt Freydis in der weiten Mündung des Trondheimfjords Ausschau nach einem Boot, das sie retten könnte.

Einige der gefangenen Gefolgsleute Aldis versuchten zu fliehen, aber Rolli und Hallbjorn töteten zwei Anführer und dann noch zwei weitere, die sich über den Tod der beiden beklagt hatten. Danach fanden sich die restlichen Männer mit ihrem Schicksal ab. Die vier Leichen trieben auf den Wellen im flachen Wasser, während sich Hjallborn und seine Männer an einer Mahlzeit aus Strandvogel am Spieß und hartem Roggenbrot, eingeweicht in Bier, gütlich taten. Freydis brachte mit den vier Toten vor Augen keinen Bissen hinunter. Sie gab ihr Essen an Rolli weiter und sagte: »Wir müssen Aldis Männer begraben, sonst verfolgen uns ihre Geister.« Irgendwie hatte sie das Gefühl, dass die Schicksalsgöttinnen hier an ihrer Seite standen, denn Hallbjorn und Rolli waren jedem Vorschlag gefolgt, den sie gemacht hatte. Wenn sie die beiden doch nur dazu überreden könnte, sie nach Hause zu bringen – aber ihr war klar, dass ihr Einfluss dazu nicht ausreichte.

Arn sagte verächtlich: »Hört doch nicht auf diese blöde Kuh. Sklaven haben kein Recht auf ein Begräbnis.«

Rolli rutschte unruhig hin und her. »Sie wurde von Alfrith, der Konkubine meines Vaters, unterrichtet, und die ist eine große Zauberin.«

Hallbjorn sah Freydis neugierig an. »Was sollen wir denn tun, kleine Freydis? Kennst du denn Bannsprüche, die diese Toten davon abhalten würden, uns zu verfolgen?«

Freydis nickte. »Ich helfe euch«, sagte sie. Sie gab Anweisungen an Hallbjorn, worauf der vier Männer aussuchte, die ihm dabei halfen, die Leichen aus dem Wasser zu ziehen und weiter landeinwärts Gräber für sie auszuheben. Freydis kannte sie oberflächlich aus Sogn, aber ihr fiel nichts ein, was sie über die rituellen Friedens- und Abschiedsgebete hinaus über sie sagen könnte. Wie sollten sie auf diesem kargen Sandstrand je Frieden finden?

Also schloss sie einfach mit den Fingern die kalten, nassen Augenlider und band den Toten Stoffstreifen von ihren Unterröcken um den Kopf, damit die Kiefer nicht auseinanderklafften. Sie wies die Männer an, die Toten mit den Füßen in Richtung Land zu begraben, damit sie sich verlaufen würden, wenn sie versuchen sollten, den Schiffen zu folgen.

Tags darauf setzten sie die Segel, und Freydis sah zu, wie die vier Hügel immer weiter in der Ferne entschwanden. Rollis Schiff hatte nur wenig Besatzung, und Freydis fürchtete stets, eine der Böen, die ihr immer wieder das Tuch vom Kopf zu reißen drohten, könnte sein Schiff zum Kentern bringen. Dann wäre sie Hallbjorn schutzlos ausgeliefert.

Oft ertappte sie Hallbjorn, wie er sie anstarrte, dann schaute sie schnell weg und errötete. Doch ihr Blick schien immer wieder zu ihm hinüberzuwandern – er war größer und attraktiver als die anderen Männer und sah Einar tatsächlich ein wenig ähnlich –, aber schließlich war sie nicht Dota, die weiter nichts als Männer und Heirat im Kopf hatte. Außerdem war er grob. Ihre Wunde in der Kopfhaut und die schmerzende Schulter erinnerten sie oft daran.

Am zweiten Tag wurde es ihr langweilig, nur auf das vorbeiziehende Wasser zu blicken, und sie nahm ihre Webarbeit in die Hand. Als Hallbjorn sich neben sie setzte, rettete sich die Katze mit einem Sprung unter die Ruderbänke.

»Was machst du denn da?«, fragte er.

»Das sollte ein Haarband für Prinzessin Gyda werden«, erwiderte sie mürrisch.

»Nun komm schon, kleine Freydis. Das hier ist doch besser als eine langweilige Reise nach Vestfold, nur um König Harald die Aufwartung zu machen. Svanhilds Tochter ist doch sicher eher an einem Abenteuer interessiert, oder?«

»Ich bin nicht meine Mutter«, erwiderte Freydis steif. Wenn sie eine Tochter hätte, würde sie die nicht von ihrer Seite lassen, anstatt sie Verwandten aufzuhalsen, die sie wie ein Stück Vieh von einem Hof zum andern abschoben.

»Nein, du bist viel hübscher als sie«, sagte Hallbjorn und rückte näher.

Er berührte ihre Hände, die beim Weben die Brettchen drehten. »Es tut mir leid, dass ich dir wehgetan hab. Sag mir, dass du mir verzeihst.«

»Ich verzeihe dir«, sagte sie hölzern. Was hätte sie sonst sagen sollen?

»Tust du nicht«, erwiderte er im Brustton der Überzeugung. »Aber diese Reise hier wird lang. Am Ende wirst du mich schon noch mögen.«

»Nicht mehr allzu lang«, widersprach sie. »Bald kommt Land in Sicht.« Sie hielt den Blick auf seine Füße gerichtet, die in unförmigen Bootsschuhen steckten, in denen seine Fußknöchel seltsam zierlich wirkten.

»Wie kommst du darauf?«, fragte Hallbjorn.

»Die Vögel«, erklärte sie und wies auf die schwarzen Silhouetten am Himmel. »Das Handelsschiff folgt ihnen zum Land hin, und wir folgen dem Schiff.«

Hallbjorn legte eine Hand unter ihr Kinn und hob es hoch, sodass sie ihn ansehen musste. »Als ich dich in Tafjord sah, dachte ich immer, du wärst nicht besonders helle, weil du nie etwas gesagt hast. Und nun finde ich heraus, dass du eine Schönheit bist, die auch noch Knochen heilen und Geister bannen kann und sich obendrein noch beim Navigieren auf hoher See auskennt. Was verbirgst du denn sonst noch alles?«

Freydis sah sich um, ob sie von Hallbjorns Männern beobachtet wurden. Als Hallbjorn sich in Tafjord um sie bemüht hatte, hatte sie geglaubt, er mache sich über sie lustig. War er etwa so verzweifelt auf Frauen aus, dass er sogar einem jungen Mädchen nachstellte, das gerade erst zu menstruieren begann und zum Heiraten noch viel zu jung war?

»Lass mich bitte weben«, sagte sie.

»Lenke ich dich etwa ab?«, fragte er.

Freydis schüttelte verneinend den Kopf und weigerte sich, ihn wieder anzusehen, sodass er sie schließlich alleine ließ.

• • •

Ein weiterer Tag mit starken Winden führte die Schiffe zu den Orkneyinseln. Seit Haralds Sieg im Hafrsfjord – damals war Freydis noch ein kleines Kind gewesen – waren die Inseln zu einem Rückzugsort für Wikinger und Seekönige verkommen, die sich an der norwegischen Küste nicht mehr niederlassen konnten. Vielleicht würde sie Solvi ja hier schon finden und nicht erst in Island.

Das Handelsschiff näherte sich dem Festland durch eine Fahrrinne zwischen zwei Inseln und hielt auf einen Felsenstrand zu, der von hohen Hügeln und Felswänden umgeben war. Viele Inselbewohner unterbrachen ihre Arbeit und beobachteten die Schiffe, die am Strand aufliefen. Freydis fühlte sich unbehaglich unter den Blicken so vieler Menschen. Ihre Mutter hätte ihnen sicher den Rat gegeben, zunächst einmal in einer verdeckten Bucht zu ankern und Späher auszuschicken, bevor sie sich selbst zeigten.

Die oberen Hügel der Inseln waren von saftigem Gras bedeckt, einem grünen Teppich, der nur hier und da von ein paar knorrigen Bäumen und größeren Hügeln unterbrochen wurde, die sich in einem regelmäßigen Muster den Hang hinaufzogen. Freydis konnte keine Gebäude entdecken, bis sie sah, wie eine einfach gekleidete kleine Gestalt aus einem dieser Hügel hervortrat. Nun wurde ihr die Anordnung dieser Landschaft klar. Eines der größeren Hügelhäuser konnte wohl bis zu fünfzig Menschen beherbergen und war von kleineren Torfhütten umgeben. Die schmalen Linien entlang der Abhänge waren von Moosen und Brombeergestrüpp überzogene Steinmauern, zwischen denen Schafe weideten. Alles schien Freydis hier in falschem Maßstab, gleichzeitig zu groß und zu klein. Die Felswände waren so hoch wie die Fjordhänge in Norwegen, doch dahinter erstreckten sich keine Berge und Wälder. Wie konnten Geister hier leben, bei so wenig Schutz?

Auf Felsen in der Nähe des Strands saßen weitere Männer, in Kampfausrüstung und mit dem Schwert an der Seite. Sie zeigten sich nicht gerade drohend, doch ihr Gebaren verriet, dass sie jederzeit kampfbereit waren und zum Angriff übergehen konnten. Einer der Männer fing die Leine auf, die Rolli herabgeworfen hatte, und zog das Schiff so weit an Land, wie die Kraft eines Einzelnen ausreichte. Rolli sprang ins flache Wasser hinunter. Der Mann machte ein paar Schritte zurück und legte die Hand an den Schwertknauf, als er sah, wie groß Rolli war, doch der folgte ihm und baute sich, mit Hallbjorn an seiner Seite, vor ihm auf.

»Ich bin Rolli Ragnvaldsson, und das ist Hallbjorn Olafsson«, sagte Rolli. »Sagt eurem Anführer, dass wir hier sind.«

»Muss er das wissen?«, fragte ein weiterer Mann, der hinzugekommen war.

»Ja, muss er«, erwiderte Rolli. »Ich bin der Sohn von König Ragnvald von Møre.«

»Und ich bin Hallbjorn Olafsson«, sagte Hallbjorn. »Wir suchen Gastfreundschaft ohne böse Absichten. Wir bringen Sklaven und Handelsgüter zum Verkauf und Neuigkeiten aus Norwegen.«

Die Stimmung unter der Ansammlung von Menschen wurde nun freundlicher. Weitere Männer kamen hinzu und halfen, die Schiffe höher auf den Strand zu ziehen und sie festzubinden. Arn legte an der Seite eine Leiter an, und die restliche Mannschaft ging von Bord. Als Freydis die Leiter hinunterkletterte, stand Hallbjorn unten. Er packte sie um die Taille und setzte sie sanft auf dem Sand auf.

Sie folgte den Inselbewohnern den Weg hinauf zu der lang gestreckten Torfhalle, in der Diener dicke Decken auf die Sitzbänke legten, um sie bequemer zu machen. Frauen brachten heiß gemachtes Bier zum Aufwärmen, und ein großer rothaariger Mann nahm auf dem Ehrensitz Platz.

»Ich bin Thorstein der Rote«, verkündete er. »Dies sind meine Inseln. Nun sagt, wer ihr seid.«

Rolli nahm einen Schluck Bier. »Ich bin Hrolf – Rolli – Ragnvaldsson, der jüngste eheliche Sohn von König Ragnvald von Møre.«

Ein Mann mittleren Alters erhob sich abrupt. Etwas an seinem Gesicht erinnerte Freydis an Rolli, obwohl er vollkommen abgemagert war. »Ich bin Egil Hrolfsson«, sagte er, »dein Onkel – der Bruder deiner Mutter.«

Rolli umarmte ihn so stürmisch, dass Freydis fürchtete, er würde ihm die Knochen brechen. »Onkel«, rief er aus. »Ich habe mehr Tanten, als ein Mann verdient, aber viel zu wenige Onkel.«

Egil lächelte nur dünn. Freydis konnte sich nicht daran erinnern, dass Hilda ihn je erwähnt hätte.

Thorstein räusperte sich. »Dein Vater ist hier auf Orkney nicht besonders wohlgelitten«, sagte er zu Rolli. »Aber du genießt nun mein Gastrecht, ebenso wie dein gut aussehender Freund.«

Hallbjorn lächelte erfreut über das Kompliment. »Mein Vater war Olaf von Ardal, und meine Mutter ist Vigdis Hallbjornsdatter«, erklärte er. »Sie lebt in Vestfold am Hof von Harald und seinem Onkel Guthorm. Mein Halbbruder ist Sigurd Olafsson.« Freydis spürte Hallbjorns innere Unsicherheit, als er diese Familienbande aufzählte. Während Rolli eine direkte Abstammung bis zurück auf Odin herleiten konnte, war Hallbjorns Herkunft etwas dürftiger. Das galt auch für ihre eigene: Sie war die Tochter einer der Frauen König Haralds, doch nicht seine Tochter; ihr Vater war ein legendärer Seekönig, den sie nie gesehen hatte und der vielleicht gar nicht glücklich darüber wäre, sie zu sehen.

Sie war so sehr mit sich selbst beschäftigt gewesen, dass sie nur noch den Schluss der Rede hörte, mit der Thorstein sich vorstellte. »Ich kämpfte auf der falschen Seite bei Hafrsfjord«, sagte er, »aber hier in Orkney bin ich König, soweit das ein Mann außerhalb Norwegens sein kann. Ich habe Frauen und jetzt auch Bauholz, und damit errichte ich mir eine große Trinkhalle. Wann immer es mir passt, gehe ich auf Raubzug. Harald hat ein paarmal Schiffe gegen mich ausgesandt, aber die greifen stattdessen lieber Schottland an, weil sie vom Wetter und den Gezeitenströmungen hier um die Inseln abgeschreckt werden. Aber was machst du hier? Warum wird der Sohn von Ragnvald von Møre Wikinger?«

»Es gibt zu wenig Land, über das man herrschen könnte«, sagte Rolli. »Mein Vater muss seine Königreiche unter all seinen Söhnen aufteilen und unter einigen von Haralds Söhnen bestimmt auch noch. Außerdem wäre ich sowieso lieber ein Seekönig, denn ich bin jetzt schon zu groß für die meisten Pferde.« Er lachte, aber Thorstein stimmte nicht ein.

»Tatsächlich?«, meinte Thorstein. »Ich glaube aber nicht, dass du diese Gewässer hier besonders gut kennst, sonst wärst du nicht einem trägen Handelsschiff in den Hafen gefolgt.«

»Wir wollen Solvi Hunthiofsson aufsuchen und uns mit ihm zusammentun«, erklärte Rolli. »Meine Cousine Freydis ist seine Tochter.«

Thorstein sah Freydis durchdringend an, sodass sie am liebsten im Boden versunken wäre. Dann wandte er sich wieder Rolli zu. »Warum will ein Sohn von Ragnvald dem Mächtigen« – er sprach den Beinamen voll Sarkasmus aus – »sich mit einem Feind König Haralds zusammentun?«

Rolli erzählte ihm, was sie nach Orkney geführt hatte. »Aber wenn ich durch Raubzüge reich werde, dann kann ich mich vielleicht wieder freikaufen«, beendete er seinen Bericht zuversichtlich.

»Du bist ein dummer Junge«, sagte Thorstein. »Geh lieber nach Hause und bitte deinen Vater um Gnade, solange du noch Gelegenheit dazu hast. Durch Wikingerraubzüge wird man heute nicht mehr reich, nicht so wie früher. Außerdem teile ich nicht gerne.«

Hallbjorg protestierte: »Die große Dänenarmee bringt immer noch kistenweise Hacksilber aus England mit, und wir wollen zu Solvi Hunthiofsson, dem größten Seekönig der Welt.«

»Ha!«, rief Thorstein. »Solvi Hunthiofsson hat Island seit über zehn Jahren nicht mehr verlassen. Er ist nicht mehr das, was er mal war.«

Freydis verschränkte schützend die Arme vor der Brust. Sie würde gern Hallbjorn ins Gesicht sehen, um zu erfahren, ob er Thorstein Glauben schenkte, aber andererseits fürchtete sie auch, was sie in seiner Miene lesen würde.

»Das kann nicht sein!«, rief Rolli. »Alle wissen doch, dass er Norwegen jeden Sommer angreift.«

Thorstein reagierte wieder mit einem Achselzucken. Es schien ihm zu gefallen, wie das die Aufmerksamkeit auf seine breiten Schultern lenkte. »Wie du meinst. Aber wenn ich einen so mächtigen Mann zum Vater hätte, dann würde ich lieber in meine Heimat zurückgehen und mir ein leichteres Leben suchen als das hier.«

• • •

In dieser Nacht teilte Freydis eine feuchte, schimmlige Matratze mit einer von Thorsteins Dienerinnen. Am nächsten Tag machte sie sich in der Küche nützlich, während Rolli und Hallbjorn nach Käufern für ihre Sklaven und die Waren des Händlers suchten.

Als sie dabei war, Gewürzkräuter von Heilkräutern zu trennen und alle in Bündel zusammenzufassen, fühlte sie sich beobachtet. Sie drehte sich um und sah, dass das Mädchen, mit dem sie das Bett geteilt hatte, ihr über die Schulter blickte. Bei Tageslicht sah man, dass sie eine Stupsnase und Sommersprossen hatte und ziemlich missmutig dreinschaute.

»Bist du eine Heilerin?«, fragte sie. »Eigentlich siehst du zu jung dafür aus.«

»Meine Tante hat mich unterrichtet«, erwiderte Freydis.

Das Mädchen machte ein Zeichen über der Brust, wie Freydis es bei einigen christlichen Sklaven in Tafjord gesehen hatte. »Damit will ich nichts zu tun haben – meine Mutter sagt, dass Christus alles heilt. Aber eine Alte oben am Berg hat mir einmal geholfen, ein Kind loszuwerden, nachdem einer von Thorsteins Männern mir Gewalt angetan hatte.«

Freydis nickte. »Von so etwas habe ich schon gehört.«

»Kannst du das auch?«, fragte das Mädchen. »Weißt du, wie man so etwas macht?«

Freydis sah sie forschend an. »Bist du etwa schwanger?«, fragte sie.

Das Mädchen schüttelte den Kopf. »Nein, aber es kann ja immer mal wieder passieren, und dann will ich nicht wieder zu einer dieser alten Hexen gehen müssen. Wenn du mir die Kräuter gibst, dann brauche ich sie nicht mehr.«

Freydis sah die verschiedenen Kräuterbündel zu ihren Füßen durch, fand aber keine darunter, die eine Abtreibung herbeiführen würden. »Da sind keine dabei, die das bewirken«, sagte sie. »Außerdem ist es zu gefährlich – du solltest so etwas nie einnehmen, wenn nicht jemand bei dir ist, der im Notfall helfen kann.«

»Für eine Heilerin bist du aber keine große Hilfe«, sagte das Mädchen.

Freydis zuckte mit den Schultern, und das Mädchen ging an seine Arbeit zurück.

Als Freydis am Abend ihre Matratze aufsuchte, lag dort niemand außer ihrer Katze. Das Dienstmädchen war wohl nicht mehr scharf auf ihre Gesellschaft, nachdem sie ihr das Gewünschte nicht hatte geben können. Freydis setzte sich auf ihr Lager, zog die Knie an und legte den Kopf darauf. Ihre Tränen flossen ungehindert und benetzten ihr zerrissenes Unterkleid. Sie hatte die Tränen zurückgehalten, solange andere Leute um sie herum waren und sie beobachteten, doch nun war sie alleine. Thorstein hatte die Macht ihres Vaters angezweifelt – vielleicht war er gar nicht mehr am Leben.

Sie fühlte, wie sich die Matratze senkte, als jemand sich neben sie setzte. Sie wandte sich um und sah Hallbjorns Silhouette.

»Warum weinst du denn, Liebes?«, fragte er. »Hast du vor etwas Angst?«

Mit den Fäusten wischte sich Freydis die Tränen von den Augen und glättete mit der Hand ihr unordentliches Haar.

»Fürchtest du dich etwa vor mir?«, fragte Hallbjorn.

Wieder antwortete sie nicht. Worte könnten sie jetzt nicht retten, aber ihr Schweigen half auch nicht, es schien ihn eher anzustacheln. Sie mochte nicht, wie sie sich in seiner Gegenwart fühlte: verletzlich, verlegen und unsicher wegen seiner Nähe.

Er strich mit dem Finger über ihre Wange, auf der noch eine Träne war, und wischte sie sanft weg. Am liebsten hätte sie daraufhin auch seine Berührung weggewischt. »Es tut mir leid, dass du Angst hast. Wenn du dich doch nur nicht so sehr vor uns fürchten würdest. Oder vor mir.«

Er rückte noch etwas näher heran und legte ihr den Arm um die Schultern. Sie saß stocksteif da, obwohl sich ein Teil von ihr gern an ihn gelehnt hätte. Er war der einzige Mensch, der ihr Trost spendete, seit sie Sogn verlassen hatte. Seine Berührung löste etwas in ihr, und sie ließ ihren Tränen freien Lauf, während sie den Kopf wieder auf ihre Knie legte und von Schluchzern geschüttelt wurde.

Als sie aufhörte, reichte er ihr ein Stück Tuch, damit sie sich das Gesicht trocknen konnte. Sie drückte ihre Finger auf ihre heißen, hochroten Wangen und die geschwollenen Augen und versuchte noch einmal, ihr Haar wieder in Ordnung zu bringen. Hallbjorn ergriff eines ihrer Handgelenke und nahm ihre Hand in seine. Mit der anderen Hand fuhr er ihr sanft durchs Haar und löste die verfilzten Knoten darin so vorsichtig auf, dass sie am liebsten wieder geweint hätte.

»Du bist ein hübsches Mädchen«, sagte er.

Sie wandte den Kopf ab. Nun machte er sich wieder über sie lustig.

»Ich schwör's dir. Du bist wie Eis und Feuer.«

Das Feuer brannte ihr auf den Wangen, und das Eis machte ihr die Hände klamm. Er berührte sie am Kinn und dann leicht mit seinen Lippen die ihren. Seine Barthaare, ein weicher Jungmännerbart, streiften zart über ihr Gesicht. Sie saß wie erstarrt da, ohne zu reagieren. Dann küsste er sie heftiger, hielt mit der Hand ihren Hinterkopf und presste seine Lippen gegen ihre, dann schob er ihr seine Zunge in den Mund. Mit den Händen stieß sie ihn an den Schultern weg und kickte wild mit den Füßen, bis sie ihn in die Rippen traf. Mit einem Lachen ließ er sie los.

»Du willst mich, kleine Freydis«, sagte er. »Und du bekommst mich auch.« Sie rieb sich den Mund mit dem Handrücken ab. Da lachte er wieder. »Du bist noch so jung.«

Sie war eines Tages für die Heirat bestimmt, es sei denn, sie würde eine Priesterin der Freya, und selbst dann würde sie sich wohl Männer mit ins Bett nehmen. Doch jetzt spürte sie instinktiv, dass das hier falsch war. Hilda hatte sie von Tafjord weggeschickt, um Hallbjorn von ihr fernzuhalten. Sie hatte kein Vertrauen in seine Absichten und nicht einmal in sich selbst.

Kapitel 5

Während Svanhild mit ihrem Schiff ostwärts segelte, beobachtete sie den Horizont. Die schmale, dunkle Linie der schonischen Küste wurde breiter, als sie sich näherten, und formte sich zu Streifen schattigen Waldes und grauer Felsen, unter denen sich die Wellen schäumend an der Küste brachen. Händler, die in diesen Gewässern unterwegs gewesen waren, hatten sie vor den dicht unter der Wasseroberfläche verborgenen Felsen gewarnt. Weder Ebbe noch Flut seien sicher, hatten sie gesagt, daher wartete Svanhild, bis das Wasser zur Mittagszeit seinen Höchststand erreichte, und hoffte, ihr Schiff würde dank seines geringen Tiefgangs unbeschadet über alle Hindernisse gleiten. Schonen war ein Land, vor dessen Küste viele Schiffe zerbarsten, und Zuflucht für Gescheiterte, Gesetzlose und geflüchtete Sklaven.

Das Wetter war klar, und Svanhild konnte an Land eine Bucht erkennen, die sich möglicherweise als Anlegeplatz eignete. Sie befahl ihrem Steuermann zu wenden und hoffte, ihre Männer dadurch zu beeindrucken, dass ihr das Manöver beim ersten Versuch gelang. Ein männlicher Kapitän konnte sich auf vergangenen Erfolgen ausruhen und Vergebung für gelegentliche Fehler erwarten, doch eine Frau musste stets vollkommen sein, um das Vertrauen ihrer Männer nicht zu verlieren.

Der felsige Küstenabschnitt, den sie auserkoren hatte, erhob sich höher als die restliche Küste und warf seinen Schatten auf das darunterliegende Wasser. Svanhild befürchtete, sie könnte eine Stelle ansteuern, wo die Felswand direkt ins Wasser abfiel, doch als sie näher kamen, erkannte sie einen Streifen Kies an der Küste – ein schmaler Strand. Über die Felswand zog sich eine dünne, zackige Linie – möglicherweise ein Weg.

»Da«, sagte sie und wies dorthin.

Falki übergab das Steuerruder seinem Lehrling und trat an ihre Seite, nahe genug, dass sie die Wärme seines Körpers in der kühlen Luft spüren konnte. »Ich sehe es«, sagte er aufgeregt. »Eine ausgezeichnete Stelle.« Er wandte sich an den Mann am Ruder. »Aban, kannst du diese Wende ausführen?«

Aban al-Rashid, ein junger arabischer Entdeckungsreisender, der sich Svanhild im vorigen Sommer angeschlossen hatte, nickte und steuerte das Schiff in weitem Bogen auf den Anlegeplatz zu. Sein Name bedeutete so viel wie »auf dem richtigen Weg«, ein guter Name für einen Seemann. Die Kunde von Haralds prunkvollem Hof in Nidaros hatte sich über norwegische Handelsrouten verbreitet, und neben Aban waren auch andere Entdeckungsreisende gekommen, um ihn mit eigenen Augen zu sehen. Svanhilds Männer hatten sich allesamt nicht gut in Haralds Kriegerreihen eingefügt. Falki war Haralds Steuermann gewesen, zog es nun jedoch vor, mit Svanhild zu reisen.

»Ihr seid darin nach wie vor die Beste«, sagte Falki leise. Svanhild wünschte, sie könnte sich an ihn lehnen, wie sie es einst bei ihrem Ehemann Solvi getan hatte, wenn sie auf See waren, und seine schmale, harte Brust an ihrem Rücken spüren. Auch Solvi hätte ihre Segelkünste gelobt. Stattdessen schluckte sie und trat einen Schritt nach vorn, um den gebotenen Abstand zwischen ihn und sich zu bringen. Sie mochte Falki, doch er war nicht Solvi, und anzunehmen, was er ihr bot, würde den Schmerz nicht lindern, der in ihr brannte, seit sie ihren ehemaligen Ehemann in der Schlacht besiegt und aus Norwegen fortgeschickt hatte.

Sie rief die nötigen Befehle, um die Seile straff ziehen oder lösen zu lassen, die die Segel so in den Wind drehten, wie sie es wollte. Die Luft wurde kühler, als das Schiff in den Schatten der Felsküste eintauchte. An einem der Felsblöcke hingen verrottete Taureste.

Sie sah sich nach Falki um, und ihre Blicke trafen sich einen Moment zu lange. In ihrer Einsamkeit war zu viel Vertrautheit zwischen ihnen entstanden. Ein Geräusch erregte ihre Aufmerksamkeit. Ihre Dienerin Luta, die einzige andere Frau an Bord, hatte ihre Spindel zwischen zwei Ruderbänken fallen gelassen. Wahrscheinlich hatte sie das absichtlich getan, um Svanhild daran zu erinnern, dass sie Falki auf Abstand halten musste. Das gehörte neben Kochen und Flicken zu ihren Aufgaben. Svanhild schlief jede Nacht an Lutas Seite, damit niemand sie der Unzucht oder des Verrats an Harald beschuldigen konnte, auch wenn er sie nach wie vor in keiner Weise wie seine Ehefrau behandelte.

»Wo werden wir diese Schonen finden?«, fragte der junge Olaf.

»Ich denke, sie werden zu uns kommen, Olaf«, erwiderte Svanhild. Olaf war der Sohn ihres Stiefbruders Sigurd, von einer Ehefrau, die im Kindbett gestorben war. Sigurd zog ihn in Vestfold zusammen mit Haralds und Svanhilds Söhnen groß, die ihn als älteren Bruder ansahen. Zuerst war es seltsam gewesen, ein Kind mit dem Namen ihres verhassten Stiefvaters zu rufen, doch mit der Zeit hatte der gutherzige Junge diesen aus ihrem Gedächtnis verdrängt. Svanhild fragte sich immer noch, warum Sigurd seinen Sohn ihrer Obhut anvertraut hatte. Das einzige ihrer Kinder, dem sie eine gute Mutter zu sein versucht hatte, war gestorben, wodurch ihre Ehe mit Solvi in einem schrecklichen Streit geendet hatte, im Zuge dessen sie sich gegenseitig die Schuld am Tod ihres Sohnes gegeben hatten.

Ihre Männer sprangen in die Brandung und zogen das Schiff an Land. Sie lehnten eine Leiter daran, und Svanhild kletterte auf den Felsvorsprung hinab, der als Kai diente. Nach einer Woche auf See schien die Erde unter ihren Füßen zu schwanken, doch da sie daran gewöhnt war, merkte sie es kaum. Abgesehen von den verrotteten Tauen gab es kaum Anzeichen dafür, dass Menschen hier gewesen waren. Der Pfad, den sie vom Wasser aus entdeckt hatte, war von hier unten nicht mehr zu sehen. Svanhild beauftragte einige ihrer Männer, die Ausrüstung vom Schiff zu holen, die sie brauchen würden, um ein paar Tage hier ihr Lager aufzuschlagen. Andere hielten nach Angreifern Ausschau.

Die Mannschaft war gerade fertig geworden, als Svanhild eine Stimme von der Felswand über ihnen rufen hörte. »Wir haben Bogenschützen, die euch genau da, wo ihr steht, töten können«, schrie der Mann.

Svanhilds Körper straffte sich, doch sie war schon öfter mit feindseligen Bewohnern fertiggeworden. Sie rief: »Ich bin Svanhild Eysteinsdatter, Svanhild, die Seekönigin, Ehefrau von König Harald Halfdansson. Ich beanspruche Gastrecht und bitte um deine Gastfreundschaft für mich und meine Männer.«

»Du bittest um Gastrecht auf einer nackten Felsküste?«, fragte die Stimme. »Ich kann dir das nicht garantieren, doch meine Männer werden euch keinen Schaden zufügen, wenn ihr eure Waffen einsteckt und euch darauf vorbereitet, sie uns zu übergeben.«

Einige ihrer Wachen hatten sich im Schatten der Felswand versteckt, wo die Schonen sie von oben nicht sehen konnten. Sie überlegte, ob sie einen Kampf beginnen sollte, doch sie war gekommen, um zu verhandeln, nicht um eine Schlacht zu schlagen. Eine Reihe Krieger tauchte oben auf dem Pfad auf und machte ihr die Entscheidung leicht – die Schonen waren deutlich in der Überzahl.

Ihr Anführer kam so weit herunter, dass Svanhild ihn deutlich sehen konnte. Er war gedrungen und trug einen Bart, der sein Gesicht fast bis zu den Augen bedeckte. Sein Schnauzbart war lang und struppig und sein Mund fast vollständig dahinter verborgen. Er blickte sie einen Augenblick lang an, dann lächelte er, und sie sah einen Zahn direkt unter seiner Oberlippe hervorragen. Das war Melbrid Tooth, ein berühmter Wikinger von den Hebriden an der Westküste Schottlands, der vor Kurzem Norwegens Küsten angegriffen hatte. Er war weit von zu Hause entfernt.

»Eine Frau als Schiffsführerin«, sagte er, und sein Lächeln wurde zu einem anzüglichen Grinsen. Svanhild sah an ihrer Tunika und ihren Hosen hinunter, es war dasselbe, was alle Männer trugen. Oft hielt man sie auf den ersten Blick für einen bartlosen Jungen und Falki oder ein anderes Mannschaftsmitglied für den Kapitän. »Hast du dich verirrt, edle Frau?«

»Keinesfalls«, erwiderte Svanhild. »Ich bin gekommen, um den König von Schonen zu treffen.«

Melbrid machte eine Verbeugung. »Hier gibt es keine Könige, aber das Volk von Schonen hielt es für richtig, mich zu seinem Anführer zu machen.«

»Erweist du mir die Ehre und verrätst mir deinen Namen?«, fragte Svanhild.

»Du weißt, wer ich bin«, gab er zurück.

Svanhild lächelte leicht und neigte den Kopf. »Sollte ich?«

»Ich bin Melbrid Tooth«, verkündete er und richtete sich zu seiner vollen Größe auf. Er war nicht hochgewachsen, überragte sie aber dennoch um einen Kopf. »Warum bist du hier?«

»Mein Ehemann König Harald von Norwegen hat mich geschickt, um ein Bündnis mit den Schonen zu schließen«, sagte sie, obgleich sie nicht wusste, ob Ragnvald es gutheißen würde, sich mit jemandem zu verbünden, der Norwegen bereits so oft angegriffen hatte. Sie hatten beide gedacht, der König der Schonen wäre einer der Wilden, die hier lebten, und dass er für einige Jahre gewählt und dann durch einen jüngeren Krieger ersetzt würde. »Wir kommen mit Geschenken und bieten euch weitere Schätze an, wenn ihr euch uns anschließt.«

Melbrid trat ein paar Schritte zurück und schüttelte den Kopf. »Bist du sicher, dass du deswegen hierhergekommen bist, edle Frau?«

»Machst du dich über mich lustig?«, fragte Svanhild.

»Du weißt es nicht? Ehrlich?«

»Was?«, fragte Svanhild wieder. »Ich bin hier als Gesandte von König Harald.«

»Ich schätze, es ist gut, dass du gekommen bist«, sagte er und rieb sein Kinn. »Ansonsten hätte ich es riskieren müssen, einen Botschafter nach Vestfold zu schicken. Ich habe etwas, was deinem König gehört, und ich glaube, ich sollte dafür bezahlt werden, wenn ich es zurückgebe.«

»Etwas?«

»Jemanden«, erwiderte Melbrid.

Svanhild lächelte leicht. Ragnvald hatte vermutet, dass Halfdan Haraldsson hierherkommen würde, doch er hätte auch an jeden anderen Hof in den norwegischsprachigen Ländern gehen können. Ein glückliches Schicksal hatte sie an diese wilde Küste verschlagen.

»Wie lange habt ihr Halfdan den Weißen schon, und was wollt ihr für seine Rückgabe?«, fragte sie.

Melbrid grinste sie an und nickte. »Ich hätte wissen müssen, dass seine Abwesenheit bemerkt wird.«

Svanhild fand, dass Halfdan eine widerliche, tyrannische Version seines Vaters war – er besaß Haralds Überheblichkeit, jedoch ohne den Charme, der sie bei Harald erträglich machte. »Nur von manchen«, sagte sie. »Ich bin nicht sicher, ob ich über ihn verhandeln will. Vielleicht ist es besser, wenn du ihn behältst.«

»Also ist er nicht dein Sohn«, stellte Melbrid fest. »Er erschien mir ohnehin zu alt dafür, aber möglicherweise hast du dich ja jünger gehext.«

»Er ist nicht mein Sohn«, erwiderte Svanhild und nickte, um das Kompliment anzuerkennen.

»Und wenn er hierbleibt, bedeutet das weniger Wettstreit unter deinen Söhnen?«, hakte Melbrid nach. »Sollte ich dann eher fragen, was du mir bezahlst, wenn ich ihn behalte?«

Sie, Ragnvald, ganz Norwegen und sogar Harald wären besser dran, wenn Halfdan tot wäre oder so lange irgendwo verschwunden, bis sein Name vergessen würde. Sie schenkte Melbrid ein noch breiteres Lächeln. »Darüber sollten wir auch sprechen. Es ändert jedoch nicht mein Ansinnen – Harald möchte sich mit dir verbünden.«

Melbrid lachte. »Sein Sohn sagt, dass Harald gar nichts möchte, außer zwischen den Schenkeln seiner neuen Frau einzuschlafen.« Er musterte Svanhilds Gesicht, möglicherweise suchte er nach Anzeichen von Zorn angesichts seiner Worte. Svanhild versuchte, nichts von ihren Gefühlen preiszugeben. Schon lange bevor er die Konkubine seines Sohnes geheiratet hatte, hatte Harald aufgehört, Svanhild in sein Bett zu bitten, sodass sie nachts mit der Erinnerung an Solvi allein blieb. »Bringt eure Geschenke in unser Lager«, forderte Melbrid sie auf. »Vielleicht werden wir ihn für das, was ihr mitgebracht habt, freilassen – oder behalten, je nach deinem Wunsch. Wir werden euch das bestmögliche Festmahl bereiten.«

»Warum sollte ich mich in deine Hände begeben?«, fragte Svanhild.

Melbrid wies mit der Hand auf die Wachen, die oben auf den Felsen und um ihre Männer herumstanden. »Wir werden euch Gastfreundschaft erweisen«, antwortete er. »Was auch immer du gehört hast, ich bin ein Ehrenmann. Trotzdem müsst ihr die Waffen abgeben und euch die Augen verbinden lassen, wenn wir euch zu unserem Lager bringen. Wenn ihr abreist, werdet ihr eure Waffen zurückbekommen.«

Svanhild blickte zu Melbrid auf und schenkte ihm einen reizenden Blick, zumindest hoffte sie, dass er ihn so empfand. Sie band den langen Dolch von ihrer Hüfte ab. Unter ihren Hosen hatte sie noch einen kleineren versteckt. »Du musst von mir gehört haben«, sagte sie, »denn es stimmt, ich bin mit verbundenen Augen ebenso gefährlich wie mit offenen.«

»Das glaube ich gern, edle Frau«, erwiderte Melbrid.

• • •

Melbrid zeigte ihr eine Höhle, wo sie ihr Schiff verstecken konnte. Der Eingang war von Pflanzen überwuchert und zudem durch einen geschickt aufgestellten gefällten Baum verborgen. Seine und ihre Männer zogen das Schiff gemeinsam auf die felsige Küste und trugen es dann ein Dutzend Schritte zu einer Grube voller Blätter und Kiefernnadeln in der Höhle. Ihre Männer übergaben den Schonen ihre Waffen. Es schmerzte Svanhild zu sehen, dass Olaf seinen Dolch ebenfalls abgeben musste, der ein Geschenk seines Vaters Sigurd war, und sie bedeutete ihm, in ihrer Nähe zu bleiben.

Melbrid reichte Svanhild und ihrer Mannschaft schwarze Stoffstreifen, damit sie sich die Augen verbinden konnten. »Ich werde euch führen«, sagte er. »Haltet euch an diesem Seil fest.«

Ein Zug am Seil zeigte an, dass sie sich in Bewegung setzen sollten. Nach ein paar Dutzend Schritten wurde der Pfad steiler, und Svanhild musste die Füße anheben, um nicht zu stolpern. Ein Windstoß zerrte Haarsträhnen unter ihrem Schal und der Augenbinde hervor. Als sie das schützende Blätterdach der Bäume erreichten, legte sich der Wind, und Svanhild wurde es wärmer.

Unter der Augenbinde hindurch konnte sie das Seil und einen Teil von Olafs Hand erkennen, die es festhielt – immer noch die Hand eines Kindes. Er war genauso alt wie ihr ältester noch lebender Sohn und ein paar Jahre jünger als Freydis. Svanhild dachte nicht gern an ihre Tochter, jenes seltsame Mädchen, das Solvis Gesichtszüge hatte, jedoch nicht seinen Geist – sie war scheu und humorlos. Als Svanhild sie zuletzt besucht hatte, war es ihr aufgrund der Ähnlichkeit mit Solvi schwergefallen, sie anzusehen. Nun, Freydis zog ohnehin Alfriths Gesellschaft vor. Sie würde ihre Mutter nicht vermissen.

Svanhild konnte nicht sagen, wie weit sie gegangen waren, als das Seil stoppte und sie bei ihrem letzten Schritt beinahe gegen Melbrids Rücken stieß. Sie hob ihre Augenbinde. Grüne Lichtsprenkel blendeten sie zunächst, dann erkannte sie eine Reihe Leinenzelte unterschiedlicher Größe auf einer von niedrigen Bäumen umgebenen Lichtung. Auf der anderen Seite des Lagers befand sich eine Höhle, deren Eingang doppelt mannshoch war. Einige Frauen arbeiteten vor ihren Zelten, gekleidet wie Leibeigene in einfache gewebte Tuniken, die ihnen bis zum Knie gingen.

»Wir verlassen gerade erst unsere Winterhöhlen«, erklärte Melbrid.

Die Vergänglichkeit dieser Siedlung bereitete Svanhild Unbehagen, als könnte sie mit den Bäumen verschmelzen, sich in nichts auflösen und sie mitnehmen. »Lass mich Halfdan sehen«, sagte sie.

Melbrid wies mit dem Kinn auf einen seiner Männer, der zu einem der Zelte ging und etwas hineinrief. Einige Augenblicke später kam Haralds ältester Sohn, groß und blass, wie es sein Name besagte – Halfdan der Weiße –, herausgetaumelt und rieb sich die Augen.

»Sei gegrüßt, Stiefmutter«, sagte er, »oder eine von ihnen jedenfalls.« Er stolperte zu Svanhild und setzte sich, verfehlte den Baumstamm jedoch und fiel stattdessen auf den Boden, halb auf Svanhild. Er stank.

»Was ist los mit ihm?«, fragte Svanhild und stieß Halfdan von sich. Er grinste dümmlich, setzte sich neben sie auf den Boden und lehnte sich mit dem Rücken an das Holz.

Melbrid runzelte die Stirn. »Jemand muss ihm letzte Nacht Wein gebracht haben«, meinte er.

»Wie lang ist er schon hier?«, wollte Svanhild wissen.

»Seit dem Julfest«, erwiderte Melbrid. »Bist du sicher, dass du ihn wiederhaben willst?«

»Ich bin sicher, dass ich das nicht will«, sagte Svanhild. »Doch welchen Nutzen hat er für dich, wenn du kein Lösegeld für ihn bekommst?« Sie kannte die Antwort. Halfdan war hierhergekommen auf der Suche nach Verbündeten bei seinem Aufstand gegen Harald. Melbrid ließ ihn vor Svanhild den Gefangenen spielen, doch sobald sie wieder fort war, würde er erneut sein Verbündeter sein. Welchen Preis würde Melbrid verlangen, damit er ihn weit fortbrachte, nach Schottland oder darüber hinaus, oder, noch besser, damit er ihn mitten in der Nordsee über Bord warf?

»Ich bin sicher, er wird mir noch von Nutzen sein«, sagte Melbrid. Er warf Halfdan einen amüsierten und zugleich zweifelnden Blick zu, der Svanhild zum Lachen brachte. »Darüber sprechen wir später.«

Das Abendessen war einfach, auf dem offenen Feuer geröstetes Geflügel und ein trübes Getränk aus fermentierten Beeren, das Svanhild in der Kehle brannte. Die knusprige Vogelhaut war köstlich, knackte aber beim Kauen gelegentlich, wenn man auf einen Federkiel biss, der nicht vollständig entfernt worden war.

»Können wir jetzt reden?«, fragte Svanhild, als sie mit dem Essen fertig war. Sie wischte sich die fettigen Hände an einem Lappen ab, den Melbrid ihr reichte. »Über König Haralds Angebot eines Bündnisses mit Schonen?«

»Ha«, machte Halfdan mit vollem Mund. »Mein Vater ist nicht König, sondern dein Bruder.«

Svanhild hatte das viele Male auf ihrer Reise gehört und fast immer richtiggestellt. Diesmal tat sie es nicht – Melbrid sollte sie für mächtig halten. »König Harald kann dir bessere Bedingungen anbieten als sein Sohn«, sagte sie. »Sag mir, was Halfdan dir angeboten hat, und ich werde es übertreffen. Was auch immer ich verspreche, Harald kann es erfüllen. Oder …« Sie fixierte Halfdan mit ihrem Blick. »… mein Bruder kann es. Was bietet Halfdan an?«

»Freiheit und keine Bestrafung – für Sklaven und Gesetzlose wie uns ein wertvolles Angebot«, entgegnete Melbrid. »Als Gegenleistung für unsere Unterstützung gegen seine Feinde lässt er uns unbehelligt leben – hier und in Schottland.«

»Wer sind deine Feinde, Halfdan Haraldsson?«, fragte Svanhild. »Hast du vor, deine Brüder zu ermorden? Oder deinen Vater, dessen einziges Verbrechen darin besteht, dass er jene finnische Frau besser befriedigen konnte als du?«

Halfdan sprang auf und machte eine Bewegung, als wollte er

ein Schwert ziehen. Doch sein Gürtel war leer. Melbrid war in Bezug auf seinen neuen Verbündeten kein Risiko eingegangen. »Wenn du ein Mann wärst, würde ich dich dafür umbringen«, sagte er.

Svanhild erhob sich ebenfalls. »Bessere Männer als du haben gegen Harald gekämpft und verloren.«

Halfdan kam auf sie zu und baute sich vor ihr auf. Er war genauso groß wie sein Vater. Svanhild wich nicht zurück. »Bringst du immer jeden um, der die Wahrheit spricht?«, fragte sie, unwillig, den Hals zu strecken, um ihm ins Gesicht zu sehen. »Erbärmlicher Charakterzug eines Königs.«

»Rede nur weiter«, erwiderte Halfdan. Er stieß sie gegen die Schulter, und sie taumelte rückwärts. Sofort schob Melbrid sich zwischen die beiden.

»Ihr seid meine Gäste, und genauso werdet ihr euch auch benehmen«, sagte er. »Heute wird gegessen und willkommen geheißen. Wir werden morgen darüber sprechen.«

»Es ist mir eine Ehre, dein Gast zu sein, König Melbrid«, entgegnete Svanhild. »Ich bin sicher, dass wir uns einig werden.«

»Verlass dich nicht zu sehr darauf«, warnte Halfdan. »Ich habe bereits Boten zu meinen Verbündeten gesandt.«

»Deine Verbündeten?«, fragte Svanhild. »Schonen hätte nicht genügend Krieger aufzubieten, um auch nur einen einzigen Fels von Norwegens Küste wegzuschlagen.«

»Ich habe mehr Verbündete, als du dir vorstellen kannst«, antwortete Halfdan.

»Halfdan«, sagte Melbrid streng.

»Nein«, beharrte Halfdan. »Ich werde dafür sorgen, dass diese widernatürliche Frau mich respektiert, wenn das meinem Vater schon nicht gelingt.«

»Wer?«, fragte Svanhild. Sie empfand keine Angst, nur eine

ungewöhnliche Klarheit in ihrem Inneren. Halfdan würde es ihr sagen, und sie würde es Ragnvald mitteilen. »Wer sind deine Verbündeten?«

»König Erik von Jütland zum Beispiel«, entgegnete Halfdan mit stolzgeschwellter Brust. »Und noch mehr schottische Wikinger wie Melbrid, als du aufzählen kannst – Ketil Flachnase, Geirbjorn Hakonsson, Gudmar Gudbrandsson, und das sind nur ein paar – und die Könige von Irland und Schweden werden mich beide mit Schiffen unterstützen. Mein Vater wird besiegt werden, egal was du uns anbietest.«

Kapitel 6

Bakur saß neben Einar und stocherte in dem Haferbrei herum, den Gyda ihnen vorgesetzt hatte. Mit Einar zusammen hatte sie den Willkommenstrunk geleert, sodass er und seine Männer nun offiziell ihre Gäste waren. Respekt vor den Göttern sollte sie nun davon abhalten, ihnen zu schaden, doch Einar traute ihr trotzdem nicht über den Weg. Er sprach seinem Haferbrei tüchtig zu, bis er merkte, dass Bakur anscheinend keinen Appetit hatte. »Was hast du denn?«, fragte er ihn.

»Mein Vater hat mir beigebracht, dass Tote unsauber sind und an ihrem Todestag noch vor Sonnenuntergang begraben werden müssen«, antwortete dieser. »Bevor diese Männer nicht unter der Erde sind, finde ich keine Ruhe.«

Bakurs Gesicht war fast grünlich, und seine Hände zitterten. Etwas älter als Einar, hatte er doch weniger Kampferfahrung. Mit Ivar und einigen Söhnen Haralds zusammen hatte Einar zumindest schon Seeräuber auf den vorgelagerten Inseln vertrieben. Bei diesen Scharmützeln war er im Umgang mit seinem Schwert flink und erfahren geworden.

Er legte seine Hand auf Bakurs Schulter und drückte sie beruhigend. »Du hast dich heute gut geschlagen«, lobte er. Einen Moment lang trafen sich ihre Blicke, dann sah er hoch und bemerkte, dass Gyda über ihnen stand.

»Meine Diener haben das Badehaus für euch vorbereitet«, sagte sie. Ihr leicht amüsiertes Lächeln irritierte ihn.

Einar ließ Bakur und Uffi den Vortritt im Bad. Während die Sonne am Himmel höher stieg, nickte er ein und versank in einem Traum, in dem seine Beine die Bakus umschlangen, dunkel und golden zusammen. Dann erschien ihm sein Vater im Traum, und ohne die Lippen zu bewegen, sagte dieser vorwurfsvoll: »Dieses kindische Verhalten muss aufhören.«

»Ich werde mir nie eine Frau nehmen, warum willst du mir dann das hier verweigern?«, fragte ihn Einar ebenfalls wortlos.

Die wütende Standpauke seines Vaters kam nun ganz ohne Worte aus, und Einar schrie frustriert auf. Beim Erwachen spürte er Gydas kühle Finger an seiner Hand, doch seine Kehle war wie zugeschnürt von all der Wut, die sich nie Luft machen durfte. Er war immer noch erregt und musste daran denken, wie sie früher am Tag seine Handgelenke nur locker gebunden hatte.

»Deine Freunde sind fertig im Bad«, sagte sie.

Er bedankte sich kurz und ging, um sich selbst zu reinigen. Danach fand er Bakur und Uffi schon schlafend auf den Pritschen vor. Müde legte er sich zu ihnen und fiel in einen tiefen Schlaf, aus dem ihn erst wieder der Geruch von warmem Essen weckte.

Einar rieb sich das Gesicht und schob den Vorhang zur Seite. Für das Festessen war ein langer Tisch in der Halle vorbereitet worden. Mit den Fingern glättete er sich das vom Schlaf zerzauste Haar und ging zum Feuer hinüber, wo seine Kameraden schon Bier tranken.

Gyda setzte sich neben Einar, um den Becher mit ihm zu teilen, was eine große Ehre war. Jüngere Frauen, ihr vom Teint und vom Aussehen recht ähnlich, setzten sich zu Bakur und Uffi und scherzten mit ihnen. Das mussten Gydas Nichten, also Haralds Töchter, sein.

»Welche Absichten verfolgst du eigentlich, Herrin?«, fragte er Gyda. »Dein Ehemann kommt bald zurück, und mein Bruder und seine Männer werden morgen hier sein.«

»Ich bin nicht verheiratet«, gab Gyda scharf zurück, »und wenn dein König Harald mich besser geschützt hätte, dann müsste ich jetzt nicht ...« Sie brach ab und lächelte ihn unaufrichtig an. »Ich bin bereit, zu Harald zu gehen. Traust du mir etwa nicht? Nicht einmal jetzt, wo ich dir geholfen habe, Frodes Männer zu töten?«

»Lass uns zusammen zum Lager meines Bruders reiten, dann traue ich dir«, erwiderte Einar. Doch obwohl er mit seinem Bruder immer gern zusammen war, genoss er es auch, hier ganz auf sich gestellt zu sein. Auch sein Vater hatte in jungen Jahren nicht immer eine Armee hinter sich gehabt und hatte sich mit Intelligenz und Mut durchschlagen müssen.

»Ich werde etwas Zeit brauchen, um mich auf die Reise nach Vestfold vorzubereiten. Und wer verteidigt dann meine Burg, solange ich weg bin?«, fragte sie.

»Du kannst deine Männer zurücklassen – wenn Harald dir vertrauen soll, dann wirst du das sogar tun müssen.«

»Und wenn ich dich hier einfach gefangen halte und keine Ausfälle mehr mache?«, fragte Gyda. »Wir haben endlos Vorräte hier – nun, das sollte ich dir gar nicht erzählen. Am Ende gefällt es dir hier mit der Zeit sogar.«

Bakur flüsterte etwas ins Ohr des Mädchens an seiner Seite. Eine Welle irrationaler Eifersucht schlug über Einar zusammen; eigentlich sollte Bakur für ihn nicht mehr sein als ein Gefolgsmann, den er zu beschützen hatte. Er sah wieder zu Gyda hinüber, die an seiner Seite saß. Sie war schön wie eine Schneeflocke und gefährlich wie ein Blizzard. In seiner Versdichtung hatte Einar bis jetzt nur selten Frauen besungen, doch für sie wäre das etwas anderes – nur würde Harald sicher nicht gerne die wahre Geschichte ausposaunt hören. Seine Skalden würden das Epos einer treuen Frau verbreiten, die, falls Gyda getötet werden musste, tragischerweise beim Versuch, sie ihren Geiselnehmern zu entreißen, umkam. Nie würden sie die wahre Geschichte von Gyda, der Herrin über Hordaland und über das Schicksal von Männern, verbreiten.

»Wenn du mich nie wieder freigeben willst, kannst du mir ja ruhig die Wahrheit sagen«, sagte Einar nach einer langen Pause. Falls Gyda es auf eine Belagerung anlegte, konnte sie die gerne haben. Ivar würde zu Harald gehen, und selbst wenn sie entwischte, während Ivar und seine Männer weg waren, müsste sie sich doch von da an in den Wäldern des Vorgebirges verstecken, wenn diese wieder zurückkämen. »Aber ganz gleich, wie viele Vorräte du hier hast«, fügte er hinzu, »Haralds Truppen sitzen am längeren Hebel.«

»Können sie denn einen ganzen Winter hier schutzlos in den Bergen ausharren?«, fragte Gyda. »In den langen Nächten kann ich ja immer wieder mal ein paar Angreifer über die Mauern schicken, und außerdem habe ich Verbündete in den Bergen.«

»Mein Bruder und ich können immer noch deinen Verlobten für dich töten, so wie seine Männer«, schlug Einar vor. »Dann könntest du das Gesicht wahren und Harald heiraten.«

»Aber dann musst du seine ganze Familie töten«, sagte Gyda. »Traust du dir das zu?« Trotz der Schwere der Worte schien sie ihn mit ihrer hellen Stimme zu necken.

»Das hängt wohl davon ab, wie groß seine Familie ist«, machte Einar es ihr nach. »Aber du hast schon recht – wir können uns keine Fehde leisten und müssten deshalb die gesamte Familie töten. Ich kann mich doch drauf verlassen, dass keine Kinder dabei sind – keine Kinder von dir?«

Ihr Gesichtsausdruck veränderte sich nicht, was Einar als Beweis dafür auslegte, dass sie mit diesem Mann keine Kinder hatte. Keine Frau könnte vollkommen emotionslos über den Tod der eigenen Kinder sprechen.

Gydas Diener brachten Essen auf hölzernen Brettern und in Specksteinschüsseln, die sie auf den Tischen verteilten. Die Sitze wurden von Männern im kampffähigen Alter eingenommen – mehr als Einar zuvor gezählt hatte und mindestens ebenso viele, wie Ivar bei sich hatte. Gyda stellte ihm den älteren Mann vor, der ihr zur Linken saß. Er hieß Omund und war der Hauptmann ihrer Truppen in Hordaland. Omund nickte Einar zu und musterte ihn prüfend.

Gyda nahm ein Trinkhorn vom Tisch und ließ es von dem Diener hinter ihr bis zum Rand auffüllen. Dann brachte sie einen Toast aus und sprach: »Ein Fest findet Wohlgefallen in den Augen der Götter, selbst wenn es nur wenige Gäste sind.«

Sie nippte vom Rand und reichte das Trinkhorn dann an Einar weiter, wobei ihre Finger die seinen streiften. Er wusste, dass er es nun eigentlich ganz leeren müsste, um sich als Mann zu beweisen, aber er hatte einen leeren Magen, und das würde ihn vollkommen trunken machen, wahrscheinlich auch leichtsinnig in einer Situation, wo er all seine Konzentration aufbringen musste. Daher nahm er ebenfalls nur einen Schluck und bot das Trinkhorn Hauptmann Omund an. »Ihr ehrt mich so, dass ich diese Ehre mit Omund teilen muss. Von uns beiden hier ist Omund wohl der größere und bekanntere Held. Soll er von diesem Horn so viel trinken, wie er mag, und wenn er es nicht leeren kann, dann helfen ihm meine Männer ganz gewiss.«

Omund nahm das Horn entgegen und leerte es in einem langen Zug.

»Du bist ein seltsamer Junge«, sagte Gyda danach, als sie sich wieder setzten. »Wie alt bist du eigentlich?«

»Ich habe neunzehn Sommer erlebt«, erwiderte er.

»Noch so jung«, erwiderte Gyda. »Aber trotzdem, als ich in deinem Alter war, wurde ich verlobt und war im Prinzip Königin von Hordaland, wenn auch noch ohne den Titel.«

Einar versuchte, sich an den Rat seines Vaters zu erinnern: Sei nicht so wie andere junge Männer und gib nicht an. Es war leicht, sich an diesen Rat zu erinnern, aber schwerer, ihn sich zu Herzen zu nehmen, wenn er so von Gyda herausgefordert wurde. Am liebsten hätte er aufgetrumpft, dass er schon ganz andere Kämpfe ausgetragen hatte als jenen, dessen Zeugin sie gewesen war.

Ein Skalde begann ein Lied über Gydas Vater zu singen, sodass Einar ihr nicht antworten musste. Sein Blick verweilte wieder auf Bakur.

Gyda sprach ihm ins Ohr: »Ich sehe, du beobachtest meine Ziehtochter Signy mit deinem Gefolgsmann. Würdest du lieber eine jüngere Frau an deiner Seite haben?«

»Nur wenn sie genauso schön ist wie du«, erwiderte Einar mit einem Standardkompliment.

»Oder würdest du gar lieber mit dem jungen Mann selbst den Becher teilen?«, fragte Gyda.

Diesmal war es für ihn schwieriger, seine Wut unter Kontrolle zu halten, doch es gelang ihm, mit normaler Stimme zu antworten: »Zweifelst du etwa an deiner eigenen Anziehungskraft, Herrin? Ich fühle mich sehr geehrt, dass du an meiner Seite sitzt.«

Als Einar sein Essen beendet hatte, erhob er sich und rezitierte ein Gedicht, das er im Vorjahr über Haralds Schwur verfasst hatte, ganz Norwegen zu erobern und dann um Gydas Hand anzuhalten. Er improvisierte ein wenig und änderte einen Vers dahingehend, dass Harald alle seine Schwüre einhielt und von anderen erwartete, dass sie dies gleichermaßen täten.

Sie lächelte ein wenig und trank einen Schluck Ale. Einar

setzte sich wieder neben sie. »Ich glaube, ich habe dich früher schon ein paarmal gesehen«, sagte sie. »Du bist doch König Ragnvalds Erstgeborener, aber nicht von seiner Frau, und wirst daher beim Erbe übergangen.«

Einar wunderte sich, warum sie es so darauf anlegte, ihn wütend zu machen. Wollte sie ihren Kriegern etwa einen Vorwand liefern, ihn töten zu können? »Das ist richtig«, sagte er.

»Sag mal, macht es deinen Vater nicht wütend, dass du als sein attraktivster und cleverster Sohn angesehen wirst?«

»Ich bin nicht …«, fing Einar aufgebracht an und erhob sich halb von seinem Sitz, um Ivar zu verteidigen. Er hatte sein eigenes Gesicht in Hildas Silberspiegel gesehen und kannte Ivars Aussehen, also wusste er, dass sie log. Verstohlen sah er zu ihr hinüber. Das Lächeln auf ihrem Gesicht rief ihm in Erinnerung, dass er es mit einer Gegnerin zu tun hatte, die zäher kämpfte als jeder Krieger, dem er je gegenübergestanden hatte. »Hat es deinem Vater nichts ausgemacht, dass du als Mädchen zur Welt kamst?«, fragte er sie stattdessen.

»Doch, jeden Tag«, erwiderte Gyda. »Aber du, möchtest du denn nicht, dass König Ragnvald dich zu seinem Erben macht?«

Einars Mutter war weder eine Leibeigene noch eine Bäuerin, sondern eine berühmte Schönheit, die Geliebte von Königen und Jarls. Viele Männer hätten ihn als Sohn anerkannt, aber nicht König Ragnvald, der seiner Frau geschworen hatte, dass einzig seine Söhne von ihr seine Erben würden und keine anderen. In Nidaros und Vestfold hatte es hinter seinem Rücken schon Fragen dieser Art gegeben, und im Übungsring hatten Männer versucht, ihn damit aus der Reserve zu locken. Mit der Zeit hatte er gelernt, sich einfach darüber hinwegzusetzen.

Nun fragte er sich, ob er ihr zustimmen sollte, um dann herauszufinden, was sie dafür bereit wäre zu tun – aber er mochte sie, selbst wenn sie ständig stichelte, und wollte auf keinen Fall von ihr hören, dass sie ihm seinen Bruder zum Opfer bringen würde. »Mein Pate Oddi sagt immer, dass die Königswürde wenig Freude bringt und man die Götter nicht auf sich aufmerksam machen sollte«, antwortete er darauf.

»Auf dich werden die Götter auf jeden Fall aufmerksam werden, ganz gleich, was du tust«, meinte Gyda. Sie legte ihre Hand auf seinen Arm und ließ sie dort verweilen, mit den kühlen Fingerspitzen an seinem Handgelenk.

Einar hatte wenig Erfahrung mit Frauen. Nur einmal hatte er mit einer Hörigen geschlafen und es danach bereut, weil er keine Kinder zeugen wollte, die dann als Hörige aufwachsen müssten. Intime Momente mit Jungen schienen in dieser Hinsicht weniger verfänglich. Gyda konnte unmöglich Absichten auf ihn haben und wollte ihn sicher nur nervös machen. Sie war schon seit Jahren mit Harald verlobt. Ob sie in all der Zeit wohl jemals einen Liebhaber gehabt hatte? Ragnvald war der Ansicht, sie sei wohl zu kalt, um sich nach einem Mann zu sehnen, doch Einar erschien sie durchaus nicht kalt.

»Warum versuchst du, mich wütend zu machen?«, fragte er. »Wenn du mich von deinen Leuten umbringen lässt, löst das keines deiner Probleme.«

Einen Moment lang sah sie ihn nachdenklich an, bevor sie sagte: »Mein Vater war sehr lange krank, und ich dachte, dieser Zustand würde noch lange anhalten. Ich wünschte, es wäre so gewesen.« Ihre Wangen waren nun gerötet von dem Bier, das sie aus ihrem gemeinsamen Becher getrunken hatte. »Sein Tod hat mir viele Wölfe vor die Tür gebracht, und der einzige Weg, sie abzuwehren, bestand eben darin, mir einen von ihnen ins Haus zu holen, um mich zu schützen.«

»Dann bist du also verheiratet, Herrin?«, fragte Einar.

»Noch nicht«, antwortete Gyda. »Mein Schicksal scheint es zu sein, lange Verlobungszeiten zu haben und meinen Verlobten schwierige Aufgaben aufzuerlegen. Ich habe Frode hinausgeschickt, mir die Köpfe der sieben Bergbanditen zu bringen, die mich bedrängt haben. Ich habe ihm die Namen genannt und die Merkmale, an denen er sie erkennen kann, damit er nicht einfach mit irgendwelchen sieben Köpfen zurückkommt und meint, mich damit übers Ohr hauen zu können.«

»Das hört sich an, als wäre er eine Katze, die ihrer Herrin Singvögel ins Haus trägt«, erwiderte Einar. »Und wie viele hat er dir schon gebracht?«

»Sechs. Wie du siehst, kommst du gerade noch rechtzeitig.«

»Das alles klingt allzu sehr nach einem Märchen, Herrin. Sieben Banditen, sechs Köpfe, der Held, der gerade noch rechtzeitig auftritt.«

»Bist du denn ein Held, Einar Ragnvaldsson?«, fragte Gyda mit einem schmalen Lächeln. »Wirst du daraus ein Trinklied schmieden, du goldener Dichter und Krieger? Du und dein Bruder, ihr seid ja praktisch schon wie ein Teil einer Saga.«

»Ich habe bei den Göttern und den Nornen, bei der Liebe zu meinem Bruder und dem Respekt vor der Weisheit meines Vaters geschworen, dass ich ihn schützen und für ihn sterben werde, wenn es sein muss. Vielleicht macht eines Tages jemand ein Trinklied daraus. Das ist das einzige Erbe, das ich anstrebe.« Er sprach nun hastig, denn es geschah selten, dass er so offen mit jemandem redete.

»Dann bist du tatsächlich ein Held«, sagte sie leise.

»Ja«, erwiderte er. »Ich bin ein Sagenheld, und du bist eine Sagenkönigin, und der Räuberkönig zieht aus, um sieben Räuberbrüder zu töten …«

»Ich habe nicht behauptet, dass sie Brüder sind.«

»So klingt es aber besser. Ich mache ein Lied daraus, und wie alle Sagenlieder wird es hauptsächlich aus Lügengeschichten bestehen, um von den hässlichen Wahrheiten dahinter abzulenken. Deinen Namen werde ich leider ändern müssen. Ja, ich mache vielleicht eine Riesin von vor hundert Generationen aus dir, damit niemand je erfährt, dass du auch nur daran gedacht hast, König Harald zu betrügen.«

»Eine Riesin?« Gyda zog die Augenbrauen hoch. »Willst du mich etwa beleidigen?«

»Also gut, eine Elfenkönigin«, antwortete er.

»Sing das bloß nicht von mir. Ich habe König Harald nie betrogen. Im Gegenteil, ich habe Frode eine Aufgabe gestellt, die er nie zu lösen vermag. Den siebten Mann kann er an seinen Merkmalen nur dann erkennen, wenn er in einen Teich schaut, denn das ist er selbst.«

• • •

Einar erwachte im dunkelsten Teil der Nacht und war zu rastlos, um wieder einzuschlafen, also ging er nach draußen. Die Sonne machte sich als orangefarbener Streifen am südlichen Horizont bemerkbar. Ein Gefühl der Zufriedenheit breitete sich in ihm aus, trotz aller Unwägbarkeiten: Gydas Entscheidung sowie Ivar und Dagfinn, die Gydas Männer irgendwo unweit der Burg gefangen hielten. Morgen würden sie herkommen und ihre Stärke beweisen. Ihm waren Gydas Absichten zwar nicht klar, doch anscheinend wollte sie ihn nicht töten.

Die kühle Stille der Luft fühlte sich gut auf Einars Haut an, die vom Schlaf noch warm war. Er ging an einem Stall vorüber, aus dem das Schnaufen von Tieren zu vernehmen war. Oberhalb des Burgwalls erblickte er die Silhouette einer schlanken Frau. Das konnte nur Gyda sein, keine andere Frau in Hordaland und bestimmt nur wenige in ganz Norwegen strahlten diese Eleganz und Stärke aus. Das Schicksal schien es zu wollen, dass auch sie vom selben Nachtgeist geweckt worden war wie er.

Einar ging über eine Plankenbrücke, die über den inneren Wallgraben führte, und kletterte den Wall hinauf zu ihr. Erst als er an ihrer Seite stand, wandte sie sich ihm zu und sah in sein Gesicht hinauf. Dann drehte sie sich wieder hin zu der dunklen Ebene vor ihnen. Einar konnte nicht ausmachen, wo sich Ivars Lager im Dämmerlicht dieser Mitternacht befinden könnte. Sie hatten sich wohl in einem der Wäldchen verborgen, die die Grenzen zwischen den Höfen von Hordaland voneinander absteckten. Oder sie hatten von Gydas Männern etwas erfahren, das sie dazu veranlasst hatte, zu Harald zurückzukehren. In dieser milden Nacht konnte sich Einar jedoch nicht dazu aufraffen, sich darüber Sorgen zu machen.

»Konntest du auch nicht schlafen, Herrin?«, fragte Einar leise. Auf keinen Fall wollte er den Frieden der Stimmung über der dunklen Ebene brechen.

»Mir geht zu viel durch den Kopf«, erwiderte Gyda. Ihre Stimme klang wie das Singen des Winds über den Feldern.

»Mach dir nicht zu viele Sorgen«, sagte Einar. Sie schien ihm jetzt so ganz anders; am liebsten hätte er ihr die Hand tröstend auf die Schulter gelegt, wie er es bei seiner kleinen Cousine Freydis tun würde. »Morgen früh kommt mein Bruder mit seinen Männern; du kannst sie willkommen heißen, und wenn dieser Frode auftaucht, dann töten wir ihn.«

Sie seufzte. »Ich hätte das Ganze lieber weiter nach hinten hinausgeschoben. Jeder Tag, bevor ich König Harald heirate, ist ein Tag, an dem ich noch Königin bin.« Das also war es, was sie wollte: ihre Macht behalten.

»Du bist doch aber immer noch Königin nach der Heirat«, sagte Einar. »Viele seiner Frauen leben bei ihren Familien oder im Land ihrer Vorväter. Harald würde Hordaland niemals seiner Königin berauben.« Soweit Einar wusste, würde Harald die Abwesenheit seiner neuen Frau noch nicht einmal bemerken, aber natürlich würde er ihr Haralds Schwäche und Quasi-Abdankung niemals verraten.

»Er hat doch seine Söhne und Armeen dazu hergeschickt«, sagte sie. »Du wirst wahrscheinlich jemanden hierlassen, um Hordaland in meiner Abwesenheit zu regieren.«

»Nur um es zu sichern«, erwiderte Einar. Und um einen der Söhne Haralds mit der Aufgabe zu beschäftigen, damit er nicht auf die Idee kam, Ivars Erbe anzugreifen. Nun konnte er den Preis dafür erkennen – Gydas Herrschaft.

Gyda wandte sich ihm zu. »Harald wird mich an seiner Seite behalten«, meinte sie. »Er wird mit seiner berühmtesten Braut angeben wollen. Und dann bin ich nur noch dem Namen nach Königin. Ich wollte niemals ... So lange schon ist es mir gelungen, dem üblichen Frauenschicksal zu entgehen. Du bist nicht der Bote, den ich eigentlich erwartet hatte, Einar Ragnvaldsson. Ich glaube ...« Sie legte ihm die Hand auf den Arm, als sie mit einem kleinen Schluchzer abbrach. Die Tränen auf ihren Wangen glitzerten im Mondlicht. Ihre Einsamkeit sprach etwas tief in ihm an.

»Es tut mir leid, dir so viel Traurigkeit zu bringen, Herrin«, sagte er.

Sie tat einen tiefen Atemzug, bei dem sich ihre Hand an Einars Arm leicht verschob. »Nun hast du mich weinen sehen, was keinem meiner Leute je gelungen ist.« Zwischen Daumen und Zeigefinger kniff sie den dünnen Stoff. »Jetzt musst du mich Gyda nennen.«

»Gyda«, wiederholte er.

»Meine letzte freie Nacht«, sagte sie. »Lass mich nicht allein.« Einar stand verunsichert da. Hatte er sie richtig verstanden? Und warum gerade er?

»Das tue ich nicht«, sagte er. Gyda bewegte ihre Hand von seinem Arm an seine Brust, kühl gegen seinen erhitzten Körper.

»Oder magst du ausschließlich die Gesellschaft von Männern?« Sie lächelte etwas geknickt zu ihm hoch.

»Nein«, stieß Einar hervor. »Ich finde dich schön.« Er fragte sich, was sein Vater von alldem halten würde – ob sie wohl nach einer Nacht eher mit ihm gehen würde oder nicht?

»Es gibt nur wenige Männer, die meiner Schönheit gleichgültig gegenüberstehen«, sagte sie, ohne dass dies eitel klang. »Das war eine meiner Waffen, aber mit dem Alter verliert sie an Stärke – so wie die Kraft in deinem Arm.«

Bei der Traurigkeit in diesen Worten hätte er sie am liebsten in die Arme genommen, doch er zögerte immer noch. »Du hast recht – ich bin bei Frauen sehr unerfahren.«

»Meinst du, dass es ganz anders sein wird?«, fragte sie. »Eine Frau zu berühren?« Sie bewegte ihre Hand zum offenen Kragen seiner Tunika.

»Ich glaube, Frauen erwarten Sanftheit«, sagte er.

»Und Männer, möchten die nicht auch manchmal Sanftheit?«, fragte Gyda.

Einar war vor Sanftheit immer zurückgescheut, wenn sie angeboten wurde, aus Angst, sie würde ihn verweichlichen. Auch nun fürchtete er sich davor, sie anzunehmen. Mit dem Ärmelzipfel tupfte er ihr die Tränen ab. Sie legte ihre andere Hand an seine Wange und fuhr mit dem Daumen über den Bart, der dort spross, kurz getrimmt, um zu verbergen, wie spärlich das noch war.

Er berührte ihre Hand und zog sie dann von seinem Gesicht,

behielt sie aber in der seinen. »König Harald will seine Königin sicher noch jungfräulich«, sagte er.

»Weist du mich etwa ab, Einar Ragnvaldsson?«, fragte Gyda mit einer Stimme, in der eine gewisse Schärfe mitklang.

Einar schluckte. »Es gibt doch bestimmt nichts auf der Welt, was du dir von mir auf diese Weise erkaufen müsstest«, sagte er. »Ich kann dir nicht gleichzeitig Frode und Harald vom Leibe halten. Du musst dich für einen von beiden entscheiden.«

»Das tue ich auch, aber erst morgen«, erwiderte Gyda. »Aber geh nur in dein einsames Bett zurück, wenn dir danach zumute ist. Ich hatte einfach nur den Wunsch, aber es war wohl ein närrischer Einfall.«

Morgen früh konnte er – und mussten sie wohl beide – so tun, als hätte all dies niemals stattgefunden. Sein Vater würde ihm das raten, aber sein Vater hatte auch seiner Mutter nicht widerstanden. Und das Letzte, was Einar wollte, war nun zu gehen, in sein zölibatäres Leben mit Ivar zurückzukehren und nichts als die Erinnerung an die Berührung ihrer Hand an seinem Gesicht mitzunehmen. »Wenn es dein Wunsch ist, dann teile ich ihn mit dir«, sagte er schließlich.

Sie sah ihn zweifelnd an, dann zog sie sein Gesicht zu ihrem herab, berührte seine Lippen mit den ihren und neckte ihn, bis er nicht mehr widerstehen konnte und den Kuss vertiefte. Ja, er wollte das, ein weit gefährlicheres Spiel als ein paar heimliche Momente mit Bakur. »Aber warum ich?«, fragte er, als sie voneinander abließen.

»Für mich bist du so schön wie ein frisch geschmiedetes Schwert. Für mein erstes Mal will ich mir selbst jemanden aussuchen, bevor ... nun ja, du kennst ja die Geschichte, dass ich mich Harald anverlobte, als er und seine Leute diese Burg belagerten.«

»Dadurch wurdest du zur berühmtesten Frau in ganz Norwegen«, sagte Einar.

»Und ich habe mir zwanzig Jahre Freiheit damit erkauft«, korrigierte sie ihn. »Ich bin so jungfräulich, wie meine Art zu leben dies erlaubt hat. Zwar habe ich Macht, aber in dieser Angelegenheit hatte ich leider keine Wahl.«

»Die wirst du auch in Zukunft nicht haben«, sagte Einar, der anfing, sie zu verstehen. Auch seine Möglichkeiten waren eingeschränkt.

»Ja«, erwiderte sie. »Ich werde – ich werde mich morgen an deinen Bruder Ivar ausliefern, und du kannst mit deinen Männern Frode und seine Anhänger auslöschen. Wenn mein Kundschafter Radulf mir das richtig signalisiert hat, dann seid ihr genügend Männer. Und ich gehe zu Harald.«

»Man sagt, er weiß, wie man Frauen beglückt«, sagte Einar.

»Dann werde ich eben beglückt und benutzt wie alle seine Frauen und genauso schnell wieder vergessen.« Sie wandte sich ihm wieder zu, sodass er die Wut in ihren Augen sehen konnte. Er streckte die Hand nach ihr aus.

»Ich könnte dich niemals vergessen«, sagte er. Sie nahm seine Hand und zog ihn mit sich in das hohe Gras der Böschung hinunter. Dann streckte sie ihm die Hand entgegen, und er küsste sie wieder. Dabei stellte er sich so ungeschickt an, wie er sich nie mit dem Schwert in der Hand vorkam. Als ihre Nasen aufeinanderstießen, ließ Einar lachend von ihr ab.

»Darin sind wir wohl beide nicht besonders geschickt«, sagte er. Mit den Händen strich er über ihre Arme, ihre Schultern, ihren Rücken. Da war keine Weichheit in ihrem Körper, sie war geschmeidig und stark wie ein Tier im Wald.

»Das war die Aufgabe meiner Schwester«, sagte Gyda. »Sie hat Harald drei Töchter geschenkt und einen Sohn.« Sie lachte.

»Meine Schwester hat ihm den Sohn geboren, den ich eigentlich hätte produzieren sollen. Ich habe mir nie einen Liebhaber für mein Vergnügen genommen, weil ich immer Angst hatte, Harald könnte es herausfinden.«

»Und was ist jetzt?«, fragte Einar.

»Du hast ja schon gesagt, dass du den Mund über das halten kannst, was ich getan habe, um mein Land zu schützen. Ich denke, du kannst auch das hier im Verschwiegenen belassen. Trotzdem aber, wenn du nicht willst ...« Sie zog ihre Hand an seinem Schenkel hoch. Er wollte sie, war verrückt nach ihr. In Gedanken suchte er nach all den Gründen, warum er das nicht tun sollte – unmöglich tun konnte –, selbst wenn sie beide es vollkommen geheim hielten.

»Was ist, wenn du schwanger wirst?«, fragte er.

Einen kurzen Moment trafen sich ihre Blicke. Sie sah zu ihm hoch und ließ den Blick dann über seinen ganzen Körper schweifen. »Du bist großgewachsen, gut aussehend und hast goldblondes Haar. Niemand würde es je genau wissen, auch nicht du oder ich.« Sie nahm ihre Hand weg. Er zog sie zu sich herüber, sodass sie auf ihm zu liegen kam, und hielt ihren Kopf, damit sie ihn wieder küsste.

»Was muss ich jetzt – wie kann ich meiner Königin Vergnügen bereiten?«, fragte er.

»Gyda«, verbesserte sie ihn und führte seine Hand zwischen ihre Beine.

Ungeschickt kamen sie sich näher und mussten viel dabei lachen, bis sie sich schließlich fanden, wobei sie immer noch auf ihm lag, damit ihre Kleidung nicht auf dem Boden zerwühlt würde. Seine Leinenkleidung würde den Schmutz weniger zeigen als ihre hellen Seidenstoffe. Selbst als sie beide ihre Lust gehabt hatten, wollte er sie immer wieder berühren. Ihre Haut war glatt wie Marmor und fühlte sich kühl an.

»Wenn wir uns doch nur nicht verstecken müssten«, klagte er, während sie noch rittlings auf ihm saß. »Ich habe von irischen Königinnen gehört, die sich Gefährten nahmen, junge Männer, die für sie kämpften, während sie regierten, und die ausgetauscht wurden, wenn sie zu alt wurden.«

Gydas spekulierendes Lächeln ließ ihn wieder hart werden. Er hätte das alles nicht tun sollen, aber er hatte es getan, und zu wissen, dass auch sie ihn begehrte, berauschte ihn mehr als das stärkste Getränk. Er bewegte sich in ihr, und sie verzerrte das Gesicht vor Lust und bewegte ihre Hüften, um ihm entgegenzukommen.

»Ich habe gut gewählt«, sagte sie leise mit kehliger Stimme. Als er fertig war, rollte sie von ihm herunter und fuhr ihm dabei mit der Hand über die Flanken, sodass sein Hunger nach ihr in dem Moment wieder angestachelt wurde, als sie von ihm abließ.

»Lass uns Klartext reden, nicht von Sagen und Liedern«, sagte sie. »Ich bin nicht dumm – außer vielleicht in diesem Augenblick – und weiß, dass ich keine Wahl habe, als mit dir zu gehen und Harald zu heiraten.«

»Er lässt dich wieder Königin sein und schickt dir Truppen mit, die dich verteidigen.« Er musste die Hände zu Fäusten ballen, um sie nicht wieder an sich zu ziehen und ihre Haut unter seinen Händen zu spüren.

»Mit einem seiner großen Söhne als Befehlshaber, und du weißt sehr gut, dass ich damit nicht wirklich Königin sein kann.«

»Ist das nicht besser als Krieg und Tod? Siehst du denn eine Alternative?«, fragte er.

Sie setzte sich auf und sah wieder über das Feld hinaus, das sich im Licht des angehenden Tages färbte. Dann sagte sie über die Schulter zu ihm: »Wie wäre es, wenn du der Befehlshaber über Haralds Truppen hier wärst? Würdest du gerne einer Königin hier dienen?«

»Ich bin durch meinen Eid anderweitig gebunden«, antwortete er. »Wohin mein Bruder geht, dahin gehe auch ich.«

»Diesen Prinzen, den du so hochhältst, den muss ich unbedingt kennenlernen. Jeden, der dir mehr wert ist ...« Sie schüttelte den Kopf. »Aber du gibst ihm doch Anweisungen.«

»Das stimmt nicht«, protestierte Einar. Wie schnell sie sich von einer Frau in die Königin verwandelte.

»Doch, das tust du. Er merkt es vielleicht nicht einmal, aber du bist hierhergekommen und hast ihn zurückgelassen. Stimmt es etwa nicht, dass er da draußen auf dem Feld deinen Befehlen gehorcht? Du führst ihn und lässt ihn dabei denken, dass er dich anführt. Ich bin deinem Vater schon mehrmals begegnet, und er tut genau dasselbe mit allen um ihn herum. Er selbst lässt sich aber von niemand anders führen.«

»Aber du willst mich führen«, sagte Einar. Diese Tatsache verursachte ihm weniger Unbehagen als ihre Worte über Ivar. Sein Bruder war für die Königswürde bestimmt, nicht er. Er hatte vor den Göttern und seinem Vater geschworen, dass er es zu seiner Lebensaufgabe machte, Ivar darin zu unterstützen.

»Ich denke, wir beide könnten zusammen führen, wenn du es zuwege bringen kannst, mit mir nach Hordaland entsendet zu werden. Dein Bruder kann ja auch mitkommen, wenn er unbedingt will.« Sie küsste ihn flüchtig und begann damit, ihre Kleidung in Ordnung zu bringen. »Bleibe hier, bis der Morgen anbricht, dann schöpft niemand Verdacht.«

»Werden wir ...?«, begann Einar. Würden sie wieder so zusammenkommen, selbst wenn Ivar mit ihm käme? Es schien kaum vorstellbar. Schon allein die Frage schien anmaßend.

»Wenn es geht«, antwortete sie. »Es gibt bestimmt Mittel und Wege.«

Kapitel 7

In den Tagen vor dem Mittsommerfest war das Wetter in Vestfold mild, daher setzte sich Hilda am Morgen nach ihrer Ankunft zu den jungen Frauen von Haralds Hof nach draußen. Nach einem langen Winter und einer beschwerlichen Reise aus Tafjord sehnte sie sich danach, in der Sonne zu sitzen und ihren Schmerzen Linderung zu verschaffen, die von Rollis schwieriger Geburt herrührten und sie seither nie verlassen hatten. Die Diener stellten auf einer sonnenbeschienenen Lichtung Stühle im Kreis auf, und Hilda hörte mit halbem Ohr den Frauen zu, die sich Klatschgeschichten über Heiraten und Geburten erzählten.

»Und was meint ihr, wie schafft es diese Frau aus Finnland, den König immer noch so glücklich zu machen?«, hörte sie eine von ihnen fragen, ein zierliches blondes Mädchen mit lieblichen Gesichtszügen, die aber seit ihrer Kindheit von tiefen Pockennarben entstellt waren.

»Das würde ich auch gern wissen«, sagte eine andere und warf ihren dunklen Zopf über die Schulter zurück. Hilda fragte sich, ob sie wirklich glaubte, sie bräuchte Tricks im Bett, um einen Ehemann bei Laune zu halten.

»Sie ist sicher eine Hexe«, meinte eine Dritte. »Man sollte sie töten, bevor sie ihm seine Männlichkeit wegzaubert.«

»Vielleicht hat sie das schon getan, und er schläft deshalb

nicht mehr mit irgendeiner seiner anderen Frauen«, warf das erste Mädchen kichernd ein.

»Kinder, das reicht jetzt«, tadelte Hilda, obwohl auch sie gerne gewusst hätte, welche Macht Snaefrid über König Harald hatte. Sie wusste, dass es ihren Mann beunruhigte. Ragnvald wollte Harald bewundern, fand das aber schwierig, weil Harald seit Jahren kein Schwert mehr erhoben oder Gericht gehalten hatte.

Die Mädchen warfen Hilda nachsichtige Blicke zu und redeten über etwas anderes. Einige waren Töchter reicher Bauern von Vestfold, die man an Haralds Hof geschickt hatte, damit sie sich Gunst erwarben und Ehemänner fanden, andere waren die Frauen herausragender Krieger oder von Jarls. Hilda erkannte einige von ihren Besuchen in Nidaros.

Sie hob den Kopf, als sie Schreie vom Hafen hörte, und ließ ihre Spindel sinken. Ein neu ankommendes Schiff könnte Ragnvald bringen oder vielleicht auch einen ihrer Söhne.

Seit beinahe einem Jahr hatte sie Ragnvald nicht gesehen, aber fast noch mehr sehnte sie sich danach, Rolli wiederzusehen. Er war so ein kräftiger, frohgemuter junger Mann. Ganz gleich, wie stattlich sie wurde, er hob sie immer noch hoch und schwang sie im Kreis, wann immer er von seinen kleinen Seefahrten heimkehrte. Ihre anderen Söhne gehörten zu Ragnvald, sie waren seine Erben und Schüler, die Jungen, die er zu Männern formen wollte, aber Rolli hatte sich dieser Formung widersetzt, bis sein Vater ihn seinen eigenen Weg finden ließ.

Als Hilda in Sichtweite des Strandes kam und ihn überblicken konnte, sah sie einen Mann den Berg hinaufstolpern. Er trug einen Körper auf den Armen, gefolgt von seinen hilflos wirkenden Wachen. Sobald er am Rand des Hafens den weichen, tannennadelbedeckten Boden erreicht hatte, sank er auf die Knie und legte seine Last ab.

Hilda hob ihre Röcke und eilte auf ihn zu, dabei biss sie wegen der Schmerzen in ihrer Hüfte die Zähne zusammen. Erst als sie ziemlich nahe war, konnten ihre kurzsichtigen Augen erkennen, um wen es sich handelte, doch dann sah sie das fahlblonde Haar und das schmale Gesicht von Aldi, dem Verwalter von Sogn. Er brachte die Leiche seines eigenen Sohnes an die Gestade von Vestfold.

»Oh, Aldi«, rief Hilda und eilte an seine Seite.

Aldi kniete neben der Leiche seines Sohnes und berührte sein Gesicht. Der Junge war genauso alt wie Thorir, und der Bartflaum auf seiner Kieferpartie war heller als die Haut, die seit seinem Tod eine graublaue Färbung angenommen hatte. Der Mund mit den blauroten Lippen stand offen. Hilda wollte die Augen abwenden, aber ihr Blick wurde immer wieder dorthin zurückgezogen, um nachzusehen, ob es wirklich Aldis Sohn war und nicht einer ihrer eigenen.

Aldis Schultern zuckten, aber man hörte ihn nicht. Seine Männer standen um ihn herum, traten von einem Bein aufs andere und blickten überallhin, damit sie nur nicht Aldis Leid mit ansehen mussten. Hilda beugte sich herunter und berührte Aldis Arm. Von einer Frau konnte ein Mann Trost eher annehmen als von einem anderen Mann, und sie kannte Aldi seit Langem.

Er blickte zu ihr auf, mit rot geweinten Augen und tränenfeuchten Wangen. »Natürlich«, sagte er bitter und schüttelte ihre Hand mit einem Schulterzucken ab. »Ragnvalds Frau. Ich kann deiner verfluchten Familie nicht entfliehen. Wo immer ihr steht und geht, sät ihr Tod und Zerstörung.«

Hilda ließ ihre Hand an die Seite sinken. »Was meinst du damit?«, fragte sie.

»Dein – dein Sohn hat das getan«, stieß er hervor.

»Welcher Sohn?«, flüsterte Hilda. »Wen beschuldigst du?«

»Dein Riese von einem Sohn – Rolli«, stieß Aldi hervor.

Hildas Magen krampfte sich zusammen.

»Er hat mein Schiff angegriffen und meinen Kolbrand getötet«, stöhnte Aldi.

»Und wo ist er jetzt?«, fragte Hilda.

»Das weiß ich nicht, und es ist mir auch egal«, rief Aldi aus, »aber ich hoffe, dass ihn die Gerechtigkeit findet. Ich werde dafür nichts weniger als Ächtung akzeptieren.«

Ächtung – ihr Junge sollte mit Bann belegt, von der Familie verstoßen, von seinen Vorfahren abgeschnitten werden. Geächtete hatten keine Verwandten, auf die sie sich verlassen konnten oder die für sie bei den Göttern Fürbitten leisten würden. Ihre einzige Überlebenschance war, für fremde Könige in fremden Ländern zu kämpfen oder Seeräuber zu werden. Hilda hasste es, sich vorzustellen, dass ihr sanftmütiger Junge andere Männer töten und ihre Güter rauben sollte.

Doch sie kannte das Gesetz. »Wenn du ihn irrtümlich anklagst, bist du es, der geächtet wird«, entgegnete sie.

»Das ist kein Irrtum«, schrie Aldi. »Dein Sohn hat das getan, ebenso wie dein Mann meinen Vater getötet hat.«

Hilda fröstelte es von der kühlen Meeresbrise. Ragnvald hatte die Ereignisse in Gang gesetzt, die zum Tod von Aldis Vater geführt hatten, obgleich der Schwerthieb von König Hakon ausgeführt worden war. Aldi hatte einen Eid geleistet, sich nicht an Ragnvald zu rächen, da sein Vater seinen Mörder im Moment seines eigenen Todes getötet hatte. Dennoch wollten Männer immer mehr Rache. Ragnvalds Schuld würde ihn dazu drängen, Aldi alles zu geben, worum er bat, und noch mehr.

»Der alte König Hakon hat ihn getötet«, widersprach Hilda.

»Ich weiß, dass du trauerst, aber deine Anschuldigungen sind gefährlich.«

»Du weißt, dass dein Mann der Verursacher war, ebenso wie er hinter dieser Sache steht – er beraubt mich meines Erben, damit Sogn an seine Söhne fällt.«

»Du bist der Verwalter von Sogn, Aldi Atlisson«, sagte Hilda. »Und das Land sollte immer zurück auf meinen Sohn Ivar übergehen, wenn er deine Tochter heiratet.«

»Ich soll Dota mit dem Bruder des Mörders ihres Bruders verheiraten?« Aldi lachte bitter auf. »Niemals.«

Hilda setzte gerade zu einer Erwiderung an, brach aber ab, als sie eine Hand auf ihrer Schulter spürte. Sie wandte sich um und sah Oddi an ihrer Seite stehen. Er hatte einige Wachleute von Møre bei sich. »Wie kann ich helfen?«, fragte er mit leiser Stimme.

»Der Sohn dieses Mannes muss begraben werden«, sagte Hilda. »Bring ihn zu Ronhild. Ihre Frauen werden ihn waschen und aufbahren.«

»Nicht du«, sagte Aldi mit giftiger Stimme zu Hilda. »Wenn du ihn berührst, wird er bluten, und du wirst ihm seine ewige Ruhe verwehren.«

Sie sah wieder auf Aldis Sohn herunter. Das Licht, das durch die Bäume fiel, verlieh seiner Haut einen goldenen Glanz, und Hilda sah den Jungen, der er einmal gewesen war, einer der vielen, die beim Julfest mit ihren Söhnen herumgetollt hatten, und nun war er tot, noch bevor er das Mannesalter erreicht hatte. In ihr Blickfeld trat ein Schatten. Eines der Mädchen legte seine Hand auf Hildas Ellbogen und stützte sie auf dem Rückweg zur Halle.

• • •

Hilda legte sich auf die Pritsche in ihrer dämmrigen Kammer. Es stank nach Essensresten, die im Schilf verrotteten, nach Hunden, Katzen und Mäusen, nach feuchter Wolle und dem Lehm, der die Spalten zwischen den Hallendielen ausfüllte und den Boden unter den Planken bildete. Auch nach Schweiß roch es, nach dem Schweiß von Männern und Frauen, nach Brunft- und Trunkenheitsschweiß und nach dem Vieh, das im Winter die Halle mit seinen Leibern wärmte. Die Gerüche der Halle verhalfen ihr normalerweise zur Flucht in den Schlaf, aber als sie sich nun niederlegte, lastete dumpfe Angst schwer auf ihrer Brust.

Rolli war in Schwierigkeiten, ihr Junge, der über die Kraft eines Mannes verfügte. Hilda fiel ein, wie er, nicht älter als dreijährig, mit einem toten Kätzchen in den Händen zu ihr gekommen war, das er im allzu wilden Spiel getötet hatte. Er hatte gelernt, seine Stärke zu kontrollieren, aber das schien ihr der Fehler eines anderen Jungen zu sein. Ragnvald war streng mit seinen Söhnen, oftmals zu streng; vielleicht würde er Rolli nicht helfen. Einar behandelte er wie einen Mann und als potenziellen Feind, seit der Junge reden konnte. Thorir hingegen trat er mit Verachtung und Rolli mit Misstrauen gegenüber. Nur Ivar hatte er die sanfte Erziehung angedeihen lassen, die ein Kind brauchte.

Hilda lag auf ihrer Pritsche, bis der Hunger sie zwang aufzustehen. Sie holte ein Stück Brot aus der Küche und kehrte zu ihrem Lager zurück, während hinter dem Vorhang das Festgelage weiterging. Sie lauschte dem Klappern des Geschirrs, dem Bellen und Raufen der Hunde um Fleischabfälle und dem Kindergeschrei. Sie war allein hier, weder Söhne noch Ehemann waren da, und jetzt war einer ihrer Söhne wegen Mordes angeklagt worden. Harald würde Rolli für vogelfrei erklären, sobald er lange genug von seinen Ländereien zurückkam, um sein Urteil zu sprechen.

Oder schlimmer noch, sein Onkel Guthorm würde das übernehmen. Guthorm hasste Ragnvald dafür, dass er an seine Stelle getreten war, was Haralds Zuneigung betraf, und er würde nicht zögern, ein hartes Urteil gegen Rolli auszusprechen.

Die Gesänge der Skalden waren voll mit Frauen, die ihren Männern kluge Ratschläge gaben, die Frieden und glückliche Ausgänge von Geschichten bewirkten, aber Hilda konnte sich zu nichts anderem aufraffen, als im Bett zu liegen und nur abends zum Essen aufzustehen, bevor sie wieder unter ihre Decken kroch.

Am Morgen ihres dritten Tages im Bett wurde sie von Ronhild, Haralds Mutter, geweckt, die den Vorhang zur Seite fegte und sich vor ihrem Bett aufbaute.

»Seid Ihr krank, edle Hilda?«, fragte Ronhild. Sie war fast so groß wie Hilda, allerdings nicht so korpulent, hatte breite Schultern und ausladende Hüften – eine Frau, die einen so großen Mann wie Harald zur Welt bringen konnte. Hilda spürte wieder eine Welle der Hilflosigkeit und Traurigkeit in sich aufsteigen – Ronhild hatte auch einen Hünen von einem Sohn, aber ihrer war ein König und würde nicht bald ein Geächteter sein.

»Hast du das über meinen Sohn gehört?«, fragte Hilda mit einer Stimme, die wie ein Krächzen klang.

»Ja«, sagte Ronhild. »Ich habe auch gehört, dass dein Sohn gegenüber Aldi behauptet, der Tod sei ein Versehen gewesen und Aldi habe keine Zeugen für die Tötung.«

Hilda setzte sich auf. Sie kannte das Gesetz, aber all das erschien ihr dünn und nur auf Worten beruhend, neben der sicheren Tatsache, dass Aldis Sohn tot war. »Das Gesetz besagt, dass es Zeugen geben muss«, sagte Hilda. »Aldi hat Kolbrands Leiche und sagt, Rolli habe zugegeben, seinen Tod verschuldet zu haben. Aber er hat keine Zeugen. Auf der Grundlage dieser Tatsachen kann kein sehr hartes Urteil gefällt werden.«

Ronhild nickte. »Ich habe gehört, dass du das Gesetz genauso gut kennst wie irgendein Mann. Was wirst du also tun?«

Die Frage lastete auf Hilda wie ein Gewicht, das sie zurück aufs Bett drückte. »Auf meinen Mann warten. Er wird wissen, was zu tun ist«, erwiderte Hilda.

»Meinst du?«, fragte Ronhild.

»Natürlich«, fauchte Hilda sie an.

»Dann steh jetzt wenigstens auf«, sagte Ronhild und rümpfte die Nase. »Deine Abwesenheit blieb nicht unbemerkt.« Sie drehte sich um und ließ den Vorhang hinter sich zufallen.

• • •

Hilda stand zum Abendessen auf und setzte sich neben Oddi – Oddbjorn Hakonsson –, einstmals Ragnvalds treuesten Freund. Jetzt lebte er an Hemings Hof in Yrjar auf Halogaland, weit im Norden. Er hatte über die Jahre an Gewicht zugelegt, wie Hilda auch, aber nicht an Schönheit, doch sie fand ihn immer noch attraktiv, denn er war fröhlich und hatte einen guten Appetit.

»Edle Frau«, rief Oddi angenehm überrascht, als er sie sah. »Ihr erweist mir Ehre, wenn ihr Euch zu mir setzt.«

»Ragnvald ist noch nicht zurück«, versicherte sie ihm, füllte seinen Becher mit Bier und nahm neben ihm Platz. Er schien erleichtert, das zu hören. Seit dem Bruch ihrer Freundschaft gingen sich er und Ragnvald weiträumig aus dem Weg, und wenn sie öffentlich übereinander sprachen, dann geschah das mit ausgeklügelter Ehrerbietung, die sie stark daran erinnerte, wie frühere Geliebte miteinander umgingen, was Hilda amüsiert hätte, wäre es nicht so schmerzlich für Ragnvald gewesen.

»Aber Aldi Atlisson ist wieder hier«, sagte Oddi düster, »wie ich gehört habe.«

Hilda machte es sich auf ihrem Sitz bequem und nippte an ihrem Bier, das süß und nussig schmeckte von dem Weizen, aus dem es gebraut war. »Ja«, sagte sie. »Aber lass uns jetzt nicht darüber sprechen. Sag mir, bist du inzwischen verheiratet?«

»Wo du schon vergeben bist?«, fragte Oddi schelmisch. »Wie könnte ich?«

Hilda genoss sein Flirten. Nur wenige Männer hatten sich je darum geschert, ihr gegenüber galant zu sein. »Du würdest einen ausgezeichneten Vater abgeben – ich würde mich immer noch freuen, wenn ich eines Tages Söhne von dir kennenlernen würde«, sagte sie.

»Oh, ich bin mir sicher, dass ich hier und da einen gezeugt habe«, antwortete er. Sie blickte ihn gereizt an. »Einen Sohn habe ich ganz sicher in Yrjar – ein guter Kerl. Manchmal denke ich, er ist zu gut für Haralds Norwegen. Oder zu gut, um mich als Vater zu haben.«

Hilda legte ihm die Hand auf den Arm. »Ich bin sicher, dass das nicht stimmt. Du bist meinen Söhnen ein guter Onkel gewesen.«

»Das ist einfacher«, entgegnete Oddi.

Sie aßen zusammen und redeten über belanglose Dinge. Es schien so viele Themen zu geben, die sie bei ihm meiden musste: natürlich Ragnvald, aber auch Haralds lange Nichtbeachtung seiner Pflichten als König Norwegens, die anstehende Hochzeit mit Gyda und das, was Hilda im Moment am stärksten beschäftigte – die Ermordung von Aldis Sohn.

»Du bist eine wunderbare Tischdame«, sagte Oddi, nachdem er sein Mahl beendet und seinen Holzteller von sich geschoben hatte. »Aber du bist unglücklich. Erzähl mir etwas von deinen Söhnen. Ich würde gern hören, was es Neues gibt. Den jungen

Rolli können wir dabei ja außen vor lassen, wenn dir das lieber ist.«

»Ivar ist jetzt ein erwachsener Mann, mit einem Vollbart«, erzählte Hilda. Sie war erleichtert, dass sie über ihn sprechen konnte. »Und natürlich geht er nirgends hin ohne Einar ...« Hilda unterbrach sich. Sie hätte die beiden fast mit Ragnvald und Oddi verglichen, was Oddi sicher nur traurig stimmen würde. »Als hätten sie eine gemeinsame Seele«, sagte sie stattdessen. »Obwohl Ivar nicht Einars Sinn für die Dichtung und das Recht hat. Als mein Vater vor ein paar Jahren auf dem Sterbebett lag, lehrte er mich die Gesetze, und Einar wich mir dabei nicht von der Seite.«

»Also bist du jetzt eine Rechtsprecherin?«, fragte Oddi.

»Ich bin keine Svanhild Seekönigin«, wehrte Hilda ab. »Frauen können keine Rechtsprecher sein.« Ihr graute bei der Vorstellung, sich mit dieser Aufgabe vor Männer hinzustellen, obgleich ihr die Art gefiel, wie das Recht zusammenpasste, es bestand aus Ketten von Worten und Ideen, die ineinandergriffen, fast wie bei der Dichtung.

Oddi nickte. »Und was ist mit deinen anderen Söhnen?«, fragte er.

»Thorir ist bei seinem Vater, und Rolli – du hast recht. Ich habe Angst um ihn.«

»Ich wünschte, ich könnte dich beruhigen«, sagte Oddi, »aber er war an einem schweren Verbrechen beteiligt. Aldi wird Gerechtigkeit fordern.«

Hilda hatte sich genau deshalb so lange im Bett verkrochen, damit sie genau das von niemandem hören musste. Wenn Oddi davon überzeugt war, dann musste es die Wahrheit sein. »Was würdest du raten?«, fragte sie. »Ragnvald – er wird nicht ...«

»Ich weiß nicht, was dein Mann tun wird«, sagte Oddi, und aus seiner Stimme wich alle Herzlichkeit. »Er beschützt die, die seinen Schutz kaum benötigen, und lässt jene im Stich, die ihn brauchen.«

»Freust du dich denn darüber? Dass seinem Sohn etwas Schlimmes widerfahren ist?«, fragte Hilda mit tonloser Stimme.

Oddi schüttelte den Kopf. »Nein, das niemals. Aber ich würde dir raten, bei jemand anders Hilfe zu suchen als bei deinem Mann.«

»Bei wem?«, fragte Hilda. »Wer würde mir helfen? Vielleicht irrst du dich über Ragnvald. Er würde dir zuhören, wenn du dich für Rolli einsetztest. Versprich mir, dass du es versuchen wirst.«

Oddi seufzte. »Das werde ich – wenn es möglich ist. Aber wenn er wirklich auf mich hören würde, dann wären wir jetzt noch Freunde. Gibt es keine Frau, die helfen könnte – vielleicht Ronhild?«

Ronhild hatte Hilda in scheinbar abschätzigem Ton zum Aufstehen aufgefordert, als sie an Hildas Lager trat, daher schied sie aus. Aber Rolli segelte mit Hallbjorn, Vigdis' Sohn. Vigdis, die Ragnvald einen Sohn geschenkt hatte, bevor Hilda das konnte. Vigdis, die schon vor der Heirat von Ragnvald und Hilda versucht hatte, deren Ehe zu vergiften. Hilda hasste Vigdis, seit sie sich kannten, aber ihre Interessen waren vielleicht dieses eine Mal die gleichen.

Hilda wünschte Oddi eine gute Nacht und zog sich auf ihre Pritsche zurück, wo sie eine ziemlich schlaflose Nacht verbrachte. Am nächsten Tag zwang sie sich, zu baden und ein schönes Kleid anzulegen, dann ging sie zu der Halle hinüber, in der Vigdis zusammen mit Haralds Onkel Guthorm das Sagen hatte. Vigdis wusste immer mehr als Hilda, und vielleicht könnte Hilda sie überreden oder ködern, etwas preiszugeben.

Da schönes Wetter war, saß Vigdis fröhlich schäkernd und umgeben von jungen Männern vor der Halle. Einige davon waren

Haralds Söhne, andere einfach schmucke junge Krieger. Sie trug ein rehbraunes Kleid, was seit Jahren ihre Lieblingsfarbe war, über einem blauen Unterkleid, das ihren Teint und ihr Haar besonders gut zur Geltung brachte und sie wie in Honig getaucht aussehen ließ.

»Edle Hilda Hrolfsdatter«, grüßte Vigdis, als Hilda näher kam. Sie stand auf und verbeugte sich tief. »Ihr erweist uns die Ehre. Bitte nehmt meinen Platz.«

Hilda fühlte sich zwischen den jungen Männern verlegen, und Vigdis wusste das. »Ich bin hergekommen, um mit dir über unsere Söhne zu sprechen«, sagte Hilda. »Meiner ist noch ein Junge, aber deiner ist in den vergangenen zwei Jahren zum Mann herangewachsen, nicht?« Nun war es ausgesprochen, sie hatte Vigdis daran erinnert, dass ihr Sohn Hallbjorn eine härtere Strafe für den Mord erwarten könnte, und sie hatte diese jungen Krieger auf Vigdis' Alter aufmerksam gemacht.

»Ja«, sagte Vigdis mit zusammengepressten Lippen. »Er hat kürzlich das Mannesalter erreicht. Komm her, es ist ein schöner Tag. Lass uns einen Spaziergang machen.«

Der strahlende Sonnenschein stand in krassem Gegensatz zu Hildas düsterer Stimmung. Sie folgte Vigdis hinter die Halle, wobei sie in gebückter Haltung unter dem vorspringenden Dach gehen musste. Dann nahmen sie einen schmalen Pfad am Fluss entlang, der mit groben Steinen gepflastert war, was Hilda beim Darübergehen Schmerzen in der Hüfte verursachte.

»Ich hatte gar nicht gehört ... dass König Ragnvald schon da ist«, sagte Vigdis im Gehen.

Hilda fragte sich, ob sie sich das Verlangen in Vigdis' Stimme nur einbildete. »Ich will mit dir nicht über ihn sprechen«, erwiderte sie. Sie hatte mit Vigdis kaum zwei Worte gewechselt, seit sie beide sich ein Dach – und Ragnvalds Bett – teilten. »Ich habe gehört, dass es für die Tötung von Aldis Sohn keine Zeugen gibt. Was hast du darüber erfahren?« Ihr Gesicht begann zu glühen. Sie hatte nicht beabsichtigt, eine so plumpe Frage zu stellen.

»Nicht mehr als du«, erwiderte Vigdis. »Aldi und seine Männer wollen mit mir ebenso wenig reden wie mit dir. Aber ...«

»Was?«, fragte Hilda und blieb stehen.

Vigdis wandte sich ihr zu. »Ich weiß, wie du deinen Sohn retten kannst, aber dann musst du das auch für meinen tun.«

»Wie?«, fragte Hilda.

»Versprich es mir!«, forderte Vigdis.

»Wenn du mir bei der Rettung meines Sohnes hilfst, dann helfe ich dir bei der Rettung von deinem Sohn«, entgegnete Hilda.

Vigdis schenkte Hilda ein Lächeln, jenes honigsüße Lächeln, das Hilda schon immer zur Weißglut gebracht hatte. »Aldi würde fast alles dafür tun, um Sogn an seine Söhne weitergeben zu können, wie es schon sein Vater angestrebt hatte.«

»Sein Sohn ist tot«, sagte Hilda traurig.

»Er hat noch einen, und er ist noch nicht zu alt, um weitere zu bekommen«, wandte Vigdis ein. »Wenn er Sogn an seinen Sohn weitergeben könnte, dann könnte er sich vielleicht überzeugen lassen, für keinen von unseren Söhnen die Ächtung zu fordern. Überzeuge deinen Mann, und ...«

»Unmöglich«, unterbrach Hilda sie. »Das würde er vielleicht für Ivar tun, aber nicht für Rolli. Alles, was mein Mann getan hat, tat er für Sogn.«

Vigdis' Blick hatte etwas Verschlagenes: »Was, wenn er keine andere Wahl hat?«

»Was meinst du damit?«

»Wenn alle für diese Lösung sind – Harald, Guthorm, Aldi –, dann muss er sich danach richten. Wenn du mit Aldi sprichst, dann rede ich mit Guthorm. Damit ist mal ein Anfang gemacht. Wenn dann dein … König Ragnvald zurückkommt, dann wird das wohl schon die naheliegendste Lösung sein, und umso schwerer wird es für ihn, sich dagegen zu wehren.«

Hilda versuchte, nicht über die Ungeheuerlichkeit von Vigdis' Vorschlag nachzudenken – für ihre Söhne das Geschick von Königreichen zu verändern. Ragnvald würde ihr das nie verzeihen. »Warum sprichst du nicht mit Aldi?«, fragte sie mit leichtem Kopfschütteln.

»Ich war die Konkubine seines Vaters«, erwiderte Vigdis. »Mit mir ist er nie warm geworden.«

»Schön«, entschied Hilda. »Dann werde ich mit Aldi reden. Ich glaube allerdings nicht, dass er viel lieber mit mir spricht als mit dir.«

• • •

Aldi hatte mit seinen Männern auf einem der brachliegenden Felder in der Nähe der Hallen von Vesthold das Lager aufgeschlagen. Als Hilda ihn dort aufsuchte, war er gerade in ein Würfelspiel mit seinen Männern vertieft. Sie hatte gehört, dass die Bestattung von Aldis Sohn bereits erfolgt war, während sie voller Selbstmitleid im Bett gelegen hatte. Sie hatte gedacht, es sei besser, nicht daran teilzunehmen, aus Angst, dass sie ihn damit verletzen könnte. Der Junge war bei den Ehrengräbern von Vestfold beigesetzt worden.

Hilda sah in Aldi, wenn sie ihn traf, jedes Mal seinen Vater, der ein ebenso schmales Gesicht und die gleichen farblosen Haare und Augen gehabt hatte. Sein Vater war schwierig gewesen, ein gerissener Gauner, ein grimmiger Seeräuber und ein erfahrener Schwertkämpfer. Immer wieder war es ihm gelungen, seine

Schwächen in Vorteile umzumünzen, und als er starb, galt er als ehrbarer Mann, über den Heldengeschichten erzählt wurden. Aldi hingegen war eher von der schwerfälligen Sorte. Er schien fest entschlossen, in vielerlei Hinsicht genau das Gegenteil von seinem Vater zu sein, und er entfernte sich nie weit von seinem Hof in Sogn.

»Ich grüße dich, Aldi Atlisson«, begann Hilda.

»Du tust besser daran, mich nicht anzusprechen«, erwiderte Aldi und klang dabei eher sorgenvoll als bedrohlich.

»Wir sollten reden«, sagte Hilda. »Ich will, dass der Gerechtigkeit Genüge getan wird.« Sie sprach in gewissem Sinn die Wahrheit; es konnte nicht gerecht sein, einen Jungen wie Rolli, der noch lange nicht das Mannesalter erreicht hatte, zu bestrafen, auch wenn er noch so groß gewachsen war. Aldi gab seinen Männern mit einer Kinnbewegung ein Zeichen, und sie nahmen ihre Würfel und verlegten das Spiel an einen anderen Ort, außer Hörweite.

»Was für eine Gerechtigkeit kannst du bieten?«, fragte Aldi.

»Sollte nicht auch Hallbjorn Olafsson dafür bestraft werden?«, fragte Hilda zurück. Aufgrund seines lang gehegten Grolls gegenüber Ragnvald, hatte sich Aldi ganz auf Rolli als Schuldigen versteift.

»Sie sollten alle bestraft werden«, meinte Aldi. »Schließlich haben sie meine Männer als Sklaven gefangen genommen und ebenfalls deine Nichte Freydis. Solche ruchlosen jungen Männer verdienen nicht zu leben.«

Hilda durchfuhr es eiskalt. An ihre Nichte Freydis hatte sie gar nicht gedacht, denn sie hatte angenommen, dass man sie in Sogn gelassen hatte. »Wen haben sie als Sklaven gefangen genommen?«, fragte sie mit tonloser Stimme.

Aldi nannte einige Diener und ein paar Krieger. »Die werden

lieber sterben, als in Sklaverei zu leben, daher kannst du vermutlich ihre Leben zu den Kosten der Missetaten deines Sohnes dazuzählen«, fuhr er fort.

»Das ist wirklich ein gewaltiges Verbrechen«, stimmte ihm Hilda zu. »Aber mein Sohn ist noch nicht in dem Alter, wie ein erwachsener Mann bestraft zu werden. Und was nützt es dir, wenn er für vogelfrei erklärt wird? Das bringt deinen Sohn auch nicht wieder zurück.«

»Die Götter fordern Gerechtigkeit. Wenn ich meinen Sohn verlieren muss, warum solltest du deinen behalten dürfen? Sei froh, dass ich nicht seinen Tod fordern kann, obwohl ich ihn schnell finden werde, wenn er vogelfrei ist und jeder Mann sich an ihm vergreifen kann.«

Hilda schossen Tränen in die Augen. »Ich verstehe euch Männer nicht«, rief sie. »Du hast das Leid erfahren, dass dein Sohn getötet wurde, und auch deine Frau wird dieses Leid tragen müssen, und da willst du noch mehr Leid in die Welt bringen?«

»Mein Schmerz wird weniger, wenn du ihn auch fühlst«, erwiderte Aldi.

Hilda wischte sich die Tränen ab. Ihr Weinen konnte sein Herz nicht rühren, sondern erinnerte ihn nur an seinen gewaltigen Verlust. »Harald wird nicht eine lebenslange Ächtung für den Sohn seines engsten Freundes verhängen. Das Höchste, worauf du hoffen kannst, sind ein paar Jahre und ein Wergeld«, sagte sie. »Ich will nicht, dass mein Sohn geächtet wird. Er ist zu Großem bestimmt – eine Seherin hat mir geweissagt, dass er einmal der berühmteste meiner Söhne sein wird.«

Aldi zuckte zusammen – es war grausam gewesen, ihn daran zu erinnern, dass sein Sohn sich nie einen großen Namen verdienen würde. Aber er musste verstehen, wie sehr Hilda daran gelegen war, dass Rolli geschont würde.

»Bist du nur hergekommen, um in meiner Wunde zu stochern?«, empörte sich Aldi.

»Ich will verhandeln«, erwiderte Hilda. »Was willst du dafür, wenn du meinen Sohn straffrei ausgehen lässt und dich und deine Sippe verpflichtest, keine Rache zu üben?«

»Was meinst du?«, fragte Aldi angriffslustig. »Wie viel sollte man mir bezahlen?«

»Sogn«, sagte Hilda. Eine andere Frau würde vielleicht feilschen, aber Hilda hatte nur eine Sache anzubieten. »Dein Vater behauptete, der rechtmäßige Herrscher von Sogn zu sein, und jetzt bist du der Verwalter des Landes und regierst es treuhänderisch für meinen Mann. Deine Söhne werden immer nur meinen Söhnen dienen« – und durch ihre Schwerter sterben, musste Aldi jetzt auch bedenken –, »aber einer von ihnen könnte aus eigener Kraft König werden.«

»Wenn ihn nicht einer deiner Söhne vorher umbringt«, entgegnete Aldi bitter.

»Wenn ich Ragnvald überzeugen kann, Sogn an einen deiner Söhne zu übergeben, wirst du dann alle Ansprüche gegen meinen Sohn aufgeben?«, fragte Hilda. »Und gegen Hallbjorn?«, fügte sie verspätet hinzu. Wenn ihr und Vigdis das gelänge, dann würde Hallbjorn seine Freiheit verdienen.

»König Ragnvald würde das nie tun«, entgegnete Aldi, obwohl seine Miene Neugier verriet. Eines Tages Sogn zu bekommen, war schon lange sein höchstes Ziel gewesen, ebenso wie das seines Vaters. »Er würde noch eher Møre aufgeben als Sogn. So ist es immer gewesen, und er ist kein Mann, der seine Meinung ändert.«

»Es gibt immer Wege und Möglichkeiten«, sagte Hilda. »Habe ich dein Wort?«

»Ja«, sagte Aldi sofort. »Sogn ist ein angemessenes Wergeld

für meinen Sohn. Soll ich schwören? Brauchen wir einen Zeugen?«

»Solange ich deinem Wort trauen kann, nicht«, erwiderte Hilda. Sie fühlte sich schwindlig. Ragnvald würde sie dafür hassen. Vielleicht würde er sich sogar von ihr scheiden lassen. Aber wenn sie Rolli dafür trotz seiner schweren Verbrechen retten könnte, dann wäre es die Sache wert.

Kapitel 8

Die Küche in der Torfhalle auf Orkney war glühend heiß, denn die Diener buken das Brot für die Woche. Freydis kam sich nutzlos vor und war wie betäubt von der Gluthitze ebenso wie von Hallbjorns Küssen. Ein unbehagliches Hitzegefühl durchflutete ihren Körper, wann immer sie ihn ansah oder auch nur an ihn dachte, ganz anders als die angenehme Wärme, die sie empfand, wenn sie an Einar dachte, und hier in der Gluthitze des Ofens war es ihr unerträglich.

»Kann ich euch irgendwie helfen?«, fragte Freydis die Köchin.

Eine alte Frau brachte Freydis eine steinerne Handmühle für Getreide, und Freydis setzte sich neben das Mädchen, das mit ihr schon die Pritsche geteilt hatte. »Wo warst du denn gestern Nacht?«, fragte sie.

»Es sah so aus, als wäre dein Bett schon voll genug«, erwiderte das Mädchen.

»Ich will ihn nicht dort haben«, sagte Freydis.

»So sah es mir aber nicht aus.«

»Bitte, komm heute Nacht wieder zurück.« Freydis blinzelte die Tränen weg, die ihr in die Augen stiegen.

»Ich habe einen Mann, und ich will nicht, dass er eifersüchtig wird«, sagte das Mädchen. »Ich schlafe ganz woanders.«

Freydis sah sich in der Küche um, ob ihr irgendjemand helfen würde, aber die Blicke der anderen schienen an ihr abzugleiten, als wäre sie gar nicht da. Als ihre Tränen auf die Handmühle tropften, nahm sie ihr jemand weg.

Das Mädchen legte Freydis ihre Hand um die Schultern. »Was kannst du da schon machen? Er ist ein gut aussehender Mann. Besser, du gibst ihm, was er will, als dass er dich dazu zwingt.«

Freydis schüttelte sie ab und rannte nach draußen. Die kühle Luft fühlte sich auf ihrem Gesicht gut an, und sie atmete ein paarmal tief durch, was ihr half, mit dem Weinen aufzuhören. Dann sah sie Hallbjorn und Rolli auf die Halle zukommen und versteckte sich unter dem Giebel, wo das Gras des Daches fast den Boden berührte.

»Sie ist doch noch ein Kind«, sagte Rolli gerade.

»Du sagtest, sie hätte schon fast fünfzehn Sommer gesehen«, entgegnete Hallbjorn.

»Ja, sage ich doch, ein Kind.«

»Sie könnte bald verheiratet sein«, meinte Hallbjorn.

»Sie war schon immer nur eine halbe Portion«, protestierte Rolli.

»Im Vergleich zu dir ist jeder klein. Meinst du nicht auch, dass ihr Vater ihrem Ehemann eher helfen wird als Ragnvalds Sohn?«, fragte Hallbjorn.

Rolli lachte. »Du meinst, ich sollte sie heiraten. Nein, sie ist zu klein und schmächtig. Eines Tages werde ich ein großer Seekönig sein und eine ausländische Prinzessin heiraten.«

»Ich meinte nicht dich damit, sondern mich«, erwiderte Hallbjorn. Freydis atmete ganz flach und kniff die Augen zusammen. Das erklärte alles: An ihr lag ihm nicht viel, aber sie war eine Verbindung zu Solvi Hunthiofsson und durch eine seiner Königinnen sogar zum norwegischen König.

»Und was ist, wenn Thorstein recht hat?«, fragte Rolli. »Was ist wenn der Seekönig Solvi mittlerweile ein nutzloser alter Mann ist, der uns keine Hilfe bieten kann?«

»Thorstein will nicht, dass wir Seeräuber werden und mit ihm konkurrieren«, erwiderte Hallbjorn.

»Vielleicht hatte er recht«, meine Rolli. »Vielleicht würde mein Vater ...«

»Du hast mir geschworen, dass wir gemeinsam die Schuld auf uns nehmen. Schließlich hast du zugestimmt, das wir das Schiff verfolgen!«

»Aber es war deine Idee!« Rolli klang wie ein bockiger kleiner Junge.

»Das nennst du also Loyalität«, zischte Hallbjorn wütend. »Du willst demnach zurück zu deinem Vater und ihm sagen, dass alles meine Schuld war.«

Rolli schwieg, und Freydis horchte angestrengt.

»Gib mir deine Erlaubnis«, sagte Hallbjorn, während er und Rolli sich weiter von ihr entfernten. »Dann wenn du fortgehst ...«

Freydis schob sich unter dem überhängenden Hallendach hervor. Hallbjorn ging Rolli ein Stück voraus, während der stehen blieb und die Männer beobachtete, die auf dem Hügel über ihnen Torf stachen.

Freydis nahm all ihren Mut zusammen und ging auf Rolli zu. »Edler Cousin«, sagte sie und machte vor ihm eine Art Knicks, wie sie es bei Bauersfrauen gesehen hatte, die sich König Ragnvald so näherten, wenn sie von ihm Hilfe bei rechtlichen Angelegenheiten erbaten.

»Du musst doch nicht ...« Rolli machte ihren Knicks nach. »Wir sind doch zusammen aufgewachsen.«

»Heißt das, wir sind jetzt erwachsen?«, sagte Freydis halb zu sich selbst.

Rolli sah sie ungeduldig an.

»Cousin …«, begann sie stockend, »ich wollte mit dir über ihn sprechen. Über Hallbjorn.« Sie schluckte, denn es fiel ihr schwer, seinen Namen in den Mund zu nehmen. Es fühlte sich an wie eine Grenzüberschreitung, wie ein Zauber, der sie noch näher an ihn band, obwohl sie eigentlich mehr Distanz zwischen sie beide bringen wollte. »Ich habe gehört, was Hallbjorn gesagt hat. Ich glaube, er will …« Ihre Wangen glühten vor Scham. »Dein Vater würde nicht wollen, dass ich verdorben werde …«

Rolli sah sie forschend an, wodurch sie sich noch unbehaglicher fühlte.

»Für meine Heiratschancen«, stellte sie klar. Vielleicht war es nicht recht von ihr, König Ragnvald hier zur Sprache zu bringen. Sie senkte den Blick auf Rollis Füße. Für Dota zu sprechen und sich selbst statt ihrer als Geisel anzubieten war für sie viel einfacher gewesen. »Ich glaube, man wird dir leichter vergeben … oder du wirst dafür belohnt werden … – ja belohnt –, wenn du mit dafür sorgst, dass ich in Sicherheit bin.«

»Wir sind hier nicht in Sicherheit, keiner von uns«, sagte Rolli. Sie spürte, dass er sie abwägend ansah, und hielt den Blick gesenkt.

»Ich bin noch zu jung für eine Heirat«, flüsterte sie. »Ich bin erst vierzehn.«

»Hast du schon deine Regel?«, fragte er.

Freydis konnte vor Scham kaum atmen. »Erst seit ein paar Monaten«, murmelte sie.

»Dann bist du eine Frau«, stellte Rolli nüchtern fest. »Von Rechts wegen alt genug für eine Heirat.« Er hatte einige Rechtsgrundsätze von einem Großvater gelernt, wie Freydis einfiel, und darauf war er sehr stolz.

»Die meisten Frauen sind siebzehn oder älter, bevor sie heiraten«, sagte sie ruhig. »Ein Sprichwort sagt: ›Es ist gefährlich, zu jung zu heiraten, denn …‹«

Rolli fiel ihr ins Wort. »Du mit deinen Sprichwörtern, du klingst wie mein Vater. Keine Sorge – Hallbjorn will dich heiraten und dich nicht verderben. Du wirst dich nicht schämen müssen.«

Freydis schüttelte den Kopf. »Ich will nur, dass er mich in Ruhe lässt.

»Besser er als irgendein anderer Mann«, sagte Rolli.

Er klang so sehr wie das Mädchen in der Küche, dass Freydis ihm wutentbrannt vorwarf: »Du solltest mich wenigstens zuerst zu meinem Vater bringen, wenn du mich schon nicht schützen willst.«

Rolli ballte die Hände zu Fäusten. Einen Moment lang fürchtete Freydis, er würde sie schlagen, aber Rolli hatte sein Temperament gut im Griff, denn seine Größe und Kraft bedeuteten, dass selbst ein unüberlegter Schlag töten konnte.

»Ich komme zu dir, weil ich Hilfe brauche«, flehte Freydis mit tränenerstickter Stimme. »Du bist mein ältester Verwandter hier – mein einziger Verwandter auf dieser Insel –, also musst du mein Beschützer sein. Gibst du mich ihm einfach so? Willst du nicht wenigstens um einen Brautpreis bitten, damit ich nicht gedemütigt bin, einen Mann unter meinem Rang zu heiraten?«

»Wir sind alle frei hier«, erwiderte er. »Also tu, was du willst.«

Freydis begann wieder zu weinen. Ihr schien, sie hätte seit ihrer Gefangennahme nichts anderes getan. Sie war Rollis Gefangene und war auf Hallbjorns Gnade angewiesen. Sie hatte hier weniger Freiheit als damals in Sogn, wo sie von Aldi und seiner Familie ignoriert worden war. »Du verstehst das nicht«, sagte sie mit gepresster Stimme. »Ich brauche deinen Schutz.«

»Du wirst stattdessen Hallbjorns Schutz haben«, erwiderte Rolli.

• • •

An diesem Abend aß Freydis mit den anderen Frauen in der Küche, dann bediente sie die Männer. Rolli und Hallbjorn saßen bei Thorstein und Rollis Onkels Egil ganz oben am Tisch. Sie schlangen ohne jegliche Tischsitten ihr Essen herunter und wirkten unter der schmutzigen Decke der Torfhalle wie Tiere in ihrer Erdhöhle. Wenigstens Hallbjorn zeigte bessere Manieren, obwohl er vielleicht nur wegen Freydis gesitteter aß. Sie spürte, dass er häufig zu ihr hinübersah. Wäre es Einar gewesen, der sie mit Blicken so verfolgte, dann wäre sie glücklich gewesen, und die beiden sahen sich ja auch sehr ähnlich. Aber Einar hätte sie nicht verletzt, hätte nicht Aldis Männer versklavt oder ihr seine Küsse aufgezwungen.

Freydis brachte eine schwere hölzerne Servierplatte in die Küche zurück, und als sie mit mehr Bier für die Becher der Männer zurückkam, hatten sie zu streiten begonnen.

Egil saß dicht bei Rolli, der sich auf der Bank von seinem Onkel weggedreht hatte. »Du solltest hierbleiben, Rolli«, sagte Egil gerade. »In Norwegen kann niemand ein freier Mann sein, nicht solange Harald König ist.«

Rolli wandte sich wieder ein Stück weit ihm zu. »Ich habe gehört, du wurdest verbannt, als du in Hafrsfjord gegen Harald gekämpft hast. Und dass du deinen Treueeid gegenüber Harald gebrochen hast, den du ihm persönlich gegeben hattest.«

Egil reckte wütend das Kinn. »In Haralds Norwegen gibt es keinen Platz für Männer mit Ambitionen. Welches Land wird dir gehören?«

»Das Meer«, erwiderte Rolli, dabei breitete er weit die Arme aus und hätte fast Egil damit von der Bank gefegt. Er lächelte und wurde rot, dann legte er seine langen Arme wieder an seine Seite.

Rollis Gefolgsmann Arn meldete sich von seinem Platz weiter unten am Tisch: »Es heißt, mehr als ein Drittel der Schiffe, die nach Island segeln, gehen in den Stürmen unter.«

»Wir könnten für unsere Raubzüge auch von hier aus lossegeln«, erwiderte Rolli.

»Nein, das könntet ihr nicht«, rief Thorstein und griff zum ersten Mal in das Gespräch ein. »Diese Inseln können nicht viele Männer ernähren und schon gar nicht so große wie dich.«

»Da hat er recht«, warf Arn ein. »Harald will die Seeräuber von den Orkneyinseln vertreiben, hast du das nicht gehört?«

Thorstein schnaubte verächtlich. »Aber er kommt ja nicht«, meinte er. Und warum meinst du wohl? Weil keiner zwischen diesen Inseln navigieren kann außer den besten Schiffsführern, die sie gut kennen, und selbst dann kann ihnen das Wetter jederzeit zum Verhängnis werden.«

»Und wir sind nicht die besten Schiffsführer«, sagte Arn. »Umso mehr Grund zurückzukehren.«

»Umso mehr Grund, nach Island weiterzusegeln«, warf Hallbjorn ein.

»Dein Vater wird dich schützen, wenn du nach Hause zurückkehrst«, sagte Arn zu Rolli in drängendem Ton. »Was nützt es, einen so berühmten Vater zu haben, wenn er nichts dafür tun kann, deine Freunde zu schützen?«

»Ich will nicht, dass er mich schützt«, entgegnete Rolli. »Er hat es mir oft gesagt – er hatte auch keinen Vater, der ihm dabei geholfen hat, sein Glück zu machen.«

• • •

Freydis versteckte sich in dieser Nacht und schlief bei den Kühen auf dem Stroh, und am Morgen konnte sie den Stallgeruch nicht aus ihrer Nase bekommen. Die Köchin rümpfte die Nase, als Freydis zum Helfen in die Küche kam, doch die alte Frau dort schenkte ihr ein freundliches Lächeln.

Als Freydis beim Servieren des Frühstücks half, trat Hallbjorn dicht neben sie und griff ihr mit den Fingern an eine empfindliche Stelle ihrer Taille, worauf sie sich ihm zu entwinden versuchte und vor Scham errötete.

Den ganzen Tag zogen heftige Stürme über die Insel hinweg. Als das Frühstück vorüber war, nahm Freydis eine Näharbeit mit in eine kleine Kammer, wo Wolle aufbewahrt wurde und sich schon ein paar Dienerinnen zusammengesetzt hatten. Ein Torffeuer glühte in einer Ecke, aus dem dichter schwarzer Rauch aufstieg und Freydis in den Augen brannte. Wenn sie sich aufrecht hinstellte, berührte ihr Kopf die Decke.

Am Nachmittag ging sie hinaus und ließ den heftigen Regen ihre Haut peitschen. Heute blies der Wind aus südlicher Richtung, und der Regen war wärmer als der Wind, der ihn vor sich hertrieb. Sie schloss die Augen und wandte ihr Gesicht gen Himmel, ließ die Regentropfen an sich herunterlaufen und stellte sich vor, sie wäre zu Hause in Tafjord und stünde im Sprühregen eines Wasserfalls. Schon vor Rollis Angriff auf Aldis Schiffe hatte sie ein Bad nehmen wollen, aber bei der Vorstellung, sich zu entkleiden, war sie sich zu verletzlich vorgekommen. Wenn sie schlecht roch, würde das vielleicht Hallbjorn von ihr fernhalten.

Durch das Rauschen des Regens hörte sie nicht, wie er sich näherte, bis er dicht genug bei ihr stand, dass sie seine Wärme spürte und er den Regen von ihr abhielt. Sie öffnete die Augen und sah ihn unterhalb von ihr auf dem Abhang stehen.

»Bist du eine Tochter der Meeresgöttin?«, fragte er. »Rans Töchter jubeln bei Wind und Wetter. Das scheint mir auch für dich zu gelten.« Er zog ihr das Kopftuch von den Haaren, sodass sich auch darin die Regentropfen verfingen.

Freydis drehte sich um und wollte es ihm wieder entreißen. Er wich rasch ein paar Schritte zurück, und sie jagte ihm hinterher, dann blieb sie stehen. Sie wollte nicht noch mehr ihre Würde verlieren als bisher schon.

»Warum machst du das?«, rief sie mit einer Stimme, die heiser war vor Zorn.

»Ich wollte dich nicht ärgern, junge Freydis«, entschuldigte er sich. »Hier, du kannst dein Tuch zurückhaben.« Er legte es ihr wieder um den Kopf und fuhr dabei an ihrem langen Haar hinunter, dann band er es sorgfältig in ihrem Nacken zusammen. Die Wärme seiner Berührung auf ihrem kalten Nacken ließ sie erschauern. Ihre Augen waren auf gleicher Höhe wie der offene Kragen seines handgesponnenen Hemdes von undefinierbarer Farbe, kein kostbares Kleidungsstück, aber zumindest sauber, und auch er roch reinlich, wie Gras und frisch gewaschene Wolle, und warm.

»Wohin willst du bei diesem Wetter?«, fragte er.

Sie gab keine Antwort. Und baden wollte sie auch nicht mehr. Die Regentropfen glänzten auf seiner Haut. Das Gefühl von Freiheit, das ihr der Regen vermittelt hatte, war durch sein Kommen verflogen.

»Süße Freydis, warum quälst du mich so?«, fragte er sie. »Warum hast du Angst vor mir?«

Ihr kamen so viele Gründe in den Sinn, dass sie das Gefühl hatte, spräche sie einen davon aus, würde sie schreien. »Was willst du von mir, Hallbjorn?«, fragte sie.

»Ich will in dein Bett und dein Mann sein, wenn du mich haben willst. Den Segen von deinem Cousin habe ich dazu, und wir segeln jetzt zu deinem Vater – wird er etwas dagegen haben?«

»König Ragnvald hätte etwas dagegen«, erwiderte sie.

»König Ragnvald hat meinen Vater getötet und mir mein Erbe geraubt«, entgegnete Hallbjorn. »Und er ist der Feind deines Vaters. Wir sind beide ungewollt. Wir gehören zusammen.«

»Warum?«, schrie sie ihn an. »Ich bin zu jung, und ich habe – ich bin kein Gewinn für dich. Ich bin nichts wert, außer vielleicht als Geisel.« Sie blickte zu ihm auf und gestand ihm: »Mein Vater kennt mich gar nicht.«

Er trat ganz nahe zu ihr heran und hob ihr Kinn hoch, sodass sie ihn ansehen musste. Seine Ähnlichkeit mit Einar erschien ihr wie ein weiterer Aspekt seiner Trickserei. Sie fühlte sich wie ein Hase, der vom Fuchs verfolgt wird. Würde sie davonrennen, dann würde er sie verfolgen und weiter bedrängen. Lieber gab sie ihm darin nach, um ihm zumindest einen Teil des Weges entgegenzukommen. Er beugte sich herunter und küsste sie sanft, so wie er es in jener ersten Nacht getan hatte. »Ich erinnere mich, du magst keine heftigeren Küsse, Freydis. Und ich werde immer zärtlich zu dir sein.«

»Du hast meine Schulter verletzt«, sagte sie und legte ihre Hände auf seine Brust, als wollte sie ihn wegstoßen, aber sie tat es kraftlos und ließ sie dort liegen. Wäre es so schlimm, wenn sie diesen gut aussehenden, starken Mann hätte, der sie beschützte? Sie könnte vielleicht einen besseren wollen, aber sie könnte auch tiefer fallen.

Er griff nach ihrer Hand, und sie zuckte zurück. »Es tut mir leid«, sagte er. »Hätte ich – du sollst einfach wissen, dass es mir leidtut.«

Er küsste sie wieder, und eine Wärme durchströmte sie, der sie ebenso misstraute wie ihm. »Schlaf heute Nacht allein, und ich komme zu dir und zeige dir große Freuden. Es gibt keinen, der etwas dagegen hätte.«

Als Freydis in die Halle zurückging, schickte sie die Köchin zu einem Bach, wo einige der Frauen badeten und den warmen Regen genossen. Freydis entkleidete und wusch sich, dann beschloss sie, an einem Ort zu schlafen, wo Hallbjorn sie nicht entdecken konnte.

An diesem Abend fand sie jedoch keine Dienerin, die bereit war, ihre Pritsche mit ihr zu teilen, und nach dem Regen, der die Torfhalle feucht gemacht hatte, hatte sich sogar ihre Katze Torfa in der wärmeren Küche zum Schlafen zusammengerollt und miaute ärgerlich, als Freydis sie bewegen wollte. Freydis wartete in der Küche, bis sie glaubte, dass alle in der Halle eingeschlafen waren, aber als sie zum Kuhstall schleichen wollte, trat Hallbjorn aus der Dunkelheit und griff nach ihrer Hand.

Er war eine schwarze Gestalt, und sie konnte seine Umrisse nur im Glutschein des Feuers sehen. Alles roch nach Torf und Erde, als wäre sie begraben. Er war so nah, dass Freydis' Herz vor Furcht hämmerte wie das eines Tiers in der Falle. Sie hielt still, als er ihren Nacken küsste, einen Arm um sie legte und ihr mit dem Daumen über die Brust fuhr.

Vielleicht wäre es besser, es hinter sich zu bringen. Hallbjorn wollte sie haben, und er würde sie quälen, bis er sie bekam. Er war jetzt zärtlich, und er hatte ihr Zärtlichkeit versprochen, aber sie hatte schon seine Schläge erlitten und wusste, dass er auch Grausamkeit in sich trug.

Er presste seine Hand zwischen ihre Beine, und sie empfand Lust bei seiner Berührung. Ein Teil von ihr wollte ihn, damit hatte er recht. Vielleicht hatten sie deshalb die Frauen von Tafjord davor gewarnt, mit einem Mann allein zu sein und auf seine Schmeicheleien zu hören.

Warum sollte sie noch weiter gegen ihn kämpfen? Sie ließ zu, dass er sie zu ihrer leeren Pritsche führte. Dann schlüpfte er neben ihr unter die Decken und legte seine Hände dorthin, wo er sie haben wollte. Seine Finger wurden drängender, sie brachten nicht nur Lust, sondern brannten auch. Als sie protestierte, bewegte er sich langsamer. Sie wusste, dass es schließlich wehtun würde, denn sie hatte schon genug Klatschgeschichten gehört.

Er schuf in ihr Raum für sich und drang in sie ein, was etwas schmerzte, aber auch Verlangen auslöste, und sie klammerte sich an ihn. Sie verstärkte den Druck ihrer Schenkel um seine Hüften, und er hielt ihr den Mund zu, als er in sie stieß und sie unter seinen Fingern kleine Schreie ausstieß. Tränen liefen ihr aus den Augen, aber sie wiegte sich gegen seinen Körper und fühlte sich beraubt, als er erstarrte, seine Stöße abbrach und aus ihr herausglitt.

Er legte seine Hand zwischen ihre Beine, berührte die Feuchtigkeit, die sie zwischen sich erzeugt hatten, und dann flüsterte er ihr wieder ins Ohr: »Vielleicht habe ich heute Nacht mit dir einen Sohn gezeugt, Freydis. Wenn nicht, dann werde ich es wieder versuchen.«

Die Worte brachten ihren Magen in Aufruhr, während ihr Körper sie verriet, und sie hob die Hüften und drückte gegen seine Hand, denn sie brauchte jetzt eher Festigkeit als seine zu sanfte Berührung. Er küsste sie auf die Stirn und ging, um sie allein schlafen zu lassen.

• • •

Als sie am nächsten Morgen aufwachte, fühlte sie sich wund zwischen den Beinen, aber zugleich verspürte sie auch ein unangenehmes Gefühl von Lust und Scham. Es war kein Traum gewesen. Während sie in die Küche ging, erinnerte ihr Körper sie daran, dass Hallbjorns Berührung wirklich geschehen war. Wenn die Kleider an ihrer Haut rieben, dann schien das gleichzeitig zu viel Gefühl als auch zu wenig auszulösen. Als sie Hallbjorn beim Frühstück sah, schoss ihr die Röte ins Gesicht, und sie wandte sich ab.

Als sie mit einem Eimer Wasser zum Waschen vom Bach zurückging, begegnete sie der alten Frau aus der Küche. Ihr Gesicht war so verschrumpelt wie ein alter Apfel, die Augen lagen tief in den Höhlen, und sie hatte keine Augenbrauen mehr und auch keine Wimpern.

»Freydis Solvisdatter«, grüßte sie. Obwohl Freydis sie vom Sehen kannte, fragte sie sich, ob diese Frau ein Wesen des verborgenen Volkes war, kein Mensch, sondern eine Untote, die aus den zerklüfteten Felsen hervorkam, die den Falten auf ihrem Gesicht ähnelten.

»Ja, so heiße ich«, erwiderte Freydis.

»Man nennt mich Runa«, sagte die Frau. »Du wirst bald von hier fort sein. Oder du kannst bleiben und dich auf einer der äußeren Inseln verstecken. Du kannst hier eine neue Heimat finden, weit weg von den dummen Jungen, die dich gefangen genommen haben.«

Die Worte weckten eine Sehnsucht in Freydis, die sie unter all ihren anderen Miseren vergraben hatte – eine Sehnsucht nach ihrem wahren Zuhause, Tafjords Felsen, und nach Alfrith, die sie anleitete und lehrte. Sie musste tief Luft holen, bevor ihre Stimme ihr gehorchen wollte. »Du kommst zu spät«, sagte sie bitter. »Er hat – ich bin schon verdorben.«

Runa lachte freundlich. »Wird ein Schaf von einem Bock verdorben?« Sie schüttelte den Kopf. »Nein. Du kannst hier versteckt werden. Deine Geiselnehmer können niemals jede Insel absuchen. Eher zerbersten ihre kleinen Boote hier an den Felsen.«

Trotz ihrer Verzweiflung verstand Freydis, was Runa ihr anbot. Sie war immer noch eine wertvolle Geisel, und wer sie versteckte, würde dafür büßen. »Nein«, sagte sie daher und schüttelte traurig den Kopf. »Rolli ist mein Verwandter und meine beste Möglichkeit, nach Hause zurückzukehren.«

»Verwandt und doch nicht verwandt«, widersprach Runa. »Du wirst nie in deine Heimat zurückkehren. Ich habe gesehen, wie du hierher zurückkehrst, aber ich habe dich nie dort gesehen.«

Ihre Worte hörten sich an wie eine Weissagung, doch alles in Freydis sträubte sich dagegen. »Du kennst mich nicht, alte Frau«, sagte sie schroff. »Und jetzt lass mich in Ruhe.«

Runa trat zur Seite und ließ Freydis das Wasser an ihr vorbeitragen. Sie roch nach Kräutern und Schweiß, die Gerüche einer alten Frau, und nicht so, wie nach Freydis' Vorstellung ein Geistwesen riechen würde. Aber als Hallbjorn in dieser Nacht wieder zu ihr kam, dachte sie immer noch an Runas Worte. Sie konnte seine Berührung kaum ertragen, denn ihr Körper stach und brannte nach von der Nacht davor, aber er benutzte sie, als wäre sie irgendeines seiner Besitzstücke, mit dem er tun konnte, was er wollte. Ihr ganzes Leben lang hatte sie sich wie das Eigentum von jemand anders gefühlt, sie war von Tafjord nach Sogn gebracht, dann nach Vestfold abgeschoben worden, und keiner hatte sie gefragt, was sie selbst wollte. Wenigstens begehrte Hallbjorn sie.

Er und Rolli stritten die folgenden Tage weiter darüber, ob sie bleiben oder nach Island weitersegeln sollten, und eines Nachmittags wurden sie handgreiflich, fast eine Woche nachdem sie in Orkney angekommen waren. Freydis hörte den Tumult vor der Küche und eilte mit den anderen Dienerinnen nach draußen, um nachzusehen, was los war.

Hallbjorn stieß Rolli von sich, und Rolli stolperte einen

Schritt zurück und ballte die Fäuste. Neben seiner hünenhaften Gestalt wirkte Hallbjorn wie ein Kind.

»Feigling«, warf ihm Hallbjorn entgegen.

Bisher hatten Rollis Bewegungen etwas Zögerliches gehabt, doch das fiel jetzt weg, und im Nu zog er sein Schwert. Freydis hatte vergessen, wie flink er sich bewegen konnte, wenn er wollte. Seine Größe ließ alle seine Bewegungen langsam und wohlüberlegt aussehen, aber er war ein guter Kämpfer, besser als viele erwachsene Männer, und er war schnell und stark.

»Du bist ein Freund gewesen, Hallbjorn, aber ich werde dich töten, wenn du dich nicht entschuldigst«, knurrte Rolli.

Anders als sonst hatte Freydis keine Angst, als sie dazwischenging und rief: »Hört sofort damit auf! Ihr seid Freunde – Brüder durch Eid. Warum streitet ihr euch?«

»Ich habe etwas erfahren, das mein Vater wissen muss«, erklärte Rolli.

»Und was ist das?«, fragte Freydis.

»Halfdan Haraldsson hat unter allen von Haralds Feinden Bündnisse geschmiedet. Sie versammeln sich alle in Schonen.«

»Du hast das nur von deinem Onkel Egil, diesem Eidbrecher, gehört«, erwiderte Hallbjorn. »Du willst dich wieder hinter den Röcken deiner Mutter verbergen.«

Rolli stürmte wieder auf ihn zu. »Entschuldige dich, oder ich bringe dich dazu«, schrie er.

Hallbjorn zog Freydis zu sich. »Vorsicht, meine Liebe«, sagte er und legte ihr den Arm um die Taille. Dann wandte er sich wieder an Rolli: »Ich entschuldige mich. Aber denk doch nur mal, Rolli, mein Bruder, wir gehen nach Island zu Solvi Hunthiofsson, dem großen Seekönig. Wir werden Seeräuber. Große Seeräuber. Wenn du jetzt zu deinem Vater zurückkriechst, wirst du nur bestraft.«

Rolli hatte sein Schwert schon halb in die Scheide zurückgesteckt, während Hallbjorn mit ihm sprach, aber als er geendet hatte, zog er es wieder. »Du entschuldigst dich und beleidigst mich dann wieder im selben Atemzug. Ich sollte dich töten und meine Cousine zurückbringen.«

Hallbjorn schob Freydis vor sich und hielt sie fest gegen seinen Körper gepresst. Rolli stürzte auf die beiden zu, und Freydis spürte, dass etwas Kaltes ihren Hals berührte. Hallbjorns Dolch. Nachdem sie ein paar Tage wie betäubt gewesen war, verschaffte ihr der Anblick von Hallbjorns Messer schlagartig wieder einen klaren Kopf. Sie verdiente etwas Besseres, als ein Pfand zwischen diesen beiden zu sein. Sie hätte weglaufen sollen, als Runa ihr die Chance gab.

»Ich entschuldige mich«, sagte Hallbjorn. »Du bist nicht ... was ich gesagt habe.«

»Aber jetzt bedrohst du meine Cousine«, entgegnete Rolli.

»Sie ist meine Frau«, erklärte Hallbjorn. »Oder etwas dergleichen. Ich habe sie entjungfert, und schon jetzt ist es wahrscheinlich, dass sie mir meinen Sohn gebären wird. Geh fort, wenn du musst, aber ich kann nicht zulassen, dass du sie mitnimmst.«

»Ist das wahr, Freydis?«, fragte Rolli.

»Lass nicht zu, dass er mich verletzt«, schrie Freydis. »Rolli, bitte.«

»Hat er dich vergewaltigt?«

Sie scheute davor zurück, daran zu denken, was sie zusammen getan hatten, aber nein, sie hatte befürchtet, er würde sie zwingen, also hatte sie ihn schließlich gewähren lassen. Sie begann zu weinen, hörte aber auf, als Hallbjorns Messer an ihrem Hals kratzte. »Bitte lass mich nicht bei ihm zurück. Du bist der Sohn eines Königs, und du schuldest mir deinen Schutz.«

»Sie hat sich mir freiwillig hingegeben«, sprach Hallbjorn

über ihren Kopf hinweg. »Ich werde sie zu ihrem Vater bringen und sie in Island heiraten. Ich werde ihr ein guter Mann sein.«

Rolli blickte wieder unsicher drein. Die Blicke der Zuschauer schienen auf Freydis' Haut zu brennen. Sie kannten nun ihre Schande. Aber wenn sie mit Rolli nach Norwegen zurückginge, würden noch mehr davon erfahren.

Thorstein schob sich durch die Umstehenden, sein roter Haarschopf sah in der Menge aus wie ein Leuchtturm. »Was geht hier vor?«

Sowohl Hallbjorn als auch Rolli schrien gleichzeitig durcheinander, und Hallbjorn packte Freydis in seinem Zorn wieder fester.

»Aufhören, sofort aufhören!«, rief Thorstein. »Hier bin ich der Herrscher. Ihr werdet meinen Gesetzen gehorchen, solange ihr auf meinem Land seid.«

»Er will nach Norwegen zurücksegeln und seinen Vater um Vergebung bitten«, sagte Hallbjorn.

»Das sollte er auch tun«, erwiderte Thorstein. »Denn genau das habe ich ihm gesagt.«

»Und was ist mit mir?«, schrie Hallbjorn. »Vielleicht wird man ihm vergeben, aber ich bezweifle, dass ich ebenso herzlich empfangen werde. Mein Freund, der mich in diese Misere gebracht hat, verlässt mich.«

»Rolli, wenn du ein Seekönig werden willst, dann musst du deinen Freunden und Gefolgsleuten Gerechtigkeit widerfahren lassen«, sagte Thorstein. »Hallbjorn, hör auf, dieses Mädchen zu bedrohen! Und Rolli, steck dein Schwert weg!« Er blickte zum Himmel. »Odin bewahre mich vor dummen Jungen.«

Rolli steckte sein Schwert zurück in die Scheide, und Hallbjorn nahm den Dolch von Freydis' Hals. Sie entwand sich seinem Griff und schluchzte, als der Schmerz in ihrer Schulter wieder aufflammte.

»Mädchen, ist das wahr? Hat er dich entjungfert?«

Freydis stieg die Schamröte ins Gesicht. »Ja.«

»Dann sollte er die Chance haben, zu deinem Vater zu gehen und um deine Hand zu bitten. Ihr beide seid zu lange hier gewesen und habt von meinen Vorräten gegessen. Bei der nächsten Flut werdet ihr von hier fortsegeln, und vielleicht findet ihr das nächste Mal ein Willkommen, wenn ihr wiederkehrt. Aber wenn ihr bleibt, dann wird euer Willkommensein hier in der Tat nur noch kurz währen.«

Kapitel 9

Einar konnte nicht schlafen, nachdem er zu Gydas Halle zurückgekehrt war, und lauschte auf das gleichmäßige Atmen der anderen Männer. Sein Körper fühlte sich schwerelos an. Am Morgen folgte Gyda Einars Anweisungen, ließ das große Tor weit öffnen und ging, gefolgt von all ihren Kriegern, hinaus, um die Männer zu begrüßen, die Ivar und Dagfinn mit sich hergeführt hatten.

Einar signalisierte seinem Bruder, dass ihm nichts geschehen sei. Die Sonne brannte hell am Himmel, und der Wind blies ihm rötlich goldene Ringellöckchen von Gydas Haar ins Gesicht. Nach zwei Nächten mit nur wenig Schlaf sollte er eigentlich müde sein, doch stattdessen erfüllten ihn die Helle des Tages und der Anblick der weiten Grasebene vor ihm mit einem Gefühl grenzenloser Möglichkeiten. Er wünschte sich in Gydas Arme zurück, nun gleich und nicht nur für einen Augenblick der Lust, denn ihm war nicht bewusst gewesen, dass eine Frau so sein konnte: mutig wie seine Tante Svanhild, aber unvergleichlich schöner, unberührt vom Zahn der Zeit und doch weiser geworden. Es war, als hätte sie zwanzig Jahre lang nur auf ihn gewartet.

Als Gyda und ihre Leute in Hörweite von Ivar und Dagfinn waren, rief Einar aus: »Prinzessin Gyda hat Ärger mit Rebellen in den Bergen und braucht unsere Hilfe.« Dann fiel ihm ein, dass Dagfinn und Ivar hier eigentlich die Anführer sein sollten. »Wenn ihr damit einverstanden seid, dann können wir unsere Kräfte mit den ihren zusammenlegen und die Banditen aufreiben.«

»Hervorragend«, sagte Dagfinn. »Das machen wir, und dann bringen wir die Braut zu meinem Vater.« Die Art, wie er Gyda taxierte und mit seinen Blicken ihrer Armbewegung folgte, als sie ihr Haar über eine Schulter zog, gefiel Einar überhaupt nicht.

»Vergesst nicht das Festmahl, das ich euch in meiner Halle bereiten werde«, erinnerte sie Gyda.

»Ganz gewiss nicht, Herrin«, erwiderte der stets galante Ivar. »Ich kämpfe umso mutiger, nun, da ich weiß, dass Ihr nach unserem Sieg unsere Gastgeberin seid.«

Gyda führte die Krieger in die Burg hinein. Einmal drinnen, umfing Ivar Einar in einer herzlichen Umarmung. »Und ich dachte schon, sie hätte dich als Geisel genommen!«, sagte er. »Zum Glück hat sie sich so leicht überreden lassen.«

»Sie ist doch nur eine Frau«, warf Dagfinn verächtlich ein. »Du hast ihr viel zu viel zugetraut.«

Einar lächelte schmallippig. »In ganz Norwegen ist diese Frau wahrscheinlich der einzige Mensch, der Harald je übertrumpft hat.«

»Das stimmt«, sagte Ivar. »Unser Vater hat uns die Geschichte erzählt.«

»Er hat sich doch mit ihr verlobt«, protestierte Dagfinn.

»Nur um das Gesicht zu wahren«, sagte Einar. Ihr Vater hatte ihnen erzählt, wie Gyda versprochen hatte, Harald erst zum Mann zu nehmen, wenn er ganz Norwegen unter sich gebracht hätte. Damit hatte sie ihrer Burg eine Schlacht erspart, sich für alle Zeiten einen Platz in den Liedern der Skalden gesichert und dazu noch zwanzig Jahre der Königsherrschaft. Ragnvald hatte seine Söhne gewarnt, sie nicht zu unterschätzen. Einar überlegte, ob sie mit ihm wohl nur deshalb geschlafen hatte, weil sie sich so

Hoffnungen machen konnte – und seien sie noch so gering –, auch nach der Hochzeit wieder ihren Distrikt zurückzuerhalten. Hätte sie auch Ivar oder gar Dagfinn verführt, wenn diese statt ihm gekommen wären? Wahrscheinlich schon, entschied er. Besonders Dagfinn. Sie hätte bestimmt gerne den Sohn gegen den Vater aufgehetzt – einen weiteren Rebellen im Lager von Halfdan –, nur um ihre Absichten zu verfolgen. Aber sie hatte Einar auch begehrt, so etwas hätte sie bestimmt nicht nur schauspielern können.

»Wir müssen uns unter Gydas Truppen mischen, um sicherzugehen, dass sie uns nicht falsch mitspielen«, sagte Einar. »Selbst angenommen, sie ist keine Verräterin, bei ihren Hauptleuten wäre ich mir da nicht so sicher.«

• • •

Gydas Krieger und Einars Männer bereiteten sich im Schatten der Burgwälle für den Kampf am nächsten Morgen vor. Ihr Hauptmann Omund brachte den Gefangenen aus dem Schuppen her, in dem er mit den Toten zusammen verwahrt worden war. Sein Gesicht war blutverschmiert und verschwollen, selbst da, wo keine Wunden waren.

»Schlampenkönigin«, fauchte er Gyda an, »falsches Weibsstück.«

»Wo ist Frode?«, fragte ihn Gyda ungerührt.

»Mein König ist in den Bergen, und von da könnt ihr ihn niemals verjagen.« Eines seiner Augen war fast zugeschwollen, und seine Unterlippe war aufgeplatzt.

Omund klatschte dem Mann mit dem Handrücken ins Gesicht, sodass dieser in die Knie ging. Er gab einen erstickten Laut von sich, der in einem Schluchzer endete. Einar schlug die Augen nieder und bemerkte, dass Bakur dasselbe tat. Er hasste es, Erniedrigung mit ansehen zu müssen; das machte ihm mehr zu schaffen als Blut und Wunden. Allzu leicht konnte er sich selbst in solch einer Situation vorstellen, gebrochen und eingeschüchtert, halb verrückt nach einer Nacht zusammen mit den Leichen seiner Kameraden. Ivar hingegen schien es nichts auszumachen, nicht etwa, weil er Grausamkeit liebte, dachte Einar, sondern weil er sich nicht vorstellen könnte, selbst in eine so unterwürfige Situation zu geraten.

»Wo ist das Lager?«, fragte Omund. »Wie viele Männer?«

Der Gefangene ließ den Kopf hängen. »Das Lager am nördlichen Vorgebirge. Fünfzig Männer.«

Gyda nickte Omund zu. »Kein Problem für unsere vereinten Kräfte.«

Ivar hob den Kopf. »Dann kennt ihr das Lager also, Herrin?«

»Ich kenne es«, sagte Omund. Einar ließ sich nichts anmerken. Natürlich wusste Omund, wo es war, denn bis gestern war Frode ja noch ein Verbündeter gewesen. »Macht euch bereit für den Abmarsch, bevor die Sonne über das südliche Vorgebirge aufsteigt.«

Einar holte sich seine Lederrüstung aus Gydas Halle und kam damit zurück, damit ihm jemand beim Anlegen half. Von den dreien hatte Dagfinn die schönste Rüstung, Ivar die neueste und Einar die älteste, die nicht nur Spuren seiner eigenen Scharmützel mit räuberischen Banden aufwies, sondern auch schon die seines Vaters, der sie als junger Mann getragen hatte, bevor Harald ihm eine neue aus Stahl anfertigen ließ.

»Bin ich froh, dass dir nichts passiert ist«, sagte Ivar zu Einar, der gerade einen seiner Riemen festband. »Tu mir das ja nie wieder an! Du hättest mir zumindest sagen müssen, was du vorhattest.«

»Das habe ich ja selbst nicht so recht gewusst«, sagte Einar, dem Ivars Sorge um ihn das Herz erwärmte.

»Du drängst dich immer in den Vordergrund«, klagte Ivar gutmütig. »Lass mal deinen langsamen Bruder nach vorne kommen, damit der auch ein wenig Ruhm abbekommt.«

Einar hörte einen Anklang von Kritik aus diesen Worten, wie sie von seinem Vater hätte kommen können. Dagfinn grinste sich eins über diese Zeichen gegenseitiger brüderlicher Hilfe. »Der Blonde hilft dem Schwarzkopf, und der Schwarze hilft dem Blondschopf«, sagte er.

Einar zog sich den Helm über sein blondes Haar. »Keine schlechte Strophe«, sagte er. »Daraus kannst du ein Lied machen, wenn wir die Schlacht gewonnen haben.«

Sie marschierten Omund hinterher auf das Vorgebirge zu. Er hatte ihnen gesagt, das Lager befände sich in einem flachen Hain auf halber Höhe am Hang eines der Berge, dessen Bäume, obwohl sie Sichtschutz boten, dennoch weit genug auseinanderstanden, um Zelte zwischen ihnen aufstellen zu können. Es gab drei Zugangspfade aus verschiedenen Richtungen, sodass es schwierig sein würde, die Männer einzukesseln.

Bevor die Männer den Anstieg zum Lager von der Ebene des Hordalands angingen, gab Omund seine Befehle aus. »Hier teilen wir uns auf«, sagte er. »Drei Königssöhne, drei Abteilungen.«

»Ich bleibe bei Ivar«, widersprach ihm Einar. Es waren so viele Krieger Gydas unter ihnen, dass er sichergehen wollte, Ivar jederzeit schützen zu können.

»Ich schaffe das schon alleine«, sagte Ivar.

»Nachdem du mich so ausgeschimpft hast? Niemals. Ich bleibe an deiner Seite.« Dann, an Omund gewandt, sagte er: »Du kannst eine der drei Abteilungen selbst anführen. Ich habe einen

Eid abgelegt, beim Kampf immer an der Seite meines Bruders zu stehen.«

»Ich brauche doch kein Kindermädchen«, protestierte Ivar. »Ich will alleine führen, so wie du es getan hast.«

»Ich habe einen Eid geschworen.« Einar schüttelte Ivar am Arm. »Genauso wie du, scheint mir. Keiner von uns geht in die Schlacht ohne den andern.«

»Also gut«, gab Ivar nach. »Königinnen treten wir zwar einzeln gegenüber, aber Banditenanführern zusammen. Die Götter würden uns sonst zürnen.«

Dagfinn sah Einar genervt an. »Ihr seid doch gar nicht weit voneinander entfernt«, sagte er.

Ivar wollte etwas erwidern, doch Omund schnitt ihm das Wort ab. »Lasst das jetzt. An dem Tag, wo ich einen Jungen brauche, um mich in die Schlacht zu führen, stürze ich mich ins Schwert. Ich führe eine Abteilung an, Dagfinn Haraldsson die andere, und bei der dritten macht ihr zwei Prinzen das zwischen euch beiden aus.«

»Ivar«, sagte Einar rasch, bevor noch Einwände kommen konnten. »Er führt an.«

Omund nickte. »Passt auf Wachen auf«, sagte er. »Es gibt bestimmt versteckte Wachposten.«

Der Hang war steiler, als sie gedacht hatten. Ivar und Einar hatten genügend Puste, schnell hinaufzuklettern, aber einige von Gydas Kriegern, die mehr Feste feierten als kämpften, kamen schnell ins Schnaufen. Als die Bäume es unmöglich machten, zu zweit nebeneinander herzugehen, lief einer von Gydas Kriegern voraus, um ihnen den Weg zu zeigen. Sie folgten einem Wildpfad zwischen Nadelbäumen, und die trockenen Nadeln regneten auf jeden der Männer herab, der vorbeiging.

Ein Krachen war in einiger Entfernung von Einar zu hören,

gefolgt von einem Schrei. Zwei Männer kämpften im Gestrüpp vor ihnen: Einer von Gydas Kriegern war dabei, einen von Frodes Wachposten zu töten, oder wenigstens versuchte er es. Der Verwundete stolperte an ihnen vorbei, bevor er sich im Geäst eines Baumes verfing. Er presste sich die blutüberströmte Faust in den Bauch. Einar erfasste schnell die Situation: Der Wachposten hatte eine Stichwunde in den Unterleib abbekommen und würde nicht überleben, doch sein Schreien würde alle seine Kameraden auf sie aufmerksam machen. Er ergriff den Mann an einer fettigen Haarsträhne, zückte den Dolch, riss den Kopf des Mannes nach hinten und schnitt ihm die Kehle durch, sodass er endlich still war. Er versicherte sich ringsum, dass niemand mitbekommen hatte, wie sehr ihn das anekelte.

Einer der Männer Frodes rannte aus dem Schutz der Bäume vorbei an Einar und direkt in die gezückten Schwerter von Gydas Kriegern. Sein Haar war genauso fettig und strähnig wie das des Mannes, den Einar erledigt hatte.

Einar warf seinen Dolch auf einen anderen Angreifer. Er traf ihn unterhalb der Rippen, sodass der Mann über einer kleinen Kiefer zusammenbrach, die seinen Fall verlangsamte. Als Einar sich näherte, um seinen Dolch herauszuziehen, holte der Mann mit einer Keule aus und schwang sie gegen Einars Schädel, sodass ihm die Ohren klingelten.

Er krabbelte außer Reichweite, als der Mann ihm nachstürzte, stolperte und auf dem Gesicht landete. Auf allen vieren kroch er Einar hinterher, der sich rückwärtskrabbelnd in Sicherheit brachte, wobei Zweige an ihm zerrten wie Feindesfinger. Doch das Leben des Mannes zerrann, bevor er Einar erreichen konnte. Die Tannennadeln, die sich in seiner Kleidung verfangen hatten, gaben ihm den Anschein, als hätte der Waldboden ihn bereits für sich reklamiert.

Gydas Gefangener hatte zwar die Anzahl der Männer übertrieben, nicht aber ihren Kampfesmut. Frodes Männer fochten alle zäh. Einar rollte sein Opfer auf den Rücken und zog den Dolch heraus. Dann hörte er einen Aufschrei und lief in diese Richtung. Einen Augenblick später erreichte er das Lager und sah, dass die Kämpfe zum großen Teil schon eingestellt und Frodes Männer besiegt waren. Nur sein Bruder kämpfte noch mit einem Mann, der so reich gekleidet war, dass es nur Frode selbst sein konnte.

»Nein, er gehört mir«, rief Ivar, als er sah, dass Einar sich näherte.

Ivar sah aus wie der Held einer Heldensage. Er kämpfte mit Kraft und Stärke und verwandte kaum Finten. Einar wusste, dass man schwer gegen ihn ankam, aber er hätte sich gewünscht, dass sein Bruder etwas listiger vorgegangen wäre. Aber dennoch, Ivar war jünger und schneller als sein Gegner, der sich jedes Mal, wenn er Ivars Deckung durchbrechen wollte, eine Schnittwunde holte.

Ivar drängte Frode zurück, bis er ihn gegen eines der Zelte manövriert hatte. Frode stolperte über eine Zeltstange und fiel. Ivar wartete, bis er sich wieder aufgerichtet hatte und auf den Beinen stand. Einar fand es eigentlich grausam, den Tod des Mannes hinauszuzögern, aber Ivar hielt es anscheinend für fairer – auf dem Übungsplatz würde er nie einen Gegner angreifen, der gestolpert war, und schon gar nicht, wenn er selbst besser war als der andere. Frode stand nun wieder und hielt sein Schwert tiefer als zuvor, vor Anstrengung zitternd. Ivar würde ihn bald besiegen. Aus den Augenwinkeln nahm Einar plötzlich etwas wahr. Er wusste nicht, was es war, doch instinktiv rannte er hinüber zu Ivar. Zwar kam er nicht rechtzeitig an, aber der Gegenstand hatte offensichtlich sein Ziel verfehlt, denn er flog über Ivars und Frodes Schultern und überraschte sie beide. Einar konnte gerade noch anhalten, um seinen Bruder nicht umzurennen.

»Geh mir aus dem Weg!« rief Ivar.

Einar zog sich zurück. Er sah, wie Dagfinn sein Schwert wieder zückte und der Person nachging, die den Gegenstand geworfen hatte. Frode benutzte diesen Augenblick der Ablenkung, um mit seiner anderen Hand den Dolch zu ziehen und Ivar übers Gesicht zu fahren. Ein dünner roter Faden zog sich nun über seine Wange hinweg. Ivar zuckte zusammen.

Frode machte noch einen Ausfall und schlug diesmal mit seinem Schwert eine Wunde entlang Ivars Flanke. Dabei durchtrennte er die Lederriemen, die Ivars Rüstung zusammenhielten und schnitt in das darunterliegende Fleisch. Ivar stöhnte vor Schmerz.

Einar ging einen Schritt auf ihn zu, er konnte einfach nicht anders. Doch Ivar wollte seine Hilfe nicht, und diese Wunden waren eher ein Ärgernis als eine Behinderung. Ivar kämpfte nun verzweifelter, und Frode griff ihn mit neuer Kraft an, machte sich den Wechsel des Kampfglücks zunutze. Doch Frodes Energieausbruch war nicht von Dauer, und beim nächsten Ausfall stolperte er über eine Wurzel und fiel in das Schwert, das Ivar für ihn bereithielt. Diese Wunde war noch nicht tödlich, Ivars nächster Hieb aber schon, als er Frode fast den Kopf abtrennte. Blut spritzte hoch und bedeckte Ivars Gesicht mit einer kruden Maske.

»Warum hast du mir denn nicht geholfen?«, rief Ivar, als er sein Schwert herauszerrte. Seine Stimme und die ruckartigen Bewegungen zeigten seine Panik an. Heute hatte Ivar Todesangst empfunden, vielleicht zum ersten Mal. »Er hätte mich fast umgebracht!«

Einar ging zu ihm hinüber und versuchte, sich die Wunde an Ivars Flanke anzusehen. »Was hast du denn gedacht, worum es hier geht?«, fragte er. Er war aufgewühlt von ganz unterschiedlichen Regungen: Angst um Ivars Leben, Verärgerung darüber, dass Ivar ihm nicht vertraut hatte, Wut auf Ivar, dass er sich der Lebensgefahr ausgesetzt hatte und nicht so gut gekämpft hatte, wie er es hätte können. Aber andererseits auch ein Gefühl der Besitzergreifung und Befriedigung: Es würde eine Weile dauern, bis Ivar seinen Rat wieder einmal ignorierte oder versuchte, seinem Schutz zu entkommen. »Du hast mich weggeschickt, und ich habe dir gehorcht. Ich habe einfach nur einem Befehl meines Herrn gehorcht.«

»Du ...«, fing Ivar an, machte schwankend einen Schritt auf ihn zu und ging dann in die Knie.

Einar half ihm nach unten, bis er auf dem Boden saß. Durch das Blut in Ivars Gesicht konnte er dessen Gesichtsausdruck nicht erkennen, was ihm mehr Sorge bereitete als alles andere. »Komm«, sagte er, »wir gehen dich waschen und sehen nach, ob du eine Heilerin brauchst.«

Ivar schaute an seiner Rüstung hinunter, die ihm locker an der Seite hing. Er drückte seine Hand auf die Schnittwunde und zuckte zusammen, als seine Finger danach mit hellerem Blut als dem auf seinem Gesicht bedeckt waren.

»Das ist nicht so schlimm«, beruhigte ihn Einar. »Es wird noch eine Weile wehtun, wenn du dich bewegst, aber es wird heilen, das verspreche ich dir, und dann bist du wieder gesund.« Er sah sich um. Ein herabstürzender Gebirgsbach war die Wasserquelle des Lagers. Einar ging hin und tränkte dort ein Tuch, das er aus seiner Gürteltasche entnommen hatte. Dann ging er wieder zu Ivar zurück, um ihm das Blut vom Gesicht zu wischen.

»Ich hatte alles unter Kontrolle, bis der ... irgendjemand hat einen Stein geworfen.«

»Ja«, sagte Einar. Das Blut war klebrig und wollte sich nicht abwischen lassen. »Das kommt öfter vor.«

»Das hat er ausgenutzt, da hat er mich verwundet. Er hätte mich fast umgebracht.« Ivar verdrehte den Oberkörper, um die Wunde wieder abzutasten, und stöhnte auf vor Schmerz. Einar spürte einen Schatten von Ivars Schmerz an seiner eigenen Flanke. Es war, als würde sich der Eid, mit dem sie einander verbunden waren, auch auf diese Erfahrung erstrecken. Er hätte Ivar den Schmerz gern genommen und ihn selbst ertragen.

»Das hätte er niemals geschafft, so wie du um dein Leben gekämpft hast. So solltest du jeden Kampf austragen, denn deine Gegner kämpfen ebenfalls so.«

Ivar nickte und betastete noch immer seine Wunde. Einar half ihm, sich seiner Rüstung und Tunika zu entledigen, damit sie die Wunde besser sehen konnten, dunkelrot im blassen Fleisch. Sie war nicht besonders tief, aber auch nicht ganz harmlos. Wenn Ivar sich bewegte, blitzte etwas Weißes darin auf, was eventuell auf eine Rippe schließen lassen könnte. Was sein Vater wohl dazu sagen würde? Eine Entschuldigung hatte Einar zumindest – sein Vater konnte unmöglich wollen, das Ivar ein Schwächling wurde. Das sollte ihm heute eine gute Lehre gewesen sein.

»Ich muss jemanden finden, der die Wunde zunäht«, sagte Einar.

»Lass mich nicht allein«, bat Ivar.

»Ich bin gleich wieder da«, versicherte Einar.

Nun, nach der Schlacht, sah Frodes Lager schlimm aus. Gydas Männer zogen die Toten beiseite, damit sie das Wasser nicht verunreinigen konnten. Auch in den eigenen Reihen waren einige Männer gefallen; Einar konnte sie an ihrer sauberen Kleidung und den gestutzten Bärten erkennen. Die anderen waren Frodes Männer.

Von der Dienerschaft und den Hörigen waren einige Frauen gegen ein Brombeerdickicht gedrängt worden. Einar blickte weg, als er sah, das Dagfinn sich an einer der Gefangenen zu schaffen machte. Dagfinns riesige Statur verbarg die Frau dabei fast vollkommen.

Ein altes Weib saß an einem Feuer am Rande des Lagers und rührte in einem köchelnden Kessel. Vorsichtig, mit gezücktem Schwert, näherte Einar sich ihr.

»Großmutter, kannst du eine Wunde gut vernähen?«, fragte er sie.

Sie wandte ihm ihr Gesicht zu, sodass er erkennen konnte, dass ihre andere Gesichtshälfte verbrannt war – die Haut verzerrt und steif, von Narben durchzogen. Auch ihre Hand, die den Stock ins Feuer hielt, war zu einer unbeweglichen Kralle vernarbt. Auf der verbrannten Seite fehlte das Auge, und auch die Lippen waren weg, sodass der Mund dort zu einem schmalen Strich wurde, der unbewegt blieb, während sie an einem Zweig kaute.

»Ach lass nur«, murmelte er. Diese Alte war wohl für nichts als ihre jetzige Tätigkeit zu gebrauchen.

»Tu's doch selbst, junger Einar«, hörte er sie mit krächzender Stimme sagen. »Du wirst nicht mehr viel Gelegenheit haben, ihm zu helfen.«

»Was?«, rief Einar. Die Frau könnte eine Hexe sein, weil sie seinen Namen kannte. Er sollte zwar nicht abergläubisch sein, doch diese halb verbrannte Alte sah tatsächlich aus wie die Totengöttin Hel.

»Du hast mich schon richtig gehört, Jarl Einar«, sagte sie, »und du weißt auch, dass ich die Wahrheit sage.«

»Ich weiß nichts dergleichen, du alte Hexe«, stieß Einar hervor.

»Doch, doch, ich spreche die Wahrheit«, versicherte sie kichernd. »Du weißt selbst, dass du diese Zukunft fürchtest und sie doch herbeisehnst.«

»Was soll das für eine Zukunft sein? Ich bin doch kein Jarl.«

Sie lachte gackernd und stieß mit dem Stock wieder ins Feuer. »Vor diesem Schicksal gibt es nur einen Ausweg«, sagte sie und schnellte rascher herum, als man es einer Alten zugetraut hätte. Den Stock hielt sie dabei hoch, sodass dessen glühendes Ende seinem Auge bedenklich nahe kam.

Instinktiv, ohne nachzudenken, stieß Einar ihr sein Schwert unter den Rippen hindurch ins Herz. Sie fiel zurück, umklammerte die Klinge mit beiden Händen und lag dann still. Einar zerrte sein Schwert heraus und sah, dass die heile Hälfte ihres Gesichts ein Lächeln trug.

Er stolperte und fiel hin unter einem wilden Ansturm von Schwindelgefühlen. Der brennende Stock kokelte auf den Blättern am Boden. Einar stampfte ihn mit dem Fuß aus.

Dagfinn kam zu ihm herüber, noch am Verschluss seiner Hose nestelnd. »Was hat die Frau dir denn angetan?«, fragte er.

»Sie hat etwas gesagt …« Nichts, was Einar jetzt laut aussprechen sollte.

Dagfinn griff nach dem Gesicht der Frau und drehte es Einar zu. Ihr auseinanderklaffender Kiefer wies zwischen den abgebrochenen Zähnen den Stumpf einer Zunge auf, die schon vor Jahren abgeschnitten worden sein musste. Dagfinn sah Einar an. »Die konnte doch gar nichts sagen.«

Kapitel 10

Ragnvald wollte in Vestfold am frühen Morgen ankommen, wenn die meisten von Haralds Kriegern noch in ihren Betten lägen. Sie feierten oft bis in die Nacht, schliefen spät ein und erwachten noch später mit schmerzenden Köpfen. Sprichwörter mochten davor warnen, zu viel trinken sei schändlich für einen Mann, doch es war keine Schande, vor der sich viele fürchteten.

Die Sonne verbarg sich noch hinter den Hügeln rund um den Oslo-Fjord, als Ragnvald von seinem Schiff aus die Siedlung Vestfold sichtete. Er weckte Sigurd, der auf einer der Ruderbänke gedöst hatte.

Der Wind frischte auf, und Ragnvald zog seinen Mantel aus schwarzem Wollstoff, den Hilda selbst gesponnen und gewoben hatte, enger um die Schultern. Sie waren jetzt seit fast zwanzig Jahren verheiratet, obwohl er immer wieder lange Zeiten weit von ihr entfernt gewesen war. Ihre Ehe verlief in einem langsamen Wechsel der Gezeiten, und die Phasen der Abwesenheit und des Zusammenseins waren sowohl süß als auch bitter.

Inmitten der kleinen Gruppe, die sich am Ufer versammelt hatte, um das Herankommen des Schiffs zu beobachten, erkannte Ragnvald Hildas stämmige Gestalt. Bisweilen hatte er bereut, sie zur Frau gewählt zu haben, und er hätte sich eine gewünscht, die ihm bei der Bewahrung des Friedens in Norwegen eine bessere Partnerin sein könnte, aber nun erfüllte Svanhild diese Aufgabe, während Hilda ihm sein Zuhause bereitete und seine Kinder großzog. Und während seiner Genesungszeit nach Solvis Folter, als Alfrith ihm seine Finger gebrochen und wieder gerichtet hatte, hatte er Hildas Trost und Pflege genossen und sie nach den schwierigen Anfängen seiner Ehe schätzen gelernt.

Das Schiff erreichte das Ufer, und Ragnvald kletterte hinunter und ging im schwankenden Seemannsgang auf sie zu. Sie schenkte ihm ein besorgtes Lächeln, und er hätte gern gleich genauer nachgefragt, doch nach seinem Begrüßungskuss wandte sie sich sogleich Thorir zu – fast ein Jahr war vergangen, seit sie ihn zuletzt gesehen hatte, und sie rief staunend aus, er sei mittlerweile ja größer als sie selbst.

Ragnvald rieb seine Knöchel, während sie Sigurd umarmte und Thorirs Bartansatz bemerkte. Seine Hände schmerzten immer von der Feuchtigkeit der Seereisen, und ihm war die Salbe ausgegangen, die Alfrith ihm zubereitet hatte, mit Minze, die den Schmerz linderte. Vielleicht hatte er deshalb im Schwertkampf den Kürzeren gezogen, als er mit Thorir in Jütland trainiert hatte. Einerlei, er musste der Tatsache ins Auge sehen: Bald würde er sein Schwert niederlegen müssen und die Königswürde über Sogn und Møre Ivar und Thorir überlassen. Er würde ihr Erbe nicht dadurch riskieren, dass er über seine kampffähigen Tage hinaus an seinem Thron festhielt.

»Was für ein Glück habe ich, dass du schon wach bist«, sagte Ragnvald zu Hilda, als Sigurd, Thorir und Gudrod schon zur Halle vorausgingen, um etwas zum Frühstück zu suchen. »Ich bin sicher, alle anderen in Vestfold schlafen noch.«

Sie lächelte und senkte den Blick. »Frauen stehen früh auf.«

»Du stehst früh auf, beste aller Ehefrauen«, sagte er.

Sie wirkte immer noch beunruhigt, und Ragnvald rief seinem

Sohn hinterher: »Thorir, du und Gudrod, ihr schaut erst nach, ob das Schiff gesichert und ausgeladen ist. Danach könnt ihr frühstücken.«

Sie gehorchten und gingen mit schleppenden Schritten zurück, während Ragnvald Hilda außer Hörweite führte. Er spürte, wie ihre Besorgnis mit jedem Schritt wuchs. »Was ist los?«

»Ich habe Nachricht von Rolli«, sagte sie in dem matten Tonfall, in den sie verfiel, wenn sie besorgt oder zornig war. »Und von Hallbjorn. Aldi sagt, Rolli habe seine Schiffe attackiert, seinen Sohn getötet, Freydis entführt und einige seiner Männer in die Sklaverei verkauft.«

Es war zu viel auf einmal, um es auf Anhieb zu verstehen. Ragnvald schüttelte den Kopf und konnte sich nur schwer vorstellen, dass sein glücklicher, erst fünfzehnjähriger Sohn diese Dinge getan haben sollte. »Und Rolli ist nicht nach Vestfold zurückgekehrt?«, sagte er.

»Nein«, erwiderte Hilda.

»Das macht es umso wahrscheinlicher, dass daran etwas wahr ist«, sinnierte Ragnvald. »Bist du dir sicher?«

»Aldi ist mit der Leiche seines Sohnes zurückgekommen. Ich wünschte, er hätte die Anschuldigung irrtümlich gemacht und könnte dafür zur Rechenschaft gezogen werden, aber ...« Sie breitete hilflos die Arme aus.

»Ich werde das genauer in Erfahrung bringen«, versprach Ragnvald.

»Aldi will Gerechtigkeit fordern«, sagte Hilda.

»Und er muss sie bekommen«, entgegnete Ragnvald. »Aber zunächst muss ich mehr darüber wissen.«

Hildas Augen schwammen in Tränen, und Ragnvald versuchte, sie zu trösten. »Jedenfalls, was immer geschieht, ich werde mich um ihn kümmern«, versprach er. »Ganz gleich, was

Aldi fordert, ich werde zumindest sicherstellen, dass er einem Todesurteil entkommt.«

• • •

Wie Ragnvald befürchtet hatte, hörte er von Haralds Kriegern keine Andeutungen, dass sich Harald den Winter über oft hatte blicken lassen. Diener brachten das Essen in seine private Halle und holten seine schmutzigen Kleider zum Waschen ab, aber nur wenige hatten ihn selber gesehen.

Ragnvald bestach einen Diener, ihn in den Außenraum von Haralds Halle zu lassen. Er hörte leise Stimmen aus dem Bett, das vom Hauptraum durch einen Vorhang abgetrennt war, aber zumindest klang es nicht nach wildem Liebesspiel mit Snaefrid. Und wenn es so gewesen wäre, hatte Ragnvald beschlossen, seine Verlegenheit herunterzuschlucken und so lange zu warten, bis sie fertig waren.

Der Diener sagte vom Vorhang aus ein paar Worte zu Harald, und einen Moment später erschien Harald nur mit kurzen Hosen bekleidet. Er erschauerte, griff nach einer Schaffelldecke und warf sie sich um die Schultern. In Fell gekleidet und mit langem, verfilztem Haar sah er aus wie ein wilder Riese aus einer Sage. Er nickte Ragnvald grüßend zu und setzte sich schwerfällig auf einen Stuhl. Er war noch immer ein gut gebauter Mann, aber Ragnvald bemerkte einen Fettansatz um seine Taille, der vor einem Jahr noch nicht da gewesen war.

»Was gibt's?«, fragte Harald ungeduldig. »Das letzte Mal, als wir gesprochen haben, habe ich nicht geglaubt, dass du mich noch einmal aufsuchst. Bist du gekommen, um dich bei meiner Frau zu entschuldigen?«

»Das werde ich«, antwortete Ragnvald. Er hatte Harald gesagt, er solle sich von Snaefried scheiden lassen, und würde sich entschuldigen, wenn es Harald half, ihn anzuhören.

»Bist du deshalb gekommen?«, fragte Harald. Er nahm einen Schluck von dem Bier, das ihm der wartende Diener eingeschenkt hatte. »Ich hätte niemand sonst erlaubt, mich zu stören.«

Unwillkürlich hellte sich Ragnvalds Stimmung auf – Harald schätzte ihn noch immer. »Ich bin gerade aus Jütland zurückgekehrt, wo ich versucht habe, für dich ein Bündnis mit König Erik zu schmieden«, erklärte er.

»Brauche ich dieses Bündnis?«, fragte Harald. »Oder hast du versucht, mir noch eine weitere Verpflichtung aufzubürden, ohne mich zu fragen?«

»Wenn wir kein Bündnis schließen mit jemandem auf der anderen Seite der Meerenge, dann verlieren wir Einkünfte von den Schiffen, die durchfahren wollen«, erklärte Ragnvald. Er hätte zu Hause bleiben sollen, wenn Harald so wenig Wert darauf legte. »Es wäre keine weitere Verpflichtung, nur mehr Reichtum. Aber ich hatte keinen Erfolg. Dein Sohn Halfdan war vor mir da. Er schmiedet Bündnisse mit vielen deiner Feinde, und ich glaube, er plant eine Rebellion gegen dich.«

»Oder er schafft es besser, Allianzen zu schmieden, als du«, erwiderte Harald und hob eine Augenbraue. »Heißt das, dass Eriks Tochter lieber Halfdan heiratet als Gudrod? Es scheint keine Rolle zu spielen, welchen meiner Söhne sie zum Mann nimmt. Aber du hast Halfdan noch nie gemocht.«

»Erik hat mir erzählt, dass Halfdan gekommen ist, um sich mit ihm gegen dich zu verbünden«, entgegnete Ragnvald.

Harald tat das mit einer Handbewegung ab. »Er sät Unfrieden. Er will nichts lieber, als dass du, ich und alle meine Söhne sich gegenseitig bekämpfen, während er die Beute aus dem Schiffsverkehr der Meerenge einsacken kann.«

»Das stimmt«, bestätigte Ragnvald. Wenn Harald seinem Sohn keine Disziplin beibringen wollte, dann musste Ragnvald einen Weg finden, das zu tun. Sollte er ihn gegen jemand gleichermaßen Gefährlichen einsetzen, wie er das mit Atli und Hakon getan hatte? Aber der Einzige, der ihm in den Sinn kam und der dazu bereit und fähig wäre, war Einar, und das würde dessen Tod oder Verbannung bedeuten, wenn es ihm gelänge.

»Erik wollte keine endgültige Entscheidung treffen«, berichtete Ragnvald. »Ranka – seine Tochter – hätte Halfdan vielleicht im Geheimen geheiratet, aber er denkt auch darüber nach, sie mit dir zu verheiraten oder mit mir. Aber er wollte sie nicht mit Gudrod verheiraten.«

Harald lachte. »Mit dir? Du weißt ja schon kaum, was du mit einer Frau anfangen sollst.«

Ragnvald lächelte, obwohl ihn Haralds Worte schmerzten. Er hatte eine Frau, eine Konkubine, und er hatte sechs Söhne gezeugt, eine vernünftigere Zahl als Haralds zwanzig oder mehr.

»Und was höre ich da über deinen Sohn Rolli?«, fragte Harald. »Dieser Junge ist dazu geboren, in Schwierigkeiten zu geraten.«

Ragnvald wiederholte, was er wusste.

»Es scheint mir wahrscheinlich, dass Hallbjorn daran schuld ist«, meinte Harald. »Aber mein Onkel hat mich auch schon deswegen aufgesucht. Seiner Geliebten Vigdis wird es nicht passen, dass Hallbjorn die ganze Schuld auf sich nehmen soll.«

»Ich werde das erforderliche Wergeld zahlen«, versicherte Ragnvald.

Ragnvald hatte eine Ächtung gegenüber Hilda erwähnt, aber wenn Harald darüber sprach und dabei Rollis Schicksal so leicht nahm, ohne seine Kammer zu verlassen, um selbst Genaueres darüber zu erfahren, dann fand Ragnvald das schwerer verdaulich. »Dann könnte ihn jeder töten«, sagte er mit belegter Stimme.

»Ich habe von meinem Onkel einen anderen Vorschlag gehört«, erwiderte Harald. »Gib Sogn an Aldis Familie zurück. Lass seinen nächsten Sohn das Land erben. Du und Aldi, ihr habt den gleichen Ururgroßvater, wenn ich mich richtig erinnere. Ich bin sicher, Aldi würde alles Mögliche verzeihen, um seine Sippe wieder auf den Thron von Sogn zu bringen.«

»Du hast Sogn mir versprochen«, sagte Ragnvald. »Du hast einen Eid geschworen und meiner Familie den Thron zurückgegeben.« Harald legte viel Wert auf Eide und weigerte sich, irgendjemand ihm gegenüber Treue schwören zu lassen, wenn er anderweitig durch Eid gebunden war. »Mein Großvater war König dort, bevor mein Vater sein Land verlor. Die Arbeit meines gesamten Lebens war es, die Fehler meines Vaters zu korrigieren und meinen Sohn auf den Thron von Sogn zu bringen, wie es die Götter vorgesehen hatten.«

»Ich dachte, deine Lebensaufgabe sei es, mir zu dienen«, sagte Harald. »Ja, ich habe das geschworen. Aber du könntest Sogn für deinen Sohn aufgeben.«

»Warum willst du das?«, fragte Ragnvald zornig.

»Es gibt Leute, die sagen, du hättest zu viel Macht und dass du mit meiner konkurrierst. Ich habe solche Gerüchte gehört.«

Harald sah Ragnvald auf eine Weise an, dass er das Gefühl hatte, als wären all seine rebellischen Gedanken offengelegt worden. Er verkniff sich eine Erwiderung über die anderen Gerüchte, jene, denen Harald mehr Gewicht beimessen sollte, nämlich, dass er seinem Thron entsagt habe und von einer finnischen Zauberin betört worden sei. »Ich bin dir gegenüber loyal«, sagte Ragnvald. »Ich habe nicht um Møre gebeten. Es ist nicht das Land meiner Vorfahren. Du wolltest, dass ich es bewache und mein eigenes Sogn aufgebe.«

»Und jetzt will Erik seine Tochter mit dir vermählen«, sagte Harald.

»Was ich abgelehnt habe …« Ragnvald brach ab, als Snaefrid hinter dem Vorhang auftauchte. Sie trug nur ein Seidengewand, das ihren Körper umschmeichelte wie fließendes Wasser.

Sie lächelte Ragnvald scheu an, dann senkte sie den Kopf, sodass ihr blondes Haar über ihr Gesicht fiel. Es war so fein, dass es eher wie eine Wolke um sie schwebte, statt herabzuhängen. Ragnvald liebte Hildas langes, dichtes Haar, das glatt und dunkel und stark war wie ein dickes Seil, und auch Alfriths, diesen schweren Vorhang aus Schwarz und Weiß, der ihn an einen schneebedeckten Wald erinnerte, aber Snaefrids Haar passte zu ihr. Sie hatte lang gezogene, halb von den Lidern bedeckte Augen und einen so starken Überbiss, dass es fast wie eine Missbildung aussah, aber sehr verführerisch wirkte. Ihre Stimme war sanft und kindisch, sie hatte einen schweren Akzent von ihrer Muttersprache, der magischen Sprache der Finnen, die nur jene sprechen konnten, die damit aufwuchsen.

Sie flüsterte Harald etwas ins Ohr, und er zog sie auf seinen Schoß. »Gibt es sonst noch etwas, das du mir sagen musst?«, fragte er Ragnvald, während er Snaefrid ansah.

»Svanhild ist noch nicht aus Schonen zurückgekehrt«, sagte Ragnvald. »Ich mache mir Sorgen.«

»Diese Frau kann auf sich selbst aufpassen«, erwiderte Harald. »Nur zu gut.«

Snaefrid küsste seinen Hals. »Obwohl, wenn sie nicht vor der Hochzeit zurückkommt, sollten wir eine Truppe schicken, um sie zu holen. Was gibt es sonst noch?«

»Prinzessin Gyda kommt bald, in Erfüllung deines Schwurs,

ganz Norwegen zu erobern«, berichtete ihm Ragnvald. Snaefrid nahm eine Strähne von Haralds verfilztem goldenem Haar und wickelte sie um ihr schmales Handgelenk. Harald hatte immer gesagt, Ragnvald würde der Einzige sein, der ihm einmal das Haar schneiden solle, um damit seine Vision zu erfüllen, nach der es seine Hände seien, die das matte Fell in das glänzende seines goldenen Wolfes verwandelten.

»Du solltest Gyda heiraten«, sagte Harald. »Ich würde dann dein Schwert mit ins Bett nehmen. Diese Frau hat nichts Weiches an sich.«

Ragnvald dachte an Svanhild, eine andere Frau, die nichts Weiches an sich hatte – eine andere Frau, die Harald zugunsten der nachgiebigen, dahinschmelzenden Snaefrid zurückgewiesen hatte. Wenn Harald Svanhild – oder Gyda – nicht mit Zärtlichkeit belohnen wollte, würde Ragnvald sicherstellen, dass er sie mit Gold und Macht ausstattete. »Du hast es geschworen«, sagte er.

»Du bist wie immer mein Gewissen.« Harald hob seinen Becher, um ihm zuzuprosten, und Ragnvald erwiderte die Geste. »Nun gut. Ich werde diesen Ort verlassen, wenn meine Dame mich lässt.«

»Noch nicht«, sagte Snaefrid und zog Harald hinter die Vorhänge zurück.

• • •

Weitere Schiffe kamen im Laufe des nächsten Tages an, viele von ihnen tiefbäuchige Knarrboote mit dunkel verwitterten Segeln, die Vorräte für das Hochzeitsfest brachten. Auch Schiffe der Gäste legten an – selbst die zahlreichen Hallen und Außengebäude von Vestfold würden überfüllt sein, um all diese Besucher zu beherbergen. Ragnvald blickte auf die Zelte, die auf jedem flachen Flecken Erde standen, und musste unweigerlich an all die Distrikte Norwegens denken, die jetzt ohne Schutz waren. Arnfast bewachte Tafjord für ihn. Er fragte sich, wer über Sogn wachte, das Land seiner Vorfahren – aber Aldi konnte er nicht bitten.

Harald tauchte nicht auf, als Einar und Ivar am späten Nachmittag mit Gyda eintrafen, gerade rechtzeitig zum Abendessen. In Haralds Abwesenheit ging Ragnvald an den Strand, um sie willkommen zu heißen. Einar half Gyda mit einer Fürsorglichkeit vom Schiff, die Ragnvald stolz machte. Seine Söhne wuchsen zu weit besseren Männern heran als Haralds.

Ivar half einer von Gydas Nichten, die nach ihr kam, ein rundliches Mädchen mit Gydas scharfen Gesichtszügen, das aber trotz seines dicklichen Gesichts immer noch hübsch war.

»Vater!«, rief Ivar und begrüßte Ragnvald mit einer Umarmung, obwohl er zusammenzuckte, als er ihn wieder losließ.

»Sohn, was ist mit dir?«, fragte Ragnvald.

»Ich habe eine Wunde abbekommen, als ich in den Bergen von Hordaland gegen irgendwelche Banditen gekämpft habe«, erwiderte Ivar, ganz stolz auf sich.

»Gegen Aufständische«, erläuterte Einar. »Sie sind erledigt. Ivar hat Frode getötet, der sich selbst König nannte.« So wie er Ragnvald dabei ansah, war klar, dass die Geschichte noch weiterging.

»Gut gemacht, Ivar«, lobte Ragnvald. »Über dich werden Lieder gesungen werden.«

»Einar hat mehr getan als ich«, räumte Ivar ein, als Ragnvald sich abwandte, um Haralds Mutter Ronhild zu begrüßen, die zum Strand herunterkam, gefolgt von Dienern, die Becher mit Bier trugen, um die Gäste willkommen zu heißen. Sie bat die Ankömmlinge, ihr zum Festmahl in Vestfolds größte Halle zu folgen, und die Männer taten wie geheißen.

Im warmen Wetter dieses Tages servierte Ronhild vorwiegend kalte Speisen: Fruchtkompott, Porridge mit Joghurt und kalten Geflügelbraten, der so zart und fetttriefend war, dass ihn auch ein Zahnloser essen konnte. Oddi saß neben Einar, und die beiden unterhielten sich fast die ganze Mahlzeit über mit leiser Stimme. Wenigstens hatte Ragnvalds Zerwürfnis mit Oddi diese Freundschaft nicht zerstört. Einar würde von Oddis Vorbild profitieren – von einem Mann, der seinen eigenen Ehrgeiz zugunsten des Dienstes an anderen zurückgestellt hatte, zuerst für Ragnvald, und jetzt für seinen Bruder Heming.

Ivar saß heben seinem Bruder, scherzte mit Haralds Söhnen und schloss sich dem Spiel der jungen Männer an, die nach den Handgelenken und Taillen vorbeigehender Dienerinnen haschten. Sie riefen nach Bier und aßen mehr als ihren Anteil an den Speisen, und das auf eine so sorglose Art, die in Ragnvald eine herzliche Zuneigung zu ihnen allen hervorrief, obwohl er sich auch Sorgen darüber machte, dass sie künftig zu Feinden werden könnten.

Ivar zog Gydas Nichte Signy auf seinen Schoß. Sie lachte und spielte mit seinem Haar. Dagfinn versuchte sie zu kitzeln, und Ivar zog sie weg. Oddi unterhielt sich noch immer mit Einar, der bei Oddis Worten nickte, obgleich sein Blick auf dem Ehrentisch ruhte, wo Ronhild mit Gyda und Asa, Haralds erster Frau, zusammensaß. Gydas Gesicht war unergründlich, so wie Ragnvald es in Erinnerung hatte, und sie schien geistesabwesend, lächelte leicht über alles, was zu ihr gesagt wurde, aber immer ein klein wenig mit Verzögerung. Sie hatte den Gedanken, Haralds Verlobte zu sein, immer lieber gemocht als die Vorstellung, seine Frau zu werden. Wenigstens war sie mehr oder wenig freiwillig nach Vestfold gekommen – ein Distrikt weniger, aus dem Ragnvald eine Rebellion befürchten musste.

Nach mehreren Gängen schlug Ivar mit seinem Becher auf den Tisch und rief: »Komm schon, Bruder, erzähl uns eine Geschichte! Du bist besser als jeder Skalde!« Ragnvald lächelte, obwohl nichts seine Befürchtungen dämpfen konnte, dass die beiden Brüder eines Tages in Streit geraten würden. Ganz gleich, wie viele Eide und Freundschaftsversprechen und Brüderlichkeit sie aneinander banden, wie konnte ein junger Mann wie Einar nicht jede Bestätigung und Belohnung erringen wollen, die seine Fähigkeiten ihm einbringen konnten.

Einar stand auf. Er genoss es anscheinend, öffentlich zu sprechen, ohne die Scheu, die Ragnvald immer verspürte, wenn er sich an eine Menschenmenge wenden musste. Einar fürchtete sich nicht vor Lob, und er erzählte gerne eine Geschichte, da er ebenso viel Freude daran hatte, sie auszuspinnen, wie ein meisterlicher Holzschnitzer darin fand, verschlungene Tiergestalten aus der Maserung eines Holzstücks herauszuarbeiten.

»In Tafjord war letzten Winter ein Skalde aus Dublin zu Besuch«, begann Einar, »und der erzählte uns die Geschichte von dem alten irischen König Finn MacCool, seiner Frau Grainne und seinem Krieger Diarmuid. Es ist eine traurige Geschichte – wollt ihr sie hören?«

Viele jubelten begeistert ihre Zustimmung. Eine Frau, die neben Ragnvald saß, seufzte und meinte, sie würde jeder Geschichte von so einem gut aussehenden jungen Mann zuhören. Darüber musste selbst Hilda lächeln. Vor dem Tod von Hildas Vater Hrolf hatten sie und Einar beide Grundsätze des Wikingerrechts von ihm gelehrt bekommen, und Hilda hatte sich daraufhin viel freundlicher gegenüber ihrem Stiefsohn gezeigt. Bisweilen hörte Ragnvald die beiden, wie sie die Rechtsformeln voreinander wiederholten, um ihr Gedächtnis zu prüfen.

»Natürlich wollen wir sie hören!«, rief Ivar. Einar schenkte Ivar einen liebevollen Blick und legte die Hand auf Ivars Schulter, um sich abzustützen, als er über die Bank nach vorne trat.

»Sehr gut«, begann Einar. »Hier ist die Geschichte, so gut ich mich daran erinnern kann. Vor langer Zeit lebte Finn MacCool, ein großer irischer Krieger, der Anführer einer Truppe aus Irlands besten Kämpfern. In seiner Jugend war er mit einer Fee verheiratet worden, die starb, und er trauerte viele Jahre um sie – aber das ist eine Geschichte für einen anderen Tag. Als Finn älter wurde, beschloss er, wieder eine Frau zu nehmen, und seine Gunst fiel auf die schöne Grainne, deren Name der gleiche ist, wie ihn die Iren der Göttin Freya geben. Sie war ebenso schön wie Freya, diese Grainne, mit …« Er warf einen Blick zum Ehrentisch, wo Gyda saß, die seinen Blick erwiderte. »… goldenem Haar, dessen Locken das Herz eines Mannes umgarnen konnten, und Augen so blau wie einer unserer Fjorde …«

»In Irland haben sie keine Fjorde!«, rief jemand laut dazwischen.

»Einerlei, sie waren jedenfalls so blau«, parierte Einar ruhig. Wie klug von ihm, Gyda vor ihrer Hochzeit zu schmeicheln, wo Harald nicht da war, um das zu übernehmen. Sie war nicht mehr jung, und sicher sorgte sie sich um ihr verblühendes Aussehen. Ragnvald blickte zu ihr hinüber und sah, dass sie Einar ebenso hingerissen beobachtete wie all die anderen Frauen.

»Finn MacCool war von ihr bezaubert, und sie war erfreut, dass ihr die Aufmerksamkeit eines so großen Kriegers zuteilwurde. Aber bei ihrer Hochzeit fiel ihr Blick auf einen von Finns jungen Kriegern, Diarmuid MacAengus, und seine Schönheit fesselte sie, denn Diarmuid war jung und ohne Narben, mit rabenschwarzem Haar und roten Lippen, die leuchteten wie Blut auf Schnee, und Grainne wusste, sie wollte keinen anderen Mann.

Als die Gäste vom Trinken schläfrig wurden, ging sie zu Diarmuids Platz und eröffnete ihm, sie würde keinen anderen Mann heiraten als ihn. Diarmuid wollte zwar seinen König nicht verraten, aber ehrlich gesagt leistete er nicht viel Widerstand, denn Grainne war sehr schön, und das Abenteuer dieser Liebe reizte ihn.

Er nahm sie in jener Nacht mit in die Wälder, wo sie vor den Augen der Götter Mann und Frau wurden. Als Finn MacCool erwachte und erfuhr, was geschehen war, schwor er, nicht zu ruhen, bis er das Paar gefangen genommen und sie beide getötet hätte. Doch Diarmuid war ein beliebter Krieger, und Finns Schwur teilte seine Truppe zwischen diejenigen, die Diarmuid verstecken wollten, und jene, die die Kränkung ihres Anführers schmerzte.

Über Jahre hinweg verfolgte Finn die beiden. Diarmuid und Grainne hatten nie einen Moment Ruhe und Frieden. Es hieß, wenn sie an einem Ort frühstückten, dann aßen sie an einem zweiten ihr Abendbrot und schliefen an einem dritten.

Dennoch waren ihnen die Götter Irlands gewogen. Selten fiel Regen auf den Ort, wo sie ihr Lager aufschlugen. Sie trafen überall auf eine offene Hand, und jeder Mund verstummte, wenn Finn kam und fragte, wer seine davongelaufene Frau gesehen habe.

Finn war ein kundiger Jäger, von dem es hieß, er könne im Sommer einen Hirsch über trockenen Fels hinweg aufspüren. Schließlich, im ausgehenden fünften Jahr seiner Verfolgung, holte er die Liebenden ein und fand sie schlafend in einer Hütte aus getrockneten Zweigen. Der Vollmond schien, als Finn ihre Bedeckung beiseiteschob, und das Licht fiel auf Diarmuid und Grainne, auf die silbernen Strähnen, die Diarmuids rabenschwarzes Haar nun durchzogen, und die Falten, die sich in Grainnes Gesicht eingegraben hatten, denn ihr Leben auf der Flucht hatte beiden schwer zugesetzt. Finn wollte sie eigentlich beide töten, auf der Stelle, aber irgendetwas hielt seine Hand zurück, vielleicht der Geist seiner toten Frau oder vielleicht die Großherzigkeit seines eigenen Gemüts, denn er wusste, er hätte Grainne nicht mehr geliebt, wenn ihre Schönheit verblasst war, Diarmuid hingegen hatte sie weiterhin geliebt.

Diarmuid hatte sein Abzeichen über die Zugehörigkeit zu Finns Kriegertruppe bei seiner Flucht mit Grainne damals zurückgelassen. Dieses Abzeichen legte Finn auf Diarmuids Brust, und in dieser Nacht schwor er den Göttern, dass seine Verfolgung des Paares ab sofort beendet sei.«

Einar nahm einen tiefen Zug aus seinem Becher und machte Anstalten, sich wieder hinzusetzen, obwohl er die Geschichte mit einem Ende abbrach, das Ragnvald abrupt vorkam. Was war mit Diarmuid und Grainne weiter geschehen? Erlaubte dieser Finn dem verräterischen Paar bis zum Ende ihres Lebens in seinem Land zu leben, ohne Rache zu üben? Die lautstarken Zwischenrufe um ihn herum spiegelten Ragnvalds Gedanken wider. Einar nahm noch einen Schluck von seinem Bier, dann setzte er langsam den Becher ab, strich seine Tunika über der Taille glatt und blickte in den Saal, wo immer noch alle Augen aufmerksam auf ihn gerichtet waren.

»Und wie meint ihr ging es weiter mit Diarmuid und Grainne?«, fragte Einar in die Menge. »Ich weiß es nicht. Manche sagen, man gab ihnen Land im Grenzland des Königreiches, andere sagen, Finn hätte sich seine Gnade später anders überlegt und hätte beide getötet und wurde dann wiederum selbst getötet, denn er habe länger gekämpft, als seine Schwertkunst es zuließ, und es sei an der Zeit gewesen zu sterben. Ich weiß nur, dass Diarmuid und Grainne ihren Kriegsführer verrieten, aber einander treu waren, und die Gnade der Götter erwuchs ihnen daraus.«

Er neigte wieder den Kopf und ließ sich nicht zu einer weiteren Geschichte überreden. Ragnvald schloss sich der Schar Leute an, die ihm gratulierten und um weitere Details der Geschichte bettelten. Die Geschichte selbst hatte Ragnvald aufgewühlt. Der Verrat an einem alten König – meinte Einar damit Harald oder ihn selbst?

Alle seine Söhne schienen plötzlich über ihn hinausgewachsen zu sein: Einar mit Beweggründen, die er nicht durchschauen konnte, Ivar, der bei der Tötung eines Banditenkönigs verwundet worden war, und Rolli, dieser dumme Hüne von einem Sohn, der ein schweres Verbrechen begangen hatte. Ragnvald schmiedete Bündnisse zwischen Königen, aber seine eigenen Söhne hatte er nicht im Griff.

Er packte Einar am Arm und gratulierte ihm, dann beugte er sich nahe genug zu ihm, um ihm etwas ins Ohr zu sagen. »Was beabsichtigst du damit, am Vorabend von Haralds Hochzeit eine solche Geschichte zu erzählen?«

Einars Lächeln verschwand, und er musste schwer schlucken. »Hat sie ihn beleidigt?«, fragte er leise. »Er heiratet keine Frau, die viel zu jung ist für ihn. Sie sollte ein Kompliment an seinen gesunden Menschenverstand sein. Und überhaupt, er ist ja gar nicht hier, oder?«

»Es ist gut, dass er nicht hier ist«, erwiderte Ragnvald. »Aber seine Verlobte war anwesend. Vielleicht wird sie denken, du beabsichtigst, sie zu entführen.« Einar zuckte die Schultern und warf ihr einen forschenden Blick zu. »Die Geschichte war gut erzählt, mein Sohn, aber eine seltsame Wahl. Du musst mir berichten, was in Hordaland geschehen ist. Gibt es irgendetwas, das ich wissen sollte?«

Einar presste die Lippen zusammen. »Es war gut, dass wir dort waren.« Er ließ den Blick über die Männer und Frauen schweifen, die um sie herumstanden. »Es gibt nicht sehr viel zu erzählen, und das wenige kann ich dir morgen berichten.«

Von seinem eigenen Sohn mit diesen Worten entlassen, kehrte Ragnvald zu seinem Platz neben Hilda zurück. »Er ist ein großartiger Junge«, sagte sie. »Du kannst stolz sein, dass du ihn großgezogen hast.«

Ragnvald legte den Arm um sie. »Ich hatte wenig damit zu tun. Er wurde geboren, um erfolgreich zu sein.«

»Glaubst du wirklich, dass Rolli Aldis Sohn getötet hat?«, fragte sie.

Ragnvald zog sie zu sich heran. »Ich weiß es nicht«, erwiderte er. »Aber ich werde für ihn tun, was ich kann. Und selbst ...«

»Was?«, fragte Hilda in scharfem Ton.

»Ich werde tun für ihn, was ich kann«, wiederholte Ragnvald. »Das musst du mir glauben.«

Er drückte unter dem Tisch Hildas Hand. Rolli konnte für sein Verbrechen nur für vogelfrei erklärt werden – Hilda musste sich damit abfinden. Wenn er handelte wie ein Mann, dann hatte er auch eine Strafe zu akzeptieren wie ein Mann.

Kapitel 11

Thorstein erlaubte Hallbjorn noch ein paar Tage in Grimbister, bis das Handelsschiff, dem sie von Norwegen aus gefolgt waren, seine Handelsgeschäfte abgeschlossen hatte. Freydis erkundigte sich bei der Köchin, wo sie die alte Runa finden könnte, und erfuhr, dass diese mal hier, mal da auftauchte, aber ganz oben am Hang über der Siedlung ein Haus hatte. Am nächsten Morgen ließ Freydis ihre Arbeiten in der Küche liegen und ging zu dem Haus hinauf. Sie fand es leer vor und kam halb enttäuscht, halb erleichtert darüber, dass sie sich nun nicht entscheiden musste, in die Küche zurück. Hallbjorn benutzte zwar ihren Körper, aber er würde sie auch nach Island bringen, wo sie laut Thorstein ihren Vater finden würde.

Thorstein kam höchstpersönlich, um sich von ihnen zu verabschieden. Nach ihrem vergeblichen Versuch, die alte Runa zu finden, hatte Hallbjorn sie nicht mehr aus den Augen gelassen und war jede Nacht zu ihr ins Bett gekrochen. Während sie am Strand den Gezeitenwechsel abwarteten, lag seine Hand schwer auf ihrer Schulter, die ihr immer noch wehtat.

»Richte Solvi meine Grüße aus«, sagte Thorstein. »Sag ihm, dass wir Harald endlich besiegen können, wenn er nach Mittsommer zu uns stößt.«

»Wieso das?«, fragte Hallbjorn.

»Haralds eigener Sohn Halfdan schart Verbündete gegen ihn um sich. König Erik von Jütland hat sich mit ihm zusammengetan, und wie ich höre, denkt sogar König Ragnvald über Rebellion nach«, erklärte Thorstein.

Hallbjorn schnaubte wegwerfend, und seine Hand umklammerte die von Freydis noch fester. Noch war dies nicht schmerzhaft, aber sie konnte durch diesen Griff um ihre Finger spüren, wie gewalttätig er gegebenenfalls sein könnte. »Kann ich mir nicht vorstellen«, sagte er. »Halfdan hasst ihn, und ich würde mich nie mit dem Mörder meines Vaters verbünden.«

Thorstein zuckte mit der Schulter. »Auf dein Schwert kommt es ja hier auch nicht an.«

»Ich würde beim Kampf gegen Harald schon mitmachen, wenn ich könnte«, protestierte Hallbjorn.

»Dann bring Solvi her, wenn du kannst«, sagte Thorstein. »Er ist zwar kein großer Kämpfer mehr, aber er hat immer noch viel Grips, und ihm würde ich mich anschließen.«

Diese Leute von Orkney waren so isoliert – wäre es möglich, dass sie einen erfolgreichen Krieg gegen Harald führen könnten? Harald und König Ragnvald schienen für Freydis die Grundpfeiler von Norwegen zu sein – die könnten doch niemals von ein paar lumpigen Inselräubern gestürzt werden. Andererseits hätte sie sich auch vor ein paar Wochen nicht vorstellen können, dass ihr eigenes Leben so sehr durcheinandergeraten würde. Wie es schien, war nichts von ewiger Dauer.

Thorstein sah über Hallbjorns Schulter hinaus. »Die Ebbe hat eingesetzt. Ihr solltet los«, sagte er.

Sie legten ab und folgten dem Handelsschiff, das seine Reise nach Island fortsetzte. Es fühlte sich seltsam an, wieder an Bord zu sein, das Schiff unter sich schaukeln zu spüren, während sie von einer Seite zur anderen hinüberkletterte, um den Seeleuten aus dem Weg zu gehen, wenn sie das Rahsegel refften oder wieder ausfuhren. Irgendwo hinter dem Horizont segelte Rolli zurück nach Norwegen, um zu berichten, was geschehen war. Wie ihre Mutter wohl auf die Nachrichten reagieren würde? Würde sie sich wegen ihr, Freydis, Sorgen machen oder nur weil ihre eigene Legende durch ihre Tochter beschädigt würde?

Auf diesem Teil der Reise blies der Wind beständiger, sodass Freydis an ihren komplizierteren Bandwebemustern arbeiten konnte – eine Arbeit, die nun wohl nie Haralds neuer Braut zugutekommen würde. Vielleicht konnte sie sich damit etwas Wohlwollen in Island erkaufen. Torfa spielte mit den herunterhängenden Fäden und zauberte damit ein Lächeln auf Freydis' Gesicht, trotz aller Sorgen.

Von den Orkneyinseln aus segelten sie nach Norden und verbrachten eine Nacht auf den Shetlands, bevor sie zu den Färöerinseln übersetzten. Fast einen Monat waren sie damit beschäftigt, diese kleinen nördlichen Inseln zu umrunden und überall anzulegen, um Nachrichten zu bringen und Waren zu handeln. Wenn sie an Land schliefen, kam Hallbjorn oft zu ihr, und wenn er das nicht tat, blieb sie wach und dachte darüber nach, ob das letzte Mal auch wirklich das letzte Mal bleiben würde. Tagsüber ging sie ihm immer noch aus dem Weg, und nun, da er sie hatte, versuchte er auch nicht mehr, sie zu verführen oder überhaupt mit ihr zu sprechen. Wenn sie ihn sich tagsüber ansah, fragte sie sich, wie sie ihn jemals so schön wie Einar hatte finden können. Die Unterschiede zu Einar machten ihn in ihren Augen nun hässlich.

Manchmal bemerkte Freydis die Blicke der anderen Männer und fragte sich, ob sie sie als Menschen wahrnahmen oder nur ihre Schande sahen. Wenn Hallbjorn sie des Nachts aufsuchte, dann sprach ihr Körper jedoch immer noch auf ihn an und verriet sie ebenso, wie alle anderen sie verraten hatten: Rolli hatte sie

Hallbjorn ausgeliefert, Aldi hatte sie einfach aufgegeben, Hilda und Alfrith hatten sie nach Sogn weggeschickt, und ihre Mutter hatte sie verlassen, als sie noch ein Baby war.

Am Abend, bevor sie von den Färöerinseln abfahren wollten, fragte Hallbjorn sie: »Es ist schon einen Monat her, dass ich dich zum ersten Mal genommen habe. Bist du nun endlich schwanger?«

»Ich weiß nicht«, antwortete sie. Sie wusste zwar, dass sie ihre Regel einmal im Monat haben sollte, doch es war ihr bis jetzt nur einmal passiert, bevor sie Sogn verlassen hatte.

»Dann muss ich dich wohl weiterhin beackern, meine Liebe, und glaube mir, das fällt mir gar nicht schwer.«

Sie senkte den Kopf. Obwohl er ihren Körper nach Lust und Laune benutzte, war sie immer noch nicht entspannt, wenn sie mit ihm reden musste. Er hatte sie gedrängt, seinen Körper zu betasten und hatte ihre Hände dorthin gelegt, wo er sie haben wollte, aber aus eigenem Antrieb berührte sie ihn immer noch kaum.

Sie hatte gehört, dass sich eine Schwangerschaft seltsam anfühlte, aber ihr Körper fühlte sich sowieso die ganze Zeit über fremd an, als ob er Hallbjorn mehr gehörte als ihr selbst. Vielleicht war er ihr nie richtig zu eigen gewesen. Auch als sie ihre Regel bekam und das Blut ihre Schenkel hinunterlief, schien ihr ihr Körper fremd und erinnerte sie daran, dass sie zur Frau würde, ob sie wollte oder nicht. Das war damals ihr Moment größter Einsamkeit gewesen – bis heute, wo Alfrith ihr fehlte mit ihren Riten und ihrer Weisheit, von der Alfrith ihr versichert hatte, sie würde sie als Frau einmal ebenfalls besitzen.

Nun drehte sich ihr der Magen um, wenn sich das Schiff unter ihr bewegte, und sie wusste, dass ihr Körper ihr auf eine neue Art und Weise entfremdet war und dem werdenden Leben in ihr gehörte, dem Haken, den Hallbjorn gesetzt hatte als Argument dafür, dass sie ihn heiraten musste.

In den Tagen, während kein Land in Sicht war, wurden Hallbjorns Männer unruhig und flüsterten Zauberformeln gegen die Geister in der Tiefe, doch Freydis war innerlich ganz ruhig auf der langen Überfahrt. Sie fühlte sich losgelöst von allem. Hallbjorn würde sie nicht anrühren in diesen Tagen ohne Nacht, an Bord eines Schiffes mit so vielen anderen Männern.

Fast spürte sie Enttäuschung, als Island in Sicht kam. Das war das Land ihres Vaters, der Ort, von dem aus er seine Seeräuber ausschickte, an den er sich zurückgezogen hatte. Würde sie einen legendären Krieger antreffen oder einen alten, nutzlosen Mann, einen Vater, der sie schätzte, oder nur einfach einen neuen Eigentümer?

Die schwarzen Felsen Islands erhoben sich gegen den kohlschwarzen Himmel. Das Schiff fuhr an einer Bucht vorbei, die voll Eis im reinsten Blau war, so blau, dass ihr schien, das Auge eines Gottes blickte auf sie zurück, als sie nach unten spähte. Gebirgsbäche spülten farbige Wasser in die Bucht, hier kristallklar, dort milchig weiß. Freydis sah dies mit Interesse, obwohl die Wasserwirbel ihr Übelkeit verursachten. Die Männer hinter ihr flüsterten immer noch abergläubische Sprüche. Freydis murmelte die Gebete, die Alfrith sie gelehrt hatte. Die Geister dieses Landes mochten seltsam sein, doch wohl kaum seltsamer als die Geister der offenen See.

In der ersten Nacht kampierten sie auf einem schwarzen Sandstrand. Die grünen Hügel im Hintergrund schienen ganz nah, doch Torveig der Händler behauptete, sie seien mehr als eine Tagesreise zu Fuß vom Meer entfernt. Hallbjorn errichtete ein Zelt und zog Freydis hinein, nachdem sie sich nach dem Essen ihre Hände in der eiskalten Brandung gewaschen hatte. Er legte eine Hand auf ihren glatten, mageren Bauch, der immer noch tiefer lag als ihre hervorstehenden Rippen. Auf dieser Reise hatte sie nicht viel gegessen. Sie hatte versucht, ihre gerade erst beginnende Schwangerschaft vor Hallbjorn zu verbergen, aber er hatte behauptet, eine Schwangerschaft jederzeit erkennen zu können, da er schon einige Hörige geschwängert hatte.

»Das ist mein Sohn«, sagte er. »Du bist schwanger.«

»Es ist noch viel zu früh«, erwiderte Freydis. »Meine Regel ist noch nicht ausgeblieben.« Wenn sie wirklich schwanger war, würde er darauf bestehen, sie zu heiraten.

»Ich kenne doch Frauen«, sagte er mit einem Lachen. »Und ich kenne Mädchen wie dich. Es ist ein Sohn. Mein Sohn. Dein Vater muss mich einfach anerkennen.« Er lachte wieder, voll Stolz darüber, dass sich sein kluger Plan auszahlte.

»Es könnte ja auch eine Tochter sein«, warf Freydis ein und zog sich von ihm zurück.

»Dann sollten wir alles tun, damit es ein Sohn wird«, sagte er.

Darauf hatte sie keine Antwort, und er schien auch keine zu erwarten. In dieser Nacht schlief er neben ihr, wie er das gelegentlich tat. Sie blieb wach, bis sich seine Arme von ihr lösten und er von ihr wegrollte. Dann träumte sie von dem Feuer, das von Islands Bergen ausgespien wurde, wie sie gehört hatte, ein flüssiges Feuer, das alles auf seinem Weg verbrannte. Sie träumte, dass es den schwarzen Berg über ihrem Lager herabströmte, sie und Hallborn restlos verbrannte und dann ihr Schiff umschloss und es emporhob wie eine Metallfassung um einen Edelstein.

Als sie aufwachte, hatte sie das Gefühl, als wäre sie selbst dieses geschmolzene Feuer, das sich um den Edelstein in ihrem Bauch erhärtet hatte. Hallbjorn hielt diesen für einen Sohn, doch Freydis, die sich die Hände um den Unterleib legte, betete für eine Tochter. Wenn auch nur der geringste Teil von Alfriths Magie auf sie übergegangen war, dann doch bitte die Macht, den Samen in ihrem Leib in ein weibliches Kind zu verwandeln, um Hallbjorn zu ärgern und sie frei zu machen.

• • •

Nach einem weiteren Tag auf See erreichten sie Islands größte Ansiedlung, eine kleine Handelsstadt in einer weiten Bucht. Hallbjorn fragte einen runzligen alten Fischer, der auf einem Uferfelsen saß, wo er Solvi finden würde. Freydis stand still und gab acht, ihre Schwangerschaftsübelkeit nicht durch Erbrechen zu verraten in dieser seltsamen Luft, gemischt aus Schwefelgeruch und dem üblichen Dunst aus verrottendem Seetang, Abfällen aus der Stadt und Gülle, die in braunen Rinnsalen von den Feldern und aus Kuhställen ins Meer floss.

»Der Zwergfarmer!«, sagte der Fischer. »Der wohnt da oben, neben Unnas Hof.«

»Wer ist Unna?«, fragte Hallbjorn.

»Wer ist Unna?«, wiederholte der Mann ungläubig. »Jeder Mensch kennt doch Unna. Sie ist hier bekannter als Solvi. Der mischt sich nicht so oft unter die Leute.«

Eines Winters, als Svanhild bei ihren Söhnen in Tafjord geblieben war, hatte Freydis sie nach ihrem Vater befragt. Ihre Mutter hatte ihr von Abenteuern in fernen Ländern erzählt und von ihrem Farmland in Island, das sie sich in einem vor den Göttern heiligen Ritual abgesteckt hatte. Das Land hatte sie einer Frau namens Unna in Aufsicht gegeben, einer Freundin und Mentorin, einer harten Frau, die sich keinem Mann beugte. Unna hatte Svanhild geraten, Solvi nicht zu gehorchen und sich in Island Farmland abzustecken, auf dem sie und ihr Sohn leben könnten, während Solvi in den Krieg zog. »Vielleicht lebt er ja sogar auf meinem Land«, hatte Svanhild spekuliert, »dem Land, das er mir nicht gönnen wollte. Das geschähe ihm gerade recht, wenn er dort feststeckte, gebunden durch einen Eid, während ich immer noch in der Welt herumsegeln und Kriege führen kann.«

Freydis folgte Hallbjorn den Pfad entlang, der sich zwischen harten Felsbrocken hindurchwand, die aus der Erde ragten. Bald erreichten sie grüne Felder, die Freydis mehr an Landschaften erinnerten, die sie in Norwegen zurückgelassen hatte. Die Siedler hatten sich an diesem seltsamen Ort Wohnstätten geschaffen, wie sie sie von ihrer Heimat her kannte.

Solvi lebte auf einem Stück Land, das so weit vom Meer entfernt war, dass Freydis nur die Masten der Schiffe am Strand sehen konnte und den grauen Horizont in der Ferne, wo Himmel und Meer aufeinandertrafen. Die Felder wurden von ein paar Hörigen beackert, die an ihrem kurz geschnittenen Haar, der zerlumpten Kleidung und den bartlosen Gesichtern zu erkennen waren. Ein weiterer Mann führte einen Ochsen, der einen Holzpflug hinter sich herzog, einen simplen Haken, der die Erde aufriss. Als er am Ende einer Reihe wendete, sah Freydis sein zerstörtes Gesicht, die Ober- und Unterlippe über dem Mund aufgeschlitzt. Eine sachkundige Heilerin hätte die Lippen besser zusammennähen können als die Person, die es getan hatte. Alfrith könnte bestimmt Abhilfe schaffen, selbst so viele Jahre später, und die zerfetzten Lippen über dem gespaltenen Kiefer zusammennähen. Doch dieser Mann hier war schon alt und hatte sich offensichtlich an seine Entstellung gewöhnt.

»Wir sind gekommen, den großen Solvi Hunthiofsson zu suchen«, sagte Hallbjorn. »Das hier ist seine Tochter.«

Falls diese Worte den entstellten Mann überraschten, ließ er sich nichts davon anmerken und deutete nur mit dem Kopf zum Haus hinüber. Im Lauf des Nachmittags hatten sich Wolken zusammengezogen. Eine leichte Brise schien baldigen Regen anzukündigen.

Hallbjorn griff sie am Arm und zerrte sie im Schweinsgalopp hinter sich her. Sie war ganz außer Atem von dem raschen Anmarsch zum Hof, denn mehr als einen Monat lang war sie nie weiter als eine Schiffslänge gegangen.

Als sie das Haus erreicht hatten, ließ er sie los, und sie massierte sich die Schulter. Solvis Wohnstatt war ein niedriges Holzhaus, eines der wenigen, die Freydis in Island entdeckt hatte, wo Häuser meist aus Torf bestanden. Eine Ziege graste auf dem Dach und stieg neugierig meckernd zu ihnen herab.

Ein Mann, der Solvi sein musste, kam unter der Dachtraufe hervor. Er war so klein, wie ihre Mutter ihn beschrieben hatte, und doch erschrak Freydis über seine geringe Statur. Ungeduldigen Schrittes, unterstützt von einem Stock, kam er auf sie zu. Seine raschen Bewegungen erinnerten Freydis an eine Krabbe, als wäre diese Art zu gehen – obwohl ungewöhnlich für einen Menschen – für ihn vollkommen natürlich. Er sah älter aus, als Freydis ihn sich vorgestellt hatte, und schaute sie mit durchdringendem Blick aus Augen an, in deren Winkeln sich im Laufe jahrelanger Seefahrt Fältchen eingegraben hatten. Seine Gesichtszüge waren jedoch von angenehmer Symmetrie, das silbergraue Haar wies nur noch Spuren des Rotgolds auf, das Svanhild ihr beschrieben hatte.

Freydis hatte sich gefragt, was sie wohl empfinden würde beim ersten Anblick ihres Vaters: erschreckendes Erkennen oder vielleicht sogar Abscheu, denn in den Liedern bei König Ragnvalds Festen war viel hergemacht worden von seiner Missbildung, aber auch von seinem Kampfgeschick, denn der Sieg über einen starken Gegner war ehrenvoller als über einen schwachen. Doch nun fühlte sie sich einfach hilflos.

»Hoher Herr Solvi Hunthiofsson«, sagte Hallbjorn mit einer Verbeugung. »Ich bringe dir deine Tochter, meine Auserkorene Freydis. Freydis Solvisdatter.«

Freydis suchte in seinem Gesicht nach einer Gefühlsregung, und es schien ihr, als würde sich seine Miene verhärten.

»Ich habe keine Tochter anerkannt«, sagte er schroff.

Ein Rauschen erfüllte Freydis' Ohren, als ginge sie in tiefen Wassern unter. Sie hatte nicht gewusst, dass sie sich etwas von Solvi erwartet hatte, doch nun schien es tatsächlich so. Sie wollte, dass er ihr Halt gäbe und sie sich nicht so verloren fühlte wie unter Hallbjorns Fuchtel. Mit brennenden Augen schlang sie die Arme um sich und hielt sich mit einer Hand die Schulter, die von Hallbjorgs Zerren wieder schmerzte.

»Warum weint das Mädchen?«, fragte Solvi ihn.

»Er hat mir die Schulter ausgerenkt, als er das Schiff meines Vormunds gekapert hat«, hörte sich Freydis zu ihrer eigenen Überraschung sagen. Sie merkte selbst, wie mürrisch sie klang, und sie hielt den Blick gesenkt auf Solvis Füße, die in dicksohligen Stiefeln steckten. Seine Beine waren mit abgetragenen Beinkleidern umwickelt. »Und dann hat er mich geschwängert. Er sagt, er will mich heiraten, aber ich will das nicht von ihm.«

Hallbjorn wirbelte herum und schlug ihr hart über das Gesicht, sodass sie am Boden lag, bevor ihr klar wurde, was geschehen war. Ihr Kopf drehte sich, als sie ihn hob, also blieb sie am Boden sitzen und hielt sich das Gesicht mit der Hand. Solvis Mann vom Feld schnappte sich Hallbjorn und verdrehte ihm die Arme nach hinten. Freydis hoffte, dass es richtig wehtat.

Ein weiterer Mann Solvis, ein junger Kerl, erschien hinter dem Haus und ging mit gezücktem Dolch auf Hallbjorn zu. Freydis sah Solvi an. Ganz kurz flackerte ein Ausdruck über sein Gesicht, den sie kannte – eine tiefe, lähmende Furcht –, der aber sofort wieder verschwand. Nur einmal in ihrem Leben hatte sie diesen Ausdruck gesehen, auf dem Gesicht eines Mannes, der zu Alfrith kam, damit sie ihm seinen eitrigen Fuß amputierte. Sie hatte gute Arbeit geleistet, aber er starb trotzdem unter ihrem Messer vor Angst und Schock.

Solvi ging in paar Schritte auf Hallbjorn zu. »Du bringst mir meine Tochter her und schlägst sie dann vor meinen Augen?«, fragte er zischend. Hätte Freydis nicht die Angst in seinem Gesicht gesehen, dann hätte das auf sie einschüchternd gewirkt. Hallbjorn sah verängstigt aus.

»Du hast gesagt, sie ist nicht deine Tochter«, erwiderte er und wand sich unter dem Griff des Mannes, der ihn festhielt.

»Ich sagte, ich habe keine Tochter anerkannt. Aber das tue ich hiermit. Dies ist meine Tochter Freydis Solvisdatter, und ihre Mutter ist Svanhild Eysteinsdatter. Sie ist meine legale Tochter und meine Erbin.« Solvi atmete tief. »Du sagst, du bist ihr versprochen? Nach dem, was sie gesagt hat, sage ich dir nun, du bist es nicht. Ich sage, das Kind, das sie erwartet, ist nicht von dir.«

Hallbjorn spuckte aus. »Frag sie doch – es ist meins. Sie hat einen ganzen Monat lang jede Nacht die Beine für mich breit gemacht. Wer könnte sonst der Vater sein?«

Solvi wandte sich Freydis zu, die immer noch an dem Grashügel lehnte, über den sie gefallen war. »Tochter, sage mir, was ich von dieser ganzen Sache wissen muss. Willst du, dass er der Vater deines Kindes ist?«

Das waren genau die Worte, nach denen sie sich gesehnt hatte, und so flossen ihr die Tränen wieder über.

Hallbjorn kämpfte wieder gegen den Mann an, der ihn hielt. »Das ist doch ganz egal, was sie will. Das Kind ist meins und fertig.«

Solvi ging auf Hallbjorn zu, blieb aber außer Reichweite seines

Schwerts, obwohl Hallbjorns Arme immer noch nach hinten festgehalten wurden. »Ich bin mir ziemlich sicher, dass sich da ein anderer findet, der das Kind anerkennt«, sagte er. »Oder wenn sie es lieber aussetzt oder abtreibt, kann das auch arrangiert werden. Sie ist noch viel zu jung, um ein Kind auszutragen oder zu heiraten, wenn ich so richtig nachzähle.«

Freydis hatte sich schon gefragt, ob sie wohl die richtigen Kräuter auf Island finden würde, selbst wenn sie von Hallbjorn loskäme, um sie einzunehmen. Die Kräuter waren gefährlich und lieferten auch nicht immer das gewünschte Ergebnis. Andererseits brächte sie es auch nicht über sich, ein gesundes Kind auszusetzen, selbst wenn es unerwünscht war.

Sie schüttelte leicht den Kopf. Darüber konnte man später nachdenken. Wenn Solvi sie als seine Tochter anerkannte, dann musste er nach dem Gesetz seine Zustimmung zur Heirat geben.

Er schien sie verächtlich zu mustern, also wischte sie sich die Tränen aus den Augen. Wenn sie sich doch nur zusammennehmen und ihm antworten könnte. Er nickte seinen Männern zu, die Hallbjorn Schwert und Dolch abnahmen und sie ins Gras schleuderten. Der jüngere zwang Hallbjorn in die Knie und riss ihm den Kopf zurück.

»Du hast Angst«, sagte der entstellte Mann zu ihr. Er sprach langsam, damit sie ihn verstehen konnte. »Aber wenn ich sprechen kann, dann kannst du das auch.«

Seine Worte machten ihr Mut. »Ich muss zugeben, dass er der Vater des Kindes ist«, sagte sie. »Aber wenn ich eine Heirat mit ihm vermeiden kann, dann würde ich das tun.«

»Dann musst du ihn als Vater verleugnen«, sagte Solvi. »Hier in Island nehmen sie es sehr genau mit dem Gesetz«, fügte er mit einiger Verachtung hinzu.

Der entstellte Mann sprach wieder. »Ich würde das Kind als meins anerkennen, falls jemand gebraucht wird.«

Hallbjorn, der immer noch festgehalten wurde, lachte höhnisch auf. »Das würde doch kein Mensch glauben.«

»Umso besser«, sagte Solvi. »Es kommt nicht darauf an, was geglaubt wird, sondern was sie bereit ist, vor uns als Zeugen auszusagen. Und jetzt geh mir aus den Augen, bevor mein Mann Brusi dir die Kehle aufschlitzt.«

Hallbjorn schnaubte wütend. Er stürzte sich auf Solvis Mann, der ihm jedoch auswich, sodass Hallbjorn mit rudernden Armen stolperte.

»Ich komme zurück und hole sie mir«, versprach Hallbjorn. »Verdopple nur deine Wachen, und schlafe mit einem Dolch unter dem Kissen. Ich lasse mich nicht von meinem Sohn fernhalten.«

»Soll ich ihn jetzt gleich töten?«, fragte Brusi und schnappte sich Hallbjorn mit überraschender Schnelligkeit. Er zerrte Hallbjorns Kopf wieder zurück und hielt ihm den Dolch an die Kehle.

»Wer ist seine Familie?«, fragte Solvi Freydis. »Würde jemand kommen, um ihn zu rächen?«

Hallbjorn verdrehte wild die Augen. Er warf einen bittenden Blick auf Freydis und konzentrierte sich dann auf Solvi, der mit grimmiger Miene und gezücktem Schwert auf ihn zuging. Freydis ließ sich von Solvis anderem Mann hochhelfen.

Sie klopfte sich die Kleidung ab und berührte ihr Gesicht, das von Hallbjorns Schlag angeschwollen war. Die Angst in seinen Augen gefiel ihr. Sollte er sich doch so machtlos fühlen, wie sie es in seinem Bett gewesen war.

»Sein Vater war Olaf Ottarsson, den König Ragnvald schon vor langer Zeit getötet hat«, sagte sie. »Und seine Mutter ist Vigdis Hallbjornsdatter, die jetzt die Konkubine von König Haralds Onkel Guthorm ist.« Hallbjorn schoss ihr einen Blick wilder Hoffnung zu. Sie lächelte ein wenig. »Ich weiß aber nicht, ob sie sich viel aus ihm machen.« Er zuckte zurück.

»Ein Feind von Ragnvald Eysteinsson also«, sagte Solvi. »Schade, dass wir uns nicht unter anderen Umständen kennengelernt haben. Wir wären vielleicht Verbündete geworden. Nun denn, ich werde dich nicht töten. Vielleicht nimmst du ja eines Tages die Rache, die ich nicht nehmen kann.«

Solvi sah Freydis an. Das brachte ihre Schüchternheit zurück, und sie blickte wieder auf seine Füße, während sie nickte. Eigentlich wollte sie auch nicht, dass Hallbjorn getötet würde.

»Was ist mit meinem Schwert?«, fragte Hallbjorn.

»Brusi, geleite ihn an die Grenze meines Landes, und gib es ihm dort zurück«, befahl Solvi. Brusi nahm Hallbjorgs Schwert auf und benutzte es dazu, ihn in den Rücken zu stupsen, als er ihm den Berg hinunter folgte.

»Komm her zu mir«, sagte Solvi. Freydis nahm ihren Beutel auf, der zu Boden gefallen war, als Hallbjorn sie geschlagen hatte. Mit gesenktem Blick ging sie zu Solvi hinüber. Er legte ihr die Hand unter das Kinn und drehte den Kopf auf die eine, dann die andere Seite. »Du siehst nicht so aus, wie ich mir eine Tochter von mir und Haralds Königin vorgestellt habe, aber ich kann Züge von uns beiden in dir erkennen und zweifle nicht, dass du es bist.« Er seufzte. »Beide meine Kinder wurden ganz anders, als ich mir das vorgestellt hatte. Es ist eigentlich ganz normal, dass du mir fremd bist. Und beide Kinder von mir sind schwächlich geworden.«

Freydis spürte Wut in sich aufsteigen. Sie war manchmal schwächlich gewesen, aber sie wollte es durchaus nicht sein. Sie hob den Blick hoch zu seinem. »Was ich getan habe, musste ich tun, um zu überleben«, sagte sie. »Ich war auf jeden Fall diejenige, die vorgeschlagen hat hierherzukommen, statt die Gefangenen in den Süden zu verkaufen.«

»Tatsächlich?«, sagte Solvi. »Die Geschichte musst du mir noch erzählen.« Er sah sie sich wieder an. »Aber später. Komm erst mal rein. Ich habe eine Frau hier, die sich um dich kümmern kann.«

Kapitel 12

Einar saß in seinem Zelt und fragte sich, ob Gyda wohl den Weg zu ihm finden würde. Wahrscheinlich konnte sie sich nicht aus den Gemächern wegstehlen, wo die Frauen von Vestfold schliefen. Mit dieser Geschichte war er ein dummes Risiko eingegangen, so dumm, dass sein Vater ihn getadelt hatte, ohne seine wahren Motive erraten zu haben. Sollte sein Vater je herausbekommen, was dahintersteckte, so bildete Einar sich ein, er könnte sein Handeln dadurch rechtfertigen, dass es Gyda dazu bewegt hatte, ihre Festung ohne Gewaltanwendung zu verlassen, aber das war nicht der wahre Grund gewesen. Er genoss es, dieses Geheimnis zu haben, die Liebe zu einer Königin.

Plötzlich sah er die Silhouette einer Frau am Eingang des Zelts und spürte ihre kühle Berührung an seinem Knöchel, dann folgte er ihr hinaus in die Dunkelheit. Er wusste, wo in Vestfold die Kundschafter patrouillierten und wie er ungesehen zwischen ihnen hindurchkam. Er führte sie hinunter auf einen Pfad, der an den Fjord angrenzte und in einem Kiefernwald endete, wo der Boden mit den weichen Nadeln der vergangenen Jahreszeiten bedeckt war.

Jedes Mal, wenn sie sich trafen, schien sie ihn noch dringlicher zu begehren als je zuvor, zumal der Tag näher rückte, der ihr letzter sein könnte. Sie brauchten nicht zu reden, obwohl Einar ihr gern viele Fragen gestellt hätte: Was sie von seiner Geschichte hielt, welche Pläne sie für sie beide hätte und eine Bestätigung, dass sie ihn immer noch wollte. Nur der Moment der sexuellen Erfüllung brachte seine kreisenden Gedanken zum Innehalten. Als sie sich von ihm rollte und neben ihn auf den Boden legte, seufzte er tief.

»Ich dachte ...«, begann sie.

»Du dachtest was?«, fragte er und drehte sich zu ihr hin. Sie blickte weiter zum tiefblauen Mittsommerhimmel auf, an dem nur ein paar Sterne blinkten. Wieder seufzte sie.

»Ich dachte, er würde mich zumindest begrüßen«, sagte sie. »Harald.«

»Nun«, erwiderte er kurz angebunden. »Dann ist es ja gut, dass du mich als armseligen Ersatz hast.«

Gyda rollte sich neben ihm zusammen und legte ihre Arme um seine Schultern. Ihre Brüste lagen eng an seinem Rücken, zunächst eine kühle Berührung, die ihn später wärmte, als sie sich an ihn schmiegte.

»Das habe ich damit nicht gemeint. Ich wollte nur ...« Sie brach ab und küsste seinen Nacken, und ihr Haar strich über seine Haut und ließ ihn angenehm erschauern.

»Kann das wirklich auf Dauer sein, Gyda?« Ihr Name schmeckte so süß, dass er ihn immer wieder sagen wollte.

»Ich weiß nicht.«

»Also willst du deine letzten Tage in Freiheit damit verbringen, mich zu quälen, indem du versuchst, mich zu einem Feind meines Königs und deines Mannes zu machen?«

»Du könntest mich ja zurückweisen«, wandte sie ein.

»Das kann ich nicht«, erwiderte er. »Ich werde alles tun, was du willst.«

»Ivar war in diesen vergangenen Wochen jede Nacht mit meiner Nichte Signy zusammen«, sagte sie. »Ich könnte auf einer Heirat bestehen, besonders wenn sie schwanger wird – sie ist Haralds Tochter. Dann könnt ihr beide mit mir nach Hordaland zurückkehren, und du kannst mein Held sein.«

Einar antwortete nicht. Jetzt, wo er seinen Vater gesehen und erkannt hatte, wie misstrauisch ihn Einars Geschichte gemacht hatte, erschien ihm das viel unwahrscheinlicher.

»Das wird schwierig werden«, sagte Gyda und schmiegte sich noch enger an ihn. »Wir können es uns nicht leisten, einander zu misstrauen. Wir sollten keine Geheimnisse voreinander haben.«

Einar hatte ihr schon von seinen geheimen Ambitionen erzählt, von seinem Wunsch, dass er und sein Bruder beide Erfolge erringen könnten, ohne dass einer den anderen dabei in den Schatten stellen musste. Aber er hatte auch einiges für sich behalten – er hatte ihr nicht von den Worten der Hexe erzählt, die ihn jede Nacht in seinen Träumen verfolgten, und auch nicht von den Plänen seines Vaters. Er war sich aber sicher, dass Gyda genauso viele Geheimnisse vor ihm verbarg.

»Mein Bruder hat schon ein Königreich, das er erben wird«, sagte Einar. Wie weit könnten Ragnvalds Söhne in ihren Ambitionen gehen?

»Er kann dort herrschen, bis für ihn die Zeit zum Erben gekommen ist«, schlug Gyda vor. »Und danach ...«

Einar überlief es eiskalt. Gyda schien mit den Worten der Hexe zu sprechen. Wenn ihr Vater starb – etwas, das Ragnvald sich nicht vorstellen konnte –, dann würde Ivar ihn beerben, aber Gyda wäre dann wohl schon eine alte Frau. »Ich gehorche deinen Befehlen, meine Königin«, sagte er. »In allem, das nicht den Eid gegenüber meinem Bruder verletzt.«

Sie legte ihre Wange an seine Schulter. »Ich befehle dir, mich noch einmal zu befriedigen. Gib mir einen Schatz, mit dem ich die künftigen mageren Zeiten überstehe.«

Hatte sein Vater vielleicht die gleichen Gefühle für seine Mutter, Vigdis, empfunden? Hatte er zwar die Gefahr gekannt, war aber nicht fähig gewesen, einem Verlangen zu widerstehen, das sich gleich wieder aufbaute, sobald es gestillt worden war? Gyda küsste sein Ohr, seine Schultern, die Schwielen vom Schwertgriff an seiner Hand, und schließlich zog sie ihn wieder neben sich.

Diesmal lagen sie mit dem Gesicht zueinander, sie hatte das Bein über seine Hüfte gelegt, und damit passten sie so zusammen, dass er sich langsam in ihr bewegen konnte und das Gefühl hatte, das könnte auf ewig so bleiben, bis er es nicht mehr aushielt, länger zu warten, und sie auf den Rücken drehte. In diesem Moment meinte er, eine männliche Gestalt im Wald zu sehen, und erstarrte, aber Gyda hob ihre Hüften an, um sich wieder an seine zu schmiegen, und seine Lust überwältigte ihn. Wer auch immer sie gesehen hatte, es war jetzt zu spät, noch etwas daran zu ändern.

• • •

Einar schickte Gyda als Erste aus ihrem Unterschlupf und wartete, bis er schätzte, dass sie zu ihrem Bett zurückgekehrt war, bevor er zu seinem Zelt ging. Er musste immer an die Gestalt denken, die er gesehen hatte, obwohl die Person in der Nähe ihres Nachtlagers im Kiefernwald keinerlei Spuren hinterlassen hatte. Doch es war keine Täuschung von Licht und Schatten oder gar eine Angstvision von ihm gewesen. Sie waren gesehen worden, und beim Gedanken daran wurde ihm ganz schlecht.

Er versuchte sich in jenen Moment zurückzuversetzen, als Gydas Beine ihn umschlangen und er nur ihre glatte Haut unter seinen Händen gespürt hatte, und gleichzeitig hatte jemand zwischen den dicken Stämmen der alten Kiefern gestanden – ein Mann mit einem hellen Bart. Einer von Haralds Söhnen? Harald selbst? Einar starrte im Dunkeln an seine Zeltdecke und versuchte, das Gesicht des Mannes in seiner Erinnerung aufzurufen, aber je mehr er ihr nachjagte, desto mehr verblasste sie, bis er sich nur noch an die dunklen Stellen, die auf Augen und einen Mund schließen ließen, entsinnen konnte. Vielleicht hatte dieser Störenfried auch sie nicht erkannt. Aber darauf konnte er sich nicht verlassen. Er würde es Gyda erzählen müssen und sicherstellen, dass sie sich künftig besser versteckten, wenn sie sich weiter trafen.

Schließlich döste er ein, bis ihn jemand frühmorgens, als es im Lager noch ruhig war, mit einer Berührung am Knöchel wach rüttelte, die gröber war als Gydas Streicheln.

Noch bevor Einar die Augen ganz geöffnet hatte, griff seine Hand nach dem Dolch, und er sprang erzürnt auf den Eindringling zu, der ihn so unsanft geweckt hatte. Dann erkannte er jedoch das Gesicht seines Onkels Sigurd, mit dunklen Schatten um die Augen vor Schlaflosigkeit.

»Ist dein Bruder hier?«, fragte Sigurd, und seine Stimme war kaum mehr als ein Flüstern. Alle anderen im Lager mussten wohl noch schlafen.

»Er hat jemand anders gefunden, mit dem er das Bett teilt«, erwiderte Einar und steckte den Dolch wieder in die Scheide zurück.

»Komm, lass uns reden«, sagte Sigurd. Er sah Einar an, bis diesem ganz unbehaglich zumute wurde und er den Blick senkte.

»Warum bist du so früh auf?«, fragte Einar und zog seine Hosen an. Hilda hatte Sigurd immer damit geneckt, er sei genauso schwer aus dem Bett zu kriegen wie ein Kind, ganz gleich, wie viel Lärm um ihn herum herrsche.

»Ich glaube, du weißt, warum«, erwiderte Sigurd. Einar schluckte. Sigurd war derjenige, der ihn letzte Nacht gesehen hatte. Es hätte schlimmer kommen können – einer von Haralds Söhnen –, aber Sigurd war vor allen anderen loyal gegenüber Ragnvald.

Einar folgte ihm den Hügel hinter den Hallen von Vestfold hinauf. Sigurd war größer als er und legte ein Tempo vor, bei dem Einar kaum mithalten konnte, obwohl er seine Kondition den langen Winter in Tafjord über ständig auf Schneeschuhen trainiert hatte, mit denen er seine Brüder dauernd in Wettrennen die steilen Abhänge zu den felsigen Gipfeln hinaufgejagt hatte, wann immer das Wetter es erlaubte.

»Ich habe dich gesehen«, sagte Sigurd, als sie die Hügelkuppe erreicht hatten. »Dich und Haralds Königin. Sie ist eine schöne Frau, aber das kann so nicht weitergehen.«

»Ich liebe sie«, erklärte Einar. »Sie hat einen Plan für uns beide.«

»Was wird das für Folgen haben?«, fragte Sigurd. »Sie ist zu alt für dich und viel zu gefährlich. Ich habe deinen Vater gebeten, sich hier mit uns zu treffen ...«

»Nein!«, rief Einar empört.

»Ich bin nicht so klug wie du oder mein Bruder Ragnvald«, sagte Sigurd. »Aber denk doch nur – wie kann das überhaupt ein gutes Ende nehmen? Wenn jemand anders es herausfindet, dann werdet ihr beide sterben.«

»Dann sag es halt niemandem«, versetzte Einar mürrisch.

»Wenn ich dich gesehen hab, dann hätte dich jeder entdecken können.«

»Harald wird Gyda nach Hordaland zurückschicken«, sagte

Einar. »Mein Bruder Ivar wird Signy, ihre Nichte, heiraten, und ich werde mit beiden nach Hordaland gehen.«

»Und dort als Mann von Hordalands Königin leben?«, fragte Sigurd. »Damit wirst du Haralds Rache nur hinauszögern.«

»Wir könnten unsere Ehe geheim halten«, wandte Einar ein. »Harald sind alle seine Frauen egal, außer seiner neuen finnischen Hexe. Er wird uns gar nicht beachten.«

»Vielleicht sind ihm seine Frauen egal, aber wenn jemand seine Ehre beschädigt, dann ist das etwas ganz anderes. Einar, bitte.« Bei dem drängenden Unterton von Sigurds Stimme traten Einar plötzlich Tränen in die Augen. »Ich habe nur einen Sohn, und ich habe jeden Tag um ihn Angst – er ist mit Svanhild in Schonen. Wenn ich etwas tun kann, um dich zu retten, dann werde ich das tun, auch wenn du mich dafür hassest.«

Als er sechs Jahre alt gewesen war, hatten er und Ivar einmal die Hühner der Halle freigelassen, und ein Fuchs hatte die Hälfte von ihnen getötet. Ihr Vater hatte sie beide bestraft und dabei Einar fünfmal so viel Schläge gegeben wie Ivar. Das Gesetz strafte Angehörige niedriger Geburt strenger als jene vornehmer Geburt, aber Einar hätte nie gedacht, dass sein eigener Vater diesen Grundsatz auf ihn anwenden würde. Sigurd hatte ihm gesagt, Ragnvald sei ein harter, aber gerechter Mann, und er habe, als er noch ein Junge war, gedrängt von seinem Vater Olaf, einmal versucht, Ragnvald zu töten. Als Ragnvald daraufhin Olaf tötete, hätte er Sigurd ebenfalls töten können, doch stattdessen nannte er ihn Bruder, und Sigurd war ihm seither stets treu gewesen.

Einar holte tief Luft, damit seine Stimme fest klang. »Mein Bruder hat die vergangene Nacht mit Gydas Nichte verbracht. Dieser Plan ist gerade schon in der Umsetzung. Wenn Gyda Ivar zu ihrem Erben macht, was soll uns da noch im Weg stehen?«

»Dann bist du entschlossen, das zu tun?«, fragte Sigurd.

»Siehst du irgendeine bessere Zukunft für mich?«, rief Einar aufgebracht. »Ich werde nie ...« Er unterbrach sich. Schließlich konnte er Sigurd nicht offenbaren, dass er sich eine großartigere Zukunft vorstellte, als immer seinen Bruder zu beschützen.

»Ich werde es deinem Vater sagen, es sei denn, du versprichst mir, die Sache zu beenden. Sieh mal, da kommt er.«

Sigurd hob die Hand zum Gruß, und Einar wandte sich um und sah seinem Vater entgegen, der den Hang hinter ihm hinaufkletterte. »Ich verspreche es«, sagte Einar verzweifelt. »Ich verspreche es.«

»Was versprichst du?«, fragte Ragnvald. »Warum hast du mich hier heraufgebeten, Sigurd?«

»Ich ...«, begann Einar. Er konnte seinen Vater leichter in die Irre führen als Sigurd. »Ivar war letzte Nacht mit Gydas Nichte Signy zusammen. Ich dachte, er würde vielleicht gerne Hordaland regieren, da Aldi jetzt Ivar seine Tochter verweigern wird. Sigurd hält das für eine schlechte Idee.«

Ragnvald rieb sich die Stirn. »Sigurd hat recht. Das ist das Letzte, was wir brauchen können«, erwiderte er. »Harald findet schon, dass ich die Kontrolle über zu viele Distrikte habe.«

»Ich verspreche, dem ein Ende zu bereiten«, sagte Einar.

»Nun, wir sollten darüber sprechen«, erwiderte Ragnvald. »Dein Ehrgeiz für deinen Bruder ist bewundernswert, aber fehl am Platz. Ich habe Neuigkeiten aus Jütland – Halfdans Rebellion ist sicher, König Erik hat es mir gegenüber zugegeben. Und deine Tante Svanhild ist bis jetzt noch nicht von Schonen zurückgekehrt. Wenn sie gefangen genommen wurde, dann müssen wir auch dort Krieg führen.«

Einars Herzschlag normalisierte sich wieder. Sein Vater hatte seine Halbwahrheiten nicht durchschaut. Er war nicht Odin, der von seiner hohen Warte aus alles sehen konnte.

»Es gab auch in Hordaland fast eine Rebellion«, berichtete Einar. Er erzählte seinem Vater, wie geschickt Gyda die Rebellen gegeneinander ausgespielt und dabei ihre Verlobung mit Frode genutzt hatte und wie er und sein Bruder die letzten Aufständischen besiegt hatten.

Seit den Worten der Hexe hatte er sich gefragt, was geschehen würde, wenn Ivar ums Leben käme, und er hatte den Gedanken wie einen entzündeten Zahn geprüft, bei dem jede Berührung mehr Schmerz verursachte, als wenn man ihn in Ruhe ließ. Er überlegte, ob er seinen Vater wegen ihrer Prophezeiung fragen sollte, als sie mit ihm ohne Zunge gesprochen hatte. Sein Vater hatte Erfahrung mit Prophezeiungen – seine Vision von Harald hatte ihn lange geleitet –, und er könnte vielleicht Einar einen klugen Rat geben, aber ihre Worte würden vor allem jede Befürchtung wecken, die sein Vater ihm gegenüber hatte.

»Wenn überall so viel Rebellion herrscht, wie kann Harald da sein Haar schneiden und Gyda heiraten, um seinen Schwur zu erfüllen?«, fragte Einar stattdessen.

Sein Vater sah ihn forschend an, und Einar versuchte, eine gleichmütige Miene zu bewahren. Nein, sein Vater war nicht Odin, aber er hatte einen scharfen Blick – manchmal einen zu scharfen.

»Weil das kein Heldengesang ist«, erwiderte Ragnvald. »Denn je eher Harald eine neue Frau heiratet und einige Schlachten kämpft, umso früher ... Er muss sie heiraten, es ist dumm, etwas anderes vorzuschlagen.« Er rieb sich die Stirn. »Ich habe gesehen, dass Dagfinn Haraldsson mit dir zurückgekehrt ist.«

»Ich habe versucht, ihn in Hordaland zurückzulassen, aber Prinzessin Gyda ist eine Frau mit starkem Willen«, erwiderte Einar. Er wappnete sich gegen einen Tadel, aber sein Vater zuckte nur mit den Schultern.

»Wir haben derzeit größere Probleme. Ich bin sicher, du hast gehört, wessen dein Bruder Rolli angeklagt ist. Es heißt, ich hätte Hallbjorn lieber als Kind töten sollen, als ihn großzuziehen. Aber wenn ich die Verwandtschaft jedes Mannes ausgerottet hätte, den ich je getötet habe ...«

Sigurd lachte. »Wenn du das getan hättest, dann würden jetzt in Norwegen nur noch Frauen leben.«

»Und Frauen, die rachsüchtiger sind als Männer«, erwiderte Ragnvald kopfschüttelnd. Einar warf Sigurd einen Blick zu, denn Hallbjorn war ihrer beider Halbbruder. »Finde alles heraus, was du kannst«, bat Ragnvald, »von Aldis Männern, von deiner Mutter – alles, was mir dabei nützt, deinen Bruder zu retten.«

»Meinen Bruder Rolli?«, fragte Einar in scharfem Ton.

Ragnvald sah ihn überrascht an, und Einar bedauerte seine Worte. Er durfte seinem Vater keinen Grund geben, an seiner Loyalität zu zweifeln, nicht jetzt. »Beide natürlich«, sagte er nüchtern.

• • •

Einar verließ seinen Vater und Sigurd, und stieg den Hügel wieder hinunter, dorthin, wo Aldis Männer kampierten. Bevor er entscheiden konnte, was er ihnen sagen sollte, sah er seine Mutter herankommen, die schön aussah in ihrem blauen und goldenen Gewand. Sie winkte ihn herüber, und er folgte ihr zu dem kleinen Wäldchen, das Guthorms Halle und Haralds Außengebäude voneinander trennte. Sie zog ihn in eine Umarmung, die nach Honig und Bernstein duftete, dann schob sie ihn in Armeslänge von sich und betrachtete ihn, bevor sie ihn losließ. Ein paar Haarsträhnen entkamen ihrem Kopftuch und umrahmten weich ihr Gesicht.

»Du hättest mich schon früher besuchen sollen«, sagte sie.

Einar seufzte. »Schön, dich zu sehen, Mutter.«

Sie berührte sanft seine Wange. »Du bist als Junge fortgegangen, und nun kehrst du als Mann zu mir zurück«, sagte sie. »Die Jahre vergehen viel zu schnell.«

»Ja, vielleicht stimmt das«, erwiderte Einar. »Wie geht es dem edlen Herrn Guthorm?«

Vigdis winkte mit der Hand zur Halle hinter ihr, einem Juwel von einem Gebäude, bei dem sogar die Dachziegel bemalt waren. Walhalla selbst könnte nicht reicher ausgesehen haben. »Ich glaube, ein Sturm zieht herauf«, sagte sie. »Seine Gelenke schmerzen. Wie geht es deinem Vater?«

Sie fragte es beiläufig, aber Einar erstarrte. Sie fragte nie nach ihm, ohne zu versuchen herauszufinden, wie es mit seinem Vater und seinen Feinden stehe. Einar entzog sich ihrem Griff. »Ich bin gekommen um mit dir über meine Brüder zu sprechen«, erklärte Einar. »Was weißt du darüber, dass Rolli und Hallbjorn Aldis Sohn getötet haben sollen?«

Vigdis presste die Lippen zusammen. »Du bist also wegen einer Angelegenheit deines Vater hergekommen und nicht, um mich zu besuchen. Es ist doch immer dasselbe.«

»Wie sollte es anders sein?«, fragte Einar.

»Du könntest bei mir in Guthorms Halle wohnen, weil du mich liebst und mir verpflichtet bist.«

»Ich habe immer sagen gehört, dass du mit Männern schonender umgehst, als du es jetzt tust.«

Ihr Lächeln verblasste völlig, und sie sah jetzt viel älter aus als in dem Moment, als sie auf ihn zugegangen war. »Ist es das, was dir dein Vater erzählt hat?«, fragte sie.

»Du hast nichts Gutes mit ihm im Sinn«, warf er ihr vor. Vermutlich sollte ihm dieser ungeschminkte Vorteilshandel lieber sein als ihr zuvor zur Schau gestellter Charme, aber jetzt, wo ihr Lächeln nicht mehr da war, vermisste er es.

»Vielleicht wird eine Zeit kommen, in der du auch nichts Gutes mit ihm im Sinn hast«, meinte Vigdis.

»Dann weiß ich ja, wo ich hingehen muss«, erwiderte Einar.

»Ja. Es brauen sich Ereignisse zusammen, die dein Vater nicht verhindern kann. Wenn du mir vertrauen würdest, könnte ich dir sagen, wie du ihnen vorausschauend begegnen kannst.«

»Weil du so viel weißt?«, fragte Einar sarkastisch. Einen Moment lang dachte Einar, sie würde ihn ohrfeigen, und das hätte er auch verdient.

»Nicht einer von Haralds Söhnen will, dass dein Vater seine Distrikte behält«, sagte Vigdis. »Ich glaube, nicht einmal Harald will das.«

Ja, und sein Vater hatte gesagt, dass Halfdan bereits offen rebellierte. Vielleicht sollte er Vigdis ermöglichen, ihn enger einzubinden, falls ihm dies die Möglichkeit gäbe, Halfdan zu töten. Heute jedoch war er in einer anderen Mission unterwegs. »Ich werde darüber nachdenken«, sagte er mit größerem Ernst. »So wie es jetzt aussieht ... meine Brüder Rolli und Hallbjorn haben sich eines schweren Verbrechens schuldig gemacht. Kannst du mir irgendeinen Rat geben, wie ich dazu beitragen kann, sie zu retten?«

»Ich weiß, wie das laufen wird«, sagte Vigdis, und ihre Stimme wurde dabei lauter. »Wenn Hallbjorn die Sache in die Schuhe geschoben und Rolli Ragnvaldsson dabei geschont werden kann, dann wird das so kommen. Du kennst deinen Vater.«

»Er ist mein Bruder«, wandte Einar ein. »Sie sind beide meine Brüder.«

»Dann solltest du derjenige sein, der zwischen beiden entscheidet. Bitte Harald darum, die Entscheidung in deine Hände zu legen. Ihm wird diese Lösung zupasskommen. Er wird darum bitten.«

Er hätte davonlaufen sollen, als er sah, dass sie ihn zu sich winkte. Er hatte die Geschichte schon oft gehört, wie sein Vater beinahe Haralds Freundschaft verloren hatte, als er gezwungen war, an seiner Stelle als Richter zu wirken. »Wenn du mich liebst, wie du behauptest, dann bitte fordere das nicht von mir«, sagte er.

»Warum?«, wollte Vigdis wissen. »Würdest du kein gerechtes Urteil fällen?«

»Du weißt, dass mich das in eine unmögliche Lage bringen würde.«

»Du würdest ein gerechtes Urteil sprechen. Du bist viel zu sehr der Sohn deines Vaters, als dass du das nicht tun würdest.«

»Du traust mir das zu?«, fragte Einar und fühlte sich bei ihrem Lob unbehaglich.

»Ja«, erwiderte sie seufzend. »Du ähnelst ihm zu sehr. Du würdest nie deinen guten Ruf riskieren, indem du öffentlich ein ungerechtes Urteil fällst.«

»Und mein Vater würde mich nie darum bitten.«

»Das sagst du. Also wirst du es tun? Ihre Urteile fällen?«

Selbst sein Vater würde dem zustimmen, aber er konnte es nicht tun. Er würde sich damit nur Feinde schaffen »Ich habe eine andere Idee«, meinte er. »Harald hat gesagt, er würde noch vor seiner Hochzeit Recht sprechen. Aber ich glaube, das kann ich verhindern – und damit Rolli und Hallbjorn etwas Zeit verschaffen, vor Gericht zu erscheinen und selbst für sich zu sprechen. Wenn ich das tue, wirst du dann diese törichte Idee für dich behalten, dass ich das Urteil über sie spreche?«

»Wie willst du das zustande bringen?« Vigdis' Augen wurden schmal. Einar versuchte, so offenherzig wie möglich auszusehen.

Er fürchtete, seine Affäre mit Gyda sei ihm für alle sichtbar ins Gesicht geschrieben, besonders für jemanden, der so geübt darin war, andere zu manipulieren, wie seine Mutter.

»Ich werde heute später zu dir kommen und dir mitteilen, dass es erledigt ist«, sagte Einar und beugte sich vor, um sie auf die Wange zu küssen.

Vigdis nahm seine Hand und hielt sie fest. »Du solltest dich nicht so eng an deinen Vater binden.«

»Du hast gesagt, was du dazu meinst«, erwiderte Einar. »Es sei denn, du kannst mir noch mehr dazu erzählen, irgendetwas Konkretes.«

Sie senkte den Blick. »Es sind Gerüchte im Umlauf, mehr weiß ich nicht.«

Einar entzog seine Hand ihrem Griff. »Du setzt Gerüchte in die Welt, glaube ich. Und jetzt lass mich gehen.«

• • •

Die Frauen von Vestfold saßen im Sonnenschein dieses späten Frühlingstages vor einer der Hallen. Im hellen Licht sah Gydas Haar aus, als würde es Funken sprühen. Es war riskant, sich jetzt in ihre Nähe zu begeben, aber er wollte nicht, dass Vigdis' törichter Plan wie ein Schatten über ihm hing, wie Sigurds Drohung, diese Affäre seinem Vater zu berichten.

Er konnte sich nicht wünschen, irgendeiner seiner Momente mit Gyda sei nicht geschehen. Heute arbeitete sie mit einer kleinen Spindel, die sie in einer Schüssel hin- und herschnippte, anstatt sie hoch- und runtersteigen zu lassen. So spann sie einen Faden, der in der Nachmittagssonne so dünn aussah wie Spinnweben. Einar erinnerte sich daran, dass seine Tante Svanhild gesagt hatte, sie sei eher eine Elfe als ein Mensch. Als sie ihn sah, presste sie die Lippen zusammen, um ihn zu warnen, aber ihr Blick wurde sanft.

»Ich habe eine Nachricht von meinem Vater für Prinzessin Gyda«, sagte er. »Edle Dame, wollt Ihr mit mir sprechen?«

Gyda legte ihre Arbeit zur Seite und ging mit Einar. Sie spazierten zusammen Richtung Wasser. Als sie weit genug von den anderen entfernt waren, blieb sie stehen und verschränkte die Arme. »Was will dein Vater mir mitteilen?«

»Nichts«, sagte Einar. Sie wandte sich um, und Einar streckte die Hand aus, um sie von sich abzuhalten. Sie schüttelte seine Berührung ab.

»Das ist gefährlich«, warnte sie.

»Ich muss dich um etwas bitten«, sagte er. In kurzen Worten schilderte er, was er über Rollis und Hallbjorns Verbrechen wusste. »Wenn ich gezwungen werde, als Richter zwischen meinen Brüdern zu stehen, dann geht das für mich nicht gut aus. Ich muss dabei unweigerlich einige, vielleicht alle erzürnen. Wenn dir etwas an mir liegt, hilf mir dabei, Haralds Gerichtssitzung zu verzögern und mir dadurch diese Aufgabe zu ersparen.«

»Warum sollte ich das tun?«, fragte Gyda. Einar dachte an seine Mutter und an ihr Bestreben, immer einen Vorteil gegen einen anderen einzuhandeln. Zumindest während des Tages galt für Gyda dasselbe. Und die Chance auf eine Zukunft mit ihr schien in weiter Ferne.

»Wenn du immer noch möchtest, dass ich mit dir nach Hordaland zurückgehe, dann wirst du nicht wollen, dass sowohl mein Vater als auch Aldi wütend auf mich sind. Aldi könnte mich töten, und mein Vater könnte …« Er wollte nicht aussprechen, was sein Vater tun könnte – sein Missfallen erschien ihm viel beängstigender als schlichte Gewalt von Aldi.

»Schön«, sagte sie. »Ivar wird Hordaland brauchen, noch

mehr, als du dachtest, da deine Mutter bereit ist, Sogn wegzugeben.«

»Was?«, rief Einar.

»Deine Stiefmutter, meine ich. Hilda – sie hat arrangiert, Sogn im Austausch für deinen Bruder Rolli abzutreten.«

Einar war sich sicher, dass sein Vater nichts davon wusste. »Mein Vater wird Sogn niemals aufgeben«, sagte er.

»Sehr gut«, erwiderte Gyda. »Ich werde Harald bitten, unsere Heirat zu verschieben, sie am Mittsommertag selbst abzuhalten, um dich davor zu bewahren und hinauszuzögern, dass Harald im Falle deiner Brüder Recht spricht.« Sie schluckte. »Ich denke, es macht dir nichts aus, wenn ich dadurch erst etwas später sein Lager teilen muss.«

Vor Einars geistigem Auge entstand ein Bild, so klar, dass es Gydas zorniges Stirnrunzeln überstrahlte: Haralds Kopf mit den goldenen Locken, der sich zu ihrem herunterbeugte, die langen Strähnen seines Haars, die ihr Gesicht verdeckten, sein breiter Rücken, der ihren Körper, ihre Schenkel verbarg, die sich erst gestern Nacht noch um seine geschlungen hatten, doch nun spreizte sie sie für Harald.

»Ich bin nicht froh darüber«, sagte er mit leiser und zorniger Stimme. »Was möchtest du, dass ich tue?«

Ihre Miene wurde etwas milder. »Ich hätte am liebsten, dass wir schnell von hier verschwinden.«

»Ich tue, was ich kann«, erwiderte er. »Jetzt werde ich dich zu den Frauen zurückbringen.«

»Ich finde schon allein den Weg«, sagte Gyda. Sie kehrte in aufrechter Haltung und hoch erhobenen Hauptes zu den anderen zurück. Einar hätte gern versucht, ihren Zorn zu besänftigen, aber vielleicht war es besser, wenn die Affäre so zwischen ihnen endete. Sie würde tun, worum er gebeten hatte, und sich dann mit ihrem Platz in Haralds Bett abfinden.

Kapitel 13

Anders als Freydis es erwartet hatte, war Solvis Haus nicht schmutzig, wie es bei Männern üblich schien, sondern sauber und ordentlich. Eine Frau kämmte am Herd Wolle; zu ihren Füßen lag eine Katze und leckte träge ihr Fell.

»Tova«, sagte Solvi mit zaghafter und unsicherer Stimme. »Das ist meine Tochter Freydis. Von ...« Er schluckte vernehmlich. »... Svanhild. Ein junger Narr hat ihr Leid angetan, und sie braucht Unnas Fürsorge.«

Die Frau wandte sich um, und Freydis stockte der Atem angesichts ihrer Schönheit. Große, dunkle Augen, ein lebendiger Mund, vor Überraschung leicht geöffnet, ein verblüffender Kontrast zu ihrem hellen Haar, das im Schein des Feuers wie geschmolzenes Metall wirkte. Freydis' Mutter hätte neben Tova nahezu unscheinbar ausgesehen.

»Ich habe ein paar Fragen«, meinte sie mit trockenem Humor in der Stimme.

»Ich weiß ebenso wenig wie du«, erwiderte Solvi barsch. »Bring sie zu Unna, oder ich lasse es Snorri machen, aber ich glaube, eine Frau wäre ihr lieber.«

Freydis mochte den freundlichen Snorri trotz seiner Entstellung, doch sie fühlte sich so unsicher, dass sie kein Wort hervorbrachte, zumindest nicht, solange ihr niemand direkt eine Frage stellte. Tova warf Freydis einen Schal über die Schultern und führte sie wieder aus dem Haus. Einen halben Schritt hinter Tova ging sie über den rauen Boden von Islands Buschland, das aussah wie ein Eintopf, der während des Kochens plötzlich gefroren und in Stücke geschlagen worden war.

Auf dem Weg erzählte Tova ihr von Unna: Sie sei eine Heilerin und eine Hexe, in gewisser Weise herrsche sie über die Siedlung von Reykjavik, indem sie ihre Weisheit und Heilkünste teilte, manchmal sogar Recht sprach, und sie habe mithilfe von Magie ihren Liebhaber Donall verzaubert, der viel zu gut aussehend für sie sei, nun jedoch keine andere Frau mehr ansehe. Tova berichtete, dass Unna sich einst um Solvis und Svanhilds Sohn gekümmert habe, der vor Freydis' Geburt gestorben war, und dass sie nicht viele Freunde besaß, aber Svanhild sehr nahegestanden habe, wie Tova glaubte.

»Sie ist eine strenge Frau«, fügte Tova hinzu. »Aber auch gerecht und gut. Sie würde dich in jedem Fall behandeln, und sie wird es umso gewissenhafter tun, weil sie deine Mutter kennt.«

Unnas Haus schmiegte sich zwischen zwei Hügel, die beinahe so hoch wie die Wände waren, und bestand aus gestapeltem Torf. Das überhängende Grasdach berührte die Spitzen der Hügel, die das Haus schützten. Unna kam heraus und begrüßte sie. Sie war beeindruckend groß und wirkte stark wie eine Eisenstange. Ihr Mann war jünger als sie und blickte freundlicher drein, doch er runzelte die Stirn, als er Freydis sah. Sie wünschte, sie hätte den Bluterguss auf ihrer Wange verbergen können. Er fühlte sich hart und heiß an; Hallbjorns Schlag war so stark gewesen, dass die Stelle weiterhin anschwoll.

»Das ist Solvis Tochter«, sagte Tova. »Svanhild ist ihre Mutter.«

Unna trat heran und fasste Freydis am Kinn, mit Fingern hart wie Holz. Sie drehte ihr Gesicht hin und her, ähnlich wie Solvi es getan hatte. »Ja, sie sieht beiden ähnlich«, sagte sie. »Wer hat sie misshandelt?«

»Ein junger Mann«, erwiderte Tova.

Unna schnaubte und brachte damit ihre Verachtung für Hallbjorn und alle Männer seiner Art zum Ausdruck.

»Und sie ist schwanger, zumindest glaubt sie das«, ergänzte Tova. »Sie ist zu jung für ein Kind. Vielleicht kannst du ihr ja helfen, es loszuwerden.«

»Habe ich gar kein Mitspracherecht?« murmelte Freydis.

»Was?«, fragte Unna scharf. »Ich höre nicht mehr so gut.«

Freydis schüttelte den Kopf und sah zu Boden. Unna hob ihr Kinn wieder, und Freydis entzog sich ihrem Griff. »Ich habe gefragt, ob ich auch ein Mitspracherecht habe«, sagte sie laut, die Stimme voller Tränen des Zorns. »In Bezug darauf, ob ich dieses Kind bekomme, in Bezug darauf, ob ich hierbleibe, bei meinem Vater, oder ... oder einem der Drachen in den Bergen geopfert werde.«

»Natürlich hast du ein Mitspracherecht«, erwiderte Unna. »Es ist allein deine Entscheidung. Deine Mutter war mir lieb. Solvi bewirtschaftet ihr Land in dem Wissen, dass, falls sie oder einer ihrer Nachkommen jemals dort auftaucht, das Land ihnen gehören wird. Du bist Erbin dieses Landes, nicht Solvi Hunthiofsson. Dein Kind wird ebenfalls dieses Land erben.«

»Außer wenn ich es loswerde«, sagte Freydis. Sie umarmte ihren Leib. »Wächst hier Weinraute?«

Unna hob eine Augenbraue. »Ich sehe, du kennst dich aus. Ich habe bessere Erfahrungen mit einer Mischung aus Weinraute und einer bestimmten Fichtenart gemacht ... und mit einer Minzsorte, die hier in Island selten zu finden ist – aber ich habe einige getrocknete Bündel davon.«

Freydis nickte.

»Wie weit bist du?«, fragte Unna.

»Nicht weit«, antwortete Freydis. »Es ist noch nichts zu sehen.«

»Und du bist selbst noch ein Kind«, erwiderte Unna. »Ein Kind, das ein Kind bekommt.«

»Es kann höchstens ein Monat sein. Davor war ich Jungfrau«, sagte Freydis und versuchte, nicht auf die Röte zu achten, die sich in ihrem Gesicht ausbreitete.

»Dann werden Kräuter deinen Schoß lösen«, erklärte Unna, »und du wirst deine Tage bekommen. Aber es kann gefährlich sein. Willst du es riskieren?«

»Ich sollte fragen«, sagte Freydis und wandte sich Tova zu. »Was, glaubst du, will mein Vater?«

Tova zuckte die Schultern; ihre ruhige Miene verriet nichts.

»Was er will, ist jetzt nicht wichtig«, meinte Unna. »Vielleicht würde er dir sagen, dass du das Kind loswerden sollst, weil er keine weiteren Mitstreiter um sein Land haben möchte. Oder weil ein neues Leben ihn zwingen könnte, den Pfad der Furcht und Bitterkeit wieder zu verlassen, den er sich entschieden hat zu gehen. Du musst selbst entscheiden.«

»Ich dachte, er wäre ein großer Seekönig und Entdecker«, wandte Freydis ein. »Das hat mir meine Mutter immer erzählt.«

»Das war er einst, aber nun ist nicht mehr viel davon übrig«, erwiderte Unna.

»Doch du lässt ihn hier leben«, stellte Freydis fest.

Unnas Gesicht zeigte kaum eine Regung, doch Freydis sah, dass sie sich freute – vielleicht weil Freydis damit ihre Macht anerkannt hatte. »Zuerst habe ich es deiner Mutter zuliebe getan, doch im Grunde ist er ein guter Nachbar. Ich kann seine Entscheidung verstehen, auch wenn ich sie mir anders wünschen würde. Dein

Erbe ... nun, sprechen wir später darüber. Ich mag deine Mutter sehr und sehne mich danach, sie wiederzusehen, doch dich zu sehen fühlt sich fast ebenso gut an.«

Freydis blickte Unna ruhig an. »Du solltest wissen, dass ich meiner Mutter in keiner Weise ähnlich bin«, sagte sie dann zögerlich.

»Du siehst fast aus wie sie, obwohl ich glaube, du wirst eines Tages hübscher sein – und welche Schwächen dein Vater auch immer haben mag, Hässlichkeit ist keine davon. Er wäre ein gut aussehender Mann geworden, wenn er eine natürliche Größe erreicht hätte.«

Freydis blickte erneut zu Boden. Sie konnte gegen die Kraft von Unnas Willen ankämpfen, doch Komplimente verwirrten sie und gaben ihr ein Gefühl von Schwäche. Sie warf Unnas Begleiter einen heimlichen Blick zu, der ein stattlicher Mann war, obgleich man Unna nicht als schön bezeichnen konnte. Freydis war angesichts Hallbjorns Schönheit schwach geworden, aufgrund seiner Ähnlichkeit mit Einar. Wäre er hässlich gewesen, hätte sie sich dann mehr gegen ihn gewehrt? Wenn sie sich vorstellte, sie hätte tatsächlich eine andere Wahl gehabt, würde sie sich niemals verzeihen können.

»Natürlich«, sagte Unna, und ihre Worte holten Freydis aus ihren Gedanken, »liegt die Schönheit deiner Mutter vor allem in ihrem Mut, und davon hast du nicht viel.«

Freydis straffte die Schultern. Sie wusste nicht, wer sie hier in Island sein würde, aber sie wollte mehr sein als die Tochter ihrer Mutter. Sie wünschte, sie könnte Alfrith um Rat fragen – sie würde wissen, was die Götter mit ihr für Pläne hatten. Wenn Freydis Zeit dazu fand, würde sie die Gebete sprechen, die Alfrith sie gelehrt hatte, und abwarten, ob sie dadurch eine Antwort finden konnte. Unna sah sie erwartungsvoll an.

»Ich möchte die Schwangerschaft beenden«, sagte Freydis. »Ich wäre dir für deine Hilfe dankbar.«

Unna nickte. »Ich werde mich um dich kümmern, wie ich es auch für deinen Bruder getan hätte, wenn ich die Möglichkeit gehabt hätte. Du bleibst bei mir, bis dein Bauch verschwunden ist, und dann – sehen wir, was zu tun ist.«

• • •

Freydis' Unterleib zog sich zusammen und löste sich wieder, um sich gleich darauf wieder zu verkrampfen, als sie einen tiefen Atemzug nahm. Sie krümmte sich seitlich zusammen, während sie auf die nächste Woge des Schmerzes wartete. Sie hatte sich selbst dafür entschieden, rief sie sich ins Gedächtnis. Wenn sie nur auf ebenso einfache Weise die Erinnerung an Hallbjorn auslöschen könnte.

»Du bist noch kaum eine Frau«, hatte Unna gesagt, als sie Freydis untersuchte. »Du hast fast keine Haare zwischen den Beinen, deine Brüste sind nicht mehr als Knospen. Doch du hast schon deine Tage gehabt?«

Freydis hatte nur nicken können, stumm vor Scham. Nun hatten bereits zwei Menschen sie intim berührt, beide mit dieser besitzergreifenden Sicherheit, dass sie ihren Körper und ihre Bedürfnisse besser kannten als sie selbst. Wenigstens Unna tat es in der Absicht, ihr zu helfen.

»Wie oft?«, hatte Unna wissen wollen.

»Nur einmal. Dann waren wir auf Reisen, und es passierte nicht wieder. Und dann kam Hallbjorn.«

»Und du bist sicher, dass du ein Kind erwartest?«, fragte Unna erneut.

Freydis hatte genickt. Als Hallbjorns Samen sich eingenistet hatte, hatte sich ihr Körper in einer Weise verändert, die sie nicht beschreiben konnte. Das Essen schmeckte anders. Ihr Körper reagierte anders auf seinen, sehnte sich nach anderen Berührungen.

»Ich glaube dir, Kind«, hatte Unna schließlich gesagt. »Und ich vermute, falls du dich irrst, werden die Kräuter schlimmstenfalls deine Tage aus dem Rhythmus bringen, und du wirst ein paar Krämpfe haben.« Am nächsten Tag hatte sie Freydis die Kräuter gegeben.

Der Schmerz presste ihren Unterleib zusammen, als würde sich eine harte Faust darum schließen. Sie dachte an das, was Alfrith ihr über das Ertragen von Schmerz gesagt hatte, dass es das Beste sei, den Empfindungen nachzugeben, die Wogen zu spüren und in den Pausen dazwischen auszuruhen, doch Freydis konnte sich nicht von ihrer Angst lösen.

Von draußen vernahm sie Aufruhr, doch er drang erst voll in ihr Bewusstsein, als sie einen Mann schreien hörte: »Wo ist sie … wo ist meine Braut?«

Freydis krümmte sich noch fester um das Deckenbündel in ihren Armen. Es war Hallbjorn, auf der Suche nach ihr.

»Du bist hier nicht willkommen.« Unnas Stimme klang ruhig und unerbittlich.

Mühevoll setzte Freydis sich auf. Schwarze Flecken tanzten vor ihren Augen. Solvi hatte Hallbjorn seine Waffen zurückgegeben. Er konnte Unna und Donall umbringen – er war stark, und sie waren alt.

Freydis wickelte sich einen Umhang um die Schultern und stolperte hinaus ins Sonnenlicht. Ihr Haar fiel offen herab, denn Unna hatte gesagt, sie solle nichts Geknotetes an sich tragen, wenn sie ihren Unterleib zu lösen versuchte. Das Haar wehte ihr ins Gesicht, weich und duftend, nachdem Unna es heute Morgen gewaschen hatte. Sie hatte es eigenhändig gekämmt. Freydis konnte sich nicht daran erinnern, dass ihre eigene Mutter das jemals für sie getan hatte.

Hallbjorn hatte das Schwert gezogen, während Donall, Unna und einige ihrer männlichen Diener um ihn herumstanden.

»Hallbjorn Olafsson«, rief Freydis mit hoher, lauter Stimme. Vielleicht konnte sie ihm den Schmerz entgegenschreien und sich so davon befreien. »Ich will nicht mit dir gehen. Ich will nicht deine Frau werden. Ich will nicht deinen Sohn gebären. Geh fort von hier!«

»Du hast gehört, was das Mädchen gesagt hat«, erklärte Donall mit seinem starken Akzent. »Geh fort!«

»Was willst du tun, alter Mann?«, fragte Hallbjorn. Sein spöttisches Grinsen ließ ihn hässlich aussehen.

Freydis versuchte, auf sie zuzulaufen, um sich zwischen Donall und Hallbjorn zu stellen, doch ihre Krämpfe ließen sie sich vor Schmerz krümmen. Unna legte ihr die Arme um die Schultern und versuchte sie zurückzuziehen.

»Nein!«, rief Freydis. »Lass mich!«

»Ich bin gekommen, um Hilfe von deinem Vater zu erbitten«, sagte Hallbjorn. »Bring ihn dazu, dass er sie mir gewährt, und ich werde wieder fortgehen.«

»Er wird dir niemals helfen!«, schrie Freydis. »Er hasst dich ebenso sehr wie ich.« Sie hatte zu starke Schmerzen, um vor der Kühnheit ihrer Worte zu erschrecken. Mittlerweile waren die Schmerzen schlimmer als Krämpfe; so musste es sich anfühlen, wenn man erstochen wurde. Zwar blutete sie nicht, fiel jedoch ohnmächtig zu Boden.

Undeutlich vernahm sie Handgemenge, jedoch keine Schreie, dann berührten Unnas kühle Hände sie sanft an der Schulter, bis sie so weit zu sich kam, dass Donall ihr zurück ins Haus helfen konnte.

»Was ist geschehen?«, rief Freydis und wehrte sich gegen Donalls Griff.

»Still, er ist jetzt weg«, sagte Unna. »Ruh dich aus, und lass deinen Körper seine Arbeit tun.«

Freydis lag weitere zwei Tage auf einer Pritsche und wartete, dass die Krämpfe nachließen. Manchmal strich Unna ihr über den Rücken, während sie sich in Schmerzen wand. Immer wieder ließ sie Freydis aufstehen und herumlaufen, während sie sich auf sie stützte wie eine Frau in den Wehen.

Schließlich verschwand der Schmerz und ließ nur noch Schwäche zurück. Freydis tastete zwischen ihre Beine, hoffte auf das schlüpfrig-feuchte Gefühl von Blut, doch ihre Hand blieb trocken. Ohne die Schmerzen fühlte ihr Körper sich ausgelaugt an. Sie fiel in einen tiefen Schlaf und verbrachte einen ganzen Tag und eine ganze Nacht ohne Bewusstsein. Als sie erwachte und nach draußen ging, war es bereits Nachmittag, die Morgensonne verschwand hinter den Wolken. Noch vor dem Abendessen würde ein Sturm losbrechen.

Unna war im Garten und grub mit einer scharfen Spitze Löcher für Zwiebeln. Sie förderte eine Pflanze zutage, und der Geruch stieg Freydis in die Nase, ein scharfer, saurer Geruch, wie der Schweiß eines Mannes. Hallbjorn war immer noch auf der Insel, dessen war sie sich sicher. Und sein Kind wuchs immer noch in ihrem Schoß.

Unna trennte die Zwiebelknollen mit den Händen und steckte sie in die Löcher, die sie gegraben hatte, wodurch sie aus der einen Pflanze mehrere machte. Freydis' Inneres zog sich zusammen, doch diesmal war es kein Krampf, sondern dieselbe Art von

Schwangerschaftsübelkeit, die sie bereits an Islands Küste empfunden hatte.

»Ich bin immer noch …«, sagte Freydis und strich mit der Hand über ihren Bauch. Sie war es; ihr Körper wusste das ebenso gut, wie das Prickeln auf ihrer Haut ihr verriet, dass es bald regnen würde.

»Das habe ich befürchtet«, erwiderte Unna. »Das Kind hat sich fest eingenistet. Wenn ich dir noch mehr Arznei gebe, könntest du zusammen mit dem Ungeborenen sterben.«

Freydis trat einen Schritt zurück. Nein, das könnte sie nicht ertragen, in diesen Schmerzen gefangen zu sterben. Wenn sie das Kind nicht loswerden konnte, würde es andere Wege geben zu sterben, hatte Alfrith ihr gesagt. Manchmal war es auch Aufgabe der Heiler, den Sterbenden den Übergang von den Schmerzen dieser Welt in den Frieden der nächsten zu erleichtern. Freydis presste die Faust gegen ihren Unterbauch, als könnte sie das Kind mit der Hand herausdrücken. Sie versuchte sich vorzustellen, wie es wuchs, ihre Haut mit Dehnungsstreifen zerfurchte, sie aufgrund seines Gewichts schwanken ließ. Dann die Schmerzen und Gefahren der Geburt, ein Kind, das ihre schmalen Hüften auseinanderriss.

»Vielleicht ist es der Wille der Götter«, meinte Unna. »Deine Mutter würde möglicherweise gern ein Enkelkind haben.«

»Meine Mutter!«, schrie Freydis. »Wenn sie eine richtige Mutter wäre, wäre ich gar nicht hier. Sie hätte nicht zugelassen, dass er … sie hätte das Schiff übernommen und wäre damit nach Vestfold gesegelt oder etwas Ähnliches. Man hätte Lieder darüber geschrieben. Stattdessen habe ich zugelassen, dass er … und nun bin ich hier, und du und mein Vater wünschen, ich wäre sie.«

Sie rannte ins Haus und ließ sich auf das Bett fallen. Das Kissen roch nach dem kranken Schweiß der Schmerzen der letzten

Tage. Durch die geöffnete Tür fiel Licht in eine Ecke des Zimmers; dort waren Unnas Kräuter zum Trocknen aufgehängt. Einige erkannte sie sogar vom Bett aus. Sie rieb sich die Augen und ging hinüber. Gänsefingerkraut, Flohkraut und Weinraute – die Kräuter, die sie genommen hatte. Minze und Weidenrinde. Kamille, Mutterkraut und Lavendel, gut für leichtere Erkrankungen. Eine Reihe kleiner Lederbeutel stand auf einem Regal. Freydis öffnete einen davon und fand ein braunes Pulver, das sie nicht kannte. Der nächste enthielt kleine getrocknete Pilze. Sie lösten Visionen aus, machten krank und führten in größeren Mengen zu einem qualvollen Tod. In einem weiteren befanden sich die Pilze, die sie suchte – jene, die nur den Tod brachten, schnell. Sie waren Alfriths letzte Medizin gewesen.

Sie schüttete ein paar in ihre Hand und schluckte sie trocken hinunter, bevor sie darüber nachdenken konnte. Dann ging sie zu ihrer Pritsche hinüber. Fühlte sie bereits die Wirkung, oder war dieses schwebende Gefühl nur die Folge davon, dass sie während der letzten Tage zu wenig gegessen hatte?

Durch ihre dünnen Schuhe hindurch spürte sie jede Unebenheit des Bodens. Ein Windzug von der geöffneten Tür her ließ sie erschaudern. Sie legte sich hin und roch den warmen, süßen Duft des Heus in der Matratze. Sie würde diese Dinge in ihrem Grab vermissen, doch sie hatte ihre Entscheidung getroffen.

Kapitel 14

Ragnvald ging zu Ivar hinüber, der mit Gydas Nichte Signy unter einem der Bäume am Hang oberhalb des Hafens saß. Sie schienen gut zueinanderzupassen, lachten miteinander und saßen vergnügt Hand in Hand. Sie wäre vielleicht eine gute Frau für ihn, doch eine Heirat würde sicher nur Ärger mit Harald bedeuten.

In ganz Vestfold ging das Gerücht um, Harald sehe seiner Hochzeit mit Gyda nun so ungeduldig entgegen, dass sie letztendlich auf Mittsommer und nicht auf später festgelegt worden sei. Viele hofften, er hätte die finnische Hexe Snaefrid endlich abserviert oder dass sie ihn wenigstens nicht mehr ganz am Gängelband führte.

Ragnvald hatte allerdings auch ganz andere Gerüchte gehört, nämlich dass Gyda es war, die die Hochzeit vorgezogen hatte, und sie es war, die darauf drängte. Beides kam ihm unwahrscheinlich vor. Gyda hatte schließlich zwanzig Jahre lang darauf gewartet und war nur durch Einar dazu zu bewegen gewesen, aus Hordaland mitzukommen.

Ragnvald kam dieser Wechsel sehr entgegen. Eigentlich sollte Svanhild schon hier sein, und falls sie nach der Hochzeit immer noch nicht von Schonen zurückgekommen war, plante Ragnvald, selbst dort nach dem Rechten zu sehen. Aber wahrscheinlich zögerte sie ihre Rückkehr nur hinaus, um sich nicht die Hochzeit ihres Mannes mit wieder einer neuen Frau mit ansehen zu müssen. Zwar gab sie vor, ihr sei gleich, was Harald tat, aber Ragnvald durchschaute ihren Stolz und erkannte die Einsamkeit dahinter. Harald war für sie nicht der Mann, der Solvi gewesen war, zumindest bis zum Tod ihres Sohnes.

Ivar schien eine Unterbrechung ganz gelegen zu kommen, zumindest durch seinen Vater. Er flüsterte etwas in Signys Ohr, bevor er sie wegschickte. »Was gibt es, Vater?«, fragte er.

»Dein Bruder hat mir gesteckt, dass du dich an Signy heranmachst, damit du sie heiraten und dann Hordaland regieren kannst«, sagte Ragnvald.

»An ein solches Mädchen kann man sich auch nur heranmachen«, erwiderte Ivar mit lachenden Augen. Manchmal erinnerte er Ragnvald an Oddi in ihren besten Zeiten, als sie noch Freunde waren und Oddi ihn mit seinem Humor aus den dunkelsten Stimmungen herausgerissen hatte. »Außerdem weiß sie, was sie will«, fügte Ivar hinzu. »Das Ganze war sowieso Einars Idee – er meinte, Gyda würde mir Hordaland vermachen, wenn ich Signy heirate.«

Wenigstens gab Ivar nicht vor, alles aus Liebe zu Signy zu tun. »War es denn schwierig, Gyda dazu zu überreden, Hordaland zu verlassen?«, fragte Ragnvald. »Ich bin mir nicht sicher, dass dein Bruder mir alles erzählt hat.«

»Er würde dich niemals anlügen, Vater«, sagte Ivar. »Ich verstehe nicht, warum du ihm misstraust.«

»Ich vertraue ihm ja«, protestierte Ragnvald, und das stimmte auch auf gewisse Weise. Er vertraute Einar und Svanhild mehr von seinen Sorgen und Zweifeln an als sonst irgendjemandem auf der Welt, aber Einar war nun einmal Vigdis' Sohn. Der Verrat steckte ihm im Blut. »Erzähl mir, wie er es zustande gebracht hat, Gyda zu überreden.«

»So richtig weiß ich das auch nicht«, sagte Ivar. »Das hat er ganz alleine hingekriegt. Am einen Abend ist er vom Lager weggegangen, und als wir am nächsten Morgen zur Burg kamen, ließ er die Tore weit öffnen, und er stand da mit der Königin. Eigentlich sollte er es sein, der Signy heiratet und alles erbt, finde ich – dann wäre mein bester Freund auch mein Bruderkönig.«

Ragnvald blickte sorgenvoll. Hilda hatte ihm erzählt, dass Einar Gyda gestern mit der Ausrede aus dem Frauenzirkel herausgeholt hatte, er wolle ihr eine Bitte von König Ragnvald übermitteln, und kurz darauf war der Hochzeitstag verschoben worden. Sie war errötet wie ein Mädchen, als Einar die Geschichte von Diarmuid und Grainne erzählt hatte.

Es gab nur eine Erklärung für all diese Fakten, und die fachte Ragnvalds Misstrauen an. Gyda war keine Frau, die bei einem hübschen Jungen Herzflattern bekam, selbst bei einem brillanten wie Einar. Bisher hätte Ragnvald darauf gewettet, dass Einar weiblichen Reizen gegenüber unempfänglich war – er hatte angenommen, dass er von der Sorte war, die Männer im Bett bevorzugte, und insgeheim gehofft, dass das stimmte. Solch ein Mann würde keine männlichen Nachkommen haben, die Ivars Söhne verdrängen könnten.

Aber nein, sein cooler, verschlossener Sohn hatte sich Prinzessin Gyda fürs Bett ausgewählt und damit sein und ihr Leben riskiert und auch noch das von allen, die davon erfuhren und es vor Harald verschwiegen. Ivar wartete immer noch darauf, dass er weitersprach. »Harald denkt jetzt schon, dass unsere Familie zu viel Macht hat«, erklärte Ragnvald. »Wir dürfen uns nicht zu weit aus dem Fenster lehnen. Such dir ein anderes Mädel für die Nacht.«

• • •

Ragnvald war den anderen Jarls und weniger wichtigen Anführern, die Gefälligkeiten von ihm erwarteten, bis jetzt aus dem Weg gegangen, doch nun schritt er direkt auf eine Gruppe zu, in deren Mitte er Sigurd fand, der gerade gutmütig beim Würfelspiel gegen ein paar Krieger verlor, unter denen sich auch Oddi befand.

Die Männer machten für Ragnvald Platz und rempelten ihn nicht an, wie sie es untereinander taten. Er wartete, bis Sigurd sein Spiel beendet und mit einem reuevollen Lächeln eine Handvoll Hacksilber verloren hatte, bevor er sagte: »Sigurd, auf ein Wort.«

Sigurd zuckte mit der Schulter und stand auf. Ragnvald vergaß immer wieder, dass sein Bruder größer war als er – bis sie dann nebeneinanderstanden –, wohl weil Sigurd sich ein wenig zögerlich bewegte und den Kopf gesenkt hielt, wie der Schwächste in einer Hundemeute, der ständig erwartete, weggebissen zu werden.

Die Gruppe löste sich auf, abgesehen von ein paar Dienern, die abwarteten, ob Ragnvald etwas benötigte. Er winkte ab. »Was hast du mit Einar heute Morgen besprochen?«, fragte er Sigurd. »Es ging doch wohl um Einars Auserwählte und nicht um die von Ivar, oder?«

Sigurds Lächeln verschwand augenblicklich. »Ich habe ihm gesagt, ich würde dir nichts davon erzählen, wenn er schwört, die Sache zu beenden«, verteidigte er sich.

Mehr musste Ragnvald nicht wissen. Er rieb sich die Narbe an seinem Mundwinkel, Solvis erste Markierung. Da hatte er noch nicht einmal Zeit gefunden, sich über Rollis Missetaten Gedanken zu machen – und nun dies. Söhne verursachten Männern mehr Herzensschmerz, als Frauen es je tun könnten. »Du hast es mir ja nicht erzählt. Ich habe es einfach erraten«, beruhigte er Sigurd. »Und hat er es getan? Hat er es beendet?«

»Er hat es mir versprochen, also hat er es bestimmt getan«, meinte Sigurd. Er kickte den Boden mit dem Fuß.

»Der dumme Junge«, sagte Ragnvald. »Irgendwie war mir klar, dass er so etwas Verrücktes tun würde.«

»Er ist doch nicht dumm.« Sigurd versuchte, Ragnvald in die Augen zu sehen. »Er ist dir unheimlich ähnlich.«

Das hatte Ragnvald schon öfter gehört und fand diesen Vergleich immer sehr unangenehm. »Ich wusste nie so recht, was ich mit solch einem Sohn anfangen soll«, erwiderte er. »Er glänzt einfach zu sehr. Eigentlich hatte ich gehofft, es würde ihm genügen, Ivars Gefährte zu sein.«

»Hätte es dir gereicht, dein ganzes Leben lang einem anderen zu dienen?«, fragte Sigurd mit echtem Interesse.

»Habe ich das etwa nicht getan?«, fragte Ragnvald aufgebracht. »Schließlich diene ich Harald.«

Sigurds Lächeln wirkte gleichzeitig unschuldig und wissend. »Dabei bist du Ragnvald der Mächtige geworden«, sagte er. Manchmal durchschaute er Ragnvald allzu sehr. »Aber aus ihm wird niemals Einar der Mächtige, genauso wenig, wie aus mir Sigurd der Mächtige wird. Mir macht das nichts aus, aber ich bin auch weniger ambitioniert als ihr beide.«

Ragnvald lachte ein wenig verlegen. »Mach dich nicht so klein. An dich wird man sich noch lange erinnern, und außerdem bist du klüger, als du denkst. Sag mir, was ich tun soll mit Einar – mit allen meinen Söhnen. Es sieht so aus, als würde jeder in sein eigenes Unglück rennen.«

»Bei allen Göttern, ich habe keine Ahnung. Warum denkst du wohl, habe ich meinen Sohn Olaf Svanhild zur Erziehung gegeben?« Sigurd runzelte die Stirn. »Meinst du, sie kommen bald nach Vestfold?«

»Das hoffe ich doch«, erwiderte Ragnvald. »Schonen, das ist

auch noch so ein Problem, das wir im Moment nicht brauchen können.«

• • •

Ragnvald vermied es am nächsten Morgen, ins Gesicht seines Sohnes zu blicken, als Gyda und Harald auf den mit Girlanden aus Frühlingsblumen und Seidenbändern verzierten Hochzeitsbaldachin zuschritten, der in einem Wäldchen unweit des Ufers aufgestellt worden war. Wenn Gyda Einar den Gefallen getan hatte, den Hochzeitstag zu verschieben, damit Rolli nicht gleich verurteilt werden konnte, dann konnte ihre Liaison nicht wie versprochen beendet worden sein.

Die Hochzeitsgäste versammelten sich in der natürlichen Kuhle zwischen den Hügeln von Vestfold. Das Wetter war absolut perfekt, kühl mit einem Anklang von Wärme im Wind, die den Sommer ankündigte und eine Zeit großartiger Kämpfe. Die Götter sahen mit Wohlwollen auf diesen Tag herab, wie auch auf alles, was Harald tat.

Guthorm vollzog die Zeremonie. Gyda trug ein silbrig grün schimmerndes Kleid, das ihr Haar wie ein Gewirr von Kupferdraht erscheinen ließ und die Haut weiß wie Schnee. Selbst im hellen Sonnenlicht sah sie schöner aus als noch vor fünfzehn Jahren, als sie Harald übertrumpft und dabei ihre Jungfräulichkeit und ihre Burg behalten hatte. Ragnvald war klar, was Einar hier anzog – er musste einfach nach den Sternen greifen, und was war schwerer zu erreichen als Haralds berühmteste Eroberung?

Harald trug eine blaue Tunika, die seine Schultern breit wie den Himmel erscheinen ließ und sein Haar so leuchtend wie die Sonne, die in seinen Strähnen aufblitzte. Ragnvald hatte ihn in den letzten Jahren in Vestfold vermisst, auch wie er mit seinen Anhängern herumging und alle Blicke auf sich zog. Ohne ihn schien Vestfold – ja ganz Norwegen – einfach kalt und leer.

Einar trug eine neue Tunika, luxuriöser, als Ragnvald es von ihm gewohnt war, und er wusste auch, von wem sie stammte, als er sah, wie Vigdis Einars Schulter und Ellbogen berührte. Ein Teil von ihm hätte ihn am liebsten auch getröstet: Er wusste, wie es war, von der Frau getrennt zu werden, nach der man verrückt war. Aber an Vigdis konnte er jetzt nur noch Stacheln ausmachen, keine Verlockung mehr. Vielleicht würde Einar Gyda später einmal ebenso sehen.

Als die Hochzeitszeremonie vorbei war, brachten die Gäste die rituellen Toasts aus und leerten ihre Becher mit Ale. Harald trat vor und ließ Gyda hinter sich stehen.

»Ich habe ganz Norwegen erobert«, sprach Harald mit lauter Stimme, die selbst von den einfachen Leuten gehört wurde, welche gekommen waren, sich diesen Tag mit anzusehen. Die Sonne ließ Haralds verfilztes Haar wie Gold leuchten. »Ich bitte meinen Onkel Guthorm von Vestfold, der mir diesen Weg vorgezeichnet hat, und meinen treuesten Freund, König Ragnvald von Møre, mir mein Haar zu schneiden. Ich habe Prinzessin Gyda von Hordaland geheiratet, so wie ich es einst geschworen habe. Niemandem traue ich mehr als diesen beiden Männern – und das muss ich ja wohl, weil sie mir jetzt mit scharfen Klingen zu Leibe rücken!«

Diener brachten einen Sitz für Harald, auf dem er sich niederließ. Ragnvald zog seinen Dolch aus der Scheide, der so scharf geschliffen war, dass er Fleisch fast schmerzlos zerteilen konnte. Er hatte gewusst, dass dieser Moment kommen würde, hatte seit Jahren davon geträumt, es war die Erfüllung seiner Vision, doch als er eine verfilzte Haarsträhne Haralds um seine Klinge wand, hielt er inne, ohne zu schneiden.

»Mein König«, sagte er mit der laut tönenden Stimme, die er verwendete, wenn er von allen gehört werden wollte. »Ich fürchte, ich kann das nicht tun. Deine Frau, meine Schwester Svanhild, ist von Schonen noch nicht zurückgekehrt. Norwegen wurde erobert, aber was ist mit der Bedrohung an unseren Grenzen?«

Haralds Gesicht veränderte sich nicht, und doch wechselte es von warm zu kalt. Ragnvald wollte fast in den Himmel blicken, ob sich eine Wolke vor die Sonne geschoben hatte, aber nein, das war einfach Haralds Ausstrahlung. Er konnte sich jahrelang verstecken, die Regentschaft seines Königreichs anderen Männern überlassen, um dann plötzlich zurückzukommen und die Königswürde aufzunehmen, wie ein anderer Mann einen Stein vom Boden aufhebt.

»Ja, und Solvi Hunthiofsson habe ich auch noch nicht besiegt, wie ich einst geschworen hatte«, sagte Harald nach einer Pause. »Du hast recht daran getan, mich daran zu erinnern, meine Kriegskrähe. Du schneidest mir das Haar, aber erst wenn ich deine Schwester aus Schonen zurückgeholt und diese Seeräuber besiegt habe, die Schiffe gegen uns aussenden. Wann ziehen wir los?«

»Morgen?«, schlug Ragnvald vor. Wenn sie schnell genug gingen, dann könnten sie den Schiedsspruch über Rolli noch weiter hinauszögern, bis Ragnvald sicher sein konnte, dass Harald Sogn nicht mehr als Preis für die Straftat seines Sohnes einfordern würde.

»Ich gehe mit dir, Vater«, rief Ivar.

»Ich auch«, kam es prompt von Einar.

»Haralds Söhne kämpfen Haralds Kriege«, ließ sich Dagfinn vernehmen und trat vor. Gudrod folgte ihm auf den Fersen. Ragnvald ließ sich zurückfallen, als jüngere Männer sich zu Harald nach vorn drängten.

Einar tat einen Schritt vor, sodass er fast neben Ragnvald zu stehen kam, angespannt wie ein Flitzbogen. Würde er etwa so dumm sein und gegen die Hochzeit Einwände erheben, wenn Harald sich nicht seinem Eid entsprechend das Haar schneiden ließ?

»Heute ist noch Hochzeitstag«, rief Ragnvald laut und legte den Arm über Einars Schulter. »Heute feiern wir, heute Abend geleiten wir das Paar zum Hochzeitsbett, und gekämpft wird erst morgen.«

Die Hochzeitsgäste nahmen den Aufruf zum Feiern begeistert auf, und Harald und Gyda führten die bunt gekleidete Menge zur Festhalle hinüber. Ragnvald hatte den Arm immer noch um Einars Schulter geklammert, während sie dem Zug der Gäste nachsahen. Als selbst noch der Niedrigstgeborene den Zeremonienplatz verlassen hatte, ließ Ragnvald ihn los und sagte: »Komm mit!«

Mit raschem Schritt ging er den Pfad hoch, der auf die Anhöhe über dem Wäldchen hinaufführte. Einar folgte nach, und als sie oben angekommen waren, blickten sie hinunter auf die Häuser von Vestfold zwischen den vereinzelten Bäumen, hinüber zum Hafen, in dem sich die Schiffe drängten, und hinaus auf den dahinterliegenden Fjord.

»Ich weiß gar nicht, was ich sagen soll«, meinte Ragnvald traurig. »Ich hielt dich immer für viel klüger und dachte, du würdest bessere Entscheidungen treffen.«

»Sigurd hat versprochen, nichts zu sagen«, erwiderte Einar gepresst.

»Du hast genug eindeutige Spuren hinterlassen. Jeder mit ein wenig Grips könnte darauf kommen«, sagte Ragnvald. Er atmete schwer und versuchte, seine Verärgerung unter Kontrolle zu bringen, indem er sich Sigurds Worte in Erinnerung rief. »Ich dachte eigentlich immer, dass du mein klügster Sohn bist, doch nun hast du gehandelt wie ein dummer Junge.«

Einar hob den Kopf, und Ragnvald erkannte in seiner Miene die wilde Wut, die er nicht mehr gesehen hatte, seit Einar sich einmal als Kind gegen eine Bestrafung aufgelehnt hatte.

»Damit könnte dich jeder erpressen«, sagte Ragnvald, »und mich auch. Hasst du denn dein Leben so sehr, mein Sohn, dass dir Exil oder Tod wünschenswerter erscheinen? Denn das ist es, womit du spielst. Was hat dir die Prinzessin denn versprochen?«

Einar schwieg.

»Deine Ambitionen haben dich dazu geführt, Ivar zu überreden, Signy den Hof zu machen. Glaubst du denn, dass dein Schweigen dich schützt? Oder Gyda?«

»Sie wollte, dass ich mit ihr nach Hordaland zurückkehre. Ivar sollte als Signys Mann König sein und ...«

»Und du wärst dann der echte Herrscher, ich verstehe«, sagte Ragnvald. »So hättest du also den Eid mit deinem Bruder gebrochen, während es so aussah, als würdest du ihn erfüllen. Aber so geht das nicht. Gyda kann nicht nach Hordaland zurück. Einer von Haralds Söhnen muss dort regieren.«

»Warum?«, rief Einar aus. »Harald hat Norwegen im Stich gelassen, und seine Söhne rebellieren gegen ihn. Warum sollte einer von ihnen Hordaland regieren statt Ivar?«

»Das reicht jetzt. Deine Liebelei hat wenigstens ein Gutes hervorgebracht, sie schiebt den Urteilsspruch über Rolli hinaus. Aber jetzt muss Schluss damit sein. Und ich brauche noch etwas von dir. Harald segelt mit einer Menge Krieger nach Schonen, und ich will, dass du hierbleibst, um Vestfold zu verteidigen. Ich weiß nicht, was Erik von Jütland vorhat.«

»Und Ivar?«, fragte Einar.

»Er kommt mit mir nach Schonen.«

»Ist das eine Strafe, Vater?«

»Wofür sollte ich dich denn bestrafen?«, fragte Ragnvald.

Einar glitt leicht aus auf den rutschigen Tannennadeln am Waldboden. »Du hast mich doch schwören lassen, schwören, dass mein Bruder Ivar und ich immer nur gemeinsam in den Kampf ziehen. Und jetzt willst du, dass ich diesen Eid breche?« Seine Stimme zitterte, als er fortfuhr: »Guthorm bleibt doch hier, dazu brauchst du doch nicht mich.«

»Du sprichst von deinem Eid, aber den hast du doch schon verraten«, sagte Ragnvald.

Einar sah zu Boden.

»Ich habe doch nur gedacht, Ivar und ich könnten Gydas Verteidiger in Hordaland sein, solange ...«, sagte er.

»Solange ich noch lebe? Bist du denn so gierig auf meinen Tod?«

Einar schüttelte wütend den Kopf, und Ragnvald fuhr fort: »Ich brauche dich hier. Und ich brauche deinen klugen Kopf. Bleibe hier, und wenn Rolli auftaucht, überrede ihn, Norwegen zu verlassen. Er soll nach Island oder auf die Orkneys oder sonst wohin, wo er sich verstecken kann. Geh mit ihm, wenn du musst. Und sage ihm«, Ragnvald zeigte einen Moment der Schwäche und fuhr dann hastig fort, »sage ihm, dass ich ihm erst verzeihe, wenn er Norwegen von Halfdan befreit hat.«

Einar sah seinen Vater entsetzt an. »Das heißt, du schickst ihn für immer fort«, sagte er.

»Er wird auf jeden Fall für vogelfrei erklärt«, seufzte Ragnvald. »Auf diese Weise ist er wenigstens ...«

»... ist er wenigstens nützlich«, ergänzte Einar bitter. »Aber ich hatte gehört, die Herrin Hilda wollte Sogn für Rollis Freispruch eintauschen.«

Ragnvald hätte nie gedacht, dieser Vorschlag sei von Hilda gekommen. »Nein«, widersprach er. Aber niemals würde er Einar nach den Machenschaften seiner Stiefmutter ausfragen. »Wenn du es nicht für mich tust, dann vielleicht deshalb, weil du ein Geheimnis hast und weil dies anderen Leuten Macht über dich einräumen kann.«

Einar hob den Blick, und plötzlich fühlte sich Ragnvald in Gegenwart eines Wolfs, kaum unter Kontrolle, der durch ihn hindurchsah bis auf den Grund seiner Seele. »Du meinst, es gibt dir Macht über mich. Weil du willst, dass ich den Eid mit meinem Bruder breche.«

»Tut es das?«, fragte Ragnvald.

»Ja«, erwiderte Einar, »aber nicht für lange.«

Ragnvald runzelte die Stirn. »Warum?«

Einar lächelte ihn seltsam an. »Weil es bald so sein wird, dass jeder, der es herausfindet, dich für genauso schuldig hält wie mich, unser Geheimnis bewahrt zu haben.« Er ging fort, den Hang hinunter zu Haralds Trinkhalle, und sah sich nicht einmal um, ob Ragnvald ihm folgte.

Kapitel 15

Donall tauchte eines Morgens früh in Solvis Haus auf, als dieser noch im Bett lag und ihm vor dem Moment graute, wenn er sein Gewicht wieder auf die Beine verlegen musste. Er hatte den kleinsten Hof auf Svanhilds Land für sich behalten, gerade groß genug, um ihn selbst zusammen mit Snorri, Tova, seinem Aufpasser Brusi und einem halben Dutzend Leute Gesinde zu ernähren, aber es erforderte Arbeit Tag für Tag, vom Morgen bis in die Nacht, und das schien ihm immer schwerer zu fallen.

Donall nahm gerne eine Schüssel Haferbrei von Tova entgegen, solange Solvi sich aufsetzte und die Beine über die Bettkante schwang. Rasch schob er seine verkrüppelten Beine mit den fehlenden Zehen in die Stiefel. Tova reichte ihm eine Schüssel.

»Wie geht es meiner Tochter?«, fragte Solvi.

»Sie hat gesagt, sie will das Kind loswerden, und Unna versucht ihr Bestes, aber das Kind hat feste Wurzeln gefasst«, antwortete Donall langsam.

Ein Schmerz durchzuckte Solvis Brust. Er stellte sich Freydis vor, die eine kleinere Version von sich selbst unter dem Herzen trug, die Augen geschlossen und sich am Leben festkrallend. Er kniff die Augen zu.

Tova setzte ihren Löffel scheppernd ab. »Sie ist noch zu jung, um ein Kind auszutragen, sowohl geistig als auch körperlich«, sagte sie. Ihr Gesicht hatte einen sorgenvollen Ausdruck, aber ihre Stimme war tonlos. Zwar hatte Freydis einiges durchmachen müssen, doch Tova hatte schon viel Schlimmeres erlebt. Sie hatte Solvi erzählt, dass sie als Tochter einer Konkubine von einem Mann an den andern weitergereicht worden war, sobald sie das Alter erreicht hatte, deren Aufmerksamkeit zu erregen. Solvi hatte sie seinem Krieger Ulfarr abgenommen und sie an einen anderen Mann weitergegeben, den er als Verbündeten gewinnen wollte. Für ihre Dienste hatte er ihr einen Ehemann nach ihrer Wahl in Aussicht gestellt oder eigenes Geld und ihre Freiheit.

Sie war ihm hierher gefolgt und verlangte nichts weiter, als sein Haus in Ordnung zu halten und weiterhin die Freiheit zu behalten, ihr Leben nach eigenen Vorstellungen zu leben. Andere isländische Männer hatten im Laufe der Jahre um ihre Hand angehalten, auch reichere Männer, aber sie hatte ihnen abgesagt und das einfache Leben mit Solvi vorgezogen. Die meisten Nächte teilten sie das Bett, weil sie einen leichten Schlaf hatte und ihn aus seinen Albträumen wecken konnte, und er tat dasselbe für sie. Vor Jahren schon hatte er versucht, ihr wieder beizuliegen, aber nach der letzten Schlacht, als er versagt hatte, fand er es leichter, sein Verlangen zu verdrängen wie so vieles von seinem früheren Selbst.

Donall fuhr fort: »Ich bin auch gekommen, dir zu sagen, dass der Junge versucht hat, sie mitzunehmen. Du musst ihn loswerden, sonst versucht er es wieder.«

Solvi fuhr hoch und bereute es sofort. Angst erfasste ihn so grimmig, dass er fast ohnmächtig wurde. Seine schlimmsten Albträume begannen so, mit einem Aufruf zum Kampf, den er nicht gewinnen konnte, wie den, in welchem er Tryggulf verloren hatte und seine Nerven. Seine Beine hatten versagt, und Tryggulf hatte sich für ihn geopfert. Statt Donalls Gesicht hatte Solvi einen Moment lang seinen Freund vor Augen, mit dieser Stichwunde in der Brust, wie er über einer Ruderbank starb.

Er blickte zu Snorri hinüber, dessen warmer, verständnisvoller Blick ihn fast aus der Fassung brachte. »Was sein muss, muss sein«, sagte er leise gepresst.

»Gut.« Donall gab vor, Solvis Angst nicht zu sehen. Er aß seinen Haferbrei auf, dankte Tova und stand auf, um zu gehen.

Solvi sah zu Snorri hinüber. Dessen verunstaltetes Gesicht war oft schwer zu lesen, doch Solvi konnte ein Zögern in der Schulterhaltung erkennen. »Was ist denn?«, fragte Solvi gereizt.

»Sie ist deine Tochter«, sagte Snorri.

»Nur weil er wenig spricht, macht ihn das nicht zum Weisen«, sagte Solvi zu Tova. Es war ein Standardscherz zwischen ihnen beiden, und Tova lächelte meist. Aber Snorri wollte Solvi nur einschärfen, dass er das für seine Tochter tun musste. Er konnte seine Tochter nicht verleugnen und nicht seine Verantwortung ihr gegenüber, selbst wenn er sie erst seit ein paar Tagen kannte.

Er hatte von Svanhilds Söhnen mit Harald gehört, die in den Folgejahren gleich nach der Hochzeit rasch hintereinander geboren worden waren. Als sie ihn verlassen hatte, während die Asche ihres Sohnes noch am Strand des Trondheimfjords schwelte, hatte sie ihm verraten, dass sie schwanger war. Solvi hatte angenommen, das Kind sei gestorben, wie alle seine Kinder. Es war nicht sein Schicksal, einen lebendigen Sohn zu haben, und an eine Tochter hatte er nicht gedacht – und es hatte auch nie Gerüchte über eine Tochter gegeben. Töchter wurden nur erwähnt, wenn sie heirateten oder wenn ihre Vergewaltigung oder Tötung Rache erforderte.

Doch nun war sie hier, ihrer beider Tochter, schwanger, geschlagen und eingeschüchtert. All die Jahre hindurch hatte er Svanhild gehasst, fast so sehr, wie er sie vermisste – dafür, dass sie ihm einen Sohn geboren hatte, der von Anfang an vom Tode gezeichnet war, weil sie ihn so einfach verlassen und dafür Harald erwählt hatte. Er hatte sie gehasst für ihre neuen Söhne und sich nach ihr verzehrt, wenn er von ihren Triumphen erfuhr, so wie man die Götter gleichzeitig hasste und liebte, die weit weg waren und auf einer anderen Ebene agierten. Er sah Tova zu, die in der Küche hantierte und deren Silhouette sich gegen das Feuer abzeichnete. Dann stellte er sich vor, sie wäre schmaler und kleiner und dass sie ihm Svanhilds scharf geschnittenes kleines Gesicht zuwandte statt ihres eigenen. Nun hasste er Svanhild auf eine neue, persönliche Art und Weise, weil sie zugelassen hatte, dass es mit ihrer Tochter so weit gekommen war.

Und jetzt schuldete er Freydis den Schutz, den Svanhild ihr versagt hatte, ausgerechnet er, der Nacht für Nacht von Angstträumen heimgesucht wurde, der sich kaum selbst verteidigen konnte. Er könnte Snorri vorschicken – Snorri könnte Hallbjorn von Island verjagen. Snorri hatte ihn immer vor allem Unbill zu schützen versucht, selbst jetzt, da er Solvis letzter verbliebener Freund war.

»Ja«, sagte Solvi. »Sie ist meine Tochter, Snorri, hole Hallbjorn zurück, alleine. Sag ihm, ich habe meine Meinung geändert und will ihm helfen.« So wäre Snorri geschützt, und Solvi ginge einer Konfrontation aus dem Weg. Aber es würde Hallbjorn auch wieder in die Nähe von Freydis bringen. »Nein – lauf hinter Donall her, und borge dir Unnas Pferd, das eine, das groß genug für uns beide ist.«

Er sah Donall und Snorri nach, die mit langen Schritten Strecken durchmaßen, über die er nur mühsam gestolpert wäre, und als sie hinter einer Erderhebung verschwunden waren, ging er ins Haus zurück. Er packte ein paar Sachen, die er in der Stadt brauchen könnte: eine Handvoll Hacksilber, eine goldene Münze mit den verschlungenen Zeichen einer arabischen Prägung, eine Mantelspange, die Jagdhunde mit ineinander verflochtenen Läufen darstellte. Dann schnallte er sich sein Schwert an den Gürtel.

Snorri kam mit dem Pferd zurück, einem großen, behäbigen Gaul, der so breit schien wie eine Festtafel. Solvi hasste das Reiten; es erlaubte ihm zwar, schneller bestimmte Strecken zurückzulegen, aber es war ihm genauso unbequem wie Gehen, und beim Auf- und Absteigen brauchte er so viel Hilfe, dass er die Erniedrigung selten auf sich nahm.

Zunächst besuchte er Ingolfur, Islands ersten Siedler und wichtigsten Bürger. Ingolfur saß wie gewöhnlich auf der Bank vor seiner Halle, einen Becher Bier in der Hand, und beobachtete, was am Hafen von Reykjavik so abging.

»Solvi Hunthiofsson!«, rief er und kam mühsam auf die Beine. Er war ein beleibter Mann, der mit jedem Jahr immer dicker wurde. »Du hast dich schon lange nicht mehr auf den kurzen Weg hierher gemacht. Aber du gehst eben auch recht schlecht, nicht wahr? Ich gebe dir ein Islandpony, wenn du willst, mit dem kommst du überallhin. Ich habe im letzten Jahr ein paar Füllen bekommen, und die fressen mir nun die Wiese kahl.«

Ingolfur hatte ihm das schon mehrmals angeboten, aber ein freier Mann ritt nicht auf einem Pony. Ponys waren für Sklaven, Kinder und Frauen. »Danke dir für dein Angebot«, erwiderte Solvi, »aber ich muss leider ablehnen.«

»Ja, ja«, sagte Ingolfur, »du bist eben stolz. Zu stolz. Du bist doch jetzt alt, so wie ich. Warum dagegen ankämpfen? Was bringt dich her, so nah an die See, der du sonst den Rücken gekehrt hast?«

Solche Sprüche brachten Solvi immer noch auf, besonders wenn die Seeluft so kühl und frisch roch. Er vermisste seine Zeit auf See, aber ein Mann, der nicht mehr kämpfen, ein Steuerruder halten, einen Mast hochklettern oder eine Ladung löschen konnte, hatte auf See nichts verloren.

»Ein junger Kerl ist vor Kurzem hier angereist«, sagte Solvi. »Hallbjorn Olafsson. Ich muss ihn sprechen.«

»Ah, der da.« Ingolfur schüttelte den Kopf. »Er ist zwar noch nicht lange hier, aber so recht willkommen ist er nicht mehr. Er hat versucht, ein paar von meinen jungen Männern hier dazu aufzustacheln, Unna die Weise anzugreifen.«

Unna, nicht ihn. Das war schon eine Beleidigung an sich. »Und, war er dabei erfolgreich?«, fragte Solvi.

»Ein paar der jungen Leute aus Familien, die Unna nicht heilen konnte, haben sich die Sache angehört, aber keiner hat sich zu einem Angriff bereit erklärt. Sie murren zwar hin und wieder, aber in den meisten dieser Familien gibt es auch andere Mitglieder, die Unna ihr Leben verdanken. Sie ist vielleicht eine Hexe, aber sie ist eben die Art von Hexe, die wir hier brauchen.«

»Wo kann ich ihn finden?«, fragte Solvi.

»Woher soll ich wissen, wo sich jeder Dummkopf in Island gerade aufhält?«, antwortete Ingolfur lachend. »Da wäre ich ja Tag und Nacht damit beschäftigt.«

Wahrscheinlich war er sowieso schon senil und voll damit beschäftigt, auf einen Dummkopf auf der Insel, nämlich sich selbst, aufzupassen, dachte Solvi. »Treffen sich die jungen Krieger immer noch auf dem Übungsplatz neben deiner Halle?«

Ingolfur bejahte, und Solvi humpelte auf die andere Seite der Halle hinüber. Dort gab es ein ziemlich flaches Gelände mit Zielscheiben für Pfeile, Messer und Äxte am andern Ende. Einige Übungsschwerter aus Holz lehnten an der Seitenwand der Halle. Ein halb fertiger Zaun aus schmalen Knüppeln schützte den Platz vor Windböen aus den Bergen. Die jungen Männer, die sich dort eingefunden hatten, spielten zum Glück nur Würfel und übten sich nicht an den Waffen. Gut so. Solvi wollte niemandem gegenübertreten, der auch nur mit einem Übungsschwert hantierte.

Sein alter Ruf hing ihm immer noch an, sodass die jungen Männer ihm mit neugierigen Blicken Platz machten. Das Geraune unter ihnen flößte ihm ein wenig Mut ein und half ihm dabei, die unbegründete Angst unter Kontrolle zu halten, die ihn beim Anblick bewaffneter Männer immer befiel.

Hallbjorn saß mit einer kleineren Spielergruppe zusammen und hatte ein Auge auf Solvi, als dieser auf ihn zukam. Das brachte Solvi seinen humpelnden Gang und seine panische Angst, vor der er am liebsten die Augen verschlossen hätte, noch mehr zu Bewusstsein.

»Hallbjorn Olafsson«, rief er ihn mit einer Stimme an, deren schrille Untertöne seine Angst durchscheinen ließen. Er holte tief Luft und rief Hallbjorns Name noch einmal, doch diesmal mit mehr Kraft in der Stimme, mit der er früher einmal Seeleute mitten im Sturm hatte befehligen können. »Komm und sprich mit mir. Es gibt vielleicht einen Weg, wie ich dir helfen kann.«

Hallbjorns Miene erhellte sich hoffnungsfroh, und er wurde wieder zu einem hübschen Jungen. Trotzdem verstand Solvi, warum Freydis ihn nicht haben mochte. Er selbst würde einem Mann mit solch einem Lächeln nicht über den Weg trauen, selbst wenn er nicht seine Tochter geschlagen und geschwängert hätte. Seine Tochter war wirklich noch zu jung für einen Mann – sie war ja noch jünger, als Svanhild gewesen war, als er sie damals zum ersten Mal zu Gesicht bekam. Außerdem war Freydis viel weniger zielbewusst, als Svanhild es gewesen war.

»Haut ab, Jungs«, sagte Hallbjorn zu seinen Freunden. »Ich möchte nicht, dass der Großvater meines Sohnes einen Schritt weiter als notwendig gehen muss.« Sie murrten, gingen dann aber ihrer Wege, und Solvi ließ sich mühsam auf einer der nun frei gewordenen Bänke nieder.

»Was bist du denn jetzt bereit, für mich zu tun?«, fragte Hallbjorn. »Du hast mich beleidigt und mir verboten, deiner Tochter nahezukommen.«

»Die Dinge haben sich geändert«, sagte Solvi. Er schenkte Hallbjorn ein eiskaltes Lächeln, wie er es schon lange nicht mehr benutzt hatte. Das konnte er immer noch: Versatzstücke seines alten Selbst herauskramen und seine Schwäche dahinter verbergen, zumindest lange genug, um Hallbjorn damit zu täuschen.

»Was hat sich denn geändert?«, fragte Hallbjorn. »Will sie nun doch nicht deinen scheußlichen Alten, diesen Snorri, als Vater meines Sohnes benennen? Hat sie ihn abgelehnt? Will sie zurück zu mir?«

Solvi lächelte immer noch. Er erkannte, dass Hallbjorn streitsüchtig war und zu viel redete – selbst in Solvis jetzigem geschwächtem Zustand müsste er schon mausetot sein, bevor er sich von solch einem Typen über den Tisch ziehen ließe.

»Warum meinst du wohl, dass sie dich nicht will?«, fragte er.

»Weil ich ihr eine verpasst habe«, antwortete Hallbjorn aufsässig. »Im Bett war sie ja ganz heiß, aber sonst immer kalt.«

»Sie ist jung«, fiel ihm Solvi eisig ins Wort. Sollte Hallbjorn ruhig seine Wut sehen – damit versuchte er, ihn zu ködern. »Ich lasse es nicht zu, dass du meine Tochter schlägst. Aber was kannst du ihr sonst noch bieten?«

»Ich habe ein Schiff«, sagte Hallbjorn.

»Das Schiff gehört Ragnvald dem Mächtigen«, sagte Solvi. »Er könnte es zurückverlangen, und selbst wenn nicht, wie hilft das meiner Tochter? Willst du es auseinandernehmen und eine Wiege für dein Kind daraus zimmern? Ein Haus, in dem sie leben kann?«

Hallbjorn zog ein finsteres Gesicht und schüttelte den Kopf. »Aber ich kann mir Reichtum damit verschaffen«, sagte er.

»Tatsächlich?«, sagte Solvi. »Meine Tochter braucht einen Mann, so viel ist sicher, und ich will ihr einen verschaffen, der gut für sie sorgen kann. Komm zurück und kleide sie in Gold, dann ändere ich vielleicht meine Meinung. Sie vielleicht sogar auch. Wenn du sie aber entführst, jage ich dir jeden Wikinger der Nordsee auf den Hals.«

»Ausgerechnet du«, sagte Hallbjorn. »Ich seh doch, was aus dir geworden ist – jetzt bist du doch nur noch ein Bauer, zu alt und schwach, um ein Schwert zu schwingen.«

»Du hast mir meine Tochter nicht hergebracht, weil ich ein Bauer bin. Ich kann dir helfen oder schaden.« Er zog die Goldmünze mit der arabischen Prägung aus seiner Hüfttasche. »Geh nach Schottland«, sagte er. Solvis Freunde würden sich sicher noch daran erinnern, dass er einst nach Spanien gesegelt und von den Herrschenden dort in Goldmünzen bezahlt worden war für Sklaven und Hermelinpelze aus dem hohen Norden und auch für seine Erzählungen über die Naturwunder des Nordens.

Er beschrieb ihm die Hebriden, die Felsinseln und versteckten Häfen, in denen sich Ketil Flachnase eingenistet hatte. »Geh zu Ketil und sage ihm, dass ich dich für einen guten Seeräuber halte und dass er dich auf seine Raubzüge mitnehmen und seine Beute mit dir teilen soll. Komm zurück, wenn du meiner Tochter mehr bieten kannst als Schläge.«

»Die Nummer kenne ich schon«, sagte Hallbjorn. »Ich übergebe ihm die Münze, sag ihm, du hast mich zu ihm geschickt, und er bringt mich um. Woher weiß ich denn, dass du mich nicht reinlegst?«

Solvi seufzte. Hallbjorg war nicht so dumm, wie er gedacht hatte. »Von mir kann sie nur den Hof erben, mehr kann ich ihr nicht geben. Ich will aber mehr für sie, und zwar nicht in Norwegen, denn daran habe ich nur schmerzliche Erinnerungen.« Er deutete auf seine Beine. Ihm war lieber, Hallbjorn glaubte, seine Schwächen seien körperlicher Natur und nicht geistiger. »Sie soll einen Mann haben, der sich um sie kümmert und bei ihr bleibt. Sie ist nicht so wie ihre Mutter. Aus ihr wird mal eine gute Frau für einen Mann, der sie gut behandelt. Außerdem hat sie dich schon in ihr Bett gelassen und findet, dass du gut aussiehst.«

Bei dem Kompliment fühlte Hallbjorn sich geschmeichelt.

»Das war eben eine Mädchenschwärmerei«, fuhr Solvi fort. »Aber jetzt ist sie mit deinem Sohn schwanger, und nun braucht sie Dinge, die Frauen brauchen. Das Mindeste, was ich als Vater tun kann, ist, darauf zu achten, dass sie das von dir bekommt.«

Als ihm selbst aufging, wie wahr diese Worte waren, schnürte es Solvi die Kehle zu, und seine Augen brannten. Nur eine Stunde war er mit seiner Tochter zusammen gewesen, und schon wollte er alles dafür tun, dass sie ein gutes Leben hatte, wenn auch nicht mit diesem Rohling hier. Auch Hallbjorn schien von Solvis Worten bewegt.

»Willst du das auch?«, fragte Solvi. »Willst du auch das Beste für sie? Wenn nicht, dann scher dich davon. Aber wenn du es willst, dann nimm diese Münze, und verdiene dir ihre Hand, so wie es sich gehört.«

»Ich verspreche es«, sagte Hallbjorn und nahm die Münze entgegen. »Wenn ich zurückkomme, kann ich ihr mehr bieten.«

Weniger ginge ja auch gar nicht, dachte Solvi. Er wünschte, er hätte mit Ketil ein Zeichen vereinbart, den Jungen umzubringen. Aber vielleicht zerschellte er auch an den schottischen Klippen und Ragnvalds gutes Schiff gleich mit ihm. Oder das Unmögliche wurde wahr, und er kam zurück als würdiger Kandidat für Freydis. Ehen waren schon unter ungünstigeren Bedingungen geschmiedet worden. Seine Ehe mit Svanhild hatte kaum erfolgversprechender begonnen.

»Dann mach dich auf den Weg«, sagte Solvi. »Wenn du es nicht tust, erfahre ich das schon.«

Hallbjorn verbeugte sich, und Solvi ging davon, langsamen Schrittes, um sein Humpeln so wenig wie möglich sichtbar werden zu lassen. Er ritt mit Snorri zusammen nach Hause, doch als sie an der Abzweigung vorbeikamen, die zu Unnas Haus führte, eilte Donall heraus und grüßte ihn.

»Freydis ist dem Tode nah«, sagte er. »Komm schnell!«

Solvi wusste nicht, wie ihm war, als Snorri die Zügel des Pferdes herumriss. Er hatte schon gehört, dass Abtreibungen riskant sein konnten. Hätte er sie doch nur bei sich aufgenommen und nicht zu Unna geschickt, der Frau, die schon seinen Sohn nicht hatte retten können.

»Wenn du noch eins meiner Kinder umgebracht hast …«, sagte Solvi zu Unna, die sowieso schon bestürzt aussah.

»Sie hat meine Knollenblätterpilze geschluckt«, sagte Unna. »Das Kind ist nicht abgegangen, und nachdem Hallbjorn hierherkam, glaube ich, hat sie sich entschieden, dass sie nicht mehr leben will.« Noch nie hatte Solvi Unna in diesem Ton reden hören, auch nicht wenn sie an einem Kranken- oder Totenbett saß. Dumpfe Verzweiflung klang aus ihrer Stimme und spiegelte die graue Last auf Solvis Gemüt wider. »Sie kämpft noch um ihr Leben, auch das Kind.«

Es gab also noch Hoffnung, und das war eine Grausamkeit anderer Art. Eine Seherin hatte Solvi einmal prophezeit, dass er nur einen Sohn haben würde, und dieser Sohn war nun schon tot. Seine erste Frau hatte ihre Töchter ausgesetzt. Die Götter begünstigten nicht jene, die ihre Wohltaten zurückwiesen. Er verdiente es wohl nicht, dass Freydis lebte.

»Du musst zu ihr«, sagte Unna. »Vielleicht kannst du sie dazu überreden, bei uns zu bleiben.«

»Wie denn?«, fragte Solvi trübsinnig. »Für mich ist das Leben so bitter, dass ich niemanden von seiner Süße überzeugen könnte.«

»Ja«, sagte Unna, »für dich ist es bitter, aber sie ist jung und schön. Und stark – sonst hätten die Pilze sie schon umgebracht. Sie kann leben, aber sie muss es wollen.«

Solvi ging voll Beklommenheit hinein. Zuerst wollten sich seine Augen nicht an das Halbdunkel gewöhnen und die kleine, flache Form seiner Tochter ausmachen, die so grau auf ihrer Pritsche lag, als wäre sie schon tot. Ihre Augenlider flatterten, als er zu ihr hinüberhumpelte und sich auf den Schemel neben ihr setzte.

»Tochter«, sprach er mit erstickter Stimme. »Unna sagt mir, dass du dich aus dem Leben davonmachen wolltest.«

Tränen glitten unter den Lidern hervor, und Freydis drehte ihr Gesicht zur Wand.

»Ich habe diesen jungen Mann weggeschickt«, sagte Solvi. »Er wird dich nicht mehr belästigen. Ich will, dass du lebst. Ich habe so wenig Freuden gehabt, seit deine Mutter und ich auseinander sind. Ich habe mir nichts mehr aus dem Leben gemacht.« In vielen Liedern suchten ausgediente Krieger, die nicht mehr kämpfen konnten, lieber den Tod, als am Alter zu sterben. Solvi aber hatte sich ans Leben geklammert – er hatte es sich als Kind zu mühsam erkämpft, um es jetzt einfach wegzuwerfen. Er atmete zittrig auf. »Doch dein Kommen hat mir mein Leben wieder verschönt. Nimm mir das nicht weg.«

Er hasste es, dass Unna ihn so sehen musste, mit Tränen, die ihm aus den Augen quollen und die er nicht einmal wegwischte. Er zog Freydis' Hand unter der Decke hervor und hielt sie in seiner. Sie war leicht und kühl. »Unna sagt, das Kind will auch leben. Was immer du für dein Kind willst, ich werde euch beiden helfen. Aber bitte bleib bei uns, wenn nicht für mich, dann für sie.«

»Sie?«, fragte Freydis mit schwacher Stimme. »Glaubst du denn, es wird ein Mädchen?«

Zu Hallbjorn hatte er zwar gesprochen, als würde sie einen Sohn bekommen, aber wenn er sie so ansah, dann hoffte er einfach, dass es eine Tochter würde. Wenn seine Nachkommen aus einer Reihe solcher Frauen bestanden, dann wäre er sehr zufrieden damit. Solvi sah Unna an, die mit der Schulter zuckte. »Das lässt sich schwer voraussagen«, sagte er.

»Meinst du, Vater?«, fragte Freydis. »Glaubst du, es wird ein Mädchen?«

»Ja«, sagte Solvi. »Das glaube ich.«

Kapitel 16

In der Nacht von Haralds Hochzeit schlug Einar den Pfad ein, der zu seinem geheimen Nachtlager mit Gyda, nahe der bewaldeten Küste des Oslofjords, führte. Er hatte sich kurz zu dem Hochzeitsgelage dazugesellt, doch es war ihm weder nach Essen noch nach Trinken zumute gewesen. Er versuchte sich in die Sagengestalt Diarmuid hineinzuversetzen, der zwischen Liebe und Pflicht hin- und hergerissen war, doch gegen Morgen fühlte er sich trostlos und ausgelaugt, und das Licht des Tages beraubte seine Tragödie ihrer Schönheit. Hätte ihr Vater erfahren, dass Ivar eine Affäre mit Gyda hatte, wäre Ivar dann auch befohlen worden, der Schlacht fernzubleiben?

Bedingt durch die Gezeiten konnte Haralds Streitmacht erst am Nachmittag des folgenden Tages von Vestfold auslaufen. Einar suchte nach Ivar, um ihm Lebewohl zu sagen, und fand ihn vor dem Badehaus, wo ihm gerade ein Diener seinen dunklen Bart am Kinn stutzte. Rundherum warteten andere Krieger, bis sie an der Reihe waren – denn keiner wollte einen langen Bart in einer Schlacht.

Einar wartete, bis Ivar fertig war, dann erzählte er ihm jenen Teil der Entscheidung ihres Vaters, der nicht geheim war: Er müsse zurückbleiben, um Vestfold zu schützen. Ivars Augen weiteten sich vor Sorge. »Er muss einen guten Grund dafür haben«, sagte er.

»Ja«, erwiderte Einar. »Das muss er wohl.« Die Preisgabe Rollis an ein Leben in Ächtung. Einars Gewohnheit, die Geheimnisse seines Vaters für sich zu behalten, war sogar zu stark, um Ivar in dieses einzuweihen.

»Du könntest ja auf einem der anderen Schiffe mitsegeln«, schlug Ivar vor. »Er kann seine Augen ja nicht überall haben.«

»Aber sollte ich wirklich seinem Befehl zuwiderhandeln? Oder meinen Eid gegenüber dir brechen?«, fragte Einar. »Wir haben noch nie getrennt voneinander gekämpft.«

Ivar machte noch einen Augenblick ein sorgenvolles Gesicht, dann lächelte er leise. »Vielleicht will Vater gar nicht, dass ich kämpfe.«

»Vielleicht«, sagte Einar.

»Vielleicht – es war töricht zu hoffen, dass wir immer Seite an Seite kämpfen würden, das klingt wie in einem der Heldengesänge«, warf Ivar beschwichtigend ein. »Wer kann diese schöne Vorstellung in der Wirklichkeit erfüllen?«

Einar schüttelte den Kopf. »Unserem Vater und Oddi ist es sechs Jahre lang gelungen.«

»Das ist länger als bei uns«, sagte Ivar. »Ich werde ihn fragen.«

Später als Einar sich aufmachte, um etwas Porridge zu bekommen – den könnte er vielleicht runterbekommen –, fand ihn Ivar wieder, unglücklich dreinblickend, vor der Küche. »Er sagte mir, er will dir dein eigenes Kommando geben und ich solle deiner Beförderung nicht im Wege stehen.«

Einar musste fast lachen über die Gerissenheit seines Vaters. Ivar würde nichts tun, um den Aufstieg seines Bruders zu verhindern, genauso wenig wie Einar umgekehrt. »Ich will nicht befördert werden, wenn das Trennung von dir bedeutet«, sagte Einar.

»Ich habe einen Eid geleistet, dein Beschützer zu sein und mein ganzes Leben an deiner Seite zu bleiben.«

Ivar packte ihn am Arm. »Ich glaube, unser Vater will für dich mehr als das.« Er lächelte. »Und das solltest du auch tun. Glaubst du, ich sehe nicht, welche Fähigkeiten du hast? Vielleicht gibt es in deiner Zukunft ein Königreich für dich.«

Seine Worte ähnelten so sehr denen der Hexe, dass Einar ein Schauer über die Haut lief. Als Ivar seine Reaktion bemerkte, fragte er: »Was willst du, ganz ehrlich?«

Einar erlaubte sich nie, lange darüber nachzudenken, sich Ruhm für sich selbst auszumalen. »Was willst *du*?«, fragte er daher Ivar, um ihn abzulenken.

»Dass mein Name auf immer meinen Söhnen und ihren Nachkommen in Erinnerung bleibt«, antwortete Ivar. »Ich will Söhne – je eher, desto besser. Ich wünschte, mein Vater hätte mir nicht befohlen, Signy aufzugeben.«

»Willst du nicht später einmal König werden?«, fragte Einar.

»Es ist besser, als nicht König zu sein«, erwiderte Ivar. »Ich werde König sein – das weiß ich. Aber wenn ich nicht dazu geboren wäre ... Ich hätte für einen Thron nicht so viel gegeben wie mein Vater.« Er warf Einar einen scharfsinnigen Blick zu. »Und ich glaube auch nicht, wie viel du dafür geben würdest.«

Einar schüttelte heftig den Kopf. Wenn die Hexe die Wahrheit gesprochen hatte, dann bedeutete das Ivars Tod. »Ich will einfach nur mit dir kommen«, sagte er. »Ich will, dass wir nie getrennt werden.«

»Willst du nicht dein eigenes Königreich, und Söhne, an die du es weitervererben kannst?«, fragte Ivar, und als er Einars sorgenvolles Gesicht sah, fügte er hinzu: »Das ist doch, was jeder Mann sich wünschen würde.«

»Ich bin nicht ...«, begann Einar.

»Man gestattet es dir nicht«, sagte Ivar.

Einar sah ihn überrascht an.

»Meinst du, ich sehe das nicht?«, fragte Ivar. Er legte Einar seine Hand auf die Schulter. »Wenn ich meine eigenen Söhne habe, werde ich keinen Unterschied zwischen ihnen machen, ganz gleich, wer ihre Mütter sind. Und ich würde auch keinen Unterschied zwischen den Söhnen von uns beiden machen.«

»Vielleicht hat Vater recht, mich hierzubehalten«, sagte Einar, verlegen von Ivars Großzügigkeit. »Aber ich will trotzdem nicht, dass du ohne mich kämpfst.«

»Ich bin bald wieder zurück, Bruder. Hast du kein Vertrauen in meine Schwertkunst?« Dabei vollführte Ivar eine lächerliche Parade und stieß mit einem imaginären Schwert nach Einar. Der erwiderte halbherzig den Stoß, bis Ivar ihm ein Bein stellte, und Einar lachend nachgeben musste.

Sobald er jedoch Ivar verließ, kehrte seine Furcht zurück. Sein Vater hatte recht: Einar hatte seinen Bruder verraten, indem er eine Affäre mit Gyda eingegangen war und das geheim gehalten hatte. Er musste seine Bestrafung akzeptieren.

• • •

Als die Sonne ihren Zenit erreichte, sprach Harald seine Segensformeln über die versammelten Streitkräfte und bat die Götter um eine problemlose Überfahrt und einen leichten Sieg. Er rief alle Frauen von Vestfold auf, ihre scheidenden Männer zu segnen, und eine große Schar Frauen trat vor. Diese pompöse Zeremonie ließ Einar zuversichtlicher an die kommende Schlacht denken, obgleich sich ihm der Magen umdrehte, als er sah, wie Harald sich von Gyda mit einem Kuss verabschiedete, den sie herzlich erwiderte.

Einar beobachtete, wie Haralds Boote den Fjord hinuntersegelten und dabei in der Ferne immer kleiner wurden. Er stand dabei abseits der Menge und merkte, dass er Gydas Blick auswich, als sie versuchte, seine Aufmerksamkeit zu erringen. In dieser Nacht und allen folgenden schlief er in Haralds Halle, umgeben von Kriegern, damit sie nicht zu ihm kommen und ihn mit sich fortziehen konnte. Er hatte ihre Beziehung wie ein Feigling beendet, mahnte ihn sein Gewissen, während ihn das Schnarchen der Männer am Schlafen hinderte.

Ein paar Tage später berichteten Kundschafter, sie hätten ein kleines Boot gesichtet, das langsam auf Vestfold zuruderte, aber noch zu weit weg war, um es zu erkennen. Nicht viele Ruder waren ausgefahren, und es musste gegen die morgendliche Brise ankämpfen.

Beim Frühstück servierte Hilda Einar eine Schale Porridge, auf der geschmolzene Butter glänzte. »Ich kenne dieses Schiff«, sagte sie. »Es ist Rolli. Es ist mein Sohn.«

Einar war sich nicht sicher – das Schiff sah nicht wie Rollis aus, es konnte irgendjemandes sein. Es konnte sogar Svanhilds sein. Wenn es ihres wäre, dann könnte Einar einen Boten nach Schonen schicken und die Truppe dort und seinen Bruder wieder an seine Seite zurückrufen. Als es sich jedoch näherte, sah er die riesige Gestalt seines Halbbruders am Bug. Sein Gesicht war ruhig und ernst, aber als er Einar erblickte, lachte und winkte er und rief laut herüber: »Ich grüße dich, Bruder!«, und verwandelte sich in den charmanten, gutmütigen Riesen, den Einar Anfang des Jahres in Tafjord zurückgelassen hatte.

»Willkommen«, rief Einar zurück, obwohl mit weniger Begeisterung. Es schien unmöglich, dass er Rolli davon überzeugen musste, ein Leben als Geächteter wegen Mordes zu akzeptieren.

Rollis Lächeln verschwand, als er die düsteren Mienen seiner

Mutter und seines Bruders sah. »Ich nehme an, ihr habt es gehört«, sagte er.

»Allerdings«, erwiderte Einar. »Hast du ... ist Hallbjorn bei dir? Und Svanhilds Tochter?«

Hilda umarmte ihren Sohn und legte ihren Kopf gegen seine Schulter. Rolli tätschelte ihr den Rücken, ließ sie lange nicht wieder los und antwortete Einar über ihren Kopf hinweg. »Nein, sie ... Hallbjorn entschied sich, nach Island weiterzusegeln.«

»Island!«, rief Hilda entsetzt. »Wie weit seid ihr denn gesegelt?«

»Es waren« – Rolli zählte es an den Fingern ab – »sechs Wochen, seit wir Tafjord verlassen haben. Und wir hatten guten Wind zu den Orkneyinseln und hierher zurück, obgleich es mit geringerer Mannschaft schwieriger war. Einige der Leute sind mit Hallbjorn gesegelt.«

»Warum wolltest du Norwegen verlassen, mein Sohn?«, fragte Hilda, als wäre das sein größtes Verbrechen.

»Was ist geschehen, Bruder?«, fragte Einar. »Oder warte.« Er blickte zu Vigdis, die ebenfalls zu ihnen herrannte, und hielt abrupt inne, als er sah, dass ihr älterer Sohn nicht bei Rollis Mannschaft dabei war. Leise sagte er zu Rolli: »Erzähl es mir unter vier Augen. Dann können wir entscheiden, wie wir am besten vorgehen.«

Rolli zog den Kopf ein. »Ja. Aber ich bin hungrig. Kann ich erst essen?«

Hilda nahm ihn am Arm und schmiegte sich an ihn, als sie zu dritt auf die Halle zugingen. Eilig bereitete sie ihm einen riesigen Holzteller mit Resten des gestrigen Abendessens vor, dazu eine Schale Porridge. Einar sah eigenartig fasziniert zu, wie Rolli alles, eins nach dem anderen, verzehrte, ohne zu sprechen. Hilda saß neben ihm, verschlang ihn mit den Augen und häufte mehr Essen auf seinen Teller, wann immer er leer zu werden drohte. Erst als Rolli fertig gegessen hatte, traten die Sorgenfalten zwischen ihren Augenbrauen wieder deutlich zutage.

»Dann erzähl mal«, forderte Einar ihn auf. »Unser Vater hat mir hier die Verantwortung übertragen, während er weg ist. Auch Harald ist fort, und Aldi, dessen Sohn du getötet hast. Es ist keiner hier, der jetzt Recht sprechen kann, also haben wir Zeit zu planen.«

Rolli stocherte zwischen seinen Zähnen, um Zeit zu gewinnen, während Einar versuchte, geduldig zu sein. »Wir haben Vaters Schiff gesehen und ein weiteres, das ihm folgte, und wir dachten, es seien Seeräuber«, erklärte Rolli schließlich. »Also haben wir angegriffen, und Aldis Sohn wurde im Kampf getötet.«

»Wie konntet ihr Vaters Schiffe für Seeräuber halten?«, fragte Einar.

»Es war ein echtes Missverständnis«, verteidigte sich Rolli und streckte das Kinn vor. »Sie hätten sich zu erkennen geben sollen.«

»War es ein Fehler, oder habt ihr gesehen, was ihr sehen wolltet – ihr wart auf ein Abenteuer aus und hattet es noch nicht gefunden?«, fragte Einar nach.

Hilda warf Einar einen gekränkten Blick zu. »Tötung aus Versehen erfordert ein geringeres Wergeld, wenn ich mich recht erinnere«, sagte sie und sah Einar nach Bestätigung heischend an. Er nickte. »Was habt ihr als Nächstes getan, mein Sohn?«

»Wir haben einige seiner Männer gefangen genommen, um sie unterwegs als Sklaven zu verkaufen, wenn es notwendig wäre«, sagte Rolli.

»Warum bist du dann zurückgekehrt?«, fragte Einar. Er glaubte nicht, dass es eine Strafe dafür geben würde, eines anderen freie Männer in die Sklaverei zu verkaufen. Sobald ein Mann darin einwilligte, ein Sklave zu sein, verlor er seine Würde, und es war, als wäre er immer ein Sklave gewesen.

»Sollte er denn für einen Fehler ins Exil gehen?«, fragte Hilda.

Rolli sah besorgt aus. »Thorstein der Rote auf den Orkneys fand, ich solle zurückkehren und alles friedlich bereinigen.« Er berichtete weiter, sie hätten zunächst geplant, auf Raubzug zu gehen und genug Beute zu machen, um den Schaden zu ersetzen, den sie angerichtet hatten, doch als Rolli von der Bedrohung erfahren hatte, unter der Harald stand, sei er zurückgekehrt.

Hilda legte ihm die Hand auf den Unterarm. »Es ist gut, dass du das getan hast«, sagte sie »Ich habe einen Plan, um deine Ächtung zu verhindern.«

»Bedeutet das, Sogn wegzugeben?«, fragte Einar. Zu Hildas Überraschung fügte er hinzu: »Dieser Plan ist nicht so geheim, wie du denkst, edle Frau. Du möchtest Ivars Erbe für Rolli eintauschen.«

»Und wenn es so wäre?«, fragte Hilda. »Ivar wird Møre bekommen, und Rolli wird in Sicherheit sein.«

Rolli war sein Unbehagen anzusehen, und er legte seine Hand auf die seiner Mutter. »Mein Vater würde das nicht wollen und ich auch nicht. Ich will ein großer Seekönig werden – einer, der mit ein paar Jahren Ächtung schon zurechtkommt.«

»Vater und Harald sind mit unseren Brüdern, Haralds Söhnen und vielen Kriegern nach Schonen gesegelt«, erklärte ihm Einar.

»Ohne dich?«, fragte Rolli.

»Ich habe unserem Vater in Hordaland nicht gehorcht«, erwiderte Einar und verdrehte die Wahrheit in eine Lüge. »Ich habe Ivar allein gelassen, als ich wegging, um mit der Prinzessin zu verhandeln. Er meinte, ich hätte damit meinen Eid gebrochen.«

»Das ist schlecht«, sagte Rolli verwundert. »Ihr seid doch sonst immer zusammen.«

»Ich dachte, er käme in Gefahr, wenn er mich nach Hordaland begleitet«, erklärte Einar. Der Schmerz, der in seiner Stimme mitschwang, war nicht gelogen. »Jetzt sind wir wirklich getrennt.«

»Schonen ... ich habe auf Orkney gehört, dass man über Schonen sprach«, rief Rolli aufgeregt. »Wir müssen dorthin segeln.« Er erzählte ihnen, was Thorstein gesagt hatte, dass es ein Bündnis zwischen den schottischen Wikingern mit Halfdan Haraldsson und Erik von Jütland gebe. »Wir müssen ihnen berichten, dass diese Streitmacht im Anzug ist, und sie müssen fliehen.«

»Du solltest hierbleiben, Sohn«, sagte Hilda. »Aldi ist auch in Schonen, und er wird versucht sein, Rache zu nehmen in diesem rechtlosen Land.«

»Lass es ihn versuchen«, meinte Rolli. »Ich kann es schon mit ihm aufnehmen.«

»Vater wollte, dass ich dich davon überzeuge, Norwegen zu verlassen«, sagte Einar, »geh zurück nach Island oder wohin auch immer du willst. Im Laufe der Zeit kannst du dir seine Vergebung verdienen.«

»Seine Vergebung!«, empörte sich Hilda. »Er sollte besser um *meine* Vergebung beten, wenn er die Sache so sieht.«

»Ich dachte ... alle haben mir gesagt, mein Vater würde mir helfen«, sagte Rolli. »Er ist der bedeutendste Mann in Norwegen.« Sein Gesicht sah plötzlich ganz eingefallen aus, und Einar wünschte, er könnte ihm etwas Tröstliches sagen.

»Nein«, erklärte er stattdessen: »Er dient dem bedeutendsten Mann in Norwegen. Er kennt den Unterschied, und du solltest ihn auch kennen.«

»Ich kann nicht verstehen, warum Vater die Sache nicht einfach in Ordnung bringt«, klagte Rolli. »Harald schuldet ihm viele Gefallen. Das sagt jeder.«

»Er wird es nicht tun«, erwiderte Einar. »Er will, dass du Norwegen verlässt.«

»Harald wird die Sache in Ordnung bringen, im Tausch gegen Sogn«, beharrte Hilda. »Vigdis sagte mir, Guthorm habe mit ihm gesprochen.«

»Hallbjorn hat mir gesagt, die einzige Möglichkeit, die Sache in Ordnung zu bringen, sei, König Harald einen großen Dienst zu erweisen«, wandte Rolli ein.

Einar musste mit Rolli unter vier Augen sprechen, sofort. Rolli konnte ihm diesen großen Dienst erweisen, aber nur, wenn er fortging.

»Ich werde zu ihm gehen – nach Schonen«, entschied Rolli. »Ich berichte ihm von dem Bündnis gegen ihn. Das wird er sicher erfahren wollen.«

»Vater weiß mehr über Bündnisse, als du dir vermutlich vorstellen kannst«, wandte Einar ein. »Ich kann mit dir gehen – zurück nach Island. Vater sagte, wenn es dir dabei hilft, dein Exil zu akzeptieren, dann sollte ich mit dir dorthin segeln.«

»Das würdest du tun, Bruder?«, fragte Rolli.

Es war immer noch besser, als den Zorn seines Vater zu sehen, wenn er versagte. »Ja, das würde ich tun. Keiner von uns beiden kann im Moment eine Erbschaft antreten. Wenn wir hierbleiben, bringen wir nur unsere Brüder in Schwierigkeiten.«

»Nein!«, warf Hilda empört ein. Und an Einar gewandt, sagte sie: »Dein Vater will nicht, dass du ins Exil gehst«, und zu Rolli: »Und ich will nicht, dass du ins Exil gehen musst. Bleib hier, und Ivar wird trotzdem Møre bekommen. Es ist ein größerer und reicherer Distrikt, und Aldi hat einen Anspruch auf Sogn. Bleibe hier und warte Haralds Entscheidung ab.«

»Nein«, sagte Rolli. »Ich segle nach Schonen. Harald schätzt Tapferkeit. Er wird mich belohnen.«

Einar und Hilda versuchten ihn noch eine Weile umzustimmen, aber Rolli blieb bei seinem Entschluss, und schließlich stand Hilda auf, um mehr Essen zu holen. Einar zog Rolli mit sich fort, hinter einen der Pferdeschuppen, wo sie unter vier Augen sprechen konnten.

»Vater will, dass du fortgehst«, erklärte ihm Einar. »Er hat das geheim gehalten, aus Angst, dass es Harald schwach dastehen lassen würde, wenn sein Sohn rebelliert. Harald wird Halfdan nicht bestrafen, also liegt die Strafe in unserer Familie. Vater meinte, der einzige Weg, wie er dir vergeben würde, wäre, wenn du fortgehst, die Ächtung akzeptierst und bereit bist, Halfdan zu töten, wenn die Zeit kommt.«

Rollis Gesicht offenbarte eine Mischung aus Gefühlen, von Ungläubigkeit bis hin zu Sorge, doch am Schluss setzte sich Sturheit durch, als Einar zu Ende gesprochen hatte. »Ich glaube es nicht«, sagte er. »Wenn ich Halfdan töte, dann werde ich lebenslang geächtet und nicht nur ein paar Jahre. Ich werde das nicht tun. Dann würde ich ja einen Mord begehen. Am ältesten Sohn des Königs.«

Einar hatte Rolli immer dafür bewundert, dass er die Wünsche seines Vaters einfach abschüttelte, wenn sie wie Ketten auf ihm lagen. »Vielleicht hast du recht«, sagte er leise. »Vielleicht bin ich derjenige, der Halfdan töten sollte.«

»Nein«, erwiderte Rolli. »Du solltest das auch nicht tun. Du wirst dabei getötet werden, und dann wird Ivar sein Leben verlieren, wenn er dich rächt. Vater irrt sich in dieser Sache.«

»Nein, das tut er nicht«, entgegnete Einar. »Wer sonst kann es tun, wenn nicht ich?«

Rolli hob verärgert die Hände. »Ich weiß nicht … vielleicht einer von Haralds anderen Söhnen, oder vielleicht sollte es Vater selbst tun, wenn er es für so einen guten Plan hält. Ich weiß nur, dass ich es nicht tun werde, und du solltest es auch nicht tun. Ich segle nach Schonen. Harald wird froh sein, wenn er meine Neuigkeiten erfährt, und er wird mir vergeben. Und Vater kann von mir aus Leichen abschlecken.«

• • •

Seit Ragnvald und Harald fort waren, hatte Einar sich von Vigdis ferngehalten, aber jetzt hatte er niemand anderen, den er um Rat fragen konnte. Er fand sie in Guthorms Halle, wo sie mit ihm am Feuer saß. Einar erinnerte sich an ihn als einen imposanten, kraftvollen Mann, der Krieger, die halb so alt waren wie er auf den Trainingsplätzen von Nidaros in den Schatten stellen konnte. Jetzt aber sah er sehr alt aus, viel zu alt für die immer noch schöne Vigdis, die aufstand, um ihn zu begrüßen, als er eintrat.

Einar erzählte das meiste, was Rolli gesagt hatte und was seine Pläne waren. »Was sollte ich tun?«, fragte er sie. »Sollte ich Rolli einsperren, um ihn davon abzuhalten, meinem Vater nicht zu gehorchen?«

»Wie viele Männer hat er bei sich?«, fragte Guthorm.

»Zehn«, erwiderte Einar. »Ich kann sie nicht alle einsperren. Ich sollte – was? – Wachposten aufstellen? Und würde mein Vater mir das vergeben? Und wer würde sich als Wachposten aufstellen lassen? Männer aus Sogn und Møre, die sich vorstellen, sie könnten eines Tages Rolli ihren König nennen?«

»Lass ihn nach Schonen segeln«, riet Vigdis. »Was geht dich diese ganze Sache an? Wenn er sich Schande bereitet, dann kann das nur gut für dich sein.«

»Nicht, wenn mein Vater wollte, dass ich ihn aus Norwegen fortschicke«, gab Einar zu bedenken.

»Und welche Macht hast du, das zu bewirken?«, fragte Vigdis.

»König Hakon wollte einmal, dass dein Vater Heming Hakonsson und Harald dazu bringt, Freundschaft zu schließen, aber kein Mann kann die Gedanken eines anderen ändern, wenn der nicht dazu bereit ist.«

Einar hatte davon schon gehört, obwohl sein Vater nicht gerne zugab, dass ihm etwas nicht gelungen war. Heming und Harald waren jetzt allerdings Verbündete, also hatte er vielleicht nicht die ganze Geschichte erfahren.

»Dann sollte ich ihn also gehen lassen?«, fragte Einar.

»Denk einfach daran, was dir am besten nützt«, riet Vigdis.

»Wenn ich nur daran dächte, dann würde ich auch nach Schottland auf Raubzüge gehen und mir Land in Island zuteilen lassen«, rief Einar erbost. »Es gibt nichts für mich hier, nicht einmal mehr meinen Bruder Ivar.«

»Beruhige dich«, bat Vigdis. »Du musst Norwegen nicht verlassen. Es gibt eine Zukunft für dich hier, wenn du sie dir schaffst.«

»Das zeigt, wie wenig du weißt«, widersprach Einar und stürmte aus der Halle.

• • •

Beim Abendessen wusste Einar nicht, wohin er seinen Blick wenden sollte. Gyda hatte sich neben ihn gesetzt, und Hilda und Rolli hockten wieder beisammen und redeten leise miteinander.

»Edler Einar«, sagte Gyda, nachdem das Mahl vorbei war und man eine Runde Trinksprüche ausgebracht hatte. »Du bist der beste Geschichtenerzähler, den ich je gehört habe. Willst du uns nicht mit einer Geschichte unterhalten?«

Er wollte ihr das unbedingt abschlagen. Stattdessen würde er sie gern berühren. Er wollte sie nie wiedersehen oder an sie denken.

»Muss ich das?«, fragte er Gyda leise und beugte sich zu ihr. Er nahm ihren Duft wahr, sie roch nach Frost und Metall.

»Du bist der Herr hier«, sagte Gyda leichthin.

»Kaum«, erwiderte Einar. Ihre Finger lagen auf der Armlehne ihres Sessels, weniger als eine Handbreit von seinen Handgelenken entfernt. Wenn er seinem Vater im Fall von Rolli den Gehorsam verweigern musste, warum sollte er nicht wieder mit Gyda schlafen?

»Bitte«, sagte sie.

»Wie es Euch gefällt, Prinzessin Gyda«, sagte er, stand auf und verbeugte sich vor ihr. »Hier ist meine Geschichte. Einstmals lebte eine schöne Riesin. Ihr Vater war gestorben, und sie behauptete ihre Bergfestung gegen sieben Riesen, die alle versuchten, um ihre Hand anzuhalten.« Er fuhr fort, wie er es einmal Gyda versprochen hatte, indem er die Geschichte erzählte, wie sie alle ihre Antragsteller hinters Licht geführt hatte, indem sie sie gegeneinander ausspielte, bis sie in die Bedingungen des letzten einwilligen musste. Er erfand mehr Details, so wie sie ihm einfielen, und er fühlte sich, als stünde er außerhalb von sich selbst.

Schließlich näherte er sich dem Ende: »›Eine Aufgabe stelle ich dir noch‹, sagte sie. ›Geh und töte den Riesen mit den Brauen so weiß wie Frost und dem Mund so groß und rot wie die untergehende Sonne. Bring mir seinen Kopf, dann werde ich deine Braut.‹ Der Riese ging, und obwohl er weit und breit suchte, fand er sein Ziel nicht, denn der einzige Ort, an dem er dieses Gesicht hätte sehen könne, war in einem Teich mit ruhigem Wasser.«

Einar hörte auf zu sprechen und wartete auf eine Eingebung, was als Nächstes geschehen würde, aber sie kam nicht. Gydas Geschichte hatte kein Ende.

»Dann hat also die Riesin allein geherrscht?«, fragte Gyda.

»Es gibt eine andere Geschichte, die viele von euch kennen«, sagte Einar. »Gerta, die Tochter des Riesen, die vom Gott Frey umworben wurde. Vielleicht ist das das Ende ihrer Geschichte.«

»Vielleicht?«, fragte Gyda nach.

»Folge jeder Geschichte zu lange, und sie endet im Tod«, erwiderte Einar. Er hatte nicht so laut gesprochen, dass alle es hören konnten, und kleine gemurmelte Unterhaltungen begannen überall im Saal wieder. Einar setzte sich und fühlte sich des Beifalls und der Jubelrufe beraubt, die üblicherweise auf seine Geschichten folgten.

Gyda beugte sich zu ihm. »Ich dachte, du würdest mich zu einer Elfenfrau machen«, sagte sie.

»Eine Riesin ist besser«, wandte Einar ein. »Keiner käme auf die Idee, dass du damit gemeint seist.«

Gyda lächelte leicht und neigte als Antwort den Kopf. Jetzt, wo Haralds Krieger fort waren, wollten nur wenige bis spät in die Nacht hinein feiern, daher begaben sich die Männer nach dem Abräumen der Tische an den gewohnten Plätzen ins Bett. Einar ging nach draußen und verlangsamte seine Schritte, falls Gyda ihm folgte. Vor der Halle holte sie ihn ein.

»Du hast mich gemieden«, sagte sie mit leiser und flirtender Stimme. Einar spürte eine Aufwallung von Zorn, dass sie sich ihm gegenüber scheinbar so unverändert verhielt, selbst nach der Hochzeit mit Harald, und dass er sie noch immer begehrte. Er hätte seine Aufmerksamkeiten auf junge Männer beschränken sollen – auf Bakur, den er noch immer nicht berührt hatte, der seinen Mangel an Interesse bemerkt hatte und jetzt wieder in die Menge der Krieger eingetaucht war, als sie Vestfold erreichten.

Im Schatten unter den Giebeln der Halle waren sie den Blicken entzogen. Er packte ihren Arm und drückte ihn so fest, dass ihr Gesicht vor Schmerz zusammenzuckte. »Das tust du mir jetzt also an«, sagte sie vorwurfsvoll. Er hatte sie zuvor nie anders als zärtlich angefasst, und diese gröbere Berührung ließ ihn eine heftigere Art seines drängenden Begehrens verspüren. Vielleicht würde ihr das missfallen, und sie würde ihm fernbleiben.

»Man erwartet von mir, dass ich Ronhilds Bett teile, während Harald fort ist«, flüsterte sie ihm zu, was ihm in den Ohren klingelte, intimer als eine Berührung.

»Dann tust du das wohl besser«, meinte Einar.

»Bist du zornig auf mich?«, fragte Gyda.

»Eher zornig auf mich selbst«, antwortete er. »Alles, was ich will, alles, was ich tun muss, gerät mit allem anderen in Konflikt.«

»Das habe ich mitbekommen«, sagte sie. »Und verzeih mir, ich würde dir eine weitere Wahl geben: Bring deinen Bruder Rolli nach Hordaland. Dort ist er sicher vor Bestrafung, und du wirst den Befehl deines Vaters erfüllt haben.«

Das klang so verlockend – er könnte sich selbst einen Gefallen erweisen und zugleich seinen Vater erzürnen, während er ihm immer noch gehorchte. »Nein«, sagte er. »Denke das zu Ende. Du würdest jede Division in Norwegen damit belasten, und sie stehen schon unter großem Druck. Harald würde das als Rebellion ansehen.«

»Meinst du wirklich?«, fragte Gyda. »Würde es ihm überhaupt etwas ausmachen? Ich will nur meine Unabhängigkeit – mehr wollte ich nie. Ich dachte, du wolltest mir helfen. Wir haben all das zusammen geplant.«

»Mein Vater weiß Bescheid«, platzte Einar heraus. »Er hat alles herausgefunden. Wir wurden gesehen. Wir können nicht ... es war ein törichter Traum.«

Gyda sah ihn lange und prüfend an. Einar richtete seinen Blick auf ihren Mund, um ihr nicht in die Augen sehen zu müssen.

Er hatte die Form einer Rosenknospe und sah sogar in ihrem Zorn perfekt aus.

»Wir sind beide zu kalt für eine Romanze wie in einem der Liebesgesänge, glaube ich«, sagte sie sanft und trat näher zu ihm heran. Er hob eine Hand, um sie zu berühren, und sei es nur ihre Schulter, doch dann zog er sie wieder zurück. Sie lächelte und schob sich eine Haarsträhne hinters Ohr. »Ich habe es genossen, mit dir zusammen zu sein, junger Einar«, sagte sie. »Das darfst du nie vergessen.«

»Gyda«, flüsterte er.

»Du kannst immer noch zu mir nach Hordaland kommen, aber vielleicht kann ich dir nicht deinen Platz freihalten. Ich werde dort herrschen und tun, was immer dazu erforderlich ist.«

Einar hatte nichts mehr zu sagen, daher sah er ihr zu, wie sie in die Dämmerung davonging.

• • •

Einar fand Rolli früh am nächsten Morgen am Strand vor, als er seine Männer anwies, wie sie das Schiff beladen sollten. Hilda saß dabei und füllte Getreide von einem Sack in einen anderen. Er würde jetzt nicht mehr in der Lage sein, mit Rolli allein zu sprechen. Einar hatte versucht, die Geschehnisse zu gestalten – vielleicht konnte er jetzt nur noch auf den Stromschnellen des Schicksals reiten.

»Du wirst das also zulassen?«, fragte er Hilda. »Wäre Rolli nicht sicherer, wenn er in Vestfold bliebe?«

»Vielleicht wäre er das«, erwiderte Hilda. »Aber wenn er nach Schonen geht, dann segle ich mit ihm.«

Einar rieb sich die Stirn. Er konnte seinen Bruder nicht gefangen halten und ihn auch nicht zwingen, nach Island oder Hordaland zu gehen. Sein Vater würde ihm das auch nicht verzeihen.

»Und ich auch, nehme ich an«, sagte Einar. »Obwohl ich mir wünsche, du würdest das nicht tun.«

»Du solltest mit mir kommen!«, sagte Rolli. »Wir segeln zum Ruhm.«

Nachdem sie an Bord gegangen waren, schuf sich Einar Platz auf einer der Ruderbänke, neben Bakur. Rollis Schiff war das kleinste, auf dem Einar jemals gesegelt war. Er konnte kaum glauben, dass es das riesige Meer zwischen Norwegen und den Orkneyinseln überwunden hatte. Er war mit den Geschichten von Monsterwellen aufgewachsen, die zehnmal so hoch waren wie ein Mann. Gesandt wurden sie von Ran, der unersättlichen Meeresgöttin, die Schiffe zu ihrer eisigen Halle hinunterzog. Sein Vater Ragnvald hatte diese Halle einmal in einer Vision gesehen, und er glaubte seitdem, dass Ran am Ende seines Lebens dort auf ihn warte.

»Was meinst du, wo wir hinsegeln?«, fragte Bakur.

Einar warf ihm einen Blick zu und fragte sich, wie viel Bakur von seinem inneren Aufruhr sehen konnte. »Vielleicht in den Krieg, vielleicht passiert aber auch nichts«, erwiderte er. »Ich weiß nicht mehr, als ich dir schon früher einmal gesagt habe.«

Hilda saß mit einer Näharbeit im Schoß am Fuß des Mastes, und die Röcke ihres Kleides lagen um sie herum ausgebreitet. Sie, die niemals gerne ihre Halle in Tafjord verließ, schien ganz gelassen in ihrer Beschützerrolle für ihren jungen Sohn.

Das Wetter begünstigte ihre Reise, es war kühl und wolkig, aber es blies ein stetiger Wind, der das kleine Schiff nie über seine Fähigkeiten hinaus vor sich hertrieb, und in fünf Tagen sahen sie die Dünen und niederen Strandfelsen der schonischen Küste.

Kapitel 17

Bei gutem Wetter dauerte es nur ein paar Tage, um von Vestfold nach Schonen zu segeln, wo Ragnvald hoffte, Svanhild in Sicherheit vorzufinden und wahrscheinlich verärgert darüber, dass er hergekommen war, um sie zu retten. Er hatte einen guten Schiffsführer, und das Segeln ging leicht, daher hatte er reichlich Zeit, seine Entscheidungen der vergangenen Woche zu überdenken und viele davon zu bereuen. Er hatte Einar mit Gyda zurückgelassen – ein Risiko und eine weitere Prüfung: Würde der Junge sich von ihr fernhalten, wie er es befohlen hatte?

Seit Einars Geburt hatte Ragnvald etwas Hungriges an ihm gespürt. In Einars Alter hatte er sich ebenso gefühlt und sich nach den Brocken gedrängt, die Männer wie König Hakon und Harald hatten fallen lassen. Nun herrschte Ragnvald stellvertretend an Haralds Seite über Norwegen. Aber Norwegen bot nicht dieselben Möglichkeiten wie damals – leere Throne und Distrikte im Chaos. Stattdessen dehnten Haralds Söhne die Nähte des Landes, sie wurden zu Möchtegernkönigen, die nach eigenen Königreichen lechzten.

Harald segelte in Ragnvalds Schiff und machte den Eindruck, als wäre er unsicher wie nie zuvor, nicht einmal als jugendlicher König. Am ersten Tag der Reise blieb er still und verbrachte seine Zeit damit, das vorbeiziehende Ufer zu beobachten. Auch Ivar schien in sich gekehrt. Er war nie länger als einen Tag von Einar getrennt gewesen, und Ragnvald hatte einst gehofft, etwas anderes würde auch nie der Fall sein.

Keiner von beiden ertrug es jedoch, lange in Schweigsamkeit zu verharren. Obwohl zwei von Haralds Söhnen an Bord waren, wurde Ivar rasch zum Anführer der Gruppe junger Männer. Sie rannten auf dem Schiff herum, kletterten den Mast hinauf, so schnell sie es nur mit Händen und Füßen schafften, und spielten irgendein halb ausgedachtes Fangen-Spiel, als wären sie noch Jungen.

»Erinnerst du dich daran, als wir noch jung waren?«, fragte Harald, nachdem Gudrod ihn beinahe umgerannt hatte. Ragnvald lächelte – er hatte Gudrod ein paar Jahre erzogen und mochte es, ihn sich wie einen Jungen verhalten zu sehen, viel mehr als den hochmütigen jungen Mann, den er nach Jütland mitgenommen hatte und der sich zu gut für König Eriks Tochter vorgekommen war. Selbst Thorir hatte sich dem Spiel angeschlossen und seine Befangenheit endlich einmal abgelegt.

»Ich erinnere mich nicht daran, dass ich je so sorgenfrei war«, gestand Ragnvald.

Harald hob eine Augenbraue. »Und du wurdest schon mit viel jüngeren Jahren als diese zum König ernannt und hattest keine Brüder.«

»Ja, ich erinnere mich«, sagte Ragnvald mit leisem Lächeln.

»Ha«, meinte Harald. »Was ist nur mit meinem bescheidenen Freund geschehen, dem einzigen Mann in Norwegen, der nie prahlt?«

»War er nicht langweilig?«, fragte Ragnvald. »An deiner Seite habe ich so viel Macht und Wohlstand gewonnen – es wäre kleinlich, nicht damit zu prahlen.«

Harald schüttelte den Kopf. »Du hast auf alles eine Antwort – das hat sich nicht verändert.«

Als sie sich der schonischen Küste näherten, zogen Wolken auf. Die Strandfelsen sahen grau und abweisend aus, auch wenn Sonnenlicht darauf fiel.

Harald schob seine Mähne verfilzten Haars hinter die Schulter. »Ich vermisse sie«, sagte er. »Ihre Berührung ...«

Es bestand kein Zweifel, von wem er sprach – von Snaefrid, der finnischen Zauberin. »Frauen sind so«, meinte Ragnvald. Er vermisste Hilda und Alfrith, wenn er getrennt von ihnen war, und fühlte sich ausgeglichener, wenn sie in seiner Nähe waren.

»Aber ich glaube, ich sollte sie irgendwo anders hinbringen«, fügte Harald hinzu. »Zum Wohl meines Königreichs.«

»Ich wollte nicht derjenige sein, der dir das vorschlägt«, sagte Ragnvald.

»Du denkst so laut, dass ich es hören kann!«, rief Harald aus. »In diesen vergangenen Jahren habe ich, wann immer ich mit ihr zusammen war, deine Stimme gehört, die mir geraten hat, die Beziehung zu beenden.«

»Das muss deinem Liebesspiel einen Dämpfer versetzt haben«, sagte Ragnvald.

»Ich habe durchgehalten«, erwiderte Harald und ahmte dabei Ragnvalds trockenen Tonfall nach. »Gyda war gierig genug in meinem Bett – Frauen sind in Wirklichkeit gar nicht so anders. Und nun, wo ich getrennt bin von Snaefrid, erkenne ich, wie sehr ich von ihr umgarnt war. Aber wenn ich sie wiedersehe, werde ich aufs Neue verzaubert sein. Versprich mir, dass du sie wegschickst, wenn wir nach Vestfold zurückkehren. Bei jedem anderen Mann würde ich fürchten, dass auch er von ihr verzaubert würde. Aber du wirst das schaffen, oder?«

»Ja«, sagte Ragnvald, obwohl er umsichtig vorgehen würde

und Haralds Mutter dazu einspannen würde, Zauberin gegen Zauberin, Frau gegen Frau. »Wenn du gerade in der Stimmung bist zuzuhören«, fuhr er behutsam fort, »dann sollten wir vielleicht über Halfdans Rebellion sprechen. Ich fürchte, wir werden ihn in Schonen antreffen.«

»Ich kann diese Leier nicht mehr hören«, murrte Harald. »Er ist mein Sohn.«

»Und Söhne haben sich noch nie gegen ihre Väter gewandt?«, fragte Ragnvald.

»Nicht so oft wie mächtige Distrikt-Könige«, erwiderte Harald, und seine Stimme klang plötzlich kalt.

»Ja«, sagte Ragnvald. »Halfdan hat sich mit einigen von ihnen verbündet.« Er ließ den Blick rundherum schweifen, ob jemand ihr Gespräch mithören könnte, aber sie standen so weit entfernt von den anderen, wie es an Bord eines Schiffes möglich war. Die Jungen setzten ihr Spiel unbefangen fort und schubsten einander vom Ankerbock herunter.

»Aber nicht mit dir«, sagte Harald. »Du nennst ihn meinen Feind, obwohl du mir noch keine Beweise dafür geliefert hast. Nach dem, was du sagst, ist er herumgereist und hat Verbündete um sich geschart – kaum anders, als du es in den vergangenen Jahren ebenfalls getan hast.«

»Hättest du es lieber gesehen, wenn ich zu Hause geblieben wäre?«, fragte Ragnvald leicht bitter. »Ich hätte es getan. Ich wollte dein Königreich bewahren, für das wir gemeinsam gekämpft haben, und für den Frieden, der meinen Söhnen ermöglichte, in Sicherheit aufzuwachsen, und meinem Distrikt, wohlhabend zu werden. Hätte ich damit aufhören sollen? Die zunehmenden Aufstände ignorieren? Ich will dein Königreich so stark machen, dass ich dein Haar schneiden, in mein Königreich zurückkehren und dort alt werden kann.«

Harald blickte auf das vorbeiziehende Ufer hinaus. Die dunklen Felsformationen warfen Schatten unter der glitzernden Wasseroberfläche. »Es wird nie aufhören«, sagte er. »Solange es Macht gibt, wird es Männer geben, die sie erringen wollen. Jetzt bist es du oder es ist mein Sohn. Wenn beide von euch nicht mehr da wären, dann wäre es jemand anders, und so wird es sein bis zum Ende der Welt.«

Ragnvald blickte ihn forschend an – es schien, als würde irgendeine andere Macht durch ihn sprechen. »Dann wirst du nie dein Haar schneiden?«, fragte er.

»Aber das muss ich, nicht?«, erwiderte Harald. »Und wenn auch nur symbolisch. Dann werden jene, die gegen mich sind, zu Verrätern, nicht nur zu Königen, die sich mir nicht anschließen wollen. Wenn wir die Seeräuber von den schottischen Inseln ausgerottet haben, werde ich es tun, aber verfalle nicht dem Irrglauben, zu meinen, dass unsere Arbeit danach getan ist. Kannst du mir einen Vorwurf daraus machen, dass ich mich in dieser Situation ein oder zwei Jahre dem Vergnügen hingebe? Hast du dir niemals ein Jahr von meinen Kriegen freigenommen?«

»Du weißt, dass ich das getan habe«, entgegnete Ragnvald. Er hatte sich die Zeit genommen, sein Königreich aufzubauen und seine Söhne großzuziehen, aber Harald hatte ihn immer wieder in die Schlacht gerufen.

»Wenn mein Sohn gegen mich rebelliert, dann werde ich das Nötige tun, um ihn wieder auf meine Seite zu bringen«, erklärte Harald seufzend. »Du meinst, weil ich so viele Söhne habe, sorge ich mich nicht so sehr um sie wie du um deine, aber das stimmt nicht. Vergiss das nicht.«

»Wie?«, fragte Ragnvald. »Wie willst du sie davon abhalten, sich gegenseitig an die Gurgel zu gehen? Und an meine?«

»Sie brauchen Aufgaben und Distrikte. Es war mein Plan, dass jeder von ihnen die Distrikte ihrer Mütter erbt, und dabei der Fähigste unter ihnen mein Nachfolger wird«, sagte Harald.

Konnte er nicht die Gefahr sehen, die darin lag? Sie gegen die Söhne der Könige in dem Distrikt dort einzusetzen? Zwei von Haralds Söhnen ruhten sich jetzt auf den Ruderbänken aus, sie hatten sich mit ihren langen Beinen über beide Seiten ausgestreckt und lagen furchtlos da. Harald plante also, dass Gudrod Hordaland erben sollte. Halfdan würde sich nie mit dem kalten, weit entfernten Halogaland zufriedengeben, selbst wenn Heming ihm dieses als Erbe überließe. Jeder dieser starken jungen Männer verfolgte seine eigenen gefährlichen Ambitionen.

• • •

Der Konvoi legte an einem Strand an der Südspitze von Schonen an. Von dort aus könnten sie alle herannahenden Schiffe sehen. Ragnvald hatte gehört, dass dieser Teil Schonens früher einmal ebenso bevölkerungsreich gewesen war wie Vestfold, bis eine große Seuche alle Bewohner dahingerafft hatte. Nun erschien das Land so wild und unbesiedelt, wie ganz Norwegen ausgesehen haben musste, bevor die Götter die Menschen dazu brachten, es zu bevölkern. Das einzige Anzeichen, dass dort früher Menschen gelebt hatten, waren eine Reihe von Begräbnishügeln. Die Seevögel am Strand sahen keine Gefahren mehr in den Menschen und konnten daher leicht gefangen, gerupft und zum Abendessen verspeist werden.

Der Wind blies durch die Gräser, die sich über die niedrigen Dünen ausbreiteten, und klang wie ein dauerndes Seufzen, das das Land noch leerer erscheinen ließ. Ivar und Haralds Söhne waren zumindest noch in frohgemuter Stimmung, begierig auf ein Abenteuer und ein wenig Kampf, obwohl Ragnvald nicht anders konnte, als Ivar ohne seinen Bruder nur als die Hälfte von sich selbst anzusehen.

Als er sich den mittleren Jahren näherte, war er milde geworden, und Einar hatte sich das zunutze gemacht. Als junger Mann war er so selbstgewiss gewesen, bereit, harte Entscheidungen zu treffen, die zu Verletzung und Zorn führten. Er hatte gewusst, dass sein Sieg über König Hakon ihn seine Freundschaft mit Oddi kosten könnte, und war trotzdem nicht davor zurückgeschreckt. Der Mann, der er heute war, hätte Oddi um Verzeihung gebeten und ihm alles Mögliche versprochen, hätte den Sieg am liebsten ungeschehen gemacht. Er blickte auf seine verstümmelten Hände hinunter, auf seine geschwollenen Fingerknöchel und die Finger, die er nicht mehr ausstrecken konnte. Solvi hatte etwas in ihm zerbrochen; er konnte anderen nicht mehr Schmerz zufügen, ohne ihn selbst zu spüren.

Sie verbrachten ein paar Tage am Strand und warteten ab, ob die Schonen Bedingungen für Svanhilds Freilassung anbieten würden, doch die Kundschafter, die am Waldrand patrouillierten, sahen niemanden. Harald befahl einem Trupp, tiefer in die Wälder vorzudringen.

Ragnvald hielt Wache, während viele der Krieger um ihn herum eindösten. Als die Sonne hinter den Wolken am südlichen Horizont unterging und den Himmel mit rosa- und orangefarbenen Streifen erhellte, setzte sich Ivar neben ihn.

»Was ist, wenn sie nicht zurückkehren?«, fragte er.

»Zumindest wissen wir dann, dass es hier Menschen gibt«, erwiderte Ragnvald.

»Aber was dann?«, fragte Ivar.

»Was meinst du?«, fragte Ragnvald. Die Situation erinnerte ihn an die Male, wo er sich mit Einar unterhalten und ihn gelehrt hatte, die Möglichkeiten abzuwägen, Pläne zu schmieden und alle

Ausgangsszenarien zu seinen eigenen Gunsten zu wenden. Ivar hatte er das bisher noch nicht beigebracht.

»Dann müssen wir mehr Trupps losschicken«, sagte Ivar.

»Damit sie dem Feind in die Hände fallen?«, fragte Ragnvald.

»Dann müssen wir eben alle zusammen losziehen«, schlug Ivar vor und zupfte ungeduldig an den Grashalmen, die neben ihm wuchsen.

»Das ist schon eine bessere Idee«, räumte Ragnvald ein, »obwohl einige zurückbleiben und die Schiffe bewachen sollten. Dennoch würden wir noch nicht wissen, auf was wir zumarschieren.«

»Was würdest du tun, Vater?«, fragte Ivar.

»Sie werden wahrscheinlich zurückkehren«, sagte Ragnvald. »Sie können nicht sehr weit ziehen innerhalb der Zeit, die wir ihnen gegeben haben. Aber ich vermute, ich würde mit einigen Schiffen hinaussegeln und versuchen, eines von ihnen zu kapern, um Informationen zu bekommen. Das ist weniger riskant als ein Hineinmarschieren in feindliches Gebiet.«

»Es ist alles so unsicher«, klagte Ivar.

»Ja«, sagte Ragnvald. »Nur der Tod ist sicher, und selbst dann gehen *Draugr* um.«

Ivar wünschte ihm eine gute Nacht, und Ragnvald sah weiter dem Sonnenuntergang zu. Viele der Krieger waren eingeschlafen, als die Sonne schließlich unter dem Horizont verschwand und einen orangefarbenen Flecken zurückließ. Ragnvald sah zu, wie er verblasste und dann wieder größer wurde und sich von Rot in Orange und dann in Gelb verwandelte. Er döste auf einer Düne und erwachte erst, als die Sonne schon hoch an einem blassen Himmel stand. Seine Knöchel juckten von den Sandflöhen, die ihn während der Nacht gebissen hatten. Die Vorhut war noch nicht zurückgekehrt.

Beim Frühstück am folgenden Tag war die Stimmung im Lager sehr gedämpft. Beim Abendessen saß Harald neben Ragnvald und nagte methodisch das Fleisch von den Knochen der Strandvögel, dann warf er die Reste über die Schulter zu den Möwen, die sich kreischend darüber hermachten. Dagfinn saß bei ihnen und häufte seinen eigenen Haufen Knochen an, während die übrigen jungen Männer am Strand mit einem Lederball spielten.

Harald lächelte und scherzte mit seinen Kriegern, bis er sein Mahl beendet hatte, dann wandte er sich mit sorgenvollem Blick an Ragnvald. Auch der fühlte es, die gewaltige Leere unter diesem weiten und wissenden Himmel über ihnen.

»Denkst du, dass sie wiederkommen?«, fragte Harald.

»Nein«, erwiderte Ragnvald. »Sie sind gefangen oder tot.«

»Was sollen wir jetzt tun?«

»Wenn die Schonen uns in offener Schlacht besiegen könnten, dann wären sie schon da. Sie wollen, dass wir unsere Truppen aufteilen«, erklärte Ragnvald.

»Dann sollten wir alle zusammen gehen«, sagte Harald.

Ragnvald lächelte, denn er klang so wie Ivar. »Oder wir warten, bis sie kommen. Es muss einen Grund dafür geben, dass sie nicht in offenem Gelände auf uns treffen wollen.«

»Was machen wir, wenn keiner kommt?«, fragte Harald. »Uns gehen vor ihnen die Vorräte aus.« Sein Haar, das von der langen Zeit, die er drinnen verbracht hatte, dunkler geworden war, war jetzt wieder von der Sonne goldfarben gebleicht. Sein Gesicht war sonnenverbrannt, und die Haut schälte sich auf der Nase, darunter war sie verbrannt, als wäre der junge König, dem Ragnvald einst gefolgt war, unter seiner Haut verborgen.

Ragnvald schlug vor, den Seeweg zu nehmen. »Oder wenn uns das auch nicht weiterbringt ...«, fügte er hinzu, »die Könige von Roskilde wollten schon immer die Kontrolle über Schonen – wir könnten gemeinsame Sache mit ihnen machen und schauen, ob wir mit ihrer Hilfe besser dran sind als allein.«

Irgendein Streit zwischen den jungen Männern beendete das Spiel am Strand, und sie kamen zu Haralds Feuer herübergerannt. Ivar suchte in den weggeworfenen gebratenen Vogelknochen nach Essbarem, während Gudrod seinen Durst mit einem Bierschlauch stillte, und Thorir setzte sich neben Ragnvald. »Du meinst nicht, dass wir genug Krieger haben, um gegen sie in die Schlacht zu ziehen?«, fragte Harald.

»Ich gehe nicht gern blind in eine Falle«, erwiderte Ragnvald.

»Wir sollten nicht länger warten«, meinte Gudrod. »Wir sollten einen größeren Trupp in die Wälder aussenden und versuchen, sie aufzuspüren.«

»Ich sehe schon, du kennst deine Geschichte nicht«, sagte Dagfinn. Ragnvald musste unwillkürlich lächeln. Dagfinn tat nichts lieber, als mit seinen Kenntnissen über Norwegens Gesetze und Mythen anzugeben. Er fuhr fort: »Als mein Vater und König Ragnvald in Naustdal kämpften, richtete König Vemund mit seinen viel geringeren Truppen dennoch große Verluste an, weil sie das Land besser kannten. Es gibt ein Lied darüber, möchtest du es gerne hören?«

»Nein«, riefen Ivar und Gudrod praktisch einstimmig. Dagfinn schien nicht beleidigt – seine Vorschläge fanden meist dieses Echo.

»Wir können doch nicht einfach hier herumsitzen«, sagte Ivar. »Vater, lass mich eine größere Kundschaftertruppe anführen. Wenn wir ein paar Tage ins Landesinnere ausschwärmen, dann finden wir sicher etwas.«

»Und liefern den Schonen noch mehr Geiseln?«, fragte Ragnvald stirnrunzelnd. »Nein, ich verbiete das.«

»Dann meinst du, dass sie zu uns kommen?«, fragte Ivar. »Woher sollen sie wissen, dass wir hier sind? Wir haben keinen gesehen.«

»Sie wissen es«, erwiderte Ragnvald.

»Und was ist, wenn ein anderer Trupp anrückt und uns hier eine Falle stellt?«, fragte Dagfinn. »Das ist doch bei der Schlacht von Hafrsfjord passiert, wo Solvi der Seekönig und alle seine Truppen ...«

»Jaja«, unterbrach ihn Ivar ungeduldig und schnitt ihm eine weitere Geschichte ab.

Gudrod räusperte sich. »Wir sollten mit einer größeren Truppe in die Wälder vordringen, einen ihrer Kundschafter fangen und ihn foltern, bis er uns Informationen liefert«, sagte er zu Ivar. »Dein Vater ist zu vorsichtig.«

Ivar sah zu Ragnvald hinüber, der nur mit den Schultern zuckte. Er hatte solche Klagen schon zeit seines Lebens gehört, und er kümmerte sich kaum mehr darum. »Es ist Haralds Entscheidung«, wehrte er ab.

Harald sah ihn an und schüttelte leicht den Kopf. »Ich werde morgen eine Entscheidung treffen«, beschloss er.

• • •

Thorir rüttelte Ragnvald früh am nächsten Morgen wach. »Vater, Ivar und Haralds Söhne sind ohne deine Erlaubnis fortgegangen. Sie wollen die Schonen finden!«, berichtete er.

Ragnvald rieb sich die Augen und hörte zu, aber es brauchte ein paar Wiederholungen, bevor er wach genug war, um zu begreifen, dass sie einen Trupp von dreißig Kriegern auf diese Mission mitgenommen hatten, gegen seinen ausdrücklichen Befehl. »Und da weckst du mich erst jetzt?«, rief er vorwurfsvoll.

»Ich bin erst aufgewacht, als sie schon aufbrachen, und ich

bin ihnen nachgelaufen«, verteidigte sich Thorir. »Sie meinten, sie wollten nicht wieder umkehren. Und …« Er zögerte weiterzusprechen.

»Und?«, gab Ragnvald ihm das Stichwort.

»Und sie sagten, sie würden alle eines Tages Könige sein, das sollte ich mir merken. Und ich sagte, ich würde mich ihnen bei diesem Blödsinn nicht anschließen.«

»Aber du wusstest davon?«, fragte Ragnvald. Er war eingeschlafen, während er der müßigen Prahlerei der jungen Männer zugehört hatte, was sie tun würden, wenn sie einen schonischen Kundschafter in ihrer Gewalt hätten. Sie hatten nicht den Eindruck gemacht, als hätten sie mehr vor.

»Ist es denn so schrecklich, Vater?«, fragte Thorir. »Sie werden Nachrichten zurückbringen.«

»Oder sie werden gefangen genommen«, erwiderte Ragnvald.

Thorir trug eine selbstzufriedene Miene zur Schau, und Ragnvald fragte sich, ob ihm diese Idee gefiel, da er erkannte, dass er vom Verlust seines Bruders profitieren würde, oder weil er einfach froh war, dass er sich besser verhalten hatte als Ivar. Haralds Söhne waren vielleicht nicht die einzigen Brüder, denen Konflikte bevorstanden.

»Weiß Harald schon davon?«, fragte Ragnvald. Er zog seine Schuhe an und stand auf. Er hätte das vorhersehen und Wache halten müssen.

Harald hatte gleichzeitig entdeckt, was geschehen war, wie Ragnvald und traf ihn beim Feuer für das Frühstück. »Ich vermute, sie sind zu alt für eine Tracht Prügel, wenn sie zurückkommen«, sagte er und sah eher belustigt aus als verärgert.

»Gudrod ist bei ihnen, und er ist ein guter Spurenleser«, sagte Thorir.

Harald zuckte mit den Schultern. »Mag sein. Er hat seine

Kindheit in Prinzessin Gydas Bergfestung verbracht. Man kann gut jagen auf diesen Hochebenen.« Er wandte sich an Thorir. »Wie viele Männer haben sie mitgenommen?«, fragte er.

»Dreißig«, antwortete Thorir. »Genug, um die Gegend auszukundschaften und sich zu verteidigen, wenn sie angegriffen werden, meinst du nicht?«

Ragnvald hatte vor vielen Jahren gegen König Vemund auf seinem eigenen Land gekämpft und glaubte nicht, dass zehnmal so viele Männer genug wären für eine Truppe, die es gewohnt war, mit List auf bekanntem Terrain zu kämpfen. Vielleicht wurden sie ja bereits von schonischen Kriegern beobachtet.

»Das entscheidet die Sache«, sagte Harald. »Unsere ganze Truppe muss ihnen folgen – meine Männer ebenso wie Aldis und Oddis, während ihr hier wartet. Wenn ihr in einer Woche keine Nachricht habt, dann müsst ihr lossegeln und in meinem Namen die Streitkräfte von ganz Norwegen zusammenrufen.«

»Du solltest dieses Risiko nicht selbst eingehen«, warnte Ragnvald.

»Sie haben drei meiner Söhne dabei und nur einen von deinen. Also sollte ich gehen.«

»Drei?«, fragte Ragnvald.

»Du sagtest, dass Halfdan wahrscheinlich hier ist, und er ist immer noch mein Sohn«, rief ihm Harald ins Gedächtnis.

Ragnvald schüttelte den Kopf. »Ich sollte lieber gehen.«

»Nein, du bist der Einzige, der kein Risiko eingehen sollte. Ich weiß, dein *wyrd* ist es, eines Tages für mich zu sterben, aber ich will nicht, dass das heute geschieht. Mein Glück wird mich beschützen. Die Männer Norwegens respektieren dich genauso wie mich.« Er lächelte reumütig. »Wenn nicht sogar mehr, dieser Tage. Du wirst ebenso viel Geschick haben, sie einzuberufen, wie ich.«

Ragnvald stritt noch eine Weile mit ihm, aber Harald ließ sich nicht umstimmen. Sein Trupp marschierte noch am selben Morgen los, und die Männer traten mit ihren Schritten das Dünengras platt. Bald verlor Ragnvald sie aus den Augen, und sogar Haralds heller Haarschopf wurde zwischen den Bäumen in der Ferne von diesem hungrigen Land verschluckt.

Kapitel 18

Die Symptome des Giftpilzes, den Freydis genommen hatte, waren seltsam, ganz anders, als Alfrith ihr gesagt hatte, was sie erwarten müsste. Sie driftete in eine Traumwelt und wusste nicht, ob sie schlief oder wach war. In einem ihrer Träume war ihre Mutter zu ihr gekommen und hatte ihr übers Haar gestrichen, während Freydis ihren Bruder als kleinen Jungen vor sich sah, wie er bei seinem Tod ausgesehen hatte. Er spielte auf einem Blumenteppich, der neben ihrem Bett wuchs. In einem weiteren Traum kam Solvi zu ihr und versprach ihr, dass Hallbjorns Kind, ihr Kind, ein Mädchen sein werde.

Sie dachte daran, legte die Hand über ihren Bauch und lächelte ein wenig. Vielleicht würde sie nicht sterben. Sie bemerkte, dass Unna sie beobachtete, und drehte sich von ihr weg.

»Freydis, sieh mich an«, bat Unna.

Freydis starrte stattdessen zur Decke. »Ich habe geträumt, mein Vater hätte gesagt, es würde ein Mädchen. Meine Tante Alfrith sagte, dass Träume manchmal wahr werden. Meinst du, das wird auf diesen Traum zutreffen?«

»Das war kein Traum. Er hat das wirklich gesagt«, versicherte ihr Unna, und in ihrem üblichen trockenen Tonfall schwang Sorge mit.

Dann war das also Wirklichkeit gewesen. Tränen liefen Freydis über die Wangen, bevor sie bemerkte, dass sie weinte.

»Ist es denn so schlimm?«, fragte Unna. »Würdest du lieber sterben, als das Kind deines Vergewaltigers zu bekommen?«

»Es war keine Vergewaltigung«, protestierte Freydis. »Ich hab es ja zugelassen.« Ihre Kehle schmerzte, als sie die Worte herauspresste. »Ich habe es geschehen lassen, und jetzt sitze ich in der Falle. Mehr als je zuvor.« Sie wischte sich zornig übers Gesicht. »Wäre es Vergewaltigung gewesen, dann könnte ich es ertragen, aber es war meine Schuld. Das ist meine Schande. Und jetzt könnte ich bei der Geburt sterben. Dann ist es besser, jetzt zu sterben.«

»Vielleicht wirst du sterben«, sagte Unna. »Obwohl ich all meine Magie nutzen werde, um das zu verhindern.«

»Warum sollte ich nicht jetzt sterben? Mein einziger Wert lag in einer Heirat, und nun ist der verdorben.«

»Nun«, sagte Unna, »wenn Heirat das ist, was du willst, dieser gut aussehende junge Mann hat sie dir angeboten.«

Freydis weinte heftiger. »Nein, ich werde nicht zu ihm gehen! Und ich werde nicht – ich kann das nicht ertragen. Ich kann es einfach nicht.« Trotz ihres Elends hörte sie unregelmäßige Schritte, jemand trat auf sie zu. Sie schlug die Augen auf und sah Solvi, der sich mit ernstem Blick über sie beugte. Er setzte sich neben sie und griff etwas verlegen nach ihrer Hand.

»Du bist nicht in der Falle«, sagte Unna. »Ich werde für dich sorgen, solange es nötig ist, und für das Baby. Das schulde ich deiner Mutter.«

»Meiner Mutter«, sagte Freydis. Sie zog ihre Hand weg. Beiden ging es nur um Svanhild, nicht um sie.

»Ich werde auch für dich sorgen«, versicherte ihr Solvi. »Du kannst bei mir oder bei Unna bleiben. Ich hätte dich nicht weggeschickt, wenn ich gedacht hätte, dass es dich dazu treibt.«

Unna räusperte sich. »Sie kann bei dir bleiben, Solvi Hunthiofsson, aber erst, wenn die jetzige Gefahr gebannt ist und ich sicher bin, dass sie nicht versuchen wird, sich noch einmal das Leben zu nehmen.«

Solvi runzelte die Stirn. »Wirst du es noch einmal versuchen, Freydis? Willst du wirklich sterben?«

»Ich will nicht bei der Geburt sterben«, erwiderte sie. »Und ich will nicht, dass es wehtut.« Sie wurde rot – sie klang selbst wie ein Kind.

Solvi seufzte. »Ich wünschte, ich könnte dir versprechen, dass es nicht wehtun wird.« Er blickte auf zu Unna. »Das Leben bringt Schmerz und der Tod ebenfalls. Aber bleibe für mich am Leben, wenn du es nicht für dich selbst willst.«

Freydis brachte kein Wort heraus, aber sie nickte, und Solvi stand mit erleichterter Miene auf. »Ich muss zu meinem Hof zurück«, sagte er. »Bitte komm dorthin, wenn es dir wieder gut geht. Du bist meine Tochter.«

• • •

Unna hantierte im Haus herum, sie kochte das Abendessen, sortierte Kräuter und wachte über Freydis, während die vor sich hin döste. Die anderen Diener kamen und gingen und sprachen leise mit Unna. Schließlich schien das Dämmerlicht zur Tür herein, und Freydis setzte sich auf. Sie nahm einen Schluck Wasser aus dem Becher neben ihr.

»Hast du Hunger?«, fragte Unna. »Wenn du isst, geht das Gift leichter aus deinem Körper.«

Plötzlich kam ihr eine Erinnerung, dass Unna ihr Milch zu

trinken gegeben hatte, nachdem sie die Pilze gegessen hatte, und noch etwas anderes, damit sie erbrechen musste. Dass Unna ihr Gesicht mit einem Lappen wusch und dass sie ihr sogar die beschmutzten Leintücher gewechselt hatte. Sie dachte, sie müsste wieder weinen, und hasste sich dafür. Wenn sie nicht sterben würde, dann müsste sie sich nützlich machen, damit Unna es nicht bereuen würde, sie gerettet zu haben.

Sie fasste sich an den Bauch. Hunger verspürte sie nicht, aber sie glaubte, sie könnte etwas essen, und das würde Unna glücklich machen. Sie nickte, und Unna brachte ihr eine Schale mit gekochten Roggenkörnern. Während Freydis aß, blieb sie bei ihr sitzen und nahm ihr dann die Schale aus der Hand.

»Leg dich wieder hin, Kind«, sagte sie. »Du wirst noch eine Zeit lang Ruhe brauchen, bevor du wieder gesund bist.«

Freydis legte sich wieder zurück und schmiegte ihre Wange an Unnas Hüfte. Unna seufzte überrascht auf, doch dann strich sie Freydis übers Haar. Als sie einen verfilzten Knoten fand, löste sie ihn zwischen ihren Fingern. Freydis war unter ihren beruhigenden Händen schon fast wieder eingeschlafen, als Unna sagte: »Ich hatte einmal eine Tochter. Früher, in Schottland, als ich noch sehr jung war.«

»Erzähl mir davon«, bat Freydis. Unnas Bein bot ihr ein bequemes, warmes Kissen, nicht stahlhart, wie Freydis eigentlich erwartet hatte.

»Ich wurde auf einer schottischen Insel geboren«, erzählte Unna. »Meine Mutter war eine schottische Leibeigene und mein Vater ein norwegischer Seeräuber. Ich heiratete einen der Männer meines Vaters, sobald ich meine Regel bekommen hatte, denn Frauen waren damals dort rar. Als ich das erste Mal schwanger wurde, war ich nicht viel älter als du.«

Freydis versuchte sie sich als junge Frau vorzustellen, mit dem pechschwarzen Haar, das Unna gehabt haben musste, bevor sie grau wurde. Sie war immer noch groß und stark, oder war sie das erst später geworden? Hatte sie sich auch einmal so jung und wie ein Tier in der Falle gefühlt wie Freydis jetzt?

»Wie war er, dein Mann?«, fragte Freydis.

»Ein mächtiger Krieger, sagte man mir. Nun, ich schätze, er war ein junger Mann, aber er erschien mir damals alt, da ich selbst noch ein Kind war. Er war nicht freundlich, aber auch nicht allzu brutal. Mein erstes Kind war ein Junge, und nach seiner Geburt behandelte mich mein Mann besser. Es dauerte einige Zeit, aber ich glaube, wir wurden über die Jahre fürsorglicher zueinander. Ich gebar ihm vier Söhne, bevor ich meine Tochter bekam, die ich mehr liebte als alle meine anderen Kinder. Sie war sowohl sanftmütig als auch kämpferisch, und ich schwor mir, ihr die gute Kindheit zu ermöglichen, die ich selbst nie hatte.«

Eine Zeit lang streichelte sie schweigend Freydis' Haar. Freydis wischte sich das Gesicht an ihrem Ärmel ab, ihre Augen und ihre Kehle fühlten sich vom vielen Weinen ganz wund an.

»Und was geschah dann?«, wollte Freydis wissen.

»Sie starb an derselben Krankheit, die auch meinen Mann, meine Söhne und alle Diener außer Donall dahinraffte.« Freydis versuchte sich widerwillig die Situation vorzustellen, die Toten und Sterbenden und Unna, die ihre Familie nicht retten konnte, trotz ihrer Heilkräfte. Eine schwarzhaarige Frau und ein rothaariger Diener, die Freude und Trost aneinander fanden, als alle anderen ums Leben gekommen waren. Donall musste damals noch sehr jung gewesen sein, er hatte gerade erst das Mannesalter erreicht.

»Und wie hat es euch dann hierher verschlagen?«, fragte Freydis. Unna strich weiter über Freydis' Haar. Die Schwielen an ihren Händen verfingen sich und zerrten an den losen Strähnen.

»Ich bin fortgelaufen«, sagte Unna. »Ich habe den Hof verkauft und für mich und Donall eine Überfahrt nach Island bezahlt. Ich wollte an einen neuen Ort, wo meine Kinder nie gewesen waren. Genügend Silber hatte ich übrig, um Diener anzustellen, die das Land bestellten. Was ich außerdem dort wollte, wusste ich nicht. Ich bin nie mehr schwanger geworden, also habe ich niemanden, dem ich dieses Land vererben kann. Vielleicht wird Donall nach meinem Tod eine Frau nehmen und einen Erben für den Hof zeugen.«

»Warum erzählst du mir das?«, fragte Freydis.

»Weil ich den Tod meiner Familie überlebt habe, und auch du kannst das hier überleben. In Schottland war ich nur die Frau eines Kriegers, aber hier habe ich Macht und Freiheit.«

»War es das wert?«, flüsterte Freydis. »Zu überleben?«

Unna seufzte tief. »Wenn sich die Götter auf einen solchen Tauschhandel einlassen würden, dann hätte ich gern meine Familie zurück«, sagte sie. »Ich würde gerne das Gesicht meiner Tochter wiedersehen.«

Freydis legte sich auf den Rücken, damit sie zu Unna hochsehen konnte. Sie hörte die unterdrückten Tränen in Unnas tonloser Stimme, aber ihr Gesicht war so ernst und hart wie immer.

»Aber die Götter lassen sich nicht auf so etwas ein. Und jetzt schwöre mir, dass du dir nicht das Leben nehmen wirst. Schwöre es, Kind, oder ich werde die Wahl für dich treffen und dich notfalls fesseln. Ich werde nicht zulassen, dass du den Tod wählst.«

»Ich will, dass dieses Kind eine Tochter wird«, sagte Freydis. »Wirst du mir helfen? Mir dabei helfen, ihr zu geben, was ich selbst nicht hatte?« Sie würde ihrem Kind eine Mutter sein, die ihrer Tochter das Haar kämmte, die sie alles lehrte, was eine Frau über das Frausein wissen musste, und sie würde sie vor Männern bewahren, die sie verderben wollten.

»Ja, Kind. Und bis dahin werde ich dich stark machen.«

• • •

Unna bestand darauf, dass Freydis noch ein paar Tage im Bett blieb. Sie sah häufig nach ihr, stellte sicher, dass sie aß und nicht wieder versuchte, das Kind in ihrem Bauch loszuwerden oder sich das Leben zu nehmen. Freydis befand sich zwischen diesen Besuchen innerlich in einem Schwebezustand, sie blickte zur Torfdecke von Unnas Haus, die durch das Gerüst von Zweigen, die es abstützten, hervordrang.

Der muffige Schweißgeruch ihres Krankenlagers drang ihr in die Nase. Ihr wurde schummrig, als sie die Beine herumschwang und die Füße auf dem Boden aufstellte. Die Binsen und Steinchen und anderer Schmutz drückten sich schmerzend in ihre Fußsohlen. Zum Gehen fühlte sie sich noch fast zu schwindlig, und als sie nach draußen trat, stach ihr das graue Licht des wolkenverhangenen Himmels in die Augen. Unna arbeitete nebenan im Garten. In den Furchen neben ihren Gemüsereihen tollte ein Lamm auf unsicheren Beinen herum. Vermutlich war es von seiner Mutter nicht angenommen worden, und kein anderes Mutterschaf wollte es säugen. In Tafjord hätte man so ein Lamm sofort geschlachtet und gegessen – es wäre des Aufwands nicht wert gewesen.

Während Freydis von der Tür aus zusah, schnupperte das Lamm an Unnas Hüfte. Es stupste sie immer drängender und begann dann zu blöken, bevor Unna ihre Hände abwischte und es auf ihre Arme nahm. Freydis hatte einen Krug Milch in der Küche gesehen und ging ihn holen, dazu einen kleinen Lumpen, obwohl sie sich am Türrahmen abstützen musste, um nicht umzukippen.

»Freydis«, sagte Unna. »Du fühlst dich besser?«

Freydis zuckte beim jämmerlichen Blöken des Lamms zusammen. »Ich dachte es«, erwiderte sie stirnrunzelnd. »Kann ich es füttern?«

»Es ist eine Sie«, erwiderte Unna und neigte den Kopf zu dem Tier hinunter. Natürlich, Unna hätte kein Böcklein gerettet, das nie Milch geben oder weitere Lämmer gebären könnte.

Freydis nahm es mit sanftem, aber festem Griff auf den Arm und wiegte es auf ihrer Hüfte, bis sie einen Stein fand, wo sie sich hinsetzen und ihm Milch in die Schnauze tröpfeln konnte. Zunächst wollte es den Lappen nicht annehmen und saugte nur kläglich blökend an ihrem Finger, aber schließlich konnte sie es überzeugen, am Lappen zu nuckeln, und sie war überrascht, als sie merkte, dass es den ganzen Krug Milch geleert hatte.

»Sie war hungrig«, sagte Freydis.

»Du kannst das Füttern übernehmen, wenn du willst«, schlug Unna vor. »Ich kann ihr nicht die Aufmerksamkeit schenken, die sie braucht.«

Freydis war sich sicher, dass Unna glaubte, diese Aufgabe würde sie damit versöhnen, ihr eigenes Kind zu gebären und für es zu sorgen. Sie könnte ihr Neugeborenes auch nach der Geburt aussetzen – die andere Möglichkeit, mit ungewollten Kindern umzugehen –, aber sie glaubte nicht, dass sie es übers Herz bringen könnte, ihr Kind gehen zu lassen, wenn es die Geburt überlebte. Das zufriedene kleine Lamm in ihren Armen schien sie anzulächeln, als es satt einschlief.

Warum sollte sie zulassen, dass Hallbjorn sie derart bestrafte, nicht nur mit Exil, neun Monaten Schwangerschaft und den Schmerzen der Geburt, sondern auch mit dem Schmerz, das Kind zu verlieren, das sie in ihrem Leib trug. Nein, sie würde sich und ihr Kind nicht aus Zorn gegenüber ihm bestrafen.

Sie gab dem Lamm den Namen Torfa, nach ihrer Katze, die

jetzt mit Hallbjorn segelte. Sie hoffte, dass Torfa ihn bei jeder Gelegenheit kratzte.

Sie umsorgte das Lämmchen wie ein Kind und ließ es sogar neben sich auf ihrer Pritsche schlafen, bis es ins Bett machte und sie ihm ein Strohnest in der Ecke von Unnas Haus bereitete. Sobald sie ihre Kräfte zurückgewann, übernahm sie mehr Arbeiten, melkte Unnas Ziegen, Schafe und Kühe und lernte, welche gelehrig waren und welche nach ihr traten.

Ab und zu begleitete sie Unna zu anderen Höfen, um die Kranken und Verletzten zu pflegen, und erfuhr die Geschichten der anderen Inselbewohner. Viele waren hergekommen, weil sie nirgendwo anders hingehen konnten, und Freydis fühlte sich unter ihnen zu Hause.

Kapitel 19

Svanhild ging einmal um Melbrids Lager herum und zählte die Wachposten, während sie Beeren für das Frühstück von morgen pflückte. Die Nebelschwaden in den Baumkronen kondensierten zu Wassertröpfchen, sie brachten die Feuer zum Dampfen und ließen ihre Kleider schwer werden und auf der Haut jucken. Zwei Krieger folgten ihr, einer von Halfdans und einer von Melbrids Männern. Sie hoffte, einen zu finden, der mit ihr nach Vestfold käme und Harald berichtete, dass sie Halfdans Pläne kannten, doch bisher hatte sie noch kein Glück gehabt.

Ein Eichhörnchen flitzte aus dem Gebüsch, mit glänzenden schwarzen Knopfaugen, und einen Augenblick lang erinnerte sich Svanhild zurück an ihre Zeit in Island mit ihrem Sohn Eystein, der gerne kleine Tiere anlockte, Körner aus seiner Hand zu fressen. Würde er noch leben, wäre er jetzt ein junger Mann, vielleicht mit demselben sanften Gemüt, das er als Kind gehabt hatte. Die aufsteigenden Tränen trübten ihre Sicht so sehr, dass sie einem der Wachposten näher kam, als sie beabsichtigt hatte. Er hielt sie fest, bis ihre Wachleute sie eingeholt hatten, dann führten sie sie zurück zu dem glimmenden Feuer, das Luta neben ihrem Zelt unterhielt. Sie setzte sich hin, stocherte mit einem Stock darin herum, und Funken stiegen in die feuchte Luft hinauf.

Falki setzte sich neben sie, ließ aber eine kleine Lücke zwischen ihnen beiden, obwohl seine Nähe sie noch immer wärmte.

»Edle Dame«, sagte er, »ich weiß, wie man zum Schiff zurückkommt, wenn Ihr das wünscht.«

»Danke«, erwiderte Svanhild. »Ich werde dorthin zurückkehren, und zwar bald, aber meine Arbeit hier ist noch nicht getan. Weißt du, was die Männer geplant haben?«

»Mehr oder weniger«, sagte er. »Halfdan hat einen Boten zu König Erik von Jütland geschickt, damit er seine Streitmacht herbringt, da es nur ein paar Tage Überfahrt von Vestfold entfernt ist.«

»Oder von Tonsberg«, sagte Svanhild besorgt. Die Handelsstadt lag nur ein kleines Stück weiter im Westen und war im Wesentlichen ohne Verteidigung. Haralds Ruf hatte sie bisher vor Angriffen bewahrt, aber der ließ allmählich nach. Sein aufständischer Sohn würde sie dem Erdboden gleichmachen. Halfdan könnte sich selbst zum König erheben, oder er könnte nur Norwegen ins Chaos stürzen, indem er es in die sich bekriegenden Königreiche zurückversetzte, die Harald vereint hatte, und das Land für die Eroberung von Dänemark und Schweden reif machte.

Sie ging, um im kalten Bach, der von den Frauen des Lagers gern dazu benutzt wurde, auf der dem Land zugewandten Seite ein Bad zu nehmen. Anschließend kämmte ihr Luta langsam das Haar aus, mit geduldigen, sanften Bürstenstrichen.

»Du solltest dir keine Sorgen machen, ich würde es dir schon sagen«, meinte Luta.

»Was sagen?«, fragte Svanhild. Die Bewegung von Lutas Fingern durch ihr Haar war angenehm, fast einschläfernd.

»Wenn du diesen Falki zum Geliebten nimmst. Ich habe gehört – der König ist zu dir nicht wie ein Ehemann.« Svanhild erstarrte, und Luta strich ihr über die Stirn, bis sie sich wieder entspannte. »Ich würde es niemandem sagen« wiederholte Luta und lachte plötzlich gackernd auf. »Aber ich würde mir mein Schweigen natürlich bezahlen lassen.«

Svanhild gab ihr einen Klaps. »Du gierige alte Hexe«, sagte sie lachend. »Und ich würde dich tatsächlich bezahlen, aber es würde dennoch herauskommen. Und ich habe einen Eid geleistet.«

»Mir scheint, das hat dein Ehemann auch«, erwiderte Luta.

Svanhild gab keine Antwort, und auch Luta schwieg und stellte Svanhilds Frisur fertig, indem sie ihr Zöpfe flocht, die ihr das Haar die nächste Woche aus dem Gesicht halten sollten.

Wenn sie Luta trauen könnte – nein, lieber gar nicht erst darüber nachdenken. Sie könnte Falki mit diesem Geheimnis trauen, und mit ihrem Leben, aber obwohl Svanhild Luta mochte, könnte sie von einer von Haralds anderen Frauen bezahlt werden, die versuchten, auf Svanhilds Kosten in der Gunst Haralds höher zu steigen. Es war besser, darüber zu lachen und Falki auf Armeslänge von sich fernzuhalten.

Halfdan setzte sich beim Abendessen neben Svanhild – denn am Tag zuvor hatte einer von Halfdans Männern Hirsche geschossen, und man hatte das Fleisch den Tag über mit gelagertem Wurzelgemüse gedünstet. Obwohl er jetzt schon eine Weile da war, herrschte eine gewisse Unbehaglichkeit zwischen seinen und Melbrids Männern und den Schonen, über die Melbrid die Herrschaft hatte.

»Ich hätte vor einiger Zeit noch nicht so zu dir gesprochen«, sagte Halfdan zu ihr.

»Wie?«, fragte Svanhild kühl. Normalerweise versuchte sie zu vergessen, wie klein sie war im Vergleich zu den Männern, die um sie herum waren. Wenn sie sich wie eine Göttin benahm, unberührbar durch die Waffen Sterblicher, dann behandelten sie die

Männer in der Regel auch so, aber Halfdan hatte ihr diese Illusion zerstört.

»Ich entschuldige mich ja gerade dafür«, sagte er.

Svanhild schenkte ihm ein dünnes Lächeln. »Ich danke dir, und ich nehme deine Entschuldigung an«, erwiderte sie. »Sag mir, wie kommt es, dass du hierhergekommen bist?«

»Nachdem mein Vater ...« Er wandte den Blick ab. »Na ja, du hast es vermutlich gehört, aber ich weiß nicht, warum er sie heiraten musste! Es ist schlimm genug, dass er die Frau seines eigenen Sohnes nimmt. Er hat immer gesagt, ich solle gut heiraten, und da kommt er an und beleidigt seine anderen Frauen für diese Dahergelaufene.«

»Es war keine edle Tat«, stimmte ihm Svanhild zu. Sie hatte Halfdan schon oft für einen Rüpel gehalten, aber jetzt erfreute sie seine unbedachte Offenheit.

»Stimmt«, sagte Halfdan. Er trat nach einer Wühlmaus, die zwischen seinen Beinen und dem Feuer herumrannte. »Meine Mutter hat etwas Besseres verdient. Auch du hast etwas Besseres verdient.« Seine Mutter war Asa Hakonsdatter, die mit ihrem Bruder König Heming in Halogaland lebte. Halfdan könnte Hemings Loyalität durch diese Verwandtschaft fordern.

»Dann bist du also danach fortgegangen«, sagte Svanhild.

»Natürlich.« Er fuhr sich mit der Hand durchs Haar. Es war zu kurz für Zöpfe, aber es würde sein Gesicht ansprechend umrahmen, wenn er es ebenmäßig schneiden würde. »Du kannst nicht glücklich sein angesichts dessen, was Harald dir und allen seinen Frauen angetan hat. Warum unterstützt du mich und Melbrid nicht gegen ihn?«

Svanhild hielt sich jetzt mit ihrem Lächeln nicht mehr zurück. Keine andere Frau in Norwegen hatte so viel Macht wie sie. »Und bist unser erster norwegischer Verbündeter?«, fragte sie.

»König Erik von Jütland sagt, er wird sich nicht mit mir verbünden, wenn es Ragnvald nicht auch tut«, erwiderte Halfdan und wich damit ihrer Frage aus, obwohl er ihren Sinn genau verstanden hatte. »Aber du wärest fast ebenso gut.«

»Wie schmeichelhaft«, erwiderte Svanhild trocken.

»Ich glaube, er tut damit nicht das Richtige«, sagte Halfdan. »Ich nehme an, ein König muss alle Verbündeten nehmen, die er finden kann. Aber ich kann nicht glauben, dass Ragnvald meinen Vater verraten würde.«

»Man nennt ihn den wahren König von Norwegen, überall die Küste rauf und runter«, erwiderte sie. »Wem immer er loyal gegenüber ist, dem schließt sich ganz Norwegen an. Vermutlich sogar dein Onkel Heming.« Sie beobachtete Halfdans Gesicht, um zu sehen, wie er darauf reagierte, aber er blieb unbeeindruckt. »Was bekomme ich, wenn ich Ragnvald auf deine Seite bringe?«, fragte sie. Eine seltsame Eingebung ließ sie weitersprechen. »Wenn du König wärst, würdest du mir erlauben, Solvi Hunthiofsson zurückzubringen?«

»Ha! Das würde dir dein Bruder nie gestatten«, sagte Halfdan. »Es wäre besser, wenn du dich mir ohne ihn anschlössest, dann sehen wir schon, was wir tun können. Wenn Ragnvald meiner Rebellion beiträte, dann wäre ich als König nur eine Galionsfigur, so wie es mein Vater ist.«

»Vielleicht hast du recht«, sagte Svanhild. Es brachte nichts, sich mit ihm zu streiten. Wenn er Harald besiegte – was sie sich zwar kaum vorstellen konnte –, aber wenn es ihm gelänge, dann könnte sie tatsächlich in ihrem Schiff lossegeln und sich auf die Suche nach Solvi machen. Sie hatte versprochen, zu ihm zu kommen, wenn ihre Ehe mit Harald scheiterte, und sie war schon vor langer Zeit gescheitert. Solvi war ihr wahrer Ehemann gewesen, der Partner, der ihr Harald nie gewesen war.

• • •

König Erik von Jütland traf ein paar Tage später ein und brachte mit seinen Männern und all dem Gepäck chaotische Zustände. Svanhild hatte nicht mehr über Halfdans Bündnisse und Pläne in Erfahrung bringen können. Falki hatte sie gedrängt fortzugehen, aber sie dachte, durch die Ankunft von Erik könnte sie erfahren, wo sie vorhatten anzugreifen. Sie schloss sich dem Willkommenstrupp an und stellte sich neben Melbrid, Halfdan und einige der hübscheren Frauen des Lagers.

»Edle Dame«, begrüßte sie Erik, nachdem er ihr die Hand geküsst hatte, »die Gerüchte über Eure Schönheit waren nicht übertrieben.«

Sie dankte ihm, obwohl sie neulich im Spiegel genug gesehen hatte, um zu wissen, dass man ihre Schönheit nicht mehr beachten würde, wenn sie nicht einen König geheiratet hätte. Sie hatte gelernt, charmant zu sein, während ihr Sonne und Wind ihre Schönheit geraubt hatten, sie rauer gemacht und Falten gezogen hatten, die die Gesichter von Frauen, die zu Hause geblieben waren, erst dann haben würden, wenn sie zehn Jahre älter waren.

»Melbrid hat mir gesagt, Euer Bruder würde sich vielleicht unserer Sache anschließen«, meinte Erik. »Das wäre ein unverhoffter Glücksfall.«

Darüber hatten Halfdan und Melbrid gestern wohl unter anderem gestritten. »Und wenn er das täte«, sagte Svanhild und warf ihr Haar zurück, »sollte ich dann loyal gegenüber meinem Mann oder meinem Bruder sein?«

»Mir gefällt das alles überhaupt nicht«, knurrte Halfdan. »König Ragnvalds Macht ist viel zu groß geworden. Das ist einer der Gründe, warum ich rebelliere. Und warum diese edle Dame hier eine gute Geisel abgibt.«

»Geisel?«, meinte Svanhild leichthin. »Ich bin Melbrids Gast, so wie du, und er ist keiner, der die Götter erzürnt.«

»Das bin ich auch nicht«, sagte Erik und berührte das Amulett, das er um den Hals trug. »Und warum sollten wir jemanden bedrohen, der Ragnvald den Mächtigen auf unsere Seite bringen kann?«

»Sie kann das nicht, und wir sollten das auch nicht nötig haben«, erwiderte Halfdan zornig, »aber das wirst du noch bald genug einsehen.«

Dieser Streit würde nützlich sein – das Versprechen von Ragnvalds Hilfe war mehr wert als Halfdans Drohungen. Halfdan war jetzt schon eine Galionsfigur, ob er es wusste oder nicht. Vielleicht sollte Svanhild jetzt gehen und das Problem Ragnvald vor die Füße legen. Er könnte sich selbst als Verbündeter in der Schwebe lassen und dann diese Männer gegeneinander ausspielen.

An diesem Nachmittag traf sie Falki an, der auf einem Holzstamm saß und einem der halbzahmen Hühner des Lagers aus einem kleinen Beutel Samen in seiner Hand fütterte. Svanhild tat es ihm gleich, sodass sie sich über das Füttern unterhalten konnten.

»Wie schätzt du unsere Chancen ein, wenn wir heute Nacht fortgehen?«, fragte sie ihn.

Er grinste sie an. »Ich weiß, wo sie ihre Wachposten aufstellen, und bei dem Durcheinander, das Erik ins Lager gebracht hat, sind wir leicht zu übersehen.«

»Ich habe nicht die Absicht, hierzubleiben und als Waffe gegen meinen Bruder benutzt zu werden«, sagte sie. »Verrate mir deinen Plan.«

»Es wird ein Signal geben«, sagte Falki, »und wenn du es hörst, dann folge dem Pfad östlich des Lagers zum Meer. Das wird dich in die Nähe der Stelle bringen, wo das Schiff lag.«

Im Laufe des Tages sah Svanhild, wie das Misstrauen zwischen Halfdans und Eriks Kriegern sich in kleinen Streitereien Bahn brach. Erik und Melbrid verbrachten lange Stunden im Gespräch miteinander und schienen Halfdan nicht in ihre Überlegungen miteinzubeziehen, also musste er dazwischenplatzen.

Die Dämmerung brach herein, als Svanhild ihr spätes Abendessen beendete. Luta saß neben ihr und kaute auf einem Gewürzkräuterzweig. Sie brach ihn entzwei und gab Svanhild einen Teil, damit sie sich damit die Zähne putzen konnte.

»Du kannst mit mir kommen, wenn du willst«, sagte Svanhild, »du kannst aber auch hierbleiben. Vielleicht ist das sicherer.«

Luta sah sie gekränkt an. »Wir sind schon durch viel schlimmere Stürme als das hier gesegelt«, sagte sie.

• • •

Svanhild legte sich hin und atmete tief und gleichmäßig in der Hoffnung, ihre Bewacher dächten, sie würde schlafen. Bald darauf hörte sie den Wachwechsel, befahl ihren Schiffsführer Mani an seinen Platz, dann vernahm sie das Signal, auf das sie gewartet hatte. Sie streckte ihren Kopf aus der Öffnung ihres Zelts. Über ihrem Haar trug sie ein dunkles Tuch, und im Zwielicht einer Mittsommernacht würden ihre Kleider auch mit dem Blau der Dämmerung verschmelzen. Sie hatte sich unter ihrem Kleid bereits ihren kleinen Dolch um die Hüfte gebunden. Ihren größeren würde sie bei Melbrids Wachen zurücklassen müssen.

Hinter ihr, im schonischen Lager, brannten noch ein paar Fackeln. Sie folgte Falki und beobachtete seine Fußstapfen auf den Tannennadeln, dorthin setzte sie ebenfalls ihre Schritte. Bald trat nackter Fels an die Stelle der tannennadelübersäten Pfade, und sie spürte eine feuchte Brise auf ihrem Gesicht, die nur vom Meer her wehen konnte. Schon einen Moment später sah sie es unter sich liegen, weit und eben, ihre einzige wahre Heimat von frühester Kindheit an.

Kurz vor Sonnenaufgang, aber noch lange bevor das Lager erwachte, erreichten sie den Rand der Küstenfelsen. In dieser Jahreszeit verharrte die Sonne nur kurz unterhalb des Horizonts. Die Stelle war nicht dieselbe, an der sie an Land gegangen waren, aber als die Sonne höher stieg und die Felsen erst rot färbte, dann golden, erkannte sie die Landspitze im Norden, die die Bucht schützte, wo sie gelandet war. Als sie die Bodensenke erreichte, wo ihr Schiff versteckt lag, fand sie dort bereits zwölf ihrer Männer vor, die das Schiff Stück für Stück über den Hang zum Wasser schoben. Olaf, Sigurds Sohn, gab ihnen Anweisungen. Luta saß auf einem Felsen daneben und bearbeitete ein Stück Stoff mit ihrer Nadel.

Ein falscher Vogelruf ließ Svanhild aufschauen. Auf den Felsen über ihr begannen Männer mit ihrem Abstieg.

»Haltet das Schiff in Bewegung«, befahl sie. Wenn es sich bewegte, konnte es nicht so leicht von Pfeilen getroffen werden, und das Schiff würde ihnen Schutz bieten. Die Küstenfelsen würden sie noch besser verbergen, wenn sie sie erreichten. »Lasst das Schiff sofort zu Wasser. Wir können die Leinen hochziehen, wenn wir draußen auf dem Meer sind.«

Ihre Männer arbeiteten fieberhaft, waren aber nicht schnell genug, und als sie das Schiff unten am Strand hatten und bereit waren, vom Ufer abzustoßen, hatten Halfdans Männer sie schon umzingelt. Halfdan trat auf Svanhild zu, seine Hand ruhte auf seinem Schwertknauf.

»Deine Flucht war gut geplant«, sagte er. »Ich würde gerne erfahren, wie du das gemacht hast, aber wir werden genug Zeit haben, das in Ruhe zu besprechen, wenn wir zurück im Lager sind.«

Zwei seiner Männer kamen und packten Svanhild an den Armen. Andere gingen mit gezogenem Schwert auf Svanhilds Männer zu und entwaffneten sie.

»Dein Melbrid nahm meinen Männern die Waffen ab, und nun wirst du sie töten?«, fragte Svanhild. »Es gibt ein Wort für solche Männer.«

Halfdan lächelte grimmig. »Meinst du, meine Männer fürchten sich davor, Mörder genannt zu werden?«, fragte er.

»Fürchten sie, Feiglinge genannt zu werden?«, fragte Svanhild laut genug, dass alle sie hören konnten.

»Wer wird sie so nennen?«

»Ich – es sei denn, du hast vor, mich auch zu töten, aber als Geisel bin ich für dich viel nützlicher. Du solltest meine Männer gehen lassen. Du brauchst sie nicht, um ein Lösegeld für mich zu fordern.«

»Wenn ich sie gehen lasse, dann kämpfen ein Dutzend mehr Männer auf der Seite meines Vaters«, wandte Halfdan ein. Er verstärkte den Griff um sein Schwert, als Svanhild sich gegen ihre Wächter wehrte, obwohl jeder Widerstand zwecklos war.

Dann schrie einer seiner Männer etwas von seinem Beobachtungsposten und deutete in eine Richtung. Svanhild drehte sich um und sah ein anderes Schiff herannahen, das seine Schilde zur Schau stellte. Es war ein kleines Schiff und eines, das sie sofort erkannte – sie hatte es entworfen und für ihren Neffen Rolli bauen lassen. Erleichtert winkte sie ihm zu.

»Jetzt habe ich Hilfe«, sagte sie zu Halfdan. »Dieses Schiff dort gehört auch zu mir und ist mit meinen besten Kriegern bemannt, sie alle sind ausgezeichnete Bogenschützen.«

»Ein Schiff«, höhnte Halfdan.

Svanhild lächelte, als entspräche das alles ihrem Plan. »Du hast deine neuen Verbündeten nicht mit hergebracht«, sagte sie und ließ langsam den Blick über die Männer schweifen. »Warum denn nicht? Könnte es sein, dass du dir einen Vorteil ihnen gegenüber herausnehmen und mich als Geisel nur für dich behalten wolltest?«

Halfdan sah sie unsicher an, daher fuhr Svanhild fort: »Nicht alle meine Krieger sind hier bei mir. Einige blieben in Melbrids Lager zurück, um sicherzustellen, dass man mich nicht verfolgt – oder hast du etwa die Anzahl meiner Gefolgsleute nicht miteinbezogen?« Nach Halfdans entsetztem Blick zu urteilen, hatte er das nicht getan, das wurde ihr sofort klar. »Haben deine Männer jene Krieger gesehen, die sich durch den schonischen Wald auf ihre Spur heften und dabei so leise sind wie der Tod? Lass mich frei, dann werden sie deine Männer am Leben lassen, wenn ihr in den Wald zurückgeht.«

»Du bist eine Lügnerin«, schimpfte Halfdan.

»Willst du etwa dieses Risiko eingehen?«, fragte Svanhild. »Willst du die wenigen Männer in Gefahr bringen, die dir tatsächlich folgen, und nicht deine Verbündeten?«

Noch bevor Halfdan eine Entscheidung gefällt hatte, erreichte Rollis Schiff den Strand. Halfdan machte eine abrupte Geste, und seine Männer ließen von Svanhilds Kriegern ab. Sobald sie frei waren, schoben sie ihr Schiff in seichtes Gewässer und kletterten hinein. Nur Falki blieb an Land, um Svanhild aufs Schiff zu helfen.

»Wenn du deinen Verbündeten jetzt schon misstraust, wie viel schlimmer wird es dann erst sein, wenn wirklich etwas auf dem Spiel steht?«, fragte sie. »Komm mit mir, und bitte deinen Vater um Vergebung. Er wird sie dir gewähren, auch wenn er das eigentlich nicht tun sollte.« Halfdan gab keine Antwort. »Oder bleib hier und stirb«, fügte sie hinzu. »Dann haben meine Söhne einen Konkurrenten weniger.«

Er schüttelte den Kopf, und in diesem Moment riss sich Svanhild von ihm los und sprang leichtfüßig über die rutschigen Felsen auf ihr Schiff zu, noch bevor Halfdan sie packen und zurückhalten konnte. Kurz nachdem ihr Falki an Bord geholfen hatte, traf eine Welle auf das Schiff, und mit Rollis ausgeworfenem Seil ließ es sich aus den Brandungswellen ziehen. Sobald sie ein paar Bootslängen vom Strand entfernt waren, brachte Svanhild ihr Schiff Seite an Seite mit Rollis und kletterte dort an Bord.

Sie erkannte unter Rollis Gefährten junge Männer aus Tafjord und begrüßte Einar, dessen schmales, gut geschnittenes Gesicht besorgt aussah, aber das war nichts Ungewöhnliches. Hinter Einar sah sie die untersetzte Gestalt von Ragnvalds Frau Hilda in ihrem braunen Gewand. Svanhild riss erschrocken die Augen auf.

»Hilda, Schwester«, rief sie. »Was um alles in der Welt machst du hier?«

Hilda deutete mit dem Kopf auf Rolli. »Er brauchte mich«, antwortete sie und fügte dann argwöhnischer hinzu: »Vermutlich hast du noch gar nichts von dieser Sache gehört.«

Svanhild lachte. Sie war jetzt frei und in Sicherheit und segelte einmal mehr der Gefahr davon. »Ich war in Schonen so etwas wie ein unfreiwilliger Gast und hab viele der neuesten Klatschgeschichten dort nicht mitbekommen.«

Hilda berichtete ihr, was Rolli getan hatte. Mit jedem Wort, das sie hörte, erstarrte Svanhild mehr, und als Hilda den Namen ihrer Tochter erwähnte, ließ sie sich schwer auf eine Ruderbank fallen.

»Dann glaubst du also, das war alles Hallbjorns Schuld?«, fragte Svanhild mit schriller Stimme vor Zorn.

»Rolli sagt, sie hätten beide Aldis Boot für ein Seeräuberschiff gehalten«, räumte Hilda ein.

»Und jetzt ist meine Tochter, meine Freydis, mit diesem Hallbjorn verheiratet?«, fragte Svanhild.

»Ich weiß nicht, ob die Hochzeit schon stattgefunden hat«, antwortete Hilda. »Rolli sagte, Hallbjorn beabsichtige es.«

Svanhild umklammerte die Ruderbank so fest, dass ihr das Holz schmerzend in die Hände schnitt. Freydis in Geiselhaft, aus der Heimat in die Ferne entführt, und das mit einem jungen Mann, der ihr Böses wollte. »Ich sollte Rolli sein Schiff wegnehmen«, sagte sie halb zu sich selbst. »Es wurde für mich gebaut.«

»Es ist keine schlechte Verbindung«, sagte Hilda. »Hallbjorns Mutter Vigdis ist jetzt Guthorms Geliebte. Sie kann viel für ihn tun.«

»Er ist der *nithing*-Sohn eines Feiglings und einer Hure«, erwiderte Svanhild und sprang empört auf.

»Du hast schließlich damals auch Solvi Hunthiofsson geheiratet«, sagte Hilda.

»Den Sohn eines Königs«, wandte Svanhild zornig ein. »Ich werde nicht dulden, dass meine Tochter gegen ihren Willen verheiratet wird. Wo ist sie jetzt?«

»Er hat sie mit sich nach Island genommen«, sagte Hilda. »Zu ... zu Solvi Seekönig, zumindest hat Rolli das gesagt.«

Svanhild ließ sich wieder auf die Ruderbank fallen.

»Was wirst du jetzt tun?«, fragte Hilda.

»Sie zurückholen, ganz gleich, was es kostet«, erwiderte Svanhild. »Ich werde selber dorthin segeln, oder ...« Sie stieß ein schrilles, freudloses Lachen aus. »Harald wollte immer Krieg gegen Solvi führen, und jetzt bekommt er seine Chance dazu.«

Kapitel 20

Die zwanzig bei Ragnvald zurückgelassenen Krieger saßen alle um nur ein Lagerfeuer. Sigurd erledigte die meiste Arbeit für das Kochen, eine Fertigkeit, die er in vielen Jahren Segeln mit Ragnvald erworben hatte. Mittlerweile fürchteten die Seevögel sie, daher bestand ihr Abendessen aus Trockenfisch, der gekocht und zerstoßen wurde, damit er essbar war, und durch das Brackwasser noch salziger geworden war, aber es war alles, was sie in der Nähe der Küste finden konnten. Ragnvald stillte seinen Durst mit mehr Bier, als er eigentlich trinken sollte, denn er beanspruchte nun, da Harald fort war, auch noch den Anteil des Königs.

»Die Schonen haben auch meinen Sohn«, sagte Sigurd. Seit der Schlacht von Hafrsfjord war er Ragnvald nicht von der Seite gewichen. Und auch wenn er weniger Trost bot als Oddi, musste Ragnvald zumindest nicht fürchten, dass Sigurd ihn später hassen würde. Wenn sogar die Tötung von Sigurds Vater das nicht bewirkt hatte, dann würde nichts dazu führen.

»Ich bin sicher, Svanhild wird ihn in den Verhandlungen nicht vergessen, keine Sorge«, sagte Ragnvald, der sich schuldig fühlte, weil er nicht selbst an den Jungen gedacht hatte.

»Warum hat Harald eine Streitmacht gegen sie geführt, wenn er nur zu verhandeln gedenkt?«, fragte Sigurd.

»Er muss den Schonen zeigen, wenn sie ihren Geiseln etwas

antun, dann können wir sie zerstören«, erklärte Ragnvald. »Es bringt ihn in eine stärkere Verhandlungsposition, und er kann sich so davor schützen, selbst als Geisel genommen zu werden.«

»Stimmt natürlich«, sagte Sigurd erleichtert, und Ragnvald wünschte, er könnte ebenso leicht beruhigt werden.

Wenn Harald in einer Woche nicht zurück wäre, dann müsste er alle Krieger Norwegens für eine Schlacht in Schonen ausheben. Doch würden Haralds Jarls und Könige kommen, oder würden sich die Distrikte, die sich jahrhundertelang selbst, ohne Haralds Herrschaft, regiert hatten, wieder von ihm trennen? Die Distrikte Dänemarks waren gegenüber dem alten König Gorm eine Lehenspflicht eingegangen, doch unter seinen Söhnen war die Einheit auseinandergebrochen.

Jeder neue Tag brach mit tiefen Wolken am Horizont und Nebel über dem Meer an. Um die Mittagszeit bildeten sich hohe Zirruswolken am Himmel, die von starken Winden verweht wurden. Das wäre eigentlich gut gewesen zum Segeln, aber die gute Wetterlage war nutzlos, da Ragnvald hier an Land festsaß. Am Abend wurden die Wolken fortgeblasen und hinterließen einen weiten, klaren Himmel, der sich von Blassblau in Orange verfärbte, dann am späten Abend zurück in ein tieferes Blau.

Ragnvald konnte nicht glauben, dass Harald nicht zurückkehren würde – seine eigene Vision und die Rondhilds besagten, dass Harald ein langes und märchenhaftes Leben führen und nie eine einzige Schlacht verlieren würde. Ronhild hatte auch prophezeit, dass Ragnvald sein Leben für Harald opfern würde. Vielleicht war hier der Ort, an dem er jenes *wyrd* erfüllen würde, wenn er in dieses wegelose Land eindrang, um Harald zu folgen. Vielleicht lauerte dort ein Monster, ein Überbleibsel aus der Zeit der Götter, das alle tötete, die den Wald betraten. Es wäre eine Erklärung für dieses seltsame und leere Land.

Als die Woche ihrem Ende zuging, fühlte sich Ragnvald von dem drohenden Verhängnis zu sehr überwältigt, als dass er hätte schlafen können. Er versuchte gerade, seine Reise durch Norwegens Distrikte zu planen, um eine Streitmacht zu versammeln, als Thorir mit seinen scharfen Augen in der Ferne eine Gestalt erspähte, die durch das wogende Dünengras auf den Strand zuging. Sigurd führte einen kleinen Trupp Krieger an, um ihn gefangen zu nehmen, und kehrte mit einem jungen Mann mit einem fleckenartig verteilten Schnurrbart und hochmütigem Gebaren zurück.

»König Ragnvald von Norwegen«, sagte er und verbeugte sich zur Begrüßung. »König Erik von Jütland bittet, dass du, der wahre König von Norwegen, zu Verhandlungen über den Austausch von Geiseln und die Beendigung der Feindseligkeiten kommst.«

»Erik!«, rief Ragnvald aus. Das erklärte vieles. Die Schonen konnten vielleicht aus eigener Kraft eine kleine Truppe Krieger gefangen nehmen, aber nicht die Masse von Haralds Streitkräften. »Wie heißt du?«

»Sverri«, antwortete der junge Mann.

»Hat König Erik sichergestellt, dass König Harald ihn gehört hat, als er dir diese Botschaft übertrug?«, fragte Ragnvald.

Sverri nickte angstvoll. Seine Finger zupften an seinem spärlichen Schnurrbart.

»Und wer bist du? Wer ist dein Vater?«, fragte Ragnvald.

»Ich habe keinen Vater«, antwortete Sverri leise.

Dann taugte er also nicht als Geisel.

»König Erik hat mir aufgetragen, dir Auskunft über alles zu geben, was du erfahren willst«, sagte Sverri. Als er seine Hand vom Gesicht nahm, zitterte seine Oberlippe. Ragnvald lächelte leise. Dieser Junge konnte nicht älter sein als Thorir. Und sowieso hatte Ragnvald nicht die Absicht, etwas durch Folter zu erfahren, er traute Aussagen, die unter Folter gemacht wurden, nicht. Wie er selbst wusste, gestand man unter Folter alles. Bei der Erinnerung daran, wie er selbst gequält worden war, verkrampften sich seine Finger, und er bewegte sie, um sie geschmeidig zu machen, während er den Jungen ausfragte.

Er erfuhr, dass Haralds Streitmacht in das schonische Lager einmarschiert war, Gefangene gemacht und die Schonen umzingelt hatte, indem er sie in ihrem Winterlager einkesselte. Sie waren, wie Ragnvald vermutete, weniger Männer als in Haralds Streitkräften, hatten aber genug Krieger, mit dem Beistand von Eriks Leuten, um ihre Geiseln zu sichern und Haralds Truppen auf Abstand zu halten.

»Sag mir, wer die Geiseln sind«, forderte Ragnvald. Vielleicht wussten sie nicht, dass Sigurds Sohn Olaf jeden Wert eines Lösegelds oder eines Austauschs wert war. Das half dem Jungen vielleicht zu überleben, wenn die Dinge schlecht ausgingen.

»Ivar Ragnvaldsson, Dagfinn Haraldsson, Gudrod Haraldsson und ausgewählte Krieger, die nützlich aussehen – das ist es, was König Erik sagte.«

»Was ist mit Svanhild Eysteinsdatter?«, fragte Ragnvald mit innerem Schauder.

»König Erik bat mich sicherzustellen, dass du erfährst, dass sie fortgesegelt ist.«

Ragnvald seufzte, zugleich erleichtert und verärgert. Sie hätten also überhaupt nicht herkommen müssen. Wenn Ragnvald ernste Absichten auf Norwegens Thron hätte, wie Erik steif und fest behauptete, dann dachte Erik vielleicht, er böte Ragnvald die Chance, seine Rebellion zu beginnen. Er fragte Sverri weiter aus, um die exakte Aufstellung von Haralds Streitmacht zu erfahren, und auch dies erzählte der Bote und zeichnete ihre Aufstellung in den nassen Sand auf dem Strand. Ragnvald versammelte fünfzehn seiner Krieger um sich, ließ aber Sigurd mit Thorir und drei weiteren Männern am Strand zurück. Die Schonen hatten das getan, was Ragnvald befürchtet hatte: Sie hatten ihre Streitmacht in kleinste Einheiten aufgeteilt. Schonen war wie ein poröser Sandstein; es konnte sie alle absorbieren und keine Spur von ihnen hinterlassen.

Ragnvalds Trupp folgte Sverri auf einem Pfad durch die Wälder. Nachdem sie fast den ganzen Tag gegangen waren, kamen sie auf einem Platz heraus, der früher einmal eine gerodete Lichtung gewesen war. Baumschösslinge mit frischem Sommerlaub erfüllten die Freifläche mit gesprenkeltem grünem Licht.

Ragnvald hatte gerade seine Hand an den Schwertknauf gelegt, als Aldi und einige seiner Männer mit gezogenen Schwertern aus dem Unterholz hervorbrachen, hinter ihnen folgte Oddi. Ragnvald zog sein Schwert, und seine Männer stellten sich um ihn herum auf.

»Wir sind in der Überzahl«, knurrte Aldi.

»Ja«, gab Ragnvald zu.

»Ja«, ahmte ihn Oddi nach. »Und ich habe dir gesagt, Ragnvald würde König Harald nicht angreifen. Wenn er Haralds Thron hätte übernehmen wollen, dann hätte er das viel leichter irgendwann in den vergangenen Jahren tun können.«

Ragnvald runzelte die Stirn und steckte sein Schwert in die Scheide zurück. »Ich bin hergekommen, weil ich gebeten wurde zu kommen«, sagte er.

»Vielleicht bist du Harald nicht übel gesinnt, aber was ist mit mir?«, fragte Aldi, der sein Schwert noch immer gezückt hatte.

Ragnvald seufzte. »Wenn ich dir etwas Böses wollte, hätte ich dir dann mein Land gegeben und all die Jahre über zugelassen, dass du reich wirst?«, fragte er müde. »Wenn ich hätte verhindern können, dass das Schiff meines Sohnes deines angreift, dann hätte ich es getan.«

»Aber du willst nicht zugeben, dass er meinen Sohn getötet hat?«, schrie Aldi empört.

»Das ist eine Sache für ein Gericht«, entgegnete Harald mit dröhnender Stimme. Er stand vor seinem Trupp Männer und überragte sie. »Und wir haben drängendere Sorgen.« Er sah Ragnvald forschend an. »Mein Freund, lass uns unter vier Augen sprechen.«

Ragnvald blickte hinter Harald, um zu prüfen, wie Harald und seine Männer die Schonen in ihrem Lager umzingelt hatten. Ein Ring seiner Krieger stand bereit zum Angriff, sollte einer der Schonen einen Fluchtversuch wagen. Harald sah erschöpft aus, ebenso wie seine Männer. Sie hatten wohl wenig geschlafen, um diese Wachsamkeit aufrechtzuerhalten.

Harald ging ein kurzes Stück in den Wald hinein bis zu einer Stelle, wo man die Grenze zwischen den beiden gegnerischen Parteien sehen konnte, aber außer Hörweite war.

»Wie viele Männer sind noch in der Höhle?«, fragte Ragnvald.

»Wer kann das sagen?«, erwiderte Harald. »Nicht genug, um gegen uns Widerstand zu leisten, aber sie haben meine Söhne als Geiseln, also spielt das keine Rolle.«

»Sie haben auch meinen Sohn«, sagte Ragnvald. »Aber wie ich gehört habe, nicht Svanhild.«

»Nein, anscheinend war sie ihnen an List überlegen«, sagte Harald. Er sah Ragnvald stirnrunzelnd an. »Sag mir eines: Warum will dieser Erik nur mit dir verhandeln? Warum nicht mit mir?«

»Er will Zwietracht zwischen uns säen«, erwiderte Ragnvald. »Und wie ich sehe, gelingt ihm das auch.«

»Er hat mir immer wieder gesagt, dass du in Wahrheit der König von Norwegen bist und ich bloß eine Galionsfigur. Hast du ihm das auch so gesagt, als du hingingst, um eine Heirat zu arrangieren?«

»Nein«, sagte Ragnvald. »Es war die Entschuldigung, die er benutzt hat, um die Heirat zu verweigern. Ich wollte, dass dein Gudrod seine Tochter heiratet.«

»Und du bist auch dieser Meinung? Dass ich eine bloße Galionsfigur bin?«, fragte Harald.

»Eine Galionsfigur muss gesehen werden«, murmelte Ragnvald.

»Also bin ich noch weniger als eine Galionsfigur?« Haralds Stimme wurde lauter.

Ragnvald verfluchte seine Erschöpfung – normalerweise achtete er mehr auf seine Wortwahl. In der Vergangenheit hatte Harald seine Ehrlichkeit geschätzt, aber es war stets eine Gratwanderung, einem König mit Ehrlichkeit gegenüberzutreten, ohne beleidigend zu sein. »Mein König, du warst in der Vergangenheit abwesend«, sagte er. »Das hast du selbst gesagt. Und in deiner Abwesenheit habe ich versucht, dein Königreich zu stärken. Es gab Zeiten, als einige angenommen haben ... was König Erik jetzt behauptet. Es gab Zeiten, in denen ich sie nicht korrigiert habe, da es deinen Interessen dienlicher war, wenn Könige und Jarls mich für mächtig hielten. Und es gab Zeiten, wie jetzt mit König Erik, wo ich die Wahrheit gesprochen und solche Forderungen verweigert habe – warum sollte er Gudrod mit seiner Tochter verheiraten, wenn er der Sohn eines machtlosen Königs ist? Dieses Argument hat er mir entgegengehalten, und ich versuchte es vergeblich zu entkräften.«

»Das sind viele Worte für Ragnvald den Weisen«, sagte Harald. »Und sie klingen nicht ganz nach der Wahrheit. Ich weiß, wie ein Mann klingt, der sich zu rechtfertigen versucht.«

»Dann glaube dem, was Oddi gesagt hat«, entgegnete Ragnvald. Er rieb sich die alte Narbe an seiner Wange, eine Gewohnheit, die er nie ganz hatte ablegen können.

»Was war das, was Oddi gesagt hat?«, fragte Harald.

»Er sagte, wenn ich solche Ambitionen hätte, dann hätte ich einen besseren Zeitpunkt gefunden, sie zu realisieren, als jetzt.«

Harald lachte kurz auf. »Ich nehme an, du musst mit Erik verhandeln, da er nur mit dir sprechen wird. Aber merk dir eins: Wenn diese Verhandlung dir zu sehr nützt, dann habe ich Grund, meinen Verdacht zu glauben, und dann wird er noch eine weitere Geisel haben.«

Ragnvald schluckte sein Unbehagen hinunter. Er konnte nicht vorhersagen, was Erik wollte. Wenn Erik klar würde, dass Haralds Krieger Ragnvald bei keiner Rebellion unterstützen würden, dann würde er dieses willkürliche Missverständnis nicht weiter vertreten.

• • •

Ragnvald verhandelte einen Austausch von Geiseln, um sich dann selbst in Eriks Hände zu begeben: sich selbst für Haralds Sohn Dagfinn, der die Schonen mit seinen endlosen Geschichten genervt hatte. Das Lager der Schonen war voller ungewaschener Männer und ein paar kuhäugiger Frauen. Ragnvald bestand darauf, die Geiseln zuerst zu sehen. Er ging auf die Gruppe Männer zu, die auf umgestürzten Bäumen im Kreis saßen, hemdsärmelig, die Mäntel hatten sie in der Wärme des Tages ausgezogen.

Zwischen den Männern befanden sich Gudrod, schlank und gut aussehend, und Halfdan, groß und blond. Und neben ihnen saß Ivar, dunkelhaarig und lauter lachend als sie alle. Er beugte sich vor, stützte die Ellbogen auf die Knie und schüttelte Würfel in seiner Hand. Dann blies er darauf, richtete den Blick hoch zu den Göttern, murmelte eine Glücksformel und warf die Würfel danach auf den Boden.

Ein weiteres Jubeln erhob sich, gefolgt von enttäuschtem Stöhnen bei einigen der Männer. Ivar hielt die Hand auf, und die anderen Männer legten Hacksilberstücke und in einem Fall einen kurzen, edelsteinbesetzten Dolch hinein.

»Sohn, du lebst«, sagte Ragnvald.

Ivar stand auf und lachte. »Natürlich, Vater. Wir sind nur Geiseln. Ich bin froh, dass du gekommen bist.«

Einen Moment wusste Ragnvald nicht, was die Hitze in seinem Gesicht und den Schmerz in seinem Magen verursachte, bis er erkannte, dass es Scham war – Scham, die er für Ivar empfand, Scham, die Ivar selbst nicht spürte. Wäre Einar an seiner Stelle gefangen genommen worden, hätte er bereits einen Weg zur Flucht gefunden, so wie Svanhild. Er wäre gar nicht erst so dumm gewesen, sich gefangen nehmen zu lassen.

Schließlich schluckte Ragnvald seine Gefühle hinunter und nickte. »Schön, dass es dir gut geht«, sagte er. »Ich werde deine Freilassung aushandeln.«

Er folgte König Erik hinaus in die frischere Luft draußen vor der Höhle. Halfdan stand auf und folgte ihnen. Durch seine Größe überragte er Ragnvald und verdeckte das Licht vom Fackelschein des Lagers. Auch Melbrid schloss sich ihnen an, und sein berühmter Zahn ließ ihn so aussehen, als hätte er eine Geschwulst an seiner Oberlippe.

Ragnvald ergriff als Erster das Wort. »König Erik von Jütland, du verursachst mir Ärger mit meinem König. Lass uns verhandeln und dem ein Ende bereiten.«

Erik schüttelte den Kopf. »Es war ein schwerer Fehler zuzulassen, dass dein Sohn in unsere Hände fiel«, spottete er mit geheucheltem Mitleid. »Wäre das nicht geschehen, dann hättest du es mir überlassen können, mich um Harald und ein paar seiner Söhne zu kümmern, und du hättest Norwegen für dich allein gehabt.«

»Wie kann ich dich davon überzeugen, dass es nie mein Ziel war, Harald von seinem Thron zu stürzen?«, fragte Ragnvald.

»Gar nicht«, erwiderte Erik. »Kein Mann, der so weit oder so schnell wie du aufgestiegen ist, könnte willens sein, seinen Ehrgeiz zu beschränken. In alten Zeiten wurde der stärkste, fähigste Mann zum König gewählt, und du würdest diese Wahl gewinnen.«

»Das war nicht nur in alten Zeiten so«, sagte Melbrid mit drohender Stimme. Erik lächelte wieder, und Ragnvald ballte die Hände zu Fäusten. Er hatte sich von Eriks Worten in Jütland zu sehr geschmeichelt gefühlt. Und er hätte sich mit den Dänen von Roskilde gegen Erik verbünden sollen, sobald der ein Bündnis mit Harald abgelehnt hatte.

»Da hast du recht«, räumte Ragnvald ein. »Die norwegischen Könige und Jarls schätzen Harald als König, und ich würde ihnen weder widersprechen noch Norwegen in den Krieg stürzen, indem ich versuche zu ändern, was die Götter so bestimmt haben. Harald hat mir mit dem Tod gedroht, wenn diese Verhandlung mehr zu meinen Gunsten ausfällt als zu seinen.«

Erik zuckte mit den Schultern. »Ich habe genug Männer, um mich mit deinem Harald zusammenzutun und Melbrid und Halfdan zu besiegen«, prahlte er. »Die meisten Krieger, die du hier siehst, gehören zu mir. Einige sind Melbrids, und ein paar gehören zu Halfdan. Aber sie warten alle auf mein Kommando.«

Sowohl in Melbrids als auch in Halfdans Miene trat ein Ausdruck der Fassungslosigkeit und des Zorns, doch noch bevor ihre Hände zum Schwertknauf fanden, fielen Eriks Krieger über sie her und entwaffneten sie.

»Das sehe ich«, sagte Ragnvald und versuchte, seine eigene Furcht nicht zu zeigen. Es gab nichts, was Erik davon abhalten konnte, ihn als Geisel zu nehmen oder ihn zu töten.

»Du wirst mir wohl jetzt zustimmen, dass ich den Vorteil auf meiner Seite habe«, tönte Erik. »Ich habe deinen und Haralds Sohn in meiner Gewalt. Ich habe eine Streitmacht, die groß genug ist, um deiner empfindliche Verluste beizubringen, selbst wenn du bereit wärest, das Leben deines Sohnes zu opfern. Und ich habe eine Vereinbarung mit König Björn von Schweden, dass ich die Kontrolle über die Meerenge des Skagerraks ausübe. Dein Harald beansprucht Wärmland, das immer zu Schweden gehört hat, und Björn würde es liebend gern zurückerobern. Ich sehe nicht, warum ich nicht hier auf meine Verbündeten warten sollte, um dich zwischen uns beiden zu zermalmen.«

Ragnvald sah auch keinen Grund dafür, aber wenn das Eriks endgültiges Angebot war, dann hätte er jetzt nicht diesen Angriff gegen Halfdan und Melbrid vorgenommen. »Haralds Angebot, seinen Sohn Gudrod mit deiner Tochter Ranka zu verheiraten, besteht immer noch«, sagte er. »Norwegen ist viel mächtiger als Schweden. Schweden kann nur Steuern von den baltischen Wikingern und Händlern eintreiben, während wir zusammen den gesamten Verkehr durch die Meerenge kontrollieren können.«

»Gudrod«, spottete Erik. »Ich habe jetzt genug Zeit mit ihm verbracht, um zu wissen, dass er nichts weiter ist als ein verwöhnter Junge. Wie wäre es, wenn ich dir stattdessen deinen Sohn freigebe und wir, zusammen mit meinen Streitkräften, Harald töten und jeden, der ihm weiter folgt, und dich zum König von Norwegen machen?«

Ja, in der Tat, wie wäre das? Würde er das Leben seines Sohnes gegen das von Haralds Sohn eintauschen? Bestand der eigentliche Sinn von Ronhilds Prophezeiung darin, dass er als Verräter sterben würde? Ragnvald kniff vor lauter Schauder vor diesem Gedanken die Augen fest zusammen.

Er hörte Erik lachen und öffnete die Augen. »Nein, ich glaube nicht, dass ich dir das anbieten würde. Du wärst als König zu stark, und ich glaube nicht, dass unser Bündnis lange halten würde. Mach einen neuen Versuch – biete mir etwas an, in das ich einwilligen kann.«

Ragnvalds Stimme hörte sich nicht so an, als glaubte er, dass sein Vorschlag angenommen würde. Er sah, wie Halfdan zwischen den Bäumen gegen seine Wächter kämpfte. »Verheirate deine Tochter mit Halfdan«, sagte er. »Sein Vater wird ihm verzeihen, er wird ihm Land in Norwegen geben, und Halfdan wird dir starke Enkelsöhne schenken, die auf die Throne von Jütland und Norwegen gesetzt werden können.«

Erik strich sich über seinen Bart. »Ich will, dass meine Enkelsöhne Könige werden, aber Harald hat auch so viele Söhne. Wie kann ich sicher sein, dass der Sohn, mit dem ich meine Tochter verheirate, derjenige sein wird, der ihre künftigen Schlachten gewinnt. Sie werden einander alle an die Gurgel gehen wie hungrige Wölfe.«

»Harald könnte darüber einen Schwur leisten«, schlug Ragnvald vor.

»Nein, ich glaube, es wäre besser, wenn ich Ranka mit Harald selbst verheirate«, entgegnete Erik.

Ragnvald nickte verzweifelt. »Ja, ich glaube, ich kann Harald davon überzeugen, dass das eine gute Lösung ist. Wirst du dafür ein Bündnis akzeptieren und deine Geiseln freilassen?«

Erik ging vor Ragnvald auf und ab. »Das Problem besteht ja weiter – ich will, dass meine Enkelsöhne Könige werden, und dein Harald hat seinen Samen über ganz Norwegen verbreitet. Hier ist mein Angebot: Harald wird sich von allen seinen anderen

Frauen scheiden lassen, bevor er meine Tochter heiratet. Ihre Söhne werden seine ersten Erben sein. Dann werden wir deinen Plan zur Kontrolle über den Skagerrak wahr machen. Das macht uns dann beide zu reichen und mächtigen Königen.«

Ragnvalds Mut sank. Das war das Äußerste, was Harald akzeptieren könnte. Das einzig Positive daran war, wenn sich Harald von Svanhild scheiden ließe, dann würde er Ragnvald niemals beschuldigen, dies zu seinem eigenen Vorteil eingefädelt zu haben.

»Und was ist mit Melbrid und Halfdan?«, fragte Ragnvald, um Zeit zu gewinnen.

»Melbrid fordert, dass er König von Schonen wird – vielleicht wird dann ein Bündnis mit ihm von Nutzen sein«, schlug Erik vor. »Und was Halfdan anbelangt, seine Ambitionen sind grenzenlos. Norwegen wird niemals sicher sein, bis er tot ist. Ich werde ihn für dich töten, um dir das Abkommen zu versüßen.«

Wenn es nur so einfach wäre – aber Ragnvald wusste, wenn Halfdan etwas geschähe, würde man ihm die Schuld dafür geben. »Ich muss darüber nachdenken«, sagte er. »Es ist ein bitterer Brocken, den ich schlucken muss.«

»Hast du einen anderen Vorschlag?«, fragte Erik.

Was könnte er schon anbieten? Erik hatte alle Vorteile auf seiner Seite. Wenn Harald angriff, würden viele den Tod finden, darunter ihre beiden Söhne. Wenn Ragnvald wirklich eine Rebellion anfinge – nein, er konnte das gar nicht zu Ende denken, nicht wenn in seinem Kopf von Eriks Vorschlag noch alles drunter und drüber ging. »Wenn Harald sich von allen seinen anderen Frauen scheiden lässt, dann wird er Norwegen ins Chaos stürzen. Das wird eine Kränkung sein, die Norwegens Distrikt-Könige nicht so leicht verzeihen werden. Du vergisst, dass die meisten seiner Frauen die Schwestern oder Töchter der Distrikt-Könige sind.«

Erik grinste erneut. »Das habe ich nicht vergessen«, antwortete er.

»Brauchst du zu alldem keinen starken Verbündeten?«, fragte Ragnvald.

»Zu stark darf er nicht sein«, sagte Erik. »Ich bin sicher, mit all seinem derzeitigen Reichtum und auch dem künftigen von den Abgaben der Meerenge kann sich dein Harald das Wohlwollen der Distrikte kaufen.«

»Ich muss mit Harald darüber sprechen«, sagte Ragnvald. »Ich kann alldem nicht an seiner Stelle zustimmen.«

»Natürlich nicht«, sagte Erik und nickte etwas zu verständnisvoll.

»Das wird sogar dich schwächen«, warnte Ragnvald.

»Ich glaube nicht«, erwiderte Erik. »Sprich mit deinem König.«

Ragnvald kehrte zu Harald zurück und berichtete ihm von Eriks Vorschlag. Harald ließ sich auf den Baumstumpf fallen, der ihm als Stuhl diente. »Ich habe gerade Gyda geheiratet«, sagte er. »Um meinen Eid zu erfüllen.«

»Und diese Hochzeit ist vollzogen, und ihr wart zusammen im Bett«, sagte Ragnvald. »Vielleicht gebiert sie dir sogar einen Sohn. Aber du müsstest Rankas Söhne zu deinen Erben machen.«

»Zum jetzigen Zeitpunkt«, stieß Harald grimmig hervor.

»Ja, zum jetzigen Zeitpunkt.« Ragnvald ging vor Haralds behelfsmäßigem Thron auf und ab. »Dasselbe gilt für die Scheidungen. Bezahl deinen Frauen und ihren Familien eine großzügige Entschädigung, um den Stachel der Scheidung zu entfernen. Sobald Ranka dir erst einmal einen Sohn geboren hat, heiratest du deine Frauen wieder. Erik wird zu diesem künftigen Zeitpunkt nicht mehr in einer Position sein, dir zu schaden. Dafür werde ich sorgen.«

»Meinst du, meine Frauen werden das akzeptieren?«, fragte Harald.

»Wir bringen sie dazu«, erwiderte Ragnvald. »Jede von ihnen wird ihren Preis haben. Prinzessin Gyda will nichts lieber, als wieder Königin von Hordaland zu sein, also erfüll ihr diesen Wunsch. Mit den anderen werden wir sprechen müssen. Und du wolltest ja bereits, dass ich Snaefrid für dich reserviere.«

»Was ist mit Svanhild?«, fragte Harald. »Was wird sie fordern?«

Ragnvald wollte nicht darüber nachdenken. Wie Asa und einige von Haralds früheren Frauen war Svanhild jetzt nur noch dem Namen nach mit Harald verheiratet, und sie ließ keinen in ihr Bett außer ihrer hässlichen alten Anstandsdame. Sie erfreute sich viel mehr an ihrem Schiff und ihren Pflichten als eine von Haralds Schiffsführerinnen als daran, seine Frau zu sein. Dennoch war sie keine Frau, die Kränkungen leicht schluckte.

Als Ragnvald keine Antwort gab, stand Harald auf und begann ebenso wie Ragnvald auf und ab zu gehen. »Oder vielleicht sollte ich eher fragen, was wirst du fordern?«

Das war seine Chance. »Drei Dinge«, sagte Ragnvald schnell. »Sogn für Ivar, Møre für Thoris und ...« Er zögerte einen Moment. »Und dass du mir glaubst, wenn ich dir sage, dass Halfdan gegen dich rebelliert hat. Er, Melbrid und Erik hatten ein Abkommen, bis Erik seine Männer die beiden anderen gefangen nehmen ließ.«

Harald sah ihn gequält an. »Dann ist Halfdan jetzt einer von Eriks Gefangenen. Er ist ein weiterer Sohn, für den ich Lösegeld zahlen muss.«

»Nur – wenn du ihn nicht bestrafen willst, dann schicke ihn eine Zeit lang fort. Mache ihn zum Gesandten der Großen Dänischen Armee – oder vielleicht in Konstantinopel. Aber zweifle nicht an mir. Ich habe stets in seinem Interesse gehandelt. Du bist der König, dem ich einen Treueschwur geleistet habe, und den werde ich immer halten.«

»Und was machen wir mit dem Verbrechen des jungen Rolli?«, fragte Harald.

»Müssen wir das jetzt besprechen?«, klagte Ragnvald.

»Ja. Deine Frau wollte Sogn dagegen eintauschen, dass ich ihm Verzeihung gewähre, und man hat mir geraten, das sei die beste Entscheidung für Norwegen.«

Wer hatte ihm das geraten? Ragnvald hätte am liebsten gefragt. Vermutlich Guthorm, gedrängt von Vigdis, die wie immer versuchte, Ragnvald den Kürzeren ziehen zu lassen. Es spielte jedoch keine Rolle, wichtig war nur, dass Sogn für seine Nachkommen erhalten blieb.

»Rolli verdient es, geächtet zu werden«, sagte Ragnvald. »Aber er ist noch jung. Gib mir ein bisschen Zeit und lass mich ihm dabei helfen, Norwegen auf sicherem Wege zu verlassen.« Und Harald würde auch Halfdan übers Meer schicken, direkt in Rollis wartendes Schwert.

»Rolli hat Aldis Sohn ermordet und andere Männer versklavt«, rief ihm Harald in Erinnerung. »Ich sehe nicht, dass ein Urteil unter sieben Jahren gerecht wäre.«

»Also gut, dann sieben Jahre«, willigte Ragnvald ein. »Sogn für Ivar, Møre für Thorir und deine Vergebung.«

»Du kämpfst meine Kriege für mich und schmiedest meine Bündnisse. So wie ich deine Loyalität habe und die deiner Schwester – so hast du meine.« Er fasste Ragnvald an den Unterarmen. »Alle werden von dieser Einigung in Kenntnis gesetzt, wenn ich das Gericht über Rolli abhalte.«

Er schickte Ragnvald, um Erik mitzuteilen, dass sie sich geeinigt hatten. Erst kurz vor dem Einschlafen dachte Ragnvald in jener Nacht noch einmal über Haralds Worte nach und hörte die

Warnung darin. Er würde niemals aufhören können, Haralds Kriege zu kämpfen, welche auch immer es sein mochten, und er könnte nie damit aufhören, Bündnisse für ihn zu schmieden. Ragnvald würde Haralds Königreich bis zu seinem Tod vor allen Bedrohungen bewahren, genauso wie es Ronhild prophezeit hatte.

Kapitel 21

Thorir und Sigurd halfen Hilda von Rollis Schiff hinunter auf den schonischen Strand. Sie umarmte Thorir heftig, obwohl sie ihn erst vor ein paar Wochen in Vestfold zuletzt gesehen hatte.

»Du bist so dünn geworden«, sagte sie, als seine knochigen Schultern auf ihre weichen trafen. Thorir verdrehte die Augen, so wie es Jungen eben machen.

Sigurd begrüßte seinen Sohn Olaf, während Thorir seiner Mutter berichtete, was sich ereignet hatte, von Kriegertrupps, die weggegangen und verschwunden waren, einer nach dem anderen. Hilda blickte hinüber zu dem düsteren Wald, der ihren Mann und ihren ältesten Sohn gefangen genommen hatte, und schauderte.

Svanhilds Lachen zog ihre Aufmerksamkeit auf sich, denn sie scherzte mit Sigurd, als wäre sie sein Bruder, nicht seine Schwester, und trat ihn ungeduldig gegen das Schienbein, weil sie fand, dass er seine Geschichte zu langatmig erzählte. An Bord von Rollis Schiff hatte Hilda beobachtet, wie Svanhild ihre Männer mit einer Leichtigkeit herumkommandierte, die ihr nicht normal vorkam.

Wenigstens hatte sie Rolli bei sich. Hilda kochte für die Mannschaft von Svanhild und Rolli und die wenigen Männer, die Ragnvald am Strand zurückgelassen hatte. Und als ihre Zeit damit noch nicht ausgefüllt war, wusch sie die schmutzige Kleidung der Männer im Meerwasser.

Drei Tage später kehrten Harald, Ragnvald und ihre Krieger aus dem Wald zurück. Ragnvald sah grimmig und erschöpft aus, wie ein alter ergrauender Wolf, mit viel mehr silbernen Strähnen in seinem Haar als bei seinem Abschied vor ein paar Wochen. Er schien sich nicht einmal darüber zu freuen, Svanhild wiederzusehen, und sein Stirnrunzeln vertiefte sich, als Rolli ihn begrüßte.

»Frau, was machst du hier?«, fragte er, als er sie pflichtschuldig umarmte. »Das ist der letzte Ort, an dem ...«

»Du!«, hörte Hilda Aldi schreien. Sie drehte sich um und sah, wie Aldi mit gezogenem Schwert auf Rolli zustürzte. »Du hast die Nerven, hier aufzukreuzen? Du hättest lieber fliehen sollen. Du hättest für immer wegbleiben sollen.«

»Aldi!«, beschwichtigte ihn Hilda und stellte sich zwischen die beiden. Das brachte Aldi wieder zur Vernunft, selbst als Ragnvald schmerzhaft ihren Arm packte, um sie wegzuziehen.

»Mutter, geh aus dem Weg«, rief Rolli und zog selbst das Schwert. Er trat auf Aldi zu und drängte ihn zurück Richtung Strand, bis die Wellen seine Knöchel umspülten. »Lass uns jetzt ein Duell austragen, Aldulf Atlisson, und diese Sache beenden.«

Harald watete hinter Aldi her in die Brandung hinein. Er war immer noch einen Fingerbreit größer als Rolli, und zusammen sahen sie aus wie zwei Konkurrenten bei einem Wettrennen der Riesen.

»Bleibt stehen«, dröhnte Harald. »Ich habe ungenehmigte Zweikämpfe verboten. Auch hier seid ihr meine Untertanen, und ihr werdet meinen Richterspruch akzeptieren.«

»Ich will den Zweikampf«, sagte Rolli. »Gib uns die Erlaubnis dazu.«

Hilda erinnerte sich in diesem Augenblick an frühere Zeiten, wenn ihr Vater die Gesetze rezitierte, und die Erinnerung daran fühlte sich wirklichkeitsnaher an als die Szene, die sich vor ihr abspielte. »Beim ersten Treffer«, rief sie laut aus. »Rolli, akzeptiere drei Jahre Ächtung, wenn Aldi gewinnt, und wenn Rolli gewinnt, wird Aldi das übliche Wergeld für den Sohn eines Jarls akzeptieren.«

»Ja«, sagte Rolli, »ich akzeptiere das. Aldi?«

Harald blickte von Rolli zu Aldi und wieder zurück, und schließlich richtete er den Blick auf Hilda, als bemerkte er sie zum ersten Mal. »Aldi, akzeptierst du das?«

Aldi blickte zu Hilda hinüber und schüttelte leicht den Kopf. »Nein«, sagte er. »Ich will deinen Richterspruch. Den Richterspruch meines Königs.« Er steckte sein Schwert in die Scheide zurück.

»Schön«, sagte Harald. »Du wirst ihn bekommen.«

• • •

An diesem Abend arbeitete Sigurd bei den Haushaltsaufgaben Seite an Seite mit Hilda, eine Freude, die sie seit Langem nicht mehr gehabt hatte. Auch sein Sohn Olaf half schüchtern neben ihm mit und klopfte Trockenfisch mit seinen dünnen Armen. Eine Weile vergaß Hilda die bevorstehende Gerichtssitzung, erledigte zufrieden ihre einfachen Tätigkeiten und freute sich, dass ihre Familie wieder einmal an einem Ort um sie versammelt war. Auch Einar und Ivar saßen wieder Seite an Seite nebeneinander, als hätte Ragnvald sie nie getrennt.

In den vergangenen Jahren war das selten vorgekommen, da Ragnvald ständig fort gewesen war. Und dann hatten Rolli sein Schiff und Ivar und Einar ihre Botendienste von ihr fortgeführt. Aber jetzt war ihre Familie wieder vereint, so wie es sein sollte, auch wenn es an einem fremden Gestade war und rund um die verschiedenen Lagerfeuer eine angespannte Stimmung herrschte.

Beim Abendessen sah Ragnvald jedoch kaum einen seiner Söhne je an. Vigdis hatte recht gehabt: Er würde eher zuschauen, wie sie für das, was er als ihr Fehlverhalten betrachtete, bestraft wurden, als seine Macht zu benutzen, ihnen aus der Patsche zu helfen.

Rolli aß wenig, selbst für einen Mann normaler Größe, und schon gar nicht wie für einen Hünen, der sich noch im Wachstum befand. Als er fertig gegessen hatte, stemmte er die Hände in die Hüften und beugte sich vor: »Vater, ich weiß, dass du wütend auf mich bist ...«

»Meine Wut spielt keine Rolle«, erwiderte Ragnvald in schroffem Ton. »Aber dein Verbrechen schon.«

»Aber ich bin gekommen, um dir etwas Wichtiges zu sagen«, rief Rolli verzweifelt. »Halfdan wird König Harald verraten, und er hat jede Menge Verbündete. Alle schottischen Wikinger! Das hat mir Thorstein der Rote gesagt!«

»Thorstein«, sagte Ragnvald, jetzt aufmerksamer geworden. »Ich erinnere mich an ihn als jungen Mann.« Er rieb sich seine Knöchel, als er den Namen hörte. Thorstein war einer von Solvis Schiffsführern in der Schlacht von Hafrsfjord gewesen und zuvor einer von Ragnvalds Geiselnehmern, der dabei gewesen war, als man Ragnvalds Hände unter der Folter gebrochen hatte.

»Er ist jetzt ein Hüne von einem Mann mit einem roten Bart«, sagte Rolli. »Allerdings ist er nicht so groß wie ich.«

»Damals konnte ihm noch kein Bart wachsen«, murmelte Ragnvald, mehr zu sich selbst.

»Halfdan hat sich mit König Erik von Jütland verbündet. Dazu mit Ketil Flachnase und mit Melbrid Tooth. Wir haben ihn gesehen – Halfdan –, als wir Svanhild retteten.« Rolli lehnte sich mit zufriedener Miene zurück.

»König Harald hat sich jetzt mit König Erik verbündet. Und die Rebellion seines Sohnes ist unterbunden«, sagte Ragnvald. »Du bringst mir veraltete Nachrichten.«

Rolli ließ sich nach vorn sinken. Er hatte so viel Hoffnung in die Neuigkeiten gelegt, die er mitgebracht hatte. »Was kann ich dann tun, Vater?«, fragte er.

Ragnvald stand auf und wischte sich die Brotkrumen von den Hosenbeinen. »Du kannst darauf hoffen, dass Harald sich als milde erweist«, erwiderte er und ging davon zu einem der anderen Kochfeuer.

Während Sigurd das Feuer zusammenschob, damit die Kohlen nicht die ganze Nacht weiterbrannten, stand Hilda auf und zog ihren Stiefsohn Einar beiseite. »Du kennst das Gesetz«, sagte sie »Du musst mir helfen.«

»Du hast ja am Strand schon gute Arbeit geleistet«, erwiderte er mit spöttischem Lächeln. Ragnvald trug diesen Ausdruck wegen seiner Narbe, aber Einar hatte die Miene aus seiner Geisteshaltung heraus übernommen.

»Bitte«, sagte Hilda.

»Ich kann nicht schon wieder gegen Vaters Wünsche handeln«, wehrte Einar ab. Er sah im Zwielicht, das sein hellblondes Haar dunkel erscheinen ließ, Ragnvald sehr ähnlich. »Jetzt dräng mich nicht weiter.«

Hilda verschränkte die Hände ineinander. »Du würdest nicht gegen ihn arbeiten, wenn du mir dabei hilfst, mich an irgendein Gesetz zu erinnern, das Rolli helfen könnte. Bitte. Er ist noch nicht einmal volljährig.«

Einars Mund war eine dünne Linie. »Wenn er nicht als erwachsener Mann verurteilt wird, dann wird Vater für seine Taten verantwortlich gemacht und muss das Wergeld zahlen.«

»Aldi wird Sogn fordern«, sagte Hilda.

»Aber Rolli führt ein Schiff und kann mit dem Schwert umgehen«, fuhr Einar fort, als hätte er sie nicht gehört. »Er handelt wie ein Mann, also kann er auch wie einer verurteilt werden. Meinst du, Vater wird dafür die Verantwortung übernehmen?«

Hilda schüttelte den Kopf. »Aber lass mal deinen Vater aus dem Spiel«, sagte sie. »Hilf mir bei den Gesetzen. Was kann ich tun? Ich will ihn auf keinen Fall verlieren.«

»Bitte für ihn«, riet Einar. »Harald wird so entscheiden, wie er es für richtig hält. Er ist König, und Könige kümmern sich nicht groß um Gesetze.«

»Du bist ein Poet – nenn mir die Worte, die ich sagen soll«, bat Hilda.

»Sag mir, welche Worte du wählen würdest«, sagte Einar.

Hilda holte tief Luft und sprach, bevor sie allzu viel nachdenken und nervös werden konnte. »Ich würde sagen ...«, begann sie. »Ich würde ihm erzählen, dass ich eine Mutter bin, deren ganze Freude ihre Söhne sind. Meine beiden Ältesten sind Erben von Norwegens schönsten Distrikten, aber mein Jüngster ist mein eigener Trost. In der Verbannung kann ihn jeder töten, aber er ist doch noch ein Junge. Es gibt nichts, das ich nicht dafür geben würde, um ihn an meiner Seite zu behalten. Bitte, nimm mir den Sohn meines Herzens nicht weg!«

»Das ist gut gesagt«, erwiderte Einar, und in seiner Stimme schwang Traurigkeit mit. »Ich kann mir nicht vorstellen, dass man es besser beschreiben könnte.«

• • •

Am nächsten Vormittag berief Harald eine Vollversammlung ein. Er stand oben auf einer Düne, und ihre Form zwang seine Männer, in einem Halbkreis unter ihm zu stehen.

»Meine Freunde und Gefolgsleute«, begann er, »es gibt viel zu besprechen. König Erik bringt seine Schiffe aus dem schonischen Lager hierher, damit wir Pläne für die Zukunft schmieden können. Es gibt mehr zu tun, als mit König Eriks Hilfe diese Aufständischen niederzuschlagen und Norwegens Sicherheit zu bewahren. Doch bevor er eintrifft ...«

»Gerechtigkeit für meinen Sohn«, rief Aldi laut. »Du hast mir eine sofortige Rechtsprechung versprochen, wenn ich meine Schiffe nach Schonen bringe.«

»Es sind meine Schiffe«, warf Ragnvald ein. »Du sollst deine Gerechtigkeit haben, aber du kannst nicht fordern, dass sich der König von ganz Norwegen deinen Launen beugt.« Das hörte sich gut an für Hilda. Wenigstens tat Ragnvald etwas.

»Dieses Verbrechen ist eine unverheilte Wunde«, erklärte Aldi. »Ich will Gerechtigkeit.«

»Das habe ich versprochen«, sagte Harald. »Und meine Versprechen halte ich.«

Ein Zucken lief bei Haralds Worten über Ragnvalds Gesicht.

»Gut«, sagte Aldi. »Du bist ein guter und gerechter König. Ich werde dir berichten, was geschehen ist, und dieser junge Schnösel wird seine Version der Geschichte erzählen, und du wirst sehen, was gerecht ist. Meine Familie stammt von denselben Vorfahren ab wie die König Ragnvalds. Auf seine Bitte hin habe ich in den vergangenen vierzehn Jahren für ihn Sogn bewacht, während er Møre von Tafjord aus regiert. Vor einiger Zeit schickte er seine Nichte Freydis zu mir, und sie war unter jenen, die wir mit uns nach Vestfold brachten. Wiederum auf König Ragnvalds Befehl. Ich habe vierzehn Jahre lang nichts ohne seinen Befehl getan, obgleich er Ereignisse in Bewegung brachte, die zum Tod meines Vaters führten. Er ließ König Hakon, indem er ihn aufwiegelte, gegen meinen Vater kämpfen, und die beiden töteten einander. Hakons Sohn Oddi und ich nahmen beide davon Abstand, Rache zu nehmen, aber wie lange kann ich die Schreie von meines Vaters Blut ignorieren?«

Unter den Kriegern erhob sich ein zustimmendes Gemurmel.

»Ruhe«, rief Harald. »Bittest du um Gerechtigkeit für den Zweikampf, den dein Vater und König Hakon ausgefochten haben, oder bittest du um Gerechtigkeit für deinen Sohn?«

»Für meinen Sohn«, sagte Aldi bitter. »Für Gerechtigkeit für meinen Vater ist es zu spät.«

Dann fuhr Aldi mit seinem Bericht fort, den Hilda zuvor schon einmal von ihm gehört hatte und jetzt auch von Rolli. Er wusste nicht, von welcher Klinge sein Sohn den Todesstoß erhalten hatte, aber Rollis andere Verbrechen und seine Komplizenschaft forderten eine schwere Strafe.

Als Rolli vortrat, um seine Version der Geschichte zu erzählen, eilte Hilda nach vorn, um ihn aufzuhalten. »Mein Sohn muss jemanden haben, der für ihn spricht«, sagte sie und ignorierte dabei das Gemurmel, das jetzt noch lauter war als bei Aldis Unterbrechung. Sie sah die dunkle Gestalt von Ragnvald, der ihr die Sicht verstellte, richtete den Blick aber nur auf Harald – seine Meinung war in diesem Moment entscheidend, und nicht Ragnvalds. »Er ist noch nicht volljährig und darf jemanden haben, der für seine Sache eintritt.«

Harald blickte sie überrascht an. Hilda richtete sich zu ihrer vollen Größe auf. Ihre Angewohnheit, sich in dunkle Farben zu kleiden, was sie kleiner wirken ließ, hatte sie beibehalten, aber heute trug sie ihr edelstes und wirkungsvollstes Gewand, damit man sie beachtete. Sie hatte die schildkrötenförmigen Broschen poliert, die ihr Überkleid zusammenhielten, sodass sie im Licht glänzten.

»Er kann auf dieses Recht verzichten«, sagte Harald milde, »wenn ich mich richtig erinnere.«

»Du erinnerst dich richtig«, erwiderte Hilda. »Mein Vater war in Sogn vierzig Jahre lang Rechtsprecher. Vor seinem Tod lehrte er mich alles, was er wusste. Ich habe die Gesetze ebenso gut auswendig gelernt wie jeder Mann. Daher werde ich für meinen Sohn sprechen.«

»Frauen dürfen nicht als Zeugen vor Gericht erscheinen«, rief Aldi dazwischen. »Nur wenn kein Mann als Zeuge gefunden wird.«

Einar trat vor. »Lass sie sprechen«, sagte er. »Sie kennt sich mit den Gesetzen sehr gut aus. Wir haben sie zusammen studiert, und sie erinnert sich an viel mehr als ich.«

Hilda errötete und dankte Einar mit einem Kopfnicken.

Harald trat von einem Fuß auf den anderen. »Dann lass Einar Ragnvaldsson für seinen Bruder sprechen. Aber zuerst muss Rolli seine eigene Version erzählen.«

Einar blickte Hilda hilflos an. »Bei Einar sind zwei Halbbrüder in die Sache verwickelt«, protestierte sie. »Wie kann es gerecht sein, wenn er zugunsten von Rolli argumentieren soll?«

»Genug davon«, entschied Harald. »Dann wird eben niemand sprechen. Ich werde entscheiden.«

Einar warf Hilda einen entschuldigenden Blick zu und trat zurück in die Menge. Hilda verschränkte ihre Finger, als Rolli auf den leeren Platz unterhalb von Harald trat.

Er erzählte eine Geschichte, die sich von der Aldis in nichts unterschied. »Ich weiß nicht, ob ich es war oder Hallbjorn oder ein anderer aus unserer Mannschaft, der den Tod von Aldis Sohn verursacht hat. Ich werde meine Bestrafung akzeptieren«, sagte er, »solange es kein Todesurteil ist. Aber ich bitte darum, dass du einige meiner anderen Taten gegen diese aufwiegst. Ich habe deine geliebte Frau gerettet, meine Tante Svanhild Eysteinsdatter, und ich bringe Nachrichten von den Orkneyinseln. Dein eigener Sohn Halfdan hat sich mit dem König von Schonen und Ketil Flachnase von den Äußeren Hebriden gegen dich verbündet, und sie planen, gemeinsam gegen dich Krieg zu führen.«

Rolli ließ den Blick über die Menge schweifen, als erwartete er Jubelrufe, doch er ließ die Schultern sinken, als seine Nachricht nur Gemurmel hervorrief.

»Diese Nachricht wäre nützlich gewesen, wenn du früher zurückgekehrt wärst«, sagte Harald. »Aber ich fürchte, das kann dein Urteil nicht ändern. Die edle Svanhild war durch unsere Verhandlungen bereits in Sicherheit, als ihr die Flucht gelang. König Erik hat sich mit mir gegen seine früheren Freunde verbündet. Mein Sohn hat sich wieder mit mir versöhnt. Wir haben beschlossen, zusammen zu den Orkneys zu segeln, um dieses Nest an Aufständischen dort auszuheben.«

Er blickte hinab auf die versammelte Menge. »Ich bin bekannt für meine raschen Urteile«, sagte er, »daher verkünde ich Folgendes: Als Entschädigung für seinen Verlust wird Aldis Familie den Distrikt Sogn erben, und er und seine Söhne werden zu Jarls ernannt.«

Ragnvald trat vor. »Mein König, das kannst du nicht tun. Du hast einen Eid geschworen, dass Sogn an mich fällt.«

»Mein Onkel, mein erster Ratgeber, dem ich am meisten vertraue, hat mir dazu geraten«, erklärte Harald.

»Er sollte sich mehr um deine Ehre kümmern«, rief Ragnvald zornig. »Du und ich, wir haben die Gaben besprochen, die du mir für dieses Bündnis mit Erik schuldest, und darunter war nicht, meiner Familie das Land ihrer Vorfahren zu entreißen.«

Hilda hatte Ragnvald zu Harald noch nie so sprechen hören, und von den Mienen der Männer rundherum sah sie, dass das auch für die anderen galt.

»Man hat mir versichert, das sei der beste Weg, um den Frieden in Norwegen zu bewahren«, sagte Harald. Er sah Ragnvald mit gerunzelter Stirn und streng an, aber seine Stimme klang unsicher. »Ich weiß, dass du mir treu ergeben bist, aber einige haben das infrage gestellt. Wenn du mein Urteil akzeptierst, dann wird mir das ein Beweis dafür sein. Ich kann deinen Sohn oder dich nicht bevorzugt behandeln, indem ich deinen Söhnen erlaube, zwei der Distrikte Norwegens zu erben, während Aldi einen rechtmäßigen Anspruch darauf hat.«

»Was du hier tust, wird in die Erinnerung eingehen«, sagte Ragnvald. »Wenn du mich ungerecht behandelst, wird kein anderer König in Norwegen etwas Besseres von dir erwarten. Denk darüber nach.«

Hilda wurde ganz übel, wenn sie daran dachte, was sie ausgelöst hatte. Als hätte sie plötzlich eine prophetische Gabe gestreift, sah sie in Ragnvalds Worten die Zukunft: Krieg, bei dem jeder Distrikt Norwegens gegen die anderen kämpfte, wie es in Hildas Jugend gewesen war, als selbst ein König alles, was er besaß, an einen räuberischen Nachbarn oder an räuberische Seefahrer verlieren konnte. Es musste nicht notwendigerweise eintreten, aber es würde so kommen, wenn Ragnvald es nicht verhinderte.

»Das ist nur eine Möglichkeit«, räumte Harald widerwillig ein. »Die andere ist, der junge Rolli akzeptiert sieben Jahre Ächtung, und Aldi akzeptiert das großzügige Wergeld, das deine Frau angeboten hat. Das ist meine Gabe an dich, als Entschädigung für die Scheidung von deiner Schwester.«

Hilda wandte sich zu Svanhild um. Ihr Gesicht erbleichte, doch sie sah jedem in die Augen, der es wagte, sie anzustarren, bis ihr Gegenüber zuerst den Blick abwandte. Sie und Ragnvald tauschten einen Blick aus, den Hilda nicht deuten konnte. Hatte Svanhild das gewusst? Kein Wunder, dass Ragnvald gegenüber Harald einen so schroffen Ton angeschlagen hatte. Er war einem Bruch mit seinem König wohl näher als je zuvor. Ein Teil von ihr frohlockte innerlich vor Hoffnung. Wenn Ragnvald sich von Harald abwandte, dann konnte sein Urteil ihrem gemeinsamen Sohn keinen großen Schaden zufügen.

Harald hob die Hand, um dem Reden Einhalt zu gebieten. »Akzeptierst du das?«

»Kein Wergeld«, sagte Ragnvald mit gepresster Stimme. »Dann nehme ich den Urteilsspruch an.«

»Wie wäre es mit einem Wergeld ohne Ächtung?«, schrie Hilda auf. Sie würde am liebsten die Worte wiederholen, die sie am Abend zuvor zu Einar gesagt hatte, aber der Zorn trieb sie in eine andere Richtung. »Warum willst du in deinem Zorn meinen Sohn wegschicken wie einen verrückten Wolf?«

Sie redete nun mit tieferer Stimme, damit sie laut sprechen konnte, ohne schrill zu klingen. Sie befehligte in Tafjord eine ganze Armee einer Dienerschaft, und man gehorchte ihr ohne Widerworte. Wenn sie Klatschgeschichten erzählten oder untereinander Streitereien austrugen, war es stets ihre Stimme, die sie wieder an ihre Aufgaben zurückrief. Einen Augenblick lang verstand sie, wie Svanhild die Männer auf ihrem Schiff kommandierte, wie Harald zum König von ganz Norwegen aufgestiegen war – die Zügel der Macht lagen bisweilen bereit, von einem aufgenommen zu werden, der kühn genug war, das zu tun.

»Du verbannst den Namensvetter meines Vaters von mir«, sagte sie. »Deine Grausamkeit gegenüber einer Mutter, die vielleicht sterben wird, ohne ihren Lieblingssohn wiederzusehen, häuft Grausamkeit über Grausamkeit auf unsere Familie.« Sie richtete den Blick auf Svanhild, um die Ungerechtigkeit gegenüber ihr auch in ihre Klage miteinzubeziehen.

Das Murmeln der Menge flößte Hilda einen plötzlichen Schrecken ein. Sie hatte ihre Aufmerksamkeit – sie, die nie die Aufmerksamkeit anderer gesucht hatte –, und sie musste etwas Sinnvolles damit tun. »Du hast dich ebenso wölfisch verhalten wie mein Sohn und hast keine Bestrafung dafür bekommen. Jetzt machst du meinen Sohn zu einem gehetzten Wild, das von jedem Wolf gejagt werden kann, der ein Menschenfell haben will.«

Einige von Rollis und auch von Ragnvalds Kriegern applaudierten. Ein Graben tat sich auf, das spürte Hilda. Über solche Frauen spannen die Skalden Lieder.

»Gut gesprochen«, sagte Harald schließlich. »Dein Vater hätte nicht besser argumentieren können. Du bist eine streitbare Mutter einer streitbaren Brut an Söhnen, Söhnen, die dich mit Stolz erfüllen sollten, selbst wenn sie ihrer Bestrafung ins Auge sehen müssen. Ich wünschte, ich könnte erfüllen, worum du mich bittest, aber das ist mir nicht möglich. Der Frieden meines Königreichs hängt von Entscheidungen wie dieser ab. Sieben Jahre vergehen schnell, und dein Sohn wird als noch sehr junger Mann zurückkehren, und all seine Schuld ist gesühnt.«

»Das ist keine Gerechtigkeit«, sagte Aldi.

»Ich werde deinen lebenden Sohn mit einer meiner Töchter und deine Tochter mit einem meiner Söhne verheiraten«, sagte Harald. »Du wirst vielleicht der Großvater von Königen sein. Gib dich damit zufrieden.«

Aldi neigte den Kopf, aber Hilda, deren Wachsamkeit noch von ihrer Rede gegenüber Harald erhöht war, bemerkte, dass er dabei leicht gezögert hatte und dass seine Miene noch immer Rache verhieß.

Kapitel 22

Svanhild hielt allen Blicken der Anhänger Haralds stand, ohne diese richtig wahrzunehmen. Auch Haralds Worte hörte sie nicht, nichts von dem, was er sagte, nachdem er ihre Scheidung angekündigt hatte. Noch nie zuvor in ihrem Leben hatte sie solche Wut verspürt, eine Wut, die ihr wie ein schwerer Kessel auf der Brust saß und sie erstarren ließ, denn jede Bewegung würde ihn zum Überkochen bringen. Selbst den Blick jenen zuzuwenden, die sich an ihrem Unglück weiden wollten, schien ihr gefährlich. Als Letzten sah sie Ragnvald an und erkannte die Hilflosigkeit in seinen Augen.

Sie stand stocksteif da, wie im Boden verwurzelt, während Harald Rollis Gerichtsverhandlung zu Ende führte. Hilda weinte, Rolli ließ den Kopf hängen, Ragnvald sah wütend aus und Harald erschöpft. Einen Wolfskönig, der nach Menschenpelzen jagte, hatte Hilda ihn genannt. Svanhild konnte nur einen schwachen König sehen, der Hildas Entrüstung nichts entgegenzusetzen hatte. Die Menschenmenge bewegte sich fließend um sie herum, doch sie stand fest wie ein Fels in einem Gebirgsbach, bis Ragnvald zu ihr herüberkam.

Er berührte zaghaft ihre Schulter. »Es passiert so viel, alles auf einmal – ich wollte eigentlich nicht, dass du es auf diese Weise erfährst. Harald lässt sich von all seinen Frauen scheiden, um damit für das Leben seiner Söhne zu zahlen.« Er versuchte wieder, ihren Blick zu erhaschen. »Und meiner Söhne auch.«

Svanhild rührte sich nicht. Der Kessel auf ihrer Brust wurde immer schwerer. Wenn sie zuließe, dass Worte hervorbrächen, dann würde sie kreischen wie eine Hexe, und Ragnvald verdiente gewiss all ihre Verwünschungen. Doch tief im Inneren meldete sich eine kleine Stimme, jenseits ihrer Wut, die sie darauf aufmerksam machte, dass sie hier etwas für sich herausschlagen konnte, auch in ihrer jetzigen Position, aber dass sie nur eine einzige Chance hatte.

»Wir haben die letzten vierzehn Jahre damit verbracht, Norwegen für Harald zu einigen«, sagte sie mit ausdrucksloser Stimme. »Unser Norwegen. So hast du es doch genannt, als Harald aufhörte, mich wie seine Frau zu behandeln. Als er aufhörte, König zu sein. Du hast gesagt, das sei egal, weil wir ein Königreich aufbauten, weil wir die Herrscher im Land seien.« Ihre Kehle schnürte sich zu, was sie noch wütender machte. »Svanhild die Seekönigin.« Wütende Tränen quollen ihr nun aus den Augen. »So hast du mich dazu überredet, mit ihm verheiratet zu bleiben – du hast gesagt, wir würden für ihn regieren.«

»Das bleibt doch auch weiter so«, beeilte sich Ragnvald zu sagen. »Es wird sich doch nicht viel ändern.«

»Alles wird sich ändern«, rief Svanhild. »Ich habe mein Leben an ihm festgemacht, und nun werde ich mit Demütigung über Demütigung dafür belohnt.«

Ragnvald drückte ihr die Schulter. Wie viele Male hatte er ihr in der Vergangenheit so Trost gespendet, als ihr Ehemann es nicht tat? Einen Moment lang ließ sie es zu, dann schüttelte sie ihn ab.

Er breitete hilflos die Arme aus. »Svanhild, er nimmt dich

doch zurück. Glaube mir! Sobald er mit Eriks Tochter einen Erben gezeugt hat.«

»Zurück wohin? Ignoriert und gedemütigt – seine Frau, wenn es ihm passt, und eben nur dann, wenn es ihm passt. Wäre er nicht der König, ich hätte mich schon zehnmal und öfter von ihm scheiden lassen können, aber nun hat er es von mir getan.« Sie stieß einen Lacher aus, der ihr selbst fremd in den Ohren klang. »Du hättest dich mit ihm überwerfen sollen nach alledem, so wie es jeder von dir erwartet hätte. Du hättest Haralds Platz einnehmen sollen, und jeder wäre dir gefolgt. Oder wenn du selbst nicht regieren willst, dann mache doch Halfdan zu deinem Regenten.«

Ragnvald knirschte mit den Zähnen. »Du nicht auch noch«, sagte er. »Selbst wenn ich so ehrlos wäre, das zu tun, wäre es der helle Wahnsinn. Wenn ich Halfdan gegen seinen Vater unterstützen würde, was glaubst du, wen er als Erstes umbringen ließe, sobald er König ist? Er würde sicher einen Vorwand dafür finden.«

»Und du glaubst nicht, dass er sich dankbar zeigen würde?«, fragte Svanhild hitzig.

»Einem Mann gegenüber, der seinem Vater zwanzig Jahre lang treulich gedient hat, nur um dann seinen Untergang herbeizuführen? Wohl kaum. Er würde so schnell wie möglich einen Grund finden, mich töten zu lassen.« Ragnvald rieb sich die Stirn. »Warum will keiner von euch verstehen, dass ich Harald gegenüber loyal bin? Ich will doch gar nicht an seiner Stelle König sein, ich will, dass *er* der König ist.«

»Auch wenn er sich von deiner Schwester scheiden lässt?« Noch nie hatte Ragnvald ihre Belange über die Haralds gestellt. Kein einziges Mal.

»Mir gefällt das auch nicht, aber ... Svanhild, ich war es, der das alles vereinbart hat. Um uns alle zu retten, um unsere Söhne zu retten. Er lässt sich von allen seinen Frauen scheiden und heiratet dann Eriks Tochter. Wenn sie ihm erst einmal einen Sohn geboren hat, dann heiratet er all seine Frauen wieder. Niemand wird dabei verletzt, und dein Status bleibt dir erhalten. Deine Söhne werden weiter versorgt. Harald wird euch reich beschenken für das, was er euch angetan hat.«

Svanhild schluckte. Dann hatte also Ragnvald ihr das alles eingebrockt, genauso sehr wie Harald. Ihre Wut gab ihr nun plötzlich Stärke und hob sie in einer wilden Art von Euphorie empor. Solch ein starkes Gefühl hatte sie nicht mehr empfunden, seit sie vor fünfzehn Jahren ihren Sohn verloren hatte.

»Wenn es keinen Statusverlust gibt, warum dann die Geschenke?«, fragte sie.

»Einige werden vielleicht denken, dass es einer ist«, gab Ragnvald zu. »Svanhild, du warst verschwunden – wegen dir sind wir hierhergekommen.«

»Bin ich vielleicht jetzt auch noch schuld an allem?«, fragte sie. »Ich bin von ganz alleine entkommen. Eure Hilfe habe ich doch überhaupt nicht gebraucht.«

»Sie haben Haralds und meine Söhne in ihrer Gewalt«, sagte Ragnvald flehentlich. »Sie verlangen einen hohen Preis, aber das ist ein Sturm, der vorüberzieht. Wir können das aussitzen.«

»Du kannst das aussitzen, Bruder. Du sitzt ja alles aus für deinen Harald. Du lässt zu, dass er deinen Sohn für vogelfrei erklärt und sich von deiner Schwester scheiden lässt. Aber ich kann das nicht.« Ihre Wut verlieh ihr eine Sicherheit, die ihr all die Jahre gefehlt hatte. Bei Rollis Gerichtsverhandlung hatte er um sein geliebtes Sogn geschachert – sie hatte er zwar geopfert, aber nicht sein Land.

»Was wirst du nun tun?«, fragte Ragnvald.

Das hatte er sie auch gefragt oder so ähnlich, nach seiner ersten Schlacht für Harald, während sie in Vestfold darauf gewartet hatte, gegen ein paar von Solvis Gefangenen ausgetauscht zu werden. Damals hatte sie ihre Wahl getroffen, und Ragnvald hatte sie ziehen lassen.

»Das weiß ich noch nicht«, sagte sie leise. »Du hast mich noch nie zurückgehalten, Bruder. Fang jetzt nicht damit an!«

Sie ging weg von ihm zum Strand hinunter. Im Rücken spürte sie seinen Blick, als sie davonging, wie sie es schon oft getan hatte. Zu ihren Füßen wusch das Wasser über die Kieselsteine am Strand und ließ sie glänzen. Wenn sie einen davon aufheben würde, würde er stumpf und gewöhnlich werden.

Sie hörte Schritte hinter sich, und der lange Schatten mit den breiten Schultern und dem wirren Haar ihres Ehemanns holte sie ein – ihres Ex-Ehemanns nun –, schon seit vielen Jahren entfremdet, doch nie mehr als jetzt.

»Svanhild«, sagte Harald und packte sie am Handgelenk. »Tut mir leid, dass es so herauskam. Es war nur einfach ... es war einfach notwendig, es in dem Moment zu sagen, damit dein Bruder es kapiert.«

»Du hast getan, was getan werden musste«, erwiderte sie. Ihre Stimme klang ihr immer noch fremd in den Ohren, wie die einer Fremden, die weiser und furchtloser war als sie.

Sein Griff an ihrem Arm wurde sanfter, und er fuhr sacht mit dem Daumen über ihre Haut. »Du verstehst das«, sagte er. »Ich wusste, dass du das verstehen würdest. Dein Bruder hat mir versprochen, dass ich mich auf ihn verlassen kann, und das tue ich auch immer. Er ist mein bester und teuerster Freund. Du brauchst keine Angst zu haben, dass sich das ändern wird oder dass ich deine Söhne weniger lieben werde. Es wird sich nichts ändern, versprochen!«

»Ah«, sagte sie und lachte auf. »Dann bleibst du also mein

Ehemann, so wie du es in den letzten zehn Jahren warst, nämlich gar keiner.«

In Haralds Gesicht zuckte ein Muskel. »Die meisten meiner Frauen sind erleichtert, wenn sie zu ihren Familien zurückkehren können, nachdem sie mir ein oder zwei Söhne geschenkt haben.«

»Und bin ich vielleicht so wie deine anderen Frauen?«, fragte sie ihn.

»Es schien dir nichts auszumachen.«

»Hast du mich je gefragt?« Sie schüttelte den Kopf.

»Ich habe deinen Bruder dafür bezahlt, dass er mir weiter treu bleibt. Was muss ich dir bezahlen?«, fragte Harald. »Ich führe die Männer hier zu den Orkneys, um dort diese Rebellion mit Stumpf und Stiel auszurotten, und danach kannst du alles von mir haben, was du dir wünschst. Ein größeres Schiff vielleicht?« Ihr Gesicht musste etwas verraten haben, denn sein Blick erhellte sich. »Segel aus Seide, das feinste Schiff für die feinste Seglerin Norwegens? Das tue ich gerne für dich.«

Svanhild malte sich in Gedanken das Schiff aus, das sie von ihm fordern würde. Sie würde bei allen Konstruktionsdetails mitreden, und es wäre ein mächtiges Drachenschiff, aber für einen weiblichen Kapitän geeignet, mit einem Steuerruder, das sie selbst mit ihrer geringeren Stärke herumreißen konnte. Seidene Segel wären leichter zu hissen als selbst die feinste Wolle, und sie wären widerstandsfähiger.

»Was wirst du auf den Orkneyinseln tun?«, fragte sie.

»Ich verjage diese Seeräuber, die sich gegen mich auflehnen, ein für alle Mal, und dann bringe ich die schottischen Inseln unter meine Kontrolle. Außerdem glaube ich nicht, dass Erik Melbrid Tooth lange niederhalten kann. Wahrscheinlich steckt Solvi wieder dahinter. Du hättest ihn nach der Schlacht im Haversfjord nicht gehen lassen sollen.«

Solvi hatte seinen Eid nicht gebrochen, dessen war sich Svanhild sicher.

»Ich hätte ihm schon vor Jahren ein Ende bereiten sollen«, sagte Harald, »und jetzt mache ich Ernst damit.

Die aufsteigende Seebrise ließ Svanhild erzittern. Nein, sie würde Haralds Schiffsangebot nicht annehmen und ihm die Möglichkeit geben, sich von dieser Beleidigung freizukaufen. Es kam ihm überhaupt nicht in den Sinn, dass er ihre Ehre genauso sehr wie die von Ragnvald verletzt hatte.

»Wann fahrt ihr los?«, fragte sie.

»Erik will diese Heirat als Erstes durchziehen, dann muss ich meine Verbündeten um mich versammeln, also frühestens im nächsten Sommer, glaube ich.« Er hielt einen Moment lang inne. »Ich kann dich überhaupt nicht verstehen, Svanhild, Liebes. Nimmst du mein Geschenk an und kommst zu mir zurück, sobald ich die Verpflichtungen erfüllt habe, mit denen ich mir das Leben meiner Söhne erkauft habe? Für unsere beiden Söhne würde ich nicht weniger tun.«

Ihre Söhne wurden mehr von Guthorm und Vigdis großgezogen als von ihr selbst. Nette Jungs, die noch keinen Tag ihres Lebens schwere Zeiten erlebt hatten. Sie selbst hatte Olaf Sigurdsson in Gefahr gebracht und ihren ersten Sohn durch ihr unruhiges Leben zum Tode verurteilt. »Schwörst du mir das vor allen Göttern? Dass du dich um meine Söhne kümmerst, ihnen Land gibst und Männer, egal, was passiert?«, fragte sie.

»Das schwöre ich«, sagte Harald. »Wer weiß, was die Zukunft bringt. Einer von ihnen könnte mir immer noch als König nachfolgen.«

»Dann nehme ich dein Geschenk an«, sagte Svanhild. Sie wusste, er würde sie nicht schwören lassen – er hielt Eide von

Frauen als für nicht bindend. Er würde erst merken, dass er ihr das Lügen ermöglicht hatte, wenn es zu spät war.

• • •

Svanhild ließ Harald sie zum Lager zurückbegleiten. Er küsste sie auf die Wange, was sie kühl zuließ, ohne dabei etwas zu empfinden. Als sie zur Feuerstelle der Männer hinüberging, kam Falki zu ihr hergerannt.

»Herrin«, sagte er. Es war so ein milder Tag, mit einer leichten Brise und blauem Himmel über ihnen. An jedem anderen Tag hätte sie sich an dieser milden Luft erfreut, denn solche Tage waren rar an Norwegens Küsten.

»Svanhild«, sagte er. Nur selten sprach er sie mit ihrem Namen an und bevorzugte normal »Herrin« oder sogar »Königin«, wenn er besonders von ihr beeindruckt war. Er war fast mehr ein Gatte für sie, als Harald es je gewesen war, obwohl sie sich selten berührten. Svanhild war sich nie sicher gewesen, ob sie sich bei gelegentlichen Berührungen immer zurückhalten könnte, ob nicht zärtliche Berührungen daraus würden, gefolgt von einem Liebesakt, einem Moment der Lust, der ihren Eid gegenüber Ragnvald und Harald brechen würde. Doch diesen Eid hatten die beiden nun ihrerseits gebrochen. Eigentlich sollte sie sich mit Falki gleich hier am Strand vergnügen, direkt unter den Augen der Vögel und von Haralds Männern.

»Was ist?«, fragte Svanhild.

»Wirst du – was wirst du nun tun?«, fragte er. Normalerweise wartete er darauf, dass sie mit ihm sprach, und würde sie niemals ausfragen.

»Du bist ein guter Segler«, sagte sie mit einem bitteren Lachen. »König Harald gibt dir sicher gerne ein Schiff und lässt sich von dir dann wieder in norwegischen Gewässern herumschippern.«

»Herrin«, sagte er hilflos.

»Mein Bruder sagt, dass Harald seine Frauen in ein paar Jahren wieder heiraten wird und dass ich einfach abwarten soll. Ich habe mir viel zu viel von ihm gefallen lassen. Weißt du …« Sie brach schnell ab. Falki konnte nicht wissen – niemand konnte das, außer es gäbe Gerüchte –, dass Harald seit Jahren nicht mehr das Bett mit ihr teilte. Die Wunde, die diese Scheidung geschlagen hatte, rührte auch an eine alte Wunde, die schon viel länger schwärte.

Falki sah sie erwartungsvoll an.

»Nein«, sagte sie. »Ich habe genug davon, mich beleidigen zu lassen. Wenn mein Bruder und mein Ehemann sich nicht um meine Ehre scheren, dann muss ich es eben selbst tun. Ich werde …« Sie sah Falki in die Augen und versuchte, seine Absichten zu erkennen. »Ich werde Norwegen verlassen«, sagte sie. »Und wenn es sein muss, gehe ich auch alleine.«

»Nein!«, rief Falki. »Diese Beleidigung trifft uns alle. Du musst nicht alleine gehen. Ich gehe mit dir, und ich bin mir ziemlich sicher, dass ich nicht der Einzige bin.«

»Vielleicht nicht«, sagte Svanhild. »Aber vorerst noch kein Wort darüber.«

Das versprach er ihr, und Svanhild ging zu Rolli hinüber, der sein Schiff gerade auflud, um danach abzusegeln. Sie hatte ihm das Segeln beigebracht, und er hatte sich als sehr gelehrig erwiesen, obwohl er natürlich erst nach jahrelanger Erfahrung ein wahrhaft großer Segler sein würde.

»Der König hat mir bis morgen Zeit gegeben«, sagte Rolli mit erstickter Stimme. »Was soll ich bloß tun, Tante Svanhild?«

»Geh auf Wikingerfahrt«, sagte Svanhild. »Komm nicht zurück.« Sie hatte im Moment keinen Kopf für seine Probleme.

»Am liebsten würde ich zu Solvi gehen. Er wird wissen, wo Hallbjorn ist, und dann hätte ich wenigstens einen Freund und wäre nicht nur Jagdwild für Haralds Wölfe«, beklagte sich Rolli.

»Wo ist er denn? Solvi – ist er wirklich in Island?«, fragte Svanhild.

»Das hat uns Thorstein erzählt, und der hatte keinen Grund, uns anzulügen.«

»Dann solltest du nach Island gehen. Sag Solvi, dass ich dich geschickt habe. Hilf meiner Tochter – so viel schuldest du ihr.«

»Vielleicht lieber doch nicht. König Harald will gegen ihn kämpfen. Mein Vater vergibt mir das nie, wenn ich dann gegen Harald kämpfen muss. Vielleicht sollte ich doch lieber nach Orkney und dort mitmachen. Dann vergibt er mir vielleicht früher.«

»Die nächsten sieben Jahre will niemand deine Hilfe. Jeder kann dich einfach töten, ohne dafür bestraft zu werden«, erinnerte ihn Svanhild.

»Mein Vater würde mich rächen«, meinte Rolli.

»Aber du wärst immer noch tot.«

Rolli sah auf seine Füße hinab. Wenn es ihr Sohn gewesen wäre, hätte sie ihm das schon lange abgewöhnt. »Ich habe keine Ahnung, wie man nach Island segelt oder sogar zu den Orkneys«, sagte er. »Beim letzten Mal sind wir einfach einem Handelsschiff nachgefahren. Das war die Idee deiner Tochter.«

Wenn es noch eines letzten Anstoßes bedurft hätte, hier war er. Ihre Tochter brauchte sie in Island, und ihr Neffe brauchte sie jetzt ebenfalls. In den Sagen, die sie als Kind gerne gehört hatte, organisierten Frauen ihr ganzes Leben um Rache herum und wählten sich Ehemänner, die Vergeltung für sie üben konnten. Sie brauchte keinen neuen Ehemann dafür – sie hatte schon einen aus früheren Zeiten, der die nötige Grausamkeit dazu besaß. Einen Mann, den Harald und ihr Bruder nächstes Jahr aufstöbern wollten, um ihn zu töten. Einen Mann, den sie nie aufgehört hatte zu vermissen, ganz gleich, wie sehr es ihr auch gefallen hatte, Haralds Gesandte Svanhild die Seekönigin zu sein.

»Ich bringe dich hin«, sagte sie. »Wir bilden einen Konvoi übers Meer.«

»Weißt du denn, wie man nach Island kommt?«, fragte Rolli.

Ja, ihr Wille würde ihr den Weg zeigen, wenn die Sterne oder Strömungen sie im Stich ließen. Sie erinnerte sich daran, wie sie Solvi zum letzten Mal gesehen hatte, auf seinem Schiff, aller Hilfe beraubt, außer den drei Männern, die sie ihm gewährt hatte, seine ältesten Freunde und sein Zögling, der heute über die Orkneyinseln herrschte. Sie hatte ihm einen Eid abverlangt und nie gehört, dass er ihn gebrochen hätte. Und er hatte sie versprechen lassen, dass sie zu ihm käme, wenn Harald sie schlecht behandelte.

»Ich weiß, wie man nach Island segelt«, sagte sie, »und ich lasse mir mein Schiff und meine Freiheit nicht von einem nichtsnutzigen König oder meinem illoyalen Bruder wegnehmen.«

Rolli sah sie schockiert an, als sie so von Ragnvald sprach. Er schluckte. »Ich würde dir folgen«, sagte er.

»Dann fahren wir mit der nächsten Ebbe aus«, erwiderte sie. Sie blickte nach Westen und sah drei Schiffe einlaufen – König Eriks Schiffe.

Svanhild und Rolli gingen zu ihren Männern hinüber, die verstummten, als hätten sie gerade über sie gesprochen. Sie hatte sie aus vielen Gründen ausgesucht, die wichtigsten davon aber waren ihre Qualitäten als Seeleute und ihre Loyalität. Es waren Bauernsöhne darunter, aber auch Fischer. Falki war der Erste von Haralds Kapitänen gewesen, der ihre Qualitäten auf See erkannt hatte, und andere waren ihm nachgefolgt. Alle waren kleiner als die üblichen Nordmänner, und aus ihnen würden nie große Schwertkämpfer werden, aber kleinere Männer bedeuteten ein schnelleres Schiff.

Svanhild setzte sich an das Kochfeuer in der Mitte des Zeltkreises. »Männer«, sagte sie. »Ich verlasse Norwegen und komme nie mehr zurück. Ich will keinen von euch mitnehmen, der dies nicht freiwillig tut. Wenn ihr mit mir kommt, dann finde ich Land für euch in Island oder einen Platz auf einem Wikingerschiff, wo ihr Gold gewinnen könnt. Was immer ihr wollt. Wenn ihr mit mir kommt und es euch später überlegt, finde ich einen Weg, wie ihr wieder heimkehren könnt, aber wie euer Empfang dann hier aussieht, kann ich natürlich nicht garantieren. Ihr könnt aber auch hierbleiben. Bietet eure Dienste meinem Neffen Einar an, wenn ihr wollt. Von Haralds Leuten ist er am ehesten geeignet, euren Wert zu erkennen.«

»Ich komme mit dir«, sagte Falki.

»Ich auch«, kam es von Aban. »Ich will noch mehr Länder im Norden sehen als nur Norwegen.«

Weitere Männer stimmten zu, doch ein paar, die zu Weib und Hof zurückkehren mussten, kamen zu ihr und sagten mit Bedauern ab. Audbjorn, der ihr ebenso lange wie Falki gefolgt war, neigte traurig den Kopf und sagte: »Meinen Söhnen und meiner Tochter werde ich lange noch Geschichten über unsere Reisen erzählen.«

»Wir fahren, sobald Eriks Schiffe eintreffen«, sagte Svanhild. »Dann sind so viele Schiffe hier, dass uns niemand bemerkt.« Sie hörte ein wenig Murren über die Schnelligkeit, die das erforderte, ging aber nicht darauf ein. Und dann, als wollten die Götter ihre Entscheidung segnen, schlug die Brise um und spielte mit den

Locken auf ihrer Stirn, die sich aus ihrem Kopftuch gelöst hatten. »Den Wind hier, den nutzen wir.«

Kapitel 23

Thorir sichtete Eriks drei Schiffe, die die Spitze von Schonen umrundeten, und brachte die Nachricht zu Ragnvald. Plötzlich schien das ganze Lager wie ein aufgewühlter Ameisenhaufen, voller Krieger und Diener, die umhereilten. Ragnvald und Harald stellten sich am Strand auf, um Erik zu begrüßen, nachdem dieser dem größten Schiff entstiegen war. Erik und Harald fassten sich bei den Unterarmen, etwas ungeschickt, da Harald mehr als einen Kopf größer war.

»Ich grüße dich, Riese«, sagte Erik. »Du siehst zwar aus wie ein wilder Mann aus den Bergen, aber du wirst hoffentlich nett sein zu meiner Tochter.«

»Ich heirate deine Tochter und lasse mir am selben Tag die Haare schneiden«, sagte Harald. »Doch das kann ich erst tun, wenn ich diese schottischen Rebellen ausgelöscht habe. Wenn es sein muss, bringe ich Orkney und ganz Schottland unter meine Kontrolle, um diesen Aufruhr abzustellen.«

»Was ist mit der Rebellion in deiner eigenen Familie?«, fragte Erik. »Dein Sohn Halfdan kam zu mir und bat mich um Hilfe, dich zu töten.«

Harald ließ Eriks Arme los. »Im Wald hast du versucht, mich davon zu überzeugen, dass Ragnvald der Mächtige einen Aufstand gegen mich anzettelt. Wenn ich deine Tochter heiraten soll, musst du damit aufhören, in meiner Familie Unfrieden zu stiften.«

»Wenn?«, fragte Erik und führte die Hand zum Schwert. »Du hast geschworen, dass du sie heiratest.«

»Ich habe noch nie einen Eid gebrochen«, erwiderte Harald. »Und ich fange auch jetzt nicht damit an, selbst für ein Mädchen, dessen Vater Geiseln nehmen muss, um ihr einen Ehemann zu verschaffen.«

Erik zog nun das Schwert halb aus der Scheide, und die große Masse seiner Männer versammelte sich um ihn herum und drängte Harald und Ragnvald gegen die schaukelnde Wand von Eriks Schiff. Zwischen den Köpfen von Eriks Männern sah Ragnvald Einar, der versuchte, sich nach vorn durchzukämpfen.

»Schluss jetzt!«, brüllte Ragnvald.

Erik schob sein Schwert wieder in die Scheide, und seine Männer zogen sich zurück. »Man weiß nicht, ob man dir trauen kann«, sagte Erik. »Ich akzeptiere keinen Aufschub. Du musst nach Jütland kommen und meine Tochter heiraten, sonst bist du ein Eidbrecher, und ich kann dann problemlos jeden König und Jarl im Norden zum Kampf gegen dich gewinnen.«

Harald knirschte mit den Zähnen, und Ragnvald trat zwischen die beiden. »Du hast uns Hilfe versprochen«, sagte er zu Erik. »Wenn Harald deine Tochter geheiratet hat, schickst du uns Männer für den Kampf in den Orkneys nächsten Sommer.«

Einar hatte sich endlich nach vorne durchgerungen und stand nun direkt hinter König Eriks Schulter. »Ihr Herren«, rief er, »König Harald, deine Frau Svanhild ist mit ihrem Schiff weggefahren, und Rolli folgt ihr mit seinem Schiff nach.«

König Erik grinste. »Ich sehe, du hast da einige Probleme, um die du dich kümmern musst, aber wenigstens hast du eine Frau weniger. Wir besprechen die Hochzeit später.« Er verbeugte sich und ging den Strand hinauf, wohin ihm seine Männer folgten.

»Wann ist sie weggefahren?«, fragte Ragnvald Einar, sobald Erik außer Hörweite war. »Wie lange ist das schon her?«

Einar wies auf die See hinaus, wo zwei Schiffe am Horizont immer kleiner wurden.

Harald sah den Schiffen nach. »Ich habe sie doch nirgendwohin entsendet«, sagte er. »Ich war mir gar nicht sicher, wohin sie als Nächstes gehen sollte.«

»Ich glaube nicht, dass sie in deinem Auftrag unterwegs ist«, sagte Ragnvald. Er hatte keine Lust, es Harald leichter zu machen. Harald war Ivar so ähnlich, denn keiner von beiden glaubte, dass ihm je etwas zuwiderlaufen könnte.

»Dann meinst du, sie hat mich verraten?«, fragte Harald. »Das kann ich mir ... sie hat doch versprochen ... sie hat mich schwören lassen, dass ich mich um unsere Söhne kümmere ... und ich wollte ihr ein Schiff bauen lassen. Sie hat mich verraten!« Er wirbelte herum und wandte sich Ragnvald zu. »Was weißt du von der Sache?«

»Sie würde wohl sagen, dass du sie zuerst verraten hast, denke ich«, erwiderte Ragnvald.

»Und du würdest das ebenso sehen?«, fragte Harald mit gefährlich tiefer Stimme. »Dich hat sie ja auch verraten.«

Ragnvald nickte nur. Das war alles Haralds Schuld, weil er Svanhild so lange vernachlässigt hatte.

»Wo will sie denn bloß hin?«, fragte Harald.

»Ich kann es mir denken«, erwiderte Ragnvald.

Harald sah ihn scharf an, und auch Einars Blick lag fragend auf ihm. »Warum denn?«, fragte Harald. »Du sagtest doch, meine anderen Frauen wären zufrieden ...«

»Sie ist eben nicht wie deine anderen Frauen«, meinte Ragnvald, »und du musst immer noch sicherstellen, dass die anderen zufrieden sind, bevor du noch mehr Frauen verlierst. Svanhild hat zwar den meisten Mut, aber sie ist nicht die Einzige, die ihren eigenen Kopf hat.«

»Du bist voller Wut heute Morgen«, fand Harald. »Aber du bist mein Ratgeber, nicht mein Vater oder mein Onkel, dass du so mit mir sprechen kannst.«

Doch Ragnvald war nicht wütend auf Harald, sondern hatte nur Verachtung für ihn übrig. Harald hatte seine Verbündeten nie so richtig geschätzt und sich immer darauf verlassen, dass Ragnvald alles wieder richtete, was er an Problemen verursacht hatte. Aber heute nicht. Nicht nachdem Harald alles kaputtgeschlagen hatte.

»Täusche dich nicht in mir«, sagte Ragnvald. »Ich würde dich niemals verraten, auch nicht nach dieser Entscheidung meiner nutzlosen Schwester.« Er schluckte. Er hatte schon einmal um Svanhild getrauert und würde es jetzt auch wieder können. Im Unterbewusstsein hatte er immer mit so etwas gerechnet. »Das musst du nicht glauben. Vor uns liegt eine Menge Arbeit. Du musst diese Ranka Eriksdatter heiraten und trotzdem alle Distrikte befrieden. Meine Schwester ist weg, das stimmt, aber alles, was du hier verloren hast, sind eine Frau und ein kleines Schiff.«

»Ich habe viel mehr verloren als das«, sprach Harald. »Sie ist der Stein, der alles ins Rollen bringen könnte. Ich muss meinen anderen Verbündeten zeigen, was sie verlieren, falls sie mir in den Rücken fallen.«

Ragnvalds Wut verwandelte sich in eisige Angst. Svanhilds und Rollis Schiffe waren schon fast hinter dem Horizont verschwunden. »Was werden sie denn verlieren?«, fragte er.

»Du hast Sogn verlangt als Ausgleich für die Scheidung von

deiner Schwester. Aber sie hat mich verlassen, also gibt es keinen Ausgleich mehr zu leisten.«

»So siehst du die Sache also?«, fragte Ragnvald. »Aber du hast doch trotzdem die Scheidung ausgesprochen. Sogn hast du mir schon vor langer Zeit versprochen, lange bevor du ein Auge auf meine Schwester geworfen hast, und nun willst du deinen Eid brechen?«

»Mein Eid hat sich darauf beschränkt, Sogn für dich zu gewinnen, aber nicht, es an niemand anders weiterzugeben«, sagte Harald.

»Du argumentierst wie ein Rechtsprecher, der weiß, dass er unrecht hat«, sagte Ragnvald. »Meine Vorfahren haben seit Anbeginn aller Zeiten über Sogn geherrscht.«

»Aldis Vorfahren auch«, sagte Harald ruhig und unerschütterlich. »Du bist der reichste Mann in Norwegen und nimmst Steuern aus zwei Distrikten ein. Soll deine Gier ganz Norwegen auseinanderreißen?«

»Gib mir Sogn und nimm Møre«, sagte Ragnvald und hasste den bettelnden Ton in seiner Stimme. Um so etwas sollte er nicht betteln müssen – Sogn war sein Eigentum aufgrund von Recht und Akklamation. »Møre ist nicht das angestammte Land meiner Familie.«

»Ich brauche dich in Møre«, sagte Harald. »Ich verstehe einfach nicht, warum du so stur bist, was das angeht. Møre ist größer und reicher als Sogn.«

»Es geht hier doch nicht um Reichtum«, sagte Ragnvald. »Du umgibst dich mit raffgierigen Männern und vergisst darüber, wie ein König wahrhaft sein soll.«

»Und das wärst du? Du wärst also der wahre König? Das habe ich von meinen Söhnen zu hören bekommen und von König Erik.

Bis jetzt habe ich es nie ernst genommen, doch nun höre ich es aus deinem eigenen Munde. Was soll ich denn davon halten?«

»Wenn ich Sogn nicht aufgebe, würdest du dann sagen, dass ich rebelliere?«, fragte Ragnvald.

»Tust du das denn nicht? Du hast Sogn als Gegenleistung dafür verlangt, dass Svanhild die Scheidung akzeptiert. Das hat sie nicht.«

»Bist du ein König oder ein Händler auf dem Markt?«, fragte Ragnvald. »Ein Ringbrecher kann die Ringe nicht wieder zurücknehmen, die er für seine Anhänger auseinandergebrochen hat, und sie wieder zusammenfügen.«

»Wir können gerne kämpfen«, sagte Harald immer noch ganz leise. »Wenn du mich besiegst, dann bist du der wahre König. Sie werden sich dann alle auf deine Seite schlagen, da bin ich mir sicher. Ist es das, was du willst?«

War das sein Ende? Würde er nun durch Haralds Schwert sterben? Und was würde dann aus seinen Söhnen werden? »Ich bin treu«, sagte Ragnvald mit zusammengepressten Zähnen. »Ganz gleich, wie oft du mich auf die Probe stellst, ich bin treu.«

Harald sah ihn so lange an, bis Ragnvald nicht anders konnte, als seinem Blick zu begegnen. Harald war braun gebrannt von den Wochen im Freien und sah stark aus wie nie, Ragnvalds goldener Wolf. »Dann beweise es«, sagte Harald. »Sage, dass du meine Entscheidung akzeptierst. Sicher bist du klug genug einzusehen, dass mir das mit meinen anderen Distrikten hilft.«

»Ja«, erwiderte Ragnvald. Seine Stimme zitterte vor Wut.

»Dann verlässt du mich nicht?«, fragte Harald. »Nicht so wie deine Schwester?«

»Versuchst du etwa, mich dahin zu drängen?«, fragte Ragnvald. Er seufzte tief. »Wie du schon sagtest, mich hat sie auch verlassen.«

»Ich sollte nicht an dir zweifeln«, sagte Harald mit Erleichterung in der Stimme. »Du bist mein weisester und bester Freund.«

»Und trotzdem bestrafst du mich«, sagte Ragnvald mit bitterer Stimme. »Ich folge dir treu, aber über diese Sache werde ich nie glücklich werden. Vergibst du dann wenigstens Rolli jetzt?« Wenn Harald Rolli vergäbe, dann würde Hilda ihm vielleicht verzeihen, aber er hätte dann Rolli nicht länger als Waffe gegen Halfdan.

»Ich denke schon«, sagte Harald. »Aldi war ja damit einverstanden.«

Zumindest diese gute Nachricht konnte Ragnvald nun an Hilda überbringen. Er würde einen Boten mit einer Einladung an Rolli aussenden, nächsten Sommer zu ihm und seinen Männern auf den Orkneys zu stoßen. Und er würde eine Gelegenheit abwarten, sein Land wieder zurückzubekommen. Vielleicht würde Aldi es ja gegen Møre eintauschen. Oder sie würden ihre Kinder miteinander verheiraten und die beiden Distrikte zusammenlegen, wie er es immer beabsichtigt hatte.

»Du kommst mit mir, diese Piraten auszuheben«, fuhr Harald fort, »und alle meine Verbündeten müssen einen Sohn hinschicken oder selbst kommen.«

»Geiseln?«, fragte Ragnvald mit einem Anflug von Humor, obwohl er sich wie ein Schwerverwundeter fühlte und die Wunde noch gar nicht wahrhaben wollte. Sogn war ihm entrissen worden, er war von seinen Ahnen abgeschnitten. Lieber hätte er einen Arm verloren.

Harald grinste. »Verbündete.«

»Vater, lass mich sie zurückholen«, sagte Einar, der sich etwas im Hintergrund gehalten hatte. Wahrscheinlich hatte er gelauscht, was zwischen Ragnvald und Harald vorging. Ganz gut so – sollte er ruhig wissen, was es kosten konnte, ein Freund des

Königs zu sein. »Während du diese Verbündeten zusammentrommelst, könnten Ivar und ich sie und Rolli einholen.«

»Glaubst du das wirklich?«, fragte Ragnvald. »Sie wird von allen Göttern des Winds und der See begünstigt. Die holst du nie ein.«

Harald wandte den Blick zurück, dem Horizont zu. »Ich will, dass keine Lieder mehr von Svanhild Eysteinsdatter gesungen werden«, sagte er. »Das sage ich den Skalden. Diese Lieder müssen alle in Vergessenheit geraten.«

• • •

Als Ragnvald zu seinem Lager zurückging, sah er Ivar mit Haralds Söhnen Halfdan und Gudrod zusammenstehen und miteinander würfeln, als hätten sie nicht alles zum Einsturz gebracht, was er aufgebaut hatte. Ivar sah Ragnvald, sagte etwas zu Halfdan und Gudrod, worauf sie lachten. Dann kam er zu seinem Vater herüber.

»Mit dir will ich gar nicht sprechen«, sagte Ragnvald. »Geh nur zu deinen neuen Freunden. Einer von ihnen wird eines Tages wohl König von Sogn sein, da solltest du dich rechtzeitig lieb Kind machen.«

»Halfdan bestimmt nicht«, meinte Ivar. »Harald wird ihn sicher für seine Rebellion bestrafen wollen. Ich wollte ihn nur ein wenig erheitern.«

Ragnvald schüttelte den Kopf. »Wie kannst du nur so unbekümmert sein, bei all dem, was du mich gekostet hast?«

»Aber Vater, wir haben doch nur versucht zu helfen! Du hast doch auch im Lauf der Jahre viele Dinge getan, die gewagt und draufgängerisch waren. Das kannst du mir doch nicht zum Vorwurf machen.«

»Kann ich das nicht?«, fragte Ragnvald. »Du wirst schon noch merken, dass es im Leben auf Ergebnisse ankommt, nicht auf Absichten. Wenn du mir nicht glauben willst, frage deinen Bruder Rolli.«

»Ich habe mein Bestes getan«, beharrte Ivar.

»Hast du ihnen gleich die Handgelenke hingestreckt? Und als du ihr Gefangener warst, da warst du so clever, gleich mit ihnen zu würfeln?«

»Was hätte ich denn sonst tun können, Vater?«, fragte Ivar. Seine Unbekümmertheit ging Ragnvald auf die Nerven. »Hätte ich vielleicht weglaufen sollen, nur damit sie mich fangen und fesseln? Hätte ich sie zwingen sollen, mich zu foltern?« Er warf einen Blick auf Ragnvalds Hände. Ragnvalds Knöchel fühlten sich leicht geschwollen an, fast schmerzten sie ein wenig, wie immer, selbst an seinen besten Tagen. Reflexhaft ließ er die Finger spielen.

»Das war etwas ganz anderes«, sagte Ragnvald. »Ich wollte ja Solvi glauben machen, dass er über Harald siegen könnte. Das war eine Falle damals.«

»Und ich habe eine andere Art von Falle gestellt. Warum sollte ich es darauf anlegen, dass sie mich hassen oder fürchten, wenn ich gut Freund mit ihnen sein kann? Halfdan vertraut mir – das ist doch ein Vorteil, oder?«

»Hast du etwas Nützliches von ihm erfahren?«, fragte Ragnvald.

Ivar sah auf die Strandkiesel am Boden hinunter. Ragnvald schickte sich wieder an zu gehen. Ivar war so nutzlos, wie er befürchtet hatte, und Einar konnte man nicht vertrauen, Thorir war ein Mitläufer, kein Anführer, und Rolli war so unbedarft, dass er die Ächtung über sich gebracht hatte, noch bevor er volljährig war. Im Sprichwort heißt es, mit vielen Söhnen sei ein Mann wahrhaft reich, doch Ragnvald war arm wie ein Bettler.

»Er hasst dich«, rief Ivar ihm nach. »Noch viel mehr als seinen Vater. Er glaubt, du bist schuld daran, dass er nicht erhöht wird. Er glaubt, dass du gegen König Harald intrigierst.«

Ragnvald drehte sich rasch nach ihm um. »Und hast du ihn dabei unterstützt? Habt ihr über eure Väter gelästert, wie Söhne das seit Anbeginn aller Zeiten tun?«

»Du bist misstrauischer als zehn Männer, Vater«, sagte Ivar. »Du erwartest immer das Schlimmste von anderen.«

»Und dein Tod wird es sein, dass du immer nur das Beste erwartest«, erwiderte Ragnvald. »Nun, auf gewisse Weise wirst du jetzt dafür bestraft. Harald gibt Sogn an Aldi – du wirst das Land deiner Ahnen nicht erben.«

»Heißt das, dass Rolli nicht mehr geächtet ist?«, fragte Ivar erfreut. Ragnvald hätte ihn am liebsten geohrfeigt – Gewalt würde vielleicht endlich durchdringen bei ihm, besser als Worte.

»Hörst du mir eigentlich nicht zu? Dein Erbe ist weg.«

»Was ist mit Møre?«, fragte Ivar. »Das würde Harald dir doch nicht auch noch wegnehmen.«

»Er hat mir Møre gelassen«, bestätigte Ragnvald, »aber das ist eine Schenkung von ihm, das ist nicht das Land, das uns gehört. Und Schenkungen können rückgängig gemacht werden.«

»Das verstehe ich nicht. Er hat uns doch auch Sogn weggenommen.«

»Ja, das stimmt«, sagte Ragnvald. Ivar wollte einfach nicht begreifen – er war in Møre groß geworden. Vielleicht würde Møre ihn sogar glücklicher machen als Sogn, und es würde ihm nichts ausmachen, nur durch Haralds Gnaden dort zu regieren. »Es wird mich viel Mühe kosten, auch noch Møre für dich zu halten, wenn ein jeder es mir wegnehmen will.«

»Jeder? Vater, du hörst dich richtig krank an.«

»Ich bilde mir das ja nicht ein, dass König Harald mir Sogn wieder weggenommen hat.«

Ivar blickte ihn verständnislos an. Ragnvald sah Hilda, die am Feuer kauerte und ein paar Zweige so auflegte, dass sie einen Eintopf darüber aufwärmen konnte. Ihre Schultern sackten nach vorn, und sie sah ganz erschlagen aus. »Geh zu deiner Mutter«, sagte Ragnvald. »Harald hat Rolli die Erlaubnis erteilt zurückzukommen, aber deiner Mutter wird er trotzdem furchtbar fehlen. Geh und tröste sie ein wenig. Rolli ist weggegangen, ohne sich von ihr zu verabschieden.«

Ivar entfernte sich, froh darüber, eine Aufgabe zu haben. Aber etwas Nützliches hatte er Ragnvald doch verraten, etwas, das Ragnvald schon halb vermutet hatte: dass Halfdan ihn hasste.

Halfdan unterhielt sich noch immer mit seinem Bruder Gudrod und zeigte ihm gerade einen Dolch mit irischen Beschlägen, als Ragnvald näher kam. Musste er etwa befürchten, dass Halfdan sich auch noch mit den irischen Nordmännern verbündet hatte?

»Ich grüße dich«, sagte er zu Halfdan. »Ich habe mit deinem Vater gesprochen. Welche Strafe ist deiner Meinung nach angemessen für deine Rebellion?«

Einen Moment lang sah Halfdan schockiert aus, fasste sich aber gleich wieder. Seine Augen waren von einem blasseren Blau als die Haralds und strahlten weniger Wärme aus. »Mein Vater hält mich nicht für einen Aufrührer. Ich habe ihm gesagt, dass ich nur in seinem Sinne gehandelt habe, so wie du in den letzten Jahren. Wenigstens behauptest du das ja.«

»Ohne Verbündete stellst du ja keine große Gefahr mehr dar«, sagte Ragnvald. »Aber trotzdem habe ich ein Auge auf dich.«

»Gut«, erwiderte Halfdan. »Und ich habe ein Auge auf dich.«

»Von mir glaubt er ja nicht, dass ich ein Aufrührer bin«, sagte

Ragnvald. Gudrod stand still neben Halfdan und machte keinen Mucks, als hoffte er, man würde ihn einfach übersehen. Vielleicht wäre Gudrod ein Zeuge, dem Harald Glauben schenken würde.

»Noch nicht«, sagte Halfdan. »Aber das kommt schon noch. Deine Frau hat Dinge gesagt, die jedem Aufrührer im Norden in den Ohren klingen werden. ›Wie ein Wolf‹, Männer in Freiwild verwandelt – deine Frau ist klüger, als ich dachte.«

Und sie hat ihre Klugheit im allerschlimmsten Moment angebracht, dachte Ragnvald und war bei Halfdans Worten gegen seinen Willen stolz auf seine Frau.

Halfdans Lächeln verschwand. »Du hast zu viel Ehrgeiz, als dass man dir trauen könnte«, sagte er.

»Dann haben wir ja etwas gemeinsam«, erwiderte Ragnvald.

»Aber eines unterscheidet uns«, sagte Halfdan. »Wenn ich dich töte, wird mir mein Vater vergeben, aber wenn du mich tötest, dann bringt mein Vater dich um. Denk daran.«

»Würdest du das gerne? Mich mit deinem Schwert töten?«, fragte Ragnvald.

»Es wäre vorteilhafter, wenn du mein Verbündeter wärst als mein Feind. Du willst doch, dass dein Sohn Ivar Sogn erbt, obwohl meine Brüder alle nach Land schreien? Stell dich nicht gegen mich, wenn ich loslege, dann sehe ich zu, dass er es bekommt.«

Halfdan konnte noch nicht einmal ahnen, dass Harald ihm Sogn weggenommen hatte, und doch wusste er, womit er ihn ködern konnte. Jeder andere Mann würde Harald nach dem, was heute vorgefallen war, verraten, aber Ragnvald konnte bei einem solchen Schritt nur seinen eigenen Ruin voraussehen, ganz gleich, was Halfdan ihm anbot. Ragnvald hatte sich auf Gedeih und Verderb Harald verpflichtet und würde sein Leben für ihn hingeben. Die einzige Wahl, die sich ihm bot, war, ob er ehrenhaft oder unehrenhaft sterben würde.

»Und was ist, wenn ich mich dir entgegenstelle?«, fragte Ragnvald. Er musste wenigstens herausfinden, welche Bündnisse Halfdan geschlossen hatte. König Erik von Jütland würde Halfdan sofort wieder unterstützen, wenn er einen Vorteil für sich selbst darin sähe – und Halfdan könnte mit allen möglichen Übersee-Wikingern und Distrikt-Königen gemeinsame Sache gemacht haben.

»Kämpfe gehen so oder so aus, und Ivar ist jung und unerfahren.« Halfdan zuckte mit der Schulter. »Ich schütze ihn so gut, wie du mich schützt.«

Kapitel 24

Svanhild schlief kaum auf der Überfahrt nach Island. Sie fühlte sich so lebendig wie seit der Schlacht im Haversfjord nicht mehr. Nun, da sie Norwegen hinter sich ließ, pulsierte ihr Blut in der Brise. Solvi würde nun alt sein, das wusste sie. Er würde sie vielleicht hassen, sie würden sich streiten, weinen und wütend beschimpfen. Sie würde ihn einen Dummkopf nennen und einen ungehobelten Burschen, und sie würde ihm Sachen an den Kopf werfen, und dann würde sie ihn küssen und ihn lieben. So lange schon hatte sie ihn vermisst.

Als sie diese Überfahrt das letzte Mal gemacht hatte, war sie krank vor Angst um ihren Sohn gewesen, wütend auf Solvi, weil er sie gezwungen hatte, Island zu verlassen. Das Mal zuvor waren sie von den Färöerinseln vor König Hakons Truppen geflohen. Damals war sie noch keine so gute Seglerin gewesen, aber sie hatte es doch geschafft, Hakons Schiffen zu entkommen, wobei sie selbst das Steuerruder geführt und mit eigener Stimme ihren Seeleuten Kommandos gegeben hatte. Sie erinnerte sich an Solvis Augen, die vor Stolz aufgeleuchtet hatten, als ihr Schiff mit seinem gleichzog. Immer wenn sie seither eine schwierige Überfahrt hinlegte, hatte sie sich Solvis Anerkennung und Rat vorgestellt. Es wäre einfach fantastisch, wieder mit ihm zu segeln.

Nun folgte ihr Rolli mit seinem Schiff, als sie die norwegische

Küste hochfuhren, auf Inseln kampierten und Nahrung für ihre Männer und Rollis Mannschaft junger Kerle gegen Schmuck eintauschten. Ein starker Wind transportierte sie außer Sicht der letzten vorgelagerten Inseln Norwegens, so stark, dass Svanhild die Segel auf nur ein Drittel Höhe reffen ließ und die Taue trotzdem sangen und die Masten ächzten. Falki stand neben ihr, ohne ein Wort zu sagen, und schien von derselben Energie geladen, die Svanhild antrieb. Als der Wind etwas nachließ, sodass Svanhild sich keine Sorgen mehr machen musste, ob die Masten brechen würden, sagte sie zu ihm: »Ich bin froh, mein Freund, dass du mit mir segelst.«

»Daran war nie zu zweifeln«, erwiderte er.

»König Harald hat mir meine Ehre genommen«, sagte sie. »Ich musste einfach weggehen.«

»Natürlich.«

»Mich wundert nur, dass ich so lange damit gewartet habe«, sagte sie mit einem Lachen.

»Ja, das hat mich auch gewundert«, erwiderte er. »Jetzt sind wir auf dem Weg zu deinem Mann – Solvi?«

»Ja«, erwiderte sie. Falki hatte vorsichtig gesprochen, aber sie konnte sein Verlangen nach ihr spüren. In den letzten Jahren hätte er liebend gerne mit ihr das Bett geteilt, und hätte sie Ragnvald nicht versprochen, im Gegenzug für ihre Freiheit und dieses Schiff keine Liebhaber zu nehmen, dann hätte sie es auch getan. Nun pulsierte ihr Körper voll Vorfreude auf ihren wahren Ehemann. Wären sie jetzt nicht auf dem Weg zu ihm, dann hätte sie sich schon mit Falki vergnügt. Bald würde sie jemanden haben, der mit ihr das Lager teilte, schwor sie sich, was immer auch aus Solvi geworden war.

»Du sollst eine große Belohnung haben«, sagte sie zu Falki. »Ich weiß, dass es in Island nicht viele Frauen gibt, aber ich finde eine Ehefrau für dich, wenn du willst – ich möchte, dass du glücklich wirst.«

»Soll ich auf Wikingerfahrt gehen oder Bauer werden, was meinst du?«, fragte Falki.

»Du kannst werden, was du willst«, antwortete sie ihm fröhlich. »Du wirst immer ein Dach über dem Kopf haben und etwas zu essen, solange ich lebe.«

An der Spitze der südlichsten Färöerinsel kampierten sie eine Nacht. Ein Wasserfall stürzte von der Felswand herab, der sie von einem See hoch oben abschirmte, ein silbergraues Band, das aus den Wolken zu kommen schien, um sich mit dem Meer zu vereinen.

Ohne Ragnvald im Nacken schien Rolli viel aufrechter zu stehen, aber Svanhild mochte gerade nicht viel über Ragnvald nachdenken. Sie hatte sich nicht einmal verabschiedet wie damals beim ersten Mal, als sie ihn für Solvi verlassen hatte. Nun konnte sie zumindest etwas für seinen Sohn tun.

»Lass Falki dein Schiff auf der Überfahrt befehligen«, sagte sie zu Rolli, als dieser seine Stiefel auszog, um mit einigen der jungen Männer die Felswand hinaufzuklettern.

»Ich habe die Überfahrt schon einmal gemacht«, erinnerte sie Rolli.

»Du bist einem Handelsschiff gefolgt, hast du mir erzählt. Und dass du dich ohne mich vor der Überfahrt fürchtest. Eins von drei Schiffen, die die Überfahrt wagen, geht unter«, antwortete Svanhild. »Im Augenblick ist zwar eine gute Jahreszeit für die Überfahrt, aber ich will nichts dem Zufall überlassen.«

»Es ist mein Schiff«, sagte Rolli. »Du hast mir immer gesagt, dass der Kapitän auf einem Schiff alle Entscheidungen fällt und auch alle Verantwortung für sie trägt.«

»Genau«, sagte Svanhild. »Deshalb möchte ich, dass du einen

erfahreneren Seemann hinzuziehst, einen, der meine Befehle umgehend umsetzen kann, damit er dich sicher nach Island transportiert. Diese Entscheidung kann das Leben deiner Leute retten.«

Er gab ohne weitere Argumente nach. Dieser Junge hatte kein Problem damit, einer älteren Frau zu gehorchen, anders als viele seiner Altersgenossen. Kein Wunder, dass Hilda ihn so hochhielt.

Er und einige andere Seeleute Svanhilds schlachteten ein Pärchen Strandvögel für das Abendessen und halfen Svanhild, sie auf dem Spieß über dem Feuer zu braten. »Glaubst du, dass ich mich schon früher mit meinem Vater wieder aussöhnen könnte, bevor meine Zeit abgelaufen ist?«, fragte Rolli.

Svanhild hielt die Ächtung Rollis für gerechtfertigt – ganz gleich, ob er im Irrtum gehandelt hatte oder nicht. Ihre Tochter hatte unter seiner Aktion gelitten und litt wahrscheinlich immer noch. »Ich weiß nicht, ob es unbedingt dein Vater ist, den du überzeugen musst«, antwortete sie schließlich.

»Er ist Haralds Freund«, sagte Rolli. »Wenn er mir vergibt, dann muss Harald es auch tun.«

»In sieben Jahren haben alle dir vergeben«, gab Svanhild zurück. Sieben Jahre schienen eine Ewigkeit für einen Jungen seines Alters, aber sie war schon doppelt so lange von Solvi getrennt.

»Was fange ich jetzt bloß an?«, fragte Rolli. »Ich wollte Seekönig werden, aber nicht …«

»Nicht gleich?«, fragte Svanhild zurück.

»Ja«, gab Rolli zu. Mit einem Stöckchen malte er Kringel in den Sand. »Und nicht ohne …« Er seufzte. »Nicht ohne den Segen meines Vaters.«

»Das tut mir leid«, sagte Svanhild. Er war immer ihr Lieblingsneffe gewesen, so groß und ernsthaft, mit einer Durchsetzungskraft, die sie an ihre eigene erinnerte.

»Warum hat er mir einfach nicht geholfen?«, fragte Rolli. »Ich bin zwar nicht sein Lieblingssohn, aber doch immerhin sein Sohn. Was nützt es, der mächtigste Mann Norwegens zu sein, wenn man nicht einmal dem eigenen Sohn helfen kann?«

»Oder der eigenen Schwester«, sagte Svanhild leise. Sie war der Meinung, Ragnvald hätte andere Wege einschlagen können, um Ivar und Haralds Söhne zu retten. Über die Jahre hinweg hatte er so viele kluge Abkommen verhandelt. Sie sah Rolli an, dessen rundes Gesicht noch kindliche Formen hatte und dessen Wangen von der Kälte hier unter der Felswand rosig angehaucht waren. »Ich weiß nicht, was wir in Island vorfinden werden, aber ich werde dir helfen. Ich bringe dir alles bei, was ich über echtes Segeln weiß – nicht nur entlang der Küsten und Fjorde –, und wenn Solvi Ragnvalds Sohn nicht selbst zum Seekönig machen will, dann kennt er bestimmt jemanden, der das kann. Für Abenteurer ist noch jede Menge Platz auf der Welt, wenn auch vielleicht nicht gerade in Norwegen.«

• • •

Am nächsten Tag stachen sie in See mit Falki als Kapitän von Rollis Schiff. Als das Land hinter ihnen in der Ferne verschwand, musste Svanhild sich die Navigationskniffe in Erinnerung rufen, die sie in Haralds Diensten nur ganz selten gebraucht hatte: sich am Sonnenstand und den Sternen orientieren und halb vergessene Weisheiten über die Meeresströmungen in diesem Teil der Welt. Bei jeder Frage von Rolli wurde sie daran erinnert, dass sie immer Solvi gefolgt oder auf seinem Schiff gewesen war, wenn sie das offene Meer überquerten. An wolkenverhangenen Tagen zog sie ihren Sonnenstein hervor, den sie entlang Norwegens Küsten selten gebraucht hatte, um zu bestimmen, wo Osten lag.

An einem Tag tauchte eine große Ansammlung von Walen aus den Tiefen empor, jeder von ihnen um ein Vielfaches größer als ihr Schiff. Einige stießen das Schiff sanft mit ihren enormen Stirnen an. Svanhild beobachtete sie mit klopfendem Herzen und sandte Gebete an sämtliche Götter, die sie kannte. So riesige Tiere konnten leicht ihren Untergang herbeiführen.

Auch Rolli beobachtete sie, die Augen weit aufgerissen vor Angst und Staunen. Die Wale begleiteten die Schiffe einen ganzen Tag lang, und während dieser Zeit sprach die Mannschaft nur im Flüsterton, bis die großen Kreaturen am Abend dann verschwanden. Svanhild brach vor Erleichterung fast zusammen. Es gab Nordmänner, die kleinere Wale jagten oder gestrandete Wale erlegten, doch diese Tiere hier schienen einer ganz anderen Größenordnung anzugehören, als wären sie Götter aus den Tiefen.

»Tante Svanhild, was waren das denn für Ungeheuer?«, fragte Rolli mit gepresster Stimme.

»Einige Männer von Solvis Schiffen haben mir erzählt, dass Wale die Geister versunkener Schiffe sind und dass sie die Schiffe hassen, die noch an der Oberfläche schwimmen und ihre Passagiere an Land bringen können«, erwiderte sie und schien das seltsame Gewicht ihrer Präsenz in der Tiefe zu fühlen.

»Ich wusste gar nicht, dass Wale so groß werden können«, sagte Rolli bestürzt mit gerunzelter Stirne.

»Es gibt noch so viel zu sehen außerhalb der Gewässer Norwegens«, sagte sie. »Viele Dinge, die größer sind als wir, größer als Harald.«

»Größer als mein Vater?«, fragte Rolli mit einem vorsichtigen Lächeln.

»Vielleicht«, sagte Svanhild und lächelte zurück. »Das habe ich früher schon so empfunden, und daran wird sich auch nichts ändern.«

• • •

Endlich, drei Wochen nachdem sie Norwegens Küsten hinter sich gelassen hatten, sah Svanhild einen dunklen Streifen am Horizont auftauchen, der nur Island ankündigen konnte. Je näher sie kamen, desto wolkiger wurde der Himmel. Daran konnte sie sich auch noch erinnern: den grauen Himmel, der Island oft bedeckte und das Schwarz der Erde und der Strände umso düsterer aussehen ließ. Einer der Berge stieß Rauch aus. Hier war sie Solvi so nah wie lange nicht mehr. Es schien, als zerrte das Band in ihrer Seele, das sie seit jeher mit Island und mit ihrem Grund und Boden dort verknüpfte, nun weniger stark, sodass sich in ihr ein wohliges Gefühl ausbreiten konnte, das ihr seit Langem gefehlt hatte.

An diesem Abend gingen sie an Land auf einem weiten schwarzen Strand, den nicht ein einziges Fleckchen Grün aufhellte. Ein milchweißer Fluss ergoss sich über den Sand und schmeckte nach den Ablagerungen, die er aus den Bergen mitgeführt hatte. Sie dankte den Göttern für ihre unproblematische Überfahrt. Nur ein paar Wochen Seefahrt, und schon konnte sie nach vierzehn Jahren wieder vor ihrem Ehemann stehen.

»Das ist also Island?«, fragte Rolli. »Es sieht ganz anders aus als die Orkneyinseln.«

»Ja«, sagte Svanhild.

»Sieht tot aus hier«, meinte Rolli.

»Das stimmt«, gab Svanhild zu. »Aber es gibt auch grünes, fruchtbares Land, das verspreche ich dir.«

Ein weiterer Tag auf dem Schiff brachte sie zu der Siedlung in der nebelverhangenen Bucht von Reykjavik. Nebelschwaden wirbelten um das Schiff, obwohl die Sonne vom Himmel schien. Svanhilds Männer ruderten langsam, um nicht auf Felsen aufzulaufen, die der Nebel verbergen könnte. Die Stimmen der Siedler leiteten sie über das Wasser zum Ufer, lange bevor sich der Nebel auflöste. Svanhild konnte keine Gebäude erkennen, bis ihr Kiel über die Kiesel am Ufer kratzte.

Sie atmete die Luft ein, und Tränen schossen ihr in die Augen. Da war dieser leichte Schwefelgeruch, und Schwefel hatte die Krankheit gebracht, der Solvis und ihr Sohn erlegen waren. Rolli sah sich die Siedlung an, eifrig wie ein junger Hund, der neue Freunde begrüßen will. Zumindest hatte Svanhild diesmal einen stärkeren Jungen mit nach Island gebracht.

Ein alter Fischer flickte seine Netze am Strand nahe der Stelle, an die Svanhild ihre Schiffe hatte auflaufen lassen. Dahinter erhob sich eine Stadt, die Nidaros Konkurrenz machen könnte, mit vielen Gebäuden unterschiedlicher Bauart und Größe – einige aus Holz, mehr aber aus Stein oder Torfziegeln. Die Ankunft der Schiffe hatte ein paar Neugierige angelockt, doch die Tage, als jedes neu ankommende Schiff in Reykjavik von den wichtigsten Männern am Ort begrüßt wurde, waren längst vorbei.

»Du da«, rief Svanhild den Fischer an. »Wohnt Solvi Hunthiofsson hier?«

»Seit wann kriegt Solvi denn so viel Besuch?«, sagte der Fischer mit einem trockenen Lachen in der Stimme. Er zeigte zu der felsigen Umrandung am Ende der Siedlung, nahe dem Land, das Svanhild abgesteckt hatte. Sie konnte sich noch an jeden Schritt erinnern, mit dem sie damals ihr Land umrundet hatte, obwohl sie es nie bepflanzt, kein eigenes Vieh dort zur Weide getrieben und noch nicht einmal dort übernachtet hatte.

Lebte Solvi etwa seither auf ihrem Land und wartete darauf, dass sie zu ihm zurückkehrte? Das hatte sie eigentlich nicht für ihn vorgesehen, als sie ihn nach der Schlacht im Haversfjord weggeschickt und ihn hatte schwören lassen, nie mehr sein Land in

Norwegen zurückzufordern. Wenn Svanhild über die Jahre hinweg außerhalb der Gewässer Norwegens gewesen war, hatte sie sich bei jedem Segel am Horizont gefragt, ob es wohl sein Schiff sein könnte oder ob sie ihn eines Tages als Gast an einem Hof vorfinden würde, an dem sie auf Besuch war. Sie hatte sich ihn immer als Seeräuber vorgestellt, der mit seiner Ware handelte und neues Land entdeckte, vielleicht sogar bis übers Ende der Welt hinaus, oder dass ihn die Midgardschlange verschlungen hatte, deren sich windender Leib alle Tiefen der Ozeane durchzog. Nie hatte sie sich vorgestellt, dass er für immer an Land ginge, auf ihr Land, und dass er ein von ihm verachtetes Bauerndasein fristen würde.

Sie befahl Falki und Rolli, sie zu begleiten, während die andern am Strand verbleiben sollten. Die Fußstapfen vieler Jahre hatten den Weg verbreitert. Auch der eherne Fels Islands musste sich mit der Zeit den Kräften der Natur beugen.

Wolken standen tief über Unnas Hügel. Sollte sie zuerst Unna besuchen? Nein, Svanhild konnte es nicht erwarten. Sie hatte immer noch die Hosen an, die sie an Bord trug. Hätte sie sich vorher in Schale werfen sollen? Auf dem Schiff hatte sie eine Auswahl prächtiger Gewänder, Unter- und Oberkleider in Farben, die Solvi gefallen würden, aber sie waren Geschenke von Harald. Vielleicht wollte Solvi sie doch lieber so sehen, wie sie war. Die Frau, mit der er durch die Welt gezogen war, hatte viel öfter Hosen angehabt als teure Gewänder.

Sie berührte ihr Haar. Es war salzverkrustet und fettig von der langen Fahrt ohne Bad, und ein schmaler Schal, nicht mehr als ein Stirnband, hielt ihr die Strähnen aus der Stirn, die sich aus ihren Zöpfen gelockert hatten. Aber nun war es zu spät, das zu ändern. Solvi würde sie auch so erkennen, ganz gleich, was sie trug.

Das Land – ihr Land – war durchzogen von bepflanzten Ackerreihen, aufgeteilt in verschiedene Felder. Eine Halle aus verwittertem Holz, kaum größer als ein Haus, stand am oberen Ende. Svanhild hätte es nie dort aufgebaut, weil es den Weg zur Siedlung noch weiter machte. Dass das Haus aus Holz war, zeigte zumindest, dass Solvi genug Geld hatte, es zu importieren.

Ein feiner Nieselregen setzte ein, und die Arbeiter auf dem Feld gingen zum Gebäude hinüber, um sein Ende abzuwarten. Und da sah sie auch Solvi, der unter dem Giebel seines Hauses saß. Eine Frau hockte neben ihm auf der schmalen Bank und lachte mit ihm. Svanhild hatte sich alle möglichen Szenarien zu ihrem ersten Wiedertreffen vorgestellt, aber nie das: ihn mit einer anderen Frau zu sehen.

Eifersucht kochte in ihr hoch. Sie hätte Falki und Rolli nicht mitbringen sollen, um das zu sehen – aber sie war es nun einmal gewohnt, immer mit einer Schutzgarde zu gehen. Und warum auch sollte Solvi keine Frau haben? Schließlich war Svanhild schon lange von ihm weg. Trotzdem klang ihre Stimme belegt, und sie brachte kaum einen Ton heraus, als sie etwas zu sagen versuchte. Sie sah ihn nur stumm an, bis er endlich den Kopf hob und sie sah.

Um seine Augen herum waren nun viel mehr Fältchen, und das leuchtende Rotgold seiner Haare, das er an seine Tochter weitervererbt hatte, war nun fast ganz silbern. Doch immer noch war etwas Vitales um ihn, als er mit dieser Frau zusammen lachte. Dann erkannte er sie, und sein Lächeln wechselte über zu Schock, Überraschung und Wut. Das war ganz er – ihr Loki, unbeständig wie Feuer.

Als er aufstand, erkannte sie, dass er um die Mitte zugenommen hatte. Das gab ihm das Aussehen eines Gnomen, und einen Moment lang überkam sie das Gefühl, diesen Mann nicht zu kennen. Er war alt geworden. Diese Reise war ein Fehler gewesen.

Sie hätte ihren Stolz hinunterschlucken sollen, wie es alle anderen Frauen Haralds tun würden, und darauf warten, dass er wieder zu ihrem Ehemann wurde.

Solvi blieb, wo er war, bis ihm die Frau einen Stock reichte, und Svanhild begriff erst, als er auf sie zuhumpelte, dass er ihn als Stütze brauchte. Er verzog das Gesicht zu einer Grimasse, und sie wusste, dass er sich wie immer seiner Verletzungen schämte, als wäre er durch sie kein ganzer Mann. Diese Wunde ging tiefer als alle Narben, die er hatte, eine Wunde, die sie durch ihr Weggehen verschlimmert hatte. Der Moment des Zweifels verflog. All ihre Wege führten zu ihm, und sie war gekommen, das wieder anzufachen, was zwischen ihnen einst gewesen war, oder zu sehen, ob es ganz und gar zu Asche verbrannt war.

Sie ging auf ihn zu, damit sie nicht mit ansehen musste, was ihm das Alter und seine alte Verletzung angetan hatten. Er roch sogar anders als in ihrer Erinnerung, nicht mehr nach Meer, nach Lederwams und Tauen. Sie selbst hatte diesen Geruch angenommen, während seiner sie an Islands Lehmerde, Disteln und Grünzeug erinnerte. Hinter alldem spürte sie aber immer noch die Wärme seines Körpers neben ihrem. Sie beide könnten sich nie so sehr verändern, dass sie sich nicht wiedererkennen würden.

»Svanhild«, sagte er einfach. Sie konnte gar nichts sagen. Die Frau, die neben ihm gesessen hatte – schön und häuslich –, war verschwunden. Egal. Ihn nun zu sehen wog alles auf, was sie hinter sich gelassen hatte.

»Solvi«, sagte sie schließlich und lächelte unsicher. Sie waren zwei Narren, wenn sie beieinander waren, waren es schon immer gewesen. Er griff nach ihr und berührte ihre Fingerkuppen. Sie waren beide gleich groß und konnten einander direkt in die Augen sehen, obwohl sie seinem Blick nicht lange standhalten konnte. Stattdessen sah sie auf seinen festen Mund, umrundet von einem kurz gehaltenen Bart, als würde er noch immer ein Schiff befehligen; kein Alte-Männer-Bart für ihn.

»Kommst du wegen deiner Tochter?«, fragte er.

»Ich kam wegen ihr und wegen dir. Sie ist unsere Tochter – oder hast du das nicht geglaubt?«

»Nicht doch – natürlich habe ich das geglaubt«, sagte er schnell. »Doch wenn sie nicht entführt worden wäre, wärst du dann auch gekommen?« Natürlich mussten sie sich zuerst streiten, bevor sie sich umarmten. Das wollte sie als Erstes hinter sich bringen, damit es aufflammte und schnell wieder erlosch.

»Harald hat sich von mir geschieden«, sagte sie. »Er hat sich von all seinen Frauen geschieden, um eine neue dänische Königin zu heiraten. Er sagt, er will die andern wieder heiraten, sobald das Mädchen ihm einen Sohn geschenkt hat, aber ich ...«

»Dein Stolz konnte das nicht ertragen«, sagte Solvi.

Svanhild schüttelte den Kopf. »Für mich war das ein willkommener Ausweg. Deshalb bin ich weg, nicht wegen meines Stolzes.«

»Ach Svanhild«, sagte Solvi. Er schob ihr das Haar aus dem Gesicht. Wenn seine Hände sie berührten, fühlte es sich ganz anders an als bei irgendeinem anderen; sie waren voll Liebe und Zuneigung. »Du änderst dich nie.«

»Mein Aussehen kannst du damit nicht meinen«, erwiderte sie.

»Für mich bist du immer schön«, sagte er. »Und jetzt bist du zurückgekommen. Zu einem alten Bauern, der auf den Tod wartet.«

»Bist du das jetzt? Ich denke doch, dass du immer noch jung bist.«

»Du weißt, dass das nicht stimmt«, sagte Solvi. »In jeder Wasserlache sehe ich doch, dass ich einen weißen Bart habe.«

Silber mit einem leichten Anklang von Gold – sie war sich sicher, dass sie sich mit der Zeit daran gewöhnen könnte. Der Zauber, der sie in Bann hielt, als ob nichts auf der Welt sonst existierte, schien sich aufzulösen.

»Ich bringe dich zu Freydis«, sagte er.

»Unsere Tochter«, sagte sie verwundert. Sie hatte immer versucht, Freydis nicht in diesem Licht zu sehen, als ein Band, das sie mit Solvi verknüpfte, obwohl Freydis Solvi viel zu ähnlich sah, als dass sie es je lange hätte vergessen können. Sie war keinem ihrer Kinder eine gute Mutter gewesen, aber bei Haralds Söhnen hatte sie zumindest die Ausrede gehabt, dass diese bei Zieheltern aufwachsen mussten, um Allianzen zu schmieden.

»Ist sie mit Vigdis' Sohn zusammen? Mit Hallbjorg?«, fragte Svanhild. »Hast du sichergestellt, dass sie heiraten?«

»Sie wollte ihn nicht heiraten«, erwiderte Solvi, »also habe ich ihn weggeschickt.«

»Ihn weggeschickt?«

»Sie war seine Gefangene«, sagte Solvi mit düsterer Stimme. »Hätte ich sie zwingen sollen?«

Svanhild war einst Solvis Gefangene gewesen und hatte ihn dann geheiratet. Aber Freydis war nicht sie, und Hallbjorn war nicht Solvi, nur ein junger Kerl ohne Erfahrung, der Freydis nichts bieten konnte als seine Schönheit, die er von Vigdis geerbt hatte.

»Wie kommt es bloß, dass unsere Kinder so ganz anders sind als wir?«, fragte Svanhild. Solvis Art, mit dem Stock zu gehen, hatte einen bestimmten Rhythmus, eingefahren und effizient, als hätte er ihn lange geübt. Aber nicht schnell. Sie musste sich zurückhalten, um ihm nicht vorauszueilen.

»Müssen wir jetzt schon davon reden?«, fragte Solvi.

Svanhild runzelte die Stirn. »Du hast recht«, sagte sie. »Wir haben jetzt alle Zeit der Welt, über die Dinge zu sprechen, uns zu streiten, wenn es sein muss.« Sie sah ihn von der Seite aus an. »Diesmal vertreibst du mich aber nicht wieder, oder?«

»Früher oder später haust du ab«, antwortete er. »Das ist so deine Art.«

»Ausgerechnet ich«, sagte Svanhild. »Als ich anfangs mit dir zusammen war, hast du es nie länger als ein paar Tage in Tafjord ausgehalten. Mich wundert nur, dass du so lange in Island geblieben bist. Hat dich das Meer nicht gelockt?«

Er antwortete nicht. Vielleicht würden sie bis ans Ende ihres Lebens brauchen, um zu verstehen, wie die vergangenen Jahre sie verändert hatten. Solvi hatte Bauern verachtet, und nun war er einer geworden. Svanhild vermisste den Teil ihrer selbst, der sie dazu veranlasst hatte, hier Land für sich abzustecken, um ein Haus zu bauen, sich um ihren Mann zu kümmern, eine Tochter großzuziehen – nun sogar ein Enkelkind. Wenn Hallbjorn Freydis geschwängert hatte, dann wäre sie, Svanhild, bald Großmutter, obwohl sie sich selbst noch oft wie ein junges Mädchen fühlte. Ein grauhaariger Ehemann passte da vielleicht ganz gut.

Kapitel 25

Freydis blickte von ihrer Webarbeit auf und sah die Besucher über das Feld kommen: ihren Vater, der wie ein dreibeiniger Hund lief und seine linke Schulter bei jedem Schritt hängen ließ, und eine dünne Frau mit dem Gang eines Mannes, zu weit entfernt, um ihr Gesicht zu erkennen, aber dennoch unverkennbar. Ihre Mutter war gekommen, um sie zu besuchen.

Freydis hatte sich während der letzten Wochen innerlich ruhig gefühlt und Unnas Anweisung befolgt, mehr zu essen, selbst wenn sie sich bereits satt fühlte. Die Verzweiflung, die sie von Unnas Pilzen hatte essen lassen, war noch da, wenn sie danach griff, doch jeder Tag, der verging und ihr schöne Momente schenkte, verstärkte ihren Schutzpanzer dagegen.

Sie verbrachte Zeit mit trächtigen Katzen und Schafen, denn Unna sagte, wenn sie sehe, wie leicht diese ihre Jungen gebaren, würde das auch ihre Entbindung leichter machen. Alfrith hätte dasselbe gesagt, wenngleich diese alten Zauber nicht immer ihre Wirkung taten. Freydis hatte eine Frau bei der Geburt sterben sehen, obgleich eine Katze bei ihr gewesen war, und das Kind war ebenfalls gestorben, noch bevor es die blutige Pforte zu dieser Welt erreicht hatte.

Sie löste langsam ihren Brettchenwebstuhl, zuerst von ihrem Gürtel, dann von dem Baumstumpf, den sie benutzt hatte, um die

Fäden zu spannen. Unna war zu einem alten Mann gerufen worden, der wahrscheinlich in den nächsten Tagen sterben würde, doch ihre Kräuter würden ihm helfen können, noch bis zum Winter am Leben zu bleiben, wenn er es wollte.

Freydis fragte sich, wie Unna eine so einfache Sicht auf Leben und Tod haben konnte, wissend, dass das Leben, wann immer möglich, bewahrt werden musste, Tod und Schmerz jedoch unumgänglich waren und man ihnen ins Auge sehen musste. Leichter gesagt als getan, und noch leichter, wenn es der Schmerz von jemand anders war. Die Geburt würde jeden Schmerz, den sie jemals empfunden hatte, in den Schatten stellen und sie möglicherweise umbringen. Angesichts dessen konnte sie nichts als Wut empfinden.

Freydis klopfte ihr Überkleid ab und richtete ihr Haar. Als Solvi und Svanhild – ihre Eltern, wie seltsam war es, so über sie zu denken – ankamen, ließ Svanhild Solvi zurück und rannte über den zerklüfteten Boden auf Freydis zu. Sie öffnete die Arme, um Freydis zu umschließen, doch Freydis trat zur Seite und verschränkte die Arme vor der Brust.

Svanhild umfasste Freydis' Gesicht mit den Händen und hielt es fest, bis Freydis ihr in die Augen sehen musste. Sie bemerkte, dass ihre Mutter mittlerweile kleiner war als sie. »Meine Tochter, du kannst dir nicht vorstellen, wie froh ich bin, dass es dir gut geht«, sagte Svanhild. »Es geht dir doch gut, oder?«

Freydis spürte den Blick und die Hände ihrer Mutter auf sich und konnte nicht anders als nicken. Diese Bewegung befreite sie wenigstens aus Svanhilds Griff. In diesem Moment kam Solvi an, laut schnaufend vor Anstrengung. »Der König deiner Mutter hat sich von ihr scheiden lassen«, sagte er mit einer merkwürdigen Mischung aus Sarkasmus und Liebe. »Deshalb kommt sie jetzt zu uns.«

Freydis gefiel es, dass er sich mit diesen Worten auf ihre Seite stellte, gegen Svanhild. Ihre gesamte Kindheit hindurch hatte sie stets nur gehört, wie sehr er ihre Mutter liebte – er, der ihrem Zauber als Erster erlegen war, Haralds erbittertster Feind, der seinen Anspruch auf Møre aufgab, weil er ihr die Treue geschworen hatte.

»Ich werde hierbleiben«, erklärte Svanhild. »Selbst wenn ihr beide mich ebenso zurückweist, wie er es getan hat.« Sie schwieg einen Moment. »Es ist mein Land.«

Solvi lachte. »Sicher ist es das. Doch ich möchte ein wenig Entschädigung dafür, dass ich mich darum gekümmert habe. Ebenso wie Unna.«

»Wo ist sie?«, fragte Svanhild. Freydis sagte es ihr. »Und du lebst hier?« Sie streckte die Hand wieder nach Freydis aus, ließ sie jedoch sinken, bevor Freydis sich entscheiden musste, ob sie der Berührung ausweichen wollte.

»Ja«, antwortete Freydis. Unnas stilles Haus hatte ihre Gewohnheit noch vertieft, nicht mehr zu antworten als das, was gefragt wurde, oft nicht einmal das.

»Unna würde mich bei ihr wohnen lassen, wenn ich sie fragte«, sagte Svanhild mit einer Sicherheit, die Freydis ärgerte. Dieser Ärger war ein Geschenk, viel besser als Tränen, welche die Bedürftigkeit offenbart hätten, die Svanhild stets zu verachten schien.

»Wo möchtest du, dass deine Mutter wohnt?«, erkundigte sich Solvi. Er hatte es wieder getan, sie gefragt, was sie wollte. In seinen Worten lag ehrliche Neugier, keinesfalls die Absicht, sie zu der einen oder anderen Entscheidung zu drängen.

Wenn Svanhild bei Unna blieb, würde sie Freydis' neu errungenes Gefühl der Freiheit zerstören, doch wenn sie bei Solvi wohnte, würde das wieder eine Verbindung zwischen den beiden schaffen. Er würde ihr nicht widerstehen können. Auch jetzt warf er ihr einen Blick zu, der seine strengen Züge weich werden ließ.

»Nicht bei mir«, sagte Freydis.

»Unna ist meine Freundin«, protestierte Svanhild.

»Du möchtest nicht bei deinem Ehemann leben? Ehemaligen Ehemann, besser gesagt?«, fragte Freydis. Sie mochte diese grausame Person nicht, die sie da gerade in sich selbst entdeckte, aber sie genoss das Gefühl der Macht, das sie durchströmte, als sie ihre Mutter verletzte.

Svanhild wandte sich Solvi zu, und Freydis fühlte sich mit einem Mal ausgeschlossen. Ihre eigene Schuld. Sie hatte ihren Vater nicht besucht, seit sie auf Unnas Hof gekommen war. Sie war zu sehr in ihrem Schmerz gefangen gewesen und in der Angst, dass Hallbjorn zurückkehren könnte, von wo auch immer Solvi ihn hingeschickt hatte.

»Ich möchte noch bleiben, bis ich meine Freundin begrüßen kann«, sagte Svanhild. »Wirst du mir das verbieten?«

»Nein«, entgegnete Freydis, und es fühlte sich an, als würde sie in diesem Moment etwas verlieren. »Ganz wie du möchtest.«

Svanhild lächelte ein wenig kläglich. Solvi sah müde aus, wie er sich auf seinen Stock stützte. »Ich bringe dir eine Sitzgelegenheit und etwas zu trinken«, sagte Freydis zu ihm. Sie ging ins Haus, um ein paar Hocker zu holen, und sah dann, dass Snorri gekommen war. Sie brachte einen weiteren Hocker und einige Becher Bier. Snorri nahm ihren Willkommensgruß an und trank mit der Seite seines zerfetzten Mundes. Freydis fiel es leichter, ihn anzusehen, wenn sie sich auf seine Augen konzentrierte, die von freundlichem, gleichmäßigem Grau waren.

»Jetzt geht es dir gut?«, erkundigte sich Solvi.

»Gut genug«, erwiderte sie. »Das Kind hat sich fest eingenistet. Ich ... daran hat sich nichts geändert.« Sie bemerkte, wie ihre

Hand nach ihrem Bauch tastete, und hielt in der Bewegung inne. Sie hatte dieses Kind angenommen, doch sie war noch nicht bereit, es zu lieben.

»Ich bin nicht unglücklich, das zu hören«, sagte Solvi. »Ich hätte niemals gedacht, jemals Großvater zu werden oder meine Enkel kennenzulernen.«

»Ich könnte dabei sterben«, erinnerte ihn Freydis.

»Sag das nicht«, mahnte Svanhild.

»Ich bin viel zu jung für ein Kind«, entgegnete Freydis. »Jede Heilerin würde dir das sagen. Mütter in meinem Alter sterben oft – das ist der Grund, warum ich vor dem Gesetz zu jung für die Ehe bin.«

»Du sprichst wie eine Rechtsprecherin«, meinte Svanhild. »Ich hätte nicht gedacht, dass du so viel Zeit mit Hilda verbracht hast.« Freydis erinnerte sich daran, wie sie Einar und Hilda über das Gesetz und vergangene Verhandlungen hatte diskutieren hören, all die endlosen Winternächte lang, jene Nächte, in denen Svanhild an fremden Küsten geweilt hatte. Einar fand immer schnell die richtigen Worte, doch Hilda erinnerte sich an viele andere Fälle und trug in ihren freundschaftlichen Debatten ebenso oft wie er den Sieg davon.

Svanhild legte ihren Arm um Freydis' Taille, so schnell, dass Freydis es nicht verhindern konnte, obwohl sie rasch zurückwich. »Warum hasst du mich, Freydis?«, fragte sie, und ihre Stimme zitterte ein wenig.

Freydis wies auf ihren Unterleib. »Weil ich hier bin, in diesem Zustand«, sagte sie, und ihre Stimme wurde lauter.

»Und du gibst mir die Schuld daran?«, fragte Svanhild. »Wo ich nun zu dir gekommen bin? Kennst du irgendeine Frau, die das Meer überqueren würde, einzig und allein, um zu ihrer Tochter zu gelangen?«

Wut fühlte sich besser an als Verzweiflung, obwohl sie ihr ebenfalls Tränen in die Augen trieb. »Ich gebe Hallbjorn und meinem törichten Cousin Rolli die Schuld«, rief Freydis. »Und Hilda, weil sie mich nach Sogn geschickt hat, und dir, weil du all das zugelassen hast, und mir, weil ich es nicht irgendwie verhindert habe!« Sie rannte in Unnas Haus und begann, ihre Kleidung aus der Kommode am Fuß des Bettes zu ziehen und in eine Tasche zu stopfen. Wo auch immer ihre Mutter bleiben wollte, sie würde anderswohin gehen.

Svanhild folgte ihr. Sie setzte sich neben Freydis auf die Pritsche und legte erneut den Arm um sie. Freydis entzog sich ihr. Die Berührung ihrer Mutter erschien ihr ebenso abstoßend wie die Hallbjorns, sie fühlte sich besitzergreifend an und erstickte ihre Seele.

»Du hasst mich«, sagte Svanhild.

»Warum kümmert dich das?«, fragte Freydis. »Es interessiert dich nicht, was mit mir passiert, du hast nur einen Grund gebraucht, um zu Solvi zurückzukommen, als sich dein König von dir hat scheiden lassen. Du hast mich nicht einmal gefragt, wie es mir geht.«

»Du siehst eigentlich ganz gesund aus, auch wenn du dich gerade aufführst wie ein kleines Kind«, erwiderte Svanhild.

»Ich brauche dich nicht«, gab Freydis zurück. »Solvi hat angeboten, für mich zu sorgen, und Unna ... auch wenn sie gesagt hat, dass sie es für dich tun würde. Daher vermute ich, dass sie mich wegschicken wird, wenn du es ihr sagst. Dann muss ich bei Solvi leben – willst du wirklich hier in Island bleiben?«

»Ja«, antwortete Svanhild. »Es gibt keinen anderen Ort, an den ich gehen könnte.«

Freydis wollte die Verletzlichkeit ihrer Mutter nicht sehen. »Du hast irgendeinen anderen Plan«, sagte sie. »Wie immer.«

»Ich weiß nicht, was ich tun soll«, entgegnete Svanhild. »Kannst du mir nicht helfen, es herauszufinden?«

Freydis trocknete ihre Wangen, anstatt zu antworten.

»Glaubst du, dein Vater ist hier glücklich?«, fragte Svanhild. »Ich bin eben erst angekommen, doch es erscheint mir seltsam, dass er die ganze Zeit hiergeblieben ist.«

»Er ist hiergeblieben, um sich um deinen Hof zu kümmern«, antwortete Freydis. Sie würde ihrer Mutter nicht von der Angst erzählen, die sie in Solvis Augen gesehen hatte.

»Er sagt, er möchte hierbleiben, und ich weiß, dass du nicht in der Welt herumziehen möchtest. Daher muss ich wohl lernen, ebenfalls den Wunsch zu verspüren, hier zu leben. Ich hatte ihn einmal. Vielleicht gelingt mir das wieder.«

»Vielleicht«, meinte Freydis.

Sie saßen eine Weile schweigend da. Freydis empfand auf seltsame Weise Mitleid mit ihrer Mutter. Freydis hätte sich selbst nicht als glücklich bezeichnet, und sie wusste im Grunde auch nicht, was sie vom Leben erwartete, doch sie dachte, dass sie mit einem Hof und einem Ehemann zufrieden sein könnte, solange er sie gut behandelte. Ein paar Tiere und Kinder, um die sie sich kümmern konnte, ein Garten voller Gemüse und Kräuter – ein Heim. Ihre Mutter schien verflucht zu sein, wenn sie damit nicht glücklich sein konnte.

»Warum hast du Anspruch auf deinen Hof erhoben, wenn du ihn gar nicht wolltest?«, fragte Freydis.

»Er war für ...« Sie atmete tief ein. »... meinen Sohn. Deinen Bruder. Eystein.« Ihre Stimme klang weit entfernt. Sie hatte noch nie zuvor mit Freydis über Eystein gesprochen. Alles, was Freydis wusste, entstammte dem Gerede der Frauen in Tafjord. Sie sagten, dass Svanhilds Wunsch, wie ein Mann zu agieren, ihren Sohn umgebracht habe. »Er wäre glücklich gewesen, einen Hof zu erben«, fuhr Svanhild fort. »Ich wollte ihn für ihn. Er hat mich mehr gebraucht, als es jemals jemand getan hat, und ich hätte alles für ihn getan. Du brauchst mich nicht. Solvi braucht mich nicht. Ragnvald braucht mich nicht. Und Harald will mich nicht. Rolli ist ...«

»Was ist mit Rolli?«, fragte Freydis.

»Er wurde in Haralds Norwegen für vogelfrei erklärt, deshalb habe ich ihn mitgebracht. Vielleicht braucht er mich. Ich habe versprochen, ihm zu helfen. Er scheint so verloren zu sein. Willst du ihn zum Mann nehmen?«

Freydis schüttelte heftig den Kopf. Rolli war wie ein Bruder für sie, anders als Einar und ihre anderen älteren Cousins. Sie konnte sich nicht vorstellen, mit ihm im Bett zu sein und etwas anderes als Abscheu zu empfinden.

»Also ist nun nichts bereinigt oder kann bereinigt werden. Das tut mir leid«, sagte Svanhild. »Ich würde tun, was ich kann, um alles wiedergutzumachen.«

Freydis hörte, wie Unna kam und Solvi und Snorri begrüßte. Sie stand auf und presste ihre Hände wieder gegen die Augen, um sie zu kühlen.

»Du solltest zu ihr gehen«, meinte Freydis. »Ich habe Arbeiten zu erledigen.«

Im Schein des Lichts, das durch die geöffnete Tür fiel, machte Freydis ein wenig sauber, dann holte sie ihre Eimer für das Melken am Nachmittag. Schafe und Ziegen trotteten auf sie zu, auf der Suche nach der Erleichterung, die ihre Hände bringen würden. Sie hob ein wenig Schafmilch auf, um ihr kleines Lamm Torfa zu füttern, das jeden Tag größer wurde.

Sie sah, wie Solvi und Snorri mit Donall sprachen, während Unna und Svanhild sich umarmten und dann gemeinsam weggingen. Unna zeigte auf einige Dinge in ihrem Garten und darum herum, wahrscheinlich all jenes, was sich seit Svanhilds Abschied verändert hatte. Damals war Svanhild mit ihr schwanger gewesen, stellte Freydis fest. Vor fünfzehn Jahren war ihre Mutter in dem Zustand gewesen, in dem sie sich nun befand. Ein wenig älter, wenn auch nicht viel. Solvi hatte sie damals gezwungen, Island zu verlassen, und nun war sie für ein ungewisses Wiedersehen zurückgekehrt.

Als die Eimer gefüllt waren, ging sie zum Haus zurück. Sie nahm den Weg um die Südseite des Gebäudes herum, um niemandem zu begegnen. Als sie die Milch in den Schuppen stellte, hörte sie Unna und Svanhild reden.

»Sie will, dass ich mir bewusst bin, dass sie bei der Geburt sterben könnte«, sagte Svanhild mit einem kurzen Lachen, das jedoch nicht fröhlich klang.

»Das könnte sie auch«, erwiderte Unna.

»Oh, sag mir das nicht«, entgegnete Svanhild. »Ich will nicht noch eines meiner Kinder hier sterben sehen. Und Solvi würde mir das niemals verzeihen.«

»Er würde dir die Schuld geben?«

»Natürlich. Sie tut es auch.«

»Sie ist ein Kind«, erwiderte Unna.

»Ein Kind, das ein Kind bekommt«, sagte Svanhild. »Als ich nur wenig älter war, als sie jetzt ist, hatte ich meine Familie bereits verlassen.«

Freydis spürte, wie sich ihre Kehle zuschnürte, und sie ärgerte sich über sich selbst. Sie wollte nicht noch einmal vor den Augen ihrer Mutter weinen. Nein, sie konnte Svanhild Seekönigin nicht das Wasser reichen. Svanhild wäre vor Hallbjorn geflohen, hätte sich ihm nicht hingegeben.

»Es sind nicht alle Kinder gleich«, meinte Unna. »Und du hattest unglaubliches Glück, als du das getan hast.«

»Glück? Ich bin hierhergekommen, und mein Sohn starb. Warum habe gerade ich so schwache Kinder?«, fragte Svanhild.

»Ich glaube nicht, dass sie schwach ist«, antwortete Unna. »Ich glaube ...«

»Du weißt, dass sie es ist«, unterbrach Svanhild sie. »Sie ist seltsam und abergläubisch, so war sie schon immer. Sie verlässt sich auf Gebete, obwohl sie sich auf sich selbst verlassen sollte.«

»Ich glaube, wir wissen noch nicht, was einmal aus ihr werden wird. Doch sie hat ihren Weg hierher zu mir gefunden, das ist doch schon einmal etwas.«

»Dieser Junge hat sie hergebracht«, meinte Svanhild geringschätzig.

Freydis hielt es nicht mehr aus und kam aus dem Schuppen, nicht weit von der Stelle, wo die beiden miteinander sprachen. »Wenn ich so schwach bin, werde ich keinem von euch weiter zur Last fallen«, sagte sie. »Mutter, bleib du bei Unna, und ich werde sehen, ob deine schwache Tochter bei ihrem schwachen Vater unterkommen kann.«

»Freydis ...«, rief Svanhild ihr nach, doch Freydis drehte sich nicht um. Während sie fortging, hörte sie Unna sagen: »Sie braucht immer noch mütterliche Fürsorge.«

»Sie wird sie von mir nicht annehmen«, entgegnete Svanhild.

»Nicht, wenn du sie für schwach hältst, weil sie sie braucht«, antwortete Unna, und ihr Tonfall war so scharf, dass Freydis zusammengezuckt wäre, wäre sie damit gemeint gewesen. Mit erhobener Stimme fuhr Unna fort: »Du warst Eystein eine gute Mutter, doch dann hast du zu viel Zeit unter Männern verbracht. Du kannst nicht jedes Problem dadurch lösen, dass du andere herumkommandierst.«

Freydis schnaubte, als sie ins Haus ging, um die Tasche zu holen, die sie gepackt hatte. Egal, wie laut Unna sprach, ihre Mutter würde sie nicht hören.

Draußen saßen Solvi und Snorri immer noch bei Donall. »Vater, ich möchte bei dir bleiben«, sagte Freydis. Solvi sah bei diesen Worten so erfreut aus, dass sie sich schuldig fühlte. »Aber nur, wenn sie nicht da ist. Ich kann nicht mit ihr zusammenleben. Sie hasst mich.«

»Sie ist wegen dir gekommen«, erinnerte Solvi sie.

»Sie hält mich für schwach.« Freydis' Stimme brach erneut.

»Und sie weiß, dass das die schlimmste aller Beleidigungen ist«, murmelte Solvi, mehr zu sich selbst.

»Ich kann nicht mit ihr leben, nicht mit ihr leben und gleichzeitig frei sein von ...« Sie konnte sie nicht in Worte fassen, jene Angst, dass ihre Mutter die Sehnsucht nach dem Tod wieder in ihr erwecken würde, doch Solvi nickte, als hätte er verstanden.

»Ich weiß auch nicht, ob ich das kann«, sagte er. »Es ist ihr Land, aber ...«

»Würde sie dich vertreiben? Glaubst du, sie wäre so grausam?«, fragte Freydis.

»Ich weiß es nicht«, erwiderte Solvi. »Wir werden es gemeinsam herausfinden.«

Kapitel 26

Als Solvi mit Freydis und Snorri zu seinem Hof zurückging, fühlten sich seine Beine an wie durchweichte Baumstämme. Unna hatte in die Vereinbarung eingewilligt, Mutter für Tochter. Bevor sie weggingen, warf Unna Solvi einen bedeutungsvollen Blick zu, den dieser als Befehl verstand, für die Sicherheit seiner Tochter zu sorgen, ein Befehl von Unna und niemand anders. Das könnte sich auf seinem Hof leichter verwirklichen lassen, wo Unnas gefährliche Kräutersammlung weit weg war.

Svanhild hatte zornig auf die Vereinbarung reagiert, obwohl sie ihrer Wut nicht freien Lauf gelassen hatte. »Ich werde dich besuchen kommen«, versprach sie Solvi und Freydis, und aus ihrem Mund klang das fast wie eine Drohung. Solvi hätte am liebsten gelacht – über sie und über sich selbst –, aber Freydis schien zu empfindlich, um das zu riskieren. Die ganze Situation hatte etwas Komisches. Svanhild würde rasch herausfinden, dass sie keinen ängstlichen alten Mann haben wollte, der lahm und für sie nutzlos war.

Freydis wählte beim Zurückgehen ein so langsames Tempo, dass Solvi mithalten konnte, obwohl er dennoch ein paarmal Rast einlegen musste. Als sie Solvis Garten erreichten, lachten Svanhilds Schiffsführer Falki und Rolli Ragnvaldsson gerade mit Tova über die Possen eines der Zicklein.

Tova eilte Solvi entgegen und half ihm auf einen grob gehauenen Holzsitz. Sich hinzusetzen ließ den Schmerz in seinen Füßen so schnell vergehen, dass es sich wie eine Wohltat anfühlte. Tova brachte ihm einen Becher Leichtbier, und aufgrund seines Hungers stieg es ihm rasch in den Kopf. Sie massierte seine Beine mit kräftigen, schmerzhaften Strichen, von denen er wusste, dass er sich dadurch am nächsten Morgen besser fühlen würde. Er lehnte seinen Kopf zurück in seinem Stuhl und ließ sie die Schmerzen aus seinen Beinen herausmassieren.

Das Gespräch verstummte, und Solvi schlug wieder die Augen auf. Er winkte Tova fort, denn das war ein zu persönlicher Dienst, als dass man ihn draußen durchführen konnte, wenn Gäste anwesend waren. »Rolli Ragnvaldsson«, sagte er, »du scheinst mir ein echter Unruhestifter zu sein. Erklär mir, warum du hier bist. Ich weiß, dass Svanhild keinen Beschützer brauchte.«

Rollis rotes Gesicht verzog sich zu einem betrübten Grinsen. »Ich bin derjenige, der Hilfe brauchte, um hierherzukommen«, sagte er. »Ich wurde für sieben Jahre geächtet.«

Freydis verschränkte die Arme vor der Brust. »Das erscheint mir gerecht«, sagte sie und deutete auf ihren immer noch flachen Bauch. »Du hättest das verhindern können. Aber du hast ihn gewähren lassen.« Wie hatte Svanhild ihre Tochter für schwach halten können? Sie klang jetzt wie ihre Mutter, hart wie Feuerstein.

Rolli blickte schuldbewusst drein. »Wo ist Hallbjorn?«, fragte er.

»Ich habe ihn weggeschickt«, antwortete Solvi. »Er ist jetzt bei den schottischen Seekönigen.«

»Und was soll ich tun?«, fragte Rolli. »Tante Svanhild meinte, sie würde mich das Segeln lehren, und du würdest mir beibringen, wie man ein Seekönig wird. Aber jetzt hat sie mich hiergelassen.«

»Und das wird sie auch weiterhin tun«, murmelte Freydis.

Solvi blickte zu ihm auf. »Magst du Feldarbeit?«, fragte er.

»Nein, nein, ich bin kein Bauer.« Rolli blies seinen Brustkorb auf. »Ich werde ein großer Seeräuber sein.«

»Zumindest wirst du jeden mit deiner Größe erschrecken«, meinte Solvi.

»Ja«, pflichtete ihm Rolli bei. »Ich wurde zu nichts anderem geboren.«

»Du schuldest meiner Tochter eine Mitgift, als Entschädigung für ihre Jungfernschaft«, erwiderte Solvi. »Wenn du beim Plündern reiche Beute machst, kann das die erste Schuld sein, die du abtragen kannst.«

»Ich ...«, begann Rolli.

»Du hättest sie beschützen sollen«, sagte Solvi. »Da hat sie ganz recht. Wenn du vorhattest, sie mit Hallbjorn zu verheiraten, dann hätte das korrekt vollzogen werden sollen, mit einer Mitgift, einem Brautpreis und einer Zeremonie. Wenn du wie ein Mann handeln willst, dann musst du das durchgehend tun.«

Rolli senkte den Kopf. »Ja. Ich werde meiner Cousine eine Mitgift bringen, die ausreicht, um ihr einen König zu kaufen. Aber wie soll ich das tun? Bei der Auswahl meiner Ziele war ich bisher nicht vom Glück gesegnet.«

Solvi merkte, dass er den Jungen mochte, obwohl er Ragnvalds Sohn war. Er konnte fast nichts von Ragnvald an ihm erkennen. Rollis Mutter musste ihm seine hohe Statur und seine charmante Offenheit vererbt haben.

Falki saß dicht neben Tova und unterhielt sich leise mit ihr. Als Falki mit Svanhild angekommen war, hatte er sie mit einer Eindringlichkeit beobachtet, die Solvi wiedererkannte. Svanhild Seekönigin hatte immer noch einen Untertanen. Nun trug Tova ein glückliches Rosa auf ihren Wangen und schien Falki nicht zu verabscheuen, wie sie es bei anderen isländischen Männern getan hatte, die über die Jahre als Freier um ihre Hand angehalten hatten. Solvi spürte einen Anflug von Eifersucht.

Falki hob den Kopf, wandte sich von Tova ab und sagte: »Harald wird nächsten Sommer gegen die Orkneyinseln Krieg führen. Svanhild wollte die Isländer und die schottischen Wikinger warnen, damit sie bereit für ihn sind. Rolli, willst du mit uns kommen?«

Svanhild würde also wieder fortgehen, und zwar bald. Solvi hätte nichts anderes erwarten sollen, aber ein naiver Teil in ihm hatte bereits begonnen, etwas anderes zu hoffen.

Rolli schüttelte den Kopf. »Ich werde nichts gegen Harald tun«, sagte er. »Wenn meine Zeit der Ächtung vorüber ist …«

»Ich dachte, du wolltest Seekönig werden«, sagte Solvi. »Wenn du das wirklich willst, dann wird in Norwegen nie ein Platz für dich sein.«

»Meine Mutter ist dort«, erwiderte Rolli.

»Dann werde Bauer«, schlug Solvi vor. »Ich brauche hier Hilfe, und so können du und deine Gefolgsleute in deiner Verbannungszeit vermeiden, Harald zu provozieren.«

»Ja«, stimmte Freydis ein. »Bleib hier. Ich will keine Mitgift, ich will jemanden, der mich beschützt, sollte Hallbjorn zurückkehren.«

Rolli sah verlegen drein, zuckte aber die Schultern. Solvi erkannte, dass er den Jungen nicht lange dabehalten konnte. Dennoch würde er nicht Nein sagen zu einem starken Rücken während der Erntezeit und zu einem neuen Gesicht, das ihm den langen Winter über Gesellschaft leisten konnte.

•••

Solvi hatte Mühe einzuschlafen, da seine Beine vom langen Gehen schmerzten. Als er aufwachte, fühlte er sich seltsam rastlos, und dann fielen ihm die Ereignisse des vorigen Tages wieder ein. Svanhild war gekommen und hatte in ihm Gefühle wachgerufen, die er für lange erloschen gehalten hatte. Selbst wenn er über die Jahre Geschichten über sie gehört hatte, hatte er gelernt, sie zu ignorieren. Die Isländer waren alles andere als begeisterte Anhänger Haralds, da er so viele von ihnen aus ihrer Heimat vertrieben hatte, doch sie alle bewunderten eine kühne Frau und sangen Lieder darüber, wie Svanhild dabei geholfen hatte, die Schlacht von Hafrsfjord zu gewinnen, was Harald in Wahrheit zum König von Norwegen gemacht hatte.

Solvi hörte von draußen Svanhilds Stimme. Also war sie bereits zu Besuch gekommen. Rollis Stimme klang wie ein tiefes Poltern, das gelegentlich immer noch in einen jungenhaften Tenor umschlug, wenn er sich aufregte.

Als Solvi zu ihnen in den Garten hinausging, richtete sich Svanhilds Blick auf seinen Stock, bevor sie den Blick hastig wieder abwandte. Er erinnerte sich kaum daran, ihn zu Hilfe genommen zu haben – er war jetzt ein Teil von ihm geworden. Er vergaß auch, sich seiner zu schämen, es sei denn, jemand sah ihn so an.

Svanhild wandte sich wieder an die Männer am grob gezimmerten Tisch draußen, an ihre und Rollis Gefolgsleute, die auf Solvis Land ihr Lager aufgeschlagen hatten, ohne auch nur um seine Erlaubnis zu bitten. »Falki, nimmst du mein Schiff und berichtest den schottischen Wikingern von Haralds Plänen?«, bat sie.

»Selbstverständlich, edle Frau«, erwiderte Falki. »Willst du nicht mit uns kommen?«

»Nein«, sagte sie. »Komme vor Ende des Sommers zurück,

wenn du kannst, dann kannst du hier überwintern.« Sie schenkte Solvi ein sarkastisches Lächeln. »Immerhin ist das mein Land.«

Svanhild hatte es damals abgesteckt und hatte das ohne Solvis Hilfe oder Billigung getan. Jetzt, wo sie geschieden waren, befand es sich rechtmäßig in ihrem Besitz. Falki ging fort, und Svanhild bat Snorri und Tova, ihr den Hof zu zeigen, den Solvi gebaut hatte. Er hatte jahrelange Arbeit und seine Schätze hineingelegt. Zwar konnte er nicht länger hinter dem Pflug stehen, aber er konnte säen, die Tiere melken, wenn man sie zu ihm brachte, und mit seinen kräftigen Armen war er zu einem versierten Schafscherer geworden. Die drahtartige Wolle der isländischen Schafe war wegen ihrer Wärme und Wetterbeständigkeit in ganz Europa gefragt.

Svanhild kehrte vor dem nachmittäglichen Regen zurück. Solvi hatte das Wetter auf Island ebenso gut kennengelernt, wie er einst jeden Wirbel und jede Strömung des Geirangerfjords hatte deuten können. Unter dem weiten Himmel beobachtete er, wie die Stürme einander über die Felder jagten, bevor sie ihn erreichten, wie er einst das Wetter auf offener See beobachtet hatte. Svanhilds Jahre auf See hatten die rundlichen Formen ihrer Jugend weggeschnitzt. Sie sah zwar nicht mehr aus wie ein Mädchen, wirkte aber auch nicht alt – sie sah so aus, wie er sich eine Göttin vorstellte, zeitlos, aus etwas Stärkerem gemacht als aus Fleisch und Blut.

Er setzte sich Svanhild gegenüber an den Tisch. Es war so seltsam, sie hier zu haben und dass sie sein Leben so betrachtete wie ein Steuereintreiber. Das war, wie er sich erinnerte, eine ihrer Aufgaben für Harald gewesen: Steuern einzutreiben und zu schätzen, Königreiche zu besuchen, sich zu nehmen, was sie wollte, und dann wieder wegzusegeln.

»Du hast dir einen Hof hier aufgebaut«, sagte sie mit einem neidischen Unterton in der Stimme.

»Das stimmt«, erwiderte er. »Mit viel Hilfe von außen.«

»Einst hast du Bauern verachtet.«

»Ich verachte sie immer noch«, sagte er. »Bauern arbeiten zu schwer.«

»Aber du bist hier. Wo ist mein Seekönig geblieben? Wie bist du dazu gekommen?«

Er schob sich mit dem Löffel etwas Porridge in den Mund, aus einer Schale, die ihm Tova reichte, kaute und schluckte ihn herunter. Sie hatte den Brei mit Honig gesüßt und Butter daruntergemischt, damit er ihm besser mundete, aber er schmeckte immer noch wie Asche.

»Bist du nicht froh, dass ich mich um dein Land kümmere?«, fragte Solvi.

»Wenn ich gedacht hätte …« – Svanhilds Gesicht verzog sich vor Schmerz, was Solvi nicht verstand –, »ich konnte mir nicht vorstellen, dass du ein Bauer werden könntest. Ich dachte, du würdest so leben, wie wir beiden einst gelebt haben, mit Plündern, Handeltreiben und Von-Hof-zu-Hof-Segeln. Dass wir keine Heimat hätten, außer unserem Schiff.«

»Ich habe nur meinen Eid erfüllt«, erklärte Solvi.

»Du bist mehr als ein Bauer«, sagte Svanhild, »selbst wenn du es vergessen hast. Dein Name ist Legende. Man macht dich noch immer für Plünderungen verantwortlich. Du könntest nach wie vor Haralds Feinde um dich scharen und landlose Wikinger.«

»Du ließest mich schwören, dass ich das nicht tun würde«, entgegnete Solvi mit viel zu lauter Stimme. Er würde lieber unter vier Augen mit ihr sprechen, aber seine Beine schmerzten so sehr von der gestrigen Anstrengung, mit ihr außer Hörweite seines Haushalts und von Svanhilds und Rollis Gefolgsleuten zu gehen.

»Und jetzt bin ich hier«, sagte Svanhild. »Deine alten Verbündeten versammeln sich, um gegen Harald zu kämpfen. Er wird weit weg von zu Hause sein und Schlachten von einem Schiff aus kämpfen, was nicht seine große Stärke ist. Und darüber hinaus«, fügte sie abschätzig hinzu, »hat er die vergangenen drei Jahre im Bett mit einer finnischen Zauberin verbracht und hat weder regiert noch gekämpft. Er ist schwach. Ich dachte, du hattest darauf gewartet – auf eine Chance, endlich siegreich zu sein. Die wird so nie wiederkommen.«

Solvis Gesicht fühlte sich heiß an. Die Götter würden ihn also nicht ohne eine endgültige Demütigung sterben lassen.

»Svanhild«, begann er, »diese Zeit ist Vergangenheit. Ich bin ein Krüppel. Eine Zeit lang habe ich versucht, das nicht zu berücksichtigen, aber mit jedem Jahr war ich immer weniger in der Lage zu kämpfen.« Er spürte die Blicke aller Männer Svanhilds auf sich gerichtet. »Das Meer verursachte mir Schmerzen, und an manchen Morgen konnte ich mich kaum aus meinem Bett erheben. Ich verlor ...« Solvi konnte nicht weitersprechen, ohne dass ihn die Furcht zerriss. »Tryggulf ist gestorben ... und Snorri ... Snorri musste mich retten. Stell mir keine weiteren Fragen.«

»Aber um diesen Hof aufzubauen und zu bewirtschaften, warst du stark genug«, wandte Svanhild ein. Ihr Gesicht zeigte keine Verachtung, aber auch kein Verständnis. Er hatte sich vor ihr gehäutet, und sie hatte nicht zugehört. »Ich kann nicht glauben, dass der große Solvi Hunthiofsson vor dieser Schlacht zurückschreckt.«

Wie tief müsste er sich noch vor ihr erniedrigen, damit sie erkannte, dass er nicht mehr der Mann war, der er einst gewesen war? Sie hatte ihn beobachtet, wie er mühsam gekämpft hatte, um gestern zu Unnas Hof zu gelangen – wie konnte sie sich vorstellen, dass es ihm auf einem Schiff besser ergehen würde?

»Ich werde nicht mehr kämpfen«, erklärte er. »Und sicher nicht, um einen Mann zu bestrafen, der deinen Stolz verletzt hat.«

»Der Mann, den ich einmal geheiratet habe, hätte das sofort getan«, erwiderte Svanhild.

»Dann heirate jemanden, der das für dich tut«, sagte Solvi. »Ich werde es nicht tun.«

»Willst du, dass ich mit Falki fortsegle?«, fragte sie.

»Nein«, gab er zu. »Aber du wirst Island früher oder später verlassen, und ich bin so dumm, dass ich es mir später wünsche.«

»Ich will bleiben«, sagte sie. »Das ist mein Land.«

»Kannst du mir das nicht lassen, Svanhild? Was willst du jetzt mit diesem Land?«, fragte er. Er wollte nicht betteln, aber er würde es tun – wenigstens um Freydis' willen.

»Ich will dich überhaupt nicht verlassen«, schrie sie. »Du und Freydis, ihr habt entschieden, dass ich bei Unna bleiben soll statt hier. Sie hasst mich, meine eigene Tochter.« Svanhild lachte heiser. »Du hast mehr Grund als sie. Wie konnte ich nur so schwache Kinder aufziehen? Wenigstens meine ...«

»Wenigstens haben deine Söhne mit Harald nicht den Makel meines Samens?«, fragte Solvi und verschluckte sich fast an seinen eigenen Worten. »Dann geh eben fort. Lass deine schwache Tochter und deinen schwachen Ehemann zurück – der gar nicht mehr dein Ehemann ist. Deine Gefolgsleute – wenn sie dir bis hierher gefolgt sind, wohin werden sie dir nicht folgen? Macht reiche Beute, indem ihr schottische Klöster überfallt.«

Svanhild verbarg ihr Gesicht in den Händen. »Kein Tag verging, an dem ich nicht daran dachte, zu dir zurückzukehren«, sagte sie. Der Himmel hellte sich auf, und ein Sonnenstrahl traf auf ihr Haar und zeigte seine goldenen Glanzlichter, ließ die Falten um ihre Augen verschwinden, sodass sie fast wieder aussah wie das feurige Mädchen, das einst seine Frau gewesen war. »Schick mich bitte nicht fort.«

»Svanhild«, begann er. Er wusste nicht, was er ihr sagen konnte. Ihre Umgangsweise miteinander schien so steinig wie Islands gebrochene Erdkruste. »Ich werde dich nicht wegschicken. Wirst du mir mein Land wegnehmen?«

»Nein«, versicherte sie ihm. »Ich schwöre es.«

»Unser Sohn war schwach«, sagte er gedehnt. »Aber ich glaube nicht, dass Freydis schwach ist. Ich habe von Tova gehört, als Hallbjorn und Rolli ihre Sklaven in den Süden verkaufen wollten, überzeugte sie die beiden hierherzukommen. Es war ihre Idee, einem Händler über das offene Meer zu folgen.«

»Was? Wie?«, rief Svanhild erschrocken.

»Sie hat deine Milch getrunken und deine Geschichten gehört«, sagte Solvi. »Wie hätte sie anders handeln können?«

Er spürte, wie ihre Wangen vor Stolz erglühten. »Davon hat sie mir gar nichts erzählt«, sagte Svanhild.

»Warum sollte sie? Ich werde nicht versuchen, dich zu vertreiben, aber ...«

»Was?«

»Ich *bin* schwach«, sagte Solvi. Worte, die einem wahren Krieger nie über die Lippen kämen – aber wann war er überhaupt je ein echter Krieger gewesen? Nie – oder zumindest nicht, seit das Feuer, als er ein Junge war, seine Beine verbrannt hatte. »Deine Tochter ist nicht so schwach, wie du befürchtest, aber es gibt keinen von uns, der nicht Momente der Schwäche hat, auch du nicht. Hasse das, und du wirst sie hassen, mich hassen und sogar dich selbst, wenn du einmal so gebrochen bist wie ich. Ich hätte es lieber, du gingest fort, als dass ich mit deiner Verachtung leben möchte.«

»Ich werde nicht fortgehen«, erwiderte Svanhild. »Oder ich

werde dort hingehen, wohin du mich schickst. Im Augenblick wohl zurück in Unnas Haus, nehme ich an.«

»Bis Freydis bereit ist, dich willkommen zu heißen«, sagte Solvi.

Svanhild warf ihr Haar zurück. »Werde ich dich so zurückgewinnen? Indem ich sie gewinne?«

»Wenn du willst«, antwortete Solvi. Er musste unwillkürlich lächeln über ihre Weigerung, sich von ihm vertreiben zu lassen.

»Dann werde ich es tun«, versprach Svanhild.

• • •

Svanhild brach eine Woche später wieder zu Solvis Hof auf, nachdem Falki fortgesegelt war. Sie trug einen Laib Brot von Unna bei sich und das Viertel eines Käserades. Freydis stand an der Tür und sah mit hartem Blick zu, wie sie sich dem Haus näherte. Svanhild versuchte sich an etwas über ihre Tochter zu erinnern, das ihnen das Gespräch erleichtern würde. Sie war ein ruhiges, abergläubisches Kind gewesen, stärker interessiert an Alfriths Zaubern als an irgendetwas, das Svanhild mit ihr teilen konnte. Gelegentlich glich sie Solvi oder ihrem verstorbenen Bruder Eystein so sehr, dass sich Svanhild abwenden musste.

Jetzt wusste sie nicht, wen sie in diesem Türrahmen stehen sah. Eine Frau, kein Kind mehr, die sie an Größe schon ein wenig überragte. Sie hielt sich mit einer misstrauischen Anmut, die Svanhild noch nie an ihr gesehen hatte. Hatte sie das von Alfrith in Tafjord gelernt? Oder war das später gekommen? Eine Schwangerschaft ließ die meisten Frauen seltsam werden, obgleich sie kaum weit genug fortgeschritten war, als dass es sich zeigte.

»Wie du gewünscht hast, Tochter, bin ich bei Unna geblieben«, sagte Svanhild und fühlte sich seltsam förmlich.

»Trotzdem bist du wieder hier«, entgegnete Freydis mürrisch.

Tova ging mit einem Korb voller getrocknetem Dung für das Feuer vorbei und berührte Freydis' Schulter mit ihrer. »Freydis, sei höflich zu deiner Mutter. Sie ist unser Gast.«

Freydis verbeugte sich. »Hättest du gerne irgendeine Erfrischung?«, fragte sie.

»Gern«, erwiderte Svanhild. Sie folgte Freydis in Solvis Haus, das nur von den glühenden Kohlen in der Feuerstelle erhellt wurde, einem trüberen und schmutzigeren Ort als Unnas Behausung. Das Bier, das Freydis servierte, war kalt und schmeckte nach Kräutern, Islands getrocknete Schönheit zu einem Getränk gebraut.

»Tova braut ein ausgezeichnetes Bier«, sagte Svanhild.

»Sie lehrt es mich«, erklärte Freydis.

Svanhild nickte. »Es ist gut, wenn man diese Kunst beherrscht. Eine, die ich nicht beherrsche.« Sie konnte immer noch eine Kuh melken und eine Molkerei leiten, aber sie war von ihrer Mutter weggelaufen, bevor sie die Geheimnisse der Braukunst erfahren hatte, die nur Frauen anvertraut wurde, deren Fruchtbarkeit erwiesen war.

»Kann ich etwas für dich tun?«, fragte Svanhild. »Es tut mir leid, was du mich sagen gehört hast.« Sie holte tief Luft. »Es tut mir leid, dass ich dich dafür in Tafjord zurückgelassen habe – alles tut mir leid.«

»Vielleicht schenke ich dir eine Enkelin«, sagte Freydis eisig. »Tut dir das auch leid?«

»Nicht, wenn ...«

»Nicht, wenn sie stärker wird als ich?«, fragte Freydis.

»Nein!«, schrie Svanhild. »Ich hoffe, sie ist schwächer, wenn das bedeutet, dass sie dich nicht tötet.«

Freydis schenkte ihr ein schwaches Lächeln. »Das finde ich auch«, sagte sie. »Und nein.«

»Was, nein?«

»Ich will nicht, dass du irgendetwas für mich tust.«

Sie sagte das nicht unfreundlich, aber Svanhild versetzte es doch einen Stich in die Brust. Nein, Freydis brauchte sie nicht. Svanhild war nicht da gewesen, als sie sie gebraucht hatte, und jetzt war ihr Freydis entwachsen.

»Dann brauche ich eben dich«, sagte Svanhild.

»Wozu?«, fragte Freydis misstrauisch.

»Dass du mit mir nach Reykjavik kommst und mir dabei hilfst, deinem Vater ein Pony zu kaufen«, sagte Svanhild. »Er sitzt hier schon zu lange in der Falle.«

• • •

Ponys waren rar und kosteten in Island ein Vermögen, und es brauchte ein paar Reisen zu verschiedenen Höfen, bevor sie einen gutmütigen, grau gesprenkelten Wallach fanden, dessen Besitzer bereit war, sich von ihm für eine Handvoll von Svanhilds Hacksilber zu trennen.

Freydis begleitete sie jedes Mal, und jedes Mal wurden ihre Gespräche ein wenig entspannter. Freydis nahm die Bitte ihrer Mutter sehr ernst und stellte sicher, dass das Pony, das sie auswählten, einen weichen Gang hatte und nicht zu knochig war, sodass Solvi es trotz seiner schmerzenden Beine umgreifen konnte.

Er schnitzte einen neuen Griff für eine der Sicheln, damit sie bereit war für die Ernte, als Freydis Svanhild, auf dem Pony sitzend, in seinen Hof führte. Er blickte von seinem Häuflein Schnitzspäne auf zu Svanhild und sagte: »Sie passt zu dir. Wie willst du sie nennen?«

Freydis hatte eine gute Wahl getroffen. Der Wallach hatte einen leichten Gang – was gut war, da Svanhild keine geübte Reiterin war. Die Innenseiten ihrer Schenkel schmerzten schon von dem kurzen Ritt hoch von der Siedlung.

»Der ist für dich«, sagte sie. »Du kannst ihm einen Namen geben.«

Solvi warf ihr einen Blick zu, in dem sich Zuneigung mit belustigter Toleranz mischte. »Wenn ich ein Pony wollte, meinst du nicht, dass ich mir mittlerweile nicht schon eines besorgt hätte?«

»Das schon«, erwiderte Svanhild, »aber Männer sind oft dumm. Warum willst du unser Geschenk nicht annehmen?«

Solvi sah Freydis, die lachen musste, mit hochgezogener Augenbraue an, ein Klang, der Svanhild überraschte, denn sie hatte Freydis ja kaum lachen gehört.

»Sei nicht stur, Vater«, sagte sie. Dann beugte sie sich zu ihm und gab ihm einen Kuss auf die Wange, bevor sie ins Haus ging.

»Ein Zwerg auf einem Pony?«, mokierte sich Solvi. »Ich höre jetzt schon genug Gelächter.«

»Komme mit mir reiten«, schlug Svanhild vor. »Du kannst vor mir sitzen, wenn du vergessen hast, wie es geht.«

Er sah sie skeptisch an, benutzte aber seinen Stock, um auf einen Baumstamm zu klettern, sie dann am Unterarm zu packen und hinter ihr aufzusitzen. Svanhild lächelte, als er sich an ihren Rücken anlehnte. So hatten sie zusammen beim Sogn-*Thing* gesessen, wo sie sich erstmals begegnet waren, obwohl damals Solvi die Zügel in der Hand hatte und Svanhild nicht wusste, wer er war, außer ein gut aussehender Krieger mit einem scharfen Lächeln, der ihr eine Fluchtmöglichkeit von ihrer sich befehdenden Familie bot.

Island hatte Eisfelder wie jenes, das sie an jenem Tag hochgeritten waren, viel zu weit für einen Nachmittagsritt. Morgen würde auf diesen oberen Höfen die Ernte beginnen und wie eine Flutwelle auf die tiefer gelegenen und wärmeren Höfe am Wasserrand herunterrollen. Jeder Hof half den Nachbarn, es waren Wochen der Schwerstarbeit vor den Winterstürmen.

An diesem Tag schlang Solvi jedoch zum ersten Mal seine Arme um sie, seit sie zu ihm zurückgekehrt war. Sie führte das Pony hoch zur oberen Grenze des Anwesens, wo die Grashügel in einen zerklüfteten Hang übergingen, in dem sich nur die halbwilden Ziegen zurechtfanden.

»Ist das nicht besser, als zu Fuß zu gehen?«, fragte Svanhild ruhig, als sie in einem leichten Trott langsam dahingingen.

»Wenn du nicht bei mir bist, werde ich immer noch ein kleiner Mann auf einem kleinen Pferd sein«, sagte Solvi, obwohl er sich nicht von ihr löste.

»Um solche Dinge hast du dich früher nie gekümmert.«

»Damals war ich ein Krieger. Jetzt bin ich ein Bauer, und das schon kaum.«

»Warum machen wir hier nicht eine kleine Rast, mein Geliebter«, schlug Svanhild vor. Solvi erstarrte an ihrem Rücken, als sie »mein Geliebter« sagte, und sie wurde rot und war froh, dass sie vor ihm saß, wo er das nicht sehen konnte. Sie stupste das Pony weiter, sodass sie neben einem Felshügel zum Stehen kamen, der ihnen beiden das Absteigen erleichterte. Sie sprang herunter und half dann Solvi vom Rücken des Ponys.

Sturmwolken türmten sich im Osten auf und warteten darauf, Regen und Wind über die Ebene zu fegen. Die Schafe in der Nähe hatten bereits in den Senken Schutz gesucht, und die Büschel ihrer weißen Wolle sahen aus wie der Schnee, der im Frühling in diesen Senken länger liegen blieb. Der Wind wehte auch den Schwefelgeruch von den Bergen zu ihnen herunter.

Sie setzte sich auf den Boden, lehnte sich an einen weichen, grasbedeckten Hügel und winkte Solvi, es ihr nachzutun. Sie zog ihn halb zu sich, als säßen sie wieder auf dem Pferderücken und er wäre vor ihr.

Trotz des Schwefelgeruchs ließ die Schönheit Islands Svanhild sich zu Hause fühlen, obwohl sie sich in den riesigen Dimensionen der Landschaft auf eine Art klein fühlte, wie es in den engen Fjorden und geschützten Tälern Norwegens nie der Fall war. Bevor sie je den Fuß auf Island gesetzt hatte, hatte sie sich als kleines Mädchen vorgestellt, hierher zu fliehen.

»Der Eid, den ich dir abgenommen habe, sollte dich hier nicht einsperren«, sagte sie. »Das verspreche ich dir. Und nun erzähl mir bitte, warum du hiergeblieben bist. Wie konntest du das ertragen?«

»Das habe ich dir schon gesagt«, meinte Solvi.

»Du hast mir sehr wenig erzählt«, beharrte Svanhild. »Ich verspreche dir, ich werde nicht ... urteilen. Ich will es nur wissen.«

»Das hier war der einzige Ort, an den ich nach meiner Niederlage in Hafrsfjord gehen konnte«, sagte Solvi. Er konnte anscheinend leichter sprechen, wenn sie sich nicht ansehen mussten. »Ein Mann, der dreimal von Harald Schönhaar besiegt wurde und diesmal niemandem die Schuld dafür zuschieben konnte außer sich selbst – ich wäre an all diesen Höfen, an die du dich so gern erinnerst, nicht willkommen gewesen.«

Er hätte diese Niederlage vielleicht mit ihr oder ohne sie erlitten, aber Svanhild hatte viele seiner Gefolgsleute gefangen genommen und sie zum Tod durch die Hand von Harald und ihrem Bruder verurteilt. Solvi schien sie nicht so sehr dafür verantwortlich zu machen wie sich selbst – Svanhild hatte nie die vielen Ähnlichkeiten zwischen Solvi und Ragnvald gesehen, doch darin hatten sie eine gewisse Verwandtschaft. Harald fühlte sich nie für irgendetwas verantwortlich, das schieflief.

»Zuerst«, fuhr er fort, »dachte ich, ich sollte sicherstellen, dass Unna noch das Land verwaltet, das du abgesteckt hast, und das tat sie. Sie hat es beackert und Vieh darauf weiden lassen, hat Sklaven geholt, um die Büsche zu roden, die darauf wuchsen, und hat angefangen, einen Windschutz anzulegen. Sie hat ihre Pflicht erfüllt und sogar noch mehr getan.

Dann hätte ich fortgehen können, doch stattdessen beauftragte ich Männer damit, ein kleines Haus zu bauen, und blieb dort bis zum Jahreszeitenwechsel. Im nächsten Frühling lud mich der junge Thorstein ein, mit ihm auf Beutezug zu segeln – es gibt so viel Handel mit Dublin, dass ein Dutzend Schiffe von den Händlern Abgaben fordern kann und sie dabei kaum ärmer zurücklässt. Also bin ich mit ihm gesegelt.«

Er schwieg und spielte mit dem Ende von Svanhilds Zopf, den er über seine Schulter heruntergezogen hatte. Sie erinnerte sich daran, wie er früher ihr Haar im Liebesspiel über sie beide ausgebreitet hatte. Er hatte immer wieder gesagt, wie er das Gefühl genieße, die seidigen Strähnen über seine Haut gleiten zu lassen.

»Was geschah dann?«, fragte Svanhild.

»Ich kann nicht. Ich konnte nicht.« Seine Stimme veränderte sich und schien irgendwo tief aus seinem Inneren heraus zu sprechen. Svanhild spürte ein Beben in seinen Muskeln, wie das Zittern eines kleinen, verängstigten Tieres.

»Du musst es mir nicht erzählen«, sagte sie traurig. Sie hatte solche Furcht schon früher gesehen, sowohl bei Männern als auch bei Frauen – einen Verlust von Sicherheit, die man nie wiedergewinnen konnte. Sie hatte es für Feigheit gehalten und den Göttern gedankt, dass sie aus härterem Holz geschnitzt war. Vielleicht war diese Furcht jedoch ein Fluch von den Göttern, denn Solvi, der die Schrecken seiner frühen Kindheit überlebt hatte, konnte man niemals als Feigling bezeichnen.

Er schauderte und holte tief Luft. »Wir griffen ein Schiff an, und anstatt der Erste im Gefecht zu sein, zögerte ich. Ich hatte Angst – noch nie hatte ich in einer Schlacht Angst gehabt, aber damals fürchtete ich mich. Und dann, als ich diese Angst überwunden hatte, versagten mir die Beine.« Er kniff die Augen zusammen. »Tryggulf starb, als er mich verteidigte, und Snorri musste mich heraustragen.« Seine Stimme wurde zu einem Flüstern, kaum hörbar vor Schmerz. »Ein Mann, der nicht in die Schlacht ziehen kann, ist kein Mann. Er kann genauso gut Bauer werden.«

»Du bist mehr als dein Schwertarm, mehr als deine Beine«, sagte Svanhild. »Du bist immer noch klug – diese Stachel bei der Schlacht von Hafrsfjord, die die Wände von Haralds Schiffen aufschlitzten ... Du hättest Erfolg gehabt, wären deine Verbündeten kämpferischer gewesen.«

»Also bin ich hierher zurückgekommen. Ich wusste, dass du dein Land nicht brauchen würdest.« Solvi redete weiter, als hätte er sie nicht gehört. »Ich brachte es nicht über mich, zum Hof eines anderen Königs zu gehen, angenehmer Gast und kluger Ratgeber zu sein, den Edlen zu schmeicheln und die Krieger anzufeuern. Es war besser, sich zurückzuziehen und die Skalden Lieder von meinen alten Siegen singen zu lassen.«

Svanhild nahm seine Hand von ihrem Zopf und verschränkte seine Finger mit ihren. Das Unwetter würde sie bald erreichen. Schon färbten ein paar fette Tropfen die kupferfarbenen Felsen in ein dunkleres Braun.

»Ich habe dir gesagt, dass ich mich verändert habe«, sagte Solvi. »Ich weiß, dass du mich verlassen wirst, nun, da du mich so vorgefunden hast, wie ich bin. Es ist zu spät im Jahr, um noch fortzusegeln, aber mach dir keine Sorgen, der Frühling kommt bald – obwohl wahrscheinlich nicht bald genug für dich.«

Svanhild umfasste seine Hand fester und legte ihre Wange gegen seine Schläfe, und sein silbernes Haar war fast so fein und weich, wie einst sein rotgoldenes gewesen war. »Als wir uns trennten, hast du mich gebeten, zu dir zu kommen, falls Harald mich schlecht behandelt. Er war viele Jahre lang nur dem Namen nach mein Ehemann. Ich wäre schon lange gekommen, aber ich wollte meine Versprechen halten. Und mein Bruder war da. Jetzt, da er mich verraten hat und ich frei bin, bin ich zu dir gekommen.«

»Du wolltest, dass ich mich an Harald räche«, rief ihr Solvi ins Gedächtnis.

»Am Anfang, als ich hierherkam, wollte ich das«, räumte sie ein. »Aber als ich Falki fortschickte, tat ich das nur, um die schottischen Wikinger – deine Freunde – zu warnen, dass Harald mit seinen Streitkräften gegen sie kämpfen würde. Ich werde nicht versuchen, dich da mit hineinzuziehen.«

»Versprich mir das«, sagte Solvi. »Versprich mir, dass du mich da nicht mit hineinziehen wirst.«

»Ich schwöre es«, erwiderte Svanhild. Der Regen brach jetzt heftig über sie herein. Die Ernte müsste noch einen weiteren Tag warten, während die Felder wieder trockneten. Sie müssten bald zum Hof zurückkehren, oder sie würden nass bis auf die Haut. Bevor Solvi aufstehen konnte, setzte sich Svanhild auf seinen Schoß und sah zu ihm herunter. Er blickte sie eine kurze Weile nicht an, aber dann trafen sich ihre Blicke, als sie nicht zuließ, dass er sich abwandte.

»Ich bin hier«, sagte sie. Sie küsste ihn, und er erwiderte ihren Kuss und legte seine Arme um sie. »Heirate mich, wenn die Ernte eingebracht ist. Lass mich dein Haus führen. Tova wird immer noch einen Platz dort haben, aber ich habe noch nie ein Haus für mich gehabt.«

»Du hast mir ein Pony gekauft«, sagte er scherzend. »Wie könnte ich nicht? Aber alles, was ich dir bringen kann, ist dieser Hof, der dir bereits gehört.«

»Ich wollte ihn für unseren Sohn«, erwiderte sie mit brüchiger Stimme. »Wie kannst du hier leben, ohne das zu bedauern, ihn zu beweinen?«

»Ich kann meinem Bedauern nicht mehr entfliehen«, seufzte Solvi. »Und es verfolgt mich überallhin. Aber Svanhild ... unser Sohn war zu schwach zum Leben.«

»Er war nicht schwach«, protestierte Svanhild. Unna hatte sie erst neulich deswegen geschimpft, weil sie Freydis schwach genannt hatte.

»Sein Körper war schwach«, beharrte Solvi. »Von Geburt an schwach. Das weißt du.«

»Er brauchte ein anderes Leben, als wir ihm geben konnten«, entgegnete Svanhild.

»Er wäre überall gestorben, wohin wir auch gegangen wären.«

»Du musst das ja glauben, oder du müsstest glauben, dass du seinen Tod verursacht hast«, schrie sie empört.

»Wir beide waren das«, sagte Solvi. »Und die Götter, die uns einen kränklichen Sohn gaben. Aber jetzt haben wir eine Tochter.« Er legte seine Hand auf ihre. »Sag mir, warum hast du sie Freydis genannt?«

Svanhild rieb sich mit der anderen Hand die Augen. »Ich dachte, unser ... ich dachte, Eystein wäre ein guter Priester Freys geworden. Erinnerst du dich daran, wie er dieses Amulett eines Eberkopfes ausgewählt hat? Ich hatte ... Harald errichtete eine Priesterklause am Ufer des Trondheimfjords, wo sein ... wo wir ihn verließen. Doch schon vorher, als ich sie gebar, wollte ich mit ihrem Namen unseren Sohn ehren.«

Wortlos zog Solvi einen Kiesel aus dem Beutel, den er an der

Hüfte trug, und reichte ihn ihr. Svanhild hielt ihn vorsichtig zwischen ihren Fingern. In seinem Scheiterhaufen musste Eysteins Amulett über einem Stein geschmolzen sein. In den langen Jahren, in denen er es in der Hand gehalten hatte, hatte Solvi das meiste, was von dem Muster übrig geblieben war, abgerieben, aber es hatte noch immer die Form eines Eberkopfes.

»Ich trage ihn immer und überallhin mit mir«, sagte Solvi.

Svanhild legte den Stein in seine Hand zurück und beugte seine Finger darüber. »Ich auch«, sagte sie.

Kapitel 27

In den letzten Monaten ihrer Schwangerschaft fühlte sich Freydis, als gäbe es nur ihren Körper, seine Bedürfnisse, seine Schmerzen. Das ungeborene Kind drückte schwer auf ihr Schambein und verursachte ihr einen Schmerz, der nur gelindert werden konnte, indem sie auf der Seite lag, aber das löste andere Schmerzen in Schulter und Hüfte aus, Stellen am Körper, die nicht gut gepolstert waren, da sie im Laufe des Winters dünner geworden war. Am besten konnte sie das an ihren Fingern sehen, der restliche Babyspeck war verschwunden, und man konnte jetzt die Form der Knochen darunter erkennen.

Als die Ernte vorbei war, hatten ihre Eltern geheiratet, und Freydis tauschte ihren Platz mit ihrer Mutter. Svanhild hatte Freydis, Solvi, Rolli, Tova, Snorri, ein paar Diener und einen von Rollis Freunden, einen dünnen, ruhigen jungen Mann, gebeten, bei ihr zu bleiben. Er sah Freydis bisweilen mit schüchternem Interesse an, aber Freydis wies ihn zurück. Es war leichter, mit Unna zusammen zu sein; sie erwartete nichts von Freydis, nur Hilfe bei den Arbeiten, für die sie kräftig genug war.

Unna drängte sie zu essen, aber es schien, als könnte nichts ihren Hunger im Inneren stillen und auch ihren Gewichtsverlust nicht ausgleichen. Bisweilen fühlte sie sich nicht einmal mehr wie ein warmblütiges Tier, sondern wie eine Schnecke, ihr harter

Bauch war ihr Haus. Häufig verspürte sie einen Heißhunger auf Seetang, den Unna für ganz normal hielt, aber zu Hause hätte Freydis nie auch nur im Traum daran gedacht, so etwas zu essen. Am Ende des Winters trug der Wind manchmal einen Meeresgeruch vom Hafen herüber, der ihr das Wasser im Mund zusammenlaufen ließ. Ein andermal hatte sie solch einen Heißhunger auf frisches Grünzeug, dass sie fast weinen musste. Den langen Winter über ließ sich dieses Verlangen noch am besten mit getrockneten Brennnesseln stillen. Sie trank die Tees, die Unna ihr zubereitete, und selbst wenn der bittere Geschmack ihre Zunge rau machte, brauchte sie ihn.

Bisweilen hatte sie auch Sehnsucht nach ihrer Mutter. Wenn Svanhild zu Besuch kam, fühlte sich Freydis ruhig, wenn sie über kleinere Angelegenheiten auf dem Hof sprachen: über Lämmer, die im Winter gestorben waren, weil sie zu schwach waren, um die dünnere Milch der Mutterschafe zu überleben; über Svanhilds Pläne für den folgenden Sommer; darüber, wie man Solvis Ackerland besser nutzen konnte. Wann immer Svanhild jedoch versuchte, Freydis über ihre Zukunft zu bedrängen, begannen sie zu streiten.

Früher im Winter hatte man Freydis auf Solvis Farm gerufen, um Snorri zu pflegen, der mit Lungenentzündung darniederlag. Unna war zu einem anderen Krankenbett geeilt, also folgte Freydis Rolli hinaus in die blendende Helligkeit eines Wintermittags.

»Manchmal kann er gar nichts essen«, erklärte Solvi Freydis traurig. »Das war schon öfter so.«

»Ich habe davon gehört«, sagte Freydis. »Wenigstens wird er seine Krankheit nicht verbreiten.« Hätte er einen Brocken Nahrung in seiner Lunge, würde das Husten und Probleme beim Atmen und vielleicht sogar das Zusammenfallen jenes Lungenflügels verursachen. Das einzige Mittel dagegen war abwarten und das Fieber und die Atemprobleme zu behandeln. »Ist er sonst kräftig?«, fragte sie.

»Kräftig genug für einen Mann von fast sechzig Jahren«, antwortete Solvi. »Kannst du ihm helfen? Er ist der einzige Gefährte aus meiner Jugendzeit, den ich noch habe.«

Obwohl Snorri noch schlechter sprechen konnte als sonst, bestätigte er Freydis, dass er einen Brocken Nahrung in den falschen Hals bekommen hatte, der nun seine Lunge krank machte. Sein Brustkorb schmerzte auf einer Seite, und als Freydis seinen Atem abhörte, klang er blockiert. Freydis klopfte mit den Fingern auf seine Rippen und fand, dass eine Seite dumpf klang, während die andere nachtönte.

Fieber konnte hilfreich sein, aber nur, wenn es nicht zu hoch stieg. Freydis prüfte den ganzen Nachmittag über, ob er Anzeichen eines Deliriums zeigte, und befühlte hin und wieder seine Stirn. Als sie zu heiß wurde, flößte sie ihm Weidenrindentee ein. Sie sah, wie ihre Mutter ihre Arbeit überwachte, und fühlte sich selbstbewusst.

In den nächsten paar Tagen ging es Snorri besser. Sein Fieber sank und stieg wieder, aber nie sehr hoch, und er konnte Brühe trinken und langsam auch wieder gut darin eingeweichtes Brot essen. Wenn Freydis ihn nicht pflegte, setzte sie sich zu Tova und half ihr, endlose Berge Wolle zu spinnen. Solvi erzählte Geschichten, die Freydis noch nie gehört hatte: wie es war, mit seinen schweren Brandnarben aufzuwachsen, und wie Snorri der erste junge Krieger gewesen war, der sich um Solvi gekümmert hatte und eher ihm gefolgt war als seinem Vater.

Das Wetter wurde strahlend sonnig, kalt und klar. Nach drei Tagen entschied Freydis, dass Tova nun Snorris all die Pflege zukommen lassen konnte, die er benötigte, und beschloss, am nächsten Morgen fortzugehen. Als sie ihre Schneeschuhe zuband, fand sie ihre Mutter neben sich, die dasselbe tat.

»Ich gehe mit dir, Unna besuchen«, sagte Svanhild. »Ich habe zu lange im Haus gesessen.« Langeweile war die stumpfeste Waffe des Winters, aber sie konnte dennoch verletzen. Trotzdem fand es Freydis wahrscheinlicher, dass ihre Mutter von Snorris Krankenbett wegwollte, das sie herunterzog wie jedes Anzeichen von Schwäche.

Svanhild hatte Skier, auf denen sie schneller vorwärtskam als Freydis, die in den geborgten Schneeschuhen ungeübt war. Sie hielt oben auf einem Hügel an und wartete, bis Freydis, die im scharfen Wind vor Kälte zitterte, sie eingeholt hatte.

»Hat das Kind sich gedreht?«, fragte Svanhild und fuhr auf ihren Skiern weiter.

Freydis nickte, obwohl Svanhild, die ihr schon voraus war, sie nicht sehen konnte.

Svanhild hielt wieder an. »Nun?«, fragte sie. Diesmal konnte sie Freydis' Nicken sehen. »Gut. Hast du darüber nachgedacht, was du tun willst, wenn es geboren ist?« Sie ging in einem Tempo auf ihren Skiern weiter, dem Freydis leichter folgen konnte. »Wenn du heiraten willst, dann bin ich sicher, dass wir jemanden für dich finden.«

»Aber ich muss doch nicht heiraten?«, fragte Freydis.

»Nein, obwohl, was willst du sonst tun?«

Freydis hörte aus ihrer Stimme die Verachtung heraus. »Ich weiß nicht«, sagte sie und wurde mit jedem Wort lauter. Sie hatte daran gedacht, eine Priesterin der Freya zu werden, hatte aber nicht das Gefühl, das ihrer Mutter sagen zu können, die sich nicht sehr um die Götter kümmerte. Und so viel von ihren Wünschen zu offenbaren, fühlte sich zu bedrohlich an. Wenn ihre Mutter sich über sie lustig machte oder sie fortschickte oder irgendetwas dazu sagen würde, dann könnte das Freydis wohl nicht ertragen.

»Wenigstens Unna ...«, begann Freydis.

»Wenigstens Unna was?«, fragte Svanhild.

»Wenigstens sieht Unna mich nicht immer so an, als wäre etwas falsch mit mir«, antwortete Freydis.

»Ich sehe dich nicht ...«, begann Svanhild.

»Doch«, entgegnete Freydis. »Du willst, dass ich genauso bin wie du, aber wenn ich das wäre, dann hätte ich Snorris Seite gemieden und ihm nicht geholfen. Wenn du mich das nächste Mal für schwach hältst, dann denk daran.«

Svanhild starrte Freydis so wütend an, dass Freydis dachte, sie würde sie schlagen, aber einen Augenblick später ließ Svanhild die Schultern sinken. »Du bist nicht schwach«, sagte sie. »Ich hatte Angst vor Snorris Krankheit, aber du hast genau gewusst, was du tun musstest. Das bewundere ich.« Gegen Freydis' Willen tat ihr das Lob ihrer Mutter gut. »Du bist meine Tochter«, fuhr Svanhild fort, »und ich hätte dich besser behandeln sollen. Ich würde dein Kind wie mein eigenes aufziehen, wenn du dir selbst wünschst, wieder ein Kind zu sein.«

Das hatte sie schon früher angeboten, aber Freydis glaubte nicht, dass Svanhild sich so sehr verändert hatte, wie sie dachte. Sie würde ihre Enkelin ebenso leicht verlassen, wie sie das mit ihrer eigenen Tochter getan hatte. »Ich danke dir«, sagte Freydis. »Aber das wünsche ich mir nicht.«

Svanhild blieb über Nacht bei Unna und ging am nächsten Morgen fort, wobei sie Freydis zum Abschied umarmte. Eine Reihe von Blizzards hielt die Siedlung im Griff, als die Tage länger wurden, und Freydis' Bauch schwoll an, und sie sehnte sich täglich stärker nach den Früchten eines Landes jenseits des Meeres.

• • •

Ende des Winters setzten bei Freydis die Wehen ein, an einem nebligen Tauwettertag, der den Boden von Unnas Haus zu schlammig machte, als dass die Strohballen die Feuchtigkeit aufsaugen konnten. Plötzlich wurde sie sich ihres Körpers so bewusst wie nie zuvor, seiner Vorgänge und Bedürfnisse. Außer ihren Gefühlen, Schmerzen und einem Gefühl jenseits des Schmerzes, einer Tür, die sich für sie öffnete, wenn sie es durch den erdrückenden Tunnel schaffen könnte, der dorthin führte.

»Ich mache mir Sorgen«, hörte sie Unna zu Donall sagen. »Ihre Hüften sind zu schmal. Sie ist noch viel zu jung für eine Geburt. Hol Svanhild und Solvi.«

Sie dachte, sie hätte nicht richtig gehört, und glaubte nicht, dass Unna einen Mann, ihren Vater, zu dieser Geburt einladen würde, bis die Welle vorüberging und sie ihn auf einem Stuhl sitzen sah und er verlegen auf seine Hände blickte.

»Wie lange wird es dauern?«, fragte Solvi.

»Es ist ihr erstes Kind, und ihr Becken ist schmal«, antwortete Unna. »Morgen früh werden wir es wissen.«

Freydis wollte wütend sein, dass sie über sie sprachen, als könnte sie sie nicht hören, aber als der Schmerz sie wieder übermannte, hatte sie keine Energie mehr übrig für Wut. Svanhild ging mit ihr spazieren, redete mit ihr mit leiser und beruhigender Stimme, dem Tonfall, den Freydis in diesem Moment brauchte. Sie sprach über die Geburt ihres Erstgeborenen, Eystein, diesen Bruder, den Freydis nie gesehen hatte und der kaum je erwähnt wurde. Svanhild und Solvi waren in Spanien gewesen, auf der Flucht nach der ersten Niederlage Solvis durch Harald und Ragnvald.

»Ich war umgeben von diesen dunkelhaarigen, dunkeläugigen

Schönheiten, und keine von ihnen sprach Norwegisch. Ich hatte große Angst, wollte meine Mutter bei mir haben, auch wenn sie mir nicht viel hätte helfen können«, erzählte Svanhild. »Noch weniger, als ich dir jetzt helfen kann.«

»Ich bin froh, dass du hier bist«, presste Freydis zwischen heftigen Atemstößen hervor.

»Solvi weigerte sich, bei mir zu bleiben«, sagte sie. »Er meinte, das sei Frauenzauber, aber ich hätte ihn gerne bei mir gehabt.«

Freydis hörte, wie er hinter ihr ein Geräusch von sich gab. »Das ist wirklich Frauenzauber«, brummte er mürrisch. »Aber Unna sagte mir, ich solle dableiben. Ich weiß nicht, warum.«

»Auch du wurdest einmal geboren«, sagte Unna. »Es ist nicht nur Frauenzauber. Es ist der Platz, an dem du sein solltest.«

Falls sie stürbe, erkannte Freydis. Unna wollte Solvi ermöglichen, sich von ihr zu verabschieden. Dann wurde es dunkler im Haus, und Freydis trieb wieder im Meer der Schmerzen, sie ritt die Wehen, die ihren Körper erfassten und dann wieder verebbten. Bisweilen zog sich der Schmerz zusammen und fiel auf sie nieder wie Wassertropfen von der Decke, und dann schwoll er wieder an, füllte den Raum ganz aus, bis er wieder hinuntertröpfelte. Ihr Vater war da und kauerte auf dem Boden. Sie ging auf und ab, bis sie nicht mehr konnte, und Unna und Svanhild halfen ihr mit sorgenvoll gerunzelter Stirn ins Bett.

Sie war das Schlachtfeld, auf dem die Streitkräfte Schlaf und Schmerz kämpften, und sie wollte den Armeen des Schlafs folgen und in ihren starken Armen ruhen, bis sie einen Schlag auf ihrer Wange fühlte. Sie schlug die Augen auf und sah Unna mit geöffneter Handfläche über sich stehen. »Freydis, du musst wach bleiben, oder du stirbst«, sagte sie in schroffem Ton.

»Dein Kind wird sterben«, pflichtete ihr Svanhild bei. Weinte sie? Freydis kämpfte sich hoch, und als sie ihre Haltung veränderte, fühlte sie den Drang zu pressen, der die ganze Zeit über gefehlt hatte.

»Nein«, rief Freydis und biss die Zähne fest zusammen. Die Anstrengung, Worte zu bilden, war fast so schwer wie die Wehen ihres Körpers. »Sie kommt.« Sie hatte es vollbracht, hatte ihr Kind aus ihrem Körper herausgepresst, hatte ihm das Fleisch ihrer Kindheit gegeben. Das Kind war ihres. Hände griffen nach ihr, waren überall auf ihrem Körper, hielten sie fest und setzten sie auf Unnas Geburtsstuhl.

Die Geburt kam mit viel heftigeren Schmerzen als alles, was sie je zuvor gespürt hatte, aber nicht ertragen konnte, doch sie hatte keine andere Wahl, das Kind wollte herauskommen, und das – wie Alfrith sagte, so kühl und ruhig, wie sie es zu einer anderen Gebärenden, vor Jahren und einen Ozean entfernt gesagt hatte – war viel besser als die Alternative, ganz gleich, wie groß der Schmerz war.

Freydis spürte, wie der Kopf und die Schultern herauskamen, das seltsam leere Gefühl, als die Füßchen durchschlüpften, und dann das qualvolle Bedürfnis, das Kind so schnell wie möglich festzuhalten, die Ewigkeit zwischen dem Moment, in dem es herausglitt, und dem, als das kleine Geschöpf ihr, klamm und schreiend, auf die Brust gelegt wurde.

»Ein Mädchen«, sagte Unna. Sie tastete noch immer zwischen Freydis' Beinen herum – nach der Nachgeburt, dachte Freydis wie im Nebel. Sie sehnte sich so sehr nach Schlaf und danach, nie mehr über irgendetwas unterhalb ihrer Taille nachdenken zu müssen.

»Begrüße sie«, sagte Svanhild. »Begrüße deine Tochter, so wie ich es damals nicht konnte.«

Das Kind erfüllte ihr Blickfeld, kahl und schreiend, und scharrte wütend in der feuchten, unwillkommenen Luft herum.

Freydis berührte sein winziges Näschen mit einem kalten Finger, dann ließ sie sich zurücksinken in einen traumlosen Schlaf.

• • •

Aus Tradition blieb ein Kind die ersten sieben Tage seines Lebens namenlos. Hätte Freydis einen Vater benannt, dann wäre es seine Pflicht gewesen, das Baby anzuerkennen und ihm einen Namen zu geben. Wenn kein Vater da war, fiel diese Aufgabe Solvi zu, das Mädchen als Teil seiner Sippe zu beanspruchen. Ein Mädchen würde seinen Namen allerdings nicht weitergeben, daher vermutete Freydis, wenn sie es wünschte, dem Kind einen Namen zu geben, dann könnte sie das tun.

Das Kind musste auch jene ersten sieben Tage überleben. Es zeigte alle Anzeichen, dass es das tun wollte, es trank genussvoll Freydis' Milch, die nach ihrer anstrengenden Geburt ausreichend aus ihren kleinen Brüsten floss.

Nach dem ersten Stillen des Kindes überredete Svanhild Freydis, ihre kleine Tochter ihr zu überlassen, damit sie sie gründlich waschen und wickeln konnte. Sie untersuchte das Mädchen, während Freydis hungrig nach ihr sah, ihr ganzer Körper war ein Sehnen danach, ihre Tochter wieder in den Armen zu halten.

»Sie wird hellrotes Haar haben«, verkündete Svanhild und reichte ihr das stramm gewickelte Bündel zurück. »Und entweder wird sie sehr viel Glück haben oder sehr viel Pech. Aber ganz gleich, was von beidem, sie wird so stark sein wie ihre Mutter und ihre Großmutter, wenn nicht stärker.«

Freydis Körper schmerzte überall, und sie spürte noch immer einen scharfen Schmerz zwischen den Beinen. Unna sagte ihr, ihr Damm sei gerissen, und sie hatte sie mit ein paar Stichen wieder zusammengeflickt. Sie hatte auch mehr geblutet, als Unna es nach der Geburt gerne sah, und daher drängte Unna sie, Rinderbrühe zu trinken, um sich wieder zu erholen. Ihre Tochter schlief auf ihr, die Augen geschlossen, den kleinen Mund leicht geöffnet. Sie bewegte sich manchmal im Schlaf und boxte mit ihren kleinen Fäusten nach Dingen, die sie in ihrer Fantasie sah. Freydis döste immer wieder ein, dann schreckte sie hoch und sah ihre Kleine wieder an.

»Ich erinnere mich, dass ich mich mit Eystein auch so gefühlt habe«, sagte Svanhild. Sie saß an Freydis' Bett und strich ihr übers Haar.

»Hast du dich mit mir auch so gefühlt?«, fragte Freydis schläfrig.

Svanhild schwieg einen Moment, dann seufzte sie. »Deine Geburt war sehr schwer. Ich konnte dich erst nach vielen Tagen in den Armen halten, und bis dann hatte man dich einer Amme gegeben. Ich habe dich gestillt, und mit der Zeit mochtest du es, bei mir zu trinken, aber es dauerte länger, bis zwischen uns eine Bindung entstand.«

»Und dann bist du mit Harald fortgegangen«, sagte Freydis. Sie streichelte die Wange ihrer kleinen Tochter.

»Ja«, gab Svanhild zu. »Soll ich mich dafür entschuldigen? Wenn ich all das auflisten könnte, was ich hätte anders machen können, dann würde das kein Ende nehmen. Du schienst mich nicht so sehr zu brauchen wie Eystein, und ich sehnte mich nach Abenteuern.«

Freydis konnte sich nicht vorstellen, ihre Tochter wegen irgendetwas zu verlassen, aber sie würde nicht hier sein, mit dieser wundersamen kleinen Person, hätte ihre Mutter eine andere Wahl getroffen.

Die Ankunft von Freydis' Tochter schien den Frühling herbeigeholt zu haben. Der Schnee schmolz schneller, und bald zeigten sich braune Flecken auf den Feldern. Ein dichter, kalter Nebel lag über dem Hof, versprach aber wärmere Tage, was Freydis' Stimmung hob.

Als es an der Zeit war, ihrer Tochter einen Namen zu geben, konnte Freydis stehen und mit nur geringen Schmerzen herumgehen. Unna prüfte täglich die Stiche an ihrem Dammriss und sagte, alles verheile gut.

Sie hatte an viele Namen für ihre Tochter gedacht und kam immer wieder auf Svanhilds Worte zurück: ein rothaariges Mädchen, das stärker war als ihre Mutter und ihre Großmutter. Sie hatte an einen Frühlingsnamen gedacht – Freydis war ein solcher Frühlingsname –, aber die Tradition forderte, dass sie ihrer Tochter nicht ihren eigenen Namen geben sollte, also verfiel sie schließlich auf Thordis – Thors Priesterin oder die Göttinnenversion von Thor selbst. Es konnte niemand stärker sein als der drohende Gott der Bauern. Freydis wünschte sich für ihre Tochter das Leben einer Bäuerin, gebunden an das Land und an den Anbau von Erzeugnissen, damit sie einmal die Freude ihrer eigenen Tochter in ihren Armen fühlen konnte, so wie es Freydis jetzt tat – obwohl sie dann hoffentlich ein paar Jahre älter wäre als Freydis jetzt. Aber wenn sie im Leben auch so einen starken Willen hatte wie im Mutterleib, dann würde sie das tun, was sie wollte.

Unna kochte für das Namensfest alle Lieblingsspeisen von Freydis und schlachtete sogar eine Kuh. Sie lud alle Bewohner der Siedlung ein, und sie kamen in Scharen zu Besuch, trugen Matsch in Unnas Haus und gratulierten Freydis, wollten wissen, ob sie einen Vater nennen oder einen Mann wählen würde, und gratulierten auch Svanhild und Solvi.

Wann immer Freydis überwältigt war von der Aufmerksamkeit, musste sie nur ihre Tochter ansehen, die verzaubert war von der Betriebsamkeit und den neuen Gesichtern und mit großen blauen Augen alles betrachtete, um wieder zur Ruhe zu kommen.

Solvi zog sich auf seine Füße hoch und sprach mit einer Stimme, die sie selten gehört hatte, um die Menge zu beruhigen: »Ich bin froh, dass ihr alle hier seid, um mein erstes Enkelkind Thordis in unserer Gemeinschaft willkommen zu heißen.« Der Stolz in seiner Stimme trieb Freydis Tränen in die Augen.

Die Menge jubelte, und jeder hob seinen Becher, manche forderten einen Nachschlag, damit sie einen angemessenen Toast ausbringen konnten. Unna schickte ihre Diener herum mit Bierschläuchen, um die Becher nachzufüllen.

»Üblicherweise hält eine Frau ein Schwert für ihren Sohn bereit, aber meine Frauen tun nichts Traditionelles«, sagte Solvi. »Für meine Tochter und meine Enkelin habe ich daher Dolche als Geschenk. Freydis, dieser ist für dich, und diesen hältst du zu treuen Händen für unsere Thordis bereit. Meine Frau Svanhild kann euch beide lehren, wie man ihn benutzt, zum Guten und zum Schlechten.«

Viele Isländer erinnerten sich noch daran, als Svanhild Prinzessin Geirny mit einem Messer bedroht hatte, und an den Ärger, den das verursacht hatte, und lachten, während Svanhild nachsichtig lächelte.

Ein Zuspätkommender schob sich durch die Menge nach vorn, und Freydis stand auf und sah Svanhilds Gefolgsmann Falki. Er war nicht zurückgekehrt, bevor der Winter hereinbrach, und Freydis hatte beobachtet, wie Tova in den langen Winternächten traurig wurde, aus Sorge um ihn.

Mehrere grauhaarige alte Wikinger kamen mit ihm, darunter einer, dessen zerdrückte Nase ihn als Ketil Flachnase auswies, einst ein Gefährte ihres Vaters. Einige der früheren Besucher drängten eilig zurück nach draußen; viele Isländer wollten nicht viel mit den Plünderern zu tun haben, die den Frieden bedrohten. Island wurde seine Unabhängigkeit nur gestattet, weil es sich aus den Kriegen zwischen den skandinavischen Königreichen heraushielt.

Svanhild bewegte sich zwischen all diesen grimmigen Männern, als wäre sie ihre Königin, und sie teilten sich, um sie in ihren Kreis einzulassen und auch Solvi, während Freydis Thordis stillte. Sie hatte Hallbjorn nicht unter ihnen gesehen, und das war alles, was sie wissen musste.

Unna sagte laut über den Lärm der Eindringlinge hinweg: »Wenn ihr nicht gekommen seid, um über der jungen Thordis einen Segen zu sprechen, dann müsst ihr rausgehen.«

Daraufhin traten die Männer einzeln vor und machten mit ihren knorrigen Fingern ein Segenszeichen. Ketils furchterregendes Gesicht verzerrte sich zu einem breiten Grinsen. »Solvi, du hast hier eine gute Familie gegründet. Jetzt solltest du sie mit dem Vater verheiraten und auch ein paar Enkel bekommen.«

Freydis überlief es eiskalt. Solvi blickte zu ihr hinüber. »Meine Freydis hat jemand Besseren verdient als ihn«, sagte er. »Aber danke, mein Freund.«

Um Mitternacht waren die meisten Plünderer gegangen, und Freydis schlief ein. Thordis kuschelte sich an ihre Seite.

Unna hatte in der folgenden Woche noch viele weitere Besucher. Jetzt, wo der Frühling eingetroffen war, kamen all jene, die während des schlechten Wetters eine Behandlung verschoben hatten, um von ihr Heilkräuter und Ratschläge zu bekommen.

Freydis hielt am Nachmittag ein Schläfchen, denn in der Nacht hatte Thordis sie dreimal zum Stillen geweckt. Da wurde sie durch Unnas Schrei von draußen wach. »Sie will ihn nicht sehen«, rief Unna mit vor Zorn heiserer Stimme.

Männerstimmen sagten etwas Unverständliches, gefolgt von

Unna: »Du musst jetzt fortgehen.« Freydis hörte Kampfgeräusche und dann einen Schmerzenslaut. Sie erinnerte sich, dass Unna Donall in die Siedlung geschickt hatte, um mit den Händlern Geschäfte zu machen, die im Frühling angekommen waren.

»Sie wird mich sehen«, sagte eine Stimme, eine wohlklingende Stimme, die Freydis nur zu gut kannte. Ihr Magen verkrampfte sich. »Sie wird mich sehen, oder du kannst deine Heilkräfte dafür einsetzen, einen gebrochenen Arm einzurichten.« Freydis holte tief Luft, nahm Thordis auf den Arm und warf sich einen Schal über die Schultern.

Sie trat hinaus ins Sonnenlicht und sah Hallbjorn, der Unna den Arm auf den Rücken gedreht hatte, das gut aussehende Gesicht wutverzerrt. Er hatte diesmal Männer bei sich, Krieger in lederner Rüstung, von denen sie einige von Thordis' Namensgebungsfest her kannte. Zu viele.

»Lass sie los!«, rief Freydis und rannte zu Hallbjorn, bevor ihre Angst sie auf der Stelle festhalten konnte. »Ich wäre ohne sie nicht mehr am Leben. Meine Tochter wäre ohne sie nicht am Leben. Willst du den Zorn der Götter heraufbeschwören, indem du sie verletzt?«

»Eine Tochter«, sagte Hallbjorn geringschätzig, während er Unna losließ.

»Eine Tochter«, sagte Freydis. Die Götter wollten nicht, dass Hallbjorn einen Sohn hat. »Sie ist nicht von Nutzen für dich, selbst wenn du der Vater wärst.«

Hallbjorn schnaubte wütend. »Also hältst du diese Lüge weiter aufrecht. Hast du einen Vater benannt? Oder bist du so eine Hure, dass du es nicht weißt?«

Thordis begann zu wimmern, und Freydis wippte auf den Zehen, bis sie sich beruhigte, und hoffte, dass ihre Tochter nicht spürte, wie sie zitterte. »Hat Rolli dir gesagt, dass sich König Harald von meiner Mutter hat scheiden lassen? Ich habe als Frau nicht mehr den Wert wie damals.«

»Du bist immer noch die Mutter meiner Tochter. *Meiner* Tochter.« Hallbjorn nickte einem seiner Gefährten zu, einem gut gekleideten Mann, der vorstürzte und Unna wieder packte. Unna verzerrte das Gesicht vor Schmerz. »Sieh nur, ich werde es nicht sein, der sie tötet«, sagte Hallbjorn.

»Was willst du bloß von mir?«, schrie Freydis.

»Du bist mein«, erwiderte Hallbjorn. »Das kannst du nicht ändern, außer durch meinen oder deinen Tod. Komm mit mir, und du wirst nicht schuld sein am Tod dieser Frau.«

»Ich will meine Tochter hier bei Unna lassen«, sagte Freydis mit gepresster Stimme. »Sie ist nur ein Mädchen. Sie kann ja nicht von Nutzen für dich sein.«

»Sie gehört auch mir«, sagte Hallbjorn. »Und du solltest wissen, auch wenn du zu dumm bist, um etwas anderes zu wissen, dass ich das behalte, was mir gehört.«

»Du willst ihr Leben auf einer Seereise riskieren?«, schrie Freydis. »Sie ist nur ein paar Wochen alt. Das Leben von Säuglingen ist immer gefährdet. Mein Bruder starb mit sechs Jahren nach zu vielen Seereisen.«

»Das liegt in den Händen der Schicksalsgöttinnen«, sagte Hallbjorn. »Und wenn sie stirbt, dann bist du umso schneller wieder fruchtbar.«

»Wenn sie stirbt, dann habe ich keinen Grund mehr zu leben«, erwiderte Freydis. Ihr eigenes Leben war der einzige Hebel, der ihr geblieben war. Sie fühlte dieselbe merkwürdige Gewissheit, die sie erfüllt hatte, als sie Hallbjorn und Rolli vorgeschlagen hatte, Solvi auf Island aufzusuchen.

»Ich werde dich fesseln, damit du dir nichts antun kannst«, drohte Hallbjorn.

»Das kannst du versuchen, aber dann musst du mich ständig beobachten, denn ich brauche nur einen Augenblick, um zu entkommen.« Ihre Blicke trafen sich, und sie wartete, dass er die Augen abwandte, was er auch tat.

»Was willst du, Freydis?«, fragte er in der verführerischen Stimme, an die sie sich gut erinnerte.

»Ich werde mit dir kommen, wenn du meine Freunde hier verschonst: Unna und ihren Haushalt, Solvi und seinen Haushalt. Ich schwöre dir, dass ich nicht fliehe, weder in den Tod noch in Scheidung, wenn du mich meine Tochter Thordis stillen lässt, bis sie zwei Jahre alt ist. Babys die in zu schneller Abfolge geboren werden, sind auch nicht gesund.«

Hallbjorn kniff die Augen zusammen. Das bedeutete, er konnte in dieser Zeit nicht versuchen, sie zu schwängern. Er konnte andere Wege finden, um sich mit ihr zu vergnügen, aber sie nicht zwingen, so bald eine weitere Schwangerschaft zu riskieren. Und sie hatte keine Absicht, ihre Versprechen zu halten. Eine Tochter von Solvi Seekönig würde immer ihre Ehre für die Freiheit dreingeben.

»Schwöre es«, forderte sie. »Willst du eine Sklavin als Frau, die im Geiste schon tot ist, oder willst du Freydis Solvisdatter heiraten?«

»Ich schwöre es«, sagte er. »Natürlich will ich dich lebend, meine Freydis. Und jetzt wird dein Vater keine andere Wahl haben, als mein Verbündeter zu werden.« Er nickte zweien seiner Männer zu, die vortraten und Freydis an den Armen festhielten. »Meine Männer helfen dir beim Packen.«

Kapitel 28

Einar beobachtete, wie die schneebedeckten Hügel der norwegischen Küste an ihm vorbeizogen, während er mit Ivar, Oddi und zwei weiteren Schiffen voller Krieger aus Halogaland von Yrjar aus südwärts segelte. Sie waren aufgebrochen, sobald die Seestraßen zum Segeln ausreichend aufgetaut waren. Er wollte sich mit seinem Vater Harald und all den Verbündeten treffen, die sie in Nidaros um sich versammeln konnten. Sie planten, einen Monat vor Mittsommer zu den Orkneyinseln aufzubrechen und die dort versammelten Rebellen zu überraschen.

Nachdem er den Herbst damit verbracht hatte, Ragnvald und Guthorm zu helfen, Haralds weniger bereitwillige Verbündete davon zu überzeugen, ihren König bei seinem Orkney-Abenteuer zu unterstützen, hatten Einar und Ivar den Winter in Halogaland verbracht mit den Anweisungen, sicherzustellen, dass König Heming sich weiter loyal gegenüber Harald verhielt. Harald hatte seiner ersten Frau, Hemings Schwester, und ihrer Sippe eine hübsche Summe als Entschädigung für die Kränkung gezahlt, dass er sich von ihr hatte scheiden lassen. Sie hatte mehr Grund als die meisten, das anzunehmen, was immer Harald ihr geben wollte, da er ihrem Sohn Halfdan nach seiner Rebellion Gnade gewährt hatte. Halfdan hatte einige Monate des Winters in Halogaland verbracht und hatte sich dort zu Haralds Erben und Nachfolger ausgerufen.

Einar und Ivar brachen direkt nach einem Schneeregensturm auf, der das Holz der Schiffe durchnässte. Oddi, der die letzten zehn Jahre in Halogaland verbracht hatte, sagte, er könne den Frühling in der Luft riechen. Weiter südlich wurden die Schneewehen weich und reichten an ihren nächtlichen Lagerplätzen nicht höher als Einars Knie.

Bakur, der auf einer Bank in der Nähe des Bugs saß, lächelte ihn an, und Einar bemerkte, dass er ihn angestarrt hatte, obwohl sein Blick nicht auf irgendetwas ruhte, was ein anderer sehen konnte. Einar hatte mit ihm früher im Winter ein paar Augenblicke Vergnügen geteilt. Nachdem er bei Gyda gelegen hatte, war es für ihn schwerer gewesen, die Berührung von jemandem zurückzuweisen, der ihn wollte, aber Einar hatte nicht zugelassen, dass es weiterging, aus Furcht, dass sein Vater davon erfahren könnte. Ein Mann konnte vielleicht einen Jungen als Sklaven haben und deswegen nicht verachtet werden, aber jetzt, wo er erwachsen war, konnte er nicht das Lager eines anderen Mannes teilen, ohne sich schämen zu müssen.

Als die Schiffe sich ostwärts in den großen Trondheimfjord wandten, sah Einar einige kahle Stellen auf dem Boden, als sie an der Küste entlangsegelten. Gyda würde noch immer in ihrem Fort zwischen den Hochebenen und den Vorgebirgen der Skanden eingeschneit sein. Sie war sicher kurz vor der Niederkunft des Kindes von ihr und Harald – oder war es seines? Er versuchte sich ihren flachen Bauch, geweitet durch die Schwangerschaft, vorzustellen, aber es gelang ihm nicht.

Er stellte sich neben Ivar an den Bug des Schiffs.

»Ich glaube, Nidaros ist um die nächste Biegung«, sagte Ivar.

Er behauptete das schon seit Tagen, aber Einar sah hier tatsächlich mehr Ackerland zwischen den bewaldeten Hügeln, und nachdem sie an einem Feld, in dessen Furchen noch der Schnee des letzten Jahres liegen geblieben war, vorbeigesegelt waren, erschienen die zahlreichen Dächer von Nidaros jenseits der nächsten Landzunge. Einar klopfte Ivar auf die Schulter.

»Endlich hast du recht«, sagte er.

»Irgendwann musste es passieren«, erwiderte Ivar grinsend.

Nidaros war in den vergangenen Jahren nicht gut in Schuss gehalten worden und sah heruntergekommen aus, fast erdrückt von Schlamm und schmutzigem Schnee, besonders neben Haralds Flaggschiff mit seinem bunten seidenen Segel aus Rot und Blau. Zwischen Haralds anderen Schiffen lagen Boote, die Einar als die seines Vaters erkannte. Andere Verbündete waren wohl noch nicht eingetroffen.

Ragnvald begrüßte sie, gekleidet in seine dunklen Winterkleider und einen Spitzhut, den er über die Ohren heruntergezogen hatte. »Ich sehe, eine Streitmacht von Halogaland begleitet dich«, sagte er. »Haben wir irgendetwas zu befürchten?«

Einar schüttelte den Kopf. »Nicht mehr als üblich, Vater«, antwortete er. »Sie sind Verbündete.« Sein Vater sah dennoch besorgt aus.

Oddi schloss zu ihnen auf. »Sei gegrüßt, König Ragnvald«, sagte er fröhlich. »Ich habe versucht, deine Söhne für den schweren Sommer, den du für uns geplant hast, Speck ansetzen zu lassen, aber du siehst, sie sind so schlank wie immer.«

»Schlanke Männer bewegen sich schneller«, konterte Einar. Oddi stürzte sich auf ihn, und Einar landete einen gespielten Boxer in Oddis Bauchgegend. Er gab vor, Einar mit einem Ellbogenstoß in seinen Magen fortzutreiben, und Einar wollte gerade dieses Spiel auf die Spitze treiben, indem er sich zu Boden fallen ließ und dabei seinen Bauch hielt, aber er hörte sofort mit seinem

Späßchen auf, als er den grimmigen Gesichtsausdruck seines Vaters sah.

»Deine Mutter ist hier«, sagte Ragnvald vorsichtig zu Ivar. »Die edle Hilda. Sie würde euch beide gerne sehen.« Er sah Einar an. »Auch die edle Vigdis ist hier, mit Guthorm, wenn du sie begrüßen möchtest.«

»Das werde ich«, sagte Einar, »aber Ivar, du solltest deine Mutter zuerst begrüßen.«

Ivar lächelte, anscheinend hörte er nicht die Anspannung in der Stimme seines Vaters, und trabte davon zur Halle, wo die Frauen sich normalerweise versammelten.

Einar fröstelte von der steifen Brise, und er zog seinen eigenen Hut herunter. Ragnvald ging den Strand entlang zu Haralds größtem Schiff.

»Wie geht es der edlen Hilda?«, fragte Einar. »Ihre Worte ›Wolfskönig‹ machten ihren Sohn zu einem Wild, das von jedem Wolf gejagt wird, der einen Menschenpelz haben will – ich habe gehört, wie man sie in Yrjar wiederholte. Ich habe sie Halfdan sagen hören. Ich glaube, er will immer noch rebellieren.«

Ragnvald runzelte die Stirn. »Harald wird es nicht glauben, und Halfdan wendet die Anschuldigung gegen mich, wann immer ich sie vorbringe.«

»Du wolltest, dass mein Bruder Rolli … sich um ihn kümmert«, erinnerte ihn Einar. »Aber nachdem wir Rolli auf Orkney begegnet sind, wird er mit uns nach Hause kommen. Meinst du, ich sollte …?« Wenn er geächtet wurde, weil er Halfdan getötet hat, dann müsste er sich jedenfalls keine Sorgen darüber machen, dass die Prophezeiung der Hexe wahr wurde.

»Erwähne das nicht«, sagte Ragnvald. »Denke noch nicht einmal daran. Du hast mir mal etwas über Halfdan gesagt, als du noch ein Junge warst, erinnerst du dich?«

»Nein«, erwiderte Einar. Halfdan war ein Rüpel gewesen, immer größer als er und bereit, seine Größe gegenüber Ragnvalds Söhnen auszuspielen. Er hatte Einar ermuntert, die Schwertkunst zu erlernen, in einem jüngeren Alter als die meisten.

»Du sagtest, ›es gibt einige Leute, die du nicht verletzen kannst. Sie können nur dich verletzen.‹« Ragnvald warf Einar einen kurzen Blick zu.

»Was meinst du damit, Vater? Dass wir Halfdans Rebellion einfach dulden sollten?«

»Ich weiß es nicht«, erwiderte Ragnvald. »Wir müssen nur alle sehr vorsichtig sein.« Er räusperte sich. »Wie ging es Ivar diesen Winter?«, fragte er.

»Seine Gefangenschaft hat ihm keinen bleibenden Schaden zugefügt«, antwortete Einar trocken, froh darüber, wieder in vertrauterem Gebiet zu sein. Sein Vater sah ihn verzweifelt an. »Sie war sehr hilfreich«, fügte Einar hinzu. »Er wird mal ein guter König sein.«

Ragnvald presste die Lippen zusammen. »Wie das? Kannst du mir das sagen?«

»Heming mag ihn, er ist mit allen Kriegern befreundet und hat sie auf dem Übungsplatz und in vielen Winterwettkämpfen bezwungen. Ich weiß, dass er dir früher missfallen hat, aber ich glaube wirklich, dass er ein guter König sein wird. Ein König wie Harald.« Ragnvald sah nicht besänftigt aus. »Aber er wird nicht so leicht seine Verpflichtungen vergessen«, fügte Einar hinzu. »Weil er dich hatte, der ihn aufgezogen hat, und er wird mich als Berater haben.«

Ragnvald nickte und schenkte Einar eines seiner seltenen flüchtigen Lächeln.

»Ich bin sehr zufrieden damit, sein Gefährte zu sein«, fuhr Einar fort. »Du musst dir um meine Ambitionen keine Sorgen machen.«

»Ich freue mich, dass du das sagst«, erklärte Ragnvald. »Wenn wir von den Orkneys zurückkehren, dann muss Ivar mehr von meiner Verantwortung übernehmen.«

»Was?« Das traf Einar unvorbereitet – eines Tages würde sein Vater nicht mehr König sein, aber das war doch noch lange hin!

»Ich möchte, dass die Leute ihn als König von Møre ansehen, bevor ihm das irgendjemand nehmen kann«, sagte Ragnvald. »Wir müssen an dem festhalten, was wir haben.«

• • •

Haralds Halle, die für Gelage von Hunderten Kriegern erbaut war, wirkte leer, wenn so wenige Männer in Nidaros waren. Einar sah, wie Hilda mit einigen Frauen am anderen Ende der Halle sprach.

»Edle Hilda, du siehst gut aus«, sagte er zu ihr. Und das stimmte auch. Etwas von dem entfachten Zorn, der ihr den Mut verliehen hatte, zu Rollis Gunsten zu sprechen, war noch an ihr haften geblieben.

»Ich werde mich nie wieder gut fühlen, bis ich meinen Sohn Rolli wieder an meiner Seite habe«, entgegnete sie. »Aber ich bin gesund. Hast du etwas von Rolli in Halogaland gehört?«

Einar schüttelte den Kopf. »Nachrichten kommen im Winter nicht über die Nordsee«, sagte er. »Aber ich bin sicher, er ist stark und gesund, gesegnet von den Göttern und zu Großem bestimmt.«

Hilda legte die Hand auf ihr Herz. »Es tut mir gut, das zu hören, obwohl ich es kaum glauben kann. Jetzt glaube ich, dass deine Mutter dich braucht.«

»Seit wann willst du ihr geben, was sie braucht?«, fragte Einar.

Hilda schenkte ihm ein trockenes Lächeln. »Wir haben ein wenig mehr gemeinsam, als ich immer gedacht habe.«

Einar floh, um Vigdis zu begrüßen, damit er Hilda nicht sagen hören musste, dass sie beide die Antipathie gegen seinen Vater gemeinsam hatten. Vigdis saß bei Guthorm und einigen anderen älteren Kriegern. In ihrem Kreis hockte auch Halfdan, der Halogaland ein paar Tage früher als Einar verlassen hatte.

Einar umarmte Vigdis und atmete den süßen, kostbaren Duft ihres Bernsteinparfums ein.

»Bekommst du kein gutes Essen in Yrjar?«, fragte Vigdis. »Im Winter soll man fett werden.«

»Asa Hakonsdatter führt das Haus ausgezeichnet«, entgegnete Einar. Eines Tages würde er an Ivars Seite bedeutsam genug sein, dass sich keiner mehr über seine magere Statur lustig machte. »Ihr Tisch ist immer gut gedeckt.«

»Bist du bereit, für Harald zu kämpfen, mein Junge?«, fragte Guthorm.

»Immer«, erwiderte Einar. »Aber ist es auch das übrige Norwegen?«

»Ja«, sagte Halfdan grimmig. »Mein Vater ist mächtig, und alle werden für ihn kämpfen.«

Einar konnte sich ein Lächeln nicht verkneifen. »Ich freue mich, das zu hören.«

»Wenn sie siegen, soll ich die Orkneys bekommen«, verkündete Halfdan.

»Das ist ausgezeichnet«, meinte Einar. »Du bist so viel gesegelt, da bist du sicher ein guter König für eine Insel.«

Halfdans Augen wurden schmal bei diesen Worten, und Einar zuckte mit den Schultern. Er hatte nichts Beleidigendes sagen wollen. Einar sah das Wirken seines Vaters darin – eine Bestechung für Halfdans Loyalität und eine Verantwortung fern von der Heimat. Deshalb wollte wohl sein Vater nicht, dass er Halfdan tötete. Wenn er auf den Orkneys war, dann bestand dafür keine Notwendigkeit.

• • •

Mehr als zwanzig Schiffe brachen ein paar Wochen später zu den Orkneyinseln auf, sie segelten an den vorgelagerten Inseln vorbei, die jetzt schneefrei waren, und hinaus auf die pfadlose See. Jedes Schiff trug mindestens fünfzig Männer, Haralds Gefolgsleute und seine Verbündeten – eine solche Streitmacht, dass sogar Einar, angesteckt vom Pessimismus seines Vaters, sich nur schwer vorstellen konnte, dass sie besiegt werden könnten.

Ivar pfiff eine Melodie, von der Einar auch feststellte, dass er sie vor sich hin summte. Der Wind ließ die Leinen einen tonlosen Kontrapunkt dazu singen. Das Wetter auf dieser Reise war gesegnet, sogar noch fünf Tage vom Festland entfernt. Doppelt gesegnet, da es noch so früh in der Kampfsaison war, wenn die Stürme rasch aufkamen und eine Flotte von dieser Größe ihnen nicht leicht ausweichen konnte.

»Ist das nicht ein schöner Tag?«, fragte Ivar. »Sieh nur, wie viele wir sind. Keine Streitmacht kann uns widerstehen.«

»Nicht sehr wahrscheinlich«, stimmte Einar zu.

»Gar nicht«, beharrte Ivar. »Führe die Schicksalsgöttinnen nicht in Versuchung, indem du dir die Geschichte einer Niederlage zusammenspinnst.«

»Solange du nicht die Schicksalsgöttinnen in Versuchung führst, indem du bereits unseren Sieg erklärst«, konterte Einar.

»Schon gut«, stimmte Ivar zu. »Ich werde meinem Schwertarm vertrauen, nicht den Schicksalsgöttinnen.« Er begann wieder zu pfeifen, und Einar summte dazu. Das Wetter war sonnig. Dies war ein Abenteuer, die Krone auf einem Jahr voller Abenteuer, sein erstes Jahr des Erwachsenenalters, ein Jahr, das den Frieden an Norwegens Küsten sichern würde.

Bis Haralds Söhne zu kämpfen beginnen würden, erinnerte ihn eine leise Stimme – die Stimme seines Vaters. Keiner war sicher, außer im Grab – und nicht einmal dort, denn *draugrs* suchten bisweilen die Begräbnishügel heim, um Menschenfleisch zu fressen.

Kapitel 29

Die Geburt von Freydis' Tochter war in den ersten Tagen des Frühjahrs erfolgt, während einer warmen Phase, die mit einem Eissturm endete und alle Besucher Svanhilds ein paar Tage lang in Solvis Haus festhielt.

Falki sah nach seinen winterlichen Reisen unterernährt aus, also kochte Tova die Rationen, die sie für den Fall einer späten Pflanzzeit aufgespart hatte. Svanhild nutzte die Gelegenheit, all die Neuigkeiten zu hören, aber sie konnte sich nicht dazu überwinden, Tovas und Falkis Wiedersehen zu stören, doch in der Nacht, als sie die beiden in Tovas Bett hörte, wünschte sie sich, sie hätte es getan. Solvi war bereit gewesen, ihre Annäherungsversuche zu dulden, aber als sie nun Tovas und Falkis Flüstern und Liebesspiel hörte, wurde sie daran erinnert, dass sie und Solvi nicht länger im ersten Liebestaumel waren und vielleicht diese Intensität nie wieder erreichen könnten.

Tova hatte Svanhild zuvor mitgeteilt, eines Tages, als sie Svanhild weinend im Kuhstall vorgefunden hatte, dass dieselbe Furcht, die ihn in der Schlacht ergriffen hatte, ihn auch bisweilen in den Armen einer Frau überfiel. Kein Wunder, dass er so passiv war. Dennoch liebte ihn Svanhild, aber sie wünschte sich manchmal einen guten Grund fortzugehen, jetzt, wo Freydis in Sicherheit war und ihre Entbindung überlebt hatte. Vielleicht könnte sie eine Möglichkeit finden, nur die Winter hier zu verbringen.

Eines Tages trotzten sie und Falki dem eiskalten Regen und gingen nach draußen, um nach den Schafen zu sehen, die eben erst auf ihre Weiden zum Grasen hinausgelassen worden waren.

»Berichte mir, mein Schiffsführer, was hast du in Schottland vorgefunden?«, fragte Svanhild. Falki hatte nur wenig von seinen Reisen erzählt, von den düsteren Hallen, wo er seinen Winter verbracht hatte, mit schlechtem Essen und ungepflegten, hässlichen Männern, aber er hatte die wahren Geschichten für sich behalten.

Er grinste sie an und sah glücklicher aus, als Svanhild ihn je gesehen hatte. »Mir gefällt es hier besser. Du hast gesagt, du würdest Ackerland für mich finden«, sagte er. »Um eine Frau zu finden, brauche ich deine Hilfe nicht!«

Svanhild erwiderte sein Lächeln und wünschte sich, sie würde Falkis Glück nicht als Verlust empfinden. Seine Rückkehr hätte sie wieder zu Svanhild Seekönigin machen sollen, aber das wollte er nicht mehr von ihr, ebenso wenig wie Solvi. »Natürlich«, sagte sie. »Ich freue mich sehr für dich.«

»Sie bekommt ein Kind, also werden wir bei der *Thing*-Versammlung heiraten«, sagte er mit Stolz in der Stimme.

»Wunderbar«, sagte Svanhild. »Du hast meinen Segen. Und nun, was hast du in Schottland vorgefunden?«

»Viele Seeräuber, die aufgrund deiner Nachricht nach Orkney segelten. Ketil Flachnase, den du an dem Namensgebungsfest deiner Enkelin gesehen hast – er kam her, um zu schauen, ob Solvi mit ihm in die Schlacht zurückkehren würde. Melbrid Tooth ist bereits auf dem Weg. Thorstein der Rote, Geirbjorn Hakonsson und viele ohne berühmte Namen werden sich ihnen auch anschließen«, berichtete er.

»Dann werden wir vermutlich Ketil wiedersehen, sobald das Wetter aufklart«, meinte Svanhild.

• • •

Am darauffolgenden Tag hörte der Regen auf, und Rolli grub die Gartenbeete mit einem Spaten um, während Svanhild und Tova beratschlagten, was sie anpflanzen sollten. Tovi ließ Falki die ganze Zeit nicht aus den Augen, und Svanhild beobachtete den Pfad, der von der Siedlung zu ihnen heraufführte. Jetzt, wo Svanhild wusste, dass Tova schwanger war, konnte sie die Zeichen leicht erkennen an ihrer Morgenübelkeit und dem abendlichen Heißhunger. Sie nahm an, dass sie vorher nicht darauf geachtet hatte, weil Tovas Schönheit sie nervös machte, obwohl sie sich Svanhild gegenüber nie eifersüchtig gezeigt hatte.

Tova mochte Frühlingszwiebeln so sehr, dass sie gar nicht genug davon ernten konnten, daher kamen sie und Svanhild überein, eine ganze Reihe davon anzupflanzen. Es war besser, sie aus den Weiden fernzuhalten, damit nicht die ganze Schafmilch danach schmeckte.

»Wenn du auf einem anderen Hof lebst, wenn sie blühen, dann werde ich dir welche vorbeibringen«, versprach Svanhild Tova, die sie dankbar anlächelte. Svanhild hatte sich geirrt, als sie diese schöne Frau für eine weitere Vigdis gehalten hatte.

Sie blickte auf und sah, wie Unna den Pfad auf einem kleinen Pferd entlangritt. Als sie näher kam, dachte Svanhild, sie sehe zehn Jahre älter aus als noch vor einer Woche bei Thordis' Namensgebungsfest, und Svanhild bemerkte, dass sie Unna noch nie zuvor in wirklich schlechtem Zustand gesehen hatte. Ihr Haar war ungepflegt, und mit jedem Atemzug schien sie sich zu bemühen, ihre Selbstbeherrschung wiederzuerlangen.

»Hallbjorn ist gekommen und hat Freydis entführt«, rief Unna. »Vielleicht ist noch Zeit, ihn zu fangen.« Sie blinzelte ein paarmal und schwankte. Svanhild eilte herbei, um sie aufzufangen, und half ihr auf eine Bank.

Solvi humpelte herbei und stützte sich auf seinem Spaten ab. »Was ist passiert?«, fragte er.

Unna erzählte ihnen von Hallbjorns Ankunft, und ihre Stimme zitterte mehrmals. Svanhild musste den Blick von ihr abwenden, damit der Kloß in ihrem Hals sich nicht in Tränen verwandelte.

»Ich werde hingehen«, sagte Svanhild. Ein feiner Nieselregen hatte eingesetzt, und die Tropfen stachen vom Wind. Es könnte sein, dass das Wetter Hallbjorns Segel zu sehr durchnässte, als dass er aus der Bucht auslaufen könnte. »Die Gezeiten begünstigen ihr sofortiges Auslaufen.«

»Wie willst du ihn aufhalten?«, fragte Solvi.

»Wir haben Verbündete – Ketil und seine Männer bleiben in Ingolfurs Halle«, rief ihm Svanhild über die Schulter hinweg zu.

Sie hatte nie den Eindruck gehabt, dass die Entfernung von der Siedlung besonders weit war, bis sie jetzt mit Solvis Pony über den zerklüfteten Boden auf den Strand zuritt. Das Tier war wendig, konnte aber nicht zu sehr angetrieben werden, ohne dass es Gefahr lief, sich ein Bein zu brechen. Svanhild begrüßte die Unbilden des kalten Regens – sie erschienen ihr als gerechte Strafe für ihre Hoffnung, dass etwas sie von Island wegbringen wollte.

Sie spähte zum Strand hinunter, gerade rechtzeitig um ein Schiff beim Auslaufen zu sehen, ein schmales Drachenschiff, und sie wusste, dass sie zu spät kam. Dennoch ritt sie an den Wasserrand, um sicherzugehen. Krieger drängten sich auf den nassen Felsen, redeten und schubsten sich gelegentlich. Ketil Flachnsase gab seinen Männern Anweisungen, wie sie Säcke und Fässer mit Vorräten auf sein Schiff laden sollten.

»Hast du davon gewusst?«, fragte ihn Svanhild. »Hast du gewusst, dass Hallbjorn meine Tochter entführen wollte? Weißt du, wo er hinsegelt?«

»Zu den Orkneys«, erwiderte Ketil. »Wohin du alle von Haralds Feinden gedrängt hast.«

»Und was ist deine Rolle dabei?«, wollte Svanhild wissen.

»Keine. Aber warum sollte ich ihn aufhalten – wenn Solvi Hunthiofsson nicht länger kämpfen will, vielleicht wird er zumindest seiner Tochter folgen«, meinte Ketil.

»Nachdem du zu ihrem Namensgebungsfest gekommen bist und deinen Segen gegeben hast?«, schrie Svanhild. Ketil war an Solvis und Svanhilds Seite gesegelt, ein Gefährte während der Zeit, als sie für Harald gekämpft hatten. Er hatte mehr Grund, Harald zu hassen, als die meisten schottischen Seeräuber, da sein Vater einer der Könige von Rogaland gewesen war, die Harald früh bei seiner Eroberung besiegt hatte.

»Er ist der Vater des Kindes«, erwiderte Ketil. »Es wird für sie beide besser sein. Was willst du dagegen tun, Svanhild Seekönigin? Ich höre seit Jahren von deinen Segelkünsten. Komm zu den Orkneys, und mache deine Männer reich. Du kannst uns dabei helfen, an König Harald Rache zu nehmen, wenn Solvi das nicht tun will.«

»Und was ist mit meiner Tochter?«, fragte Svanhild. »Ihre Niederkunft war erst vor zwei Wochen.«

»Du kannst dabei helfen, auch deinen Mann reich zu machen«, wandte Ketil ein.

Svanhild starrte ihn an, sprachlos vor Wut. Für ihn waren Freydis und ihre Tochter nur Hallbjorns Besitz, mehr nicht.

»Ich will Harald besiegen«, fuhr er fort. »Wir müssen vor Ort sein, wenn Haralds Streitkräfte eintreffen, mit einem Angriffsplan. Die Strömungen vor den Orkneyinseln erfordern exzellente Seeleute. Komm mit uns. Füll dein Schiff – es gibt hier genug Krieger, die Haralds Sturz möchten. Bring auch deinen Riesen und Solvi mit. Mit Hallbjorn kannst du später abrechnen. Er hat eine Lektion verdient, aber er hat Solvi hier einen großen Dienst erwiesen.«

Solvi konnte nicht ohne Schmerzen gehen und auch nicht ohne Furcht in die Schlacht ziehen. Svanhild hatte den Winter über das Ausmaß seiner Schwäche erkannt. Dennoch war keiner versierter in Seeschlachten als er – selbst sie und Ragnvald hatten ihn früher nur mit viel Glück und einer Übermacht an Kriegern besiegt, niemals mit Können. Vielleicht hatte Ketil recht, und dies würde ihn aus Island herauslocken.

In der Ferne bewegte sich Hallbjorns Schiff schnell mit der Kraft beider Ruder und des Windes. Es verließ den Hafen von Reykjavik und verschwand hinter einer Landspitze. Hallbjorn musste klar sein, dass er verfolgt würde. Er hatte ein gut gebautes Schiff, vielleicht nicht ganz so schnell wie ihres, aber schlank und mit einem wohlproportionierten Segel. Wenn er einen kompetenten Schiffsführer hatte oder selbst einer war und gutes Wetter herrschte, würde sie ihn mit der nächsten Flut nur schwer einholen können. Und selbst wenn es ihr gelang, was konnte sie tun? Sie konnte ihr kleineres Schiff nicht mit ausreichend Kriegern bestücken, und nur ein Narr würde eine Schlacht zweier Schiffe gegeneinander außer Sichtweite des Landes wagen. Nein, er und Ketil hatten diese Runde für sich gewonnen, und Svanhild und Solvi müssten seine Verfolgung aufnehmen.

• • •

Der Nieselregen war in schweren Regen übergegangen, als Svanhild zum Hof zurückkehrte, aber Solvi war immer noch draußen. Er kniete in der Gartenerde und stieß seinen Spaten in den Boden. Rolli stand neben ihm, tropfnass trat er von einem Fuß auf den anderen.

»Er lässt mich ihm nicht helfen«, klagte Rolli Svanhild und reichte ihr die Hand, als sie von ihrem Pony herunterkletterte.

»Ich habe mit meinen Männern in der Siedlung gesprochen«, sagte sie zu Solvi. »Wir können morgen mit der Flut nach Orkney lossegeln.«

»Ich wünsche dir alles Gute auf deiner Reise«, sagte Solvi.

Svanhild warf Rolli einen Blick zu, doch der zuckte nur mit den Schultern. Sie suchte in Solvis Gesicht nach Anzeichen von Zorn, nach Spuren seines früheren Selbst. Er war früher so unberechenbar gewesen, dass man ihm jeden Überfall zur Last legen konnte. Jetzt sah er Svanhild nur stirnrunzelnd an und machte weiter mit seiner Arbeit. In seinen Augenbrauen verfing sich der Regen, und als er ihm in die Augen tropfte, wischte er das Wasser mit dem Handrücken weg. Es waren graue Augenbrauen, keine rotblonden mehr, bei denen die langen Haare hervorstanden, wie sie nur bei alten Männern wuchsen.

»Du willst nicht mitkommen?«, fragte sie. »Nicht einmal für deine eigene Tochter? Deine Enkelin?«

»Welchen Vorteil könnte ich euch bringen?«, fragte er.

»Hallbjorn will dich in diesen Kampf hineinziehen. Auch Ketil will, dass du dort bist. Vielleicht wärest du für sie eine Galionsfigur, oder vielleicht hast du alles vergessen, was du einst über Seeschlachten wusstest, alles, was du mich gelehrt hast. Vielleicht solltest du deine Frau nicht allein in die Schlacht schicken.«

»Du musst ja nicht gehen – lass diese Schlacht zu Ende gehen, und schau, was dabei herauskommt«, sagte Solvi. »Glaubst du wirklich, diese Streitmacht könnte Harald besiegen? Kann das irgendeiner Streitmacht gelingen?«

»Das ist mir gleich. Ich will, dass Freydis in Sicherheit ist. Sie wird mittendrin sein«, erwiderte Svanhild.

»Glaubst du? Glaubst du das wirklich?«, fragte Solvi. »Oder suchst du nur einen Vorwand, um wieder in die Schlacht zu ziehen?«

Solvis Worte machten sie wütend, nicht nur, weil sie ein Körnchen Wahrheit enthielten. »Wenn Harald gewinnt, wird er als Nächstes zu dir kommen«, sagte sie verzweifelt. »Damit hat er schon oft gedroht. Er macht dich für diese ganze Rebellion verantwortlich – du bist der Einzige seiner Feinde, der ihm jemals entkommen ist.«

»Ich sehe, dass er mit zunehmendem Alter klüger geworden ist«, erwiderte Solvi. Er stand auf und streckte sich. »Wenn er mir solche Vorwürfe macht, warum ist er nie gekommen, um mich anzugreifen?«

»Ich habe ihn davon abgelenkt. Und mein Bruder hat ihn zurückgehalten. Er hatte in Norwegen Wichtigeres zu tun.«

Solvi verzog den Mund. »Ja, selbst in Island haben wir von diesen wichtigeren Dingen gehört. Bist du deshalb von ihm weggelaufen? War es Eifersucht auf seine anderen Frauen?«

»Haben wir darüber nicht schon genug gesprochen?«, fragte Svanhild. »Ich hätte bleiben können, aber ich bin hierhergesegelt. Zu dir. Zu unserer Tochter.«

»Niemals deswegen«, meinte Solvi. »Du bist wegen deines Stolzes hergekommen, und jetzt segelst du aus demselben Grund wieder von hier fort.«

»Zehn Jahre lang haben mein Bruder und ich Norwegen in Haralds Namen regiert«, sagte Svanhild und versuchte, ihre Stimme ruhig zu halten. »Vermutlich wäre ich zufrieden gewesen, wenn das so weitergegangen wäre. Ich halte meine Eide. Jetzt ist deine Tochter in Gefahr. Bist du solch ein Feigling geworden, dass dich nicht einmal das bewegt?« Sie wusste nicht, ob ihn ihre Worte berührten. »Harald wird weit entfernt sein von allem, was er weiß«, sagte sie. »Wir haben Verbündete auf allen schottischen Inseln. Wenn Harald auf den Orkneys fällt, wird mein Bruder König von Norwegen, und ich ... ich werde ihn dazu bringen, zu versprechen, dass du zurückkehren kannst.«

Solvi lächelte, während sie sprach, ein scharfes Lächeln, das sie vor langer Zeit zugleich geliebt und gehasst hatte.

Und das sie nicht mehr gesehen hatte in ihrem neuen gemeinsamen Leben. »Ich habe dich Besseres gelehrt als das«, sagte er. »Wenn Harald fällt, wird Norwegen wieder in sich bekriegende Königreiche zerbrechen, und dein Bruder wird ihre erste Zielscheibe sein. Komm, Svanhild, du hast mich einen Eid schwören lassen, damit ich nie mehr versuche, mein Land wieder zu beanspruchen, und ich habe diesen Eid gehalten.«

»Ich entbinde dich von deinem Eid. Wenn du es nicht für deine Tochter tun willst, tust du es dann für die Rache, nach der du dich immer gesehnt hast?«, fragte Svanhild.

»Ich habe dir gesagt, dass ich nie mehr in die Schlacht ziehen werde.«

»Nicht einmal für deine Tochter? Nicht einmal für mich?«

»Wenn ich doch kein Schwert mehr führen kann. Willst du, dass ich umso schneller tot bin?«

Der Solvi, den sie früher gekannt hatte, wäre lieber gestorben, bevor er solche Sachen sagte. »Ich habe nie ein Schwert führen können, aber das erschien mir immer als eine der weniger wichtigen Notwendigkeiten«, erwiderte Svanhild. Ihre Stimme zitterte.

»Du hältst mich für weniger bedeutend als eine Frau?«, sagte Solvi.

»Nur, wenn du nicht mitkommst.«

»Dann segelst du also wieder fort, so wie ich es mir gedacht habe.«

»Ich segle zu unserer Tochter«, entgegnete Svanhild.»Wenn du für sie nicht mitkommst, dann ist der Mann, den ich einst liebte, wirklich gestorben. Er wäre zu ihr gesegelt, selbst wenn er nicht kämpfen konnte.«

Solvis Blick traf einen Augenblick ihren, dann jedoch sah er weg. »Hallbjorn wird sie zu Harald und deinem Bruder zurückbringen. Sie wird in Sicherheit sein.«

Svanhild hätte am liebsten geschrien. Keiner war sich über das Schicksal einer Frau so sicher wie ein Mann. »Weißt du, was es sie kosten wird, was es sie vermutlich schon gekostet hat, wieder in seiner Gewalt zu sein?«, fragte sie. Harald und Ragnvald, die könnten entscheiden, dass es die beste Option war, Freydis mit Hallbjorn zu verheiraten, aber Freydis würde nicht zustimmen.

»Ich weiß, dass sie sich wahrscheinlich schon selbst getötet hat«, sagte Solvi ruhig. »Soll ich ihr in den Tod folgen? Das verlangst du jetzt gerade von mir.«

Svanhild verkniff sich die Antwort, dass er genau das tun sollte, dass es alles war, wofür er noch taugte. Sie glaubte es nicht; sie wollte ihn an ihrer Seite, auch wenn er nichts weiter tun konnte, als sie auf der kalten Überfahrt in seinen Armen zu wärmen. »Was ist jetzt mit deinem Versprechen, dass Freydis ihr eigenes Schicksal bestimmen sollte?«, fragte sie.

»Das war töricht von mir«, sagte Sovli. »Niemand kann sein eigenes Schicksal wählen, nicht einmal du.«

»Nein, aber ich kann aufstehen und ihm begegnen«, erwiderte Svanhild. »Mit dir oder ohne dich.«

Svanhild ging in Solvis Haus, um zu packen, und fand Tova,

die ins Feuer starrte. Falki stand neben ihr und hatte die Arme um sie gelegt. »Ich komme zu dir zurück«, sagte er gerade.

Sie gab keine Antwort, und Svanhild vermutete, dass ihre Auseinandersetzung schon eine Weile andauerte, vermutlich seit Unna mit ihren Neuigkeiten zu ihnen gekommen war. Svanhild verspürte einen kleinen Schmerz für Tova, aber sie war froh, dass Falki mit ihr kommen wollte. »Ich bringe ihn zu dir zurück«, sagte sie zu Tova.

»Das kannst du nicht versprechen«, erwiderte Tova.

»Ich kann dir versprechen«, entgegnete Svanhild, »vor den Göttern, und mit Rolli Ragnvaldsson als Zeugen, dass ich dir dieses Ackerland gebe. Es gehört nicht länger Solvi Hunthiofsson oder seinen Erben.«

»Ich will nicht ...«, begann Tova.

»Was willst du mit Solvi Seefeigling? Ich werde nicht zu ihm zurückkehren.« Svanhild wandte sich Rolli zu, der in der Tür stand und Wasser aus seinem Haar schüttelte. »Du hast gehört, was dein einstiger Freund Hallbjorn angerichtet hat«, sagte sie. »Kommst du mit mir, um sie zurückzuholen?«

Rolli schüttelte den Kopf. »Das verlängert nur meine Ächtung auf Lebenszeit«, antwortete er. »Mein Vater ist sicher dort, und ich kann nicht gegen ihn kämpfen.«

»Ich gehe nicht, um gegen Harald zu kämpfen«, versicherte Svanhild. »Ich gehe, um meine Tochter zurückzuholen, was immer dazu notwendig sein wird. Ich werde mich wieder mit Harald verbünden, wenn ich das tun muss – ich werde alles für sie tun. Willst du nicht dafür mit mir kommen?«

Rolli und Solvi zeigten so ähnlich hilflose Mienen, dass Svanhild sich wünschte, sie könnte gegen sie wegen ihrer Feigheit das Schwert ziehen, wie es ein Mann sicher tun würde. »Rolli, du hast ein Schiff, ein Schiff, das ich für dich gebaut habe. Wenn die Schande meines Ehemanns zu groß wird, sodass ich ihn hier zurücklassen muss, dann bringe ihn zu mir auf die Orkneys«, sagte sie. »Wenn du nicht zu mir kommst, dann suche auf dieser Seite von Walhalla nicht mehr nach mir. Oder dort vielleicht auch nicht. Die Halle mächtiger Krieger wird für keinen von euch beiden der richtige Ort sein.«

Kapitel 30

Thordis' Gewicht an ihrem Rücken machte es Freydis schwer, die Leiter zu Hallbjorns Schiff hinaufzuklettern, aber sie weigerte sich, ihre Tochter auch nur eine Sekunde aus der Hand zu geben. Als das Schiff lossegelte, blickte sie auf die Siedlung zurück, die in der Ferne immer kleiner wurde. Von den am Ufer aufgereihten Schiffen setzte sich keines in Bewegung, doch jedes Mal, wenn sie in der Brandung wippten, hoffte Freydis, dass eines sich auf den Weg machen würde, um sie wieder nach Island zurückzuholen.

Sie hatte um das Leben von Unna, Solvi und ihrer Mutter gefeilscht, so wie ihre Mutter es einst für Solvi getan hatte. Keinen Moment lang glaubte sie, dass Hallbjorn sein Versprechen halten würde – er wollte unbedingt einen Sohn und würde wohl kaum zwei Jahre warten, bis Thordis entwöhnt war –, aber zumindest würde er sie hier an Bord nicht vergewaltigen. Sie schwor sich, diesmal aus vollem Halse zu schreien, falls er es versuchen sollte, sodass die Männer hören mussten, dass sie sich ihm nicht freiwillig hingab. Nicht dieses Mal.

Thordis war zumindest so stark, wie ihr Name besagte. Sie trank gierig von Freydis, während Island hinter dem Horizont versank. Fünf- bis sechsmal am Tag wollte sie gestillt werden, um Mitternacht ebenso wie am hohen Mittag, und Freydis gab ihr in ihrem Nebel von Bedauern und Erschöpfung nach.

Doch eine Freundin fand sie an Bord wieder vor: Ihre Katze Torfa lebte immer noch auf dem Schiff, nun gefolgt von einem Kätzchen in derselben graubraunen Musterung. Einer der jüngeren Seeleute hatte ihr erzählte, dass Torfa im Frühjahr Junge geworfen hatte und dass nun die meisten Schiffe in Ketils Konvoi eines davon aufgenommen hatten. Torfa rollte sich auf Freydis' Füßen ein, wo immer sie saß, und schnurrte oder miaute abwechselnd nach ihren halb erwachsenen Jungen.

Am zweiten Tag auf See schrie Thordis den ganzen Morgen so laut, dass sie das Geschrei der Möwen übertönte; selbst an der Brust wollte sie sich nicht beruhigen. Schließlich wurde sie müde und fiel an Freydis' Brust in einen Schlummer, gähnte und nuckelte ein wenig. Hallbjorn setzte sich neben Freydis.

»Unsere Tochter ist wenigstens stark«, sagte er. Es waren die ersten Worte an sie, seit er sie gezwungen hatte, an Bord zu kommen. »Lass sie mich mal halten.«

»Erst wenn sie ausgeschlafen hat, sonst fängt sie wieder an zu schreien«, erwiderte Freydis. Hallbjorn saß still neben ihr, und seine Körperwärme hielt auch sie warm, trotz ihrer entblößten Brüste. Endlich fiel Thordis in einen tiefen Schlaf, und Freydis konnte nun ihre Tunika wieder herunterziehen.

»Komm, ich halte sie«, sagte Hallbjorn, der ihre ungeschickten Bewegungen sah. Freydis zögerte und kniff die Augen zusammen.

»Du hast mir früher doch auch vertraut, also kannst du es jetzt auch wieder tun.«

»Hab ich nicht. Ich habe nur nachgegeben, bevor du mich vergewaltigst, nachdem ich gemerkt hatte, dass mir niemand zu Hilfe kommt.« Ihr verschüchtertes früheres Selbst bebte vor Angst. Sie hatte ihn mit ihren Worten verärgern wollen, und sie war ihm ausgeliefert.

»Das redest du dir nur ein«, sagte Hallbjorn. »Aber ich weiß wohl, dass du mich begehrt hast. Du hast geschrien vor Lust.«

Freydis beugte sich über Thordis' zartes Köpfchen, um ihre Scham zu verbergen. Vorsichtig legte sie die Kleine in eine Schlinge um ihre Brust, sodass Thordis ihr Herz schlagen hören und die Milch riechen konnte. Ihr Körper hatte damals auf seinen angesprochen, ein Verrat, der noch größer war als der von Rolli, noch schlimmer als die leere See hinter ihr, die große Stille all jener, die sie hätten beschützen sollen.

Sie nahm ihre Flickarbeit auf und stach mit der Nadel in den Stoff. Hallbjorn ergriff ihre Hand, aber sie schlug ihn weg. »Hör auf, sonst fällt mir meine Eisennadel aus der Hand. Sie war teuer genug.«

Er hielt ihre Hand umso fester, während sie die Nadel zwischen Daumen und Zeigefinger presste. »Du hast gesagt, du wirst meine Frau«, sagte Hallbjorn. »Kein lebloses Ding, das sich in den Tod flüchten will. Und jetzt lässt du mich nicht einmal meine Tochter halten.«

»Sie schläft«, sagte sie mit zusammengepressten Zähnen. »Und eine Frau würde dir sagen, dass du sie nicht bei ihrer Arbeit stören sollst. Eine Frau ist keine Sklavin.«

Er ließ ihre Hand los. »Diesmal lasse ich dir das durchgehen«, sagte er in einem halb traurigen, halb drohenden Ton. »Du wirst schon noch lernen, mich so zu respektieren, wie eine Frau das soll.«

• • •

Einige Tage später erreichten sie am frühen Morgen die Färöerinseln. Sie blieb in der Nähe des Schiffs, während Hallbjorns Männer ausschweiften und nach Vogeleiern suchten und Vögel jagten.

Die Vögel waren aber schlauer als die schwerfälligen Krieger, sie ließen sich nicht erwischen und hielten ihre Eier gut versteckt. Einige Männer kletterten die steilen Felswände empor und hingen dort nur an ihren Fingern. Freydis hatte schon Angst, einer würde abstürzen und sie müsste ihm dann die Knochen richten, aber andererseits wünschte sie sich das auch fast. Der Mann wäre dann vielleicht gelähmt, und das wäre ein Aufpasser weniger. Aber alle hielten sich fest, und das Einzige, was brach, waren ein paar Eier, die sie in die Hüfttaschen gesteckt hatten, sodass Freydis noch mehr Wäsche zu säubern hatte.

»Gehen wir hier bald wieder weg?«, fragte Freydis Hallbjorn nach ihrem Mittagsmahl.

Hallbjorn sah mürrisch drein. »Ketil Flachnase und Geirbjorn Hakonsson sagten, sie würden bei Vollmond hier zu uns stoßen«, erwiderte er. Freydis hatte von Geirbjorn Hakonsson gehört – dem geächteten Sohn des alten Königs Hakon. Er durfte nie mehr nach Norwegen zurückkehren, da er König Harald und auch seinen Vater verraten hatte. Außerdem hatte er seinem Bruder Herlaug geholfen, grausam und blutig an einer Frau Rache zu üben und sie so zu verstümmeln, dass Freydis Albträume bekommen hatte, als sie davon hörte.

Hallbjorn kümmerte sich nicht weiter um sie bis zum Abend, als er sie anwies, in seinem Schlafsack auf ihn zu warten. Sie rechnete nicht damit, einzuschlafen, doch die Tage auf dem Schiff ohne Schlaf und die Pflege von Thordis hatten sie so erschöpft, dass sie die Augen nicht länger offen halten konnte. Sie versank mit Thordis im Arm in tiefem Schlaf und wachte erst wieder auf, als Hallbjorn zu ihr in den Schlafsack schlüpfte. Sie legte Thordis in eine kleine Wiege, die sie von Unnas Haus mitgenommen hatte. »Du hast geschworen, dass du mich meine Tochter zwei

Jahre lang stillen lässt«, sagte sie vorwurfsvoll. »Bis dahin kannst du mich nicht wieder schwängern!«

»Wann hörst du endlich damit auf, mir zu sagen, was ich tun kann und was nicht?«, fragte Hallbjorn.

Freydis lachte schrill. »Was glaubst du denn, was Ehefrauen tun, du Schlaumeier? Warum meinst du denn, gibt es so viele Geschichten von mürrischen Ehemännern und zeternden Ehefrauen? Wenn dir das nicht passt, dann lass mich einfach in Ruhe. Ich hab dich schließlich nicht gebeten, mich und meine neugeborene Tochter von meiner Familie wegzureißen. Erzähl mir nicht, was eine Frau zu tun hat.«

Er schlug ihr so hart ins Gesicht, dass ihr der Atem wegblieb. Ihre Wange wurde zuerst kalt, dann heiß, und Thordis fing an zu schreien. Freydis machte sich bereit, ihre Tochter zu verteidigen, sollte es notwendig werden. Nur über ihre Leiche sollte er Thordis etwas antun können.

Doch er lag nur neben ihr und atmete ein paarmal tief durch, während Thordis greinte. »Sie weckt mir ja alle meine Männer auf«, sagte Hallbjorn. »Willst du nicht endlich etwas tun, dass sie aufhört zu schreien?«

»Darf ich das, Herr?«, fragte Freydis. »Darf ich meine Tochter trösten?«

»Ja doch«, und dann etwas leiser: »Du hast ja recht. Ich weiß nicht, wie man sich als Ehemann verhält.«

Freydis kroch aus dem Schlafsack heraus und zog Thordis an ihre Brust. Sie wiegte das Kind leise, bis es wieder einschlief.

»Warum wolltest du, dass ich heute Nacht bei dir im Schlafsack bin?«, fragte sie. »Du hast doch geschworen, mich nicht zu schwängern. Das also kann es nicht sein. Also sag schon.«

»Du kannst mich trotzdem befriedigen, du weißt schon; ich

hab es dir doch mal gezeigt.« Seine Stimme klang schon etwas unsicherer.

Das könnte sie einigermaßen ertragen, dachte sie – ihn mit den Händen zu befriedigen. Sie folgte seinen Anweisungen und tat, was er sagte, bis er seinen Samen ergoss. Er nahm sie in die Arme und vergrub sein Gesicht an ihrem Nacken, dann fing er an, an ihren Kleidern zu nesteln, aber sie trug zwei Lagen Röcke, enge Stoffbahnen, die er nicht hochschieben konnte.

»Das war's vorläufig, mein Liebster«, sagte sie und versuchte, ihre Stimme leicht und zärtlich klingen zu lassen. »Selbst Ehemänner, die keine zwei Jahre warten, geben ihren Frauen ein paar Monate Zeit nach der Geburt.« Männer hassten es, von Frauenproblemen zu hören, das konnte sie ein wenig als Druckmittel einsetzen. »Ich bin immer noch ganz wund und gerissen da unten, du würdest das doch nicht schlimmer machen wollen?«

Das belohnte er damit, dass er von ihr wegrollte, und bald darauf hörte sie sein tiefes, regelmäßiges Atmen und konnte selbst etwas entspannen. Dann schlief auch sie ein, doch noch vor dem Morgengrauen wurde sie von Thordis' hungrigem Schreien wieder geweckt.

»Wacht die immer so oft auf?«, fragte Hallbjorn verschlafen.

»Ja, sie ist ja ein Neugeborenes«, antwortete Freydis mit weicher Stimme, um Thordis nicht zu erschrecken und den Kontakt zur Brust verlieren zu lassen. »Das ist auch ein Grund, warum Ehemänner nach einer Geburt dem Bett ihrer Frau fernbleiben. Wenn sie das nicht tun, dann verlieren sie ihren Schlaf. Warum kommst du nicht, wenn du willst, dass ich dich berühre, schläfst dann aber woanders?«

Er gähnte ausgiebig. »Ich glaube, da hast du recht. Aber jetzt nicht. Sie schläft wieder ein, nachdem du ihr die Brust gegeben hast. Zumindest ich würde das tun.«

• • •

Am folgenden Tag auf den Färöerinseln war Hallbjorn viel netter zu ihr, und sie giftete ihn auch weniger an. Sie verbrachte den Tag damit, Thordis' verschmutzte Kleidung zu waschen und für Hallbjorn und seine Leute das Essen zuzubereiten. Hallbjorn fing an, ihr zu vertrauen. Bald würde er sie nicht mehr ständig überwachen, und dann könnte sie entwischen – zurück zu ihrem Onkel Ragnvald vielleicht oder wieder nach Island? Bei dem Gedanken daran stieg Unmut in ihr auf. Von dort hätte sie sich mehr Hilfe erwartet.

Am nächsten Tag kam ein weiteres Schiff an, das von Geirbjorn Hakonsson geführt wurde. Er und Hallbjorn begrüßten sich herzlich. Freydis sah ihn sich an und versuchte, in ihm das Monster aus den Geschichten zu erkennen, das das Gesicht einer Frau entstellt hatte als Racheakt gegen ihren Sohn, aber er sah aus wie alle anderen Männer auch. Seine Augen waren vielleicht ein wenig kälter, aber im Grunde war ihr der Anblick von Snorris Gesicht und seinem entstellten Mund anfangs unangenehmer gewesen.

Der Mond rundete sich zum Vollmond, und so legten sie ab, nachdem der Höhepunkt der Flut am folgenden Morgen überschritten war, und segelten in Richtung Shetland- und Orkneyinseln. Der Wind war nicht stark, doch nach zwei Tagen sah Freydis Möwen in der Ferne, dann stießen weitere Schiffe auf sie zu mit Segeln in allen Farben, darunter auch einige aus ungefärbtem, selbst gesponnenem Material. Sie wünschte, sie hätte damals in Tafjord besser auf solche Dinge geachtet, wo viele Schiffe eingelaufen waren. Ihre Mutter wüsste bestimmt, wem diese Schiffe gehörten und was das für die kommenden Kriegshandlungen bedeutete. Für Freydis bedeutete es nur, dass sie alles Überlebenswichtige zusammenhielt, falls sich eine Gelegenheit ergeben würde zu entkommen.

Als der Wind stärker wurde, übernahm Hallbjorn das Kommando von seinem Lotsen und gab seinen Leuten mit kräftiger Stimme Anweisungen. Im Lauf des Winters, als er weg gewesen war, hatte sich sein Können als Anführer und Seemann verbessert. Sein Bart wuchs nun voller, und die Schultern waren breiter. Hin und wieder überlegte sich Freydis, ob es wirklich so schlimm wäre, seine Frau zu sein. Er hatte ihr im Bett früher Lust bereitet und konnte dazu überredet werden, sie gut zu behandeln.

Aber wenn sie den Kopf drehte, spürte sie immer noch Schmerzen von damals, als er ihre Schulter vor einem Jahr ausgerenkt hatte. Sie fühlte die blauen Flecken auf ihrer Hand von seinem Griff zuvor und ihre Wange war noch geschwollen. Bei ihm musste sie jederzeit darauf gefasst sein, dass er seine körperliche Stärke gegen sie ausspielte.

• • •

Diesmal fuhr Hallbjorn die Orkneyinseln von einer anderen Richtung aus an als im Jahr zuvor und segelte auf die südlichste Insel des Archipels zu. Eine einsame Steinsäule stand vor einem tiefen Tal, dessen Windungen mitten durch die Insel verliefen. Die Orkneyinseln zogen Wolken an, die noch dichter waren als jene um die Färöerinseln, sodass die Steinsäule einsam herausragte, um dann wieder im Nebel zu verschwinden. Einige der Schiffe um sie herum folgten ihnen, während andere ihnen zuerst hinterherfuhren, aber am Ende zurückfielen. Die Zeit für Krieg war noch nicht gekommen. Die Anführer beider Seiten wollten sich erst noch zurückziehen, um sich mit ihren eigenen Leuten zu besprechen.

Die Schiffe, die hier auf der Insel Hoy auf Strand setzten, zeigten ungefärbte, oft geflickte Segel. Freydis hörte Namen unter den Männern, die ihr schon bekannt waren. Melbrid Tooth, klein gewachsen, aber muskulös, zeigte seinen berühmten Zahn, wenn er lächelte. Ketil Flachnase, dessen Nase bei einer längst vergangenen Schlacht platt gedrückt worden war, nickte ihr zu, als er sie mit ihrer Tochter sah – Freydis erinnerte sich, dass er bei Thordis' Namensgebungszeremonie dabei gewesen war. Bei ihm war Ogmund Gudbrandsson, lange ein Verbündeter von Solvi und Haralds Feind. Weitere kamen von Schweden und den dänischen Königreichen, von Friesland und den baltischen Ländern. Einige sprachen mit irgendeinem Akzent, den sie nicht verstehen konnte. Ein paar hatten Frauen dabei, die zum Teil genauso wild waren wie ihre Männer, zum Teil aber auch eingeschüchtert und geprügelt aussahen.

Immer mehr kamen zusammen und drängten sich in die kleine Torfhalle, sodass es darin nach Erde, Schweiß und nasser Wolle zu stinken begann. Manche mussten draußen kampieren, dem feuchten Vorfrühlingswetter ausgesetzt. Hallbjorn war wenigstens früh genug hier aufgetaucht, um ihr einen Platz im Inneren zu sichern. Jede Nacht teilte er das Bett mit ihr und wollte immer, dass sie ihn berührte. Sie vertröstete ihn weiterhin, ließ aber dafür zu, dass er sie begrapschte, immer in der Angst, dass er ihre Ausflüchte bald nicht mehr akzeptieren würde. Ihre Schwellungen gingen Tag für Tag weiter zurück, und sie befürchtete, dass sie ihn bald um des lieben Friedens willen gewähren lassen müsste.

Wenige Tage nach ihrer Ankunft schlachteten ein paar Männer eine Kuh und wiesen die Frauen an, sie für das Fest zu braten. Freydis arbeitete den ganzen Tag über und war am Abend vollkommen mit Fett verschmiert. Zusammen mit den anderen Frauen bediente sie bei Tisch. Wenn Thordis wach war, trug sie

sie auf dem Rücken, ansonsten legte sie sie in einer warmen Ecke der Küche ab.

Nachdem die Männer sich satt gegessen und gegenseitig ihre Heldentaten besungen hatten, stand Ketil auf und sagte: »Es freut mich zu sehen, dass so viele von euch gekommen sind, aber wir müssen uns trotzdem vorsehen. Harald ist mit vielen Schiffen hier. Ihre Seeleute sind wahrscheinlich nicht so gewieft wie wir, aber sie sind auch nicht in der Minderzahl – eher im Gegenteil. Was noch schlimmer ist – Thorstein hat uns verraten. Wir müssen uns damit abfinden, dass er geheimes Wissen über die Strömungen um die Orkneys und die versteckten Buchten weitergegeben hat, also können wir das nicht gegen sie einsetzen.«

»Was schlägst du dann vor?«, fragte Ogmund Gudbrandsson. »Wir sind ja nicht hergekommen, um uns dann einfach wieder davonzuschleichen. Harald und diese falsche Schlange von Ragnvald der Halbertrunkene haben den Tod meines Vaters und meines Bruders herbeigeführt und uns unser Land weggenommen. Wir sind hier, um uns zu rächen.«

Weitere Stimmen erhoben sich in einem Gewirr, bis Ketil die Hand hob und um Stille heischte. »Wir sind alle aus demselben Grunde hier«, sagte er. Seine Stimme war laut, klang aber nasal durch seine gequetschte Nase. »Harald Halfdansson, Ragnar Eysteinsson, Oddi Hakansson, all diese Männer haben uns Unrecht angetan, aber jetzt tun sie uns einen Gefallen, weil sie alle hierhergekommen sind, um zu sterben.«

Freydis sah kurz zu Geirbjorn Hakonsson hinüber, um zu sehen, ob er dagegen protestierte, dass sein Bruder zu den Feinden gezählt wurde. Seine Augen blieben jedoch ausdruckslos und unergründlich.

»Wir können Harald aber nicht an Land besiegen«, fuhr Ketil fort. »Wir müssen ihre Schiffe hinauslocken und sie draußen nach und nach unschädlich machen. Das nimmt viel Zeit in Anspruch, aber es ist der einzige Weg, wie wir gewinnen können.«

Die Männer besprachen sich bis tief in die Nacht hinein, wie man Ketils Vorschläge am besten umsetzen könnte, bis sie endlich so betrunken waren, dass sie auf den Bänken oder im schmutzigen Stroh auf dem Boden einschliefen.

Am nächsten Morgen segelten die meisten von ihnen auf ihren Schiffen davon. Freydis fragte eine der Frauen in der Küche, ob es ein Badehaus gebe, das sie benutzen könne. Als sie dort hinging, um ein Feuer anzuzünden, kam eine gebeugte, schwarz gekleidete Gestalt auf sie zu. Als die Alte näher kam, war Freydis kaum überrascht, das Gesicht von Runa zu erkennen, der alten Frau, die ihr früher schon einmal eine Fluchtmöglichkeit angeboten hatte.

»Freydis Solvisdatter«, sagte Runa, »du bist also doch zurückgekehrt.«

»Ja und?«, sagte Freydis und verschränkte die Arme. »Was macht das schon?«

»Die Inseln mögen es nicht, wenn sich so viele Krieger hier herumtreiben, alles aufessen, was die Inseln hergeben, und Torf verbrennen, den sie nicht gestochen haben. Sie werden sich auflehnen«, fuhr Runa fort.

»Ist das etwa eine Warnung?«, fragte Freydis.

»Nein«, erwiderte Runa. Sie kam so nahe heran, dass Freydis ihren säuerlichen Dunst aus Alter, Schweiß, Torf und Kräutern aufnahm. »Es ist ein Versprechen, Tochter. Du darfst die Hoffnung nicht aufgeben.«

Sie ging neben Freydis her und war wieder wie von Zauberhand verschwunden, als diese sich einmal nach ihr umdrehte. Freydis schritt weiter zum Badehaus und verspürte die Hoffnung, die Runa ihr in Aussicht gestellt hatte, gemischt mit Irritation.

Kein Wunder, dass ihre Mutter keine Geduld für Prophezeiungen und Aberglaube hatte. Alfrith hingegen würde ihr raten, die Weissagung nicht außer Acht zu lassen. Sie musste die Augen offen halten für eine Fluchtmöglichkeit.

Die Krieger kamen erst wieder zurück, als Freydis schon müde war und ins Bett wollte. Sie trampelten herein, laut, übel riechend und hungrig, und Freydis musste ihnen mit den anderen Frauen zusammen eine späte Abendmahlzeit auf den Tisch stellen. Auch am nächsten Tag gingen sie wieder fort und kamen erst spät zurück, sodass Freydis sich nachmittags um dieselbe Zeit wie Thordis etwas Schlaf gönnte, um sich nicht vollkommen ausgelaugt zu fühlen.

Nach ein paar Tagen, die ähnlich verliefen, fingen die Räuber an, unruhig zu werden. Keines von Haralds Schiffen ließ sich auf Kampfhandlungen ein. Sie blieben allesamt vor der Niederlassung in Grimbister liegen, wo sie vor den Strömungen vor Orkney sicher waren. Hallbjorn kroch in Freydis' Bett in dieser Nacht, umschlang sie mit seinen Armen und presste die ganze Länge seines Körpers gegen ihren. Freydis seufzte und machte sich bereit, ihn zu befriedigen, aber er berührte stattdessen ihre Wange und küsste sie probeweise.

»Hast du schon gehört?«, fragte er. »Das ist alles sinnlos hier.«

»Ja, das habe ich sagen hören«, erwiderte Freydis und unterdrückte den Wunsch, Hallbjorns Küsse von ihrem Mund abzuwischen. Manchmal kam sie besser damit zurecht, die liebende Frau zu spielen, doch an anderen Tagen konnte sie seine Berührung kaum ertragen.

»Was meinst du?«, fragte er. »Du bist doch die Tochter von Svanhild Seekönigin und Solvi Hunthiofsson. Glaubst du, dass wir auf diese Weise gewinnen können?«

»Ich kann doch auch nicht weissagen«, sagte Freydis. Aber sie hatte Geschichten über Haralds Schlachten gehört, die in Tafjord an den langen Winterabenden erzählt wurden, um die Zeit totzuschlagen. Ketil hatte schon recht – Harald focht besser an Land. Die meisten seiner Siege waren Schilderwall-Kämpfe gewesen. König Ragnvald hatte Harald geholfen, seine Seeschlachten zu gewinnen, aber selbst dann hatten sie Männer an Land gelockt, wann immer sie konnten.

»Aber ... wovor hast du denn Angst?«, fragte sie.

»Ich fürchte, sie bleiben einfach in Thorsteins Halle und weigern sich, unsere Schiffe zu verfolgen, und dann geht ein weiterer Sommer ins Land, bevor ich mich an König Ragnvald rächen kann. Er hat meinen Vater getötet und meine Mutter entehrt, und es dauert schon viel zu lange, dass ich ihm ein freundliches Gesicht machen muss.«

Noch nie hatte sie ihn so giftig reden hören. Sicher hatte er Rolli dazu angestiftet, Aldis Schiff aus Rache anzugreifen. Es fuhr ihr eisig den Rücken hinunter, selbst gegen Hallbjorns Körper gepresst. Runa hatte ihr gesagt, die Inseln wollten ihn hier nicht, und Freydis könnte ihnen helfen.

»Du hast recht«, sagte sie mit fester Stimme. »Ihr müsst sie irgendwie angreifen. Ihr solltet den Kampf an Land wagen.« Die seltsame Kälte in ihr ließ sie weitersprechen. »König Ragnvalds Hände haben sich nie ganz erholt, nachdem Solvi sie ihm gebrochen hatte. Wenn du ihm Mann gegen Mann an Land gegenüberstehst, gewinnst du sicher. Hab keine Angst. Er fürchtet sich immer davor, als Feigling zu gelten, und kämpft deshalb immer da, wo es am heißesten hergeht, obwohl er schon zu alt dafür ist. Dort solltest du ihn aufsuchen und ihn töten.«

Hallbjorn sah sie verwundert an. »Du klingst ja so, als würdest du ihn genauso hassen wie ich«, sagte er.

»Er hat meine Mutter verraten«, sagte Freydis. »Er ist ihr Bruder, und sie hat eine Schwäche für ihn, aber ich finde, er ist ein Tyrann, genauso wie Harald einer ist.«

»Oh Frau, wie gerne würde ich dich jetzt nehmen«, sagte Hallbjorn.

»Ja, das wäre schön«, seufzte Freydis. Die neu gefundene Kälte ließ sie lügen, ohne sich dafür zu schämen. Der Mann, mit dem sie sprach, war so gut wie tot. »Aber ich bin immer noch gerissen von Thordis' Geburt. Komm siegreich zurück aus der Schlacht, und ich werde neue Wege finden, dich glücklich zu machen.« Sie berührte ihn und fragte sich, ob er die Kälte in ihren Fingerspitzen spürte, aber er stöhnte vor Lust und küsste sie ohne jede Zurückhaltung. In dieser Nacht schlief sie nicht, sondern starrte die ganze Zeit an die schmutzige Decke. Sie spürte der seltsamen, ungewohnten Energie nach, als zöge sie mit ihren Worten die Schicksalsfäden.

Am nächsten Morgen küsste Freydis Hallbjorn zum Abschied, bevor er an Bord ging, es war ein tiefer, leidenschaftlicher Kuss, den sie voll und ganz erwiderte, denn sie wusste tief in ihrem Inneren, dass dies die letzte Wärme war, die er je von ihr zu erwarten hatte.

Kapitel 31

Haralds Streitkräfte verbrachten eine lange, verregnete Woche in Grimbister mit dem Versuch, den Feind aufzustöbern. In Thorsteins Halle konnten höchstens hundert seiner Krieger unterkommen, und zum Essen reichte es sogar für noch weniger. Die mitgebrachten Vorräte waren bald verzehrt, und Ragnvald sah, dass einige Männer schon ein Auge auf noch nicht schlachtreife Kühe geworfen hatten.

Einigen Kundschaftern, die er ausgeschickt hatte, waren zwar feindliche Schiffe begegnet, doch Haralds Männer wagten es nicht, ihnen allzu weit zu folgen, um ihr Versteck ausfindig zu machen – und das aus gutem Grund. Thorstein war ihnen auch keine große Hilfe. Er hatte nur verraten, die Orkneyinseln hätten viele versteckte Buchten und Strände, sodass sich der Feind praktisch überall verbergen konnte.

Nachdem sie so fünf Tage ergebnislos verbracht hatten, rief Harald eine Beratung mit Ragnvald und seinen Schiffsführern ein, um seine Enttäuschung mit ihnen zu teilen. »Wenn wir sie nicht herauslocken können, dann sollten wir den Krieg nach Schottland verlagern«, sagte er. »Wie ich gehört habe, sind viele unserer Feinde dort zu Hause.«

»Wir müssen sowieso Überfälle auf das Festland machen, damit Thorstein über den Winter kommt«, sagte Ragnvald.

Harald winkte ab. »Ich habe ihm genug bezahlt.«

»Er kann kein Silber essen«, konterte Ragnvald. Er reckte sich und drehte seine andere Seite dem Feuer zu, um sich dort zu wärmen. Die Feuchtigkeit in seiner Kleidung stieg als Dampf empor und ließ ihn frösteln. »Unsere Feinde haben sicher gehört, dass Thorstein ihnen in den Rücken gefallen ist«, fügte er hinzu. »Wenn sie keinen groß angelegten Ausfall machen, können wir sie nie aufstöbern. Wer unter uns kennt sich auf den schottischen Inseln am besten aus und könnte einen Angriff anführen?«

»Thorstein natürlich«, sagte Harald.

»Er unterstützt uns hier, mehr oder weniger, aber würde er tatsächlich seine alten Verbündeten angreifen?«

»Wenn er sich weigert, dann kostet es ihn eben das Leben«, sagte Harald.

Ragnvald schluckte trocken. In den letzten paar Jahren, während er im Namen von Harald Verhandlungen und diplomatische Gespräche geführt, aber nicht an Haralds Seite gelebt hatte, war bei ihm in Vergessenheit geraten, wie ungeduldig Harald auf alles reagierte, was nicht einer sofortigen Kapitulation gleichkam. Solche Worte konnten einfach nicht geäußert werden, solange sie unter Thorsteins Dach lebten. Das göttliche Gesetz verlangte es, dass sie sich zuerst vom Hof entfernten und somit Thorsteins Gastfreundschaft beendeten, bevor sie sich überlegten, ihn zu töten.

Thorstein war unterwegs, seinen Tribut von Fischersleuten einzutreiben, und als er zurückkam, berichtete er, seine Späher hätten weitere Schiffe gesehen, die vom schottischen Festland aus herüberkamen. Bei den jetzt vorherrschenden Strömungen und Gezeiten könnten sie bis zum Nachmittag landen.

Harald, Ragnvald, Thorstein, ihre Söhne und Schiffsführer kamen zusammen, um sich zu besprechen. »Sie sind unter sich aufgespalten«, sagte Thorstein über den Feind. »Zu viele Kapitäne, kein Anführer.«

»Was ist mit Solvi Hunthiofsson?«, fragte Ragnvald.

Thorstein zuckte mit der Schulter. »Der ist schon lange nicht mehr der Mann, der er einst war. Den kannst du vergessen. Dein Feind ist hier, und es ist nicht Solvi.«

Ragnvald sah ihn misstrauisch an. Er hielt es für durchaus möglich, dass Thorstein den Aufenthaltsort seines früheren Mentors verbarg. »Wir sollten alle Schiffe aus dem Hafen verstecken und so den Eindruck erwecken, dass wir weggefahren sind. Einige sollten irgendwohin segeln, und die anderen verbergen wir an Land«, schlug er vor. »Harald hat an Land immer am meisten Glück gehabt.«

»Ich habe überall Glück«, warf Harald ein.

»Ragnvald hat recht«, sagte Thorstein. »Das Glück ist hier aufseiten derer, die sich nicht in die Strömungen wagen. Ich organisiere schon seit fünfzehn Jahren Überfälle von den Orkneys aus und habe trotzdem im letzten Jahr ein Schiff an den Klippen hier verloren.«

Haralds Männer führten Ragnvalds Vorschlag aus. Harald höchstpersönlich half mit seinem massiven Körperbau, einige Schiffe an Land und hinter die ersten Hügel zu ziehen, um sie dort zu verbergen. Auch Ragnvald beteiligte sich, doch am nächsten Tag waren seine Hände geschwächt und schmerzten so sehr, dass er beim Essen kaum das Messer halten konnte.

Er verbrachte einen Tag in gereizter Stimmung, während die feindlichen Schiffe um Grimbister herumsegelten wie Krähen um ein verendendes Tier. Harald entsandte Späher an alle Ecken der Insel, um Ausschau zu halten, doch wann immer Nachricht von ihnen eintraf, hieß es, die Schiffe seien weder gelandet, noch hätten sie Boote mit Kriegern ausgesandt. Sicher war ihnen bewusst, dass es vorteilhafter für sie war, wenn sie die Strömungen zwischen den Orkneyinseln meisterten, anstatt sich an Land zu wagen.

Am nächsten Morgen erfuhren sie dann, dass Angreifer über Nacht einige von Haralds Schiffen in anderen Häfen abgebrannt und deren Wächter getötet hätten. Die Stimmung beim Frühstück war denkbar schlecht. Nur Halfdan aß mit Vergnügen. Ivar versuchte halbherzig, mit einigen von Haralds Söhnen Witze auszutauschen, während Einar seinen Haferbrei methodisch verdrückte. Es hatte aufgehört zu regnen, und mit dem Regen verschwand auch der Schmerz in Ragnvalds Händen, aber der Wind blies so stark, dass sein Heulen die Stimmen von Haralds Kriegern selbst innen in Thorsteins Halle übertönte.

Harald schob seinen halb aufgegessenen Morgenbrei von sich und seufzte. »Ich bin bereit, nach Norwegen zurückzukehren, aber nicht ohne zumindest eine Schlacht geschlagen zu haben.« Er wandte sich Ragnvald zu. »Was hast du sonst noch für Pläne, wie wir sie aus ihrem Versteck treiben könnten? Früher hattest du immer so viele Ideen – immer ist dir der eine oder andere Trick eingefallen, wie man den Feind überlisten kann, und nun sagst du gar nichts.«

Das stimmte, ihm fiel nichts ein für dieses Inselreich. Taktiken, die bei einer Fjordschlacht funktionierten, wo Wind und Strömungen voraussehbar waren und es nur zwei Richtungen gab, in die man segeln konnte, passten nicht auf diese chaotischen Wasser zwischen den Inseln. Schiffe mit Kapitänen, die sich hier auskannten, konnten überall versteckt sein, während Haralds Männer so benachteiligt waren wie ein Blinder, der gegen einen Sehenden kämpfen muss. Und nun, wenn er sich Harald so ansah, wie dieser seine langen Glieder sorglos wie eine Katze von sich streckte, wurde ihm klar, dass er gar nicht wollte, dass Harald hier allzu erfolgreich sein würde. Harald hatte Norwegen für sich erobert und ihm, Ragnvald, und allen seinen Söhnen und Sohnessöhnen Sogn weggenommen. Damit hatte er Harald schon genug gegeben.

Er hob den Kopf und bemerkte, dass Einar zu ihm herübersah und dann wegblickte, als sich ihre Blicke trafen. »Was denkst du, Einar?«, rief er aus. »Du siehst aus, als hättest du eine Idee.«

»Nichts Bestimmtes«, antwortete Einar. Er runzelte die Stirn, und einen Moment lang sah Ragnvald seinen Sohn als alten Mann, mit einem etwas längeren Bart und einem leeren Auge, wie Odin Allvater. Er schüttelte den Kopf, um die Vision zu vertreiben.

»Komm zu uns herüber«, sagte Ragnvald. »Beide meine Söhne«, fügte er hinzu und nickte zu Ivar hinüber.

»Meine auch«, sagte Harald. »Wir können jeden Kopf brauchen.«

Eine Schar junger Männer gesellte sich zu ihnen ans Feuer, angeführt von Einar. »Was hattest du dir vorgestellt?«, fragte Ragnvald.

»Ich dachte an die Schlacht von Solskel im Geirangerfjord«, sagte Einar. »Was die Skalden davon singen und was du mir erzählt hast. Auch über Stavanger. Ihr habt immer ein paar Schiffe als Köder verwendet, um andere in eine Falle zu locken. Thorstein, gibt es hier eine Bucht, die wir dafür benutzen könnten?«

»Was gefällt dir nicht an dieser Bucht hier?«, fragte Thorstein.

»Wir kriegen sie ja wohl kaum dazu, uns dahin zu verfolgen, wo wir am besten bewaffnet sind«, sagte Einar. »Wenn das funktionieren würde, dann wäre es doch schon geschehen.«

»Die Siedlung hier steht auf einer schmalen Landenge«, sagte Thorstein. »Auf der anderen Seite ist die Bucht von Scapa. Sie ist geschützter als diese Bucht, aber dorthin zu segeln ist ziemlich kniffig. Das könnte eventuell ein passender Ort sein.« Fast gegen seinen Willen sah er recht interessiert aus.

»Klingt gut«, sagte Einar. »Wir könnten im Schutz der Dunkelheit einige Schiffe hinausschicken, sodass sie im Morgengrauen schon dort liegen und sich in die Bucht von Scapa jagen lassen. Dort können sie am Strand auffahren und ihre Angreifer hinter sich herjagen lassen, direkt in die Arme unserer Streitkräfte, die dort warten.«

Harald lachte kurz auf. »Dein Sohn ist so klug, wie du es einst warst«, sagte er zu Ragnvald. »Mich wundert, dass du nicht selbst auf die Idee gekommen bist.«

»Es gibt eine ganze Menge Gründe dafür, warum das schiefgehen könnte«, sagte Ragnvald. Er massierte seine Hände, die sich immer noch steif anfühlten, obwohl die Wetterschmerzen vorbei waren. Als er Einars Enttäuschung sah, fügte er hinzu: »Aber es gab auch Hunderte von Gründen, warum mein Plan in Solskel hätte schiefgehen können. Er hat aber funktioniert, und wir haben jetzt auch keine besseren Vorschläge. Wenn wir nichts tun, fällt eben ein Schiff nach dem anderen den Feinden zum Opfer, ebenso wie unsere Späher, während wir hier herumsitzen und warten. Was denkst du, mein König?«

»Mir gefällt das«, sagte Harald. »Wer fährt dann in den Schiffen mit?«

»Nur die Mutigsten und Tollkühnsten, wie immer«, kam es von Ragnvald.

»Es war meine Idee«, sagte Einar, »Ich sollte auf jeden Fall dabei sein.«

»Einar geht nirgendwohin ohne mich«, rief Ivar. »Wir haben einen Eid abgelegt, und ein zweites Mal werde ich ihn nicht wieder brechen.«

Ragnvald schluckte. Er wollte Ivar nicht dort haben. Die Lockschiffe würden der größten Gefahr ausgesetzt sein. Einar sollte eines davon anführen, da es ja seine Idee gewesen war – auch Ragnvald selbst hatte früher bei seinen riskantesten Plänen immer den gefährlichsten Part übernommen –, aber er wollte seine beiden Söhne nicht wieder voneinander trennen oder gar Ivar vor allen anderen widersprechen.

Haralds Söhne riefen auch alle, dass sie dabei sein wollten, und kamen mit Gründen dafür, warum man sie auswählen sollte.

»Halfdan, du meldest dich gar nicht, sehe ich«, sagte Harald. »Hältst du es nicht für einen guten Plan?«

»Er ist ganz okay«, sagte Halfdan. »Vielleicht werden so ein paar Schiffe in die Falle gelockt, aber so wie ich das sehe, kämpfen diese Schiffe nicht als eine Einheit. Das ist ihr Vorteil hier auf diesem Terrain, wo wir keine großen Schlachten schlagen und die Kommunikation schwierig ist. Einige lassen sich so wohl einfangen, andere aber nicht.«

»Was würdest du denn vorschlagen?«, fragte Harald.

Halfdans Blick drückte Unbehagen aus. »Ich sagte ja schon, Einars Plan ist ganz okay, und er hat ja bereits gesagt, dass diese Strategie dir schon früher einmal geholfen hat.«

»Dann solltest du auch nichts dagegen haben, eines dieser Schiffe anzuführen«, sagte Harald mit einem herausfordernden Lächeln. »Unter meinen Söhnen bist du einer der besten Schiffsführer, besser als die meisten anderen.«

»Natürlich, wenn du das willst«, sagte Halfdan widerstrebend.

Kurz danach löste sich die Zusammenkunft auf, und die Männer gingen ihrer Wege, um sich für den Kampf vorzubereiten. Sie schärften ihre Schwerter, nahmen letzte Reparaturen an den Rüstungen vor und tauschten untereinander Teile, die ihnen fehlten.

Ragnvald nahm sich seine eigene Ausrüstung vor, etwas, was er sich angewöhnt hatte, um von der nervösen Anspannung abzulenken. Halfdan folgte ihm zu seiner Pritsche, unter der er seine Sachen verstaut hatte.

»Du musst zusehen, dass ich auf keines dieser Lockschiffe komme«, flüsterte Halfdan Ragnvald zu.

»Warum sollte ich das tun?«, fragte Ragnvald und zog weiter seine Sachen hervor. »Glaubst du denn, diese Schlacht wendet sich gegen Harald? Sind deine Verbündeten da?«

»Sieh einfach zu, dass ich auf keinem dieser Schiffe bin«, sagte Halfdan.

»Dein Vater will aber, dass du dort bist, und ich werde ihm nicht zuwiderhandeln.«

»Du kannst am Leben bleiben, wenn ich König bin, oder noch vor meinem Vater umkommen«, sagte Halfdan. »Das liegt ganz bei dir.«

»Ich folge meinem König«, sagte Ragnvald, »wie ich dir schon immer gesagt habe.« Halfdan rempelte gegen seine Schulter, aber Ragnvald ließ sich nicht provozieren. Halfdan wollte ein Duell mit ihm erzwingen, um ihn dabei zu töten. Ragnvald hatte Angst um seine Söhne, die mit Halfdan segelten, aber wenn Halfdan gar nicht in den Lockschiffen sein wollte, dann war er dort wohl am sichersten aufgehoben, besser dort als in der Schlacht an der Seite seines Vaters, wo er ihn im Schlachtgetümmel unbemerkt töten konnte.

• • •

Alle Männer Haralds aßen sich an diesem Abend satt. Sie verschlangen die letzten Vorräte Thorsteins und noch ein paar alte Milchkühe dazu, von denen Thorstein behauptete, sie gäben keine gute Milch mehr. Das Fleisch war zäh, aber doch eine willkommene Abwechslung nach all dem Salzfisch und trockenen Roggenbrot.

Ivar und Einar standen mit dem Rest ihrer kleinen Mannschaft im Dämmerlicht am Strand, beide schon gewappnet für die lange Nacht und den Tag vor ihnen. Ragnvald wollte mit Ivar alleine sprechen, also sandte er Einar weg mit dem Auftrag herauszufinden, wie viele Männer auf den anderen Schiffen waren.

»Mein Sohn, du gehst hier ein unnötiges Risiko ein«, sagte er.

Ivar sah ihn verunsichert an. »Was willst du eigentlich, was ich für ein König werden soll?«, fragte er. »Soll ich Einar etwa alleine gehen lassen und der Gefahr aussetzen, während ich mich hinter deinen Röcken verstecke?«

Ragnvald reagierte verärgert über die Beleidigung – kein Mann sollte auch nur andeutungsweise einen anderen mit einer Frau vergleichen, es sei denn, er wollte ihn zum Duell herausfordern. Doch anstatt Ivar zurechtzuweisen, sagte er dann nur einfach: »Du bist mein Erbe und erster rechtmäßig geborener Sohn. Du musst überleben.«

»Dann solltest du statt meiner gehen«, sagte Ivar. Als Ragnvald darauf nicht antwortete, fuhr er fort: »Warum tust du es eigentlich nicht? Halfdan sagt, dass dir dein Leben zu lieb sei. Jetzt, wo die Skalden darüber singen, dass du dein Leben für Harald riskiert hast, müsstest du es ja nicht wieder tun.«

Ragnvald wurde ganz heiß vor Wut, aber er unterdrückte sie und ballte nur die Fäuste in den Taschen. Feigheit war es nicht, was ihn davon abhielt, mit den Lockschiffen zu fahren. Er musste überleben, um Ivars Erbe für ihn zu sichern. Er holte Luft, um zu sprechen, doch bevor er dazu kam, sagte Ivar etwas ruhiger: »Über mich singt niemand Lieder, Vater.«

»Kämpfe gut an Land, dann wird auch über dich gesungen«, antwortete Ragnvald. »Du hast noch ein langes Leben vor dir, in dem über dich gesungen werden kann. Dieser Auftrag hier ist zu gefährlich.«

Ivar steckte ein Gurtende an seiner Seite fest. »Du hast mich einmal dazu gebracht, ohne meinen Bruder zu kämpfen, und das hat zu meiner Gefangenschaft geführt. Ich werde meinen Eid nicht wieder brechen und Einar auch nicht.«

»Dann hätte er sich vorher mit dir abstimmen müssen, bevor er sich freiwillig meldet«, sagte Ragnvald.

»Sein Plan ist gut, und er ist mutig«, erwiderte Ivar. »Warum liebst du Einar nicht so, wie es sich gehört für einen Vater? Er hat mir nie erzählt, warum du so wütend auf ihn bist. Aber er ist auch dein Sohn, und deshalb solltest du ihm vergeben.«

»Das habe ich doch schon«, sagte Ragnvald. Er war überrascht zu hören, dass Ivar über die Affäre zwischen Einar und Gyda nicht Bescheid wusste. Einar teilte doch sonst alles mit seinem Bruder, aber das hier hatte er anscheinend für sich behalten, so wie er es versprochen hatte. Er holte tief Luft. »Bevor du geboren wurdest, habe ich deiner Mutter schwören müssen, dass ich keinen Sohn einer anderen Frau über dich setze, und das tue ich auch nicht. Ich breche meine Eide nie.«

»Aber du hast dafür gesorgt, dass Einar und ich unseren Eid brechen, als du uns getrennt hast, Vater. Ich gehe mit meinem Bruder, der mich immer beschützt hat und mich nie zurückgehalten hat, und wenn wir siegen, verlange ich einen Preis von Harald: Er soll Einar erhöhen, damit er und ich gleichwertig sind. Nordmøre und Südmøre waren früher zwei verschiedene Distrikte und können das auch wieder sein. Wir regieren dann Seite an Seite, und dann hat es nichts mit dir zu tun, und Mutter kann dir keinen Vorwurf machen.«

Ragnvald spürte einen Druck auf der Brust. Ivar konnte Männer für sich gewinnen, aber er war nicht klug genug, ohne Einar an seiner Seite zu regieren – das hatte sein Verhalten in Schonen gezeigt. Ragnvald hatte sich immer gewünscht, einen Kampfgefährten zu haben, der so eng mit ihm verbunden war wie Ivar mit Einar, aber er hatte Oddi durch seinen Ehrgeiz verloren. Außerdem standen Harald und sein Herrschaftsanspruch immer zwischen ihnen. »Die Liebe zu deinem Bruder ist sehr löblich«, sagte er mit belegter Stimme. »Wir besprechen das Weitere, wenn du zurückkommst. In der Zwischenzeit pass gut auf dich auf.«

»Ich passe auf meinen Bruder auf«, sagte Ivar, »und mein Bruder passt auf mich auf.«

• • •

Ragnvald kauerte im tiefen Gras der Ebene, die zur Bucht von Scapa hinunterführte. Sigurd war irgendwo links von ihm und Harald zu seiner Rechten. Fast dreihundert von Haralds Kriegern lagen versteckt im Gras um ihn herum. Ragnvald machte sich Sorgen, ob das Fehlen von Vögeln, die sich sonst von den Ährenrispen ernährten, sie nicht verraten würde.

Die Nacht zuvor hatte er schlecht geschlafen und sich in Gedanken ausgemalt, was bei der Schlacht alles schiefgehen könnte. Wie er jetzt im Gras lag, ging ihm das Gespräch mit Ivar ständig im Kopf herum. Er war noch immer wütend auf Ivar, dass dieser seinen Mut angezweifelt hatte, weil er keines der Lockschiffe hatte anführen wollen. Schließlich war er für ein Königreich verantwortlich und konnte sein Leben nicht einfach so riskieren, und Ivar sollte dies genauso wenig tun.

Und diese Idee, dass Ragnvald Møre zwischen Ivar und Einar aufteilen sollte, war vollkommener Schwachsinn. Hilda war jetzt schon wütend auf ihn, weil er zugelassen hatte, dass Rolli vorübergehend für vogelfrei erklärt worden war, und wäre noch wütender, falls Rolli nicht zu den Orkneyinseln stoßen würde. All das würde er nicht zusätzlich verschlimmern, indem er Ivar und Einar als Bruderkönige einsetzte.

Irgendwo da unten lockten drei Schiffe – das von Einar und Ivar, das von Halfdan und ein weiteres, das von einem Kapitän aus Halogaland gesegelt wurde – ihre Angreifer in eine Verfolgungsjagd. Sie hatten geplant, so zu segeln, als versuchten sie von den Orkneyinseln in Richtung schottisches Festland zu entkommen, dann würden sie sich den Weg abschneiden lassen und versuchen, sich in die Bucht von Scapa zu flüchten. Ganz gleich, was der Feind vermutete, er würde auf jeden Fall die Verfolgung aufnehmen.

Die Knie von Ragnvalds Hosen waren durch und durch nass vom Knien auf dem Boden, und er würde bestimmt erst einmal steif sein, wenn er aufstand. Wie lang war es schon her, dass er in einer richtigen Schlacht gekämpft hatte? Lange genug, dass er befürchten musste, mit seinen kaputten Händen und seinen alternden Muskeln einem jungen Gegner nichts entgegensetzen zu können.

Nebel hing über dem Feld, in dem Ragnvald sich verbarg. Das Morgengrauen wurde zu Tag, und der Himmel und die Luft fingen an, sich aufzuhellen. Dann endlich, als Ragnvald schon zu zweifeln begann, ob seine Falle überhaupt funktionierte, pfiffen die Späher das Signal, und er machte sich fertig, mit der ersten Welle von Kriegern anzugreifen.

Zwischen den Grashalmen hindurch sah er, dass Halfdans Schiff am Strand aufgelaufen war, neben sechs anderen Schiffen, die dem Feind gehörten. Der Strand war plötzlich voller Männer. Halfdan war leicht zu erkennen an seiner großen Statur. Er rannte den Hügel hinauf und führte eine Menge Krieger hinter sich her: Einige davon waren seine Männer, erkennbar an ihrer neuen, sauberen Rüstung, andere waren feindliche Krieger in salzverkrusteten Rüstungen, die schon ganz abgetragen waren.

Ragnvald, Harald und Sigurd führten ihre Männer die Anhöhe hinunter, um sich den Angreifern entgegenzuwerfen. Sie konnten keinen Schilderwall aufbauen, weil das Halfdan und seine Anhänger in eine Zwickmühle gebracht hätte, und so entstand schnell ein allgemeines Schlachtgetümmel. Ragnvald drängte sich nach vorn zu den feindlichen Kriegern, die am teuersten ausgestattet schienen – den Anführern im Kampf. Wenn sie erst einmal tot waren, dann würden die anderen schon die Waffen niederlegen.

Er schlug sich an ein paar weniger gut bewaffneten Kriegern vorbei, die nur mit Äxten kämpften und deren Rüstung sie vor seinem fränkischen Schwert nicht schützen konnte, bis er das Zentrum der Kampfhandlungen erreichte, wo die größten und fähigsten Kämpfer aufeinandertrafen.

Einen Moment lang dachte Ragnvald, er sähe Einar unter den Feinden. Eine seltsame Vision, aber sie konnte doch gar nicht wahr sein. Wenn Einar hier war, dann konnte das doch nur bedeuten, dass sein Schiff gelandet war und er weitere Feinde hinter sich hergelockt hatte.

Ein anderer junger Mann griff Ragnvald mit solcher Wucht an, dass er kaum seinen Schild halten konnte. Jeder Schlag rief ein Kribbeln in Ragnvalds Händen hervor, und er befürchtete schon, die Schwäche würde wiederkehren, unter der er nach Solvis Folterung gelitten hatte.

Ragnvald geriet außer Atem, und sein Schwert schien ihm aus dem Griff zu gleiten, da klatschte etwas Nasses gegen die Helmseite seines Gegners, und Blut spritzte auf seinen noch dünnen Bart. Ragnvald nutzte den Vorteil, den die Gelegenheit ihm bot, und rammte seinen zersplitterten Schild unter das Kinn des Jungen. Als dieser zurücktaumelte, machte Ragnvald einen Ausfall nach vorn und schlitzte ihm die Kehle auf.

Dann sah er Einar wieder, mit goldenem Haar und Bart und dem kantigen Gesicht, wie er Haralds Sohn Dagfinn einen Schlag versetzte. Hatte Dagfinn sich etwa Halfdans Rebellion angeschlossen, mitten im Kampf, oder hatte Einar die Seiten gewechselt?

Ragnvald kämpfte sich zu den beiden durch, doch beim Näherkommen fiel ihm etwas Unvertrautes in der Art auf, in der Dagfinns Gegner sich bewegte. Sein Gesicht schien ein wenig länger als das von Einar und auch breiter. Das hier war Ragnvalds Stiefbruder Hallbjorn, der Sohn von Vigdis und Ragnvalds Stiefvater Olaf, den Ragnvald vor mehr als zwanzig Jahren im Kampf getötet hatte. Und er war dabei, Dagfinn zu überwältigen, der von zwei Schnittwunden an den Unterarmen blutete, die das Fleisch bis auf den Knochen bloßlegten.

Ragnvald schaffte es, sich neben Dagfinn zu positionieren, der nun zurückfiel, sodass Ragnvald Hallbjorn gegenübertreten konnte.

»Ich wusste immer schon, dass wir uns einmal so begegnen würden, Stiefbruder«, sagte Hallbjorn. »Meine Mutter wird sich freuen, wenn ich dich töte. Sie wollte mich schon immer dazu anstiften, seit ich ein Kind war.«

Ragnvald war zu atemlos, um darauf zu antworten. Sein Rachen schmeckte Blut von all der Anstrengung.

Hallbjorn machte einen Ausfallschritt auf ihn zu. Ragnvald konnte seinen Schild nicht rechtzeitig hochreißen und war gezwungen, den Schlag mit seinem Schwert zu parieren. Die Wucht des Schlags ließ seine Finger vor Schmerz verkrampfen, und das Schwert fiel ihm aus der Hand. Nun hatte er nur noch seinen schon lädierten Schild zur Verteidigung.

Plötzlich erschien Sigurd und drängte Hallbjorn zurück. Hallbjorn sah plötzlich ängstlich aus. »Bruder!«, rief er Sigurd zu. »Töte mich nicht!«

Ragnvald nahm sein Schwert wieder auf, als Sigurd einen Blick auf ihn zurückwarf. Hallbjorn nutzte den Moment, stürzte sich nach vorn und schlug eine Wunde in Sigurds Unterarm. Sigurd schrie auf vor Schmerz. »Wirst du denn deinen Bruder töten?«, rief er aus.

Hallbjorn antwortete nicht, sondern griff weiter an. Als Sigurd zurückfiel, drängelte sich Ragnvald Hallbjorn in den Weg und fing den Schlag mit seinem Schild ab. Hallbjorns Schwert verfing sich in dem letzten Stück Holz, das noch am Schildbuckel stak, Ragnvald schleuderte alles zu Boden, sodass der Schwung Hallbjorn auf ein Knie hinunterzwang.

Während er noch versuchte, wieder auf beide Beine zu kommen, hieb Ragnvald sein Schwert in Hallbjorns Nacken. Ein geglückter Schlag – das Schwert glitt zwischen zwei Halswirbeln hindurch und trennte Hallbjorns Haupt von seinem Körper. Der Kopf rollte auf den Boden, und seine Augen starrten Ragnvald an, wobei er Einar wieder so ähnlich sah, dass sich Ragnvalds Magen hob und er diesen Gedanken hastig wieder verdrängte. Ragnvald blickte das abschüssige Gelände hinunter zur Bucht, die nun überfüllt war mit Schiffen. Die anderen Lockschiffe waren nicht zu sehen, und Einar und Ivar waren nicht zum Kampf erschienen.

»Bruder«, sagte Sigurd. Ragnvald sah zu ihm hoch. Er hatte nun Sigurds Halbbruder getötet, wie schon vor vielen Jahren seinen Vater. »Ich glaube, er hätte mich tatsächlich getötet, und ich war wie gelähmt.«

»Das tut mir leid«, sagte Ragnvald. »Ich hätte das nie von ihm gedacht.«

»Ich auch nicht«, bekräftigte Sigurd.

Ragnvald sah wieder auf den Kopf, dessen Gesicht nun bläulich und blutleer war. Es ähnelte immer noch Einars Gesicht. Hallbjorn war Ragnvalds Stiefbruder gewesen und hatte zumindest ein Kriegerbegräbnis verdient.

Die Schlacht hatte an Heftigkeit verloren, und Haralds Männer hatten sich siegreich durchgesetzt. Hie und da kämpften noch einige Zweier- oder Dreiergruppen, doch viele der Angreifer zogen sich in ihre Schiffe zurück. Harald hieß einige seiner Krieger sie verfolgen. Ragnvald war einfach froh, dass sie gingen. Noch nie hatte ihn eine Schlacht so erschöpft. Nur die Schicksalsnorne hatte es verhindert, dass Odin Allvater ihn heute zum Sterben vorgemerkt hatte.

Ein paar Heilkundige machten sich schon daran, die Verwundeten vom Schlachtfeld zu schaffen. Ragnvald ging zu ihnen hinüber. Das wäre eine Aufgabe nach seinem Herzen. Zwar hatte er noch immer die Ausdauer und stetige Kraft eines alten Mannes, aber er hoffte doch, dass er nie wieder an einer Schlacht würde teilnehmen müssen. Wenn Oddi und er noch Freunde wären, dann würde Oddi ihn jetzt verlachen für die düsteren Gedanken nach einem gewonnenen Kampf. Doch Oddi hatte ihn schon lange verlassen, und Ragnvald hatte die Vision durchleben müssen, sein eigener Sohn hätte den Tod durch seine Klinge gefunden. Es war jedoch so, dass er Vigdis' Sohn getötet hatte. Selbst wenn Sigurd ihm verzieh, Vigdis würde dafür sorgen, dass Hallbjorns Tod gerächt würde. Das befürchtete Ragnvald.

Kapitel 32

Der Himmel war von jenem tiefen Blau der Mitternacht im Spätfrühling, und unten in der Bucht im Schatten der hohen Felsküste schimmerten die Gesichter der Männer im selben Farbton. Einar zog einen der Riemen an Ivars Handgelenkschonern fest und prüfte den anderen. Halfdans Männer stießen sein Schiff vom Strand weg, Einar und Ivar würden folgen, anschließend das dritte Schiff, dessen Besatzung aus Halogaland stammte, Männer, die Einar nicht so gut kannte.

Ivar berührte seine Handgelenke und prüfte den Sitz der Schoner. »Ich habe Vater gesagt, dass ich Harald bitten werde, dich zum König von Südmøre und mich zum König von Nordmøre zu machen«, erklärte er. Mit einem Mal brannten Tränen in Einars Augen. Er verdiente keinen Bruder wie Ivar, der sich über keine Auszeichnung freuen konnte, die sie nicht teilten. »Und was hat er gesagt?«, fragte er leise.

»Ich weiß es nicht mehr«, erwiderte Ivar.

»Es wird ihm kaum gefallen haben.«

»Das kümmert mich nicht«, sagte Ivar. »Du verdienst das.«

Einar lächelte, dann war es Zeit aufzubrechen. Er steuerte das Schiff hinter Halfdans aus der Bucht hinaus. Wie er gehofft hatte, entdeckten die Angreifer sie, sobald nach Mitternacht die Sonne aufging, und nahmen die Verfolgung auf. Keines der Lockschiffe hatte genug Männer zum Rudern, und Einar hoffte, dass ihnen das nicht zum Verhängnis würde. Zumindest sorgte ihr geringes Gewicht dafür, dass sie schnell vorankamen, sobald die Sonne höherstieg und sich die Winde mit zunehmendem Tageslicht verstärkten.

Kurz bevor es Zeit für das Frühstück war – so ließ es Einar zumindest sein knurrender Magen wissen –, fegte ein stürmischer Regen über das Wasser und brachte wechselweise Nebel und heftige Böen mit sich. Halfdans Schiff floh an den Strand der Bucht von Scapa, und sechs der feindlichen Schiffe folgten ihm. Die Krieger gingen von Bord und fanden sich umgehend im Kampf gegen Haralds Truppen wieder, die über den Grashügel auf sie losstürzten. Ein weiteres Schiff steuerte auf das aus Halogaland zu und benutzte Taue, um sich heranzuziehen, bis die beiden fest zu einem Kampfplatz verbunden waren. Die Angreifer waren in der Überzahl, und Einar hatte Sorge, sie würden alle Männer aus Halogaland einfach abschlachten. Dann wirbelte ein Windstoß das angreifende Schiff herum, drehte es in eine Rinne, und eine weitere Bö schleuderte beide Schiffe gegen einen Felsen.

Sie lösten sich wieder von der Wand, doch während die Strömung sie zwischen den beiden Inseln hindurch hinauszog, geriet die Steuerbordseite des angreifenden Schiffs unter die Wasseroberfläche, und kurz darauf begann das Schiff aus Halogaland mit dem Heck voran zu sinken.

»Wir müssen ihnen helfen!«, schrie Ivar vom Bug aus.

»Wir müssen das zu Ende bringen«, erwiderte Einar. Sie mussten ihre Verfolger weiterhin an die Küste locken. Die Winde zwischen den Inseln waren gefährlich; er brauchte seine gesamte Aufmerksamkeit, um das Steuer richtig zu halten, und er brauchte alle Männer an den Seilen, um zu verhindern, dass das Schiff an den Felsen zerschellte.

Er versuchte mehrmals, die Küste zu erreichen, wurde jedoch von Böen und Abwinden immer wieder zurückgetrieben. Seine Verfolger hatten mehr Glück und gingen an Land, daher beschloss Einar, wenigstens einige der Männer zu retten. Das Schiff gegen diese Strömung sicher an Land zu bringen überstieg seine Fähigkeiten als Seemann – das Schicksal schien zu wollen, dass er stattdessen den anderen Männern zu Hilfe eilte. Er befahl den Männern an den Seilen, das Segel herumzudrehen, um sie näher an die sinkenden Schiffe zu bringen.

Den Angreifern war es gelungen, ihr Schiff von dem aus Halogaland zu lösen. Sie schöpften Wasser und ruderten zur gleichen Zeit und gelangten auf diese Weise an den schmalen Küstenstreifen zu Füßen der Felsen just bevor ihre Mühen vergeblich zu werden drohten. Sobald sie auf den Kieselstrand gesprungen waren, trafen sie auf weitere von Haralds Kämpfern. Gut, auf diese Weise würde die Rettungsaktion einfacher werden.

Ivar befahl seinen Männern, Überlebende von dem sinkenden Schiff an Bord zu ziehen. Einar ging ihm einige Male zur Hand, musste jedoch die meiste Zeit das Steuerruder festhalten, um zu verhindern, dass das Schiff gegen die Felsen geschleudert oder in der Meerenge gegen das andere Schiff geworfen wurde.

Seine Aufmerksamkeit war so sehr von diesen beiden Aufgaben gefesselt, dass er das andere Schiff, das auf ihn zukam, nicht bemerkte, bis ein Fels seine Schulter traf, so fest, dass seine Hand einen Augenblick das Ruder losließ. Seine Zähne schlugen aufeinander, und er musste den Kopf schütteln, um wieder klar denken zu können.

Er sah sich um und entdeckte das Schiff direkt neben seinem, der Bug so nahe, dass sie im nächsten Moment zusammenstoßen würden und das Steuerruder zwischen ihnen zerquetscht würde. Einar zog das gewaltige Brett hoch, und die Kraftanstrengung schien ihm beinahe die Schultern auszukugeln. Oben an der Längsseite des Schiffes konnte es im Kampf nicht abgerissen werden. Doch nun hatte er keine Möglichkeit mehr, sein Schiff zu steuern.

Die Männer auf dem angreifenden Schiff warfen Enterhaken herüber – der Kapitän ging das Risiko in diesen heimtückischen Strömungen ein. Einar riss die Axt aus der Halterung auf seinem Rücken und begann, die Seile durchzuhacken, sobald sie ankamen. Doch zu schnell ergoss sich eine Flut von Männern auf das Schiff, und Einar vermochte sie nicht aufzuhalten.

Er nahm die Axt in die linke Hand und zog mit der rechten das Schwert. Ein Mann mit abgewetztem Lederhelm griff ihn an. Einar hatte die bessere Reichweite und konnte ihm einen tödlichen Schlag in den Nacken versetzen, bevor der andere ihn traf. Einar schob den Leichnam in Richtung der an Bord kommenden Kämpfer, damit sie einen Moment lang mit dem toten Gewicht beschäftigt waren, während er wieder zu Atem kam.

Ein Schatten legte sich auf das Schiff, als es unter die hoch aufragende Felswand schlingerte. Einar machte sich auf einen Aufprall gefasst, doch wiederum erfasste die Strömung die zusammenhängenden Schiffe und zog sie hinaus in die weiteren, tieferen Gewässer der Bucht.

Einar blieb keine Zeit, die Situation abzuschätzen, denn im nächsten Moment sah er sich mit weiteren Männern konfrontiert. Er bekämpfte sie mit all seiner Kraft. Eine Klinge verletzte seinen Arm, doch er bemerkte es erst, als seine Hand sich vom eingetrockneten Blut plötzlich kühl anfühlte und zu jucken begann. Er wusste nicht, ob er seine Angreifer getötet hatte oder ob sie angesichts der Wildheit seines Kampfes zurückgeschreckt waren.

In einem kurzen Moment der Ruhe sah er Ivar vorn am Bug stehen. Er sah verzweifelt aus, von drei Männern in die Enge gedrängt, kaum fähig, sich zu bewegen. Eine rote Flut stieg in Einars Gesichtsfeld auf, Odins Schlachtwahn, der Männer unverwundbar machte, wenn sie von ihm ergriffen wurden.

Er schlug sich mit Axt und Schwert durch die ihn umgebenden Krieger, mit einer Stärke, die nicht seine zu sein schien. Er schwang die Axt so wild, dass sie im Kopf eines seiner Gegner stecken blieb; also ließ er sie dort und zog stattdessen seinen Dolch. Die Kämpfer wichen vor ihm zurück, Angst in ihren Blicken, bis Einar den Bug erreichte, wo Ivar nach wie vor kämpfte.

Nun erkannte Einar einen von Ivars Angreifern – er ähnelte König Heming von Halogaland, also musste es sein Bruder sein, der ausgestoßene Geirbjorn Hakonsson. Ivar lieferte sich einen heftigen Kampf mit ihm, besser, als Einar es jemals gesehen hatte, doch dann ließ seine Aufmerksamkeit einen Moment nach, als er Einar näher kommen sah, und in diesem Augenblick schlug Geirbjorn zu, mit einem gewaltigen Hieb, der beinahe Ivars Hals durchtrennte. Mit weit aufgerissenen Augen stürzte er rückwärts ins Wasser.

Ein Teil von Einar fühlte den Schlag, als hätte er ihn selbst getroffen, als schnitte der Stahl ihm die Luft ab und tötete ihn und Ivar im selben Moment, doch Odins rote Flut bewegte weiterhin seine Glieder. Er stürzte auf Geirbjorn zu und schlitzte ihm die Kehle auf, ohne Rücksicht darauf, dass Geirbjorns Schwert ihn in diesem Moment ebenfalls treffen konnte. Mochte Geirbjorn ihn ruhig töten, solange Ivar gerächt wurde. Er nahm nicht wahr, wie Geirbjorn ihn im Tod einen Schlag versetzte, er verspürte lediglich einen heftigen Schmerz durch seine Wange und sein Auge jagen. Blind schlug er um sich, doch sein Schwert schnitt lediglich durch die Luft, und er stürzte ebenfalls zu Boden.

•••

Als Svanhild die Orkneyinseln erreichte, setzte ein feuchter Nieselregen ein, sodass sie sich schon beinahe unter der Felswand befand, bevor sie die großen dunklen Umrisse im Dunst erkennen konnte. Sie hörte Kampfgeräusche, doch das Zischen des Regens verzerrte sie, und als sie auf den Lärm zusegelte, sah sie sich lediglich einer weiteren Felswand gegenüber, die die Geräusche als Echo von einem anderen Ort zurückgeworfen haben musste.

Sie war erschöpft von der langen Reise und den vielen Nächten ohne Schlaf und hatte gehofft, sich ein wenig ausruhen zu können, bevor sie wieder die Entscheidung für einen Kampf fällen musste. Ihres und Ketils Schiff hatten sich während der Überfahrt aus den Augen verloren – Svanhild wusste nicht genau, ob sie vor oder hinter ihr gewesen waren, doch da der Kampf bereits in vollem Gange war, mussten sie irgendwie vor ihr gesegelt sein, verborgen in den Wolken und Nebelbänken, die sie die ganze Reise über begleitet hatten.

Als sie schließlich ein Schiff fand, trieb es, anscheinend fast unbemannt, vor ihr. Es erschien ihr vertraut und zeigte Ragnvalds Farben, doch Seeräuber verwendeten jedes Segel, das ihnen in die Hände fiel. Sie gab den Befehl, ein Seil hinüberzuwerfen. Es erfolgte kein Widerstand, als ihre Männer die beiden Schiffe daran zueinanderzogen. Der Wind ließ nach, während der Regen stärker wurde, daher musste sie nunmehr vor allem vor den Strömungen auf der Hut sein. Sie wollte näher herankommen, um zu sehen, was mit dem Schiff geschehen war, doch zugleich musste sie eine Hand am Steuerruder lassen, um zu spüren, in welche Richtung die Strömung das Schiff zog, und um es von der Steilküste und den scharfen Felsen dieser Landspitze wegzumanövrieren.

»Es ist unseres!«, rief Falki vom anderen Schiff aus. »Ich meine, das unseres Bruders«, ergänzte er. »Dein Neffe ist hier. Verwundet, möglicherweise tot.«

Svanhilds Herz schlug bis zum Hals. Welcher ihrer Neffen auch immer es war, sie musste ihm helfen. Sie reichte Aban das Steuerruder und kletterte an Bord des anderen Schiffes.

Im Heck lag Einar, aufgrund seines blutbesudelten Gesichts kaum erkennbar, auf seiner Wange lagen die Reste seines rechten Auges. Dennoch starb ein Mann nicht durch den Verlust eines Auges, und sie konnte an seinem Körper keine weiteren Verwundungen erkennen. Wenn der Schlag, der ihn entstellt hatte, sein Gehirn nicht zu sehr verletzt hatte, war er noch am Leben und lediglich bewusstlos.

Sie beugte sich über ihn und berührte seinen Hals, wo sie seinen Herzschlag stark und regelmäßig spürte. »Bringt ihn auf unser Schiff«, befahl Svanhild.

Als Falki einen Arm unter seine Schulter schob, um ihm aufstehen zu helfen, fiel sein Kopf schlaff herunter. Einar erschauerte und kam zu sich. Er stieß Falki von sich, kroch rückwärts und tastete an seinem Gürtel nach seinem Schwert. »Wo ist er? Wo ist er?«, schrie er.

»Schsch!«, beruhigte ihn Svanhild. »Ich bin es, deine Tante Svanhild. Du bist am Leben.«

»Wo ist er? Wo ist Ivar? Ich kann nichts sehen.«

»Du hast ein Auge verloren«, sagte Svanhild. »Doch dein anderes Auge sollte in Ordnung sein.« Sie hatte gehört, dass ein Mann, der ein Auge verloren hatte, auch die Sehkraft des zweiten einbüßen konnte, doch das geschah gewöhnlich nicht sofort.

Einar blickte wild um sich und blinzelte mit dem verbliebenen Auge; schließlich schien er sie zu erkennen. »Ivar – er – Geirbjorn Hakonsson. Hat ihm …« Einar brach mit erstickter Stimme ab.

Svanhild kniete bei ihm nieder und streichelte seine Hand, die trotz seines jugendlichen Alters bereits hart und voller Schwielen durch das Schwert war. »Was ist geschehen?«, fragte sie.

»Geirbjorn, er – er kann nicht – er – es sah aus, als hätte er ihn getötet. Svanhild, Tante, sag mir, dass es nicht so ist. Sag mir, dass es nicht wahr ist.« Er begann zu weinen, Tränen strömten aus seinem unversehrten Auge. Er tastete mit der Hand nach dem anderen und zuckte zurück, als er die Überreste berührte, die immer noch auf seiner Wange klebten.

»Er ist nicht hier«, sagte Svanhild.

Einar sah einen Augenblick lang hoffnungsvoll aus, dann erschlaffte sein Körper wieder. »Er ist gefallen«, sagte er. Die Tränen strömten. »Er ist gefallen, und ich konnte ihn nicht retten.« Er sackte zusammen und schloss sein Auge; Svanhild und Falki mussten ihn auf ihr Schiff hinüberzerren.

»Geisel für uns?«, fragte Bjorn, einer von Ketils Männern, die mit ihr gereist waren.

»Für mich«, erwiderte Svanhild. »Ich bin die Schiffsführerin.«

Bjorn sah sie verächtlich an. »Du bist eine Frau.«

Falki trat auf ihn zu, die Hand am Schwert. Svanhild sah, wie Ketils Männer sich anschickten, Angriffsposition gegen die Ihren einzunehmen, und rief: »Eine Geisel für mich, ein Schiff für dich.«

Bjorn lächelte begierig. Es war ein gut gebautes Schiff, mehr wert als ein kleiner Hof, vor allem für einen Seeräuber. »Das nehme ich an«, sagte er. Er gab Ketils anderen Männern ein Zeichen, und sie verließen Svanhilds Schiff und begaben sich auf das größere.

Einar bekam von alldem nichts mit; er lag immer noch auf einer Ruderbank, seine Lippen blau vor Kälte. Wenn Ragnvald entschied, sie als Feind zu betrachten, war Einar ihre Geisel, doch das brauchte sie ihm jetzt nicht zu sagen. Sie würde ihn nur als solche benutzen, wenn sie sich dazu gezwungen sah, doch wenn es stimmte, dass Ivar, Einars geliebter Bruder und Ragnvalds

Lieblingssohn, tot war, wusste Svanhild nicht, ob sie es übers Herz bringen würde, ihnen noch mehr Leid zuzufügen.

Bjorn war in Richtung des Kampflärms gesegelt, der nach wie vor anhielt, und Svanhild hatte beschlossen, ihm zu folgen, als sie plötzlich einen Leichnam sah, der in der Brandung eines nahe gelegenen Kieselstrands trieb. Sie war nicht sicher, doch der Mann sah wie Ivar aus, mit seinen dunklen Haaren, der prächtigen Rüstung und dem Helm, der stark an jenen erinnerte, den Harald Ragnvald gegeben hatte, als dieser noch ein junger Mann gewesen war.

Svanhild wollte nicht, dass Einar ihn so sah, daher steuerte sie das Schiff auf den Strand zu. Beim Näherkommen erkannte sie Ivars schöne Gesichtszüge und das zerfetzte Fleisch an seinem Hals, das sich durch die Wellen blau verfärbt hatte. Sie konnte ihn nicht dort liegen lassen; Ragnvald würde den Leichnam seines Sohnes angemessen begraben wollen.

Je näher sie kamen, desto schlimmer sahen die Verletzungen aus. Svanhild erschauerte beim Anblick des verstümmelten jungen Mannes, der einst so gut aussehend gewesen war. Wenigstens war ihr Sohn Eystein ohne Gewalteinwirkung gestorben. Allerdings hatte Solvi seinem Körper nach dem Tod Gewalt angetan, da er darauf bestand, ihn auf einem Scheiterhaufen an der Küste des Trondheim-Fjords zu verbrennen. Ragnvald würde selbst entscheiden können, was mit seinem Sohn geschehen sollte.

Falki und Aban brachten Ivars Leiche an Bord. Svanhild kniete neben Einar nieder. »Wir haben Ivars Leichnam gefunden«, sagte sie. Sie wollte sicher sein, dass er keine falsche Hoffnung schöpfte. Einar richtete sich auf, taumelte zu den Bänken und legte sich neben Ivar, schmiegte sich an ihn.

Zwei Geiseln, eine lebend, eine tot. Wären die beiden nicht ihr eigen Fleisch und Blut und die kostbarsten Söhne ihres Bruders gewesen, hätte sie dieser Verlauf der Ereignisse mit Zufriedenheit erfüllt. Sie konnte den Kampf jedoch nicht an Ketils Seite weiterführen – Einar und Ivar, die vor ihr nebeneinanderlagen, machten deutlich, wie hoch der Preis dafür gewesen wäre. Mochte Harald seine Scheidung haben, mochte Solvi sich wieder in sein angsterfülltes kleines Leben in Island zurückziehen, wenn Svanhild nur ihre Tochter wiederfinden würde.

Sie segelte hinter Bjorn und dem gekaperten Schiff Einars her und spähte durch den Regen, um eine Stelle zum Anlegen zu finden. Einar brauchte einen Heiler, und sie musste etwas zu essen für ihre Mannschaft besorgen. Als der Regen nachließ, sah sie jedoch, dass sie von einem weiteren Schiff verfolgt wurden. Einem größeren Schiff mit allen Rudern im Einsatz – es hatte sie im Nu eingeholt, sein Heck glitt an ihrem Bug vorbei, und sie erkannte den Kapitän, einen großen Mann mit rotem Bart.

»Thorstein der Rote, ich bin es, Svanhild Seekönigin«, rief sie. Rasch wog sie ihre Chancen ab. »Ich bin mit Ketil Flachnase gekommen, um dir meine Männer zur Verfügung zu stellen.«

»Wenn du mit Ketil gekommen bist, bist du mein Feind«, erwiderte Thorstein. »Ich habe Harald meine Unterstützung zugesagt.«

Svanhilds Körper versteifte sich. Sie hatte erst vor wenigen Wochen die Führung von Haralds Verbündeten abgegeben, und schon erkannte sie die Strömungen nicht mehr. Thorsteins größeres Schiff hatte rund dreimal so viele Männer wie sie, daher ergab Svanhild sich. Einar zu retten und Ivars Leichnam zu bergen sollte ausreichen, um Ragnvalds Gunst zu gewinnen. Zumindest konnte er sie nicht zwingen, zu Harald zurückzugehen; nicht nachdem dieser sich von ihr hatte scheiden lassen. Und Solvi wollte sie nicht genug, um mit ihr in die Schlacht zu segeln. Wenn sie nur Freydis wiederfand, würde sie bereitwillig mit Ragnvald nach Møre zurückkehren. Er würde ihren Trost nach dem Tod seines Sohnes brauchen können.

Tief in Gedanken, bemerkte sie zunächst nicht, dass Thorstein sie nicht zur Siedlung auf Grimbister brachte, sondern zu einer kleinen Insel auf der anderen Seite, die von den Menschen vor Ort Hoy genannt wurde. Sie erkannte sie an der gewaltigen Felssäule an ihrer Flanke, die von Wind, Zeit und den Launen der Götter geformt worden war, bis sie das Gesicht eines Mannes trug. Svanhild war bei schönem Wetter auf dem Weg zu den Orkneyinseln daran vorbeigesegelt.

Hoy war an Schafbauern verpachtet, die größtenteils in dem tiefen Tal lebten, welches die Insel in zwei Teile teilte. Aufgrund seiner Form wehte im Tal stets der Wind, doch die hohen Wände schützten es vor den schweren Winterstürmen, die über die Nordsee fegten.

Thorstein zog sein Schiff an einem kleinen, steilen Strand an Land, fast direkt am Fuß der Felssäule an Hoys Küste. Er band Svanhilds Handgelenke zusammen und ließ seine Männer ihre gesamte Mannschaft gefangen nehmen. Einar blieb ungefesselt, sie nahmen ihm jedoch seine Waffen ab. Vier von Thorsteins Männern trugen Ivars Leichnam ins Tal, in eine Halle aus aufgetürmten Torfstücken.

»Warum hast du mich hierhergebracht?«, fragte Svanhild, bevor sie die Halle betraten. »Warum betrachtest du mich überhaupt als Feindin? Ich bin Solvis Seekönigin, ich war es und werde es nun für immer sein. Und warum hast du dich Harald angeschlossen? Was hat er jemals für dich getan, außer deine Freunde zu töten?«

Thorstein sah sie an. »Bist du fertig?«

»Nein«, erwiderte Svanhild. »Ich bin mit Ketil gesegelt, doch ich habe nicht gegen Harald gekämpft, nicht, seit ich mit ihm verheiratet war und geschieden wurde. In diesem Kampf gibt es keine Seite, die sich nicht freuen würde, wenn du mich an sie auslieferst.«

»Ganz genau«, stellte Thorstein fest. »Jetzt kann ich die Bedingungen stellen, die ich möchte. Welcher deiner Leute ist der beste Seemann?«

»Warum sollte ich dir das sagen?«, fragte Svanhild.

»Weil ich ihn, wenn du nicht als alte Ziegenhirtin auf Hoy enden willst, losschicken muss, um ein Lösegeld für dich zu bekommen. Und für den halb toten Jungen da drinnen.« Einar hatte es zugelassen, dass man ihn in Thorsteins Halle schubste; er hatte die Schläge und Stöße von Thorsteins Männern klaglos ertragen, solange er in der Nähe von Ivars Leichnam bleiben konnte.

»Lösegeld von wem?«, fragte Svanhild, als Thorstein sie an der Schulter packte und in Richtung der Halle stieß. Im Inneren war es düster, und die Tür wirkte wie ein großes schwarzes Maul, das ihr entgegengähnte.

»Von König Harald natürlich«, erwiderte Thorstein.

Der Wind peitschte ihr die Haare in die Augen. »Ich dachte, du seist sein Verbündeter«, sagte sie.

»Ich habe gesagt, dass ich nicht gegen ihn kämpfen werde. Doch nun habe ich etwas, was er möchte, und wenn ich es ihm gebe, wird er mir diese Inseln zur Herrschaft überlassen.«

»Ha«, antwortete Svanhild, »du solltest es besser wissen und ihm nicht vertrauen. Du bist einst mit Solvi gesegelt ...«

»Wo ist Solvi? Du wirfst mit seinem Namen um dich wie die norwegischen Könige, die ihn für jeden Angriff an ihren Küsten verantwortlich machen. Aber er ist nicht hier, oder? Und er war es jahrelang nicht wert, dass man sich seinetwegen Sorgen machte.«

»Er ist nicht hier«, gab Svanhild zu.

»Wer ist dein bester Seemann?«, fragte Thorstein.

Svanhild seufzte. »Falki. Wenn du ihn gehen lässt, wird er Harald deine Nachricht überbringen.« Sie duckte sich unter dem Balken über dem Eingang der Halle hindurch und ging hinein.

Kapitel 33

Als es an der Tür klopfte, wachte Solvi auf und stöhnte. Seit Freydis geraubt worden war und Svanhild ihn verlassen hatte, schlief er endlose Stunden lang. Solange er wach war, schien ihn seine Schwäche zu verhöhnen, und im Schlaf träumte er von Schlachten, die er zwar verlor, doch in denen er zumindest noch aufrecht gehen und kämpfen konnte.

Tova ging zur Tür und öffnete. Seit Falki weg war, war sie wieder still geworden, doch ihre Stille drückte nun einen unausgesprochenen Vorwurf aus. Sie ließ Unna eintreten, die einen Korb voll frisch gebackenem Brot brachte, dessen Duft Solvi das Wasser im Mund zusammenlaufen ließ. Unna stellte den Korb auf seinem Bett ab, da, wo seine Beine liegen würden, wären sie länger. Sie zog ein Stück Käse hervor und einen Topf mit Honig. Diese schmierte sie auf ein Stück Brot und reichte es ihm, zusammen mit einem Becher Morgenbier.

Sie aß und trank ihren Teil, ohne zu sprechen. Solvi fragte sich, ob sie überhaupt bemerkt hatte, dass er sie nicht willkommen geheißen hatte.

Schließlich sprach sie: »Wie lange sind wir nun schon Freunde, Solvi Hunthiofsson?«

Solvi runzelte die Stirn. Ihr schottischer Akzent trat an diesem Morgen deutlicher als sonst hervor; konnte sie sich bei ihrer

Wortwahl vertan haben? »Überhaupt keine Zeit«, antwortete er. »Wir waren niemals Freunde.«

»Ist das so?«, fragte Unna. »Wir haben uns gegenseitig bei der Feldarbeit unterstützt und bei der Pflege unserer kranken Tiere. Deine Tochter hat bei mir gewohnt und …«

»Das war für Svanhild«, warf er ein.

Unna fuhr unbeirrt fort: » … und ich habe ihr bei der Geburt ihres Kindes geholfen. Wenn das nicht das Werk eines Freundes ist, dann weiß ich auch nicht, was man darunter verstehen könnte.«

Solvi hätte nicht gedacht, dass man sich noch schuldiger fühlen könnte, nachdem Freydis entführt und Svanhild weggefahren waren und er vollkommen nutzlos zugesehen hatte, doch Unnas Worte ließen ihn rot werden vor Scham. »Für Svanhild«, beharrte er und zog die Knie hoch. »Das hast du nur für sie getan.«

»Anfangs schon«, gab Unna zu. »Aber in den letzten zehn Jahren, während Svanhild weg war, warst du es, der mein Nachbar war. Du warst es, der ihre Tochter willkommen geheißen und beschützt hat, als ihre Mutter es nicht tat.«

»Was willst du eigentlich?«, fragte er.

Unna verzog das Gesicht, als hätten ihr seine Worte Schmerzen verursacht. Sollte ihr tatsächlich etwas an ihm gelegen sein?

»Also gut, ich gebe zu, nach deiner Version kann man uns Freunde nennen. Der Sohn eines Königs hat normalerweise nicht viele Freunde, genauso wenig wie ein lahmer, missmutiger Bauer. Wenn du denn meine Freundin bist, dann muss ich mich wohl deswegen glücklich schätzen.«

Der scharfe Geschmack des Käses erinnerte ihn plötzlich daran, dass sie ihm im letzten Winter einen ganzen Laib davon mit einem Diener herübergeschickt hatte. Tova stellte zwar auch ein wenig Käse her, aber sie hatten nicht genügend Gesinde für eine volle Käserei, und Tova fehlte dazu noch das Wissen, wie man etwas anderes als Frischkäse und Molke herstellen konnte. Es war auch nicht das einzige Mal gewesen, dass Unna ihm etwas hatte herüberbringen lassen. Er hatte das stets einfach hingenommen oder es sogar als versteckte Beleidigung angesehen, als Zeichen dafür, dass sie auf ihrer Farm einen Überschuss produzieren und es sich leisten konnte, Svanhilds lahmem Ex-Ehemann Mildtätigkeiten zu erweisen, obwohl sie ihn nicht leiden mochte.

»Gut«, sagte Unna barsch. »Ich halte dich für eine gewisse Art Freund, die Art, die man nur nach langer Zeit gewinnen kann, nachdem man mehrere Winter in Island gemeinsam mit ihnen überlebt und ertragen hat. Du bist mein nächster Nachbar. Denke daran, wenn ich dir jetzt das Folgende sage: Du musst Svanhild unbedingt hinterherfahren. Ich verstehe überhaupt nicht, wie du die Schande ertragen kannst hierzubleiben.«

»Ah, du meinst also, ich könnte die Schande nicht ertragen?«, antwortete Solvi aufgebracht. »Ich schlucke sie doch schon seit zehn Jahren mitsamt deinen nachbarlichen Wohltaten.«

»Ist dir dein Leben lieber als das deiner Tochter oder gar Svanhilds?«, fragte Unna. »Oder hast du Angst, deinen alten Freunden und Feinden zu zeigen, was aus dir geworden ist?«

»Du willst doch nur meine Farm«, grummelte Solvi. »Die kriegst du aber nicht. Svanhild hat sie schon an Tova und Falki vermacht.«

Unna sah ihn mit nachsichtiger Irritation an. »Das ist doch nicht der Grund, warum ich hergekommen bin. Ich bin doch alt, älter als du, und alle meine Kinder sind tot. Wozu sollte ich denn deine Farm brauchen?« Sie schüttelte den Kopf. »Aber merke dir eins, Solvi Hunthiofsson: Wenn es irgendetwas gäbe, das ich tun könnte, um meine Kinder wieder lebendig zu machen, dann würde ich das tun, selbst wenn es für mich Schande und Tod brächte.«

»Ich würde ja gehen, wenn ich etwas für sie tun könnte, aber ich wäre doch nur eine Last, eine weitere Geisel«, sagte er schließlich und ballte die Fäuste unter der Decke.

»Warum meinst du denn, dass du ihr nicht helfen kannst?«, fragte Unna. »Du hast damals die richtigen Worte gefunden, ihren Lebensmut zurückzubringen, als sie sterben wollte. Du hast ihr die Hand gehalten, als ihr Kind auf die Welt kam. Wenn du zu ihr gehst, richtest du viel weniger Unheil an, als wenn du hierbleibst, und du kannst ihr vielleicht sogar richtig guttun. Der junge Rolli Ragnvaldsson wartet draußen – er wird dir auch sagen, dass du gehen musst.«

»Glaubst du denn, dass ich dem Jungen lieber zuhöre als dir?«, fragte Solvi. »Gib mir wenigstens Zeit, mich anzuziehen.«

»Geht in Ordnung«, sagte Unna. »Aber dann bittest du uns ordentlich herein und begrüßt uns, wie es sich für Gäste gehört.«

Solvi benetzte sein Gesicht mit Wasser, zog sich die Hosen an und umwickelte seine Beine, um die Kälte abzuhalten. Dann bat er seine Gäste herein. Er entbot die angemessenen Begrüßungsworte, während Tova ihnen Becher mit Bier reichte. Der Wind musste heute ziemlich heftig wehen, weil Rollis Wangen davon gerötet waren.

»Onkel«, rief er aufgeregt, »ein paar Frühjahrshändler haben mir Nachrichten von meinem Vater gebracht. Er will, dass ich zu den Orkneyinseln komme. Meine Ächtung ist aufgehoben. Ich lasse dich mein Schiff anführen, wenn du meiner Cousine und meiner Tante hinterherfahren willst.«

»Ich kann nicht«, sagte Solvi. »Ich wäre total nutzlos.«

»Ich brauche dich aber«, sagte Rolli. »Ich bin nicht früher gefahren, weil ich weiß, wie das für meinen Vater aussehen würde, wenn ich mit Ketil Flachnase und Haralds Feinden ankäme.«

»Wenn du mit mir ankommst, sieht es auch nicht besser aus«, meinte Solvi.

»Kann sein«, erwiderte Rolli und blickte zu Unna hinüber. »Aber jetzt habe ich eine Aufforderung bekommen, dorthin zu gehen, und ich ... ich weiß nicht, ob ich es alleine schaffe. Tante Svanhild hat mich hierhergeführt. Vor alldem hier« – seine Hände beschrieben einen Bogen – »bin ich ja kaum je weiter gesegelt als bis zum Geirangerfjord. Sie hat mir einiges beigebracht, und sie hat mir gesagt, du könntest mir noch viel mehr beibringen, und jetzt ...«

Solvi fühlte sich unerwartet berührt. Er und Rolli hatten zwar wenig gemeinsam, aber sie waren beide Söhne aus Tafjord im Exil, im Stich gelassen von Svanhild der Seekönigin.

»Dann meinst du also, ich könnte dir helfen, zu den Orkneys zu segeln?«, fragte er.

Rolli nickte. »Ja, und wir retten dort meine Cousine und meine Tante zusammen.«

Solvi stand auf und ging durchs Zimmer, ohne sein Humpeln schlimmer zu machen, als es war, aber auch ohne es zu vertuschen. Ohne seine Krücke war sein Gang so unregelmäßig, dass er fast umfiel, also musste er ganz langsam und vorsichtig auftreten.

»Wozu bin ich denn gut, wenn ich nicht kämpfen kann?«, fragte er.

»Du kennst dich bei Seeschlachten aus«, erwiderte Rolli.

»Das ist alles schon so lange her. Wer weiß, was ich überhaupt noch weiß«, meinte Solvi.

»Meinst du denn wirklich, dass du alles vergessen hast?«,

fragte Unna leise, leiser als der Wind auf dem Grasdach über ihnen.

Solvi schloss die Augen. In den ersten Jahren hier, selbst nachdem er sein Schiff verkauft hatte, war er manchmal mit dem Boot hinausgefahren, nur um die Brise in seinen Haaren zu spüren und sich frei von Scham und Angst zu fühlen. Nie würde er das Gegenspiel vom Wind und seiner Hand am Steuerruder vergessen. Aber dann hatte er damit aufgehört, als es zu mühsam wurde, zum Strand hinunterzugehen. Damals wusste er, dass er niemals wieder übers Meer fahren und neues Land sehen würde.

»Selbst wenn du nichts anderes tun könntest, als zu ihr zu gehen – geh zu ihnen«, sagte Unna mit der sanftesten Stimme, die Solvi an ihr kannte, so sanft und zuversichtlich wie damals, als sie bei der Geburt zu Freydis gesprochen hatte. »Du musst es einfach tun. Wozu sonst hätten dich die Nornen nach Island geschickt, wenn nicht, um hier zu sein, wenn deine Tochter ankommt? Sie braucht dich, und deine Frau braucht dich auch.«

»Selbst wenn ich dabei draufgehe?«, sagte Solvi, und obwohl er es als Protest gemeint hatte, wusste er, dass es ein Versprechen war. »Du alte Aaskrähe«, fügte er hinzu mit einem Grinsen im Gesicht, das er ihr noch nie zuvor geschenkt hatte. Ihre Mundwinkel zuckten – das erste Anzeichen von Humor, das er je in ihrem harten Gesicht hatte entdecken können. Plötzlich ergriff ihn der Wunsch zu leben, mit Svanhild und Freydis zusammen nach Island zurückzukehren, wieder ein Ehemann und Vater zu sein und Unna als die wahre Freundin zu erleben, die sie war. Aber dazu musste er sich seinen Ängsten stellen, seiner Scham und falls nötig sogar seinem Tod.

»Nimmst du mich mit, Rolli?«, fragte er.

»Solange du nicht gegen Harald kämpfen willst oder gegen meinen Vater.«

»Ich kann doch gar nicht kämpfen«, sagte Solvi. »Ich will nur versuchen, meine Familie zurückzuholen. Ist das in Ordnung für dich?«

»Natürlich«, erwiderte Rolli.

Ein Windstoß ließ die Kerzen aufflackern. Diese Art von Frühjahrssturm verzog sich schnell. Der Himmel morgen würde klar sein. Solvi kannte das Wetter und die Gezeiten noch immer wie seinen eigenen Herzschlag. »Wir fahren morgen mit der Mittagstide aus«, sagte er. »Halte dich bereit.«

• • •

In den langen, schlaflosen Nächten während ihrer Überfahrt zu den Orkneyinseln fühlte Solvi eine Art vorsichtiger Freude. Das Segeln hatte er weit mehr vermisst, als ohne Schmerzen gehen zu können – und der Schmerz in seinen Beinen schien sogar weniger stark, wenn das Schiff unter ihnen wogte.

Rolli stellte ihm viele Fragen über seine Zeit als Wikinger, die Solvi beantwortete, indem er die Freuden und Härten ehrlich beschrieb. Er brachte Rolli alles bei, was er über die Navigation mit Hilfe von Sonne, Sternen und Strömungen wusste, obwohl die Zeit an sich natürlich der beste Lehrer sein würde. Rolli hatte jedoch eine rasche Auffassungsgabe und ein echtes Gespür für die Handhabung des Steuerruders.

Das Wetter war ihnen so günstig, dass Solvi bald argwöhnisch wurde. An einem Tag mit starkem Wind und einer blendenden Sonne legten sie solche Strecken zurück, dass Solvi sich in der Nacht darauf unsicher war, ob er die Positionierung unter den Sternen richtig las. Erst als die eindeutig erkennbare Silhouette der Färöerinseln vor ihnen auftauchte, war er beruhigt. Dort verbrachten sie einen Tag und eine Nacht und füllten ihre Trinkwasservorräte an den vielen Wasserfällen auf, die von den Felswänden herabstürzten. Dann nahmen sie wieder ihre Fahrt zu den Orkneyinseln auf.

Er dachte über seine Ängste nach, wie es sein würde, seinen alten Feinden wieder zu begegnen oder Svanhilds Wut, Schwerter, gegen die er sich nicht verteidigen konnte. All das ließ ihm die Brust eng werden. Doch wenn er auf die Wellen hinaussah und das Deck unter sich wanken fühlte, verschwanden diese Ängste. Svanhild hatte recht gehabt; es war ein Fehler gewesen, all das hier hinter sich zu lassen. Selbst wenn er überhaupt nicht mehr gehen konnte, segeln konnte er immer noch.

Bei den Orkneyinseln angekommen, segelte Solvi vorsichtig und machte einen weiten Bogen um feste Niederlassungen und andere Schiffe. Rollis kleines Schiff würde, egal welcher Seite, schnell zum Opfer fallen. Endlich sah er ein winziges Segelboot, eine Art Fischerboot, das gegen eine Bö ankämpfte, die es gegen die Felswand zu drücken drohte. Der Bootsführer hatte vielleicht Informationen, die ihnen helfen könnten.

Er führte Rollis Schiff nah an das Segelboot heran und sah einen Mann schwer über das Steuerruder gebeugt, der sich jedoch zusammenraffte, als Rolli ein Tau zu ihm hinunterwarf.

»Falki«, rief Rolli, als sie ihn heraufzogen und das Boot an Rollis Schiff vertäuten.

»Gut, dass ihr hier seid!«, sagte Falki und umfasste erst Rollis, dann Solvis Arme. Er erzählte einiges von dem, was während der Schlacht geschehen war, dass sowohl Svanhild als auch Ragnvalds Söhne Einar und Ivar von Thorstein gefangen gehalten wurden, der beide Seiten gegeneinander ausspielte und ihn losgeschickt hatte, um seine Lösegeldforderung an Harald zu überbringen. »Aber ich habe die ganze Woche während der Überfahrt nicht geschlafen, und das Segeln hier ist wirklich schwierig. Jetzt könnt ihr mich zu Harald nach Grimbister bringen.«

»Das tue ich auf keinen Fall«, sagte Solvi. »Warum sollte ich mich in Haralds Hände begeben?«

Ein Schatten schob sich vor die Sonne, und Solvi sah hoch zu Rolli, der über ihm ragte, mit der Hand am Schwert. »Doch, das wirst du«, sagte er. »Mein Vater hat mich gebeten zu kommen, und er wird mir sicher vergeben, wenn ich ihm helfe, seinen Lieblingssohn zu retten.« Er setzte eine entschlossene Miene auf.

Solvi legte seine Hand an den Dolch in seinem Gürtel, obwohl ihm das gegen Rolli nicht viel nützen würde. »Er vergibt dir vielleicht, aber ich werde es bestimmt nicht tun, wenn du dein Schwert gegen mich ziehst«, sagte er. »Du wirst ihm einfach Falkis Nachricht überbringen. Das hilft dir doch auch, oder?«

»Wir haben nicht genügend Männer, um gegen Thorstein vorgehen zu können«, protestierte Rolli. »Onkel Solvi, du weißt doch, dass das stimmt. Du warst doch selbst einmal ein großer Seekönig und musst erkennen können, wenn die Chancen gegen dich stehen.«

»Wenn du mich deinem Vater und Harald auslieferst, bin ich ein toter Mann«, sagte Solvi. »Es muss einen anderen Weg geben.«

• • •

Am höchsten Punkt der Anhöhe über Grimbister ging Ragnvald auf und ab und blickte auf die See unter ihm hinaus in der Hoffnung, einen Blick auf das Lockschiff zu erhaschen, mit dem Einar und Ivar hinausgesegelt waren. Harald war zufrieden mit dem Ausgang der Schlacht gegen Ketils Männer. Ketil war gefangen genommen und die meisten seiner Kämpfer getötet worden.

Seine Männer murrten zwar, dass es zu wenige Gegner gegeben hätte, was für sie bedeutete, dass ihnen zu wenig Beute und Waffen oder Rüstungen von den Gefallenen zukamen, nicht genügend jedenfalls, um sie für den Aufwand der langen Seereise zu entschädigen. Außerdem waren sie hungrig.

Ragnvald hatte Beobachtungsposten auf verschiedenen Aussichtspunkten verteilt, um nach seinen Söhnen und weiteren Angreifern Ausschau zu halten. Es war keine entscheidende Schlacht gewesen, aber wenn sie jetzt nicht weiter angegriffen würden, dann konnten sie sich als Sieger deklarieren und wegsegeln. Halfdan könnte hierbleiben, um die Orkneyinseln zu regieren und mit weiteren Überfällen fertigzuwerden, während er, Ragnvald, nach Møre zurückkehren und ernsthaft seinen Alterswohnsitz dort aufschlagen könnte.

Er wanderte hinunter zur Halle. Das feuchte Gras hatte seine Stiefel durchnässt. Seine Späher würden ihm schon melden, wenn sie jemanden entdeckten, und ihre jungen Augen waren besser als die seinen.

»Keine Angst«, sagte Harald gerade seinen Schiffsführern, als Ragnvald eintrat. »Melbrid Tooth, der ja auch mein Feind ist, ist nach Schottland geflohen. Wer weiß, wie viel Beute wir noch in seinen Verstecken finden, wenn wir ihn fangen. Und Ketil hat vielleicht Anhänger, die ihn auslösen wollen.«

Die Siegesfeier wurde unterbrochen von Rolli und Svanhilds Schiffsführer, die beide aussahen, als hätten sie seit einer Woche nicht mehr geschlafen. Ragnvald stürzte sich auf Rolli, um ihn zu begrüßen, erleichtert, dass wenigstens diese eine Sorge von ihm genommen war. Rolli schien noch größer geworden zu sein, seit Ragnvald ihn zuletzt gesehen hatte. Nun überragte er sogar Harald und war genauso breit in den Schultern. Jemand musste ihn gut ernährt haben.

Aldi und ein paar seiner Männer drängten sich vor mit den Händen am Schwertknauf, doch Harald hielt sie zurück, indem er Rolli einen Becher Bier reichte.

»Mein König«, sagte Rolli, »ich danke dir, dass du meine Ächtung aufgehoben hast. Ich bringe wichtige Nachrichten.«

»Was ist es?«, fragte Ragnvald.

»Als ich von Island kam, fand ich Svanhilds Schiffsführer Falki, und er hat mir erzählt, wo sich Svanhild und meine Brüder Einar und Ivar befinden«, erzählte Rolli. »Sie sind in Gefahr, wenn wir ihnen nicht helfen.«

»Erzähle«, sagte Ragnvald.

»Erst die Bedingungen«, erwiderte Rolli. »Solvi Hunthiofsson ist mit mir gekommen, um sicherzustellen, dass Svanhild nichts passiert. Jetzt müsst ihr versprechen, dass auch ihm nichts passiert. Er ist es jedenfalls nicht, der die Überfälle auf die Orkneyinseln und die Küste Norwegens organisiert. Er hat mich diesen Winter aufgenommen, und ich habe ihn unter meinen Schutz gestellt.«

»Seit wann braucht Solvi Hunthiofsson einen Schutz?«, schnaubte Ragnvald.

»Er ist jetzt alt und lahm, deshalb«, konterte Rolli. »Versprichst du es mir?«

»Würdest du das Leben deiner Brüder gegen das von Solvi ausspielen?«, fragte Ragnvald wütend. »Was bist du bloß für ein Sohn?«

»Einer, der für vogelfrei erklärt wurde und lernen musste, wer seine wahren Freunde sind«, sagte Rolli unnachgiebig, obwohl seine Besorgnis ihn fast wieder wie einen Jungen aussehen ließ. »Wenn du nicht zustimmst, versuche ich, meine Familie auf eigene Faust zu retten, aber mit deiner Hilfe ginge es leichter.«

Ragnvald sah zu Harald hinüber, der nickte. »Solange Solvi

danach wieder nach Island zurückkehrt«, sagte Harald, »und unter der Voraussetzung, dass es stimmt, dass er nichts mit den Überfällen zu tun hat, will ich ihm keinen Schaden zufügen. Und jetzt: Wo ist meine Frau?«

»Ich bin Falki«, sagte Svanhilds Kapitän. »Thorstein der Rote hat Svanhild die Seekönigin und Ragnvalds Söhne Ivar und Einar gefangen genommen. Als Lösegeld verlangt er nichts weniger als die Herrschaft über die Orkneyinseln.«

Viele Stimmen erhoben sich gleichzeitig, am lautesten die Halfdans, und alle riefen durcheinander, bis Harald Stille heischend die Hand hob. Ragnvald nahm sie kaum wahr. Seine Söhne lebten.

»Dann ist Thorstein ein Eidbrecher«, sagte Harald. »Er sollte doch wissen, wie ich mit Eidbrechern umgehe.«

»Er hat keinen Eid geschworen«, sagte Haralds Sohn Dagfinn, der immer gleich bereit war, andere zu korrigieren. »Er hat sich ja geweigert.«

»Egal«, sagte Harald. »Er hat gesagt, dass er bei der Verteidigung der Inseln hilft, und so geht das nicht.«

Doch, dachte Ragnvald bei sich – er verteidigt sie eben für sich selbst. »Lass Thorstein sie haben«, schlug er vor.

»Nein«, schrie Halfdan. »Sie gehören mir. Immer nimmst du mir das weg, was mir gehört.«

»Für deine eigenen Söhne hast du viel mehr hergegeben als ein paar einsame Inseln«, sagte Ragnvald zu Harald. »Geh auf diesen Handel ein, und lass mir meine Söhne.«

Aldi schob sich nach vorn und hielt Rolli im Blickfeld, doch dann wandte er sich Ragnvald zu. »Für deinen eigenen Mördersohn wolltest du Sogn nicht hergeben, aber das Land eines anderen Mannes, das würdest du sofort weggeben. Du tust immer so, als wärst du so gerecht und anständig, aber das ist alles nur Augenwischerei.«

Ragnvald legte die Hand an sein Schwert. »Ist das so?«, fragte er. »Und das von dir, der sich seine Schwerter von Steuern leistet, die er in Ländereien erhebt, die eigentlich mir gehören. Ich habe für deinen Sohn einen anständigen Preis bezahlt und noch etwas draufgelegt.«

»Ruhe, Ruhe«, donnerte Rolli mit einer Stimme, die gewaltig aus seiner riesigen Brust tönte. Ragnvald fühlte sich plötzlich alt und unbedeutend neben diesem jungen Mann. »Solvi Hunthiofsson hat einen Plan, wie man Thorstein herauslocken kann. Er rettet das Leben meiner Brüder und die Orkneyinseln für König Harald. An Land kommt er aber nicht – dazu fürchtet er zu sehr um sein Leben in dieser Gesellschaft. Er will mit König Ragnvald sprechen, sonst mit niemandem.«

»Inwiefern soll das sicher sein?«, fragte Harald und schnitt das aufkommende Gerede ab.

Es wurde noch weiter geredet, und schließlich willigte Ragnvald in die Bedingungen ein. Er würde mit jedem verhandeln, um das Leben seiner Söhne zu retten. Sigurd meldete sich freiwillig, Ragnvald zu begleiten.

Sie durften alle ihre Waffen behalten und ruderten gegen den Wind in Falkis kleinem Boot, bis ein kleines Schiff plötzlich auftauchte, als hätte es hinter einer Landzunge gewartet, und ein Mann aus der Mannschaft eine Leiter zu ihnen herunterwarf.

Rolli und Falki kletterten als Erste hinauf, gefolgt von Ragnvald, der froh war um Rollis Hilfe beim Klettern über das Seitendeck. Solvi beobachtete, wie er an Bord kam. Er stand auf seinen Stock gestützt, und sein Haar war ganz silbern geworden. Ragnvald spannte und lockerte seine Finger. Nie zuvor war ihm bewusst gewesen, wie schnell die Jahre vergangen waren, als jetzt beim Anblick von Solvi, der zu einem alten Mann geschrumpft und verhutzelt war. Dann lächelte Solvi, und Ragnvalds Handknöchel schmerzten umso mehr. Er hatte jedes Mal gewonnen, wenn er und Solvi aneinandergeraten waren, aber Solvi hatte immer seine Spuren hinterlassen.

»Solvi Hunthiofsson«, sagte Ragnvald. »Es gefällt mir gar nicht, dass ich dir schon wieder ausgeliefert bin.«

Solvi grinste noch breiter. »Diesmal behandle ich dich besser, versprochen. Sag mir, wie steht es um die Schlacht gegen Haralds Feinde?«

»Wir haben Ketil Flachnase gefangen und …«, begann Sigurd, doch Ragnvald schnitt ihm das Wort ab.

»Gut genug, als dass du nicht mehr leben würdest, wenn du an Land gekommen wärst«, sagte er. »Was ist nun dein Plan, meine Söhne zu retten?«

»Und meine Frau«, sagte Solvi. »Die darfst du nicht einfach so vergessen.«

»So wie sie mich vergessen hat?«, fragte Ragnvald.

»Und meine Tochter«, fuhr Solvi fort. »Sie ist von einem Anhänger Ketils entführt worden. Sie muss unbedingt gesucht werden. Das musst du mir schwören, und auch noch Folgendes: Dass du mich, meine Frau und meine Tochter dahin ziehen lässt, wohin wir wollen, wenn die Schlacht geschlagen ist.«

»Lass mich zuerst deinen Plan hören«, sagte Ragnvald, »und wenn er mir gefällt, dann schwöre ich dir das. In deiner Gewalt bin ich ja ohnehin schon.«

Kapitel 34

Am Tag der Schlacht wartete Freydis geduldig ihre Zeit ab, half in der Küche aus und kümmerte sich um Leute mit verschiedenen Wehwehchen. Als die Essenszeit kam und vorüberging, ohne dass die Männer zurückgekommen wären, sprach sie den Frauen Mut zu, die sich um das Leben ihrer Männer sorgten, und spürte dabei einen Anflug von Reue. Keinen Moment lang zweifelte sie daran, dass Hallbjorn umgekommen war, ebenso wie viele der Krieger, die ihm gefolgt waren. Immer missmutiger waren sie darüber geworden, morgens auszufahren, nur um abends zurückzukehren, ohne einen Tropfen Blut vergossen zu haben. Da waren sie bestimmt nur allzu empfänglich für den Rat von ihr gewesen, verkündet durch Hallbjorns Mund, dass sie die Kampfhandlungen an Land verlegen sollten.

Spät am Abend kamen ein paar der Schiffe angeschlagen zurück und brachten Nachrichten von ihrer Niederlage. Melbrid Tooth war mit zehn seiner Männer entkommen. Ogmund Gudbrandsson nannte einen der anderen Männer einen Feigling, und Melbrid hatte ihn zu einer Entschuldigung zwingen müssen, um ein Duell zu verhindern. Die übrigen Wikinger sammelten ihre Frauen ein, rüsteten ihre Schiffe aus und segelten am nächsten Morgen ab, um nach Schottland zu ihren Hallen zurückzukehren.

Freydis hatte wenig Muße, sich zu überlegen, wie sie nun weiter vorgehen wollte, denn am Mittag des nächsten Tages kam eine weitere Gruppe von Kämpfern an, die einen Verwundeten mit einem Verband im Gesicht anschleppten und einen Toten, dessen Kopf verhüllt war. Sie legten beide auf Pritschen neben der Küche ab.

»Um die Männer muss man sich kümmern«, sagte einer der Krieger zu den Frauen in der Küche. Freydis sah sich nach der alten Runa um, die sie seit ihrem ersten Tag in Hoy nicht mehr gesehen hatte und die anscheinend noch immer abwesend war. Sie trat vor und wies die Männer an, die Pritschen in das Licht des Kochfeuers zu rücken.

Der Verwundete war halb besinnungslos, jammerte und klagte und versuchte immer wieder, nach dem Toten zu fassen. Damit quälte er sich so lange ab, bis es ihm endlich gelang, ihre Hände ineinander zu verschränken. Freydis sprach ein Friedensgebet für den Toten und zog dann den vorläufigen Verband vom Gesicht des Verwundeten. Es war Hallbjorn, sein rot-goldenes Haar blutverkrustet und den Bart um die markante Kinnlinie kurz geschoren.

Freydis fuhr zurück. Es war ein Fehler gewesen, in die Schicksalsfäden der Nornen einzugreifen, wenn es bedeutete, dass sie sich nun um den verletzten Hallbjorn kümmern musste. Sie sollte ihn an dem Fieber sterben lassen, das sicher bald bei einer solchen Wunde auftreten würde.

Die blut- und schmutzverkrustete Hand des Mannes klammerte sich um die grauen Finger seines toten Kameraden. Freydis runzelte die Stirn; nie hätte sie es für möglich gehalten, dass Hallbjorn einen Mann so sehr liebte, dass er noch in äußerster Not die Hand nach ihm ausstrecken würde.

Sie zog das Tuch vom Kopf des Toten und stolperte beim Anblick des bekannten Gesichts zurück. Ihr Vetter Ivar war schön, selbst noch im Tod. Sie konnte es gar nicht fassen, obwohl sein Gesicht bläulich-grau war, also beugte sie sich über ihn in der Hoffnung, seinen Atem auf ihrer Wange zu spüren. Von allen Männern, die sie je gekannt hatte, war Ivar ihr stets als der am festesten mit dem Leben Verwurzelte erschienen.

Hallbjorn würde sich nie an Ivar klammern, doch sein Halbbruder Einar, der ihm so ähnlich sah, der würde das tun. Freydis blickte wieder Einar an, die blutige Wunde der leeren Augenhöhle, die zerfetzte Schnittwunde, die den Backenknochen freilegte. Dann sah sie die andere Gesichtshälfte an, die schmaler war als Hallbjorns schwerere Wangenpartie. Als sie noch in Tafjord lebte, hatte sie sein hübsches Gesicht heimlich angehimmelt und sich eingebildet, in ihn verliebt zu sein. Wie grausam doch die Schicksalsnornen waren, dass sie ihn Ivars Tod überleben ließen. War das der Preis dafür, dass sie Hallbjorn in den Tod getrieben hatte?

Was Einar verloren hatte, konnte sie ihm nicht zurückgeben, aber sie konnte seine Wunde vernähen, das Fieber aufhalten und all ihre Heilkunst aufwenden, während sein Blutsbruder tot neben ihm lag. Von Island hatte sie eine kleine Umhängetasche mit Mitteln zur Heilung mitgebracht, auch eine Knochennadel und Seidenfaden. Sie wusch Einars Wunde mit Wein aus und tupfte sie mit sauberen Tüchern trocken. Seine Wange war ganz heiß, sodass sie befürchten musste, eine Infektion sei schon eingetreten.

Sie versuchte, ihm Branntwein einzuflößen, damit er die Stiche ihre Nadel nicht spürte, aber er schob den Becher beiseite. Sie seufzte, setzte an, die Haut über seiner Stirn zusammenzuführen, und machte dabei die kleinen Stiche, die Alfrith ihr beigebracht hatte. Mit sanfter Stimme sprach sie dabei beruhigende Worte.

Sie hörte, wie andere hereinkamen, hörte sogar ihren Namen

nennen, doch sie wandte sich nicht von ihrer Aufgabe ab. »Ich begrüße euch, wenn ich fertig bin«, sagte sie, und die Stimmen verschwanden wieder.

Um das Auge herum konnte sie wenig tun. Sein Augenlid war entzweigeschnitten, das Auge darunter war weg. Sie setzte ihre Stiche so nah am unteren Lidrand an, wie sie nur konnte, und zitterte, wenn er bei jedem Nadelstich zusammenzuckte. Es kam ihr in Erinnerung, wie Alfrith ihr erzählt hatte, dass König Ragnvald sie ein Jahr lang hasste, nachdem sie seine gebrochenen Finger neu gesetzt hatte, weil er sie nicht mehr ansehen konnte, ohne an den Schmerz zu denken. Wenn Einar sie nach alldem hasste, dann würde ihr das recht geschehen, wo sie doch Hallbjorn gegen ihn ausgesandt hatte.

Sie sang ein Schlaflied leise vor sich hin, und einen Moment später stimmte Einar mit einem gebrochenen Brummeln ein. Als sie mit dem Nähen fertig war, stellte sie einen Wickel aus Honig und Spinnweben her und legte ihn mit reichlich Pechsalbe auf die Wunde. Insgeheim dankte sie der Göttin Freya, dass die Krieger nicht den ganzen Honig aufgegessen hatten, bevor sie sich auf den Weg machten, um zu sterben. Süßes würde ihnen im dunklen Reich der Totengöttin Hel auch nichts mehr nützen.

Schließlich legte sie einen sauberen Verband über den Wickel und befestigte ihn. Vorsichtig hob sie Einars Kopf an, um den Verband herumzuführen. Als sie nun seine Lippen mit dem Becher berührte, öffneten sie sich, und er ließ sich etwas Branntwein einflößen, damit er einschlafen konnte. Doch selbst als sein Atem langsamer und tiefer wurde, klammerte er sich noch an Ivars Hand.

Freydis ging in die Küche, um sich mit etwas Wasser Einars Blut von den Händen zu waschen, vollkommen aufgewühlt, wie immer nach einer schwierigen Aufgabe, und sah dort ihre Mutter sitzen. Sie saß auf einem Schemel und verdrückte ein großes Stück Brot mit Käse, als hätte sie seit einer Woche nichts mehr zu essen bekommen. Ihre Hände waren nach vorn gebunden.

»Freydis, ich bin da«, sagte sie, stand auf und wischte sich die Krumen vom Rock, so gut sie mit gebundenen Händen konnte. »Thorstein sei gesegnet dafür, dass er mich hierhergebracht hat, auch wenn er mir eigentlich schaden will.«

Die Tränen, die Freydis zurückgehalten hatte, seit sie von Island entführt worden war, stürzten nun mit großen Schluchzern hervor. Eifrig löste sie die Fesseln von den Händen ihrer Mutter und stürzte sich in ihre Arme. Svanhilds Rücken bebte, als würde auch sie weinen.

»Freydis, Freydis, meine geliebte Tochter«, sagte sie und strich Freydis übers Haar. »Ich lasse dich nicht im Stich. Ich lass dich nie mehr im Stich.«

• • •

Nachdem er sich Solvis Plan angehört hatte, ging Ragnvald wieder zu Harald, während Sigurd als Geisel und als Garant dafür zurückblieb, dass er wiederkehren würde. Gegenüber Harald umriss Ragnvald in groben Zügen Solvis Plan einer Scheinschlacht auf dem Meer, die Thorstein aus Hoy herauslocken sollte. Während Harald seine Schiffe losschickte, ging Falki zu Thorstein zurück, um die Falle mit einem Köder zu bestücken, indem er ihm erzählte, Haralds Streitkräfte würden nun geballt gegen ihn vorgehen, dass aber Melbrid Tooth zurückgekommen sei, um zu kämpfen, und wenn Thorstein jetzt zur Schlacht hinzustoßen würde, dann könnte er Harald besiegen und die Orkneyinseln für sich reklamieren. Haralds Schiffe führten ihren Teil aus, während einige der eroberten Schiffe, hauptsächlich mit Haralds Kriegern bemannt, sich als Melbrids Schiffe ausgaben. Sobald es so aussah, als wendete sich das Schlachtenglück gegen Harald, verließ Thorsteins Schiff Hoy, und Solvi führte Rollis Schiff zu der kleinen Anlegestelle. Sie gingen alle von Bord und machten sich daran, den Abhang mit nassem, lockerem Geröll hinaufzuklettern. Zwar könnten sie von Spähern entdeckt werden, aber Thorstein hatte wohl kaum genügend Kämpfer zurückgelassen, um ihnen gefährlich zu werden.

Ragnvald kletterte rasch hinauf und musste mehrmals warten, bis Solvi aufholte. »Du bist einfach zu langsam«, sagte er zu ihm. Rolli war schon weit voraus, denn seine jungen Beine trugen ihn noch rascher als die der älteren Generation. »Du hättest an Bord bleiben sollen.«

Mit Händen und Füßen kletterte Ragnvald weiter, während Solvi sich bei jedem Schritt auf seinen Stock stützen musste. Er wartete wieder, bis Solvi an ihm vorbeigezogen war. Von hinten war Solvi nur noch ein kleiner, lahmer, alter Mann. Konnte es wirklich sein, dass Svanhild ihn Harald vorzog? Ragnvald hatte wirklich nichts mehr von ihm zu befürchten, zumindest nicht, solange Solvi von ihm wegsah.

»Ich könnte dich tragen«, schlug Rolli vor, als Solvi wieder aufgeholt hatte.

Solvi kicherte – ein seltsamer Laut an diesem Ort. »Ich nehme an, dass ich kein Anrecht mehr auf Würde habe, seit ich dieses alberne Pony reite«, sagte er. »Also gut, junger Rolli, du kannst mein Ross sein.«

Ungläubig sah Ragnvald zu, wie Rolli Solvi auf einen Fels hinaufhalf, dann in die Knie ging, um sich Solvi auf den Rücken zu laden. Sigurd lachte, und die kleine Bande von Kriegern, die dabei waren, lachten mit. Ragnvald wünschte sich, dass er auch so leichtherzig dieses Bild genießen könnte, das sein Sohn und sein einstiger Feind miteinander abgaben, doch stattdessen fühlte er sich plötzlich berührt von Rollis sanften Handhabungen, als er Solvi emporhob. Eines Tages würde Rolli so seine Kinder tragen.

Nun kamen sie schneller voran, die Geröllhalde hinauf bis zu einem ausgetretenen Pfad, der zu einer kleinen Torfhalle hinführte. Ein paar Ziegen stierten im Abfallhaufen neben der Küche herum.

»Die Halle wird bewacht sein«, sagte Ragnvald zu Solvi, »und du kannst nicht kämpfen.«

»Ich weiß«, erwiderte Solvi mit zusammengebissenen Zähnen. Ragnvald war froh, Verbitterung aus der Stimme herauszuhören; Solvi war lahm und zu nichts mehr nütze. Kein Mann, selbst einer wie Solvi, der sich um kein Gesetz scherte, würde sich deswegen nicht schämen. Ragnvalds Hände schmerzten zwar noch von der gestrigen Schlacht, doch zumindest würden sie ihm heute gehorchen.

»Lass mich hier hinter diesem Fels zurück«, schlug Solvi mit einem Seufzer vor, »und, Rolli, hol mich ab, sobald die Lage sicher ist.«

»Du hättest nicht mitkommen sollen«, sagte Ragnvald wieder und wieder. Doch Solvi ignorierte ihn einfach.

So blieb Solvi versteckt, während Ragnvalds Männer zu Thorsteins kleiner Torfhalle vordrangen. Rolli hielt sich hinter Ragnvalds rechter Schulter, die er bei Weitem überragte, und Ragnvald hatte ständig das Gefühl, sich umdrehen zu müssen, um sich zu vergewissern, dass er genügend Platz zum Kämpfen hatte und dass Rolli nicht davonstürmte und etwas Dummes anstellte. Rolli war vielleicht groß und stark, aber er war auch jung und unerfahren, und sein erster Versuch eines Kampfes war voll danebengegangen.

Der geringe Widerstand, der ihnen entgegengesetzt wurde,

bis sie in die Halle eindringen konnten, kam von ein paar Männern, die mit ihren Dolchen herumfuchtelten und die von Ragnvald entwaffnet wurden, wobei es nur ein paar blaue Flecken gab. Eine Frau kam schreiend aus einem Vorhang hervor und schwang einen Kessel um den Kopf, mit dem sie einen der jüngeren Krieger niederschlug. Sie schrie und schwang weiter, bis Rolli sie an den Armen packte und schüttelte, damit sie den Topf losließ. All das geschah so schnell, dass Ragnvalds Augen sich noch gar nicht an die Düsternis in der Halle gewöhnt hatten, als er Falki mit nach vorn gebundenen Händen auf sich zukommen sah. Rolli durchtrennte schnell die Fesseln und ging dann Solvi holen.

»Kommt hierher, Herr«, sagte Falki zu Ragnvald. »Deine Schwester und dein Sohn – deine Söhne – sind hier. Doch bitte gib acht, und begrüße deine Schwester zuerst.«

Die Angst in seiner Stimme ließ Ragnvald kurz aufhorchen. Svanhild trat aus dem Dunkel hervor. Er hatte sie in den letzten Wintermonaten vermisst – die einzige Frau, die ähnliche Ambitionen hegte wie er selbst, die so lange Jahre seine rechte Hand gewesen war.

Doch die Art, wie sie sich nervös umsah – nach Solvi, nahm Ragnvald an –, stimmte ihn traurig. »Er – Solvi – ist da«, sagte er. »Er ist auf dem Rücken meines Sohnes geritten, um hierherzukommen.« Er lachte ein wenig. »Kein Anblick, den ich mir je hätte vorstellen können.«

»Bruder, ich danke dir, dass du gekommen bist.« Sie legte die Arme um ihn und drückte ihn fest. Einen Moment lang ließ er es zu, befreite sich dann aber aus der Umklammerung.

»Wo sind meine Söhne?«, fragte er.

Svanhild warf Falki einen Blick zu. »Sie sind hier«, sagte sie. »Aber du musst wissen: Ivar ist tot, und Einar liegt im Fieber und ist dem Tode nah – aber wir haben noch Hoffnung. Ich bringe dich zu ihnen.«

Ragnvald lachte wieder. Er musste da etwas falsch verstanden haben.

»Tot?«, fragte Sigurd.

Ragnvald schien es plötzlich, als fiele ein Eisregen auf seine Haut und machte alles taub, was er berührte. »Ivar – was? Tot? Nein. Nein.«

»Doch, es ist so, Bruder«, sagte Svanhild.

»Tot – aber wie? Hat Thorstein ihn umgebracht?«

»Er fiel in der Schlacht«, sagte Svanhild. »Er war schon tot, als ich ihn gefunden habe.«

»Aber Falki ...«, sagte Ragnvald. Nur ein kleiner Teil von ihm war hier in dieser düsteren Torfhalle, in der sich die Graswurzeln an der Decke gleich über seinem Kopf ausbreiteten wie ein Fellteppich. Der Rest von ihm war vor den Worten geflohen, nach innen, an einen kalten, leeren Ort.

»Komm, ich führe dich zu ihnen«, sagte Svanhild von irgendwo her weit weg. »Meine Tochter Freydis kümmert sich um Einar. Sie ist eine hervorragende Heilerin.«

»Kann sie Tote heilen?«, fragte Ragnvald stumpf. Er drängte sich an Svanhild vorbei in eine dunkle Nebenkammer dieses Grabhügels von einer Halle. Zunächst konnte er kaum Formen wahrnehmen, bis Svanhild mit einer Laterne hereinkam, dann sah er Einar leblos daliegen, die eine Gesichtshälfte in Bandagen gewickelt, die andere ausdruckslos. Sein Auge war offen und starrte an die Decke, als wäre er selbst schon ein Leichnam, gleich der Gestalt, die in ein Leichentuch gewickelt auf der Pritsche neben ihm lag. Ragnvald roch den süßlichen, schrecklichen Geruch des Todes.

»Ich will ihn sehen«, sagte er. Seine Stimme klang weit weg in seinen Ohren, als käme sie aus dem Totenreich.

Svanhild ging zu dem Toten hinüber und zog das Leichentuch von seinem Gesicht. Es war Ivar, aschgrau im Tod, mit blauen und dunklen Schatten über dem Schwarz der Wunde an seinem Hals. Einar an seiner Seite sah trotz seiner Bandage und Krankheit fast unanständig lebendig aus, eine Verhöhnung des stocksteifen, toten Jungen neben ihm.

Svanhild deckte Ivars Gesicht wieder zu, und Ragnvald stolperte nach vorn, strauchelte und fiel auf die Knie. Er berührte den starren, tönernen Körper seines Sohnes. Svanhild stand neben ihm und wiegte seinen Kopf gegen ihre Taille. Ihr harter Hüftknochen stieß ihm gegen den Arm. Ihr fehlte eben die ganze Weichheit einer echten Frau, und so nahm sie ihm die Gelegenheit, seinen Kummer wie ein Kind hinausschluchzen zu können, falls er denn überhaupt die weite, eisige Leere überwinden könnte, die in ihm lag.

»Vater …«, hörte er Einar sagen. Sein Auge schloss und öffnete sich, und er sah zu ihm hinüber. »Vater, es tut mir so leid.«

»Hast du das getan?«, fragte Ragnvald. Er stand auf und sah auf Einar hinunter, auf die schwitzende, stinkende Bandage. Was lag darunter? Würde er als Kreatur des Todes daraus hervorkommen, als entsetzlicher Anblick?

»Du hast mir befohlen, ihn zu schützen«, sagte Einar und starrte wieder an die Decke. »Ich wäre mit ihm gegangen, wenn ich gekonnt hätte.«

Die Kälte in Ragnvald schien ihn ganz und gar aufzufressen. »Das hättest du auch tun sollen«, sagte er mit hohler Stimme. Er drückte sich an Svanhild vorbei in den Hauptraum der Halle hinaus. Dort trank Falki einen Becher Ale am Feuer, zusammen mit Sigurd, Solvi und Rolli.

»Du«, sagte Ragnvald zu Falki und legte die Hand ans Schwert. »Du hast gesagt, meine Söhne seien hier.«

»Das stimmt ja auch«, sagte Falki und erhob sich.

Ragnvald zog das Schwert und stürzte sich auf Falki. Ein Widerstand presste sich gegen seine Arme, eine gottgleiche Stärke, die ihn festhielt.

»Vater, was machst du denn?«, hörte er Rolli fragen.

»Er hat mich belogen«, sagte Ragnvald und wehrte sich gegen Rollis Griff. Falkis Augen waren vor Schreck weit aufgerissen, und er drückte sich gegen die Torfwand am Herd. »Er hat gesagt, meine Söhne seien hier. Aber hier gibt es keine Söhne von mir. Da ist nur eine Leiche und ein junger Kerl, der mich nun zum letzten Mal betrogen hat.«

Falki sah verzweifelt zu Svanhild hinüber. »Ich dachte, König Ragnvald würde allein für dich und seinen ältesten Sohn vielleicht nicht kommen«, sagte er. »Ich ließ ihn im Glauben ...«

Ragnvald versuchte wieder, sich aus Rollis Griff zu befreien. »Du hast gelogen«, schrie er. »Meine Söhne sind tot.« Er versuchte, sich nach Rolli umzudrehen. »Und sie betrügen mich. Ich bin von Verrätern umgeben.«

»Bruder, du bist außer dir«, sagte Svanhild kühl. »Lege dein Schwert nieder.«

Rollis Griff um Ragnvalds Handgelenk wurde noch fester, sodass seine Hände ganz taub wurden und er nicht verhindern konnte, dass das Schwert schließlich klappernd zu Boden fiel.

Svanhild nahm ihn in die Arme. Die Kälte in Ragnvald schien einen Riss bekommen zu haben, derselbe Riss, durch den die Wut auf Falki herausgeschlüpft war. Wenn er es zuließe, würde nun eine ganze Flutwelle hervorbrechen. Sollte er seiner Trauer und Wut in Form von Tränen statt Gewalt freien Lauf lassen? Er spürte etwas an seinen Handgelenken und dass Rolli ihn wieder festhielt. Bevor er sich wehren konnte, hatte Solvi ihm die Hände gefesselt, und Rolli drückte ihn auf den Boden.

»Was tust du?«, fragte Ragnvald und sah zu Svanhild hoch.

»Ich lasse nicht zu, dass du noch mehr Unheil anrichtest, solange du außer dir bist«, sagte sie.

»Ich glaube, es geht ihm schon wieder besser«, meinte Rolli, der sich dabei unwohl fühlte, während Ragnvald gegen seine Fesseln ankämpfte.

»Das glaube ich nicht«, sagte Svanhild. »Ich habe auch schon einmal einen Sohn verloren. Und mein Mann ebenfalls. Aber keiner von uns hat deshalb mit Mord gedroht. Lass ihn in Fesseln.«

Kapitel 35

Ragnvald ließ sich widerstandslos von Rolli zum Schiff hinunterführen. Er überlegte, was wohl passieren würde, wenn er sich auf den Boden werfen und sich weigern würde mitzugehen wie ein widerspenstiges kleines Kind – würde Rolli ihn tragen, so wie er Solvi getragen hatte? Es war Svanhild, die nun Solvi den steilen Abhang hinunterhalf. Auf dem Schiff warteten Solvi und Ragnvald dann, während Svanhild, Rolli und einige aus der Mannschaft zurückgingen, um Einar und Ivars Leichnam herunterzubringen.

»Willst du nah bei ihm sein?«, fragte Svanhild, in deren Stimme Zärtlichkeit und Wut mitschwangen. Rolli trug den Leichnam seines Bruders auf den Armen wie ein Mann, der seine geliebte Frau hält oder ein verletztes Kind.

Ragnvald nickte. Auf seine Stimme konnte er sich noch nicht verlassen. Rolli legte Ivar, der in ein handgewebtes Leichentuch gewickelt war, auf die Bank neben ihm. Einar lag auf einer anderen Bank und starrte in die Luft. Ragnvald konnte es kaum ertragen, Ivars verhüllte Gestalt anzusehen, und wenn sein Blick auf Einar fiel, verursachte ihm das fast denselben Schmerz. Auch Einar war von der Schlacht nicht zurückgekehrt, ebenso wenig wie Ivar. Ein halb totes Wesen, wie der *draugr*, dem Ragnvald einst begegnet war, lag dort statt seines Sohnes.

Als sie in Grimbister anlegten, wurde das kleine Schiff sofort von Haralds Kriegern umstellt, die die Passagiere auf den Strand hinunterzerrten. Jemand durchtrennte Ragnvalds Fesseln, und einige Krieger stellten sich zwischen Solvi und Svanhild und trennten sie so voneinander.

In Thorsteins Halle schäumte Harald schon vor Wut, als Ragnvald und seine Gesellschaft ankamen. »Thorstein ist uns entwischt – Richtung Süden, nach Schottland mit Melbrid Tooth. Aber der kommt auch noch dran«, sagte er.

Seine Wut schien Ragnvald vollkommen fremd, eine heiße Wut, ganz anders als die Kälte, die er selbst in sich verspürte. »Deine Männer haben mir erzählt, was passiert ist«, fuhr Harald fort. »Dein Sohn und deine Schwester haben dich gefangen genommen. Das soll sie teuer zu stehen kommen.«

Ragnvald sah ihn nur stumm an und wünschte sich, er könnte das fühlen, was Harald von ihm erwartete.

»Dein Sohn Rolli ist wieder geächtet, und zwar für die vollen sieben Jahre«, fügte Harald hinzu. »Ich hätte das niemals aufheben sollen. Er zeigt weder Loyalität noch Ehre.«

Rolli schüttelte die Männer, die ihn hielten, mit einer kurzen Bewegung ab. »Ich wollte die Ehre meines Vaters schützen«, sagte er. »Vater, hättest du lieber einen Unschuldigen ermordet?«

Ragnvald starrte ihn wortlos an. In Rollis Gesicht konnte er die toten Züge Ivars erkennen.

Harald stakte steifbeinig auf Svanhild zu. »Und was meine einstige Frau betrifft – Solvi hat versprochen, dass er in Frieden kommt, doch nun sehe ich, dass er seinen Eid gebrochen hat. Deine Schwester Svanhild ist eine Verräterin und sollte mit ihm sterben«, fuhr er fort. »Du hast dir schon genug von ihr gefallen lassen.«

»Ausgerechnet du sprichst von Eiden«, warf Svanhild verächtlich ein. »Du brichst doch einen Eid nach dem anderen, und jetzt willst du auch noch die Mutter deiner Kinder töten?«

Ragnvald sah zu, als wäre dies alles nur Theater. Harald hasste es, ein Eidbrecher genannt zu werden, und Svanhilds Vorwurf ließ ihn nun doch plötzlich innehalten. »Stimmt. Bis jetzt habe ich noch nie die Mutter einer meiner Söhne umgebracht«, sagte er, »ganz gleich, wie sehr sie es darauf angelegt haben. Aber vielleicht sollte ich doch einmal damit anfangen.«

Ragnvald zuckte gleichgültig mit der Schulter. Was ging es ihn an, wenn Harald Svanhild umbrachte? Ivar war tot. Aus alter Gewohnheit kam er ihr dann doch zu Hilfe, denn Harald machte sowieso schon einen Rückzieher angesichts Svanhilds Zorn.

»Du hast dich von ihr scheiden lassen«, sagte er tonlos. »Wenn du nicht der König von Norwegen wärst, dann hätte sich ihre Familie für diese Beleidigung an dir gerächt.«

»Du hast mir doch gesagt, das sei der einzige Weg«, sagte Harald. »Du hast gesagt, du würdest sie davon überzeugen.«

»Das war mein Fehler«, sagte Ragnvald immer noch mit derselben tonlosen Stimme. »Du stehst vielleicht über dem Gesetz Norwegens, aber du stehst nicht über den Gesetzen von Schande und Ehre.«

Harald legte die Hand ans Schwert. »Bist du etwa derselben Meinung wie sie?«, schrie er. »Wie dieses verräterische Weib? Ich lasse nicht zu, dass irgendjemand so zu mir spricht.«

»Wenn du sie töten willst, dann tu's doch«, sagte Ragnvald. Er setzte sich auf eine Bank und wandte den Kopf ab. Das Wissen um Ivars Tod war wie eine Leere in seiner Brust, eine Leere so groß wie die kahle Welt vor der Schöpfung. »Mich kannst du auch gleich töten. Deine Mutter hat gesagt, dass ich viel für dich opfern würde, und jetzt bin ich bereit.«

»Du bist mein teuerster Freund«, sagte Harald tief erschüttert.

»Du sprichst aus Schmerz und Wut heraus. Ich werde dich nicht töten, das schwöre ich dir.«

»Ich habe geschworen, Svanhild mit Solvi ziehen zu lassen«, sagte Ragnvald. »Sie haben mit dieser Schlacht hier nichts zu tun und wollten nur ihre Tochter retten.«

Harald zog ein grimmiges Gesicht. »Wenn sie schwört, niemals nach Norwegen zurückzukehren, dann soll sie leben. Sie soll geächtet sein, aber sie kann leben.«

»Das schwöre ich«, sagte Svanhild. »Und obwohl du dem Eid einer Frau keine Bedeutung beimisst, kann dir jeder Mann in Norwegen bestätigen, dass mein Eid gilt.«

Harald winkte ab. »In Norwegen bist du von nun an für den Rest deines Lebens vogelfrei. Du hast wie ein Mann gelebt und wirst wie ein Mann sterben, wenn du deinen Fuß wieder auf norwegischen Boden setzt.«

Haralds Männer gaben den Weg zu Solvi frei, und Svanhild ging zu ihm hinüber. Er nahm ihren Arm und humpelte mit ihr zur Tür. Svanhild sah sich mit wehmütigem Blick nach Ragnvald um.

In der Halle erhob sich Wutgeschrei über Haralds Entscheidung, doch die Meinungen anderer Männer waren Harald lange nicht so wichtig wie die Meinung Ragnvalds. Einige Männer versuchten, mit Ragnvald zu sprechen. Er ignorierte die Finger, die ihn am Ärmel zupften, die Gesichter, die sich vor ihn schoben und die er kaum erkannte, und als sie ihre Versuche aufgaben und weggingen, schlurfte er hinaus in den feucht-nieseligen Orkney-Nachmittag.

Er wusste nicht, wo sie Ivar hinbringen würden, jetzt, da er tot war. Ins Meer vielleicht, damit die Meeresgöttin Ran ihn bekäme, wo sie doch Ragnvald vor all diesen Jahren nicht bekommen hatte? Ran war eine habgierige Göttin und würde sie am

Ende beide verschlingen. Hätte Ragnvald sich damals nicht gewehrt, dann wäre ihm all dies erspart geblieben.

Er ging zum Hafen hinunter, wo die Strandkiesel von den Wellen hin und her geschaukelt wurden und sich aneinander rieben. Am liebsten hätte er sich die Kehle aufgerissen, um den Schmerz herauszulassen, der sich dort aufgestaut hatte. Wo war Einar gewesen, als sein Bruder fiel? Er hatte ihn wohl nicht verteidigt, sonst wäre er ja ebenfalls tot. Einar hatte seinen Bruder nie vor ihm als Ersten in den Kampf ziehen lassen.

Er wusste nicht, wie lange er dort saß. Irgendwann einmal hörte er Schritte hinter sich und sah dorthin, wo Rolli Solvi dabei half, den steilen Hang langsam herunterzukommen. Oddi, mit breitem Bauch und breiten Schultern, kletterte ihnen hinterher.

»Bruder«, sagte Svanhild, »Oddi hat bei Harald für mich gesprochen. Ich darf für die Beerdigung meines Neffen hierbleiben.«

Oddi suchte Augenkontakt zu Ragnvald. »Harald hebt Rollis Ächtung nicht auf, es sei denn, du sprichst mit ihm«, sagte er.

»Vater«, sagte Rolli, »ich bin doch auch traurig über Ivars Tod.«

Sein offenes Gesicht zeigte alle Anzeichen von Trauer: verweinte Augen und Tränen auf seinen rosigen, kindlichen Wangen. Eine unkomplizierte Trauer, um die Ragnvald ihn beneidete. »Ihr habt keine Ahnung, wie es mir geht«, sagte Ragnvald. »Ihr wart gegen mich. Alle wart ihr gegen mich.«

Rolli sah aus, als wollte er gleich losheulen. »Dann lässt du es also zu? Du lässt zu, dass Harald mich wieder für vogelfrei erklärt?«

Ragnvald zuckte mit den Schultern. Ihm war alles egal.

Rolli richtete sich auf. »Ohne mich hättest du weder Svanhild noch Einar retten können. Und meine Cousine Freydis kümmert sich jetzt um Einar und sagt, dass er leben wird. Das muss dir doch etwas bedeuten?«

»Nein«, sagte Ragnvald. »Das bedeutet mir alles nichts.«

»Dann bringe ich Svanhild und Solvi weg und bleibe auch für immer weg«, sagte Rolli. »Und wenn meine Mutter dich für das hasst, was du getan hast, schicke sie zu mir, dann werde ich mich um sie kümmern.«

»Ragnvald, Bruder«, warf Oddi ein. »Denk doch darüber nach.«

»Du hast mir vor langer Zeit gesagt, dass du nicht mehr mein Bruder bist«, sagte Ragnvald. »Berufe dich also jetzt nicht darauf.«

»Dein Sohn Einar lebt, aber er ist verwundet«, sagte Oddi. »Komm und besuche ihn.«

»Er sollte nicht leben«, sagte Ragnvald. »Er hätte mit Ivar gehen sollen, so wie er es geschworen hat. Ich bin umgeben von Eidbrechern.«

Und Ivar würde hier liegen, in diesen Wassern oder begraben auf diesem Fels. Nie würde er Møre regieren; Møre ginge jetzt an Thorir. Er hatte nur noch geringere Söhne übrig.

»Willst du etwa Ivar in den Tod folgen?«, fragte Oddi.

Einen Moment lang schien es die ideale Lösung, aber nein. Er hatte immer noch Møre. Thorir musste es erben. Er musste sich noch rächen. Wenn nicht an Falki, dann an irgendjemand anders, an allen, die hier ihre Hand im Spiel hatten. Andere sollten sich auch so fühlen wie er in diesem Moment.

»Wirst du zu Einar gehen?«, fragte Svanhild. »Die Frauen von Orkney kümmern sich um Ivar. Das ist ihre Aufgabe. Er wird den besten aller Himmel finden.«

Bei dem Wort Himmel brach etwas auf in Ragnvald, und er

schluchzte laut. »Du musst Einar unbedingt sehen«, sagte sie. »Du hast immer noch Söhne, die dich brauchen.«

»Wie schlimm ist Einars Wunde?«, fragte Ragnvald.

»Meine Tochter ist eine geschickte Heilerin«, sagte Svanhild. »Er hat ein Auge verloren, doch wenn sich die Wunde nicht entzündet, dann überlebt er.«

Einar überlebte, und Ivar war tot. Einars Gesicht war für immer entstellt, während Ivars Gesicht verrottete. Das Schicksal war zu grausam. Ragnvald ließ es zu, dass Oddi ihm beim Aufstehen half, und folgte Svanhild den Hügel hinauf.

Einar lag auf einer Pritsche in Thorsteins Halle, zusammen mit den anderen Verwundeten. Die kleine Freydis saß an seiner Seite und sang ihm leise vor. Sein Verband war offensichtlich erneuert worden, und man hatte ihn mit ein paar Kissen aufgerichtet.

Beim Anblick von Ragnvald stand Freydis auf und schlug die Augen nieder. Ein ehrerbietiges Mädchen, so ganz anders als ihre Mutter. »König Ragnvald«, sagte sie, »das Fieber deines Sohnes sinkt.«

Einar sah tatsächlich etwas besser aus. Die Ragnvald zugewandte Seite war immer noch schmal und attraktiv. Und er war lebendig, unrechtmäßigerweise, schrecklich lebendig, während sein Bruder tot war. Trauer überwältigte Ragnvald wieder.

»Deine Aufgabe war es, deinen Bruder zu beschützen«, sagte er mit erstickter Stimme.

Freydis schob sich schnell zwischen sie, als wollte sie Einar beschützen, doch Einar legte ihr die Hand auf den Arm, und so zog sie sich zurück, damit Ragnvald näher treten konnte.

»Es tut mir leid, Vater«, sagte Einar. Er sah zu Ragnvald hinüber, dann wieder an die Decke. Dann hob er die Hand an das fehlende Auge und öffnete den Mund zu einem lautlosen Schrei, der Ragnvald tief in seinem Inneren traf.

»Du hast es geschworen«, sagte Ragnvald. »Du hast geschworen, ihn zu beschützen. Warum hast du versagt?«

»Ragnvald, mein Freund, er hat diese Wunde erhalten, weil er versucht hat, Ivar zu schützen«, sagte Oddi.

»Geh weg«, rief Ragnvald. »Ich will nicht hören, dass du ihn verteidigst. Warum bist du am Leben? Warum?« Ein Teil von ihm wollte Einar wiegen, als wäre dieser noch ein Kind, das so etwas zugelassen hatte.

»Es tut mir so leid, Vater. Wir wurden umzingelt – Geirbjorns Krieger waren überall auf dem Schiff. Ich habe so viele getötet – ich weiß nicht wie viele, und Ivar hat mit dreien gleichzeitig gekämpft. Ich wollte ihm gerade zu Hilfe eilen, da hat ihm Geirbjorn die tödliche Wunde geschlagen. Und dann habe ich ihn getötet, aber dieser Schlag ... ich bin gestürzt. Ich kam zu spät, um ihn zu schützen, Ivar ...«

»Du hattest nur eine Aufgabe im Leben, und das war, ihn zu beschützen«, sagte Ragnvald. »Du hast es geschworen. Du hast es geschworen.«

»Wir haben beide geschworen«, klagte Einar. »Wir haben geschworen, niemals ohne den andern in die Schlacht zu ziehen, und ich habe geschworen, ihn zu schützen.«

»Bis zum letzten Atemzug, hast du gesagt. Und trotzdem lebst du jetzt.«

»Soll ich sterben, Vater? Willst du mich jetzt töten? Ich will auch nicht ohne ihn leben.« Seine Stimme klang viel zu bitter für einen so jungen Mann, selbst für einen jungen Mann, der einer Königin beigelegen und viele Männer getötet hatte. »Töte mich oder vergib mir, Vater. Ich wünschte, ich wäre an seiner statt tot.«

»Nenn mich nicht Vater. Du hast deine Sohnespflicht nicht erfüllt, und ich erkenne dich nicht weiter an«, klagte Ragnvald, der nun auch weinte. »Du hast es geschworen. Du hast es geschworen.«

»Du warst es doch, der uns zum ersten Mal voneinander getrennt hat«, sagte Einar halb zu sich selbst.

»Was sagst du da?«, fragte Ragnvald, fast dankbar für Einars Worte, die wieder die Leere zurückbrachten, in der seine Tränen zu Eis erstarrten.

»Du hast mich in Vestfold ohne ihn zurückgelassen. Wegen dir habe ich meinen Eid zum ersten Mal gebrochen.«

»Gibst du mir nun etwa die Schuld?«

»Nein, ich gebe mir selbst die Schuld«, sagte Einar. »Und ich gebe Ivar die Schuld, dass er sich hat töten lassen. Ich gebe Geirbjorn Hakansson die Schuld. Ich gebe König Harald die Schuld, dass er hier Krieg führt – wozu braucht er die Orkneyinseln? Ich gebe Tante Svanhild die Schuld, dass sie ihn verlassen und ihn so aufgestachelt hat, und ich gebe dir die Schuld, dass du ihm das nicht ausgeredet hast.«

»Also gibst du mir doch die Schuld«, stellte Ragnvald fest.

»Was nützt mir dieses ganze Schuldgeben, Vater? Oder wie soll ich dich jetzt nennen? König Ragnvald? Geh weg und überlasse mich meinem Schicksal. Wenn du nicht mehr mein Vater bist, dann bin ich auch nicht dein Sohn und muss dir nicht länger gehorchen.«

Er drehte sich um und kehrte Ragnvald den Rücken zu, der bebte wie bei einem Kind. Ragnvald stolperte aus der Halle hinaus. Es war ein grauer Tag, Wolken rasten über den Himmel, Grau in Grau in Grau, die feuchte Luft kühlte seine heißen Wangen. Ganz gleich, was Oddi sagen mochte, Einar hätte mit seinem Bruder sterben müssen. Das Schicksal war im Unrecht gewesen, ihn überleben zu lassen.

• • •

Mit Ragnvalds Weggehen brach Freydis' Kind plötzlich in heftiges, verzweifeltes Schreien aus, so laut und gewalttätig, dass Einar sie darum beneidete. So würde er auch gern schreien können, über seinen Vater, über das Schicksal, über Geirbjorn Hakonsson, der, dachte Einar, nun endlich seine Rache bekommen hatte für den Tod seines eigenen Vaters, den Ragnvalds Machenschaften verursacht hatten.

Einar hörte Menschen im Hintergrund herumgehen, aber da ihm ein Auge fehlte und er einen dicken Verband im Gesicht hatte, war die eine Hälfte des Raumes für ihn unsichtbar. Svanhild ging um ihn herum zu seiner sehenden Seite und nahm seine Hand.

»Einar«, sagte sie sanft, »dein Bruder wird morgen beigesetzt, und danach reise ich ab. Willst du mit mir nach Island kommen? Für meine Familie gibt es dort immer Platz.«

Einar reagierte überhaupt nicht.

Sie drückte ihm die Hand und ließ sie dann los. »Ich darf nach der Bestattung nicht länger hierbleiben, aber denke an mein Angebot. In Island gibt es einen Platz für dich.«

Sie ging mit Rolli hinaus und ließ Oddi und Freydis zurück, die sich auf den Stuhl an seiner Seite niederließ.

»Er hat das alles nicht so gemeint«, sagte Oddi. »Dein Vater. Er liebt dich.«

Auch ihm gab Einar keine Antwort.

»Er leidet. Er hat das nicht so gemeint«, fuhr Oddi fort.

»Doch, das hat er«, sagte Einar. »Er sagt nie etwas, was er nicht meint, und nichts, was nicht wahr ist.«

»Nicht doch«, beschwichtigte ihn Oddi. »Er ist bei Weitem nicht so ein Muster an Vollkommenheit, und es stimmt überhaupt nicht, dass das deine Schuld ist. Du bist doch kein Gott, der jeden Tod verhindern kann.«

»Meine Aufgabe war es, Ivar zu beschützen, und das habe ich nicht getan. Ich hätte bei seiner Verteidigung umkommen müssen, und das habe ich nicht getan. Kannst du das etwa abstreiten?«, fragte Einar.

»Ja, kann ich«, erwiderte Oddi. »Du hast keinen Einfluss auf das Schicksal, und du bist kein Sklave, der für seinen Bruder auf dessen Scheiterhaufen brennen muss. Glaube das bloß nicht.«

»Er wird nicht verbrannt«, sagte Einar.

»Dann eben mit ihm zu sterben. Es ist nicht dein Schicksal, neben ihm begraben zu werden.«

»Ich habe meinen Eid gebrochen«, beharrte Einar.

»Du hast dich gegen deine Angreifer gewehrt, als er starb. Nun solltest du daran denken, ihn zu rächen«, sagte Oddi.

Einar streckte und ballte seine Schwerthand. Welche Rache könnte er jetzt noch nehmen, wo er doch Geirbjorn Hakonsson schon getötet hatte?

Oddi saß noch eine Weile bei ihm und ging dann, als sein Magen allmählich anfing zu knurren. Er ließ Einar mit Freydis zurück, die bei ihm blieb, wie alle Tage seit Hoy. Sie sang dann manchmal für ihre Tochter, oder sie verabreichte ihm Fleischbrühe mit einem Löffel. Einmal erhaschte er die Worte »Diarmuid« und »Grainne« in ihren Liedern, da kamen ihm Tränen, die in seiner leeren Augenhöhle brannten und salziges Blut aus der Wunde treten ließen. Er dachte an Gyda, rotgolden und blass wie Freydis. Jetzt würde sie ihn wohl nicht mehr schön nennen.

Freydis schlief auf einer Pritsche neben der Einars, wenn er versuchte zu schlafen. Wenn er hustete, wachte sie auf und gab ihm mit Wasser verdünntes Bier zu trinken. Seit seiner Verwundung hatte er noch nicht in einen heilsamen Schlaf versinken können und kannte nur die Bewusstlosigkeit im Fieber und Wachliegen unter Schmerzen. Diese Nacht musste er jedoch eingeschlafen sein, denn als er erwachte, waren Freydis und ihre Tochter weg.

Einar setzte sich auf. In seinem Kopf drehte sich alles, und die Wunde pulsierte von der ungewohnten Bewegung, doch nachdem er einen Moment lang ausgeharrt hatte, ließen diese Empfindungen nach. Er fand seine Schuhe und band sie sich zu. Beim Aufstehen setzten Schmerz und Schwindel wieder ein, und so stolperte er zur Tür hinüber, wo er sich an den Türrahmen lehnen konnte, bis sich sein Kopf wieder beruhigt hatte.

Draußen sah es aus, als wäre es nach Mitternacht. Niedrige Wolken legten sich wie Schleier um die Berge der Insel. Unterhalb der Spitze des Abhangs blinzelte ein Licht aus einer kleinen Hütte. Einar kletterte dort hinauf, mühsam und immer wieder unterbrochen durch Pausen, in denen er um Atem ringen musste. Er hatte zu lange auf dem Krankenlager gelegen.

Die Tür zur Hütte stand offen, und als Einar näher kam, sah er, dass sich darin ein Holztisch befand, auf dem eine Leiche lag – Ivar. Eine alte Frau saß auf einem Schemel und spann graue Wolle zu einem feinen Faden, aus dem das Leichentuch für den nächsten Besucher dieser Hütte gewoben würde. Einar trat näher heran. Ivar war der Brustpanzer der Lederrüstung angelegt worden, in der er begraben würde. Freydis war auch da und kämmte Ivars Haar. Sie flocht es zu einem Kriegerzopf, ordentlicher, als ein Mann es je selbst hätte tun können. Fasziniert beobachtete Einar die Bewegungen ihrer Hände.

Als sie mit dem Zopfflechten fertig war, nahm sie eine der Schutzmanschetten auf, dieselbe, die er einst um Ivars Handgelenk befestigt hatte, als dieser noch lebte, hob Ivars Arm und legte sie ihm an. Die Sanftheit ihrer Bewegungen ließ Tränen in Einar aufsteigen. Er wünschte, dass dies die Aufgabe eines Mannes wäre, damit er seinem Bruder diesen letzten Dienst erweisen könnte. Aber nein: Dies war Frauenmagie, und er war hier nur ein Eindringling, der zusah.

Freydis hob den Kopf, und er wich zurück in das Grau der Nacht. Tränen machten ihn blind, auch sein gutes Auge. Er kletterte weiter nach oben, bis er an den Kamm des Hügels gelangte. Dort stand er einen Augenblick still und blinzelte, um seine Sicht wiederzuerlangen. Dann ging er zum Rand des Abgrunds hinüber. Er stand über genau dem Gewässer, in dem er versagt hatte, Ivar zu schützen.

Die Wolken hatten sich so weit verzogen, dass die anderen Inseln in der Ferne sichtbar waren, dunkelgrau im ersten Licht des frühen Morgens, abgehoben vom weichen, reinen Blau des Himmels. In der Luft schwang der Duft von Rasen und Wildblumen mit. Selbst die Brise umschmeichelte ihn sanft, wo er doch eigentlich nur Schmerz empfinden wollte. Die Felsen unterhalb des Abhangs lockten. Wenn er dort seinen Tod fände, könnte er neben Ivar begraben werden. Aber vielleicht würde sein Vater ihm nicht einmal das erlauben.

Einar hörte das Glucksen, das Freydis' Tochter von sich gab, wenn sie glücklich und zufrieden war, ein friedlicher, heimeliger Laut. Er drehte sich um und sah Freydis, die ein paar Schritte hinter ihm stand und ihre Tochter vor die Brust geschnallt hatte.

»Einar«, sagte sie leise. »Ich bin froh, dass es dir wieder so gut geht, dass du herumlaufen kannst.«

Die stille Schönheit ihres Gesichts brachte ihm wieder Tränen in die Augen. »Warum bist du gekommen?«, flüsterte er. »Ich wollte mich ihm anschließen, hier, wo er gestorben ist. Ich will es tun – ich werde es tun.«

»Warum?«, fragte Freydis.

»Was kann ich denn sonst tun?«, fragte er zurück. »Ich habe keinen Vater und keinen Bruder mehr, kein Land, nichts.«

»Es tut mir so leid für dich«, sagte Freydis. »Du hast so viel verloren und hast es überhaupt nicht verdient, dass dein Vater dazu noch so grausam ist.«

»Doch«, sagte Einar. Er wandte sich wieder ab und sah übers Meer hinaus. Er spannte die Muskeln an, fertig zum Absprung, doch Freydis kam schnell näher heran und berührte ihn am Arm. Ihr Griff war nicht stark genug, ihn zurückzuhalten, sollte er doch springen, aber trotzdem hielt er einen Moment noch inne.

»Auch ich habe vor Kurzem den Tod gesucht«, sagte sie so leise, dass es fast ein Geflüster war. »Ich war schwanger und alleine in Island, weit weg von allem, was ich kannte, mit einem Mann, der mich nur ausnützte, und einem Vater, der mich nicht kannte. Kein Mann würde mich mehr heiraten, außer dem, der mich entführt hatte. Ich fürchtete mich davor, im Kindbett zu sterben.«

»Das hat dir mein Bruder Hallbjorn eingebrockt«, sagte Einar mit bitterer Stimme. »Mein Blut ist verdorben, wie mein Vater schon immer sagte.«

Freydis schüttelte den Kopf. »Ich habe versucht, das Kind loszuwerden, aber es ist mir nicht gelungen, und es schien, dass für mich gar keine Hoffnung mehr bestand«, sagte sie. »Deshalb habe ich versucht zu sterben.«

Wollte sie ihm etwa damit andeuten, dass es weibisch sei, sein Leben zu beenden? Auf keinen Fall – Krieger töteten sich manchmal selbst, wenn sie nicht länger kämpfen konnten und einen mutigeren Tod finden wollten als durch Alter und Gebrechlichkeit.

»Männer, Frauen, wir sind alle hin und wieder schwach«,

sagte Freydis mit etwas lauterer Stimme. »Dein Vater ist schwach, wenn er sich so von seiner Trauer und seiner Wut regieren lässt.«

Sagte sie ihm etwa jetzt, er sei schwach? Vielleicht hatte sie ja recht.

»Dann fand ich in Island heraus, dass ich nicht so verlassen war, wie ich befürchtet hatte«, fuhr Freydis fort, »und die Leute, die mir das gezeigt haben, die haben mich auch gerettet.« Ihr Griff an seinem Arm verstärkte sich nun. »Du bist nicht allein. Du hast noch Brüder, die sich glücklich schätzen, dich an ihrer Seite zu haben. Du hast Freunde. Und du hast mich. Ich würde mein ganzes Leben lang an deiner Seite bleiben, wenn du mich haben willst.«

»Mich?« Einar lachte hohl. Dieses zarte, wunderschöne Mädchen wollte ihn haben? Jetzt, wo er hässlich, verunstaltet und ausgestoßen war, sollte ihn kein Mädchen haben wollen.

»Mich willst du haben, wo ich sogar zu feige bin zu springen?«

»Dich«, erwiderte Freydis, »der stark genug ist, zu überleben und denen zur Seite zu stehen, die dich brauchen.« Sie seufzte. »Und um dich zu rächen, wenn du unbedingt musst. Komm mit mir zurück. Mach nicht alles noch schlimmer, indem du stirbst, sondern bleibe bei uns, und gib uns Trost.«

Einar warf einen letzten Blick auf das Wasser und drehte ihm dann den Rücken zu. Er konnte immer noch den Abgrund hinter sich spüren und den Ausweg, den er versprach, aber er würde morgen auch noch da sein, und dann wäre Freydis nicht dazu gezwungen, seinen Tod mit ansehen zu müssen.

»Kleine Freydis – wer bist du, dass du mir so etwas sagen kannst?«, flüsterte er.

»Ich bin Freydis Solvisdatter und habe jetzt meine eigene Tochter. Ich bin die Frau, deren Stiche noch in deinem Gesicht sind. Ich kenne dich seit langer Zeit, und ich weiß, dass du mehr bist als nur Ragnvalds Sohn und mehr als nur ein hübsches Gesicht. Ich habe hart gearbeitet, um dich am Leben zu erhalten«, sagte sie. »Wirf das nicht einfach so weg.«

»Die Tochter von Svanhild Seekönigin«, sagte Einar mit einem Lächeln, das an den Nähten in seinem Gesicht zerrte. »Du bist ihr nicht sehr ähnlich.«

Freydis senkte den Kopf über ihr Kind Thordis, das nun schlief. »Doch, sogar ziemlich ähnlich«, antwortete sie.

Kapitel 36

Am nächsten Tag, dem Tag von Ivars Begräbnis, herrschte schönes Wetter, so wie es Einar auf den Orkneyinseln noch nie erlebt hatte. Es wurde nur beeinträchtigt von einigen hohen Kumuluswolken in der Ferne. Ivar hätte dieses Wetter geliebt; er wäre gerne auf ihren Pferden zu dem einen breiten Feld nahe Tafjord geritten, wo man einen guten Galopp hinlegen konnte. Er vergaß dabei, dass Einars Pferd dieser Gangart kaum gewachsen war. Jetzt lag er eingewickelt in ein Leichentuch neben dem Erdhaufen, den Einar geholfen hatte auszuheben.

Nicht lange nachdem Einar mit Freydis von den Klippen zurückgekehrt war, kam Oddi, um Einar zu wecken, und er ging mit seinem Patenonkel, um auf diesem Hügel Ivars Grabhügel aufzuschütten. Auch viele von Ragnvalds Kriegern halfen dabei, denn Ivar war allseits beliebt gewesen.

Ein Mann hatte ihm das lange Werkzeug gereicht, das die Männer von Orkney zum Torfstechen verwendeten, damit Einar das erste Rechteck ausstechen konnte. Er hob es heraus, ein großes Stück Grasboden, das durch die Wurzeln zusammenhing. Später grub er mit dem Spaten, den ihm Oddi in die Hand drückte, und dann mit den bloßen Händen, als ihm jemand den Spaten wegnahm. Schließlich begann seine Wunde von der Anstrengung zu nässen, und Oddi führte ihn weg und bat ihn, sich hinzusetzen und etwas Bier zu trinken.

Als der Grabhügel fertig aufgeschüttet und Ivars Leichnam herbeigebracht worden war, fühlte sich Einar schwindelig. Das Bier machte sich in seinem Magen unangenehm bemerkbar, als würde sein Körper alles aus der Welt der Lebenden zurückweisen. Er hatte versucht, etwas von dem faden Porridge aus der Schale zu essen, die ihm Oddi in die Hand drückte, aber jeder Schluck zerrte an seinem verletzten Gesicht. Die Beschaffenheit des Getreidebreis erinnerte ihn an den geleeartigen Glaskörper des menschlichen Auges, und sein Magen rebellierte. Er schob die Schale von sich und gab sie einer Dienstmagd.

Den Helm über seine schönen Zöpfe heruntergezogen, die ihm Freydis geflochten hatte, sah Ivar genauso aus wie jeder andere gefallene Krieger. Er hatte vielleicht breitere Schultern und war auch sonst wohlproportioniert. Einar hatte sich aus dem Augenwinkel bereits durch einen anderen Mann täuschen lassen, denn der bewegte sich, wie Ivar es getan hatte, und die Freude in seiner Brust war eher eine Bestrafung als alles andere, was er bisher erlitten hatte.

Als das Ausheben zur Hälfte erledigt war, traf sein Vater ein. Er schaute Einar nicht an, der ebenfalls vermied, ihn anzusehen, damit sich ihr Blick nicht treffen und sein Vater sich wieder von ihm abwenden würde. Einar hatte beschlossen, weiterzuleben oder zumindest nicht heute zu sterben, aber er hatte keine Ahnung, wie er sich morgen entscheiden würde.

In der Nacht zuvor hatte Freydis angeboten, bei ihm zu bleiben – erwartete sie, dass er sie heiratete? Vielleicht schuldete er ihr das für ihre Pflege und um die Schuld zu tilgen, die sein Halbbruder Hallbjorn auf sich geladen hatte, als er sie schwängerte. Außer ein paar Wochen in Vestfold hatte er sein ganzes Leben mit

Ivar verbracht. Wie würde sein Leben allein aussehen? Er wusste nur, dass er in Møre nie wieder willkommen wäre, nicht nach den Worten seines Vaters.

Sein Vater hatte mit brüchiger Stimme und Tränen in den Augen die Bestattungsgebete gesprochen. Auch Rolli hatte geweint, und seine Nase und die Augen waren rot gewesen wie die eines Jungen. Auch die Tränen aus Einars verlorenem Auge brannten wie Feuer.

Haralds Skalde rezitierte einen kurzen Vers darüber, wie Ivar tapfer ein Schiff voller Feinde angegriffen hatte und nun sicher unter den hochgeschätzten Kriegern in Odin Allvaters Wallhalla weilte.

Einar trat, fast ohne nachzudenken, als Nächster vor. Er sprach geistesabwesend und mit belegter Stimme:

Mein Bruder liegt hier tot vor mir,
Der Sohn des Halbertrunkenen ist von uns gegangen.
Die Raben werden hungern, denn sein Schwert liegt auf immer still.
Die Stuten der hellen See
Werden ihn nicht mehr tragen.
Sein Schwert, es schweigt auf immer
Und muss im baumlosen Boden rosten.
Sohn des mächtigen Halbertrunkenen,
Erzähle Odin von deinen Taten,
Von denen, die jetzt nur noch halb am Leben sind,
und darauf warten, mit dir ein Gelage zu feiern.

Die Männer nickten zustimmend, als Einar geendet hatte, klopften ihm auf die Schultern, und er kehrte zu seinem Platz unter den Trauernden zurück. Es war keine gute Dichtung, und sein Vater würde die Verse sicher hassen. Einar wagte einen Blick zu ihm hinüber und sah, wie er starr auf den Erdhügel blickte, der nun seinen Sohn bedeckte.

Harald führte eine Prozession mit Männern an, von denen jeder einen Torfblock auf den Hügel zurücklegte und so die Stellen dazwischen mit festgebackener Erde füllte. Nach einer Jahreszeit wäre er sicher völlig mit Gras bedeckt und hätte keine Brüche mehr. Doch die Zeit würde weder seinen Bruder noch sein Auge zurückbringen.

»Wir werden heute Abend auf unsere gefallenen Gefährten trinken und Trinksprüche auf sie ausbringen«, rief Harald. »Und morgen tragen wir die Schlacht nach Schottland, um mehr von diesen Seeräubern auszurotten. Keiner von ihnen wird Norwegen jemals wieder bedrohen.«

Der auf seine Worte folgende Jubel überraschte Einar. Er wünschte sich keine Rache mehr für Ivars Tod. Der einzige Tod, den er sich wünschte, war sein eigener. Freydis hatte ihn gestern Nacht davon abgehalten, aber ein Pfeil konnte ihn noch immer finden, ein Wort ihn verletzen, ein Schiff untergehen. Er konnte nicht glauben, dass die Götter ihn lange von Ivar trennen würden.

Bei der Begräbnisfeier nahm Einar, ohne nachzudenken, seinen gewohnten Platz unter Haralds Söhnen ein – sein erstes Gelage ohne Ivar. Wie viele andere Feiern, wie viele andere erste Male würden dem folgen?

Er hob sein Glas für die Trinksprüche, wenn sie ausgebracht wurden, aß wenig von dem, was man ihm auf seinen Teller legte, und sprach kaum, auch nicht, wenn man ihn ansprach. Haralds oberster Skalde rezitierte eine Geschichte jenes Kriegers, der eine von Odins Walküren zu sehr geliebt hatte und sie aus der Schlacht heraustrug, um ihr Ehemann zu werden. Ein Kompliment an Ivar – das Ragnvald nicht gefiel. Er saß neben Harald und stocherte in seinem Essen herum.

Harald stand nach der Geschichte des Skalden auf und hob seinen Becher. »Ragnvald Eysteinsson – man nennt ihn den Klugen und Mächtigen, und er ist beides. Mein treuester Freund, der, wie prophezeit wurde, viel für mich opfern wird. Aber ich will seine Opfer nicht ohne Belohnung annehmen. Ragnvald von Møre, du kannst dich von jetzt an Ragnvald von den Orkneyinseln nennen. Diese Inseln und all ihr Einkommen sind dein, mein Freund.«

Halfdan stieß einen empörten Schrei aus und ließ seinen Becher sinken. »Vater, du hast Orkney mir versprochen«, rief er. »Was hat König Ragnvald getan, um sie sich zu verdienen, außer deine Klugheit infrage zu stellen?«

»Wie du es jetzt tust?«, erwiderte Harald. »Wenn du so viel für mich geopfert hast wie mein Freund Ragnvald, dann kannst du mich infrage stellen, so wie er es tut.«

»Mein König erweist mir zu viel Ehre«, sagte Ragnvald. Seine Stimme hatte nicht die übliche Stärke, aber seine Ruhe ließ die übrige Halle still werden. »Ich fürchte, du hast mir zu viel Verantwortung übertragen.«

Halfdan sah einen Augenblick hoffnungsvoll aus. Dann blickte ihn Ragnvald direkt an und sagte: »Ich gebe dieses Land Sigurd Olafsson, meinem Stiefbruder, der so loyal gewesen ist, wie es ein Bruder nur sein könnte. Regiere diesen Ort, Sigurd, und vererbe ihn deinen Söhnen, wenn du einmal nicht mehr bist.«

Das Gemurmel unter den Kriegern klang missmutig. Ragnvald hatte eine Ehre seines Königs zurückgewiesen und hatte die Inseln nicht an Halfdan zurückgegeben. Vater und Sohn trugen die gleichen beleidigten Mienen zur Schau.

Harald erholte sich schneller. »Natürlich«, sagte er. »Sigurd ist ein fähiger Schiffsführer. Die Beförderung passt zu ihm.« Er brachte einen Trinkspruch aus, den seine Söhne halbherzig wiederholten.

Nicht einmal Sigurd sah glücklich drein. Er musste wissen, dass Ragnvald ihm an diesem Abend Feinde beschert hatte.

• • •

Einar verließ die Feier früh und streckte sich auf seiner Pritsche aus, bevor das Trinkgelage beendet war. Er wachte am nächsten Morgen auf und sah, dass die Pritsche leer war, wo Freydis gelegen hatte.

Er hätte sie an diesem Morgen gern gesehen, ihr scharf geschnittenes, misstrauisches Gesicht wurde weich, wenn sie ihr Kind anblickte. Hatte sie so auch ausgesehen, als sie ihm angeboten hatte, bei ihm zu bleiben? Er war zu sehr in seinem Schmerz gefangen gewesen, als dass er ihr auch nur das Gesicht zugewandt hatte. Was konnte er einer Frau, irgendeiner Frau, bieten? Vielleicht war er nicht einmal mehr in der Lage zu kämpfen ohne sein rechtes Auge.

Er stand auf und drehte sich im Kreis, um sicherzugehen, dass sie sich nicht auf seiner blinden Seite versteckte, aber die Kammer war leer. Er hörte die Frauen in der Küche und die Stimmen von ein paar Männern, die mit ihnen schäkerten und untereinander über die kommende Schlacht sprachen. Sein Magen knurrte. Er versuchte, nicht an Ivar und an die Zerstörung seines eigenen Gesichts zu denken, das er immer noch nicht gesehen hatte – aber sein Hunger weigerte sich, ihm zu gehorchen. Sein Körper wollte leben, auch wenn sein Geist dagegen kämpfte.

Er bat um eine Scheibe Brot mit Käse und Honig aus der Küche und ging nach draußen. Der letzte von Haralds Kriegern tauchte aus den Zelten auf. Ihre Blicke schienen an ihm abzugleiten, wenn sie in seine Richtung sahen. Niemand wollte dem Sohn zu nahe kommen, den Ragnvald der Mächtige zurückgewiesen hatte.

Um das Gebäude herum hörte Einar seinen Vater, Sigurd und König Harald streiten.

»Du hast diese Inseln mir gegeben«, sagte Ragnvald. »Jetzt gehören sie mir, und ich kann damit tun, was ich will.«

»Ich habe sie dir gegeben«, entgegnete Harald. »Und dann hast du mir das Geschenk ins Gesicht geworfen.«

»Die Regentschaft und das Einkommen meinem loyalen Bruder zu geben, bedeutet das, dein Geschenk wegzuwerfen?«, fragte Ragnvald. Er klang auf eine Art und Weise rücksichtslos, die Einar noch nie zuvor gehört hatte, nicht einmal auf dem Strand in Schonen, als Svanhild ihn verließ und Harald ihm Sogn entriss. Es schien ihn nicht zu kümmern, was für einen Schaden er sich oder anderen zufügte.

»Nein«, sagte Harald nach einer langen Pause. »Ich habe diese Inseln dir gegeben, also kannst du damit tun, was du wünschst.«

»Gut«, sagte Ragnvald mit Verachtung in seiner Stimme. »Du bist ein gerechter König, der nie ein Geschenk zurücknehmen würde.«

Einar erinnerte sich an die Worte seiner Mutter, er hörte sie fast so, als würden sie wieder in sein Ohr gesagt. »Das Schicksal wird deinen Vater ereilen«, hatte sie gesagt. »Ich werde seinen Tod nicht vorhersagen müssen.« Ragnvald würde den Tod seiner Freundschaft zu Harald nicht lange überleben. Wenn er das nicht sehen konnte, dann hatte er nie den Beinamen »der Kluge« verdient.

Haralds Schiffsführer riefen ihn weg, sie mussten ihren Angriff auf Schottland planen. Einige ihrer Gefangenen hatten die

Orte von Melbrids Lieblingslagerplätzen im Gegenzug für ihr Leben preisgegeben.

Einar wandte sich zum Gehen, als auch Harald das tat. Er wollte seinen Vater nicht sehen. Aber Sigurd gesellte sich an seine blinde Seite und erschreckte ihn, als er sagte: »Einar, Neffe, ich wollte dich sehen.«

»Und ich wollte dich sehen«, erwiderte Einar trocken. Er hasste es, wie sehr sein verändertes Gesichtsfeld seinen Gleichgewichtssinn beeinträchtigte. »Oder die Hälfte von dir, die ich noch sehen kann.«

Sigurd lachte über den Witz. »Was willst du jetzt tun?«, wollte er wissen.

»Du meinst, jetzt, wo mein Vater mich enteignet hat?«, fragte Einar. »Ich bin ein Mann ohne Familie und sehe nur noch die Hälfte. Ich weiß nicht, ob ich noch kämpfen kann, und ohne das bin ich zu nichts nutze.«

»Dein Vater wollte nicht ...«, begann Sigurd.

»Oh doch, das wollte er«, entgegnete Einar.

»Ich wollte dich bitten, hier auf den Orkneyinseln bei mir zu bleiben«, schlug Sigurd vor.

Etwas löste sich in Einars Brust, das sich seit Ivars Tod dort verkrampft hatte. »Hat mein Vater dir gesagt, mir das vorzuschlagen?«, fragte er.

Einen Augenblick lang sah Sigurd aus, als wollte er seine Hoffnung erfüllen, doch dann biss er sich auf die Lippe und schüttelte den Kopf. »Nein, es war Oddis Idee, und ich hielt sie für klug. Ich bin ein einfacher Mann, und ich brauche einen klugen Freund an meiner Seite. Du bist so klug wie mein Bruder – und jetzt vielleicht noch klüger, als er derzeit ist. Du wirst Unheil sehen, bevor es eintritt.«

»Selbst mit nur einem Auge?«, fragte Einar.

Sigurd warf ihm einen bittenden, zögerlichen Blick zu. »Bleib«, sagte er. »Du wirst hier einen Platz haben.«

Die Hexe aus Hordaland hatte sich geirrt, als sie prophezeit hatte, dass Einars Aussichten mit Ivars Tod besser würden. Vor Ivars Tod war er sein bester Freund und Ratgeber für den nächsten König von Sogn gewesen. Jetzt wäre er Neffe und Ratgeber für den Jarl der Orkneys. Aber er hätte einen Platz hier, einen besseren Platz als auf einem Hof in Island, einen besseren, als er es für seinen Eidbruch an Ivar verdiente.

»Was wird mein Vater davon halten?«, fragte Einar mit brüchiger Stimme.

»Ich glaube nicht, dass Ragnvald derzeit etwas denkt oder plant«, erwiderte Sigurd. »Ich bin nicht sicher, ob er weiß, was er tut. Vielleicht sollte ich die Inseln Halfdan zurückgeben – ihm waren sie versprochen. Aber ich glaube, das würde ihn noch mehr verärgern.«

So könnte ein Sklave über einen launischen Herrn sprechen – war es das, was sie waren, Sklaven der Launen und Stimmungen seines Vaters? Einar hatte seinen Vater noch nie zuvor für einen Tyrannen gehalten, sondern für einen gerechten Herrscher und Vater, hart, aber gerecht.

»Wirst du es tun?«, fragte Sigurd. »Wirst du hierbleiben?«

Er könnte mit Haralds Streitmacht nach Schottland segeln und sehen, ob er durch das Schwert eines schottischen Wikingers den Tod fand. Er könnte nach Vestfold zurückreisen – seine Mutter würde sicher Guthorm dazu drängen, ihm einen Platz unter seinen Kriegern zu geben. Aber Sigurd brauchte ihn. Und vielleicht könnte er hier für Freydis und sich ein Zuhause schaffen.

»Ich werde darüber nachdenken«, sagte Einar. Es fühlte sich gut an, gefragt zu werden, so wie sich auch Freydis' Erklärung gut angefühlt hatte. Er war an Bewunderung gewohnt und fürchtete, dass das Messer, das sein Gesicht zerfetzt hatte, auch alles Lobenswerte an ihm abgeschnitten hatte.

Einar dachte immer noch an Freydis, als er hinunter zum Wasser ging. Am Strand unten beluden Gestalten ein kleines Schiff. Eine hatte helles, gebleichtes Haar und war größer als die anderen – Rolli. Freydis stand neben ihrem Vater, der so klein war, wie es die Legenden erzählten, aber einen schärferen Verstand hatte, als man es mit dem Auge sehen konnte.

Freydis hatte sich ihre Tochter um die Brust gebunden, und das Gewicht schob ihre Hüften nach vorn. Sie beobachtete, wie die Segler ihr Schiff beluden, und ihre Tasche lag neben ihr auf einem Felsen. Einar drehte sie zu sich, damit sie ihn ansehen musste. Ihre Blicke trafen sich einen Augenblick, bis ihre blasse Haut sich rötete und sie den Kopf stattdessen zu ihrer Tochter hinabbeugte.

Einar kletterte zum Strand hinunter, wo ihn Svanhild begrüßte. »Wie lange musst du noch diese Augenbinde tragen?«, fragte sie.

Einar blickte Freydis fragend an.

»Die Wunde heilt gut«, sagte sie. »Ich glaube, der Umschlag aus Kräutern und Honig bewahrt sie vor einer Entzündung. Nicht länger als noch ein paar Tage.«

»Solvi und ich können nicht länger hierbleiben«, erklärte Svanhild. »Wir segeln mit der nächsten Flut ab.«

Einar wandte sich an Freydis. »Gehst du mit ihnen?«

Freydis nickte.

»War das neulich nachts also eine Lüge?«, fragte er ärgerlich. »Um mich davor zu bewahren, mich von den Felsen zu stürzen?«

»Was wäre, wenn?«, fragte Freydis. Ihr Gesicht wurde rot, aber sie hielt Einars Blick stand. »Es wäre eine gute Lüge gewesen, da sie funktioniert hat.«

»Ich hätte das wissen sollen«, sagte Einar. »Was solltest du mit einem Mann ohne Zukunft wollen?«

»Du hast mir nicht geantwortet«, schrie sie aufgebracht.

Ihre Kränkung weckte seinen Beschützerinstinkt. »Ich wusste es nicht«, sagte Einar nun sanfter. Ihre Worte hatten ihn vor einem schändlichen Tod bewahrt. »Ich kann dir wenig bieten, aber ...«

»Bietest du an, meine Tochter zu heiraten?«, fragte Solvi mit strengem Blick.

»Ja«, erwiderte er, bevor er an alle Gründe denken konnte, die dagegensprachen. »Sie war freundlich zu mir, und ich wollte für die Tochter meines Halbbruders ein Vater sein, da er es nicht kann. Es gibt keinen, der um ihre Hand bitten könnte außer mir – mein Vater wird es nicht tun, und es ist ihm auch gleichgültig.«

Solvi lächelte Einar herausfordernd an, obwohl seine Miene gütig wurde, als sich sein Blick mit dem von Freydis traf. »Ich bin jetzt ein einfacher Bauer«, sagte er. »Ich kann nichts für deine Zukunft tun.«

»Sigurd Olafsson, Jarl von Orkney, hat mir hier einen Platz angeboten«, erwiderte Einar. »Ich werde nicht wohlhabend sein, aber meine Frau wird nicht hungern. Man sagt mir, es sei nicht schwer, Torf zu stechen und hier einen Hausstand zu gründen.«

Solvi nickte. »Ich habe geschworen, dass Freydis den Weg einschlagen kann, den sie sich wünscht«, sagte er. »Tochter, willst du bei diesem Mann bleiben? Ihm in die Schlacht folgen, wenn sein Herr es von ihm verlangt, oder hier im Torfland mit ihm wohnen?«

»Ja«, sagte Freydis. Sie schenkte Einar einen Blick, der ihn schüchtern und ängstlich machte. Sie empfand etwas für ihn, mehr, als er verdiente, und während er ihren Trost genoss und ihre Heilkunst schätzte, fürchtete er auch, dass sie Asche finden würde, wo sie Zuneigung brauchte. Dennoch wollte er nicht zusehen, wie sie davonsegelte, sodass er sie nie mehr sehen oder die Berührung ihrer kühlen Finger auf seiner erhitzten Haut spüren könnte.

»Wir müssen dennoch mit der nächsten Flut aufbrechen«, wandte Svanhild ein.

»Sie können doch jetzt heiraten«, sagte Solvi. »Ich kenne die Worte, und wir schenken etwas Bier aus, um Trinksprüche auszubringen. Rolli wird dann auf der Reise vielleicht etwas Durst leiden, aber das wird er überleben.«

Einar hielt seinem Blick nur mit Mühe stand. »Wen ich heirate, ist nicht mehr seine Sache.«

Also wurden sie dort auf dem Strand verheiratet. Svanhild hielt Thordis auf dem Arm, während Solvi die Segensformeln sprach. Freydis war größer als ihre Eltern, und obwohl sie nicht so schön war wie Gyda, hatte sie einen ähnlichen Teint und ähnlich scharfe Gesichtszüge. Und sie schien ihn als Mann zu begehren, vielleicht zu lieben, was Gyda nie getan hatte.

»Ich weiß nicht, was uns erwartet«, sagte Einar, als Svanhilds Männer ihm zuprosteten. »Aber du wirst nicht Hunger leiden. Ich verspreche, dass ich eher verhungere als du.«

»Keiner weiß, was uns erwartet«, sagte Freydis. »Wir sind in den Händen der Schicksalsgöttinnen.«

• • •

Svanhild stand neben Solvi, als die beiden zusahen, wie Einar und Freydis zur Halle von Grimbister zurückgingen. Einar kletterte langsam, er war noch immer schwach von seiner Wunde, und Freydis drehte sich alle paar Schritte nach ihm um. Svanhild fürchtete für ihre Tochter, die immer noch so jung war und einen

Mann geheiratet hatte, der innerlich und äußerlich so schwer verwundet war. Aber Freydis war stärker und klüger, als Svanhild erwarten konnte.

Solvi legte seinen Arm um ihre Hüfte. »Also, wohin gehen wir? Du hast unser Land weggegeben.«

»Ich war wütend«, erklärte Svanhild. »Und ich hatte allen Grund dazu. Du hättest kommen sollen. Wenn du mich dafür beschuldigst, dass ich dich verlassen habe, als ich unserer Tochter nachsegelte …«

»Natürlich nicht«, erwiderte er. »Das tue ich nicht. Ich fühle mich schuldig, weil ich nicht mit dir gegangen bin. Es brauchte Unna und den jungen Rolli, um mich dazu zu bewegen. Selbst jetzt schäme ich mich noch dafür, dass mich mein Stolz zurückgehalten hat.«

Rolli trat von einem Fuß auf den anderen. »Es ist gut, dass er abgewartet hat«, sagte er. »Sonst wäre ich nicht mitgekommen. Aber dann …«

Svanhild streckte ihre Hand nach Rolli aus. »Dein Vater hat viele Fehler …«, begann sie.

»Harald ist derjenige, der mich erneut für vogelfrei erklärt hat«, sagte Rolli. »Aber mein Vater … er ist nicht der, für den ich ihn gehalten habe.«

Svanhild warf Rolli einen mitleidigen Blick zu. Ragnvald hatte Rolli nicht enterbt, aber er hatte ihn fast grausam im Stich gelassen.

»Du bist besser dran, wenn du weit weg von Norwegen bist«, erklärte Solvi.

»Wir sind wegen Freydis nach Island gesegelt«, sagte Svanhild mit gedehnter Stimme zu Solvi. »Ich werde dich nicht mehr verlassen. Wenn es dein Wunsch ist, nach Island zurückzukehren und dort das Land zu bestellen, dann werde ich dir folgen und an deiner Seite bleiben. Tova und Falki werden uns vermutlich dort bleiben lassen. Aber …«

Solvi lächelte. »Rolli muss noch viel lernen, bevor er sich einen Seekönig nennen kann«, sagte er.

»Ich würde deine Führung hoch schätzen«, sagte Rolli. »Deine und die meiner Tante Svanhild.«

»Es gibt immer noch Höfe, die sich über unseren Besuch freuen würden«, meinte Solvi, »und Meere, auf denen ich noch gerne segeln würde. Ich kann nicht kämpfen, aber segeln kann ich besser als gehen.«

»Und ich kann kämpfen«, sagte Rolli. Er grinste. »Und dich tragen, wenn es notwendig ist.«

»Und ich habe zu lange auf einem Schiff gelebt, als dass ich anderswo glücklich werden könnte«, meinte Svanhild.

Sie blickte den Hügel hinauf, wo Ivars Grabhügel lag, und Tränen schossen ihr in die Augen. Sie hatte nicht weit von hier ihren Sohn verloren, auf einer Seereise vor langer Zeit. Nun lief ihr Bruder Gefahr, drei seiner Söhne zu verlieren, wo nur einer von ihnen hätte sterben müssen.

»Mein Ehemann«, sagte sie. »Ich muss unbedingt noch einmal mit ihm sprechen. Mein Bruder. Ich kann ihn nicht wieder für immer verlassen, ohne ihm etwas zu sagen.«

»Harald ist dir noch immer nicht wohlwollend gesinnt«, wandte Solvi ein.

Svanhild warf Falki einen Blick zu, aber es war Rolli, der vortrat. »Ich werde dich beschützen«, sagte er. »Mein Vater wird mir keinen Schaden mehr zufügen, und ich würde mich gern von ihm verabschieden.« Falki blickte erleichtert drein.

Svanhild kletterte zurück zur Halle hinauf, und Rolli folgte ihr. Sie fand Ragnvald, der auf einem feuchten Stein neben Ivars Grabhügel saß. Die schräg stehende Sonne beleuchtete jede Falte auf seinem Gesicht, jede graue Haarsträhne. So könnte er aussehen, wenn man ihn für sein eigenes Begräbnis aufbahrte.

Rolli blieb zurück, als Svanhild näher kam. Ragnvalds Blick huschte zu ihr hinüber, aber ansonsten zeigte er keine Reaktion auf ihre Ankunft, nicht einmal, als sie sich neben ihn setzte.

»Dein Einar hat meine Tochter Freydis geheiratet. Wenn Cousin und Cousine heiraten …« Sie verstummte mit einem leisen Lachen. »Aber ich glaube, die beiden tun einander gut.«

»Ohne meine Erlaubnis«, sagte Ragnvald.

»Du kannst nicht den Kuchen haben und ihn essen, Bruder«, erklärte Svanhild etwas schroffer. »Entweder du hast ihn enterbt und er kann seine eigene Wahl treffen, oder er ist noch immer dein Sohn. Rolli hätte das auch gern so, obwohl ich ihm einen Platz anbiete, wenn du es nicht tust.«

»Es ist besser, wenn du das tust.« Ragnvalds Stimme war kaum mehr als ein Flüstern. »Sieh nur, was ich meinen Söhnen antue.« Er machte ein Geräusch, das fast wie ein Schluchzen klang. »Sieh nur, was Harald ihnen antut.«

»Ich …«, sie schluckte, »will dir anbieten, wieder mit mir zu kommen«, sagte sie. Sie nahm seine Hand und hielt sie zwischen ihren. »Wie dumm ist das?«

»Sehr dumm, Svanhild«, meinte er. »Du kannst dich nicht zwischen mich und mein Schicksal stellen. Obwohl das nicht … nicht das ist, was ich gewählt hätte.«

»Wenn du für Harald sterben musst, dann vergib zumindest Einar, bevor du das tust«, sagte Svanhild. »Er hat von dir etwas Besseres verdient.«

»Ich kann nicht.« Ragnvald entzog ihr seine Hand.

»Willst du nicht wenigstens Rolli Lebewohl sagen?«

Ragnvald nickte heftig, und Svanhild winkte Rolli herbei. Sie ließ die beiden einen Moment allein, und als Rolli zurückkam, wischte er sich Tränen von den Wangen. »Ich werde ihn nie mehr sehen«, sagte er.

Svanhild kehrte an Ragnvalds Seite zurück, und er stand auf und umarmte sie. »Geh jetzt«, sagte er. »Und lebe wohl«

Svanhild stellte sich auf die Zehenspitzen, um ihn auf die Wange zu küssen, die vom Wind ganz kalt war. »Lebe wohl, König Ragnvald«, sagte sie. »Ich werde dich in den Hallen der Götter wiedersehen.«

Kapitel 37

In der verbleibenden Zeit, die Ragnvald auf den Orkneyinseln zubrachte, stieg er Tag für Tag zu Ivars Grabhügel hinauf. Er erzählte ihm von Einars Heirat mit Freydis und dachte zornig daran, dass Ivar nun niemals heiraten, niemals Kinder zeugen würde. Ivar hatte schon früh Vater werden wollen – das hatte er im letzten Winter erzählt, als Ragnvald ihn vom Spiel mit einigen der kleineren Kinder der Halle weggerufen hatte. Dabei war Ivar selbst kaum den Kinderschuhen entwachsen, und Ragnvald hatte immer empfunden, ein Teil von ihm würde es wohl nie sein. Er hatte Ivar den Schutz angedeihen lassen, den er selbst und Svanhild nie genossen hatten, und er hatte Einar zu Ivars Schutz abgestellt, da wo er selbst nicht schützen konnte. Doch nun würde Ivar nie älter werden und lag für immer unter einem Grabhügel fern von Sogn. Vielleicht hatte er sterben müssen, weil es seinem Vater nicht gelungen war, ihm sein Geburtsrecht zu sichern.

Harald traf ihn dort an, am Tag bevor seine Streitkräfte nach Schottland aufbrechen sollten. »Ragnvald, mein Freund, sag mir, was ich für dich tun kann. Du bist immer noch nicht der Alte«, sagte er.

Ragnvald war bei jedem Kriegsrat dabei gewesen und hatte seine Ratschläge eingebracht, wenn danach gefragt wurde, doch im Geist war er immer hier neben dem Hügel aus gebrochenen

Torfstücken, die Ivars Körper bedeckten. »Woher willst du das wissen?«, fragte er. »Es ist schon viele Jahre her, dass wir gemeinsam Krieg geführt haben. Ich habe mich verändert.«

»Aber doch nicht so«, erwiderte Harald. »So hätte es nicht werden sollen.«

»Hat deine Mutter geweissagt?«, fragte Ragnvald.

»Nein, keine neuen Weissagungen, aber sie hat mir immer Erfolg versprochen.«

»Nun, du hast ja auch Erfolg gehabt«, gab Ragnvald zurück. Er dachte an Hilda und wie sie ihm, wenn sie wütend war, tagelang im Bett den Rücken zukehrte, mit dem Gesicht zur Wand. Am liebsten würde er das nun auch tun.

»Bei dem schrecklichen Verlust, den du erlitten hast, wie könnte ich es da einen Erfolg nennen?« Harald hatte Tränen in den Augen, über die Ragnvald wütend wurde und um die er ihn beneidete.

»Es tut mir leid, mein König«, sagte Ragnvald. »All deine Söhne sind am Leben. Du kannst dir das nicht vorstellen.«

»Ich würde alles dafür geben, dir deinen Sohn zurückzubringen«, sagte Harald. Ragnvald glaubte ihm, doch kein Gott würde dem schwarzen Meer entsteigen und Harald beim Wort nehmen – ihm anbieten, Ivar zurückzubringen im Tausch gegen Haralds Krone oder einen seiner Söhne.

»Söhne«, korrigierte ihn Ragnvald. »Ich habe mehr als einen Sohn verloren.«

»Ist es das, was du willst? Du willst Rolli zurück? Das würde ich dir sofort gewähren.«

Aber Ragnvald hatte Rolli verwarnt, sich von ihm und Norwegen fernzuhalten – dass er, Ragnvald, ein Fluch sei für seine Söhne. Für Rolli war es besser, ein Sohn der See zu sein, ein Sohn von Svanhild und Solvi.

»Mach, was du willst«, sagte er zu Harald. »Mir ist alles egal.«

Oddi, der unten neben der Halle stand, winkte zu Ragnvald hinauf. Er würde bald aufbrechen. Ragnvald verneigte sich vor Harald und ging, um sich von Oddi zu verabschieden.

Oddi umarmte ihn, wie er es seit dem Ende ihrer Freundschaft vor vielen Jahren nicht mehr getan hatte. »Ragnvald, wie geht es dir?«, fragte er.

»Ich sterbe«, sagte Ragnvald. Das schien ihm keine Übertreibung – so musste es sein, wenn man starb, nur noch einen Schritt weiter in diesen Nebel hinein, der ihn nun von den Lebenden trennte.

»Das tust du nicht«, sagte Oddi. »Du trauerst.«

»Ich habe auch schon früher getrauert«, sagte Ragnvald. »Ich habe meinen Vater verloren, meine Mutter, meine Schwester sogar mehr als einmal. Ich habe getrauert, als ich deine Freundschaft verlor.« Bei diesem Eingeständnis brach seine Stimme, aber er verdrängte den Schmerz, zurück in den Nebel. »Ich weiß, wie es sich anfühlt, wenn man trauert, und das hier ist nicht dasselbe.«

»Doch, das ist es«, erwiderte Oddi, »und vielleicht noch Schuldgefühle für die schreckliche Art, wie du deinen Sohn behandelt hast.«

»Rolli?«, fragte Ragnvald. »Harald hat mir angeboten, die Ächtung aufzuheben. Aber er ist anderswo viel besser aufgehoben als in Norwegen, wo Harald und seine Söhne sich wie Wölfe aufführen, die mein Land stückweise an sich reißen.«

Oddi sah ihn ungläubig an. »Nein, nicht Rolli. Einar«, sagte er.

»Er ist nicht mehr mein Sohn«, sagte Ragnvald.

Oddi schüttelte den Kopf. »Und ich dachte schon, wir könnten wieder Freunde sein.«

Der Nebel schien sich ein wenig zu lüften. Als er und Oddi Seite an Seite gekämpft hatten, hatte er nie befürchten müssen, seine düsteren Gedanken würden ihn überwältigen. »Dachte?«, fragte er.

»Ich kann dir deine Grausamkeit gegenüber Einar nicht verzeihen«, sagte Oddi. »Ich fürchte um ihn.«

»Denkst du, er wird sich selbst töten?«, fragte Ragnvald.

»Er war, glaube ich, schon einmal nahe dran«, erwiderte Oddi.

Nein, das hatte er nicht gewollt. »Tatsächlich?«, sagte er.

»Ja.« Oddis Stimme klang unnachgiebig. »Gibst du ihm denn wirklich die Schuld für den Tod seines Bruders? Du weißt doch, wie es in einer Schlacht zugeht.«

»Er hätte mit Ivar sterben sollen«, beharrte Ragnvald. »Dann müsste ich ihm jetzt nicht ins Gesicht sehen. Dann wäre mein Ivar nicht allein.«

»Die Lebenden sind wichtiger als die Toten«, sagte Oddi und seufzte. »Er hat sich ein gutes Mädchen zur Frau genommen. Wahrscheinlich ist er hier, fern von dir, auch besser aufgehoben.«

Das tat weh. »Geh mit mir zurück nach Tafjord, mein Freund«, bot ihm Ragnvald an. »Lebe wieder an meiner Seite. Du hast doch einen Sohn, Yrjar, habe ich gehört – bring ihn mit nach Tafjord. Er soll wie ein Bruder mit meinen jüngeren Söhnen aufwachsen und alle Vorteile genießen.«

»Das kann ich nicht«, lehnte Oddi ab. »Du und ich, wir sind keine Freunde mehr, und ich möchte meinen Sohn nicht … Es ist besser, wir bleiben voneinander getrennt.«

Fürchtete er sich vor Ragnvalds Schicksal oder gar vor Ragnvald selbst? »Ich verstehe«, sagte er. »Alle sollten sich besser von mir fernhalten.« Er fühlte sich jetzt weniger benebelt, und der

Messerstich der Trauer schmerzte schärfer. »Gehst du zurück nach Halogaland, oder kommst du mit nach Schottland?«

»Halogaland«, sagte Oddi. »Meine Männer und ich segeln morgen los.«

»Und wir ziehen morgen nach Schottland. Ich gehe mit Harald, wohin er will, ganz gleich, wie sehr alles in mir dagegen rebelliert.«

Er hatte auf Oddis Füße gestarrt und so nicht gesehen, dass Halfdan mit seinem Bruder Gudrod näher gekommen war, gefolgt von Aldi und ein paar seiner Männer. »Jetzt habe ich Zeugen«, sagte Halfdan. »Ihr alle habt es gehört. Es ist so, wie ich schon immer sagte – er will rebellieren.«

Ragnvald hatte die Hand am Schwert, und Oddi ebenfalls, aber gegen so viele konnten sie nichts ausrichten, und Ragnvald wollte es auch gar nicht. Wenn sie ihn töten wollten, dann sollten sie doch.

»Du wirst dich vor meinem Vater verteidigen«, sagte Halfdan, der seine Schwertspitze gegen Ragnvalds Kehle hielt. Er sah aus wie Harald, obwohl aus Haralds Augen nie ein solcher Wahnsinn blitzte.

»Das hoffe ich«, sagte Ragnvald. »Wo ist er denn?«

»Du solltest gefesselt und ihm übergeben werden wie ein gemeiner Verräter«, geiferte Halfdan. »Ich wusste schon, dass du Verrat planst – in den letzten drei Jahren habe ich schließlich nichts anderes zu hören bekommen, als dass du ein besserer König wärst als mein Vater.«

»Hast du das von den Männern gehört, mit denen du deinen eigenen Aufstand geplant hast?«, fragte Ragnvald.

Halfdan warf sich auf ihn, doch Ragnvald trat zur Seite, sodass Halfdan das Schwert einziehen musste, um nicht versehentlich Aldi zu treffen.

»Steck dein Schwert weg«, sagte Ragnvald. »Führ mich zu Harald. Dann kannst du ihm erzählen, was du vermutest, und dich dabei zum Narren machen. Oddi – Oddbjorn Hakonsson wird bezeugen, dass ich mit ihm nur über meine Trauer und meine Müdigkeit gesprochen habe.«

»Oddi, der niedriggeborene Sohn eines Verräters?«, fragte Gudrod verächtlich. »Was für ein Zeuge soll das denn sein?«

Doch die Männer steckten ihre Schwerter zurück, drängten sich um Ragnvald und Oddi und gingen mit ihnen zum Strand hinunter, wo Harald gerade dabei war zu entscheiden, in welchen Schiffen welche Vorräte für die Fahrt nach Schottland gelagert würden. Es war zwar nur eine kurze Fahrt, doch der Wind und die Strömungen waren so verzwickt, dass die Schiffe sich leicht aus den Augen verlieren konnten.

Ragnvald hatte Schwierigkeiten, den steilen Abhang hinunterzukommen, denn Halfdan und seine Anhänger räumten ihm kaum Platz ein, und als sie unten ankamen, stolperte er schon fast. Gudrod zwang ihn auf die Knie auf den Felsboden, direkt vor Harald.

»Was soll das?«, fragte Harald.

Halfdan richtete sich in seiner ganzen Größe auf. Er war fast so groß wie Harald und überragte alle anderen Männer. »Ich will in Schottland nicht an der Seite dieses Mannes kämpfen«, sagte Halfdan. »Er will einen Aufstand gegen dich anzetteln.«

Harald schien nicht beeindruckt. »Mein Gedächtnis ist noch gut genug, dass ich mich an glaubhafte Gerüchte letzten Sommer erinnern kann, dass du mich verraten wolltest. Ich habe dir vergeben, aber meine Vergebung ist nicht grenzenlos, vor allem nicht, wenn du grundlose Anschuldigungen gegen meinen Freund Ragnvald machst.«

»Ich habe nicht gegen dich rebelliert – du warst weg, und

Ragnvald hat alles an sich gerissen«, beharrte Halfdan. »Ich brauchte Verbündete, um gegen diese Machtübernahme anzugehen. Das habe ich dir erklärt. Du bist blind gegenüber dem Wolf, der an deiner Seite geht. Ich habe gehört, dass er sagte, er will rebellieren.«

Harald wandte sich Ragnvald zu. »Hast du das?«, fragte er, anscheinend immer noch ungerührt.

»Ich habe die Worte verwendet, um zu beschreiben, wie müde ich bin«, sagte Ragnvald. »Mein Herz ist kriegsmüde und will gegen den Rest von mir rebellieren, aber ich gehe überallhin, wohin du mich schickst. Ich habe keine Absichten auf deinen Thron. Das schwöre ich bei den Göttern, wenn du es willst.«

Halfdan ging auf dem engen Platz zwischen den Schiffen auf und ab. »Vater, er setzt seine eigenen Söhne gegen deine Söhne an. Wenn du keine Angst um deinen Thron hast, was ist mit unserem?«

Ragnvald fühlte eine vage Beunruhigung – er hatte ja gehofft, dass Rolli Halfdan töten würde –, doch das Schicksal hatte ihn hier mit einer nur allzu guten Ausrede ausgestattet. »Alle Söhne, die dir gefährlich werden könnten, habe ich verloren«, sagte er.

»Dann komm nach Schottland mit mir«, schlug Harald vor. Er legte die Hand auf Ragnvalds Schulter. »Der Tod deines Sohnes wird leichter zu ertragen sein, wenn wir an Melbrid Tooth Rache geübt haben.«

Halfdan trat einen Schritt zurück. »Dann gehe ich nicht mit«, sagte er. »Ich kämpfe nicht an seiner Seite. Vielleicht sollte ich hierbleiben und mir die Inseln zurückholen, die mein Vater mir zugesagt hat. Es kann nicht so schwer sein, Sigurd zu töten.«

»Pass auf, was du da sagst, mein Sohn«, sagte Harald. »Wenn du einen meiner Anhänger ohne Grund tötest, dann muss ich dich in die Verbannung schicken. Ich kann dir gegenüber nicht nachsichtiger sein als gegenüber Ragnvalds Sohn.«

»Schick mich nach Tafjord zurück, mein König«, sagte Ragnvald. »Dann fühlt Halfdan sich nicht bedrängt, und ich kann mich im Kreis meiner Frau und meiner noch lebenden Söhne trösten. Schicke nach mir, wenn du endgültig bereit bist, dir dein Haar zu schneiden.«

»Siehst du«, rief Halfdan, »alles, was er sagt, ist voller Vorwürfe gegen dich, Vater.«

Harald beachtete ihn nicht. »Ist es das, was du willst?«, fragte er Ragnvald.

»Ja, das ist es«, erwiderte Ragnvald und senkte den Kopf.

»Dann geh nach Tafjord zurück, mein Freund. Aber auf dem Weg dorthin nimm alle Beute mit, die wir hier gemacht haben, als Geschenke für all meine früheren Frauen. Erinnere sie daran, dass ich sie wieder heiraten werde.«

Ragnvald hätte nicht übel Lust gehabt zu fragen, ob auch Svanhild einen Teil abbekommen würde, aber er wollte nicht noch mehr Wasser auf Halfdans Mühle gießen. »Ich danke dir, mein König«, sagte er. Er sah Halfdan streng an. »Sieh zu, dass meinem Bruder Sigurd in Schottland nichts passiert.«

• • •

Einar stand mit Freydis oben auf dem Hügel, wo sie zusahen, wie Svanhilds und Rollis Schiffe den Hafen verließen.

»Ich weiß nicht, was sich Sigurd von mir erwartet«, sagte Einar wieder. »Ich habe keine Ahnung, wie unser Leben hier aussehen wird.«

»Natürlich nicht. Das wissen nur die Schicksalsnornen«, antwortete Freydis und rieb ihre Wange an seiner Schulter.

Eigentlich sollten sie ihre Heirat mit einem Festessen feiern, zumindest das, doch Einar wollte keine Aufmerksamkeit erregen, also saßen sie an diesem Abend beim Essen einfach so beieinander und sagten wenig. Seine Ausgrenzung fühlte sich nun, da er jemanden mit hineingezogen hatte, nur noch schlimmer an, und so wurde er immer nervöser. Sollte er Freydis heute Nacht mit ins Bett nehmen? Noch immer trug sie Thordis überall mit sich herum.

Wenn er Sigurds Mann war, dann sollte er wenigstens ihm mitteilen, dass er geheiratet hatte. Vielleicht hätte er sogar Sigurds Einverständnis zuerst einholen sollen? Er erzählte Freydis, was er zu tun beabsichtigte, und sie gab ihm ein kleines Lächeln. Also erhaschte er Sigurds Blick und signalisierte, dass er mit ihm sprechen wolle.

Einar hielt ihre Hand, als er Sigurd die Nachricht unterbreitete. Auf Sigurds Gesicht, das oft ein wenig missmutig dreinschaute, breitete sich ein freundliches, glückliches Lächeln aus. »Wir haben so wenig gute Nachrichten in letzter Zeit gehabt, darauf müssen wir anstoßen!«

Er wollte schon den Becher heben, als Einar ihn davon abhielt. »Lass uns erst feiern, wenn mein – wenn König Ragnvald weg ist«, sagte er.

Sigurd sah betrübt aus, aber das verging schnell wieder. »Ich wünschte, du wärst es, der hier regiert«, sagte er. »Ich kann besser kämpfen als herrschen. Willst du hierbleiben, während ich mit Harald und seinen Männern nach Schottland fahre? Oder willst du deine Rache nehmen?«

Die Hochzeit mit Freydis hatte alle Gedanken an Rache oder Töten in den Hintergrund treten lassen, und mit ihrer Hand in seiner hatten sie auch keinerlei Anziehungskraft. »Geirbjorn Hakonsson habe ich bereits getötet«, sagte er. »Der Schatten meines Bruders wird sich damit begnügen müssen.«

Sigurd lächelte ihn erleichtert an. »Dann bleib einfach hier und hüte die Orkneyinseln, während ich in Schottland bin.« Er wurde wieder ernst. »Ragnvald hat gesagt, dass dies ein Hungerwinter wird, wenn es keinen Ersatz für das Korn und die Tiere gibt, die Haralds Krieger verbraucht haben. Ich kehre nicht ohne Vorräte wieder.«

»Ich werde mein Bestes für dich tun«, versprach Einar. Sein Vater würde über Sigurd natürlich einen Weg finden, auch von fern über die Orkneys zu herrschen.

»Wirst du also unsere Heirat segnen?«, fragte Freydis. »Du bist doch der Jarl hier.«

Sigurd sprach die Segensformel mit ein paar Fehlern, doch sein ehrfürchtiges Gesicht dabei machte das mehr als wett. Nachdem er in die Trinkhalle zurückgegangen war, führte Einar Freydis zu der privaten Kammer, die sie schon seit vielen Nächten miteinander teilten. Da er kein Sohn Ragnvalds mehr war, hätte ihm eigentlich keine Privatkammer für seine Heilung zugestanden, aber niemand schien sie ihm streitig machen zu wollen – das hätte ja bedeutet, ihn zur Kenntnis nehmen zu müssen.

»Ich wünschte, sie wären schon alle weg«, sagte Freydis leise. »Ich glaube, dass ich die Inseln lieben kann, ohne diese …«

»Eigentlich dachte ich, dass ich nicht gern so nah an dem Ort bleiben will, wo mein Bruder …« Er schluckte. »Aber ich bin froh, ihn nicht alleine zurücklassen zu müssen.«

Als sie ihre Kammer erreichten, legte Einar die Hand an seine Bandage. Sie fühlte sich lose an, wie Schorf, der abfallen will.

»Ich weiß gar nicht, wie der Ehemann aussieht, dem du nun ins Gesicht sehen musst«, sagte er.

»Er sieht sehr gut aus«, beruhigte sie ihn. »Ich kenne deine

Wunde besser als du selbst, und sie ist deinem Aussehen nicht abträglich.«

Einar schnaubte ungläubig.

»Mein Vater sieht doch auch gut aus, obwohl er alt, kleingewachsen und lahm ist, oder etwa nicht?«, fuhr sie fort.

»Du hast wohl recht«, meinte Einar. Für ihn war männliche Schönheit verbunden mit jungen Männern mit dunklem Haar, aber Solvi hatte ebenmäßige Züge und ein einladendes Lächeln. »Ich bin aber nicht Solvi Hunthiofsson.«

»Nein, du bist größer«, platzte Freydis mit einem hektischen Lacher heraus. Einar nahm ihre Hand. Auch sie war nervös.

»Möchtest du ... willst du lieber warten, bis du nicht mehr stillen musst? Mit der Hochzeitsnacht?«, fragte Einar und versuchte, seiner Verlegenheit Herr zu werden.

Sie berührte ihn am Kinn. »Zuerst will ich, dass der Verband wegkommt«, sagte sie. »Aber das können wir jetzt gleich tun.« Das heiße Verlangen in ihrem Blick überraschte ihn. »Ich würde gerne ein paar Jahre warten, bevor ich dir einen Sohn schenke; wärst du bereit, deinen Samen danebengehen zu lassen? Ich war noch viel zu jung für mein erstes Kind.«

Einar war sich nicht sicher gewesen, wieder Verlangen nach einer Frau spüren zu können, nicht nach dem Bruch mit Gyda und nach Ivars Tod, doch nun überkam es ihn bei der Vorstellung, wie die kühlen Hände, die ihn gepflegt hatten, ihm nun Lust bereiten würden. »Ich glaube ...«, sagte er, »ich glaube, ich will mehr von dir als nur ein Kind.«

»Oh«, antwortete sie. Sie küsste die Kinnbacke auf der heilen Seite seines Gesichts und dann, ganz zart, seine Lippen. Dann berührte sie den Rand seines Verbands. »Darf ich?«

»Wenn die Zeit dafür richtig ist«, erwiderte Einar, und seine Lust ebbte wieder ab. Er verkrampfte sich, als sie ihre kühlen Finger unter den Rand des Verbands schob und an dem Pech zerrte, das ihn auf der Haut befestigte.

»Das wird dir noch eine Weile im Gesicht kleben«, sagte sie. »Aber nach und nach geht es weg, und dann bist du noch hübscher.«

Das Pech zerrte an seinem Haar, während Freydis' geduldige Arbeit ihn von seiner Bandage befreite. Dann wusch sie die Wunde mit einem reinen Leinentuch und nahm ein anderes zum Trocknen. Mit den Fingerspitzen fuhr sie am Rand entlang. »Ein bisschen entzündet ist es noch, vom Heilprozess«, sagte sie. »Morgen ziehe ich dir die Fäden, dann zeige ich dir dein Gesicht.«

Die kühle Luft auf der heißen Haut seines Gesichts ließ ihn erzittern, und ihm wurde bewusst, dass sie immer noch halb auf ihm saß und liebevoll auf ihn herabblickte.

Sie küsste ihn und lotste sie beide durch das Liebesspiel mit quälender Zärtlichkeit, bis er es nicht länger aushielt und er sie herumrollte, sodass sie unter ihm lag. Gerade noch rechtzeitig erinnerte er sich daran, sich seinen Samen in die Hand ergießen zu lassen statt in ihren Schoß, dann legte er sich neben sie. Eines Tages wollte er bestimmt einen Sohn mit ihr haben, doch nun fühlte es sich wie der reine Luxus an, ein Begehren auszuleben, das auch erfüllt werden konnte, nachdem er jahrelang seine Wünsche unterdrückt hatte. Er schlief leicht und wachte hin und wieder vom Geruch von Freydis' Haut auf, die nach einer Mischung aus Frau und Mutter duftete.

Während er schlief, träumte er von Ivar, der am Bug eines Schiffes stand und Einar zu sich herüberwinkte. Es schien jedoch, als könnte Einar sein Gesicht nicht erkennen, obwohl er wusste, dass Ivar ein Lachen im Gesicht hatte, den Kopf zurückwarf und auf Abenteuer aus war. Er erwachte ganz glücklich und wollte schnell zu seinem Bruder und ihm von seiner liebreizenden jungen Frau erzählen, wie glücklich er war, sie gefunden zu haben, obwohl er sie jahrelang ignoriert hatte, als sie in seinem Haushalt aufwuchs. Doch dann fiel ihm wieder ein, dass Ivar ja tot war.

Freydis schlief und merkte nichts von seiner Trauer und seinem Schmerz. Ivar hatte ihn verlassen. Einar hatte versagt. Er löste sich von Freydis, ohne sie zu wecken, und ging hinaus in das frühe Morgengrauen. Ein paar dunkel gekleidete Wachen schritten langsam auf und ab, um bei ihrer Wacht nicht einzuschlafen. Seine Fäden juckten. Als ihm seine eigenen traurigen Gedanken anfingen, auf die Nerven zu gehen, machte er sich auf den Weg in die Küche, um sich ein paar Beeren mit Haferbrei zu organisieren.

Kinder sahen für ihn eigentlich alle gleich aus, doch das eine, das in einer Ecke der Küche schlief, mit offenem Mund und fest zugedrückten Augen, war in denselben handgewebten Stoff eingewickelt wie der, mit dem Freydis Thordis einschlug. Für ihre erste Nacht zusammen hatte seine Braut ihr Kind in der Küche untergebracht. Als würde sein Blick sie stören, wachte Thordis auf und begann zu schreien, bis eine der Frauen kam, eine Alte mit einem Gesicht wie ein verschrumpelter Apfel, sie auf den Arm nahm und beruhigte.

»Sch, sch, Kleines, gleich kommt deine Mama«, sagte sie zu ihr in ihrem breiten Orkney-Akzent.

»Ich nehme sie«, sagte Einar. Er sah schnell nach, ob sein Ärmel eine scharfe Kante aufwies, die das Kind verletzen könnte, und als er nichts fand, übernahm er sie von der alten Frau. Thordis fühlte sich schwer und kompakt in seinen Armen an, nicht so leicht, wie er sie sich vorgestellt hatte. Als er in seine Kammer zurückkam, setzte sich Freydis gerade auf. Sie schlief in dem kurzen Hemd und langen Rock, die sie auch tagsüber getragen hatte, und nahm das Kind gähnend entgegen. Als sie ihr Hemd anhob, zeigte sich eine kleine, runde Brust, weiß mit einer rosafarbenen

Brustknospe, und Einar hatte eine flüchtige Fantasie, selbst dort zu saugen. Schnell drehte er sich weg, als Freydis ihre Tochter an die Brust legte. Sie streichelte die Wange des Kindes, bis Thordis gierig zu saugen begann und danach zufrieden aufseufzte.

»Du scheinst das – empfinden Frauen das normalerweise nicht als Belastung? Hättest du lieber eine Amme?«, fragte Einar.

»Es kann schon belastend sein«, erwiderte Freydis, »aber Thordis ist ein so braves Kind. Sie schreit wenig, selbst damals nicht, als ...« Sie brach ab und presste ihre Lippen zusammen. Thordis wurde unruhig, bis Freydis ihr wieder die Wange streichelte.

»Wann meinst du?«, fragte Einar.

»Als Hallbjorn mich hierherbrachte«, sagte Freydis tonlos.

»Kannst du davon sprechen, ohne sie zu beunruhigen?«, fragte Einar.

Freydis seufzte und legte Thordis an ihre andere Brust. »Wahrscheinlich nicht«, sagte sie. »Sie spürt immer gleich, was ich fühle, und ich ... Ich erzähle es dir, aber vielleicht willst du ja gar nichts Böses über deinen Bruder hören.«

»Halbbruder«, korrigierte er sie. »Und wir standen uns nie besonders nahe.«

Etwas später war Thordis an der Brust ihrer Mutter eingeschlafen und gab winzige Schnarcher von sich. Sie war wie ein neugeborenes Lämmchen, ein einfaches Wesen, das von nichts etwas wusste außer seinem Wunsch nach Schlaf oder Nahrung.

»Also, wenn ich frei hätte wählen können, dann wäre ich nicht mit ihm ins Bett gegangen.« Freydis sprach mit einer stillen Heftigkeit, sodass Einar sie am liebsten mit dem Schwert verteidigt hätte. »Als ich noch frei wählen konnte, habe ich es abgelehnt, seine Frau zu werden. Und als er nach Island kam und mich von meiner Familie raubte, habe ich gedroht, mich und sie zu töten.«

»Aber du bist nicht – du liebst doch deine Tochter, oder?«, fragte Einar beunruhigt.

Sie durfte ihn nicht verlassen, nicht, wo sie es doch gewesen war, die ihn vom Sprung von der Steilküste abgehalten hatte. »Du würdest doch nicht …?«

»Nein; und das war eine Lüge«, sagte Freydis mit einem Seufzen. »Ich würde alles tun, um sie zu retten. Ich habe es mir zwar nicht ausgesucht, sie zu haben, doch nun, wo sie da ist, will ich sie auch lieben. Die Schicksalsnornen spinnen unseren Lebensfaden nach ihrem Wunsch, und wir müssen so leben, wie sie es uns vorgeben.«

»Du bist noch so jung und hast schon so viel Trauriges erlebt«, sagte Einar.

»Du aber auch«, erwiderte sie.

Er fingerte an den Nähten in seinem Gesicht herum. »Wann kann ich mir das anschauen?«, fragte er. »Ich will wissen, wie ich aussehe.«

»Jetzt gleich, wenn du willst.«

Sie stöberte unter ihrer Pritsche, bis sie einen Silberspiegel hervorzog. »Hallbjorn hat ihn mir gegeben«, sagte sie entschuldigend. »Er hat ihn von einem Überfall in Schottland mitgebracht, glaube ich.«

Die kleine, trübe Oberfläche und fehlendes Licht machten es Einar schwer zu begreifen, was er da sah. Sein eigenes Gesicht hatte er sich nur selten angesehen, nur gelegentlich im stillen Wasser eines Sees. Hier war sein Haar, fettiger, als er gedacht hatte – er musste unbedingt ein Bad nehmen. Darunter eine hohe Stirn und ein Auge, blau und klar, das andere ein Gewirr vernarbten Gewebes, das er nur kurz ansehen konnte, bevor er den Blick abwenden musste. Die Wunde, die sein Auge zerschlagen hatte und sich über seine Wange zog, war ein roter Spalt, schraffiert von Fäden, die von seinem Blut dunkelrot eingefärbt waren. Er berührte sie und fühlte das Zerren der in seinem Fleisch verankerten Fäden.

Viele Männer hatten Narben – ein mächtiger Krieger zeigte die seinen wie Trophäen, als Zeugen einer langen, kriegerischen Laufbahn. Doch Einars Narbe hatte ihm keine Ehre eingebracht.

»Schrecklich«, sagte er und legte den Spiegel beiseite. »Was findest du so ... du hast doch gewusst, wie ich aussehe. Und du hast mich auch noch selbst gewählt, nicht dein Vater. Aber wie konnte er nur zulassen ... ich bin doch nicht reich, und schön bin ich auch nicht. Warum, Freydis?«

Während er noch versuchte, seine Fassung wiederzugewinnen, war Freydis hinter ihn getreten, was er erst bemerkte, als sie sich über seine Schulter beugte und eine ihrer Haarsträhnen die Schläfe neben seiner Wunde berührte. Die Haut, die von der Bandage geschützt gewesen war, war nun sehr schmerzempfindlich. Einar musste die Fäuste ballen, um Freydis nicht abzuschütteln.

»Sieh nur«, sagte sie. Sie hielt ihm den Spiegel vor, diesmal an seine unverwundete Seite. Mit der Fingerspitze fuhr sie sein Gesicht entlang, an seinem Auge vorbei, das, wie er nun bemerkte, den Augen seiner Mutter stark ähnelte, weiter nach unten entlang seiner Kinnlinie, die markant war wie die seines Vaters, bedeckt von einem kurzen rotgoldenen Bart. Am Kinn schob sie seinen Kopf zur Seite, sodass er seine Wunde wieder sah. »Diese Seite ist immer noch angeschwollen.«

Er drehte den Kopf zurück zu seiner heilen Seite, der Seite, die seine Eltern geschaffen hatten, dann wieder zu der anderen, die vom Schwert eines Toten gestaltet worden war, tot durch Einars Schwert.

»Wie Hel«, sagte er. So wie die Hexe, der er im Wald begegnet war, hatte auch die Todesgöttin eine schöne Seite, während die andere fahl und ausgezehrt war. Er könnte ein Todesgott sein. Mit beiden Augen war er ein geschickter Kämpfer gewesen; das könnte er auch wieder werden, doch auf seine blinde Seite müsste er nun wohl immer besonders achtgeben.

»Und wie Odin«, sagte Freydis, »der sein Auge für die Weisheit hergegeben hat.«

»Dann sollte ich zumindest die Weisheit besitzen, mir über mein Aussehen keine Sorgen mehr zu machen«, meinte Einar mit einem Anflug von Humor.

»Genau«, sagte Freydis. »Du hast mir schon immer gefallen, und du gefällst mir immer noch.« Sie berührte den Knoten des Seidenfadens am unteren Ende seiner Wunde knapp oberhalb des Kinns. »Besonders jetzt, wo du meine Handarbeit im Gesicht trägst.«

Kapitel 38

Freydis konnte förmlich spüren, wie die Inseln aufatmeten, als Harald und seine Truppen einige Tage nach Ragnvalds Schiffen abreisten. An diesem Tag entfernte sie die Fäden in Einars Gesicht. Er zuckte zusammen, als sie daran zog, wobei kleine, nässende Löcher zurückblieben. Dann traf Einar die Männer, die noch in Thorsteins Halle – oder jetzt Sigurds, wie sie annahm – und in den umliegenden Höfen verblieben waren, um sich ihre Sorgen anzuhören, während Freydis eine Bestandsaufnahme der Vorräte machte, um zu sehen, ob die Lebensmittel, die sie besaßen, irgendwie über den Winter reichen würden.

In dieser Nacht setzte Freydis' Blutung mit dem Vollmond ein, und sie konnte nicht schlafen. Es war das erste Mal seit Thordis' Geburt, und sie fühlte sich unangenehm voll, mit einem Druckgefühl in ihrem Schoß und zwischen den Beinen, das nur die Zeit und das Verschwinden des Mondes lindern würden. Sie verließ das Bett an Einars Seite, verlockt durch das milde Wetter, das sogar im Sommer selten so warm war. Sie legte Thordis wieder in die Küche zu den Frauen, die dort schliefen, zeichnete eine Zauberformel auf ihre Stirn, damit sie ruhig blieb, und ging dann den Hügel oberhalb der Halle hinauf.

Als sie den Kamm des Hügels erreichte, hing der Mond dick und orangefarben am dunklen Horizont und warf sein Licht in langen Strahlen auf das Meer. Ein Stück entfernt sah Freydis den Schein kreisförmig angeordneter Fackeln und ging darauf zu. In der Nähe eines Steinkreises erblickte sie die alten Frauen, die ihr bei der Versorgung Einars geholfen hatten, und mit einem seltsamen Gefühl der Unvermeidbarkeit erkannte sie die alte Runa unter ihnen.

»Ich habe euch gesagt, dass sie kommen wird«, sagte Runa. Freydis verneigte sich. Sie war von etwas angezogen worden, von demselben Zauber, der sie während der Zeremonien der Frauen an die Seite Afriths gelockt hatte.

»Sie ist keine von uns«, erwiderte eine andere, Sigga.

»Sie wird es werden«, meinte Runa.

»Nein, sie ist Norwegerin, nicht Piktin. Riesen mit goldenem Haar haben keinen Platz in unserer Mitte.«

Freydis wartete. Diese Zurückweisung machte ihr nichts aus; sie schien Teil des Rituals zu sein. Sie streckte den Frauen ihre Hände entgegen. »In diesen Händen habe ich Leben und Tod gehalten. Ich habe die Heilkunst studiert, unter der Anleitung zweier großer Zauberinnen.« Unna nannte ihre Arbeit nicht Zauberei, doch sogar sie sprach manchmal bestimmte Formeln, damit ihre Medizin besser wirkte. »Ich habe eine Tochter zur Welt gebracht, sie ist am Leben«, fügte sie hinzu. Die Priesterinnen Freyas forderten manchmal, dass Frauen ihnen ihre Töchter versprachen, um Zugang zu ihrem Kreis zu erhalten. Freydis konnte versprechen, dass sie ihre Tochter alles lehren würde, was sie wusste, und sie später entscheiden ließe, wie sie es verwenden wollte.

»Du wirst von hier fortgehen, sobald deine Leute fertig mit Plündern sind«, sagte Sigga. »Tatsächlich haben wir uns heute Nacht getroffen, weil wir nicht wissen, wie wir den Winter überleben sollen. Wir müssen beten, dass die Götter uns die beste

Ernte aller Zeiten gewähren, besonders nachdem deine Leute in der Schlacht die fruchtbarsten Felder unserer Insel zertrampelt haben.«

Freydis neigte den Kopf. »Mein Ehemann wird entscheiden, wie lange wir bleiben«, sagte sie. »Doch solange ich hier bin, werde ich euren Göttern huldigen und tun, was ich kann, um die Felder fruchtbar zu machen.«

»Nein«, entgegnete Runa. »Das ist nicht genug. Du musst ihn dazu bringen, zu bleiben. Dein Ehemann wird hier Jarl werden.«

»Mein Onkel Sigurd ist hier Fürst«, erwiderte Freydis.

»Er wird sterben«, sagte Runa. »Zweifelst du erneut an meinen Prophezeiungen?«

»Wenn er stirbt, wird sein Sohn Olaf Fürst werden«, gab Freydis unsicher zurück.

Es war Runa gewesen, die Freydis gesagt hatte, dass sie zu den Orkneyinseln zurückkehren würde, bevor sie mit Hallbjorn fortgesegelt war.

Runa schüttelte den Kopf. »Nein, dein Einar wird hier Fürst sein, und nach ihm seine Söhne, wenn du es geschehen lässt.«

»Ich werde nichts mit dem Tod meines Onkels und Cousins zu tun haben.«

»Nein, das wirst du nicht«, sagte Runa. »Aber du kannst deinen Mann darauf vorbereiten. Ich wünschte, er wäre einer von uns, doch ich sehe, dass immer mehr von euch Norwegern hierherkommen, und es ist besser für uns, wenn er Fürst ist und nicht einer der Söhne von diesem Harald.«

»Wenn dies ein Ort ist, den Einar Ragnvaldsson erhalten und regieren kann, dann möchte ich das auch für ihn«, erwiderte Freydis. »Doch wie werden wir den Winter überleben?«

»Nicht jetzt«, antwortete Runa. »Jetzt musst du mit uns tanzen.«

Freydis schloss sich dem Tanz an, der sie um die Steine herum und zwischen ihnen hindurchwirbelte. Die Fackeln zeichneten Streifen in die Dunkelheit, verschlungene Muster wie jene auf den fein gearbeiteten Schmuckstücken aus Dublin, wie die ineinanderlaufenden Fäden ihrer Webarbeit. Sie vergaß ihre Schmerzen, vergaß alles außer den Bewegungen, denen sie folgte, sie dann anführte und am Ende Trauer empfand, als der Mond unterging und sie sich endlich hinsetzte, ihr Kopf frei von allen Gedanken, am Fuße der Steine, ihre Hand immer noch fest die Hand einer Frau umklammernd, die sie nicht kannte.

Schließlich erhoben sich Sigga und Runa, und Freydis folgte ihnen zusammen mit den anderen Frauen zurück über den Hügel.

»Dein Mann wird bald geprüft werden«, sagte Runa zum Abschied zu Freydis. »Mach dich bereit.«

• • •

Freydis stand vor der Halle und beobachtete Einars Boot, während seine Ruderer gegen Wind und Strömung ankämpften, bis sie den Schutz der Felswände der Bucht erreichten und dem Segel die restliche Arbeit überlassen konnten. Er begrüßte sie hastig, dann fielen er und seine Männer über das Mahl her, das sie bereitet hatte, und schlangen es ohne große Worte hinunter. Anschließend ging er direkt zum Bett und ließ sich mit einer Unbekümmertheit auf die Matratze plumpsen, bei der Freydis lächeln musste. Er verhielt sich nicht mehr so misstrauisch wie als Junge, als er wusste, dass die Augen aller auf ihn gerichtet waren. Freydis hatte diesen Jungen einst um seine perfekte Selbstbeherrschung beneidet, seine scheinbare Unantastbarkeit, doch diesen Mann mochte sie lieber.

»Den äußeren Inseln geht es besser«, sagte er. »Von den inneren verlangt Thorstein hohe Abgaben, und Haralds Männer haben sich den Rest geholt. Ich hoffe, Sigurd kann uns etwas aus Schottland mitbringen, doch selbst wenn, wird es nicht genug sein, wenn nicht alle ihre Ernte teilen. Ich wünschte, er wäre hier – er ist Fürst. Ich kann keine *Thing*-Versammlung einberufen.«

»Du weißt nicht, wann er zurückkommen wird«, entgegnete Freydis. »Du solltest tun, was immer getan werden muss.«

»Es würde niemand kommen«, widersprach Einar. »Sie würden vermutlich nicht einmal für Sigurd kommen.«

»Sie werden kommen«, sagte Freydis. »Ich werde mit den weisen Frauen sprechen. Schicke deine Boten los.«

Einar tat es, und Freydis suchte die alten Frauen auf. Sie brachte ihnen ein Rad frischen Käse, fett und zart wie der Frühlingsmond, als Geschenk mit, zusammen mit einem Korb Kräuter, die sie gepflückt hatte. Sigga öffnete ihr die Tür. Sie war kleiner als Runa und rundlich; ihre Gestalt erinnerte an vom Meer rund gewaschene, aufeinandergetürmte Steine. Sie trug dunkle Leinenkleidung. Wortlos überreichte Freydis ihr die Geschenke. Sigga reichte den Käse an Runa weiter und untersuchte die Kräuter, die Freydis gebracht hatte. Sie hielt eines hoch, eine gelbblütige Raute.

Freydis nannte den Namen. »Es löst ein Kind aus dem Leib der Mutter.«

»Nicht ohne Gefahr«, meinte Sigga.

Freydis hielt ihrem Blick stand und nickte. »Ich habe gelernt, wie man diese Gefahr mildern kann, aber das stimmt.«

»Das ist ein angemessenes Geschenk«, sagte Sigga. »Und Runa wird der Käse schmecken.«

Dann erzählte Freydis ihnen, warum sie gekommen war.

»Du kannst nicht um so etwas bitten und dann wie eine Königin wieder gehen«, sagte Runa. »Wir sind nicht deine Dienerinnen. Dein Mann muss die Männer fragen, und du die Frauen, dann werden alle kommen.« Sie reichte Freydis einen Stein mit einem Loch darin und band geflochtene Gräser um ihr Handgelenk.

»Auch die äußeren Inseln?«, fragte Freydis und berührte die Gegenstände. Sie hatten eine Bedeutung, die sie nicht kennen konnte und auch nicht kennen sollte.

Sigga und Runa sahen einander einen Augenblick lang an, dann sagte Runa: »Nein, wir werden sie holen.«

Freydis wollte fragen, wie sie das zu tun gedachten, zwei hinkende alte Frauen, doch wenn sie wollten, dass sie es wusste, würden sie es ihr sagen.

Sie erzählte Einar einiges von dem, was sie erfahren hatte, und auch, was die Frauen ihr versprochen hatten. »Sie glauben, dass du eines Tages herrschen wirst«, fügte sie hinzu.

Einar runzelte die Stirn und erzählte ihr eine seltsame Geschichte von einer Hexe ohne Zunge aus Hordaland, die ihm nach wie vor vorhersagte. »Ich vertraue diesen Frauen nicht«, meinte er. »Ihre Prophezeiungen bedeuten nie das, was man glaubt.«

»Dennoch können die Frauen dabei helfen, die Männer zu überzeugen, zum *Thing* zu kommen«, sagte sie. »Du solltest ihre Hilfe nicht ausschlagen.«

In der nächsten Woche statteten sie und Einar jedem Haushalt auf Mainland einen Besuch ab. Überall sprach Freydis mit der Frau des Hauses und zeigte den Stein und das geflochtene Grasband. Allmählich lernte sie die unterschiedlichen Gesichtszüge der ursprünglichen Schotten – Runa nannte sie Pikten – und der neuen Siedler aus Norwegen zu unterscheiden. Auch ein paar irische Züge waren dabei, und die Sprachen und Dialekte all dieser Länder vermischten sich. Freydis sprach nur Norwegisch und ein paar Bruchstücke aus Donalls Sprache, die sie holprig verwendete. Wenn sie so redete, vermisste sie Donnalls schönes Gesicht, seine Art, mit Tieren umzugehen, und Unnas feste Beständigkeit; doch sie hatte niemals den Gedanken, sie könnte die falsche Entscheidung getroffen haben, als sie hier bei Einar blieb.

• • •

Einar stand vor den versammelten Männern der Orkneyinseln – der *Thing*-Versammlung, die er einberufen hatte. Einige waren von den äußeren Inseln gekommen, gesandt als Vertreter jener Gemeinden, die Felsen und Büschen mühevoll das Nötigste zum Leben abrangen. Einige, die eher in der Nähe lebten, brachten ihre ganzen Familien mit, von Kleinkindern, die ihre Finger in den Mund steckten und mit großen Augen in die versammelte Runde blickten, bis zu Großmüttern mit tief eingesunkenen Wangen, die sich beim Gehen auf Stöcke stützten.

Freydis ließ ihre Hand leicht auf seinem Arm ruhen. Einar war stolz, neben ihr zu stehen; sie hatte das Gebaren einer Königin, ebenso wie es Gyda gehabt hätte. Er öffnete den Mund, um etwas zu sagen, stellte jedoch fest, dass er es nicht konnte, und schloss ihn wieder. Vor seiner Verwundung hatte er mit Leichtigkeit die Aufmerksamkeit aller auf sich gezogen, doch wie sollte er mit nur einem Auge erkennen, wie das Publikum auf ihn reagierte?

Freydis' Hand berührte ihn auf dem Rücken, wodurch er sich aufrichtete, und dann schob sie ihn sanft vorwärts. Er musste sprechen.

»Männer, Frauen, ihr Bewohner der Orkneyinseln«, sagte Einar langsam, »der Winter wird bald kommen, und wir alle werden den Hungertod sterben, wenn wir uns in Bezug auf die Ernte nicht zusammentun. Mein Onkel Sigurd, der hier Fürst ist, ist nach Schottland gereist, um Getreide zu erbeuten und einzutauschen, doch wenn er nicht rechtzeitig zurückkehrt oder nicht genug mitbringt, müssen wir alle unsere Vorräte miteinander teilen.«

»Warum sollten wir das tun?«, rief ein Mann, den Einar nicht kannte. »Wir hatten diese Probleme nicht, solange Thorstein hier geherrscht hat. Er hat uns in Ruhe gelassen und uns nicht mehr genommen, als wir wiederbeschaffen konnten.«

Dann hatte er sie im Grunde nicht in Ruhe gelassen, dachte Einar, doch er hatte nicht so viel Schaden angerichtet wie Haralds tausend Männer. Alle Inseln zusammen konnten kaum mehr als die doppelte Anzahl Menschen ernähren. Er spürte wieder den Druck von Freydis' Hand auf seinem Rücken, der ihn drängte zu sprechen.

»Das Vergangene kann nicht ungeschehen gemacht werden«, sagte Einar, »und auch die Vorräte nicht unverbraucht. Doch nun bin ich hier, um dafür zu sorgen, dass ihr den Winter überlebt, obwohl ihr so viel verloren habt.«

Ein weiterer Mann trat vor, von einer Farm in der Nähe von Thorsteins Halle. Seine Vorräte mussten von Haralds Plünderungen stark betroffen sein. »Du meinst, *du* möchtest nicht verhungern«, sagte er. »Du scherst dich nicht um uns.«

»Das stimmt, ich möchte nicht verhungern«, erwiderte Einar. »Doch ich verspreche, dass ich nicht mehr essen werde als der einfachste Mann der Orkneyinseln und dass ich alles teilen werde, was ich habe, wenn alle Bewohner der Orkneyinseln sich bereit erklären, dasselbe zu tun.«

»Lügen«, sagte der erste Mann. »Du kommst aus Norwegen, und du wirst dorthin zurückkehren, sobald die Lage hier schwierig für dich wird. Du wohnst in einer Halle aus Holz, während wir alle in Häusern aus Torf leben. Du wirst niemals einer von uns sein.«

Auch sein Vater hatte gesagt, er sei keiner von ihnen, kein Sohn für ihn. Einar hatte sich im Grunde niemals mehr als das gewünscht. Einer von Ragnvalds Söhnen zu sein erschien ihm als die höchste Ehre.

Er zog seinen Dolch und reckte ihn in die Luft. Freydis trat zurück, und er spürte ihre Angst, obwohl sie auf seiner blinden Seite stand. Er wartete, während sich eine gespannte Stille über die Menge legte, und stieß die Klinge dann tief in den Boden zu seinen Füßen. Er zog einen langen Schnitt durch die dicke wurzelige Oberfläche des Inselgrases, dann einen weiteren parallel dazu.

Tränen brannten in seinem Auge – den letzten Torf hatte er für Ivars Grab gestochen. Mit verschwommener Sicht ritzte er eine Querverbindung an dem einen Ende, dann eine zweite am anderen, und zog die Erdschicht ab, wie es die Männer auf den Orkneyinseln seit Anbeginn der Zeit taten. Er hob die Torfmatte hoch und hielt sie in die Luft. »Ich kann Torf stechen wie jeder von euch und auch in einer Torfhütte leben. Ich bin nun ein Mann der Orkneys. Die Gebeine meines Bruders ruhen hier, und wenn die Götter es so wollen, werden meine Gebeine es eines Tages ebenfalls tun. Wir werden zusammen leben oder getrennt sterben.«

Nun hatte er ihre Aufmerksamkeit; seine Arme zitterten von der schweren Last des Bodens, den er hielt. »Thorsteins Halle – jetzt die von Fürst Sigurd – kann immer noch zehn Säcke Roggen geben«, fuhr er fort, »und drei mit Gerste. Wir haben zwölf Fässer Bier. Wir können vor Ende des Winters fünf junge Ochsen und eine Färse schlachten. Es gibt unzählige Käselaibe. All das können wir beitragen und dennoch Sigurds Krieger ernähren, wenn sie zurückkommen.«

Das war eine beträchtliche Menge, möglicherweise mehr, als er entbehren konnte, ohne hungern zu müssen, doch ein Herr musste großzügig sein. »Jetzt du.« Einar wies mit dem Rechteck aus Torf auf den Mann, der zuerst das Wort an ihn gerichtet hatte. »Was kannst du geben, um deine Nachbarn vor dem Verhungern zu bewahren?«

Der Mann trat erneut vor und blickte in die Runde. »Ich habe einen Sack Getreide, den ich teilen kann«, sagte er widerwillig.

»Mein Zuchtwidder ist alt«, meldete sich eine Frau mittleren Alters zu Wort, die keinen Mann zu haben schien, der für sie sprechen konnte. »Er kann geschlachtet werden, wenn mein Nachbar Markus mir im nächsten Herbst die Dienste seines Widders zur Verfügung stellt.«

»Valka, du wolltest immer schon seine Dienste«, meinte ein anderer Mann. »Ist das tatsächlich für deine Mutterschafe, oder vermisst du deinen Ehemann so schrecklich?«

Die Frau, Valka, lachte schallend. »Und du hast versucht, deine Schafe selbst zu schwängern, also denke ich, dein Widder langweilt sich«, konterte sie. Viele in der versammelten Menge lachten, und anschließend kamen immer mehr Angebote, die Vorräte zu teilen. Einar hörte aufmerksam zu und prägte sie sich gut ein, so wie einst das Gesetz, und als jeder gesagt hatte, was er beitragen konnte, wiederholte er alles gegenüber der Versammlung.

Freydis löste sich sacht von seiner Seite und ging zu der Gruppe Besucher von den anderen Inseln, um mit ihnen das Gespräch zu suchen, während Einar mit jenen von Mainland sprach, um zu vereinbaren, wie man die Güter den Winter über teilen würde und wann sie zurückkommen würden: einmal nach der Ernte, ein weiteres Mal am Tag nach dem Julfest, wo sie dann über einen letzten Besuch im Spätwinter entscheiden würden.

Ungünstige Wetterbedingungen könnten ihnen dennoch schlechte Entscheidungen abverlangen, im Zuge derer sie möglicherweise so viel Vieh schlachteten, dass sie weitere Überfälle begehen mussten, um ihre Vorräte aufzufüllen, doch Einar war voller Hoffnung.

Die meisten Höfe hatten bereits Vereinbarungen getroffen, ihre Arbeitskräfte während der Erntezeit zu teilen, und Einar verpflichtete sich und seine Männer ebenfalls, indem er einige zu den am weitesten entfernten Inseln sandte, damit sie dort Freundschaften schließen und sich Dank verdienen sowie ihm Bericht erstatten konnten. Noch bevor die Versammlung sich auflöste, vergaß er seine Angst, sein Vater könnte recht haben mit seinen Worten, dass er nicht hierher oder an irgendeinen anderen Ort der Welt gehöre.

Freydis würde einigen der Besucher von außerhalb der Insel diese Nacht in der Halle Gastfreundschaft gewähren, doch viele hatten Freunde auf Mainland, die sie besuchen wollten. Sie hatten jahrhundertelang auf diesen rauen Inseln überlebt, bevor Harald gekommen war. Wenn Sigurd hierblieb, würde seine Hauptaufgabe als Fürst darin bestehen, Harald davon abzuhalten, zu viel Schaden mit Abgaben und anderen Plünderungszügen anzurichten. Die Menschen der Orkneyinseln würden für sich selbst sorgen.

• • •

Die Ernte gestaltete sich einfacher, als Einar es gewohnt war, was ihm Sorgen bereitete. Die Felder waren nicht so groß wie die um Tafjord, und sie brachten auch nicht denselben Ertrag. Nach der Ernte, während der trockenen Tage, die günstig für die Heuernte waren, begannen die Männer der Inseln, Torf für den Winter zu stechen. Der Torf wurde hier für viele Zwecke verwendet, für die man in Norwegen Holz benutzte, einschließlich zum Hausbau und als Brennmaterial. Beim Verbrennen entstand ein dichter, beißender Rauch, der Einar husten und sein Auge tränen ließ, doch zumindest lieferte er wärmere Wände als Holz, sodass sie weniger davon verbrennen mussten.

Einar erntete den Torf Seite an Seite mit den Männern von Mainland. Zuerst stellte er sich mit der für diese Aufgabe verwendeten langen, scharfen Klinge ungeschickt an, doch bald wurde er immer besser, während er seine als Krieger aufgebauten Muskeln für diese häusliche Arbeit einsetzte. Nach einiger Zeit begannen ihn die Männer zögerlich zu akzeptieren und nannten ihn Torf-Einar.

Sigurd war immer noch nicht zurück, und so stellte Einar Pläne auf, wie man Getreide, Käse und Fleisch für den Winter aufteilen konnte, wenn sie keine weiteren Vorräte mehr erhielten. Die Männer, die man auf der *Thing*-Versammlung ausgewählt hatte, um bei der Verteilung des Getreides zu helfen, hassten einander allesamt und gerieten ständig in Streit, doch das bedeutete, dass jeder auf den Inseln jemanden hatte, bei dem er sicher sein konnte, dass er für die gerechte Aufteilung des Getreides sorgte.

Einar rechnete nicht mehr damit, dass er Sigurd vor dem Frühling wiedersehen würde. Vielleicht hatte er beschlossen, mit Harald nach Norwegen zurückzukehren. Oder etwas Schlimmeres war geschehen, und Einar war nun hier allein am Rand der Welt, mit misstrauischen Fremden und mit Freydis, halb Mädchen, halb Göttin, liebevoll und ihm doch so fremd erscheinend.

Nachdem alle Gesandten auf ihre Inseln zurückgekehrt waren, kam ein heftiger Sturm auf. Das Heulen des Windes schien Einar zu rufen, und er brachte es nicht über sich, innerhalb der dicken Wände von Thorsteins Halle zu bleiben. Er hüllte sich in seinen Mantel und ging hinaus in den brausenden Wind. Der Himmel über ihm war fleckig grau, Wolken wirbelten übereinander und hintereinanderher. Der Wind tobte um ihn herum, fegte sein Haar zuerst nach hinten und warf es ihm anschließend ins Gesicht. Der Regen übergoss ihn mit dicken Tropfen, die ihn trotz mehrerer Schichten Wolle rasch durchnässten, und wurde dann zu einem Starkregen, der wie Nadeln in sein Gesicht peitschte.

All diese Widrigkeiten trieben ihn nur noch weiter voran, an den Rand einer Steilküste, von der aus man die Bucht überblicken konnte. In der Rinne darunter brandete die See an, in wilden, weißen Strudeln. Die Wellen schlugen gegen die Felsen und griffen mit weißen Schaumfingern nach oben, bevor sie zurück ins Meer stürzten. Er dachte an seinen Vater und die Erzählungen von Ran, der kalten und hungrigen Meeresgöttin, die immer mehr Beute forderte, und zum ersten Mal seit Ivars Tod fühlte er beim Gedanken an seinen Vater nur eine resignierte Traurigkeit. Sie waren gleich, so wie alle Menschen gleich waren angesichts der Macht der Götter.

In der Ferne erkannte er ein Schiff, das sich im Seegang wiegte, weit weg von den wütenden Wassern der Bucht. Er beobachtete es eine Weile, doch bei diesem Wetter konnte es nicht näher kommen. Dann drehte der Wind und zog einen Schleier aus Regen zwischen ihn und die kleine dunkle Silhouette. Die Kälte drang allmählich durch seine Kleider, und er zog seinen durchnässten Mantel enger um sich, bevor er zur Halle zurückstapfte.

Als er dort ankam, zitterte er am ganzen Leib. Freydis kam ihm entgegen und half ihm hinter dem Vorhang, der ihr Bett verbarg, die Kleider auszuziehen. Sie trocknete sein Haar, während er sich nach vorn beugte, und als sie feststellte, dass er immer noch zitterte, streifte sie ihre eigenen Kleider ab und zog ihn zu sich unter die Bettdecken, bis die Wärme ihres Körpers die kältesten Stellen seines Körpers erreichte. Sein Körper reagierte auf ihren. Er küsste ihren Hals und die vollen Rundungen ihrer Brüste, die prall mit Milch gefüllt waren. Sein Haar hinterließ feuchte Spuren auf ihrer Haut, und sie erschauerte.

Als sie sich vereinigten und ihre Haut warm auf seiner kalten brannte, erschien es ihm, als wäre sie nun Teil der Inseln, als wäre die Vereinigung mit ihr derselbe Akt wie das Annehmen des Namens Torf-Einar. Am nächsten Morgen erwachte er und fühlte sich kraftvoll und gesund, wie er es seit seiner Verwundung nicht mehr getan hatte.

Als er hinausging, sah er, dass der Sturm alle Wolken fortgeweht hatte und ein beständiger Wind das Schiff auf die Küste zutrieb. Er erkannte Sigurds Farben und rief den gesamten Hof an die Küste, um ihn zu begrüßen.

Sigurd winkte Einar zu, als das Schiff an Land ging. Als er herabstieg, hatte er einen seltsamen Gegenstand in der Hand. Sobald seine Stiefel den Strand berührten, hielt er ihn hoch: einen abgetrennten Kopf, grau und verwesend. Im Tod hatte sich die Oberlippe zurückgezogen und gab den Blick auf den vorstehenden Schneidezahn von Melbrid Tooth frei, der wie der Stoßzahn eines Walrosses hervorragte.

»Wir waren erfolgreich«, kündigte Sigurd an. Einar vermochte nicht zu sagen, ob der schreckliche Gestank, den er verströmte, von dem Kopf stammte oder von dem geronnenen Blut, das an seinen Kleidern und den Kleidern seiner Männer klebte. Seine Augen leuchteten seltsam, ebenso die Augen einiger seiner Leute. Einar erinnerte sich an eine Geschichte, die Alfrith während einer langen Winternacht erzählt hatte, über eine Gruppe untoter Seeleute, die versuchten, weitere Männer für ihre grausige Mannschaft zu gewinnen. Die Erzählung hatte Einar jahrelang Albträume beschert.

Dann grinste Sigurd und war wieder Einars freundlicher Onkel, egal wie grauenhaft seine Trophäe sein mochte. »Mehr als erfolgreich. Ich bin einem Feind begegnet, der uns viel Unrecht zugefügt hat, und habe ihn ausgelöscht.«

Sigurds Männer begannen zu jubeln, und die Rufe gingen in einen Gesang über: »Sigurd der Mächtige! Sigurd der Mächtige!« Sigurd errötete und grinste wieder. Er hielt den Kopf hoch in die Luft, dann ließ er ihn wieder neben sein Bein sinken.

»Willkommen!«, begrüßte ihn Einar mit echter Wärme. Er fragte sich, was sein Vater denken würde, wenn er hörte, dass man Sigurd denselben Beinamen gab wie ihm. »Der Mächtige« – so wurden nur wenige Männer ernsthaft genannt. Sigurd musste eine großartige Schlacht gekämpft haben.

»Ich habe das mitgebracht, damit du siehst, dass er wirklich tot ist«, erklärte Sigurd. »Melbrid Tooth ist einer der Gründe, warum dein Bruder gefallen ist.«

»Vater«, rief Sigurds Sohn Olaf, »wann wirst du dieses Ding verbrennen?« Olaf sah sauberer aus als die anderen, obwohl seine Wangen von einem hektischen Rosa waren, das Einar beunruhigte.

Sigurd schwenkte die Trophäe in Richtung seines Sohnes, der mit den Händen eine abwehrende Bewegung machte. Zusammengelaufenes Blut und Verwesung hatten die Ränder, an denen der Hals abgetrennt worden war, schwarz gefärbt.

»Nach dem Essen«, erwiderte Sigurd. »Ich habe mehr als nur diesen Kopf mitgebracht, wenngleich ich froh bin, ihn zu haben. Ich habe jedoch auch viele Säcke Getreide dabei und große Käselaibe von schottischen Mönchen. Niemand hier wird diesen Winter Hunger leiden!«

Die Männer der Orkneyinseln, die zur Begrüßung von Sigurds Schiff gekommen waren, jubelten.

Wie er es gesagt hatte, ließ Sigurd den Kopf während seines Willkommensmahls neben sich sitzen, und er brachte einen Trinkspruch auf seinen gefallenen Feind aus und flößte ihm einen Schluck aus seinem Kelch ein. Sigurd erzählte von der Schlacht – nicht besonders gut, aber ausführlich, und als er den Kopf als Requisite für seine Erzählung benutzte, jubelten die Männer. Einar dachte nach wie vor, dass seine Augen seltsam aussahen, ein wenig glasig, noch bevor er von dem starken Bier der Orkneyinseln betrunken war; doch vielleicht war er lediglich müde von der Reise.

Als Sigurd sich umdrehte, um den Kopf wieder abzulegen, deutete Freydis, die seinen Kelch wieder gefüllt hatte, auf sein Bein und fragte: »Bist du im Kampf verwundet worden?«

Sigurd stand auf und zeigte den Riss in seiner Hose, den Freydis bemerkt hatte. »Es ist nur eine kleine Wunde – ich glaube, der Zahn von diesem Kerl hat sie mir beigebracht!« Er hielt erneut Melbrids Kopf in die Höhe und zog den Mund nach oben, um seinen berühmten Zahn zu entblößen. »Vielleicht hat er versucht, sich zu rächen!«

• • •

Als Einar sich am Abend zu Freydis ins Bett legte, sagte sie zu ihm: »Ich habe die Wunde an Sigurds Hüfte heute untersucht.«

»Diesen Kratzer?«, fragte Einar. »Das ist doch nichts.«

»Es ist nicht nichts«, erwiderte sie. »Es wird ihn wahrscheinlich töten.«

»Haben dir deine alten Frauen das gesagt?«, fragte er.

»Nein, der Geruch sagt mir das. Er hat eine Infektion, und die Wunde ist zu weit oben am Bein, um es abzunehmen, selbst wenn er bereit wäre, das Risiko einzugehen. Er wird sterben, bald.«

Freydis wusch die Wunde am nächsten Tag mehrere Male mit Wein aus, doch tags darauf war sein gesamtes Bein rot und geschwollen, und die Streifen der Blutvergiftung erstreckten sich nach oben in die Leistenbeuge und über seinen Bauch. Er schrie auf vor Schmerz, wenn ihn jemand berührte. Ein schmaler roter Faden zog sich bis zu seinem Nabel hinauf. Wäre da nicht die schwärende Wunde gewesen, hätte man es für einen einfachen Kratzer halten können. Vielleicht während des Liebesspiels beigebracht. Doch Sigurd würde niemals wieder eine Frau lieben.

»Einar, bitte töte mich«, bat er. »Lass mich nicht so sterben.«

Einar versprach, ihm zu helfen, obgleich ihm allein der Anblick der Wunde Übelkeit verursachte, und er ging zu Freydis, um mit ihr zu sprechen, während sie in der Küche Kräuter zerstieß.

»Kannst du nichts für ihn tun?«, fragte er. »Muss er so sterben, wie ein Feigling?«

»Ich kann ihm einen leichten Tod schenken«, antwortete Freydis und wies auf das Pulver in ihrem Mörser, »doch nur du kannst ihm helfen, wie ein Krieger zu sterben. Du musst ihn fragen, was er will.«

Freydis brachte Olaf in die Kammer, damit er seinem Vater Lebewohl sagen konnte, dann geleitete sie den Jungen wieder hinaus, beide hatten tränenüberströmte Gesichter. Einar stand vor Sigurds Kammer und umfasste seinen Dolch.

»Du kannst einen anderen seiner Männer bitten, das für ihn zu tun«, sagte Freydis. »Man liebt ihn. Jemand anders außer dir wird bereit sein, ihn nach Walhalla zu bringen.«

»Nein«, antwortete Einar. »Ich sollte das tun. Ich kann das für ihn tun, selbst wenn ich ihn im Stich gelassen habe.«

»Warum hast du ihn im Stich gelassen?«, wollte Freydis wissen.

»Ich hätte mit ihm nach Schottland gehen sollen.«

»Er hat dich gebeten hierzubleiben.« Sie schüttelte den Kopf. »Dies ist der seltsamste aller Tode, so seltsam, dass er von den Göttern vorbestimmt worden sein muss. Du hättest das nicht verhindern können, selbst wenn du dort gewesen wärest.«

Er glaubte ihr nicht und umfasste seinen Dolch fester.

»Lege ihn für einen Moment beiseite«, bat sie. Sie zog seine Hand an ihren Hals, an die Stelle, bei der sie jedes Mal ein angenehmer Schauer durchrieselte, wenn er sie dort küsste. »Hier ist eine große Schlagader. Wenn du ihm einen angenehmen Tod bereiten willst, schneide ihm nicht die Kehle durch, um ihm beim Ersticken zuzusehen. Durchtrenne diese Ader, und er wird innerhalb kurzer Zeit verbluten.«

»Du hast dich viel damit beschäftigt«, sagte Einar. »Woher weißt du, wie man einen Mann tötet?«

»Ich hatte Lehrmeister, für Gutes wie für Böses. Ich habe gesehen, wie Hallbjorn einen von Aldis Männern getötet hat, indem er ihm die Kehle durchschnitt, und so geht es schneller.« Sie drückte seine Finger gegen ihren Hals, und er spürte den Herzschlag dort. »Nun geh und sprich mit ihm«, sagte sie.

Noch nie zuvor hatte Einar etwas weniger tun wollen. Zumindest hatte Freydis Sigurd Kräuter gegen die Schmerzen gegeben, um ihn näher an den Tod zu bringen. Sie konnte ihm nach wie vor einen friedlichen Tod schenken, wenn er das wollte.

»Deine Frau ist geschickt«, sagte Sigurd. »Ich fühle mich nun klarer im Kopf.« Er drehte sich in seinem Bett um, und ein Hauch vom Geruch seiner Wunde wehte zu Einar herüber.

»Sie wollte, dass ich dich frage, ob du durch ihre Kräuter sterben möchtest oder den Tod eines Kriegers vorziehst«, erwiderte Einar und versuchte, nicht zurückzuweichen.

Sigurds Augen füllten sich mit Tränen. »Sie ist geschickt, aber sie kann mich nicht heilen«, sagte er. »Das habe ich mir gedacht.«

»Nein, das kann sie nicht«, antwortete Einar. Er stand schweigend neben Sigurd. Sein Gesicht war grau und schweißnass, sein blondes Haar sah aus wie dürres Wintergras.

»Ich habe Melbrid Tooth getötet«, sagte Sigurd. »Meine Männer – sie haben mich ›der Mächtige‹ genannt. Erzähle das deinem Vater.«

»Er hat mich verstoßen«, sagte Einar.

»Er liebt dich«, entgegnete Sigurd. »Sag es ihm.«

»Das werde ich«, versprach Einar. »Er liebt dich auch.«

Sigurd lächelte gebrochen. »Er hat nie viel von mir gehalten«, meinte er.

»Doch, hat er«, erwiderte Einar. »Genug, um dir die Orkneyinseln zu geben.«

»Und sieh, was ich daraus gemacht habe«, antwortete er. »Zumindest werde ich hier sterben.«

Eine Woge des Schmerzes erfasste ihn, und er fluchte, schlug mit den Händen in die Luft und ergriff dann Einars Hand. »Gib mir mein Schwert, und dann töte mich. Ich möchte in Odins Halle der Krieger kommen. Vielleicht werde ich Ivar dort wiedersehen.«

Nun begann Einar zu weinen – diese Inseln würden das Leben seines Onkels fordern, wie sie das seines Bruders gefordert hatten. Wie viele würde er noch sterben sehen müssen, bevor er selbst Frieden fand?

Er legte Sigurds Schwert in seine Hand, obwohl jener es kaum halten konnte. »Lass mich wissen, wenn du bereit bist«, sagte er.

»Mein Sohn Olaf«, erwiderte Sigurd. »Kümmere dich um ihn, bis er bereit ist, Fürst zu sein.«

»Das werde ich«, versprach Einar.

Sigurd seufzte tief. »Was für eine dumme Art zu sterben«, sagte er, mehr zu sich selbst. Einar hatte Angst, ihn irgendwo zu berühren, um ihm nicht noch mehr Pein zu bereiten, doch er strich Sigurd das durchnässte Haar von der Stirn. Sigurd schloss die Augen, und Einar hoffte, er würde nun sterben, ohne dass er einen Schlag führte. Doch dann öffnete Sigurd die Augen wieder und sah zu Einar auf. »Tu es!«, sagte er. »Ich bin bereit.«

Kapitel 39

Ragnvalds Reise den Geirangerfjord hinauf dauerte ganze fünf Tage, und an jedem Tag schien Ivars Geist ihm näher zu sein. Er war einst mit seinen Söhnen in einem kleinen Boot an einigen dieser Wasserfälle vorbeigesegelt und hatte ihnen das Antlitz des Kriegers in der Felswand gezeigt, wo er als junger Mann beinahe ertrunken war, nachdem Solvi ihm das Gesicht aufgeschlitzt und ihn in den Fjord geworfen hatte. Ivar würde niemals älter werden, als Ragnvald gewesen war, als er dort in den Fluten seine Vision von Haralds Sieg als goldenem Wolf gehabt hatte.

Alle Bewohner des Hofes kamen heraus, um Ragnvald zu begrüßen, als er Tafjord erreichte. Die Menge stand am Strand und jubelte, obwohl Ragnvald auch eine gewisse Unsicherheit spürte. Überall sah er Ivar, in den Schultern des einfachen jungen Mannes, der mithalf, das Boot durch den Sumpf am Ende des Fjordes hochzuziehen, in Hildas dichtem braunem Haar, das von derselben Farbe wie Ivars war, und in seinen kleinen Söhnen von Alfrith, die beide die dunklen Augen Ivars hatten. Hilda wusste noch nicht, was geschehen war, und Ragnvald wagte es kaum, ihrem Blick zu begegnen. Zumindest hatte er seinen Skalden bei sich, der das Geschehene umfassend berichten konnte, doch er schuldete Hilda die Worte aus seinem eigenen Mund.

»Ich danke euch für diesen Empfang«, sagte er zu den Versammelten. »Ich komme mit guten, aber auch mit schlechten Nachrichten. König Harald war auf den Orkneyinseln erfolgreich und hat diese Inseln für Norwegen erobert. Mein Stiefbruder Sigurd herrscht nun dort. Harald und seine Söhne werden wiederkommen, sobald sie die Rebellen von ihren Stützpunkten in Schottland verdrängt haben. Sie werden sicherlich siegreich sein und mit Schiffen randvoll mit Schätzen nach Norwegen zurückkehren.«

Er hätte mit den schlechten Nachrichten beginnen und danach mit den guten fortfahren sollen, doch er wusste, dass, sobald er von Ivars Tod berichtete, er nichts mehr würde sagen können. »Es sind jedoch einige gute Männer eines tapferen Todes gestorben«, sagte er. »Mein Stiefbruder Hallbjorn und« – er holte tief Luft, da seine Kehle sich zuzuschnüren drohte – »mein eigener Sohn Ivar.«

Ein Aufschrei der Bestürzung ging durch die Menge, denn Ivar war bei allen beliebt gewesen, ein gut aussehender Junge mit einem sonnigen Gemüt, der zu einem fröhlichen jungen Mann herangewachsen war. Ragnvald wies auf seinen Skalden, der ankündigte, dass er die gesamte Geschichte an diesem Abend berichten würde. Hilda öffnete ihre Arme und begrüßte und tröstete Ragnvald, wie sie es seit Rollis Ächtung nicht mehr getan hatte. Sie sah ebenso fassungslos aus, wie er sich gefühlt hatte, als er die Nachricht von Svanhild erfahren hatte, zu gelähmt, um zu weinen.

Schließlich ließ er Hilda los. Sie ging neben ihm und fasste ihn am Ellbogen, damit sie ihn, falls nötig, stützen konnte. Sie kamen an Alfrith vorbei, die Ragnvald mit ihren tiefen dunklen Augen anblickte, die stets zu viel sahen, bevor sie ihren Kopf zum Gruß neigte. Sie würde ihm alles vergeben, doch sie würde ihn zwingen, die beschämenden Entscheidungen zu sehen, die er getroffen hatte, entweder unmittelbar oder auch erst dann, wenn sie sich in Träume verwandelten, die zu begreifen er ihre Weisheit benötigte.

Ragnvalds Kundschafter entlang des Fjordes hatten dem Hof seine Ankunft angekündigt, daher hatte Hilda ein reichhaltiges Willkommensmahl vorbereitet. Er brachte einen Trinkspruch aus, um die Großzügigkeit seines Hofs und die Treue der Krieger zu preisen, die zurückgeblieben waren. Er selbst vernahm die Worte kaum, die er sprach, und leerte anschließend sein Glas Bier in einem Zug. Das nächste trank er langsam, doch nach den ersten Gängen des Mahls, als sein Skalde sich anschickte, die Geschichte des Krieges zu erzählen, begann er viel zu trinken. Sein jüngeres Ich hätte diesen alten Mann verachtet, der so voller Scham und Angst war und jegliche Selbstbeherrschung verloren hatte. Doch dieser junge Mann hatte noch keinen Sohn begraben müssen.

Ragnvald lauschte dem Bericht über die Schlacht, über Ivars Tapferkeit, als er mit seinen Männern auf eines der Lockschiffe ging, wie die Götter der See nach ihm verlangt hatten, er sich ihnen jedoch entzogen hatte und stattdessen mit dem Schwert in der Hand gestorben war. Er erzählte nicht von Ragnvalds letztem Streit mit Einar. Ivar hätte es zutiefst missbilligt, dass Ragnvald Einar zurückgelassen hatte. Doch nun war er nicht mehr da, um für seinen Bruder einzutreten.

Als Ragnvald Hilda das letzte Mal gesehen hatte, war sie von Wut erfüllt gewesen und hatte jünger ausgesehen als die Jahre zuvor. Nun, da sie von Ivars Tod erfahren hatte, wirkte sie wieder alt; die silbernen Strähnen in ihrem dicken Zopf waren deutlich zu sehen, ihr Gesicht düster und müde. Als der Dichter geendet hatte, nahm sie neben Ragnvalds Stuhl Platz.

»Wo ist Einar?«, fragte sie leise. »Er kann mich ein wenig über den Tod Ivars hinwegtrösten.« Sie und Einar hatten während der letzten Lebensjahre ihres Vaters eine enge Bindung entwickelt, als er sie beide das Gesetz gelehrt hatte, das er von seinem eigenen Vater gelernt hatte.

»Er ist mit Sigurd auf den Orkneyinseln geblieben«, erwiderte Ragnvald.

Hilda kniff die Augen zu. »Er wollte nicht mit dir zurückkehren? Mit seinem Vater? Oder zu mir kommen? Ich hätte ihn für einen besseren Sohn gehalten.«

Ragnvald knirschte mit den Zähnen. »Er hat seinen Bruder nicht vor dem Tod bewahrt, daher ist er nicht der Sohn, für den ich ihn gehalten habe.«

»War es seine Schuld?«, wollte Hilda wissen.

»Er hat einen Schwur geleistet, seinen Bruder zu beschützen, und er hat ihn gebrochen«, entgegnete Ragnvald. »Mehr gibt es dazu nicht zu sagen.«

Er hörte, dass die Erzählung über die Schlacht weiterging, und nahm aus dem Augenwinkel wahr, wie Hilda sich aufrichtete, als Rollis Name erwähnt wurde. »Du hast mir nicht gesagt, dass Rolli dabei war«, sagte sie. Ihre Stimme klang wie ein Fels, der über rauen Boden geschleift wird, stockend und kratzig.

»Er ist mit Solvi gekommen«, erwiderte Ragnvald.

Hilda schien ihn nicht zu hören. »Wenn die Kämpfe auf den Orkneyinseln etwas Gutes gebracht haben, dann ist es sicherlich Rollis Rückkehr. Warum ist er nicht mit dir gekommen?«

»Er hat sich mit Haralds ältestem Feind zusammengetan«, antwortete Ragnvald. »Wir können ihm nicht erlauben zurückzukehren.«

»Also hast du auf dieser Reise drei Söhne verloren«, flüsterte sie leise, »zwei von ihnen völlig sinnlos, nur durch deinen Stolz und deine Torheit.«

Vielleicht würde sie den wahren Grund für seine Entscheidung verstehen können, nämlich dass Rolli sicherer war, wenn er getrennt von ihm lebte, fern von dem schlimmen Schicksal, das ihm bestimmt war, doch er fand keine Worte mehr, daher ließ er sich noch mehr Bier bringen und trank so viel davon, dass es ihn nicht mehr kümmerte, was sie dachte.

• • •

In den Tagen nach seiner Rückkehr spürte er oft Thorirs Blicke auf sich und hörte Thorirs Namen in den Gesprächen der Bediensteten, die stets verstummten, wenn er sich näherte. Sie hatten gute Gründe, über ihn zu reden, da er eines Tages ihr Herrscher sein würde.

Thorir verbrachte die Zeit damit, sich mit Ragnvalds Kriegern im Kampf zu messen. Als Ragnvald einmal fragte, wo er sei, sagte ihm sein Verwalter, dass er sich ein Pferd genommen habe, um hinaus zu den umliegenden Höfen zu reiten und zu sehen, wie es ihnen während des Sommers mit den Feldern erging. Thorir hatte von allen Söhnen Ragnvalds schon immer das meiste politische Geschick gehabt und sich am besten den Gegebenheiten der Zeit anpassen können. Nun war eine Zeit der Trauer, und Thorir beherzigte dies und erfüllte dennoch die Pflichten eines möglichen Nachfolgers.

In dem Jahr nachdem sie aus Jütland zurückgekehrt waren, hatte er seine jugendliche Unbeholfenheit verloren, und sein Bart begann schöner zu sprießen, ein gleichmäßiger Pelz von warmem Braun oberhalb seines Kiefers, auch wenn es noch ein paar Jahre dauern würde, bis er nicht mehr wie die Möchtegernbehaarung eines unsicheren Jungen wirken würde. Er blickte stets ernst drein, wenn Ragnvald ihn sah, auch wenn seine Gefährten lachten. Ragnvald traute seinem perfekten Auftreten nicht so ganz, doch genau diese Fähigkeit würde ihm im Land von Haralds Söhnen von Nutzen sein, die allesamt Schmeicheleien liebten.

Einen Monat nach Ragnvalds Rückkehr kam ein Pferdehändler auf dem Landweg nach Tafjord und brachte einen schönen Hengst und eine Stute als Geschenke für Ragnvald mit, zusammen mit einer Einladung, das Julfest mit Harald in Nidaros zu feiern. Nachdem man dem Händler Bier und einen Platz zum Ausruhen angeboten hatte, sagte Ragnvald zu Thorir, der den Gast zusammen mit ihm empfangen hatte: »Der Hengst gehört dir, wenn du ihn möchtest. Lass uns ein Stück reiten.«

Sie folgten dem Pfad, der nach oben aus dem Kessel herausführte, den die Felswände und Hügel rund um Tafjord bildeten, bis hinauf zu dem Bergkamm, von dem aus man den Geirangerfjord überblickte. Sie ritten schweigend, nur das Atmen der Pferde war zu vernehmen und das Seufzen der Kiefernnadeln unter ihren Füßen, das in das Knirschen von Stein überging, als sie den Felskamm erreichten. Der gesamte Fjord erstreckte sich zu ihren Füßen. Einer von Ragnvalds Spähern hatte hier seinen Ausguck, markiert durch einen Steinring und einen dunklen Fleck Erde.

»Es ist ein Segen, dass du hiergeblieben bist, um dich um deine Mutter zu kümmern«, sagte Ragnvald, während sie auf das saphirblaue Wasser hinabblickten.

Thorir nickte, gab jedoch keine Antwort. Im Sonnenlicht erschienen die Felder im Tal grün und gelb gestreift. Beim Anblick dieser Schönheit hatte Ragnvald einen Augenblick lang das Gefühl, als könnte er tatsächlich nach dem Tod Ivars weiterleben, obwohl ihm allein der Gedanke Schmerz und Schuldgefühle bereitete.

»Was ist der Sinn von alldem?«, fragte Ragnvald laut, nicht damit rechnend, dass Thorir darauf eine Antwort haben würde.

»Es ist Schicksal, nehme ich an«, erwiderte Thorir. »Der Lebensfaden eines Menschen ist bemessen, und die Nornen wissen, wo sie ihn enden lassen.«

Diese Kunst, Ragnvalds Gedanken zu erahnen und Antworten zu geben, erinnerte ihn einen Augenblick lang an Oddi. »Das sagen Seher und Priester«, gab er zurück.

Eine Kraft veränderte jedoch die Momente dazwischen. Ragnvald blickte hinunter auf die Biegung des Fjords namens Solskel, den Schauplatz der größten Wagnisse, die er für Harald auf sich genommen hatte, und seiner größten Triumphe.

»Was hat Einar getan?«, fragte Thorir leise. »Damit ich seine Fehler vermeiden kann.«

Ragnvald überkam eine Woge des Entsetzens und der Scham, so stark, dass sie ihm einen Moment lang die Sicht nahm. Thorir verdiente einen besseren Vater als den gebrochenen Mann, der einen seiner Söhne so grausam von sich abgetrennt hatte wie Haralds Henker die Hände und Füße nach der Schlacht von Solskel. Ragnvald hatte das Leichenhaus, in dem das Urteil vollstreckt worden war, niederbrennen und die Asche in den Boden harken lassen. Sumpfgras überwucherte nun die Erde dort, der Ort war ausgelöscht, doch die Tat und ihre Auswirkungen würden es niemals sein.

»Er war niemals mein Erbe«, sagte Ragnvald. »Nicht wie Ivar es gewesen ist und wie du es nun bist. Du brauchst dich nicht zu sorgen.«

»Aber was hat er getan?«, fragte Thorir traurig. »Ich habe gehört, der Grund war, dass er Ivar nicht beschützt hat, doch Einar hat ihn gerächt, und das Leben eines Mannes ist vorbestimmt. Ivars Leben war zu Ende, das musste so sein. Ich trauere über Ivars Tod, doch es war sein Schicksal, dort zu sterben – wie hätte Einar das ändern können?«

Ragnvald betete im Stillen, dass Thorir niemals den Schmerz würde fühlen müssen, seinen erstgeborenen Sohn zu verlieren, doch sollte dies geschehen, würde er vielleicht eines Tages verstehen, was Ragnvald empfand. »Ich kann es dir nicht erklären«, sagte er. Einars Verhältnis mit Gyda hatte Ragnvald bereits einmal das Gefühl vermittelt, dass er ihm nicht vertrauen konnte, und Ivars Tod ein zweites Mal. Wenn er Einar auf Abstand hielt, musste er sich keine Sorgen machen, dass dies ein drittes Mal geschehen würde. »Doch zu seiner eigenen Sicherheit und der unserer Familie muss er im Exil bleiben. Stelle mir keine Fragen mehr dazu, und hab keine Angst in Bezug auf dich selbst. Du bist mein Sohn und Erbe. Du wirst in Møre herrschen, wenn ich einmal nicht mehr bin.«

Wäre Einar bei ihm gewesen, hätte er als Nächstes über Halfdan gesprochen, über seine Angst, dass Halfdan einen weiteren Aufstand gegen seinen Vater plante und im Zuge dessen Ragnvald und seine Söhne töten würde. Doch in Thorirs Blick lagen Ehrfurcht und Angst – er war noch nicht alt genug, um glauben zu können, dass auch sein Vater Zweifel haben könnte.

• • •

Zu Ragnvalds Überraschung war Hilda einverstanden gewesen, mit ihm zu Haralds Julfest-Feierlichkeiten zu kommen, und während sie all die Dinge einpackte, die sie auf der Reise benötigen würden, hatte er sich beinahe so gefühlt wie während der guten Jahre mit ihr. Als er eine Haarsträhne aus ihrem Kopftuch herausrutschen sah, steckte er sie, einer plötzlichen Regung folgend, wieder zurück, nahm ihre Hand und küsste sie.

»Wofür war das?«, fragte sie.

»Danke, dass du mit mir kommst«, sagte er. »Ich weiß, du

magst Harald nicht besonders und gehst auch nicht gern von zu Hause weg.«

»Ich gehe nicht wegen dir«, entgegnete sie, »sondern weil ich weiß, dass du nicht genug tun wirst, um für Rollis Zukunft vorzusorgen. Deshalb komme ich mit und tue für ihn, was ich kann. Es wird nicht viel sein. Ich kenne die politischen Gegebenheiten am Hof nicht so gut wie du.«

Ragnvald schluckte die heftig aufkeimenden Schuldgefühle hinunter. Vielleicht hätte er Harald gestatten sollen, Rolli zu vergeben – dann müsste er nun diese Schlacht nicht sowohl zu Hause als auch mit Haralds Söhnen kämpfen. Doch Rolli war nicht Thorir, der an seinem eigenen Erfolg arbeitete. Er war besser dran, wenn er weit wegblieb.

Als sie in Nidaros ankamen, gestaltete es sich für Ragnvald schwierig, für seine Schiffe zwischen den vielen anderen entlang der Küste einen Platz zu finden. Während der vergangenen Jahre war Nidaros aufgrund von Haralds langer Abwesenheit heruntergekommen, doch nun sah Ragnvald, dass alle Häuser der Handwerker und die großen Hallen zum Wohnen und Trinken, die das Stadtbild beherrschten, instand gesetzt worden waren.

Einige Freunde lösten sich aus der Menge und kamen ihm entgegen, um ihn willkommen zu heißen: Oddi, der noch dicker geworden war, und Heming, dessen blondes Haar mit jedem Jahr grauer wurde. Jetzt, da er König war, kleidete er sich einfacher als damals als junger Mann, den man Heming den Pfau genannt hatte. Er begrüßte Ragnvald herzlich.

Ein Stück entfernt standen Frauen – Ehefrauen, Töchter und Königinnen – in zwei Reihen vor der Tür der Halle und jubelten, als Ragnvald ankam, glücklich, ihn zu sehen, allerdings mehr wegen dem, weswegen er gekommen war, als wegen seiner Person. Wenn er Harald das Haar abschnitt, würde Harald die Eroberungszüge aufgeben und Norwegen in Frieden regieren. Alle sehnten sich nach diesem Tag.

Er ging an Asa vorbei, die inzwischen jünger aussah als ihr Bruder Heming. Er erspähte Vigdis in der Menge, Vigdis, die sich mit Augen voller Gift von ihm abwandte. Er sah Gyda in der Nähe des Eingangs, die auf ihn zukam, um mit ihm zu sprechen. Sie hielt ein Baby mit goldenem Haar in den Armen und trug ein cremefarbenes und blaues Kleid, das ihre bleiche Haut wie die heißeste Flamme des Schmieds und ihr Haar wie geschmolzenes Gold leuchten ließ.

»König Ragnvald«, sagte sie. Sie nahm seine Umarmung an, obgleich er es vermied, dass ihre Wangen sich berührten, aus Angst, ihre Haut könnte vor Kälte brennen. »Es tut mir leid wegen deines Verlusts«, fügte sie hinzu.

»Sprich nicht mit mir über meinen Sohn«, entgegnete Ragnvald.

»Ich hatte gehofft, du würdest mir etwas von« – sie schluckte – »deinem Sohn Einar berichten. Ich habe gehört, dass er auf den Orkneyinseln verwundet wurde, und bislang ist er nicht zurückgekehrt.«

»Hast du sonst noch etwas gehört?«

»Nur ein paar Gerüchte«, antwortete Gyda. »Ich habe gehört, dass er nicht nach Norwegen zurückkehren wollte, um nicht dein Missfallen zu erregen.«

»Und hast du deswegen das Gespräch mit mir gesucht, um darüber zu verhandeln?«, wollte Ragnvald wissen.

»Ich möchte nur das Beste für ihn und dachte, er sei jetzt dein Erbe. Aber so wird es nun nicht sein. Dennoch hast du immer noch Macht über mich«, sagte sie. »Ich möchte wissen, ob du sie ausüben wirst.«

»Du meinst, ich werde seine Züge im Gesicht deines Sohnes erkennen, wenn er älter wird«, antwortete Ragnvald.

Gyda blickte bekümmert drein und wandte sich dem Kind in ihren Armen zu. »Glaubst du nicht, es ist besser für ihn, einer von Haralds Söhnen zu sein?«, fragte sie. »Auch wenn ich geschieden bin? Es fühlt sich dennoch fast so an, als wäre ich verheiratet oder verlobt. Ich erkenne keinen Unterschied.«

»Wenn du Harald hintergehst, wirst du auch jetzt noch dafür sterben«, entgegnete Ragnvald. »Aber ja, es ist besser für ihn, einer von Haralds Söhnen zu sein. Das Schicksal ist ihnen wohler gesinnt.«

Er wollte ihr die Schuld dafür geben, dass seinem Verhältnis zu Einar ein Riss zugefügt worden war, doch das hatte er selbst getan, seit Einars Geburt. Er hatte Einar niemals so vertraut wie Ivar, da Einar aus unzuverlässigen Verhältnissen stammte. »Und jetzt lass mich in Ruhe, Frau.«

»Das will ich tun«, antwortete Gyda, »doch wenn du mich brauchst oder es irgendeinen Dienst gibt, den ich dir erweisen kann, so gehört er dir.«

»Warum?«, fragte Ragnvald ungehalten. »Dein Geheimnis würde mir ebenso viel Schaden zufügen wie dir, wenn es bekannt würde.«

»Ich glaube, das stimmt nicht«, erwiderte Gyda. »Frauen leiden immer mehr.«

Die Sanftheit ihrer Worte erzürnte ihn. Svanhild war geflohen, unversehrt und ungestraft, zurück in die Arme ihrer ersten Liebe, während Ivar gestorben und Einar fürs Leben entstellt worden war. Gydas einzige Wunden waren die, welche die Zeit ihr zufügte; sie hatte Einar beigelegen und würde niemals dafür bestraft werden.

»Es stimmt sehr wohl«, sagte Ragnvald und wandte sich ab.

»Wirst du mit Harald brechen?«, erkundigte sich Gyda unvermittelt. »Alle fragen sich das.«

Ragnvald wirbelte herum. »Was?«

»Sie sagen, er hat dich bis zum Äußersten gereizt, dich brüskiert, indem er sich von deiner Schwester scheiden ließ und das Land deiner Vorfahren eingenommen hat, und nun hat er dich mit Geschenken überhäuft, die du abgelehnt hast. Du kommst unter Zwang hierher.«

»Halfdan erzählt Märchen«, entgegnete Ragnvald. »Ich bin hierhergekommen, weil ich kein anderes Ziel hatte.«

• • •

Zum Julfest wurden traditionell neue Eide abgeleistet, nachdem man an den Tagen zuvor die Verpflichtungen für die bisherigen gelöst hatte. Am Abend hielt Harald ein Festmahl und führte dann eine Prozession zum Opferhain. Dort kündigte er an, was alle bereits wussten: Ragnvald würde ihm das Haar schneiden, und Harald würde seinen Schwur, ganz Norwegen zu erobern, für erfüllt erklären.

Ragnvald zog sein schönstes Gewand an und bat Hilda, dasselbe zu tun. Er schickte Hilda zum Fest, als Halfdan kam und Ragnvald von der Prozession trennte.

»Das ist deine letzte Chance«, sagte Halfdan leise. »Schneide meinem Vater die Kehle durch und erkläre mich zum König. Andernfalls wirst du nicht mehr lange leben.«

»Du weißt, dass ich das nicht tun werde«, erwiderte Ragnvald, gegen seinen Willen erschrocken darüber, dass Halfdan diese Worte so unumwunden aussprach.

»Ich werde dich töten, wenn du es nicht tust«, entgegnete Halfdan.

»Dein Vater wird dich bestrafen, wenn du das tust«, sagte Ragnvald müde.

»Trotzdem wirst du dann tot sein.«

»Also sind wir wieder einmal in einer festgefahrenen Lage«, erwiderte Ragnvald. »Vielleicht sollten wir einfach lernen, in Frieden zu leben.«

»Nein«, sagte Halfdan. »Mein Vater wird mich bestrafen, aber er wird mir vergeben. Und du wirst in deiner Halle lebendig verbrannt werden wie ein Feigling, ebenso wie das ganze Gift, dass du ihm über mich in die Ohren gießt.«

Ragnvald erschauerte. Sein Stiefvater Olaf hatte die Halle seines Vaters niedergebrannt; er selbst hatte König Vemund von Naustdal auf Haralds Geheiß hin verbrannt und nach wie vor Albträume deswegen. Er hatte stets gedacht, dass er, falls er nicht in der Schlacht sterben würde, ertrinken und endlich zur Göttin Ran gehen würde, die sein Leben schon so lange für sich forderte. Würde sie ihn finden können, wenn er im Feuer umkam?

»Soll ich aus dem Raum kommen mit Haralds Kopf in der Hand?«, fragte Ragnvald. »Soll ich jeden Eid brechen, den ich jemals geschworen habe? Geh mir aus dem Weg, Halfdan Verräter! Ich bin es nicht, der zwischen dir und deinen Träumen steht. Das ist deine eigene Torheit.«

Er stieß Halfdan beseite und ging in die Halle. Er vernahm kaum die Worte, die Harald und sein Onkel Guthorm mit der zittrigen Stimme eines alten Mannes sprachen, als sie von den Kämpfen und Schlachten erzählten, durch die Harald zum König geworden war – von den Schlachten von Vestfold, Solskel und Hafrsfjord sowie von Haralds Schwur und Gydas Stolz. Er hörte, dass von Zeit zu Zeit sein eigener Name fiel, und erhob sich auf Zuruf, wenn man ihm zujubelte, und die ganze Zeit umfasste er das Heft seines Dolches, dessen Klinge perfekt scharf geschliffen war.

Ronhild hatte gesagt, er würde, wenn er Harald folgte, alles aufgeben, was ihm lieb war, zuletzt sein Leben. Und nun wusste er, dass dies geschehen würde. Ronhild hatte prophezeit, dass Harald wie ein Baum sein würde, dessen Zweige sich über ganz Norwegen und darüber hinaus ausbreiteten, dass ihm jedoch einer dieser Zweige nach dem Leben trachten würde.

Schließlich stand Harald auf, nachdem er zuvor dagesessen und zugehört hatte, während sein Hauptsänger ein neues Lied über seine Siege vortrug, und sagte: »Es ist Zeit. Ihr alle könnt das Mahl zu euch nehmen, doch ich werde erst essen, wenn mein treuester Freund und Verbündeter, König Ragnvald von Møre, Ragnvald der Weise, Ragnvald der Mächtige, mein Haar geschnitten hat.«

Die Gespräche im Raum verstummten sogleich. Ragnvald sah nicht zu Halfdan hinüber, der bei Vigdis und Guthorm saß, doch er spürte ihre Blicke auf sich ruhen.

»Das ist eine zu große Ehre für mich«, sagte Ragnvald. Er hatte diesen Moment herbeigesehnt und war bereit gewesen, Haralds langes, wirres Haar mit seinem Dolch zu schneiden, an einem weitaus glücklicheren Tag als diesem.

Harald lachte. »Nun komm schon, du hast mir in jeder gemeinsam geschlagenen Schlacht zum Sieg verholfen. Die Opfer, die du für mich gebracht hast, sind zu zahlreich, um sie aufzuzählen, und zu groß, um jemals zurückgezahlt zu werden, obwohl ich für den Rest meines Lebens versuchen werde, dies zu tun«, erklärte er. »Und nun erweise mir diesen Gefallen, als Zeichen unserer unzerbrechlichen Freundschaft, nur ein kleiner Tropfen Ehre in dem gewaltigen Gefäß, das ich für dich füllen muss. Wenn ich zurückkehre, werdet ihr mich kahl geschoren sehen, und ich werde alle meine treuen Gefolgsmänner mit goldenen Geschenken entlohnen.«

»Nicht dein Haar!«, rief jemand laut.

»Dieses Glück ist euch nicht beschieden«, entgegnete Harald. Er bedeutete Ragnvald, ihm in einen kleinen Vorraum zu folgen.

»Ich beglückwünsche dich, mein König«, sagte Ragnvald.

»Ohne dich hätte ich das nicht vollbringen können«, erwiderte Harald.

»Vielleicht nicht, doch du hättest statt meiner jemand anders gefunden, und ich wäre ohne dich nicht der, der ich heute bin«, antwortete Ragnvald. Ob gut oder schlecht, das war die Wahrheit.

Sie umarmten einander, dann nahm Harald auf dem Hocker Platz, den man für ihn vorbereitet hatte. Ragnvald zog seinen Dolch. »Bevor ich dies tue, solltest du wissen, dass dein Sohn Halfdan nach wie vor Intrigen gegen dich spinnt. Er möchte, dass ich dir jetzt die Kehle durchschneide und ihn zum König von Norwegen erkläre.«

»Er bereitet mir großen Kummer«, antwortete Harald. »Ich weiß nicht, was ich mit ihm machen soll.«

»Ihn wird nichts aufhalten, außer du ächtest ihn«, gab Ragnvald zurück. »Du warst bereit, einen meiner Söhne zu ächten. Zweimal. Du kannst dasselbe mit deinen Söhnen tun.«

»Noch hat Halfdan keinen Mord begangen«, erwiderte Harald. »Rolli schon. Bei Halfdan waren es bislang nur Worte.«

»Also willst du warten, bis er dich tötet?«, fragte Ragnvald. »Oder mich?«

»Nein«, gab Harald zurück. »Ich werde ihn fortschicken. Oder ihn die dänischen Wikinger von den Shetlandinseln vertreiben lassen. Das wird ihn eine Weile beschäftigen.«

Die Nähe zu Sigurd und Einar auf den Orkneyinseln beunruhigte Ragnvald. Doch vielleicht würde Einar einen Weg finden,

Halfdan am Ende doch noch zu töten. »Das ist eine gute Entscheidung«, sagte Ragnvald. »Soll ich nun dein Haar schneiden?«

Harald blickte nach wie vor bekümmert drein. »Mein Onkel und meine Söhne erzählen mir unaufhörlich, dass du den Aufstand probst, dass du den Wunsch hegst, selbst über Norwegen zu herrschen.«

»Nicht wieder diese Geschichte!«, rief Ragnvald. »Das ist nicht wahr. Ich will Norwegen nicht beherrschen. Ich wünschte, du würdest es endlich tun!«

»Was willst du damit sagen?« Harald wirkte verblüfft.

»Glaubst du, dein Königreich hätte überlebt, wenn ich ein Jahr im Bett irgendeiner finnischen Frau verbracht hätte?«, fragte Ragnvald. »Kümmert es dich überhaupt, wie nahe du daran warst, Hordaland zu verlieren, deine legendäre aufständische Königin? Weißt du, was ich für dein Königreich aufgegeben habe? Meine Leute, meine Schwester, meinen Sohn und mein Land, wohingegen du keinen Preis zahlst und dir lediglich Sorgen machst, weil du die wilde Haarpracht deiner Jugend veränderst?«

Harald erhob sich und blickte auf ihn herab, wie es Halfdan zuvor vor der Halle getan hatte. »Du wirst nicht müde, deine Verluste zu beklagen«, sagte er. »Und dennoch gibt es keinen Mann in Norwegen, der nicht gern an deiner Stelle wäre.«

»Dann hast du ein Königreich voller Narren«, erwiderte Ragnvald.

Harald seufzte und ließ sich schwer auf den Hocker zurücksinken. »Was willst du? Möchtest du, dass ich dir Sogn zurückgebe?«

Halfdan würde seinem Leben umso eher ein Ende bereiten, wenn er Ja sagte. Zumindest damit hatte er recht gehabt. Ragnvald hatte zu viel Land beherrscht. Und ohne Ivar ... Ragnvald presste die Kiefer zusammen, um die Tränen zurückzuhalten.

»Mein Sohn Thorir – lass ihn Møre behalten und teile es unter seinen Söhnen auf, nicht unter deinen«, sagte Ragnvald. »Verbringe ein Jahr so, wie ich die letzten fünfzehn verbracht habe: Schließe Bündnisse, lege Streitigkeiten bei, schaffe Frieden unter deinen verfeindeten Königen. Mache Pläne für deine Söhne, nicht nur für Halfdan, Herausforderungen, denen sie sich stellen und bei denen sie Erfolg haben können.«

»Und was wirst du tun?«, fragte Harald.

»Thorir unterweisen, ihn zu einem König machen, der es wert ist, meine Nachfolge anzutreten. Alt werden und in nicht allzu weiter Ferne mein Schwert niederlegen.«

»Und wenn ich all deine Forderungen erfülle?«

»Dann werde ich dein Haar schneiden.«

»Dann tu es«, erwiderte Harald. Er lächelte Ragnvald zu, dasselbe echte und gewinnende Lächeln, das er als Junge gehabt hatte, als er von seinen Eroberungen träumte. »Wenn ich danach kahl rasiert und immer noch am Leben bin, werden alle sehen, dass du mir ergeben bist und ich nach wie vor ein würdiger König bin, weil du mir die Treue gehalten hast.«

Harald sprach weiter, während Ragnvald sich ans Werk machte, von seinen Träumen für seine Söhne, seiner Traurigkeit darüber, dass er sich von seinen Ehefrauen hatte scheiden lassen müssen, jenen Frauen, die ihn unterstützt hatten und deren Brüder und Väter seine Gefährten gewesen waren. Ragnvald war froh, zunächst die einfachere Aufgabe erledigen zu können, denn seine Hände zitterten, während er mit der Schere, die man zu diesem Zweck in dem Raum hinterlegt hatte, durch die dichten Locken schnitt, die fast wie Seile anmuteten. Er musste das Haar beinahe bis zur Kopfhaut abschneiden, um alle Verfilzungen zu entfernen. Dann stutzte er das verbleibende Haar auf eine einheitliche Länge, wodurch die schöne, gleichmäßige Form von Haralds Haupt sichtbar wurde.

»Nun deinen Bart«, sagte Ragnvald. Er schnitt diesen zunächst ebenfalls mit der Schere, doch schließlich kam der Augenblick, wo er die Klinge an Haralds Hals setzen musste. Seine Hände zitterten wieder.

»Ich vertraue dir«, sagte Harald. Er blickte Ragnvald direkt ins Gesicht, seine Augen waren blau und strahlend.

»Du hattest niemals Grund, das nicht zu tun«, entgegnete Ragnvald und begann, ihn zu rasieren.

Harald kratzte sich an seinem kurz geschnittenen Bart und seinem geschorenen Kopf, als sie in die Halle zurückkehrten. Ein Jubelschrei ging durch die Menge, angefangen von dem Sänger Hornklofe und sogleich aufgegriffen von Haralds Sohn Dagfinn, dann Oddi, Heming und vielen anderen, die Stimmen von Männern und Frauen, die ihren König begrüßten:

»Harald Schönhaar! Harald Schönhaar! König Harald, lang möge er regieren!«

Ragnvald spürte, wie Halfdan ihn mit seinen Blicken durchbohrte, doch er hatte nur Augen für seinen König, für den er so viel geopfert hatte und dem er noch mehr opfern musste.

Kapitel 40

Freydis hatte gar nicht bemerkt, wie viel Zeit sie bis zu Sigurds Tod damit verbracht hatte, ihn zu pflegen. Erst als sie von dieser Last befreit war, stellte sie fest, dass die Hälfte der Männer, die er aus Schottland zurückgebracht hatte, an hohem Fieber und Erkältung erkrankt war. Einige Bewohner und Bewohnerinnen wurden ebenfalls krank, aber innerhalb von ein paar Wochen erholten sich die meisten, während viele von Sigurds Gefolgsleuten starben. Sein Sohn Olaf, geschwächt von der Trauer, lag mit einem Fieber darnieder. Seine Krankheit war anfangs weniger schwer als die der anderen, aber im Laufe der Zeit, als es ihm nicht besser ging, machte sich Freydis immer mehr Sorgen um ihn.

Einar war mit einem großen Blutfleck an seinen Kleidern und im Gesicht an Sigurds Seite zurückgekehrt, und jeder Tropfen war immer noch scharf gezeichnet. Er setzte sich schwerfällig auf ihr Bett. Freydis nahm einen ihrer Lumpen und wusch ihm das Gesicht. Als er sauber war, nahm Freydis sein Hemd von ihm, um es zu waschen, und er stand auf und sagte: »Ich werde seinen Körper zu deinen alten Frauen bringen, um ihn aufzubahren. Er war Jarl von Orkney, ganz gleich, ob nur für kurze Zeit. Sein Leichnam wird hier in einem Grabhügel bestattet.«

»Hat er noch irgendetwas gesagt?«, fragte Freydis.

»Er hat mich gebeten, Olaf zu beschützen, bis er erwachsen ist und nach ihm Jarl werden kann«, erwiderte Einar. »Und das werde ich tun.«

Sie begruben Sigurd neben Ivar, mit etwas von dem Gold, das er auf seinem Raubzug erbeutet hatte, und dazu die Asche von Melbrids Kopf, als Beweis für seine Kühnheit.

Olaf Sigurdsson war geflohen, als er Sigurd beim Begräbnis gesehen hatte, und weigerte sich, ihm nahe zu kommen, bis ihn die Krankheit auf seiner Pritsche festhielt und er Einar nicht mehr entkommen konnte. Er erlitt Fieberträume und konnte nach dem Begräbnis tagelang nichts essen. Dasselbe Fieber fesselte auch Einar eine Woche lang an sein Lager, wo er es ausschlief und schwach und abgemagert daraus hervorging.

Die Herbststürme verwandelten sich in Winterstürme, sie kamen aus dem Dunkel und brachten Treibschnee mit und Wellen, die fast bis an den Felsrand heraufreichten. Der Wind fühlte sich an wie ein eisiges Messer, wann immer Freydis hinausging. Olafs Freunde unter den jungen Männern von Orkney kamen an sein Lager, um ihm zu erzählen, wie sie ihre Tapferkeit unter Beweis gestellt hatten, indem sie sich dorthin stellten, wo die Wellen gegen die Felsen anbrandeten, und dann schnell zurückrannten, gerade wenn sie über den oberen Rand schlugen.

Zwischen den Stürmen kamen Familien zu Besuch, immer ein paar auf einmal, um einige Tage in der Halle zu verbringen und die Vorräte aufzuteilen. Obwohl die äußeren Siedlungen weniger von Haralds Plünderungen betroffen waren, hatte Einar sie gut ausgestattet, und als Freydis das Winterwetter und die stürmische See sah, die sie trennte, war sie froh darüber.

Freydis machte sich immer mehr Sorgen um Olaf, als die anderen sich erholten und er nicht. Einige Kinder waren bereits gestorben, zusammen mit einigen der Älteren, obwohl die alten Frauen Sigga und Runa im dunklen Winter anscheinend stärker wurden. Thordis schrie diese ganze Zeit über lautstark nach ihrer Milch und zeigte nie auch nur einen Augenblick Anzeichen von Krankheit. Mit ihren neun Monaten begann sie, Laute zu bilden, die Freydis an Wörter erinnerten, und wenn Freydis sie absetzte, dann rollte sie sich im Schilf herum, ganz gleich, wie schlammig es war.

Freydis wandte bei Olaf jedes Heilmittel an, das sie kannte, und als sie versagten, suchte sie Sigga und Runa auf, um sie um Hilfe zu bitten. Ihre Hütte war voller dichtem schwarzem Rauch vom Verbrennen des schlecht getrockneten Torfs.

»Es ist lange her, dass du uns besucht hast«, sagte Sigga. »Du hast die Loyalität der Inselbewohner, die du für deinen Mann gewollt hast, und jetzt lässt du uns im Stich?«

»Ich hatte vor, euch zum Julfest zu besuchen«, erwiderte Freydis. »Bei den Opferzeremonien zur Wiederkehr des Lichts.«

»Ich erinnere mich daran, als wir damals an diesem Tag einen Menschen opferten«, erzählte Sigga. »Unsere Priester haben ihn geopfert, aber dann kamen die Christen, die Nordmänner. Ich hätte gedacht, dass ihr Seeräuber noch den Mut dazu habt, aber ich habe es noch nie erlebt.«

Freydis verzog das Gesicht angesichts ihres Blutdursts. Alfrith hatte sie gelehrt, dass man Männer und Frauen nur in Zeiten größter Not opfern sollte. Öfter erwählten sich die Götter und Göttinnen ihre eigenen Opfer – in der Schlacht, durch Krankheit und bei Geburten.

»Diesmal werdet ihr kein Menschenopfer brauchen«, versicherte Runa, die in einem Topf über dem Feuer rührte und vom Rauch halb verhüllt war. »Dieser Junge wird am Julfest sterben und das Licht zurückbringen.« Freydis wünschte sich, sie könnte von diesen Worten überrascht sein. Sie hatte immer gewusst, dass Olaf sterben musste, damit Einar ein Jarl werden konnte, aber sie hatte gehofft, der Grund dafür würde nicht der sein, dass sie als Heilerin versagt hatte.

• • •

Wie Runa prophezeit hatte, starb Olaf am Julfest. Der Boden war noch nicht genug aufgetaut, um ihn neben seinem Vater zu bestatten, daher versammelte sich die Siedlung Grimbister, um an einem kurzen und regnerischen Tag einen weiteren Jarl zu Grabe zu tragen, bevor sie eine Ziege und ein Lamm zum Julfest opferten, um das Licht zurückzubringen.

Die Seuche hielt noch einige Wintermonate an und raffte meistens die ganz Jungen und die ganz Alten dahin. Eine junge Mutter auf dem Festland starb nach einer schwierigen Geburt und ließ ihren neugeborenen Sohn mit einem trauernden Vater zurück, der eines Nachts aus dem eiskalten Regen heraus in Thorsteins Halle auftauchte und Freydis verzweifelt um Hilfe bat.

»Man sagt, du seist eine Heilerin«, meinte er, »ich weiß nicht mehr, was ich tun soll.«

Freydis nahm ihm das Kind ab und wickelte es aus seinen nassen Windeln. »Du brauchst keine Heilerin, sondern eine Amme. Ich werde ihn jetzt füttern, und dann sehen wir, wen wir finden können.«

Thordis aß jetzt etwas Getreidebrei, musste aber noch immer gestillt werden, daher hatte Freydis Milch für dieses Kind. Er war fast zu schwach, um an der Brust zu saugen, und Einar runzelte die Stirn, als er Freydis neben dem Vater mit hochgezogener Tunika dasitzen sah und ihm Freydis erklärte, was sie da tat.

»Ziemt es sich, dass du für jeden einfachen Bauern mit einem Kind deine Brust entblößest?«, fragte er sie später am Abend, als sie zusammen im Bett lagen. Er war seit dem Tod Sigurds ruhig und missmutig geworden, und Freydis fürchtete, was Olafs Tod für ihn bedeuten würde.

»Du stichst Torf, ich stille Säuglinge, und zusammen sind wir hier willkommen«, sagte sie.

»Es dauert nicht mehr lange«, entgegnete Einar mit harter Stimme. »Ich muss nach Norwegen zurückkehren und meinem Vater mitteilen, dass Sigurd und sein Sohn tot sind. Dann werde ich Orkney Halfdan oder Thorir oder jemand anders geben.«

»Sicher muss er das erfahren«, erwiderte Freydis. »Aber kannst du keinen Boten schicken?«

»Nein«, entgegnete Einar. »Sigurd hat mich gebeten, zuerst für ihn zu bleiben und dann für seinen Sohn. Ich habe keinen Grund mehr, weiter hierzubleiben.«

»Die Bewohner von Orkney würden dich zum Jarl wählen, wenn du sie danach fragst«, sagte Freydis.

»Das ist das Land meines Vaters. Ich werde ihn nicht nochmals verraten, indem ich ihm die Inseln wegnehme.«

»Verraten!«, wiederholte Freydis und setzte sich gerade hin, sodass sie auf ihn hinunterblicken konnte. Die Schatten verbargen die vernarbte Seite seines Gesichts, und der Lampenschein ließ seine Haut und sein Haar so aussehen, als wären sie aus geschmolzenem Gold. »Dir wurde geweissagt, dass du Jarl werden würdest, und dein Vater hat dich viel mehr verraten, als du es je mit ihm tun könntest.«

»Wenn ich Jarl bin, dann sind mein Bruder Sigurd und Olaf beide dafür gestorben, dass ich es werden konnte. Das kann ich nicht annehmen«, erwiderte Einar.

»Es wird bald Frühling«, sagte sie. »Du könntest mit einem Händler eine Nachricht schicken und müsstest dann nicht selber gehen.«

Einar presste die Kiefer zusammen. »Wenn ich wüsste, was mein Vater will ...« Er wandte den Blick von ihr ab.

»Und was mache ich hier, während du nach Norwegen reist?«, fragte Freydis. »Was sollen die Inseln ohne dich machen?«

»Sie sind viele Jahre lang ohne mich zurechtgekommen«, erwiderte Einar. »Ich weiß nicht, wohin ich als Nächstes hingeschickt werde. Kannst du dir vorstellen, wieder auf hoher See zu reisen? Wirst du mich begleiten?«

Jetzt musste Freydis den Blick abwenden. Sie wollte sagen, dass sie ihn überallhin begleiten würde, wohin er sie bitte, aber obwohl Thordis stark war, wollte Freydis ihre Gesundheit nicht auf weiteren Seereisen gefährden. »Es ist an der Zeit, dass du dir das nimmst, was du willst«, sagte sie und versuchte ruhig zu bleiben. »Geh zu Harald, geh zu deinem Vater und bitte um Orkney. Du bist der Torf-Einar. Du gehörst hierher.«

»Und du?«

»Ich bleibe hier und gebe dir einen Grund, hierher zurückzukommen.

»Freydis ...«, sagte er und strich ihr über die Wange. Er wandte sich um, und jetzt konnte sie nur noch seine Narbe sehen, die lange, gezackte Furche, das fehlende Auge. Seinen Vater hatte man den Halbertrunkenen genannt, und auch Einar lebte jetzt halb in der Welt der Lebenden und halb im Schattenreich.

»Bitte um Orkney – wenn nicht für dich, dann für mich«, bat Freydis. »Versprich mir das. Sag mir, dass du das tun wirst.«

»Ich verspreche es«, erwiderte Einar.

• • •

Das Wetter begünstigte Einar bei seiner Überfahrt nach Tafjord. Nur zwei Wochen nachdem er Freydis zum Abschied geküsst hatte, fuhr sein Schiff in den Geirangerfjord ein, aber es brauchte weitere vier Tage Segeln und Rudern, um Tafjord am anderen Ende zu erreichen. Es schien, als würde der Himmel grauer, als das Schiff näher kam, während die Wände des Fjords immer höher aufragten, und Einar wurde unsicher, wie man ihn willkommen heißen würde.

Er sah viele Erinnerungen im Fjord, bei den Orten, wo er und Ivar das Segeln, Jagen, Fischen und Reiten gelernt hatten. Er döste auf einer Ruderbank ein, und wachte auf von unausgesprochenen Vorwürfen gegenüber einem Vater, der ihn zurückgewiesen und getadelt hatte. Schlimmer noch waren die Träume, in denen sein Vater ihn umarmte und sie dann gemeinsam trauerten. Einar wachte mit tränenüberströmtem Gesicht auf und wusste, sie würden ihn immer wieder heimsuchen.

Hilda, Alfrith und einige von Ragnvalds Kriegern versammelten sich, um Einars Schiff zu begrüßen, als er auf Tafjords sumpfigem Boden landete. Einar küsste Hildas Wangen und umarmte Thorir, und die ganze Zeit über hielt er nach seinem Vater Ausschau.

Erst als sie hinauf zur Halle gingen, tauchte Ragnvald auf. Er schien älter und schwächer als damals, voller Wut und Trauer, als Einar ihn zuletzt gesehen hatte. Jetzt war es, als stünde er im Schatten, auch wenn alle um ihn herum in der Sonne standen. Seine Haut war sehr blass und sein dunkles Haar stumpf und ungepflegt.

»Ich habe diese Gäste nicht willkommen geheißen«, sagte er.

»Ich bin in Frieden gekommen, um dir wichtige Nachrichten zu überbringen«, erklärte Einar. »Hasst du mich so sehr, dass du mir die Gastfreundschaft verweigerst?«

Hilda wandte sich mit wütendem Gesicht ihrem Mann zu. Ragnvald neigte den Kopf, als wollte er einen schweren Stein wegschieben. »Gastfreundschaft ist die Pflicht, die wir den Göttern schulden«, sagte er. »Du wirst sie genießen. Und, was sind jetzt deine Nachrichten?«

»Kann er nicht wenigstens hereinkommen?«, fragte Hilda.

»Ich sage es dir so«, erklärte Einar. »Sigurd und sein Sohn sind beide tot.« Einar berichtete seinem Vater von Sigurds großer Schlacht, und dem Tod und der Krankheit, die folgten.

»Wenn die Götter dich als Herrscher sehen, dann bewahren sie sein Volk vor Schaden«, erwiderte Ragnvald.

Hörte die Feindseligkeit seines Vaters denn nie auf? Einar hatte die Nachricht überbracht, wegen der er hergekommen war – jetzt konnte er abreisen. Er würde zu Harald gehen, da sein Vater ihn immer nur noch weiter verletzen wollte. Harald würde wahrscheinlich die Orkneys einem seiner Söhne geben, aber er hatte Freydis versprochen, er würde ihn zumindest darum bitten.

»Sigurd war dort Jarl«, warf Einar ein.

»Du bist es, der ihn hat sterben lassen«, erwiderte Ragnvald.

»Wenn du mich für so mächtig hältst, dass ich den Tod jedes Mannes in meiner Nähe bewirken kann, dann solltest du mich über die Orkneys herrschen lassen.« Er hatte nicht beabsichtigt, so darum zu bitten, und sicher nicht, sobald er eingetroffen war.

»Das könnte ich tun«, sagte Ragnvald. »Es ist keiner mehr übrig, den ich liebe und den du dort töten kannst.«

»Komm herein und ruh dich aus«, bat Hilda verzweifelt. »Du kannst ein Bad nehmen und essen, und dann bin ich sicher, dass ihr Männer noch einmal eingehender darüber sprechen solltet.«

Einar spürte ein Prickeln zwischen den Schulterblättern, als könnte er zwischen ihnen ein Messer finden, wenn er nicht auf der Hut wäre. Das war sicher keine Fehleinschätzung, aber es wäre ein Messer aus Worten, die nur seinen Geist treffen würden.

• • •

Hilda setzte Einar bei diesem Abendessen weit weg von seinem Vater. Bauern aus Møre füllten die Halle, alle mit den üblichen Klageliedern übereinander, über Nagetiere, schlechtes Wetter oder über zu viel Sonne oder zu wenig Regen. Einar beobachtete, wie sein Vater ihnen allen zuhörte, Rat gab, wo es notwendig war, und kleinere Streitigkeiten schlichtete. Er schien noch immer ein geborener König zu sein, ohne Selbstzweifel, selbst wenn sein Kummer seine Stimme hohl klingen ließ.

Am nächsten Morgen wanderte Einar hinauf zum Wasserfall über der Halle, wo er wusste, dass sein Vater dort gerne hinging, selbst wenn er noch halb gefroren war, um seine Hände in das kühle Wasser zu tauchen und ein Gebet zu den Geistern dieses Ortes zu sprechen. Er wartete, bis das Ritual beendet war und Ragnvald sich zum Gehen gewandt hatte, zurück zur Halle, bevor er aus seinem versteckten Platz zwischen zwei Bäumen heraustrat.

Das Gesicht seines Vaters zeigte einen Augenblick Hoffnung, bevor es wieder Verschlossenheit ausstrahlte. Einar kannte dieses Gefühl – er hatte es jeden Morgen beim Aufwachen verspürt, wenn er vergessen hatte, dass Ivar nicht mehr am Leben war. Er kannte auch, was sein Vater gesehen hatte: Ivars Geist neben ihm.

»Ich sehe ihn auch überall«, sagte Einar ruhig.

Sein Vater blickte ihn an, und Einars Herz schlug ihm bis zum Hals. »Du musst gehen«, sagte er. »Halfdan jagt mich, und er wird jeden töten, den er hier vorfindet.«

»Du solltest ihm Orkney geben, als Lösegeld«, erwiderte Einar. Freydis würde das verstehen.«

»Das wird nichts nützen«, entgegnete Ragnvald. »Er kommt wegen mir oder wegen seines Vaters. Mein Tod ist die einzige

Möglichkeit, dass Harald die Gefahr erkennt, die er darstellt. Es ist besser, wenn ich dir die Orkneys gebe.«

»Damit ich sie wieder verliere, wenn ich deinen Tod räche?«, fragte Einar.

»Mein Tod wird Thorir ein Königreich erkaufen und dir diese Inseln«, erklärte Ragnvald. »Wirf das nicht weg.«

»Vater«, sagte Einar, obwohl er sich geschworen hatte, dass er ihn nie mehr so nennen wollte. »Ich hätte lieber kein Königreich, und du würdest weiterleben.«

Ragnvald sah ihn an und schüttelte den Kopf. Er schenkte Einar einen Blick, aus dem einen Moment lang jede Feindschaft zwischen ihnen gewichen war, und brachte Einar in die Zeit zurück, wo er dachte, er könnte die Gedanken seines Vaters lesen und alle seine Bitten vorhersehen. Er fühlte eine neue Welle der Sehnsucht, wieder die rechte Hand seines Vaters zu sein, so wie er einst geschworen hatte, das für Ivar zu sein. Er würde sogar Thorir dienen, wenn er das Erbe antreten würde, solange er hierbleiben und sich wieder nützlich fühlen könnte.

»Halfdan will meine Königreiche, und er will Harald beerben, oder gar nichts«, erklärte Ragnvald.

»Hat Harald in dieser Sache auch etwas zu sagen?«, fragte Einar.

»Nicht genug«, erwiderte Ragnvald.

»Dann sitzest du also hier und wartest auf deinen Tod. Wenn du dich nicht um dein eigenes Leben sorgst, wie steht es dann um das Leben deiner Söhne? Und was ist mit Hilda und Alfrith?«

Ragnvald seufzte. »Ich bin vielen würdigeren Gegnern gegenübergestanden. Ich wünschte, ich hätte stattdessen mein Ende von einem ihrer Schwerter entgegengenommen. Aber das ist nun mal mein *wyrd.*«

»Lass mich hierbleiben und dich beschützen«, erwiderte Einar sanft. »Ich werde das nicht zulassen.«

»Du?«, fragte Ragnvald erstaunt. Einar stählte sich gegen das, was sein Vater als Nächstes sagen würde, Anschuldigungen, dass Einar keinen beschützen konnte, der seiner Obhut übergeben war, also könnte er auch niemals seinen Vater beschützen, aber stattdessen ließ sein Vater die Schultern sinken. »Nein. Ich kann jetzt Platz machen für einen meiner Söhne in diesem Norwegen, das ich begründet habe, aber mehr nicht. Geh zurück auf die Orkneyinseln und herrsche dort, mein Sohn. Ich will dich hier an diesen Gestaden nicht mehr sehen.«

Einar wollte noch etwas sagen, seinen Vater umarmen, mit ihm zusammen trauern, wie sie es eigentlich tun sollten, aber der Blick, den Ragnvald ihm zuwarf, war wieder kalt. Er folgte ihm zurück zur Halle von Tafjord und machte sich auf die Suche nach Thorir. Wenn sein Vater keinen Grund sah, dann würde das vielleicht sein Bruder tun.

Thorir stand am Strand und blickte auf den Fjord hinaus – er hielt womöglich Ausschau nach Halfdans Schiffen.

»Er ist so, seit er Haralds Haar geschnitten hat«, meinte Thorir.

»Seit dem Tod unseres Bruders Ivar«, entgegnete Einar. »Er will nicht mehr leben.«

»Nein«, widersprach Thorir. »So ist es nicht.« Er berührte seinen Bart und sah dabei sehr jung aus.

»Doch«, beharrte Einar. »Gehe nicht mit ihm in den Tod. Komm mit mir auf die Orkneys oder gehe nach Island zu Svanhild. Dort gibt es einen Platz für dich. Lass auch nicht deine Mutter oder Alfrith hier mit ihm zusammen sterben.«

Thorir schüttelte nur den Kopf, und Einar war froh, dass er Alfrith und Hilda auf sie zukommen sah, Hilda, groß und stark, und

Alfrith schmal und wie aus einer anderen Welt. »Wollt ihr, dass ich hierbleibe?«, fragte Einar verzweifelt. »Oder wollt ihr mit mir kommen?«

»Hab keine Angst«, beschwichtigte ihn Alfrith. »Das ist Schicksal.«

»Wie könnt ihr das alles einfach so akzeptieren?«, schrie Einar.

»Es ist Schicksal«, wiederholte Alfrith.

»Kann ich denn gar nichts tun?«, fragte Einar. »Ich werde sterben, um euch vor Halfdan zu beschützen, wenn ich das tun muss.«

»Dann wirst du auch sterben«, entgegnete Alfrith. »Geh und lebe weiter, um ihn zu rächen.«

»Edle Hilda«, sagte Einar, »auch du bist klug. Was wünschst du dir, dass ich tun soll?«

»Pass auf meinen Sohn Rolli auf, wenn du ihn siehst«, erwiderte Hilda. Sie umarmte ihn herzlich. »Ich bin froh, dass ich dir noch einmal Lebewohl sagen kann. Du bist ebenso ein Sohn für mich gewesen, als hätte ich dich selber geboren, und ich segne dich dafür.«

Kapitel 41

Ragnvald brachte es nicht über sich, sich von Einar zu verabschieden, also ging er und besprach sich mit seinem Verwalter, während Einar ablegte. Er kam wieder aus dem Lagerhaus heraus und sah dem Schiff nach, das den Fjord hinuntersegelte, bis die Frühjahrsnebel es noch vor der ersten Kehre im Fjord verbargen.

In den Tagen darauf setzte das Tauwetter ernsthaft ein, schmolz die Wasserfälle mal stückweise, mal in einem lärmendem Krachen, das Ragnvald mitten in der Nacht weckte. Er drehte sich im Bett um und sah, dass Hilda ebenfalls wach dalag. »Geh zu deinen Schwestern in die Berge«, sagte er. »Nimm Alfrith mit dir.«

»Sollte sie nicht eher zu ihren Söhnen gehen?«, fragte Hilda.

»Es ist mir egal, wohin sie geht, Hauptsache, sie ist in Sicherheit«, erwiderte er.

»Und ich will, dass du in Sicherheit bist«, sagte Hilda.

»Ich dachte, du hasst mich wegen Rolli«, erwiderte Ragnvald.

»Dafür werde ich dir für immer gram sein«, sagte Hilda. »Ich werde niemals aufhören, über die Familie, die wir einst waren, zu trauern. Aber ich will nicht, dass du stirbst.«

»Dann sag mir, wie ich Halfdan entkommen kann«, bat Ragnvald. Er wollte eigentlich zornig klingen, aber er fühlte sich wie ein kleiner Junge, der von seiner Mutter hören will, dass alles wieder gut wird. »Wie kann ich ihm entkommen, ohne alles aufzugeben, was ich mir erschaffen habe?«

Hilda lehnte den Kopf an seine Schulter. »Wenn du es nicht kannst und deine weise Alfrith es nicht kann ... wenn dein kluger Sohn es nicht kann ... dann kann ich es auch nicht.«

»Es tut mir leid, dass ich für Rolli nicht mehr getan habe«, sagte er zu ihr.

»Zumindest bleibt ihm das hier erspart«, gab Hilda widerwillig zu. »Damit muss ich mich eben zufriedengeben.«

»Ich hätte dir ein besserer Ehemann sein sollen«, fuhr er fort.

Sie küsste ihn auf die Wange, dann auf die Stirn. »Du siehst deinen Tod voraus.«

»Jeden Tag, seit ich mir den Namen der *Halbertrunkene* eingehandelt habe.«

»Dann verabschiede dich von mir, wie es eine Frau von ihrem Ehemann erwarten kann. Ich bin über das Alter hinaus, in dem ich Kinder gebären kann.«

Das war schon seit vielen Jahren nicht mehr zwischen ihnen gewesen, aber als sie noch jung waren und Söhne machen konnten, hatte er es geliebt, in ihren Armen zu liegen. Ihr großer, starker Körper wärmte ihn von den Schultern bis zu seinen Füßen, und ihr langes Haar breitete sich über ihm aus. Es war jammerschade, dass sie dies so lange nicht mehr getan hatten, obwohl es auch auf ihren Wunsch so gewesen war.

»Warum willst du nicht fliehen und dich verbergen?«, fragte sie.

»Wann würde das enden?«, fragte Ragnvald zurück. »Soll ich mein Leben lang weglaufen, mich verbergen und mein Land verlieren? Nein, nur wenn ich bleibe, kann ich Thorirs Erbe für ihn sichern und Harald vor seinen Söhnen bewahren.«

»Und du willst auch gar nicht mehr leben«, sagte Hilda.

»Mein Todestag ist mir schon vorbestimmt«, erwiderte Ragnvald, »so wie allen Menschen.« So wie es auch Ivar vorbestimmt gewesen sein musste. Zumindest würde er ihn bald wiedersehen.

• • •

Obwohl er in Erwartung des Todes lebte, genoss Ragnvald den Frühling, die knospenden Bäume, die milden Brisen auf der Haut. Er genoss es, mit anzusehen, wie Thorir mit jedem Tag größer und erwachsener wurde und sich zu einem Mann entwickelte, der seines Erbes würdig war.

Aber es war selbstsüchtig, ihn hier noch länger zu halten. Einen Monat vor Mittsommer befahl er Thorir, Alfrith und Hilda wegzubringen.

»Vater«, protestierte Thorir, »wir müssen kämpfen oder alle zusammen fliehen. Das hier ist doch der reine Wahnsinn.«

»Ich habe meine Entscheidung getroffen«, sagte Ragnvald.

Hilda schüttelte den Kopf. »Ich gehe nicht mit. Nimm Alfrith.«

Ragnvald sah bittend zu Alfrith hinüber. »Unsere Söhne werden ihre Mutter brauchen«, meinte er. Wenn Alfrith bereit war zu gehen, dann würde Thorir ebenfalls gehen, und seine anderen Söhne wären dann auch in Sicherheit.

Alfrith nickte. Sie näherte sich Ragnvald und küsste ihn mit einem Kuss, der nach ihren Tränen schmeckte, dann trat sie zurück. »Lebe wohl«, sagte sie. »Irgendwann sehen wir uns wieder, und sei es in den Tälern der Unterwelt.«

Hilda schickte die meisten ihrer Dienerschaft zu ihren Familien zurück, da war die Halle plötzlich still und leer. Sie verbrachte die frühen Stunden des Tages in der Küche und ging nachmittags nach draußen, um in der Sonne zu weben, während Ragnvald im

Garten Unkraut jätete. Er fragte sich, ob ihr Leben wohl so ausgesehen hätte, wenn er Harald nie gefolgt wäre, nie in den Krieg gezogen wäre: nur die einfache, alltägliche Arbeit der Menschen, die sich um Haus und Hof kümmerten.

Als Mittsommer immer näher rückte, begann Ragnvald sich zu fragen, ob Halfdan überhaupt kommen würde. Vielleicht hatte Harald ihn unter Kontrolle bekommen und so bestraft, wie er es verdiente. Vielleicht hatte er auch den Mut zur Rebellion verloren.

Hilda und er feierten das Mittsommerfest zusammen mit ein paar Bauern der Umgebung. Sie tranken Starkbier und verbrachten die Nacht damit, still zusammen unter dem dichten Blau des Himmels zu sitzen, das kaum einen Stern aufblitzen ließ. In Ragnvalds Kopf drehte sich alles nach dem vielen Bier.

Am nächsten Tag blieben sie lange im Bett mit einem dicken Kopf. Hilda erhob sich im Lauf des Vormittags und brachte Ragnvald ein wenig Leichtbier, um seinen Magen zu beruhigen. Er stand zum Mittagessen auf, konnte am Nachmittag aber kaum die nötige Energie aufbringen, im Garten wenigstens ein paar frühe Gemüse zu ernten.

Die Sonne war schon hinter den Steilküsten des Fjords untergegangen, und Ragnvald war im Haus für das Abendessen, als ein Klopfen an der großen Eichentür der Halle zu hören war, das nur eines bedeuten konnte. Sie mussten sich durch den Wald genähert haben, statt den Fjord hinaufzusegeln und so Gefahr zu laufen, von Ragnvalds Spähern gesichtet zu werden.

Ihm war zugleich heiß und kalt, wie immer vor einer Schlacht. Sein Körper wollte kämpfen, obwohl er wusste, dass er dabei umkommen würde. Er wollte aber nicht ohne Rüstung und Waffen gehen. Schnell zog er sich an und legte das Schwert um.

»Wer ist da?«, fragte er durch die dicke Eichentür. Hilda hielt sich im Schatten der Halle neben ihm.

»Halfdan Haraldsson mit hundert seiner Anhänger«, kam es von draußen. »Wir haben deine Halle mit Zündholz umlegt und sind bereit, sie anzuzünden. Du hast den Tod tausendfach verdient, und nun sollst du ihn bekommen.«

»Wozu soll das gut sein?«, fragte Ragnvald. »Glaubst du, dass dich dein Vater dann mehr liebt?«

»Er wird mich wie einen König behandeln müssen, wenn ich ein Königreich habe«, sagte Halfdan.

»Ich bin bereit, mit dir zu kämpfen«, sagte Ragnvald. »Kämpfe mit mir wie ein Ehrenmann und verbrenne mich nicht wie ein Feigling. Und lasse meine Frau Hilda frei ziehen.«

»Das ist der Tod, den du verdienst, Ragnvald der Halbertrunkene«, sagte Halfdan. »Du hast König Vemund lebendig in seiner Halle verbrennen lassen – warum soll ich dir mehr Gnade erzeigen als du ihm?«

»Das war auf Befehl deines Vaters«, erwiderte Ragnvald.

»Da seht ihr's«, rief Halfdan. »Er rebelliert ganz offen gegen meinen Vater.«

»Ich habe König Vemund Gnade angeboten«, fuhr Ragnvald fort. »Ich bot ihm an, seine Frauen und Kinder ziehen zu lassen und ihn und seine Männer mit dem Schwert zu bekämpfen. Bist du ein schwächerer Mann als ich?«

Draußen war leises Stimmengemurmel zu hören.

»Schick deine Frauen heraus«, sagte Halfdan schließlich. »Ihnen soll kein Leid geschehen.«

»Schwör es«, verlangte Ragnvald.

Halfdan schwor die Eidesformel, und da seine Männer Zeugen waren, musste Ragnvald ihm wohl oder übel glauben. Er zog Hilda zu sich heran und küsste sie, dann schickte er sie durch die großen Tore der Halle hinaus.

Halfdan wartete direkt davor und hatte den Helm tief ins Gesicht gezogen. Neben ihm stand Gudrod, schlank und glänzend in seiner polierten Rüstung. Sie beide waren in ihrer Jugend einige Jahre lang Ziehsöhne Ragnvalds gewesen. Einen Augenblick lang schien alles ein großes Missverständnis zu sein, ein Bubenstreich, der zu weit gegangen war. Doch dann waren sie wieder Männer, Männer, die gekommen waren, um ihn zu töten.

Ragnvald wollte sie am liebsten überrumpeln und so herbeiführen, dass er durch Halfdans Schwert sterben würde, aber er wusste nicht, ob sie Hilda dann unbehelligt ließen, also wartete er, bis ihre hochgewachsene Gestalt von der Dunkelheit der Nacht hinter Haralds Kriegern verschluckt worden war, bevor er wieder zu sprechen begann.

»Erinnert ihr euch an die Sommer, die ihr hier verbracht habt?«, fragte er leise.

»Nun winselt der Feigling um sein Leben«, verkündete Halfdan. »Ich kann mich nur daran erinnern zu hören, wie weise und mächtig du bist und wie sich niemand mit dir messen kann. Das ist alles, woran ich mich aus meiner Kindheit erinnere.«

»Dann kämpfe mit mir«, sagte Ragnvald. »Hast du Angst vor einem alten Mann, dessen Hände sich nie von Solvis Folter erholt haben?«

»Du willst mich nur einwickeln«, erwiderte Halfdan. »Ich habe keine Angst vor dir, aber ich habe auch keine Lust, die Ewigkeit mit dir in Walhalla zu verbringen. Du stirbst durch Feuer.« Er machte eine Bewegung mit dem Kinn, und seine Männer fingen an, die großen Tore zuzuschieben.

Ragnvald stand still und ließ es geschehen, zu stolz, um sich seinen Tod durch Haralds Schwert zu ergaunern. Halfdan hatte die Halle umstellen lassen. Wenn er versuchte, durch einen der anderen Ausgänge zu fliehen, würden sie ihn wieder zurückstoßen und später herumerzählen, was für ein Feigling er gewesen war.

»Du tust mir eine große Ehre an mit solch einem riesigen Scheiterhaufen«, rief Ragnvald durch das Tor. »Ich nehme viele Edelsteine und Kisten voll Gold mit mir ins Jenseits.«

Ein wenig schämte er sich über diese Lüge – er hatte nicht viel Gold, doch er hoffte, Halfdan und seine Männer würden sich die Hände verbrennen, wenn sie in den verbrannten Balken danach suchten.

Er ging in die Küche, nahm seine edelste Flasche mit Frankenwein, aus geschliffenem Glas, verziert mit ziseliertem Silber und Edelsteinen von fränkischen Juwelieren. Dann setzte er sich an den langen Tisch, an dem er Bauern und Könige bewirtet hatte, und trank aus der Flasche. Der Wein war leicht und duftete, er schmeckte nach dem Herbst, der auf diesen Sommer folgen würde und den Ragnvald nicht mehr erleben würde.

Die Flasche war schon fast leer getrunken, bevor das Kleinholz draußen so weit brannte, dass er es durch die Ritzen zwischen den Planken der Außenwand wahrnehmen konnte. Noch länger dauerte es, bis die Planken selbst Feuer fingen, weil sie noch feucht waren von den Frühjahrsschauern. In Ragnvalds Kopf drehte sich alles vom Wein, bevor er wegen des dichten Rauchs husten musste.

Er goss sich die letzten Tropfen Wein in die Kehle und atmete tief ein, versuchte das Husten zu unterdrücken und die Lunge sich mit Rauch anfüllen lassen. So könnte er sterben, bevor ihn das Feuer erreichte. Ertrunken am Rauch. Vielleicht wäre er ohnmächtig, wenn die Flammen auf seinen Körper übergriffen. Er wünschte sich, Hilda wüsste, wie leicht das alles war. Er spürte keinen Schmerz. Vielleicht würde Alfrith es ihr sagen.

Ragnvald legte sich auf den Tisch. In der Hitze stiegen die

Gerüche vergangener Mahlzeiten daraus empor, Mahlzeiten, über die seine unerschütterliche Hilda Regie geführt hatte, die von Kräutern seiner weisen Alfrith gewürzt gewesen waren. Einar hatte hier seine Gedichte rezitiert, während Ivar applaudierte und Rolli um die Feuerstelle rannte und mit den Hunden spielte. Auch Svanhild war hier gewesen, warmherzig lächelnd und glücklich, Teil seiner Familie zu sein.

Diese Halle in Møre war nie so sehr seine Heimat gewesen wie die Halle in Sogn, doch nun schien es passend, dass seine Gebeine hier lagen, wo Thorir die Familie weiterführen würde. Die Gebeine seiner anderen Söhne würden weit verstreut in Übersee liegen und somit ein viel größeres Gebiet beanspruchen, als er sich je hätte erhoffen können.

Sein Blick wurde verschwommen. Ihm war heiß, er schwitzte, und die Luft brannte ihm in den Lungen.

Dann schien die ganze Halle Luft zu holen, und ihm wurde plötzlich kalt. Das flackernde Licht ließ ihn an Rans kalte Halle denken, in der er die Vision von Harald als goldenem Wolf gehabt hatte, der ihn glänzen ließ, um ihn dann im Feuer zu verschlingen. Er sah Harald, Halfdan und seinen Sohn Einar, alle gekrönt von rotgoldenem Haar, alles Wölfe. Und nun war es da, das Brennen, das Brennen, das er schon immer erwartet hatte. Halfdan erfüllte nur die Vorgaben der Schicksalsnornen.

Er würde in Rans Halle landen, auch wenn er in einem Flammenmeer starb. Ran hatte schon Anspruch auf ihn erhoben, als er noch kaum ein Mann war, und sie würde bekommen, was ihr zustand. Alfrith würde ihn finden. Und wohin er auch ginge, Ivar wäre da, sein wunderschöner Sohn, bei dem er versagt hatte.

Hoffentlich würde Einar nicht versuchen, ihn zu rächen.

Er schrie auf und wünschte sich, seine Familie noch ein letztes Mal zu sehen, nicht nur Rans kalte, schimmernde Halle, deren

Gold grün wurde vom träge ziehenden Meereswasser, doch das hier war sein Schicksal. Dann, durch die Wände von Rans Halle hindurch sah er Ivar, der oben auf einem baumlosen Hügel stand. Er lächelte. Zunächst dachte Ragnvald, das Lächeln gälte ihm, doch dann ging Einar hinüber und stellte sich neben Ivar, bevor sie Arm in Arm hinter dem Hügelkamm verschwanden.

»Ja, warte auf ihn«, sagte Ragnvald. Die Hitze raubte ihm die Stimme. Alles um ihn herum war Feuer. »Aber lass ihn nicht allzu bald zu dir kommen.«

Kapitel 42

Einar befand sich in Halogaland und versuchte, Hemings Krieger zu überreden, seinen Vater zu verteidigen, als ein Bote mit der Nachricht von Ragnvalds Tod eintraf. Er stach sofort in See nach Nidaros, um Bestrafung für Halfdan und Gudrod zu fordern.

Die beiden waren nicht in Nidaros, dafür aber viele andere: Harald und seine Gefolgsleute, seine Frau Ranka Eriksdatter, die sein Kind unter dem Herzen trug. Hilda, Thorir und Alfrith waren auch alle gekommen, um herauszufinden, was mit Møre geschehen sollte und mit Ragnvalds Mördern.

Einar fand nur ein kühles Willkommen in Nidaros, von allen außer seinen Verwandten. Männer vermieden häufig Trauer, als könnte das Pech, das ihn verfolgte, sie anstecken. Thorir hatte ebenfalls nur wenige Gefährten – keiner wollte mit jenen sprechen, die planen könnten, Haralds Sohn zu ermorden, ganz gleich, wie recht sie damit hatten. Er war gerade rechtzeitig eingetroffen, denn Harald hatte vor, genau an diesem Nachmittag seinen Beschluss zu verkünden, vor dem Abendessen.

»Ich betrauere den Tod meines besten Freundes, König Ragnvald von Møre, mehr, als ich sagen kann«, erklärte Harald vor seinem Hof. »Und ich fühle Trauer darüber, dass es zwei meiner Söhne waren, die diese Tat begangen haben: Halfdan und Gudrod. Es ist ein schweres Verbrechen.« Harald sah zumindest sorgenvoll aus, sein sonnengebräuntes Gesicht und sein goldenes Haar wirkten, als wären sie mit Staub bedeckt. »Sie und alle ihre Komplizen sind hiermit für einen Zeitraum von drei Jahren von Norwegen verbannt.«

Einar ballte die Fäuste – das war weniger als Rollis Urteil für den Tod von Aldis Sohn.

»Darüber hinaus«, fuhr Harald fort, »ordne ich eine Rückgabe an König Ragnvalds Sohn und seine Sippe an. Thorir Ragnvaldsson«, rief er. Thorir trat vor. »Dein Vater bat, dass du das Königreich Møre als dein Erbe erhältst. Das ist deine Entschädigung.«

Einar konnte weder seine Bewegung noch seine Stimme im Zaum halten. Er sprang auf und schrie: »Nein! Ein Erbe ist keine Rückgabe, und drei Jahre Verbannung ist keine gerechte Bestrafung für diesen Mord. Halfdan und Gudrod haben seit Jahren gegen dich rebelliert. Wenn das ihre ganze Bestrafung sein soll, dann könntest du ebenso gut jeden König in Norwegen bitten, dir ihre Kehlen für deine Wölfe von Söhnen entgegenzustrecken.«

»Wer spricht so zu mir?«, fragte Harald.

Einar trat vor, mit gestrafften Schultern und hoch erhobenem Kopf. Er hasste es, dass die Hälfte des Raums für ihn nicht sichtbar war wegen seines fehlenden Auges und dass Haralds Hof seine Schwäche und Entstellung sehen konnte. »Ich bin Einar, erstgeborener Sohn von König Ragnvald von Sogn und von Møre. Sohn von Ragnvald dem Klugen und Ragnvald dem Mächtigen. Ragnvald dem Halbertrunkenen, den dein Sohn Halfdan zum Tod durch Feuer verurteilt hat, weil er zu feige war, ihm mit dem Schwert entgegenzutreten.«

Harald sah entsetzt aus, aber dennoch sagte er ruhig: »Ragnvalds erstgeborener Sohn, aber nicht sein Erbe. Was hat Ragnvalds Erbe hierzu zu sagen?« Seine leise Stimme zwang die Versammlung, ihre Gespräche einzustellen, geübt wie immer, die

Stimmung seines Hofs zu erkennen. »Dein Vater verdient mehr als das. Was ist ein Königreich, wenn es nicht verteidigt werden kann? Wie viele Schiffe hast du?«

»Fünf jetzt, und es werden zehn sein, wenn du jene, die du zur Kriegsführung in Schottland gebraucht hast, zurückgibst«, erwiderte Thorir.

»Fünf und zehn, das macht fünfzehn«, sagte Harald lächelnd, um zu zeigen, dass er wusste, seine Zählung war falsch. »Als König Ragnvalds Wergeld mache ich sogar zwanzig daraus und bestücke sie mit bewaffneten Männern, um Møre für dich zu verteidigen, und keiner darunter ausgerüstet mit weniger als einem Schwert und einem Helm.«

Thorir schluckte ein paarmal, dann sagte er mit einer Stimme, die kaum mehr war als ein Flüstern: »Das akzeptiere ich.«

»Schwörst du auch, dass diese Rückgabe alles ist und dass du dich nicht an meinen Söhnen rächen wirst?«, fragte Harald.

»Ich schwöre es«, erwiderte Thorir.

Einar warf ihm einen giftigen Blick zu. Mit dem Tod von Ivar und seinem Vater war Thorir zu einer Erbschaft gekommen, die er nie vorher hätte erwarten können. Kein Wunder, dass sein Schweigen zum Kauf stand.

»Und was ist mit dir, Einar Ragnvaldsson?«, fragte Harald.

»Die Ruhe meines Vaters lässt sich nicht so billig erkaufen«, erwiderte Einar. »Lass meinen Bruder sich von jetzt an Thorir den Stummen nennen, da er dagegen nicht Einspruch erhoben hat.«

»Und du wirst Einar der Laute genannt?«, spottete Harald. »Ich erinnere mich, dass dein Großvater Eystein der ›Laute‹ wegen seiner Prahlerei genannt wurde. Und ich höre in deinen Worten ebenfalls Prahlerei. Dennoch verdienst du auch etwas. Der junge Thorir hat mir gesagt, dass dein Vater dir die Orkneyinseln übergab, bevor er starb. Da du überhaupt keine Erbschaft zu erwarten hattest, lass das der Anteil am Wergeld deines Vaters sein. Aber wenn du nicht schwörst, mein Urteil anzunehmen, wie es dein Vater immer getan hat, dann kann ich dich nicht in mein Königreich lassen. Geh zu den Orkneys, und wenn ich höre, dass du deinen Fuß auf norwegischen Boden setzest, dann denke ich, dass das nicht in guter Absicht geschieht, und werde entsprechend handeln.«

»Und was ist, wenn dein Sohn mich verfolgt?«, fragte Einar. »Er ist nicht hier, um dein Urteil zu erfahren. Bittest du mich, ihm meine Kehle entgegenzustrecken, wie du das bei meinem Vater getan hast?«

Haralds und Einars Blicke trafen sich einen Moment, und Einar fühlte einen Hauch von Haralds eigenem Schmerz. »Ich habe ihn nicht darum gebeten«, sagte er und wandte den Blick ab.

Doch, das hast du getan!, wollte Einar herausschreien. Aber er schluckte die Worte hinunter. Zumindest hatte Harald ihn nicht gezwungen, der Rache abzuschwören. Er segelte noch am selben Abend mit seinem Gefolge von Nidaros fort.

• • •

Als Einars Schiff sich der Bucht von Grimbister näherte, sagte der adleräugige Aban: »Irgendetwas stimmt hier nicht.«

Sie trieben noch ein paar Bootslängen weiter, und Einar sah dasselbe wie er – zu viele Schiffe befanden sich im Hafen, und darunter waren nicht einmal Handelsschiffe. Eines sah aus wie Halfdans – dasselbe, das dazu beigetragen hatte, Einar die Falle zu stellen, um die schottischen Seeräuber zu umzingeln, als er Ivar verloren hatte.

»Wo können wir an Land gehen?«, fragte Einar, halb zu sich selbst. Vielleicht könnte er zur Bucht von Scapa herumsegeln, wo er ein Köderschiff bemannt hatte und wo Ivar seinen Tod gefunden hatte. Aber Halfdan würde diesen Ort kennen.

Aban deutete auf die hohe Säule auf der Insel im Süden. »Dort liegt Hoy«, schlug er vor.

Einar erschauerte. Hoy war der Ort, an dem er neben der Leiche seines Bruders gelegen hatte, geschüttelt vom Fieber und darauf wartend, sich in den Tod flüchten zu können. Er würde lieber irgendwo anders landen. Aber der Ort lag nahe bei Grimbister. Er konnte von dort aus angreifen.

Er biss die Zähne zusammen. »Also dann, auf nach Hoy«, entschied er.

Der einzige Landeplatz war ein steiler, felsiger Grund, über dem eine grobe Halle stand, in der er gelegen hatte. Er erinnerte sich an ihre Form, erspäht durch sein geschwollenes Auge, und an ihren Geruch von Erde und Tod, Gerüche, die er nie mehr vergessen könnte.

Freydis grüßte ihn am Tor zur Halle, und Einar rannte auf sie zu und fiel vor ihr auf die Knie und umschlang ihre Taille.

»Mein Vater ist tot«, schluchzte er. Nie konnte er Tränen vergießen, ohne dass sie in seinem fehlenden Auge brannten, und der Schmerz fühlte sich an, als würde er ihn in Stücke reißen.

»Ich weiß«, erwiderte Freydis und strich ihm übers Haar. »Halfdan ist vor ein paar Wochen hergekommen. Er hat zwei der besten Milchkühe auf dem Festland für sein Gelage geschlachtet und einen Trinkspruch auf den Sieg über deinen Vater ausgebracht.«

»Wie bist du hergekommen?«, fragte Einar und sah zu ihr auf.

Freydis lächelte. »Halfdan glaubt nicht, dass eine Frau je gegen ihn rebellieren könnte. Er hat mich nicht gut genug bewacht.«

In den nächsten Tagen kamen Boten nach Hoy und berichteten, dass Halfdans Männer die Saat verzehrten, die für nächstes

Jahr gedacht war, und jeden Tag ein Tier für ihre Gelage schlachteten und die Töchter der Bewohner von Orkney als Konkubinen hielten.

Freydis berichtete von Halfdans letzten Missetaten an Einar, nachdem dieser aus einem langen, tiefen und traumlosen Schlaf erwacht war, als hätte er die trüben Länder des Todes besucht. Die Wut, die Einar so lange heruntergeschluckt hatte, fühlte sich an, als sickerte sie durch jede seiner Poren. Er war den Winter zuvor fast verhungert, um sicherzustellen, dass die Bewohner von Orkney genug zu essen hatten, und nun war das alles umsonst.

Freydis berührte ihn am Arm. »Ich glaube nicht, dass Halfdan mit den Orkney-Männern Torf stechen will«, sagte sie. »Es ist ein Wunder, dass die ihn noch nicht getötet haben.«

»Das sind Bauern«, erwiderte Einar.

»Jetzt, wo du hier in Grimbister bist, ist es an der Zeit, dass du sie um dich scharst«, sagte Freydis.

»Damit sie alle den Tod finden können?«, fragte Einar.

»Damit sie kämpfen können«, entgegnete Freydis.

Sie segelten mit einem kleinen Boot mit Aban über die Meerenge, die Hoy vom Festland trennte, und dann um die Westküste herum, bis sie die Bucht von Scapa erreichten. Falls Halfdan einen Angriff fürchtete, hätte er dort eine Wache postiert, aber Einar sah niemanden.

»Geh zurück und bringe die restlichen Männer«, sagte Freydis zu Aban. »Ich glaube, wir werden sie brauchen.«

Aban blickte zu Einar hinüber, der nickte, und dann segelte er wieder davon. Einar und Freydis kletterten den Hang hinauf, und Freydis zeigte den Weg, bis sie eine kleine, grob gezimmerte Hütte erreichten, dieselbe, in der Ivars Leichnam aufgebahrt worden war. Die Tür war jetzt fest verschlossen, und Rauch stieg aus den winzigen Lücken im Torf.

Freydis klopfte, und die größere der Alten, Runa, öffnete die Tür. Sie winkte sie herein. Einar begann sofort zu husten vom Rauch drinnen.

Runa lachte über ihn und reichte ihm ein Tuch, in das er hineinhusten konnte. »Dieses Häuschen ist schnuckelig, eh?«, meinte sie. »Keine Kälte dringt im Winter hinein, so viel kann ich dir verraten.«

»Da bin ich ganz sicher«, krächzte Einar.

Die andere Alte, die kleinere und fettere, gab jedem von ihnen ein Stück Brot mit Butter, das nach Rauch und Meer schmeckte, wie das sicher für alles in diesem Haus galt. »Gut, dass ihr hier seid«, sagte sie. »Nimm am Morgen deine Männer und marschiere gegen diese Eindringlinge, und ihr werdet sie besiegen.«

»So leicht geht das?«, fragte Einar. »Gegen die Eindringlinge marschieren?«

»Ja«, bestätigte Runa. »Wir haben auf euch gewartet. Wir alle. Was habt ihr zu verlieren?«

»Wird Freydis in Sicherheit sein, wenn ich falle?«, fragte Einar.

»Wer ist schon in Sicherheit?«, stellte Runa die Gegenfrage. »Keiner. Alle werden leiden und eines Tages oder eines anderen sterben. Dem Tod entkommt keiner.«

»Was soll ich also tun?«, fragte Einar.

»Hier schlafen.« Runa lachte über die Grimasse, die Einar zog. »Oder draußen, wenn dir das lieber ist. Und dann wirst du schon sehen.«

Einar konnte die Hütte gar nicht schnell genug verlassen. Er machte sich eine Matratze auf dem hohen Gras des Hügels, während Freydis bei den beiden Alten drinnen blieb.

Als sie am nächsten Morgen heraustrat, waren mehr von Einars Männern eingetroffen, eine jämmerliche Truppe, so schien es, nicht mehr als zwanzig. Freydis kroch unter Einars Mantel.

»Der Mond steht genau richtig dafür, um heute Nacht bei mir einen Sohn zu zeugen«, sagte sie zu ihm. »Orkney ist dein, und du solltest es ihm vererben.«

Um sie herum schliefen Einars Männer, schnarchend, oder warteten sehnsüchtig auf den Morgen. Doch Freydis war warm in seinen Armen, sie zog ihren Rock hoch, und er spürte in sich einen Hunger, der ihm zumindest bis zum Tod seines Vaters abhandengekommen war. Viele Männer waren am Vorabend einer Schlacht gerne mit einer Frau zusammen, damit sie sie daran erinnerte, dass sie noch am Leben waren und etwas hatten, für das es sich zu leben lohnte.

Er hörte einen seiner Männer lachen und einen anderen einen Witz reißen, und er sah ihre Bewegungen unter den Decken. Sollten sie lachen, dachte Einar. Sie konnten lachen und seinen Sohn necken, wenn er geboren wäre, und wenn sie Glück hatten, alt genug werden, um Einars Sohn Jarl zu nennen.

Als es hell wurde, setzte sich Einar auf und sah die schlafenden Gestalten seiner Männer, Klumpen im Gras des Hügels, zu klein und so wenige gegen Halfdans Menge an Schiffen. Das war einfach nur Dummheit.

Er blickte zu Freydis hinüber, die sich auch gerade rührte und wach wurde. Sie öffnete ihre Augen immer wie ein Kätzchen, das gerade aufwachte, und Einar fühlte eine Welle von Liebe für sie. Sie war zu kostbar, um sie in einer Schlacht zu riskieren. Sie konnten nach Island fliehen, und dort würden sie nicht verhungern.

Dann hörte Einar einen ruhigen Rhythmus, nicht lauter als seinen eigenen Herzschlag, aber regelmäßig, und danach ein leises Murmeln, wie eine Möwenkolonie aus der Ferne. Er stellte sicher, dass seine Hosen zugebunden waren, und stand auf.

Auf dem Hügel unterhalb standen Hunderte Männer und Jungen und sogar ein paar Frauen, die Äxte und grausam gebogene Torfspaten bei sich trugen. Die Armee von Orkney. Ein Mann, Thorkell, kurz und wettergegerbt vor seiner Zeit durch das raue Klima der Inseln, hatte sich als ihr Anführer ausgerufen. Er trat vor und sagte: »Wir würden alle für den Torf-Einar jubeln, aber wir wollen die Eindringlinge nicht aufwecken.«

»Eindringlinge?«, fragte Einar.

»Ja«, erwiderte Thorkell. »Sie haben bereits viele unserer Tiere getötet und eine Steuer erhoben. Sie sind Eindringlinge. Wir haben abgestimmt, und wir möchten lieber dich haben.«

Einar wandte sich Freydis zu, die neben ihm stand und gab ihr einen Kuss, der die Männer um ihn herum zu einem leisen Hurra verführte.

»Freydis, meine Liebe, bring dich in Deckung, bis das alles vorbei ist«, befahl er.

• • •

Einar hätte nicht gedacht, dass eine Armee von kleinen, werkzeugschwingenden Orkney-Männern Halfdans Streitkräften solche Furcht einjagen könnte, aber Halfdans Armee war auch deutlich kleiner als damals in Tafjord, als Ragnvald getötet werden sollte. So hatte Einar zumindest gehört. Vielleicht waren Halfdans stärkere Krieger seine ständige Rebellion leid geworden.

Zweihundert Fischer und Bauern von Orkney rannten den Hügel hinunter, um Halfdans Männer abzuschlachten, bevor sie nach einer langen Nacht ihres Trinkgelages wach waren. Einar tötete mehrere unbewaffnete Männer, bevor er auf bewaffnete Gegner stieß.

Mit den Orkney-Männern zur Rechten und Linken fürchtete

Einar nicht um seine blinde Seite, er stürmte nur vorwärts, bis er den dichtesten Teil der Schlacht erreicht hatte. Der Kampf um ihn herum erschien ihm langsam, jeder Schlag, den er ausführte, wurde sicher und leicht durchgeführt, seine Muskeln bewegten sich, ohne zu ermüden, bis er Halfdan sah. Der focht, immer noch groß und mit goldenem Haar, wie ein Gott, und Einar fühlte jede schlaflose Nacht, jeden harten Stoß, den er seinen müden Armen bereits abgerungen hatte. Er hatte noch nie in einer wahren Schlacht gekämpft, noch je einen würdigen Gegner als Sparringspartner gehabt, seit er sein Auge verloren hatte. Halfdan hatte ihn nie erreicht, und jetzt hätte er auch die Fertigkeit und Ausdauer gegen ihn zu kämpfen.

»Du hättest nicht herkommen sollen«, sagte Einar zu Halfdan, während er Luft holte. »Du hättest sicher sein können, wärst du nicht hier eingedrungen. Aber das ist mein Land. Ich bin der Jarl von Orkney, ich bin Torf-Einar.«

»Torf-Einar«, fragte Halfdan lachend. »Dein Gesicht sieht aus wie gestochener Torf – nennt man dich deswegen so?«

»Genau«, erwiderte Einar.

Er stürzte sich auf Halfdan, während seine Männer Halfdan von hinten antrieben. Halfdan griff immer wieder Einars blinde Seite an, und jedes Mal musste sich Einar umdrehen, um ihn zu sehen, und dann wieder, bis er sich einmal um sich selbst gedreht hatte, und er mit dem Rücken zu Halfdans Streitkräften stand, und Halfdan zu seinen.

Halfdan preschte wieder vor, und Einar parierte seinen Schlag mit bleiernen Armen. Wenn Halfdan dieses Mal nicht seinen Schutz durchbrach, dann würde das bei seinem nächsten Stoß oder mit dem darauf folgenden geschehen. Halfdan war stärker als er, auch mit Einars Wut und Hass, obwohl Einar das Recht hatte, sich zu rächen. Er kniff sein Auge zu und erwartete den Tod.

Doch etwas hemmte Halfdans Schwung, und als Einar hinsah, sah er das Ende eines Torfstechers, das durch Halfdans Schulter hervorstand und ihn auf der Stelle festnagelte. Einar ergriff seine Chance und versetzte Halfdan einen tiefen Schnitt quer über den Hals. Seltsamerweise blieb er stehen und hielt sich die blutende Kehle. Hinter ihm umklammerte ein Mann den Griff des Torfspatens, seine Muskeln zitterten, als er versuchte, Halfdans riesigen Körper aufrecht zu halten.

Einar duckte sich weg, und der Mann ließ Halfdans Gesicht zu Boden stürzen.

»Wie heißt du?«, fragte Einar.

»Arknell«, erwiderte der Mann. »Ich bin nur ein Bauer. Ich wusste nicht, ob ...«

»Meinen Dank, Arknell«, sagte Einar. »Ich werde meinen Erstgeborenen nach dir benennen, damit dein Name nie in Vergessenheit gerät.«

»Ich ... wolltest du ihn nicht töten?«, fragte Arknell. »Ich habe gehört, dass er deinen Vater getötet hat?«

»Ich glaube, wir haben ihn beide getötet«, erklärte Einar. »Und ich glaube nicht, dass du dafür verantwortlich gemacht werden willst. Sein Vater ist der König von Norwegen.«

»Nein, wirklich nicht«, sagte Arknell. »Ich werde es niemandem sagen, wenn es dir gleich ist. Aber« – er grinste – »nenn deinen Sohn ruhig Arknell. Das ist ein guter Name.«

Einar grinste zurück. »Das werde ich sicher.«

• • •

Nach Halfdans Tod ergaben sich seine Männer rasch, als Erstes

Gudrod, Haralds Sohn mit Gydas Schwester. Einar war froh darüber – er glaubte nicht, dass er genug Kraft für einen weiteren Kampf hatte. Er würde üben müssen, bis sich das wieder so leicht anfühlte wie früher. Und obwohl Gudrod Halfdan geholfen hatte, seinen Vater zu töten, war er auch Gydas Lieblingssohn und sah ihr sehr ähnlich.

Einar lieh sich eine Axt von einem der Orkney-Männer und hieb Halfdans Kopf ab, dann hob er ihn am Haar in die Luft. Blut aus dem durchtrennten Hals tropfte auf den dicken Torf. Furcht verzerrte Gudrods schönes Gesicht, als Einar zu ihm hinüberging und dabei seine Trophäe vor sich schwenkte. Zwei Orkney-Männer hielten seine Arme hinter seinen Rücken.

»Ich bin nur meinem Bruder gefolgt«, erklärte Gudrod verzweifelt. »Er hat mir gesagt, es sei die einzige Möglichkeit, um für uns selbst Königreiche zu erwerben. Er war es, der angeordnet hat, dass dein Vater verbrannt wurde. Ich wollte, dass wir ihn gerecht töten, in einem Duell.«

Einar schüttelte den Kopf, und seine Männer zogen Gudrods Arme weiter zurück.

»Mein Vater wird dich töten, wenn du mich umbringst«, keuchte Gudrod.

Einar hielt Halfdans Kopf hoch. »Ich habe bereits einen deiner Brüder getötet. Der Zorn deines Vaters ist mir sicher. Warum sollte ich dich nicht auch töten und alle deine Männer? Dann werde ich zumindest meinen Tod eine Zeit lang hinausschieben können.«

Er trat nahe auf Gudrod zu, sodass er seinen Angstschweiß und das Blut, das in der Schlacht auf ihn gespritzt war, riechen konnte. »Das ist alles, was wir tun können, den Tod hinauszögern. Aber manche sind feiger darin als andere.«

Gudrods Gesicht verzerrte sich vor Wut. »Feigling? Als du mich festgehalten hast? Stell dich mir wie ein Mann.«

»Das habe ich schon getan«, sagte Einar. »Ich bin dir gegenübergetreten wie ein Jarl, der Jarl von Orkney, und du hast verloren. Nun sag mir, warum ich dich am Leben lassen sollte. Wie wirst du mir helfen?«

Gudrod schluckte. »Ich werde meinem Vater sagen, dass du mein Leben geschont hast, als du mich hättest töten können. Ich werde ihm sagen, dass du nur Rache genommen hast.«

»Rache, die er hätte üben sollen«, erklärte Einar.

»Rache, die er hätte üben sollen«, wiederholte Gudrod. »Ich werde das allen sagen, wenn du mich gehen lässt.«

»Und deine Männer?«

Gudrod nickte. »Jaja, sie auch.«

Einar verzog den Mund. »Natürlich. Sie auch. Schwöre es, vor mir, deinen Männern und den Göttern, und ich werde dich am Leben lassen, deine Schiffe mit Vorräten ausstatten und dich zu deinem Vater zurückschicken. Wenn du deinen Eid brichst, dann werde ich das wissen, und die Götter werden es wissen, und du wirst jeden Atemzug in Furcht holen, bis du durch mein Schwert stirbst.«

»Woher willst du das wissen?«, fragte Gudrod immer noch ängstlich.

Einar sah aus dem Augenwinkel Freydis, die den Verwundeten Wasser brachte. »Die Götter, die mir mein Auge genommen haben, haben mir so viel Sicht gegeben, die das ausgleicht«, sagte er, eine Lüge, aber eine, die Gudrod glauben würde. Sein Vater hatte Visionen gehabt.

Gudrod erschauerte und nickte. »Ich schwöre es«, sagte er.

Epilog

Einar stand neben Freydis und Svanhild, während sie Thordis und dem Krieger Thorgeir zusahen, wie sie sich das Ehegelübde gaben. Thordis trug ein tiefgrünes Kleid, das gut zu ihrem rotgoldenen Haar passte. Sie war schön, aber der Eindruck, den sie machte, war eher der von Stärke als von Schönheit. Sie war größer gewachsen als Freydis, beinahe so groß wie Einar, und alle sagten, sie sehe ihm so ähnlich, dass sie seine Tochter sein könnte. Und tatsächlich hatte sie keinen anderen Vater gekannt.

Einar wusste, dass sich Freydis gewünscht hätte, dass ihre Tochter einen jüngeren Mann heiratete, aber Thorgeir hatte an Einars Seite seit Haralds letztem Besuch auf den Orkneyinseln gekämpft, und Einar schätzte ihn sehr. Und Thordis hatte ihn selbst gewählt.

Einars Sohn Arknell und Thorstein standen nebeneinander und beobachteten, wie Thordis und Thorgeir ihren Hochzeitsbecher zusammen austranken. Thorkell und Thorstein kicherten und ermahnten einander, ruhig zu sein, während Arknell versuchte, so zu tun, als stünde er über ihrer Alberei. Mit fünfzehn betrachtete er sich als erwachsenen Mann.

»Ich wünschte mir, mein Vater hätte das sehen können«, sagte Freydis.

Einar warf Svanhild einen Blick zu, deren Haar jetzt ganz weiß geworden war. Sie hatte Solvis Leichnam im vorigen Jahr auf einem brennenden Boot hinaus aufs Meer geschickt und war nach Orkney gekommen, nachdem ihr Freydis einen Boten nach Island gesandt hatte und sie zu Thordis' Hochzeit eingeladen hatte.

»Das gilt auch für mich«, sagte Svanhild. »Er wäre glücklich gewesen, Thordis als erwachsene Frau zu sehen und wie deine Söhne zu Männern geworden sind. Aber er hatte letztes Jahr so viel Schmerzen, dass ich froh war, als ihm ein weiterer Winter erspart blieb.«

Die Gäste wanderten hinauf zur Halle für einen langen Nachmittag und Abend des Feierns, bevor sie das Paar zu Bett brachten. Nachdem Einar und Thorgeirs Gefährten Trinksprüche auf die beiden ausgebracht hatten, stand Svanhild auf und erhob ihren Becher.

»Ich weiß, es ist ungewöhnlich, dass eine Frau einen Trinkspruch ausbringt«, sagte sie mit entschuldigendem Lächeln, »aber ich bringe Glückwünsche für das Paar von Rolli – Hrolf Ragnvaldsson, der sich jetzt als fränkischen Herzog bezeichnet. Kaiser Karl gibt ihm mehr Gold, als er ausgeben kann, daher hat er versprochen, euch etwas davon zu schicken.«

Ein Jubel hob an, und Freydis brachte einen Trinkspruch auf Herzog Hrolf aus. Svanhild hatte ihnen berichtet, wie sie und Solvi Rolli alles lehrten, was sie selbst über Kriegsführung und Seefahrt wussten, und wie er sie beide übertroffen hatte. Er kehrte nie mehr nach Norwegen zurück, gewann aber Gefolgsleute, wohin er kam, und war bekannt als Hrolf der Vorarbeiter, Hrolf der Wanderer, da er zu groß war, selbst für das größte Pferd. Er griff jahrelang die Franken an, bis ihr Kaiser Karl ihn mit Land, einem Titel und Gold bestach, statt weiter seine fortgesetzten Raubzüge zu ertragen.

Vielleicht würde Rolli seinem Halbbruder Hilfe senden, wenn

Einar darum bat. Auch Thorir schickte manchmal Schiffe, obwohl Einars Spitzname für ihn an ihm kleben geblieben war und er in sein Grab sinken würde als Thorir der Stumme, da er sich weigerte, für seinen Vater zu sprechen. Die Hochzeit von Haralds Tochter Alof hatte geholfen, diese Ruhe zu bewahren. Dennoch verachtete Einar seine Hilfe nicht. Die Dänen bedrohten die Inseln im Sommer regelmäßig. Einars neuer Schwager hatte seit vielen Jahren Schlachten an Einars Seite gegen sie gekämpft. Thorgeir war vergangenen Sommer an der Schulter verwundet worden, und Freydis meinte, er würde seine frühere Kampfstärke nicht wiedererlangen. Thordis hatte den ganzen Winter über seine Wunde gepflegt, und im Frühling hatte sie beschlossen, ihn zu heiraten und ihn dazu zu überreden, ihre Erbschaft in Island anzutreten – den Hof der alten Unna der Klugen. Thorgeir war immer noch stark genug für einen Bauern, und er war des Kämpfens müde.

Einar war ebenfalls kriegsmüde, aber das war der Preis, den er für Frieden mit Harald und Freiheit vor seiner Rache bezahlte, also bezahlte er sie bereitwillig.

Den ganzen heißen Sommer nach Ragnvalds Tod hatte Einar auf Harald gewartet. Gudrod hätte seine Nachricht überbracht, dessen war sich Einar sicher. Er hatte genug Furcht gezeigt, dass viele seiner Mitkrieger mit Verachtung auf ihn blickten. Einige von ihnen hatten Einar gebeten, auf den Orkneyinseln bleiben zu dürfen, da sie in Norwegen nicht mehr willkommen seien und an Halfdans Seite gekämpft hatten, als er Ragnvald tötete. Und dann hatten sie Halfdans Tod nicht verhindert. Einar ließ sie bleiben, obwohl nicht ohne Zweifel.

In jenem Sommer hatte auch Freydis' Bauch die Wölbung gezeigt, die zu Einars Erstgeborenem werden sollte, der in ihr heranwuchs. Er hatte nicht damit gerechnet, dass er je wieder reine

Freude empfinden könnte, aber wenn er das heranwachsende Leben in ihr berührte, dann empfand sich Einar als ganz und gesegnet, wie er es an Ivars Seite gewesen war, wenn auch nicht ohne einen leichten Schmerz. Ivar würde Einars Söhne nie kennenlernen und auch keine eigenen Kinder haben.

Aber er brachte seine Söhne zu Ivars Grabhügel, hoch oben an den Hängen von Orkney, und erzählte ihnen von ihrem Onkel. Vielleicht hatten ihn deshalb die Schicksalsgöttinnen dazu gebracht, ihn auf Orkney zu lassen.

Harald kam erst im Herbst. Er brachte zehn Schiffe mit sich, genug um alle Männer auf Orkney zu töten, wenn er wollte. Einar berief ein Treffen der Bauern von Mainland ein und stellte sich mit Freydis vor sie.

»Es gibt keine Chance, Harald so wie Halfdan zu besiegen«, teilte er ihnen mit. Die Männer hatten ihre behelfsmäßigen Waffen mitgebracht und waren bereit, erneut für ihn zu kämpfen. »Ich werde zu ihm gehen und ihm mein Leben anbieten. Wenn er mich tötet, dann betrifft das nur mich.«

»Wenn er dich tötet, dann werden wir sicherstellen, dass dein Sohn nach dir Jarl von Orkney wird«, versprach Arknell.

Wenn Harald ihn tötete, hoffte Einar, dass Freydis in der Lage wäre, nach Island zu ihrer Mutter und ihrem Vater zu segeln und ihren Kindern ein anderes Erbe zu geben, da er ihr nichts hinterlassen würde. Aber er nickte Arknell dankend zu. Er hatte nicht gedacht, dass er hier Besitz finden würde, am Ende der Welt.

Er ging hinunter zum Strand, unbewaffnet, mit offenem Haar, als wäre er in Trauer. Dort traf er auf Harald und seine Schiffe, die stillstanden, während Männer auf ihn losgingen, seine Hände fesselten und ihn auf Haralds Schiff brachten.

»Was ist los?«, fragte Harald und deutete hinauf zum großen Hügel von Mainland.

Einar wandte sich um und sah die Männer von Orkney auf dem Hügel in Habachtstellung. Er verbeugte sich vor Harald und sagte: »Mein König, du bist willkommen auf den Orkneyinseln. Willst du die Gastfreundschaft ihres Jarls genießen?«

Harald sah sehr ernst aus, und zum ersten Mal erkannte Einar, wie er als alter Mann aussehen würde, mit noch tieferen Furchen zwischen den Brauen. Ragnvald hatte gewollt, dass Harald wusste, was es hieß, einen Sohn zu verlieren, und nun war das der Fall.

»Du bietest mir Gastfreundschaft an, während du auf meinem Schiff stehst?«, fragte Harald mit leiser und gefährlicher Stimme. »Ich bin gekommen, um dich zu töten, weil du meinen Sohn getötet hast.«

»Ich weiß«, sagte Einar. »Ich dachte nicht, dass du kommen würdest, um mich zu belohnen, nicht einmal dafür, deinen besten Ratgeber und engsten Freund gerächt zu haben.«

Haralds Kieferpartie verhärtete sich.

»Bevor du mich tötest«, sagte Einar, »sag mir bitte – vermisst du ihn? Mein Vater war kein einfacher Mann, aber ich weiß, dass du ihn geschätzt hast.«

Harald seufzte. »Ja, das stimmt. Jetzt ... ich bin umgeben von Männern, die mir gegenüber loyal sind und mich oft preisen, aber keiner erzählt mir die Wahrheit, ganz gleich, wie sehr ich sie hören muss, und ihr Rat hat nicht mehr Sinn als das Rauschen des Windes im Gras. Dein Vater war so gewitzt wie Odin.«

»Am Ende nicht gewitzt genug«, sagte Einar. »Um nicht eine Möglichkeit zu finden, um deine Freundschaft und sein Leben zu erhalten. Er wusste, dass er eine Wahl treffen musste, und er wählte seinen Tod. Als dein Sohn nach Orkney kam, traf ich eine andere Wahl.« Er zeigte hinauf zu den Männern von Orkney. »Wir haben unser Land verteidigt.«

»Dein Vater hat mir erzählt, du seist ein begabter Dichter«, sagte Harald. »Sag mir, hast du Hilda bei ihren Anschuldigungen geholfen? Wenn ich jemanden verärgere, habe ich sie noch immer im Ohr. Ein Wolf-König, der seine Untertanen zu Wild macht?«

Einar schüttelte den Kopf. »Nein, das waren ihre Worte, die Worte einer trauernden Mutter. Und hier sind meine Worte, die Worte eines trauernden Sohns, eines trauernden Bruders und ohne Dichtung: Ich wünschte, es hätte für meinen Vater und deinen Sohn einen Weg gegeben zu überleben. Und für meinen Bruder. Aber das Schicksal treibt uns auf diese Wege. Wenn du mich am Leben lässt, werde ich dein treuer Jarl auf Orkney, ich werde das Land verteidigen und dir Steuern schicken. Und ich werde die Missetaten rächen, die gegen dich begangen wurden.« Er blickte Harald an, bis der Einar ansehen musste. »Missetaten wie den Mord an Ragnvald dem Mächtigen.«

Harald senkte den Kopf. »Ich werde dich nicht töten, Einar Ragnvaldsson. Aber ich werde ein Wergeld von dir fordern, und wenn du es nicht bezahlst, dann sind dein Land und dein Leben verwirkt.« Er benannte eine Summe, die sogar sein Vater, auf der Höhe seines Wohlstandes, kaum hätte aufbringen können.

Einar nickte – vielleicht wäre es besser, wenn ihn Harald jetzt tötete, anstatt ihn zu zwingen, mit Orkney für sein Leben zu bezahlen. »Wann muss ich es dir übergeben?«, fragte er.

Harald schenkte ihm ein dünnes Lächeln, in dem Traurigkeit mitschwang. »Ich hatte vorgehabt, eine Expedition gegen die dänischen Seeräuber anzuführen, die jetzt die Shetlandinseln besetzen, daher würde ich diese Reise nicht nur machen, um einen jungen Mann zu töten. Aber ich bin kriegsmüde und will wieder heimkehren. Ich kann dir jedoch ein paar Krieger und Schiffe hierlassen. Schick sie mir zurück, wenn du die Shetlands unter deine Macht gebracht hast, und sende mir dazu das Wergeld.«

»Danke, mein König«, sagte Einar. Schiffe und Männer – Männer, die man den Winter durchfüttern musste, aber zumindest konnte er das Wergeld von den dänischen Seeräubern nehmen.

Er verbeugte sich vor Harald und verabschiedete sich, aber als er sich zum Gehen wandte, rief ihm Harald hinterher. Einar blickte zurück.

»Einar Ragnvaldsson«, sagte Harald und legte sich die Hand aufs Herz. »Ich vermisse ihn. Ich werde nie aufhören, ihn zu vermissen.«

Einar nickte und legte ebenfalls die Hand auf sein Herz. »Das werde ich auch nicht.«

Einar hatte Harald das Wergeld geschickt, das er gefordert hatte, und seither den dänischen Seeräubern jedes Jahr hohe Steuern abgeknöpft. Dennoch bedrohten die Dänen die Inseln noch immer, und eines Tages würden Einars Söhne gegen sie in die Schlacht ziehen. Wäre sein Vater zufrieden gewesen, wenn das geschehen würde? Wenn er sehen würde, wie Thordis heiraten und seine Familienlinie sich über den Norden verbreiten würde? Seine Enkel zu sehen, die zu starken jungen Männern heranwuchsen? Einar hoffte das und dass er auch froh wäre, seinen Sohn gerühmt und gepriesen zu sehen als Torf-Einar Ragnvaldsson, den Jarl der Orkneyinseln.

Figuren und Handlungsorte

Handlungsorte

Norwegen

Møre – ein Gebiet, das von König Hunthiofs Familie beherrscht wird; bisweilen unterteilt in Nördliches und Südliches Møre

Tafjord – König Hunthiofs Regierungssitz am Ende des Geirangerfjords

Geirangerfjord – Fjord in Møre

Sogn – ein Gebiet in Westnorwegen, südlich von Møre, einst von Ivar, Ragnvalds Großvater, beherrscht, aber jetzt ohne einen König

Trondelag – ein Distrikt in Westnorwegen, südlich von Møre, der von Ragnvald beansprucht und von Aldi Atlisson regiert wird

Trondheimfjord – der Fjord in Trondelag

Nidaros – König Haralds nordwestliche Hauptstadt, das heutige Trondheim

Halogaland – ein Gebiet in Nordwestnorwegen, beherrscht von König Heming

Yrjar – König Hemings Regierungssitz in Halogaland

Vestfold – ein Gebiet in Südostnorwegen, beherrscht von König Harald

Tonsberg – eine Marktstadt in Vestfold

Dänemark

Jütland – Dänemarks Halbinsel, regiert von König Erik

Ribe – eine Marktstadt und Jütlands Hauptstadt

Roskilde – Herrschaftssitz der Regenten des übrigen Dänemark

Schweden

Skane – ein rechtloses Küstengebiet an der Südspitze des heutigen Schweden

Verschiedene Inseln

Die Orkneyinseln – Inselgruppe nördlich von Schottland, beansprucht von Thorstein dem Roten

Grimbister – Hauptsiedlung auf den Orkneys

Hoy – eine der anderen Orkneyinseln

Die Färöerinseln – Inselgruppe zwischen Island und Norwegen

Die Shetlandinseln – Inselgruppe nördlich der Orkneys

Die Hebriden – schottische Inseln, bewohnt von Wikingern

Island – eine große Insel nördlich und östlich der Färöer, bevölkert von vielen, die vor Haralds Eroberung flohen

Reykjavik – Islands wichtigste Siedlung

Figuren

Ragnvald Eysteinsson, König von Sogn
Vigdis Audbjornsdatter, Ragnvalds Stiefmutter und einstige Konkubine, jetzt Guthorms Konkubine
Hallbjorn Olafsson, Vigdis' Sohn von Olaf, der Ragnvalds Stiefvater war
Einar Ragnvaldsson, Ragnvalds Sohn mit Vigdis

Ragnhild (Hilda) Hrolfsdatter, Ragnvalds Frau
Ivar Ragnvaldsson, Ragnvalds Sohn mit Hilda
Thorir Ragnvaldsson, Ragnvalds Sohn mit Hilda
Hrolf (Rolli) Ragnvaldsson, Ragnvalds Sohn mit Hilda
Alfrith, Ragnvalds Konkubine
Hallad Ragnvaldsson, Ragnvalds Sohn mit Alfrith
Laugi Ragnvaldsson, Ragnvalds Sohn mit Alfrith

Sigurd Olafsson, Ragnvalds Stiefbruder
Olaf Sigurdsson, Sigurds Sohn

Svanhild Eysteinsdatter, Ragnvalds Schwester

Eystein Solvisson, Svanhilds Sohn mit Solvi
Björn Haraldsson, Svanhilds Sohn mit Harald
Ragnar Haraldsson, Svanhilds Sohn mit Harald
Freydis Solvisdatter, Svanhilds Tochter mit Solvi

Solvi Hunthiofsson, Svanhilds früherer Ehemann
Snorri, Solvis Gefolgsmann
Brusi, Solvis Gefolgsmann
Tovi, Solvis Konkubine

Harald Halfdansson, König von Norwegen
Guthorm, Haralds Onkel und Berater
Vigdis Hallbjornsdatter, Guthorms Konkubine
Asa Hakonsdatter, Haralds Frau, König Hakons Tochter
Halfdan Haraldsson, Haralds Sohn mit Asa
Snaefrid, Haralds finnische Ehefrau
Dagfinn Haraldsson, Haralds Sohn von einer anderen Frau
Gyda Eirikdsdatter, Haralds Frau, Königin von Hordaland
Gudrod Haraldsson, Gydas Neffe und adoptierter Sohn

Alduld (Aldi) Atlisson, Verwalter von Sogn
Kolbrand Aldulfsson, Aldis Sohn
Dota Aldulfsdatter, Aldis Tochter
Erik, König von Jütland, Dänemark
Ragnhilda (Ranka) Erikdsdatter, Tochter König Eriks von Jütland

Thorstein der Rote, ein Wikinger, einst Gefährte Solvis, lebt jetzt auf den Orkneys

Melbrid Tooth, ein Wikinger von den Hebriden

Ketil Flachnase, ein Wikinger, einst Gefährte von Solvi, lebt jetzt auf den Hebriden

Unna, eine Frau auf Island
Donall, ihr Mann

Hakon Grjotgaardsson, einstiger König von Halogaland, verstorben
Heming Hakonsson, Hakons ältester Sohn, König von Halogaland
Asa Hakonsdatter, Hakons Tochter, verheiratet mit König Harald
Oddi Hakonsson, Hakons unehelicher Sohn
Geirbjorn Hakonsson, Hakons Sohn, verbannt
Herlaug Hakonsson, Hakons Sohn, verstorben

Anmerkung der Autorin

Eis und Schwert, *Krone und Feuer* und *Der goldene Wolf* sind Romane, die von der Saga über Harald Schönhaar in Snorri Sturlusons *Heimskringla* inspiriert wurden. *Der goldene Wolf* umfasst darüber hinaus Informationen aus der Orkneyinga-Saga, einer Chronik der Jarls von Orkney aus dem dreizehnten Jahrhundert.

In *Der Goldene Wolf* habe ich viele der semihistorischen Ereignisse aus der *Heimskringla* dramatisiert, aber ich habe auch einige Figuren zusammengelegt und einige Ereignisse aus erzählerischen Gründen komprimiert, besonders jene, die dazu führten, dass Einar Jarl von Orkney wurde. Ich habe auch einige Ereignisse und Beziehungen erfunden, zum Beispiel die Affäre zwischen Gyda und Einar. Dass Sigurd an einem Kratzer starb, der ihm von einem Zahn aus dem Mund eines Mannes beigebracht wurde, den er geköpft hatte, stammt aus der *Heimskringla*, und es war ein zu schönes Detail, um es wegzulassen. Ragnvalds Zorn über seinen Sohn ist aus der *Heimskringla*, und obwohl er Einar in der Saga nicht für Ivars Tod verantwortlich macht, erschien es mir nur natürlich, dass sein Zorn daher kam.

Beim Schreiben von *Der goldene Wolf* und den anderen Büchern der Trilogie habe ich als Ausgangspunkt Geschichten aus der *Heimskringla* verwendet und mich auch gefragt, was die wahren Ereignisse hinter den Geschichten gewesen sein könnten, die

Snorri Sturluson und andere weitergegeben und aufgeschrieben haben.

Norwegen im ausgehenden neunten Jahrhundert befindet sich gerade erst beim Übergang vom Mythos zur dokumentierten Geschichte. Die Mehrzahl der bestehenden Quellen über das Leben von Harald und seinen Zeitgenossen wurde erst viele Jahrhunderte später niedergeschrieben. Im Norwegen des neunten Jahrhunderts gab es keine geschriebene Sprache, abgesehen von Runen, jener kantigen Schrift, die man auf Wikinger-Grenzmarken wie den dänischen Jelling-Steinen findet, die zum Gedenken an die großen Taten und an verstorbene Familienangehörige errichtet wurden. Runen wurden im Norwegen der Wikingerzeit auch verwendet, um die Zukunft vorherzusagen, darüber hinaus um einige religiöse und andere Denkmäler zu kennzeichnen, aber nicht zur Dokumentation von Ereignissen.

Im dreizehnten Jahrhundert schrieb der Isländer Snorri Sturluson, ein Geschichtsschreiber, Dichter und Politiker, in der *Heimskringla* die »Saga von Harald Schönhaar« und viele andere Sagas nieder, das wäre etwa so, als würde heutzutage jemand die Geschichte von der Gründung der Vereinigten Staaten allein auf der Grundlage mündlicher Überlieferung aufschreiben. Deshalb beinhaltet die *Heimskringla* sicherlich Lücken und Ungenauigkeiten. Darüber hinaus sind viele Forscher der Ansicht, Snorri Sturluson habe diese Sagas verwendet, um bestimmte unausgesprochene Argumente über die damalige politische Situation Islands zu äußern, weswegen er einige Geschichten hervorhob und andere wegließ.

Andere Chroniken berichten, dass Einar Ragnvaldsson, später bekannt als Torf-Einar, Jarl von Orkney und Stammvater einer Linie von Herrschern auf Orkney wurde. Ebenso wurde Hrolf Ragnvaldsson der Herzog Rollo der Normandie und war der Urururgroßvater von William dem Eroberer, der 1066 in England einfiel.

Im späten neunten Jahrhundert hatten arabische Erkundungsreisende damit begonnen, Skandinavien zu bereisen und diese Fahrten zu dokumentieren, was uns ebenfalls Einblicke in die Kultur der Wikinger verschaffte, etwa in den Schriften von Ibn Fadlan. Die weniger bedeutsamen, erfundenen Figuren von Aban al-Rashid und Bakur sind meine kleinen Würdigungen seiner Erkenntnisse.

Namen

Da so viele Namen und Namensbestandteile in der Geschichte von Harald Schönhaar wiederholt werden, musste ich einige harte Entscheidungen treffen. Beispielsweise teilt Ragnvalds Bruder Sigurd (hier habe ich ihn zum Stiefbruder gemacht) seinen Namen mit vielen anderen Sigurds, darunter mit einem Sohn von Hakon Grjotgardsson. Es wäre schrecklich verwirrend, wenn in einem Roman zwei wichtige Figuren den Namen Sigurd trügen, daher hat Hakons ältester Sohn den Namen eines seiner anderen Söhne, Heming, angenommen.

In ähnlicher Weise findet sich die Vorsilbe *Ragn-* (was Rat, Weisheit oder Macht bedeutet) bei zahlreichen Figuren in der Harald-Saga. Um der besseren Verständlichkeit willen habe ich für Haralds Mutter lieber die Schreibweise Ronhild statt Ragnhild verwendet. Ebenso habe ich den Namen von Ragnvalds Gattin Ragnhild(a) auf Hilda verkürzt, ebenfalls um der besseren Verständlichkeit willen.

Das Altnordische kennt ähnlich wie die modernen skandinavischen Sprachen gebeugte Formen, das heißt die Substantive werden dekliniert. Altnordische Namen im Nominativ, dem Fall, der verwendet wird, wenn die Person das Subjekt eines Satzes ist, enden mit dem Suffix-*r*, also hieße es bei Ragnvald *Ragnvadr* (bisweilen geschrieben *Ragnvaldur*). In den meisten Fällen habe ich, um die Aussprache zu erleichtern, das r-Suffix weggelassen und die anglisierten Versionen der Namen ohne diakritische Zeichen verwendet, zum Beispiel Solvi statt Sølvi.

Quellen

Hier sind einige, aber längst nicht alle Bücher aufgelistet, die ich bei der Recherche über das Norwegen der Wikingerzeit und des europäischen Frühmittelalters verwendet habe. Christie Wards Website www.vikinganswerlady.com ist ebenfalls eine nützliche Quelle.

Bagge, Sverre. *From Viking Stronghold to Christian Kingdom: State Formation in Norway, c. 900–1350*. Copenhagen: Museum Tusculanum Press, 2010.

Bauer, Susan Wise. *The History of the Medieval World: From the Conversion of Constantine to the First Crusade*. New York: W. W. Norton, 2010.

Davidson, Hilda Ellis. *Gods and Myths of Northern Europe*. New York: Penguin, 1990.

Davidson, Hilda Ellis. *The Roles of the Northern Goddess*. London: Routledge, 2002.

Fitzhugh, William W., und Elizabeth I. Ward, eds. *Vikings: The North Atlantic Saga*. Washington, DC: Smithsonian, 2000.

Foote, Peter G., und David M. Wilson. *The Viking Achievement: The Society and Culture of Early Medieval Scandinavia*. London: Book Club Associates, 1974.

Griffith, Paddy. *The Viking Art of War*. London: Greenhill, 1995.

Hjaltalin, Jon A., und Gilbert Goudie, trans. *The Orkneyinga Saga*. Edinburgh: Edmonston and Douglas, 1873.

Jesch, Judith. *Women in the Viking Age*. Woodbridge, England: Boydell, 1991.

Jochens, Jenny. *Women in Old Norse Society*. Ithaca, NY: Cornell University Press, 1995.

Jones, Gwyn. *A History of the Vikings*. Oxford, England: Oxford University Press, 1984.

Larrington, Carolyne, trans. *The Poetic Edda*. Oxford, England: Oxford University Press, 2014.

Lindow, John. *Norse Mythology: A Guide to Gods, Heroes, Rituals and Beliefs*. New York: Oxford University Press, 2002.

Short, William R. *Icelanders in the Viking Age: The People of the Sagas*. Jefferson, NC: McFarland and Company, 2010.

Sturluson, Snorri. *Heimskringla; or, The Lives of the Norse Kings*. Translated by Erling Monson. New York: Dover, 1990.

Thurston, Tina L. *Landscapes of Power, Landscapes of Conflict: State Formation in the South Scandinavian Iron Age*. New York: Kluwer Academic Publishers, 2002.

Wells, Peter S. *Barbarians to Angels: The Dark Ages Reconsidered*. New York: W. W. Norton, 2009.

Danksagung

Das Schreiben dieses Buches hat sehr lange gedauert, und der Roman wäre vielleicht nicht zustande gekommen ohne die Unterstützung meines Mannes Seth Miller, meiner Eltern Mark und Karen Hartsuyker, die die Liebe für Mythen und Geschichte in mir weckten, und ohne meine Schwester Julianna Lower, die an mich glaubte, sowie ohne eine Reihe von Freunden, Freundinnen und Cheerleaders. Meine ersten Leserinnen Nicole Cunningham und Amber Oliver gaben mir unschätzbar wertvolle Tipps und Feedback, und ihre Spuren finden sich überall im Buch. Heather Drucker und Katherine Beitner haben großartige Arbeit geleistet, um dem Buch seine endgültige Form zu verleihen, und Milan Bozic, Patrick Arrasmith und Shelly Perrron wirkten Wunder, um diesem Buch seine fein polierte Gestalt zu verleihen. Und schließlich möchte ich mich ganz herzlich bei meinen Lektoren Terry Karten und Clare Smith und meiner Agentin Julie Barer bedanken, dass sie an dieses Buch geglaubt und es auf seinem Weg in die Welt hinaus begleitet haben.